华中师范大学文学院教授文库

与时代偕行的当代中国文学

——王庆生自选集

王庆生 著

华中师范大学出版社

新出图证(鄂)字10号

图书在版编目(CIP)数据

与时代偕行的当代中国文学——王庆生自选集/王庆生著. —武汉:华中师范大学出版社,2017.4

(华中师范大学文学院教授文库)

ISBN 978-7-5622-7583-1

Ⅰ.①与… Ⅱ.①王… Ⅲ.①中国文学—当代文学—文学研究—文集 ②高等学校—教学研究—文集 Ⅳ.①I206.7-53 ②G642.0-53

中国版本图书馆CIP数据核字(2016)第250352号

与时代偕行的当代中国文学

——王庆生自选集

© 王庆生 著

责任编辑:廖国春　**责任校对:**缪　玲　**封面设计:**新视点

编辑室:学术出版中心　**电话:**027-67863220　**封面制作:**胡　灿

出版发行:华中师范大学出版社

社址:湖北省武汉市珞喻路152号　**邮编:**430079

电话:027-67863426/3280(发行部)　027-67861321(邮购)

传真:027-67863291

网址:http://www.ccnupress.com　**电子信箱:**press@mail.ccnu.edu.cn

印刷:湖北恒泰印务有限公司　**督印:**王兴平

字数:750千字　**印张:**39

开本:710mm×1000mm　1/16

版次:2017年4月第1版　**印次:**2017年4月第1次印刷

定价:80.00元

欢迎上网查询、购书

华中师范大学文学院教授文库

编写说明

华中师范大学文学院已走过百年，其前身为文华书院大学部1909年设立的中国文学系（文华大学1924年更名为华中大学）。百年来，华中学人严谨治学，代有建树，为今天文学院的发展奠定了深厚基础。此次借“211工程”建设项目东风，并获得学校和出版社支持，我院筹谋编辑“教授文库”，逐年推出教授自选代表作，结集出版，旨在弘扬学术，传承薪火，以延文学院之文脉，亦尽我辈之责任。

目　　录

第一编　文学思潮综论

第二编　作家作品赏析

第三编　研究著述评点

第一编　文学思潮综论

全球化视阈下的当代中国文学

当前，随着改革开放的深入发展，在我国政治、经济、文化艺术、科学技术、道德伦理等各个领域，“全球化”已成为一个使用频率极高的概念，它以不可阻挡之势，给世界的经济、政治、文化、科技带来了剧烈而深刻的影响。面对全球化的挑战，文学将会发生哪些变化，呈现一种什么样的状态，我们应当怎样应对……这些都是需要我们认真研究的话题。

全球化的基本特征

全球化是我们时代的一个重要特征，也是一个具有重大理论意义和现实意义的问题。究竟什么是全球化，人们的看法不一。有的认为，“全球化是一个历史范畴，是一个令人棘手的问题”；有的认为，“全球化不过是帝国主义的另一名称”；“是世界的一种西化，或许，是世界的一种美国化”，还有的认为，“全球化是世界经济发展到一定阶段出现的一种发展趋势……”①对这些说法我们不必一一讨论，人们通常的一种说法是：全球化是人类社会进入“世界历史进程”以来经济发展的一种新的形式和过程。这个过程就是现代化。可以说，全球化是现代化进程的产物。由于民族国家的经济界限被打破，全球化成为世界历史发展的必然趋势，已是不可避免的了。

全球化并不是今天才有的，全球化现象和有关全球化思想早已有之。有人提出 1492 年是全球化的开始，1492 年哥伦布发现新大陆，距今 500 多年。150 年前，马克思、恩格斯在《共产党宣言》中就作过深刻论述，指出：“美洲的发现、绕过非洲的航行，给新兴的资产阶级开辟了新天地，东印度和中国的市场、美洲的殖民化、对殖民地的贸易、交换手段和一般的商品的增加，使商业、航海业和工业空前高涨。”“资产阶级，由于开拓了世界市场，使一切国家的生产和消费都成为世界性的了。”②

随着工业革命的兴起，全球化打破了农业经济时代的地方狭隘性，表现

① 王宁、颜晓源主编：《全球化与后殖民批评》，中央编译出版社 1998 年版，第 56、58 页。

② 马克思、恩格斯：《共产党宣言》，《马克思恩格斯全集》第 1 卷，人民出版社 1972 年版，第 252、254 页。

出突破国家、突破区域限制，走向全球、走向世界的趋向。在当代，全球化正在全方位地向社会生活各个领域渗透和深化。有的学者指出，现在人类社会的全球化呈现出全球化进程加速化、内容多样化、方式内在化、效应双重化的趋势①。

20世纪50年代以后，特别是90年代以来，全球化出现了许多新的特征，这主要表现在以下几个方面：

一是科学技术的进步带来新的社会变革。通信技术的迅猛发展，数字化光纤网络通信和卫星远程的技术革命，大大突破了传统的时空限制，使地球大大地缩小了。由于技术的革新进步，为全球化提供了技术基础和支撑。

二是社会产业结构的深刻变化。由于信息技术的发展，把人类推进了知识经济时代，它日益摧毁着传统工业社会的产业结构，建立起以电脑行业和高度自动生产为中心的产业结构，当今资讯的进步是历史上前所未有的。网络、传媒的迅猛发展，建立起连结全球交接点的“高速公路”，使远处发生的事件传递越来越快捷。它使世界由单一的架构变为多元的架构，单一的世界变为多元的世界。

三是全球化的市场经济打破了过去那种地方的和民族的自给自足和闭关自守状态，扩大了人类活动的空间，促进了对内交流和对外开放，从而使全球多元的市场经济得以形成和发展。

四是由于生产的知识化，它日益减轻人们的体力劳动，消灭了传统的“三大差别”(即工农差别、城乡差别、脑力劳动和体力劳动的差别)，并使生产发展与环境保护协调起来，人类的生存环境因而也愈具有“公共”的性质，人类的共同利益越来越多，人类的共同价值观念(如保护全球生态环境、和平利用空间、和平开发南极和海洋意识)逐渐呈现出来。过去，由于人类自身的对抗和人与自然的对抗，已将地球搞得千疮百孔，生态环境受到严重破坏。例如，人类每一天都使100多种物种灭绝，17亿以上居民没有安全水供应，北京地下水位每年下降6.5英尺，每秒钟有1.5公顷雨林消失。海德格尔说：“地球正在被技术吞噬，被一堆钢铁缠绕，莱茵河的水不再自然流淌，我们要拯救地球。”②人类只有一个地球，只有全球一致努力，才能拯救人类共同的灾难和危机。

五是全球化对世界影响愈来愈大。一方面，全球化虽然最直观地从物质

① 汪信砚：《全球化与人类的共同利益》，见《全球化的悖论》，中央编译出版社1998年版，第83～84页。

② 上述数字及引文出自薛晓源：《全球化的绿色忧虑》一文，见《全球化的悖论》，中央编译出版社1998年版，第109～110页。

层面，从经济领域表现出来，但它不仅仅是经济方面的概念，已越出单纯的经济范围，越出物质层面，渗入精神领域，渗入政治、思想、文化、科学、技术等领域，改变着人类的生活和地球的面貌；另一方面，由于经济发展的多元与开放，它日益突破传统、民族、国家的界限，形成了宏大的“经济流”、“文化流”。哪里有利润，资本就会流向哪里，人类的政治交往、思想交流、文化交流也会流向哪里。

上面我们粗略地勾勒了全球化近几年所显示的基本特征。不难看出，全球化对人类经济的发展、社会的发展、文化的发展、文学艺术的发展都带来机遇。全球化超越了疆土的限制，打破了传统的规范，扩大了交往开放的空间，开阔了人们的视野，改变了人们的思维方式和观念，为我们提供了一套独特的语码和思路，这将进一步解放我们的思想，推动文学的发展和社会的进步。这是全球化给我们带来的积极而又深刻的影响；但从另一方面来说，全球化也有不容忽视的消极影响。比如有的企业家为了不断获取利润，相互争夺竞争，不惜采取种种非法手段谋取暴利，也有的人不顾一切地去捞钱。在这种情况下，人被“物”支配，为了钱，有的人不讲道德伦理，有的人投机、贩毒、犯罪。

有学者说：全球化及其进程是一柄双刃剑，福与祸、利与弊交融在一起。在某种意义上可以说全球化及其进程是一柄悬挂在人类头上的达摩克利斯之剑，我们不知道什么时候会掉下来。人们应该警钟长鸣，警惕这柄无比锋利的双刃剑。全球化既然是双刃剑，自然就具有双重性，我们不必惧怕全球化，也不必担心它所带来的某些消极影响。现在，全球化的进程不可逆转，它已像幽灵一般把我们置身于其中，并在政治、经济、社会、文化和日常生活领域影响着我们，这已是无法回避的一个客观事实。我们应当积极地正视它、面对它，而不应消极地回避它、忽视它。

全球化视阈下的当代中国文学

关于全球化语境下的当代中国文学问题，已经引起许多学者的关注，近几年，在北京、深圳等地召开了多次研讨会，《文学评论》等杂志发表了一些文章。这里，我想就三个问题说点自己的看法。

第一，关于全球化与一体化问题。

有的学者认为，经济全球化的一个直接后果是文化的全球化，在全球化大潮的冲击下，原先被压抑在边缘的当代消费文化呈现多种形态，对精英文化构成了有力的挑战。因为文化的全球化实质上是国际后现代主义论争导致的一个结果。从积极方面说，它使文化生产和学术研究受到市场经济规律的制约，经济建设与文化建设的关系更为密切；从消极方面说，由于市场的影响，精英文化的发展将会受到限制，高雅品格的文化、文学、艺术产品难以得到多数人的认同，这已为当前文化发展的现实所证明。

还有人提出，文化全球化是否是文化一体化呢？我个人认为，不会，也不可能。因为全球化并不意味着世界大同和平等，而是意味着另一种霸权。美国学者阿里夫·德里克说："欧洲中心弥漫于我们当今多种权力批判之中。如果我们能摆脱欧洲中心主义，那么世界上所有问题便会迎刃而解，这在当今显然是难以做到的。"[①]我们既要看到全球化所带来的好处，也要看到它蕴含的危机。尽管全球化的钟声已清晰可闻，但是真正意义上的文化全球化，仍是一个梦想或幽灵。当今，西方话语处于强势，东方话语处于弱势。用历史的眼光来看，东方和西方是两个自成体系的文明模式，二者相互影响，但有很大的差异性。文学有它的自身特点和个性，不可能像经济那样实现一体化。在全球化时代，我们需要的是文学的多元化、多样化，用丰富多彩的文化装扮世界，而不是让世界呈现一种色彩、一种声音。因为世界是多样的、复杂的，全球化带来的文化观、文学观的嬗变，可能为作家的创作注入新的因素，但作家的创作理念、创作方式不可能一体化，文学发展的总体态势是多元共存、互补互荣。

第二，关于全球化与本土化、民族化问题。

全球化是人类从各个民族和国家之间彼此阻隔的闭关自守状态走向全球化时代的变迁过程，也是世界多种文化、文明共存和竞争的过程。从历史发展来看，全球与本土之间始终存在一种对立。我们要在对立中寻求矛盾的对立统一。作为民族的灵魂的文化，面对全球化的冲击和新的经济的变革，既要保持自己的民族性和主体意识，保持自己的独立品格，也要以开放的态度勇于接受外来文化风雨的沐浴，容纳外国文学的养分。在这里，我们需要注意两种倾向，一种是以文化、文学的全球化来取代本土化、民族化，这显然是行不通的，它只能导致中国文化特征的丧失；另一种是过分强调文化的民族化、本土化，排斥外来优秀文化，这种狭隘的民族主义情绪，早已为历史经验证明是不足取的，它只会给中国文化发展带来倒退。

有人提出"地球文化"问题，认为人的社会化过程全球化了，就意味着形成了一种"地球文化"，而人也成了"地球人"。这种"地球"文化正是一种融合的产物，而这种融合并不是以丧失各个国家、民族的文化为代价，相反，各个民族依然保持着自己民族文化的特性，保持本土的文化，鲜明地打上了自己民族的印记。就"五四"以来的文学来说，"五四"作家走向现代过程中的一

① ［美］阿里夫·德里克：《全球性的形成与激进政见》，《全球化与后殖民批评》，中央编译出版社 1998 年版，第 2 页。

个重要观念，就是人类一体，有成就作家常常是在充分吸纳外国文学冲破民族性的局限中发展的。新时期以来，这点更为明显，作家对现代性的追求更是十分突出的。与此同时，作家也在现代化与民族化的对抗性张力中寻求新的突破。

当然，继承传统，推动文学的民族化并非故步自封、停滞不前。全球化为作家的发展提供了广阔的天地，便于作家更多更好地选择，从而使作家在接纳、融化外国优秀文化中丰富自己，创造出更富有时代特色和民族特色的作品。美国学者欧阳桢说："如果全球化出现，本土文化的异质性将会更受重视。或者换句话说，某些文化越现代化，越可能变得更传统。"①这话是有道理的。事实证明，民族精神是永恒的。"越是民族的，越是世界的。"

第三，物质世界的丰富与精神世界的匮乏问题。

前面已经说到，全球化首先给我们带来的是机遇，是福音，是经济的发展、物质的富有、生活的提高，现在只要轻轻点一下鼠标，就可以到世界去漫游，可以迅速地获得各种信息。从另一方面看，全球化也不是万能的，全球化所带来的新的危机也是不容忽视的。比如政治暴力、战争灾祸对人的理想毁灭，物质对人的挤压，由此而引起信仰的崩溃、行为的失范、价值的消解、道德的沦丧、人性的麻木与残忍等。新西兰学者西蒙·杜林说："全球化首先意味着金钱成了文化无所不在的氧气，其推论是我们所有的人在今天都是物质主义者，文化形成越来越失去固定空间的限制，并很难集合成整体和传统。"②"金钱万能"在今天不仅没有失去它的意义，反而更被强化了。学者钱中文对全球化所带来的现代文化和人的危机深表忧虑，提出人文知识分子要守护人类精神家园问题。著名社会学家费孝通在《关于开发西部人文资源的思考》一文中也提到这个问题，他说："最近几年，我又开始关注一个问题，那就是当我们吃饱穿暖了后，又该怎么办？这就涉及艺术的问题了。物质方面是很重要，但精神方面，也就是文化艺术方面也同样重要。"他们提出的这些问题值得我们深思。这些年来，我们经济发展了，物质丰富了，但人们的精神世界并没有随之丰富。物欲化、市俗化充斥社会，精神世界匮乏，人的素质不高，已成为人们经常议论的一个话题。

全球化给我们的生存和精神世界带来的形势是严峻的，给文学提出了新的课题：在全球化的语境下，文学的使命是什么，作家、评论家、人文科学

---

① [美]欧阳桢：《传统未来的来临：全球化的想象》，《全球化与后殖民批评》，中央编译出版社1998年版，第54页。

② [新西兰]西蒙·杜林：《后殖民主义和全球化》，《全球化与后殖民批评》，中央编译出版社1998年版，第137页。

工作者应当怎样积极关注和参与全球化，承担什么样的责任，这些都是需要认真回答和解决的。

首先要说的是：文学是什么？在批判了“四人帮”的种种谬论之后，人们对文学是什么有种种不同的见解。有的说，文学不是什么，有的说文学是消遣、是娱乐，有的说文学是内心的展示，有的说文学与政治无关，文学反映了现实的政治，就丧失了文学的生命，失去了审美能力，对这些见解，我们不必一一评述。什么是文学，从古至今，众说纷纭，文学概念的内涵也在不断变迁，我们很难用一句话界定。中国古代有“文以载道”的传统。贺拉斯在《诗艺》中提出了“寓教于乐”的名言。鲁迅也说：文学是国民精神所发的火光，是引导国民精神的前途的灯火①。最近我读了清华大学旷新年发表在《文学评论》上的一篇文章《现代文学观的发展与形成》，文章对文学与政治这个问题作了阐释，其中有段话讲得很好，他说：“我们一直非难文学的意识形态化和政治化，尤其是80年代以来，‘回到文学自身’的呼声日益高涨，要求文学摆脱政治意识形态的束缚，使文学获得艺术的独立地位，文学独立的思想受到特别的推崇。文学与政治的关系一方面似乎压抑和降低了文学的地位，然而，实际上另一方面也大大提高了文学的地位。中国现代文学的文学神话的建立是由于文学与政治意识形态的紧密联系，并且主要是由于启蒙主义文学而建立起来这种声望的。从晚清康有为、梁启超到‘五四’时期胡适、陈独秀等人均是以非文学的身份来提倡文学的，文学改良与革命的发生与中国社会、政治、经济、思想和文化的变化有着直接和紧密的关系，而且更重要的是，我们很难说文学与政治的关系怎样才是处于一种正常的状态。中国现代文学既受政治‘压抑’和‘干扰’，同时文学的地位又空前提高，文学发生了重要的作用，文学对社会政治产生了巨大的推动作用。”②这段话说明，我们在批判了“左”的思潮对文学的干扰之后，如何正确地认识文学的作用，正确地处理文学与政治的关系，是一个十分重要的问题。现在有些学者简单地全盘否定十七年文学，否定新时期的“伤痕文学”，就是因为文学反映了政治，似乎与政治有关系的作品便是没有价值的，缺乏艺术生命力的，这些看法显然是不符合实际的。

文学的最佳境界是真善美，但在某些作品中真善美与假丑恶是混淆的、颠倒的。有些作品描写病态、丑态，却受到某些人的好评。如有的小说写大便，写月经，说“大便条像香蕉一样美丽，焦黄”。有一首诗说“少女的月潮是城市旱季的红雨/眼睛，从海底浮向沙面/在人的两个洞穴里沦为发光的天

① 鲁迅：《论睁了眼看》，《鲁迅论文学与艺术》上册，人民文学出版社1980年版，第180页。
② 《文学评论》2000年第2期。

体”。对于这类文学现象，鲁迅早就进行过批评，说“世间实在还有写不进小说去的人。当写进去，而又逼真，这小说便被毁坏”，“画家画蛇，画鳄鱼，但没有谁画毛毛虫，画鼻涕，画便，就是一样的道理”。文学疏离了生活，疏离了群众，失去了美丑的辨别能力，自然会失去震撼人心的效应。当我们观看电视剧《钢铁是怎样炼成的》的时候，自然会忆起往昔的岁月，心灵受到震撼，今天，在物质日益丰富、经济日益发展的时候，我们更需丰富的精神食粮，坚守文学的精神家园。

文学如何应对全球化挑战

面对全球化的挑战，文学如何应对呢？

1. 全球化是一个多种文化共存的时代，文学应在多元中共存，在同中存异，异中求同。

从中国历史上看，“经”和“道”都是多极、多样、多元的。从春秋“五经”、两汉的《公羊春秋》、魏晋三玄、隋唐佛经、宋明《四书》等经典以及先秦百家、两汉经学、魏晋玄学、隋唐佛学与宋明理学都是有差异的，春秋战国更是多元化的百家争鸣时代，这些都推动了文学的发展，相反，汉以后的大一统，“独尊儒术”则禁锢了文学的发展。当代文学的经验教训更证明了多元、开放的重要性。面对全球化的挑战，我们不仅要有一个开放的心态，也要有兼收并容的精神。须知“和而不同”将是世界多元文化必走的一条道路，承认不同但是要“和”，要兼收并容。在全球化的浪潮下，开放的、现代的、新质的文化正在生成，消费文化、市场文化、网络文化正在广泛传播。面对缤纷缭乱的多元文化景象，难免良莠不齐、鱼龙混杂。对此，我们不必畏惧，正确的选择是：积极引导，理性应对。

2. 文学是创新的艺术，具有超前性和独创性。在全球化的语境中，追求独创，追求创新具有特殊的意义。

文学贵在创新。创新是真善美的融合，是人们生命主体与其生存状态、生命历程的互动中所激发的人的能动性、创造性思维和行为的总和。文学最忌讳的是雷同、模仿、平庸、模式化。如最近出了一本小说《国画》，接着就有《人画》、《色画》出版，出了《上海宝贝》之后，接着就有《北京宝贝》、《广州宝贝》、《校园宝贝》问世。如此模仿复制，正说明这些作者在市场经济的诱惑下急功近利，创新意识缺失。

古人云：“惟陈言之务去，戛戛乎其难哉！”[①]“凡我见闻所及，有与古今

---

① （唐）韩愈：《答李翊书》，《昌黎先生文集》，人民文学出版社 1958 年版。

人雷同者，人有佳语，即当搁笔，或另构思，切忌拾人牙慧。”①著名艺术家罗丹也说：“所谓大师，就是这样的人：他们用自己的眼睛去看别人见过的东西，在别人司空见惯的东西上能够发现出美来。拙劣的艺术家永远戴别人的眼镜。”②文学要创新，就要更新观念，更新思维方式，用现代性的眼光审视过去，关注当今，做到吐故吸新，推陈出新，吐糟粕而吸菁华，略神貌而取神髓，在承续中外文学传统的基础上创新。

3. 生活是丰富的，生活是创作取之不尽的源泉。

在全球化的挑战下，当代作家要在生活中发掘取之不尽的资源，面向当代，立足本土，吸取中外优秀文化养分，创作出无愧于时代的好作品。

在20世纪文学史上，小说创作曾出现两次高潮。一次是30年代，产生了老舍的《骆驼祥子》、巴金的《家》、茅盾的《子夜》、曹禺的《雷雨》这样不朽的作品；一次是在50年代末60年代初，产生了梁斌的《红旗谱》、杨沫的《青春之歌》、柳青的《创业史》、欧阳山的《三家巷》、周而复的《上海的早晨》这样的佳作，这些小说之所以经久地受到人们的认同，在于它们是作者长期生活的积累，是心血和汗水的结晶。

新时期以来，我们也创作了一批好的作品，但最近几年来，情况有了变化，葛红兵在《跨国资本、中产阶级趣味与当下中国文学》一文中，一反过去赞扬新生代作家的立场，尖锐地批评了“新生代”作家形成一股写私人生活经验，写小人物生存状态，重视身体性、当下性的写作潮流。他认为，继马原、残雪，苏童、余华、莫言等之后，一批新生代作家面临的最大问题“是生活资源的日益单一，是写作资源的日益枯竭”。在今天的小说中已经很难看到生活的分量，我们不是说这些作品中没有生活，而是它所反映的生活让人费解，仿佛来自地球的另一端。在《上海宝贝》中只能看到酒吧、派对、躲在屋中一边手淫一边写作的所谓作家、多种无业人员以及来自大洋彼岸的人物，但见不到一个实实在在的中国人。现在的写作正渐渐地成为“西方”这个巨大的广播网在中国的发言人将“西方”这个词浓妆艳抹地塞给读者。这不仅意味着生活经验的西方化，也意味着写作图式的西方化。他提出，为什么中国生活的最大多数(工人、农民)人的生活得不到反映、表述，问题的中心环节是信念，失去了信念，他们看到的是时代的表面现象，因为在他们心中找不到人民这个最伟大的体验源泉。

歌德有句名言：“生活之树是常青的。”③对于作家来说，生活就是常青

---

① (清)许印芳：《与李生论诗书跋》，《中国古代文论选》，人民文学出版社1960年版。

② 罗丹：《艺术论》，人民美术出版社1978年版，第5页。

③ 见《浮士德》，上海译文出版社1982年版。

之树，是取之不尽的创作源泉。作家生活资源储存的多寡，决定着创作的生命力。当代作家刘恒在谈到自己创作时说：“一个人的创作储量和石油储量是一样的。你有那个储量，可能会写到八十岁，你没那个储量，也许喷一两下就完了。像歌德那样的作家少，七老八十还能写，还能写出青年人的豪情。”①这说明生活资源对作家创作是至关重要的。我们要写好作品，就要面向生活、深入生活，不能以抽象的创作理论作为创作的源泉。我们要学习西方文化的精粹，但不是将西方神化，要在深入生活中获得体验，获得多元文化的滋养。

（原载中国社会科学出版社 2007 年出版的《现代中国文学论丛》第一辑）

① 张英：《人性的守望者——刘恒访谈录》，《文学的力量》，民族出版社 2001 年版，第 61 页。

试论我国当代文学的发展道路

一

从中华人民共和国建立迄今，已有三分之一世纪了。

在新中国成立的凯歌声中诞生的中国当代文学，既是中国现代文学的承续，又是社会主义文学发展的起点。

1919 年爆发的五四运动，打破了神州大地的沉寂，揭开了我国历史的新篇章。作为五四新文化运动重要一翼的文学革命，在无产阶级思想的领导下，随同历史的潮流一道前进。从“五四”的文学革命到大革命时期的“革命文学”，是我国文学史上的一个飞跃。30 年代的左翼文学运动，则是我国革命文化先驱用血肉筑成的纪念碑。1942 年，毛泽东在延安文艺座谈会上的讲话，总结了“五四”以来文学运动的历史经验，解决了革命文学长期没有解决的一些重要问题，推动新文学运动走向一个新阶段。1949 年 7 月，中华全国文学艺术工作者代表大会召开，解放区和国民党统治区两支文艺队伍大会师，标志着我国当代文学的伟大开端。至此，中国的新文学运动进入了一个崭新的历史时期。

作为中国革命有机组成部分的现代文学和当代文学，都是在无产阶级及其政党领导下形成和发展的，它们之间既有紧密的联系又有一定的区别。由于民主革命阶段的任务所规定，现代文学在指导思想上虽然是社会主义因素起着决定作用，但其基本内容仍是人民大众的、反帝反封建的文学，属于新民主主义范畴。中华人民共和国成立以后，随着社会制度的根本变化，我国当代文学具有了鲜明的社会主义性质，它是社会主义精神文明建设的一个重要组成部分。

1949 年 7 月召开的第一次全国文代会，确定以毛泽东在延安文艺座谈会上提出的文艺为人民大众首先为工农兵服务的方向，为全国文艺工作的总方向，以后，在贯彻执行的过程中，文艺“为工农兵服务”、“为政治服务”、“为社会主义事业服务”的口号交替使用，并没有严格区分。1956 年 9 月召开的中国共产党第八次代表大会，宣布大规模的急风暴雨式的阶级斗争已经基本结束，今后的主要任务是发展社会生产力。阶级关系的变化和新的任务要求，使文艺服务的对象、范围和内容也相应发生了变化。1962年5月23日《人民日报》发表的《为最广大的人民群众服务》的社论，明确提出了由各民族的工人、农民、知识分子及其他劳动人民、各民主党派和民主人士、爱国的民族资产阶级分子、爱国侨胞和其他一切爱国人士组成的以工农兵为主体的全体人民，都应当是我们的文艺服务的对象和工作对象，要求文艺用工人阶级的先进思想尽可能影响广泛的社会阶层，把全国人民动员到共同的伟大目标上去。这些正确的提法反映了已经变化的历史实际，符合广大人民的根本利益。可惜的是，这篇社论发表不久，就被人为的阶级斗争的紧锣密鼓所淹没，尔后更被林彪、江青一伙诬为“修正主义文艺纲领”大加挞伐。党的十一届三中全会以来，我们党认真总结了历史经验，明确提出了文艺为人民服务、为社会主义服务的口号。这是社会主义历史时期文艺的根本方向，是当代中国文学历史的必然发展。旗帜鲜明地坚持社会主义文艺方向，通过各种艺术手段，反映人们创造历史的辉煌业绩，表现共产主义理想、信念和道德在现实生活中的作用，塑造社会主义的新人和各种类型的人物形象，建设具有中国特色的社会主义文学，使文学在社会主义精神文明建设中发挥越来越大的作用，则是时代赋予我们的光荣使命。

三十多年来，社会主义文学有它自身的发展道路。根据我国社会主义各个时期的历史、文化状况和文学特征，可以把当代文学的发展划分为四个时期：

第一，开拓时期的社会主义文学(1949年—1956年)。这是一个新旧交替、除旧布新的时期。在这个时期里，“我们党领导全国各族人民有步骤地实现从新民主主义到社会主义的转变，迅速恢复了国民经济并开展了有计划的经济建设，在全国绝大部分地区基本上完成了对生产资料私有制的社会主义改造”①。党的指导方针和文艺政策，为社会主义文艺的发展提供了条件，广大作家沐浴着新中国的阳光，在文艺为人民大众方向指引下，深入沸腾的工厂、火热的农村、战火纷飞的抗美援朝前线，熟悉新的时代、新的生活，辛勤地开拓那些未被开垦的处女地，创作了一批真实地再现了历史的和现实的革命斗争的作品，讴歌了闪耀着社会主义精神的新人新事，获得了初步的丰收。与此同时，文艺界开展的批判封建思想意识、资产阶级唯心主义文艺观点的思想斗争，虽为发展社会主义文艺进一步作了思想的准备，但文艺斗争中的“左”的倾向给文艺事业造成了很大损害。

第二，在曲折中前进的社会主义文学(1957年—1965年)。这个时期，

① 《中国共产党中央委员会关于建国以来党的若干历史问题的决议》，《三中全会以来重要文献选编》(下)，人民出版社1982年版，第798页。

是开始全面建设社会主义的十年。十年中，“我们虽然遭到过严重挫折，仍然取得了很大的成就”①。文艺战线也是如此。一方面，政治斗争、文艺斗争中的“左”的倾向对文艺产生了严重影响；另一方面，文艺园地仍是百花争艳，硕果累累，50年代末至60年代初，出现了新中国成立以来文学发展的第一个高潮。长篇小说的大面积丰收，电影、戏剧文学和散文的蓬勃发展，标志着文艺的繁荣。这种形势如果继续发展下去，当代文学一定会出现一个更加兴旺的景象。但是，党在指导方针上的失误，严重阻碍了当代文学的发展。1957年的反右派斗争严重扩大化，1958年的“大跃进”，1959年的“反右倾”，以及接踵而来的文艺战线上的“反修防修”斗争，使“左”的倾向日益滋长，愈演愈烈。在这种情况下，周恩来、陈毅的几次重要讲话和“文艺八条”的制订，曾使“左”的倾向有所纠正，文艺工作一度有所发展。但在这些正确的主张和措施尚未得到充分贯彻执行时，便又接二连三地发生了对一些文艺作品、学术观点和文艺界学术界一些代表人物的错误的、过火的批判，以致后来发展成为“文化大革命”的导火线。

第三，“文化大革命”时期的文学(1966年5月—1976年9月)。1966年5月至1976年9月的“文化大革命”，“是一场由领导者错误发动，被反革命集团利用，给党、国家和各族人民带来严重灾难的内乱”②。林彪、江青利用窃取的部分权力，于1966年2月合伙炮制了《林彪委托江青召开的部队文艺工作座谈会纪要》，作为实现篡党夺权阴谋的一个步骤，紧接着在全国推行了一条要从根本上毁灭社会主义制度、颠覆无产阶级专政的“左”倾路线，在文艺界，他们大搞封建法西斯文化专制主义和文化虚无主义，全盘否定“五四”以来的革命文艺运动的光荣传统，诬蔑革命文艺路线是“修正主义文艺黑线”，贬黜从马克思主义创始以来的无产阶级文艺，禁止一切中外古典文学优秀遗产。在这“东风无力百花残”的十年里，文苑萧瑟，黑白邪正被混淆，是非曲直被颠倒，文艺创作陷入了僵化和虚假的境地，艺术上日趋贫乏、单调和模式化，社会主义文艺园地出现了前所未有的凋零景象。这在中国文学史上是罕见的。然而，人民不会屈服，文艺工作者不会沉默。许多文艺工作者和人民站在一起，在斗争中思索，于激愤中抗争，用直接的或间接的形式同林彪、江青反革命集团进行斗争，创造了人民的、战斗的革命文艺，给荒漠的文坛带来了新的曙光。特别是天安门诗歌运动，敲响了“四人帮”覆灭的丧钟，预示着文艺的春天重新降临。

---

① 《中国共产党中央委员会关于建国以来党的若干历史问题的决议》，《三中全会以来重要文献选编》(下)，人民出版社1982年版，第798页。

② 《三中全会以来重要文献选编》(下)，人民出版社1982年版，第811页。

第四，新时期的社会主义文学(1976年10月—1986年10月)[①]。1976年10月，中国人民赢得了粉碎江青反革命集团的伟大胜利，迎来了一个新的历史发展时期。这个时期，可以以党的十一届三中全会为标志，分为两个阶段。三中全会以前，文艺界主要在拨乱反正，正本清源，批判“文艺黑线专政论”。与此同时，广大文艺工作者以不可遏止的热情，创作了一批“歌颂老一辈，揭批‘四人帮’”的作品，提出并回答了千百万人民所关心的社会问题，再现了十年动乱期间革命与反革命搏斗的悲壮图景，在社会上引起了强烈反响。但由于极左路线的影响很深，仍然存在着艰巨的斗争。1978年12月召开的党的十一届三中全会，批判了“两个凡是”的错误方针，从根本上结束了延续多年的“左”倾错误，重新确立了马克思主义的思想路线、政治路线和组织路线，做出了工作重点转移的战略决策，实现了新中国成立以来我党历史上具有深远意义的伟大转折。此后，在四项基本原则的指导下，思想解放的洪流冲开了多年来禁锢的闸门，冲决着个人崇拜、教条主义和封建思想、资产阶级思想的影响，荡涤着意识形态领域的精神污垢，出现了文艺的复兴。不论在创作的数量还是质量上，也不论在主题的深刻性还是题材风格的多样性上，都是过去难以比拟的，社会主义文学从此走上了一条健康发展的道路。尽管这一时期的文学还出现过这样或那样的问题，遇到了种种干扰，但坚冰已经打破，航道已经开通，展示在它面前的，必将是一个姹紫嫣红、繁花似锦的时代。

二

三十多年来，我国当代文学走过了一条光辉而又坎坷的道路，从总体上说，取得的成就是重大的。

第一，文学描写的生活范围和创作领域不断扩大。“五四”以来，我们曾经产生了许多以农民、知识分子、小市民生活为题材的作品，这些作品表现了人生的不幸、家庭的风波、社会的动乱、人民的觉醒，描绘了一幅幅民主革命历史时期的生活画卷。解放后，中国广袤的土地上发生了惊天动地的变革，社会主义制度的建立，为文艺创作开辟了广阔道路。从农村到工厂，从部队到学校，从边陲到城市，从现代到古代，从地上到天上，都囊括在作家的视野之中。不仅描写革命战争和农村生活的题材有了新的开拓和成就，而且过去涉猎甚少的或者完全没有涉及的工业题材、少数民族生活题材、老一辈革命家题材、国际斗争题材以及历史题材、科学幻想题材等，都有了长足

① 这里指上海文艺出版社出版的本书(《中国当代文学》三卷本)编写内容的期限。

发展，填补了文学创作的某些空白。今天，进入了开创社会主义现代化新局面的历史时期，亿万人民同心同德、奋发图强的英雄业绩，丰富多彩的现实生活，更使文学的题材无比宽阔。这就要求作家在继续开掘上述广泛题材的同时，把反映现代化建设的题材放在重要地位。

第二，人物形象的塑造有了新的发展。根据实际生活创造各种各样的人物，帮助群众推动历史的前进，是当代文学十分重要的任务。新中国成立以来，在当代文学的人物画廊里，出现了一批比较成功的人物形象，既有走在时代前列的先进典型，也有处于转变过程的中间人物，还有阻碍或抵挡生活前进的落后人物和反面人物，以及各种历史人物形象。其中，劳动人民在作品中的地位发生了根本变化。随着劳动人民在政治上、经济上的翻身，过去受欺凌、受压迫的普通工人、农民、战士和知识分子，成了文学作品的主人公。而在劳动人民的形象中，英雄人物又占据了重要地位，这些人物凝聚了劳动人民的优秀品质，成为人们效法的榜样。值得注意的是，老一辈无产阶级革命家的形象的出现，填补了当代文学在人物形象塑造上的空白，具有开创的意义。这批人物形象，与那些为数不少的平庸浮浅的人物形象不同，它不是“时代精神的单纯的传声筒”，也不是不食人间烟火的高不可攀的完人，而是按照生活本身的复杂性和多样性创造出来的具有鲜明个性的艺术形象。这批人物形象的成功创造，标志着当代文学的水平有了新的提高，新的发展。

第三，艺术风格和艺术形式有所突破。独特艺术风格的形成，是一个民族的文学、一个作家成熟的标志。艺术风格、艺术形式的多样化，显示了一个时代文学的繁荣。早在 30 年代，毛泽东就要求我们的理论宣传和文艺具有“新鲜活泼的、为中国老百姓所喜闻乐见的中国作风和中国气派”①。解放以后，虽然在一个较长时间内，由于教条主义的影响，在一定程度上限制了艺术风格、艺术形式的发展，但是，广大文艺工作者坚持深入生活，坚持艺术探求，在民族化、群众化的基础上创造个人风格，仍然取得了显著成就。有些早在“五四”以来就形成自己风格的作家，在新的历史条件下，随着思想、艺术水平的提高，创作个性又有了新的发展；有些作家则是在新中国成立以后通过不断的艺术实践，逐渐形成了独特的艺术风格。粉碎“四人帮”以后，由于社会主义现代化事业的发展和科学技术的进步，许多作家为了适应时代的需要，不断探索并创造多种艺术形式，用以反映急剧变化的现实生活，这种精神是可贵的。但这种探索和创造只有建立在民族化、群众化的基础上，才能受到人民的欢迎。

① 《反对党八股》，《毛泽东选集》，人民出版社 1961 年版，第 801 页。

茅盾说："我们的和时代一同前进的作家，尽管各有各的风格，然而在他的个人风格上，一定有时代精神的烙印。"①一个作家风格的形成有多种因素，时代的、社会的影响是其中一个十分重要的因素。在当代文学史上，曾经出现了一批倾向相似、风格相近的作家群，如人们熟知的以赵树理为代表的山西作家群，以孙犁为代表的河北作家群，以周立波为代表的湖南作家群，以及50、60年代南京出现的剧作家群，方之、陆文夫、高晓声等人组成的"探索者"作家群，在边疆地区出现的描写少数民族和边疆斗争生活的云南作家群和西北作家群等等。这些不同风格的作家群的出现，与一个时代、一定历史时期、一定地区的社会风尚、文艺风尚，以及这些地区对文艺人才的发现、培养等，有着密切的关系。它是融汇了个人艺术创造的时代产物，是值得认真研究和总结的一种文学现象。

第四，少数民族文学恢复了生机。我国有五十五个少数民族，在漫长的历史岁月中，各个民族创造了大量多姿多彩、风格独具的文艺作品，丰富了我国的文学宝库。但在解放前，少数民族文学一直受到歧视和摧残，不仅得不到发展，有的民族文学还濒于泯灭的边缘。新中国成立以来，在党的民族政策和文艺方针的照耀下，少数民族文学获得新生，涌现了一批有才华的作家，创作了许多好的和比较好的作品，整理加工了一批民族民间文学佳作。这些作品深刻地反映了少数民族苦难的昨天和幸福的今天，形象地展现了少数民族特有的生活风貌、风俗习惯、文化传统以及本民族地区奇伟、壮丽的自然风光，为人们描绘了包括历史生活和现实生活，也包括各种神话世界在内的动人艺术画卷。少数民族文学取得这样重大的成就，是这些民族历史上所未有的，也是我国文学史上所未有的。

第五，形成了一支经受严酷考验，能够勇敢战斗的文艺队伍。早在20年代，鲁迅就殷切期望中国能够出现几员闯将，打破文坛的沉寂，建设新的文艺。30年代，中国左翼作家联盟曾经采取措施培养青年作家，并把大目标一致而又持有不同观点的作家团结在一起，共同作战。在血与火的斗争中，我国产生了新文化运动的旗手鲁迅和郭沫若、茅盾、巴金、老舍、曹禺等一批杰出的作家。解放以后，党加强了文艺队伍建设，经过三十多年的斗争锻炼，一支富有战斗力的社会主义文艺大军已经形成。这支队伍大体由四部分构成：一是"五四"时期投入新文化运动的老一辈作家，他们是"五四"时代的产儿，曾为创建新文学立下了汗马功劳，新中国成立后，又为当代文学谱写了新的篇章。二是在我国民主革命的不同历史时期中为文学事业做出

① 《反映社会主义跃进的时代，推动社会主义时代的跃进》，《争取社会主义文学的更大繁荣》，作家出版社1960年版，第29页。

了贡献的作家，其中有在腥风血雨的大革命时期和30年代出现的，也有在抗日战争和解放战争的烽火中崛起的。现在，他们担负着承上启下的重任，成为社会主义文学事业的顶梁柱。三是新中国诞生后崭露头角的作家，他们之中有的是在30、40年代参加革命而在新中国成立后显示文学才华的，有的是在新中国的阳光雨露滋润下成长起来的，还有一批是从工人、农民和解放军中涌现出来的，他们带着具有浓郁生活气息的作品走进了当代文坛，成为社会主义文学的中坚力量。四是在新时期涌现的青年作家。这批新人大都孕育于十年动乱的蹉跎岁月，成长在剪除四害后的大好时代，尽管他们往往比较稚嫩，先天还有某些不足，但如同鲁迅针对当时的青年文艺家说的，“希望就正在这一面”，他们“以清醒的意识和坚强的努力，在榛莽中露出了日见生长的健壮的新芽”①，是生气勃勃的富有生命力的一代。其中，一批女作家的出现，更是历史上少见的。由上述四部分作家汇合组成的社会主义文艺大军，在党和人民的哺育下，坚持和群众相结合，经受了历史的严峻考验，而今已经锻炼得更加成熟。

在论及中国当代文学的成就时，我们不会忘记台港澳文学的发展。台湾、香港和澳门都是祖国不可分割的一部分，是中华民族的骨肉同胞。三十多年来，台港澳文学在时代潮流的影响和推动下得到了发展。近几年来，各地出版了一批台港澳文学作品，研究台湾、港澳文学的工作已为人们所重视。这对于了解台港澳文学，对于加强维护祖国统一的爱国作家和爱国人士的广泛团结，是十分有益的。

总的说来，在社会主义土壤中成长起来的当代文学，取得的成就是很大的。那种简单地认为新中国成立后三十年文学不如前三十年文学的观点，那种把“文化大革命”时期的文学和新时期文学混同起来统称为“十六年”的观点，都是不符合实际情况的。当代文学发展的历史说明：为人民服务、为社会主义服务的社会主义文学是崭新的文学，它具有强大的生命力和广阔发展的前景。

三

总结三十多年来我国当代文学的发展，有哪些经验教训值得认真记取呢？归纳起来，主要有以下几个方面的问题。

第一，正确认识和处理文艺和生活的关系。

生活是创作的源泉，人民是文艺工作者的母亲。新中国成立以后，许多

① 鲁迅：《二心集·一八艺社习作展览会小引》，人民文学出版社1981年版。

作家遵循文艺为广大人民群众服务的方向，坚持深入生活，坚持与人民群众相结合，创作出一批优秀的作品，受到人民的称赞。但是，在对待文艺与生活的关系这个问题上，也受到不同的干扰。一方面是对生活的片面理解，把深入生活简单地归结为通过体力劳动改造思想和转变立足点，而林彪、“四人帮”又把它歪曲成为“劳动惩罚”的同义语，无视和否定文学艺术本身的特点和要求；另一方面则是把作家的主观精神作为创作的源泉，忽视或否定深入生活的重要意义。毛泽东曾经指出：“作为观念形态的文艺作品，都是一定的社会生活在人类头脑中的反映的产物。革命的文艺，则是人民生活在革命作家头脑中的反映的产物。”人民生活“是一切文学艺术的取之不尽、用之不竭的唯一的源泉”①。抛弃了这一点，文学艺术就成了无源之水，无本之木。“创作要上去，作家要下去”，这已为多年来的创作实践所证明。现在，文艺工作者面临着一个如何为“四化”建设、为社会主义服务的问题，更需要深入到生活中去，不仅要进一步深入自己熟悉的那一部分生活，还要不断勘察新的生活矿藏，不断扩大生活视野，从丰富多彩的现实生活中获得新的创作素材，为人民创造出更多更好的作品。

文艺和生活的关系，表现在艺术实践上就是文艺创作的现实主义问题。现实主义是“五四”文艺传统的一个重要内容。新中国成立以来，当代文学继承和发展了这一传统，形成了革命现实主义这一社会主义文学主流，这是毋庸置疑的。另一方面，革命现实主义的发展又是很不充分、很不顺利的。解放初期，由于作家密切了与人民生活的联系，促进了文学与现实的结合，产生了一批饱含着生活气息和现实性的作品，文学上的革命现实主义精神得到了加强。不过，在当时发表的某些作品中，“对于新时代还只能作浮光掠影的反映。它们虽然描写了生活的新的现象和新的斗争，但不能比较深刻地传达出新的斗争的内容和精神。在当时有些歌颂人民的胜利和歌颂新的时代的作品，其中抽象的概念、空洞的思想和陈旧的调子，往往超过了对于生活的新鲜而真实的感受”②。1952 年 5 月 28 日，《人民日报》为纪念《在延安文艺座谈会上的讲话》发表十周年而发表的社论中，提出要进行文艺上的两条战线的斗争，即一方面反对资产阶级思想，一方面反对公式化、概念化和主观主义、教条主义倾向。当时文艺界过于注意前者而忽视后者。后来由于“左”倾思潮的影响，公式化、概念化和教条主义倾向不仅没有克服，反而有所发展。50 年代末至“文化大革命”前，文艺界曾经围绕着现实主义这个中心问

① 毛泽东：《在延安文艺座谈会上的讲话》，《毛泽东选集》，人民出版社 1961 年版，第 817 页。

② 冯雪峰：《五年来我国文学创作的发展方向》，《冯雪峰论文集》(下)，人民文学出版社 1981 年版，第 272 页。

题多次展开论争，一些作家大声疾呼要从教条主义的束缚下解放出来，走一条创造性的道路。但在当时的历史条件下，这些论争不仅没有促进现实主义的发展，一些正确的看法反而遭到不应有的批判与打击。十年内乱期间，林彪、江青一伙更把“写真实”、“现实主义深化”、“写中间人物”等为发展社会主义文学而从不同侧面提出的文学主张斥为修正主义文艺理论的支柱，使现实主义在一个时期内几乎湮没，代之而起的则是瞒和骗的文艺畅行无阻。粉碎“四人帮”后，现实主义得到恢复，社会主义文学又获得了新生，文艺日趋繁荣。

三十多年的当代文学实践，说明革命现实主义这个原则是不能背离的。在新的历史时期，我们仍然需要坚持这个原则，以真实地艺术地反映现实并反转来影响现实为己任，绝不能“为了观念的东西面忘掉现实主义的东西，为了席勒而忘掉莎士比亚”①。那种脱离生活、面壁虚构、胡编乱造的文学，是与社会主义文学不相容的。强调以现实生活为土壤，也不是客观地罗列生活现象，自然主义地展示某些生活中的血腥和污秽，而是要用马克思主义来观察、剖析生活，分清生活的主流和支流、本质和现象，大胆地揭示和反映现实生活中的矛盾冲突，正确地表现现实生活中的各种人物。我们提倡现实主义，并不意味着忽视浪漫主义和其他创作方法。新时期以来，在现实主义得到恢复和发展的同时，浪漫主义、象征主义、“意识流”、荒诞主义、“黑色幽默”、魔幻现实主义等创作方法和表现手法也为许多作家广泛运用，取得了积极的成果。当然，任何创作主张、创作方法都不应成为束缚作家创作生命力的公式和教条。每个作家可以根据自己的生活经验和创作个性，采取自己认为适合的正确反映生活的创作方法，不必强求一律。

第二，正确地认识和处理文艺和政治的关系。

文艺和政治的关系问题，实质上是文艺和人民的关系问题。长期以来，在这个问题的理解和执行上，存在着许多形而上学的错误，特别是林彪、江青反革命集团在这个问题上制造了许多混乱，更给文艺事业带来严重灾难。正确地认识和处理文艺和政治的关系，对于发展文艺事业是至关重要的。

马克思主义认为，政治和文艺都属于上层建筑。恩格斯说过：“政治、法律、哲学、宗教、文学、艺术等的发展是以经济发展为基础的。但是，它们又都互相影响并对经济基础发生影响，并不是经济状况才是原因，才是积极的，而其余一切都不过是消极的结果。这就是在归根到底不断为自己开辟

① 《恩格斯致斐·拉萨尔(1859年6月18日)》，《马克思恩格斯选集》第4卷，人民出版社1972年版，第345页。

道路的经济必然性的基础上的互相作用。”[①]政治和文艺都决定于经济基础并反过来影响基础，但两者之间又是相互作用、相互影响的。文艺要给予一定的影响和作用于政治，而政治又占主导地位，影响着文艺的发展。认为文艺与政治无关，文艺离政治越远越好，是错误的；把文艺当作政治的附属品，否认它的独特性，也是错误的。政治不等同于文艺，更不能代替文艺。文艺有它自身的特点和发展规律，取消文艺的特点，否认文艺的特殊规律，就会脱离广大人民的需要，违背人民的根本利益。

新中国成立以后，在一个较长时间内，“文艺从属于政治”、“文艺为政治服务”，曾被认为是带指导性的口号。不可否认，这个口号曾经起过积极作用，但是随之而来，却也出现过许多偏差与错误。

回顾以往走过的道路，我们在这个问题上的失误，可以归纳为以下几点。首先，是把文艺为政治服务当作了文艺工作的终极目标。认为政治决定一切，高于一切，文艺必须从属于它，不管政治正确与否，都要为它服务，这种认识有很大的片面性。如果说文艺应为政治服务，那政治又为什么服务呢？胡乔木说：“政治本身不是目的，是达到目的的手段。虽然可以说是非常重要的手段，但它只能是手段，目的只能是为人民的利益。政治要从属于人民，从属于社会主义，才是正确的。不从属于人民，不从属于社会主义的政治是错误的，这样的政治是有的，过去有过，现在也有过。我们不但不能服从它，而且要加以反对或纠正。”[②]这就是说，无论是政治还是文艺，都必须服从于人民，服务于人民，“以合乎最广大人民群众的最大利益，为最广大人民群众所拥护为最高标准”[③]。而强调文艺从属于政治，为政治服务，则会忽视甚至背离这一最大利益和最高标准。

其次，把文艺为政治服务变成为中心工作服务，为政治运动服务，为某项政策服务，并且具体化为“写中心，唱中心，画中心，演中心”，这就抹煞了文艺的特点，导致题材的单一化和艺术表现的公式化、概念化。这既是某些领导人对文艺创作横加干涉的结果，反过来又导致他们继续地横加干涉。文艺固然可以较直接地为当前的政治服务，如宣传画、政治讽刺诗等，这是需要的，也可能产生好作品，但这不能代替文艺的全部功能。文艺，首先是艺术品，是以真实地反映社会生活、形象地描绘社会生活的图景为基本任务的，而社会生活是广泛的、多方面的，政治生活、阶级斗争是文艺反映的一

① 《恩格斯致瓦·博尔吉乌斯(1894年1月25日)》，《马克思恩格斯选集》第4卷，人民出版社1972年版，第506页。

② 转引自《总结经验，继往开来——记中国文联四届二次全委会》，《文艺报》1982年第8期。

③ 毛泽东：《论联合政府》，《毛泽东选集》，人民出版社1961年版，第997页。

个方面，但不是全部，更不是唯一的内容。把文艺的任务仅仅限于为当前某项具体政策、具体工作服务，自然会限制以致妨碍作家的积极性和创造性，对发展社会主义文艺事业极为不利。

再次，把文艺的社会功能理解得过于狭隘，忽视人民群众的多种需要。我国是一个历史悠久、地域辽阔、人口众多的国家，“不同民族、不同职业、不同年龄、不同经历和不同教育程度的人们，有多样的生活习俗、文化传统和艺术爱好。雄伟和细腻，严肃和诙谐，抒情和哲理，只要能够使人们得到教育和启发，得到娱乐和美的享受，都应当在我们的文艺园地里占有自己的位置”①。作为精神产品的文艺，既要反映中国人民推翻旧世界、创建新世界的光辉史实，也要表现千百年来的历史生活和英勇斗争；既要描绘波澜壮阔的生活激流，又要抒写细微涟漪的生活浪花。一句话，要以多种艺术笔墨绘制五彩缤纷的生活图画。只有以题材、内容、风格、形式多样的作品奉献给读者，才能满足人民群众的多种精神需要。

党的十一届三中全会以来，我们党提出的文艺为人民服务、为社会主义服务的口号，反映了人民精神需要的多样性和丰富性，概括了文艺工作的总任务和根本目的，纠正了文艺从属于政治、为政治服务的偏颇，它既和背离现实、脱离群众、为艺术而艺术的倾向划清了界限，也和僵化、简单化的狭隘功利主义划清了界限，从而为社会主义文学的发展开辟了新天地。

第三，正确地理解和贯彻执行“百花齐放，百家争鸣”方针。

1956年，毛泽东在最高国务会议上提出的“百花齐放，百家争鸣”方针，是社会主义民主在文艺、科学领域的体现，是发展文艺、科学事业的长期性方针。二十多年来，在贯彻执行“双百”方针的过程中，经历了多次波折。这个方针刚提出不久，就在文艺界、学术界引起了热烈反响，很快出现了一个文学创作繁荣、学术空气活跃的可喜局面，初步显示了“双百”方针的强大生命力。但是由于“左”倾思想的干扰和斗争的扩大化，政治领域、文艺领域、学术领域的民主生活受到破坏，“使这个方针在许多时候没有能够很好地贯彻执行。林彪、‘四人帮’则是把这个方针彻头彻尾地毁灭了”②。直到粉碎“四人帮”以后，这个方针才能重新得到贯彻执行。

“双百”方针贯彻执行过程中的反复，来自“左”的和右的方面的干扰。从“左”的方面来说，主要是混淆两类矛盾、蔑视艺术规律、违背党的文艺方针政策的教条主义。文艺是富于创造性的精神生产，容不得任何规格化和标准

① 邓小平：《在中国文学艺术工作者第四次代表大会上的祝辞》，《文艺报》1979年第11、12期合刊。

② 周扬：《继往开来，繁荣社会主义新时期的文艺》，《文艺报》1979年第11、12期合刊。

化；文艺又是一种高度民主的劳动，容不得清规戒律的约束和简单粗暴的干涉。而“左”的教条主义恰恰抹煞了这些特点，否定世界的复杂性、生活的广阔性和艺术风格的多样性，用一花独放取代百花齐放，把属于学术、艺术范畴的不同学派、不同风格之间的论争，一概看作是阶级斗争，用打棍子、戴帽子、抓辫子的方法压制不同观点、不同流派的自由争鸣，用行政手段解决艺术问题和学术问题。从右的方面来说，主要是企图摆脱党的领导、背离社会主义的错误倾向。“双百”方针，是社会主义国家的文化政策，它是在为人民服务、为社会主义服务方向下的“齐放”，是在马克思主义指导下的“争鸣”。而有些同志既忽视甚至无视这种方向和指导，又容不得任何批评和争论，把“双百”方针看作是抽象的、无原则的方针，他们“不承认这一方针的基本点就是在学术上实行民主讨论，在艺术上实行自由竞赛，通过批评和自我批评，来发展正确和先进的东西，纠正错误和落后的东西，用真、善、美来克服假、恶、丑，来求得社会主义科学文化事业的健康前进”①。这样，就抹煞了真理和谬误、佳花和恶草的原则界限，混淆了无产阶级文艺和资产阶级文艺的根本区别。实践证明，社会主义文学艺术的兴衰荣枯，与能否正确贯彻“双百”方针有着十分密切的，甚至是决定性的关系。坚定不移地执行“双百”方针，不能有丝毫的动摇，这是我们经过曲折和反复之后得出的一条宝贵经验。

第四，正确地对待中外文艺遗产的批判继承。

新中国成立以来，在党的“百花齐放，推陈出新”、“古为今用，洋为中用”的方针指引下，我们在戏曲改革、文艺遗产整理、吸收外国文艺的经验等方面，取得了很大成绩，促进了旧传统的革新，推动了新文艺的进一步民族化。

在如何对待文艺遗产的问题上，从“五四”至今始终存在着两种偏向：一种是，不分精华和糟粕，盲目搬用，全盘肯定；另一种是，统统排斥，全盘否定。这都不是对待文艺遗产的正确态度。社会主义文艺不是从天上掉下来的，而是人类在历史上所创造的全部文艺成果的合乎规律的发展。恩格斯说过：“每一个时代的哲学作为分工的一个特定的领域，都具有由它的先驱者传给它而它便由此出发的特定的思想资料作为前提。”②就文艺而言，它也是以前人提供的思想资料、创作经验等作为前提和出发点的。割断历史的联系，拒绝继承和借鉴古代和外国的优秀文艺遗产，是民族虚无主义和狭隘民

---

① 胡乔木：《当前思想战线的若干问题》，《红旗》1981年第23期。

② 《恩格斯致康·施米特(1890年10月27日)》，《马克思恩格斯选集》第4卷，人民出版社1972年版，第485页。

族主义的表现，“但是继承和借鉴决不可以变成替代自己的创造，这是决不能替代的。文学艺术中对于古人和外国人的毫无批判的硬搬和模仿，乃是最没有出息的最害人的文学教条主义和艺术教条主义”①。批判地继承文艺遗产，就要从人类创造的艺术结晶中吸取丰富的养料，用于发展本民族的文艺。继承不是抱残守缺、故步自封，借鉴也不是生搬硬套、盲目模仿，而是要站在历史唯物主义的高度，对文艺遗产加以分析鉴别，把有害的东西与对我们有益的东西区别开来，去其糟粕，取其精华，以我为主，为我所用。粉碎“四人帮”以后，随着对外开放政策的实行，中外文化交流日益频繁，文艺界翻译、出版了一批外国文艺作品和文艺理论著作，这对建设社会主义文学，满足人民的精神生活需要是十分有益的，但在这一过程中也出现了一些新问题。有些作家不排斥西方的好东西，却排斥中国的好东西。有些作家特别是青年作家，对外国文艺流派缺乏鉴别能力，不能正确地分析这些流派在历史中的地位和在今天的作用，有的甚至盲目拜倒在西方文艺面前，认为外国的一切都是好的，这些看法显然是不足取的。我们主张思想解放，充分地吸收外国文艺中一切好的东西，但这种吸收应当是有选择的，而且要经过自己的咀嚼消化，把外国的东西融化于民族的土壤之中，用以建设具有中国民族特色的社会主义文学。

以上所述，只是我国当代文学发展的主要经验教训，并不包括它的全部。实践证明，这几方面的关系处理得正确与否，直接关系到社会主义文学的成败兴衰。而要处理好这些关系，就有一个正确开展文艺论争的问题。

新中国成立以来，文艺战线开展了一系列批判与斗争，其中主要的有五次：关于电影《武训传》的讨论，关于《红楼梦》研究中的唯心主义观点的批判(联系批判胡适派的政治观、学术观、文艺观)，关于胡风文艺思想的批判，文艺界的反右派斗争，60年代的“反修防修”斗争。这些批判和斗争，完全超出了文艺思想和学术问题的范围，发展成为错误的政治斗争和政治运动。对本来可以通过正常的学术讨论和争鸣以求逐步澄清、逐步解决的问题，采用了行政命令和群众批判运动的方式，匆忙地、轻率地做出错误的政治结论，完全忽视了文艺思想和学术问题上的是非，结果给文艺创作和学术研究带来了严重后果。历次批判斗争，都以反对右的倾向为主要内容，对“左”的教条主义批判却不力，甚至把“左”倾错误观点当作正确的东西加以宣扬，致使“左”的倾向越来越泛滥，越来越严重，而林彪、江青反革命集团则把它推到登峰造极的地步。直到粉碎“四人帮”以后，文艺论争才逐步走上正轨，三十多年来，我们在这个问题上吃了许多苦头，付出了沉重代价。“前车之鉴，

① 毛泽东：《在延安文艺座谈会上的讲话》，《毛泽东选集》，人民出版社1961版，第817页。

后事之师。”振兴社会主义文艺事业，需要我们从历史的经验教训中得出正确结论，而不致重蹈覆辙。

当代文学发展的历史告诉我们，正确地对待文艺论争，有几点值得注意：

一是要从实际出发，准确地分析估计文艺现状。列宁说：“马克思主义要求我们对每个历史关头的阶级对比关系和具体特点，做出经得起客观检验的最确切的分析。”①坚持从实际出发而不是从定义出发，从客观存在的事实中引出结论而不是凭借主观臆测作出判断，才有可能对文艺形势做出经得起客观检验的最确切的分析，使文艺论争建立在坚实可靠的基础上。新中国成立初期，由于社会主义制度刚刚建立，三大敌人的残余还存在，民主革命遗留的任务还没有完成，资产阶级、小资产阶级的经济力量和政治思想影响还存在，这就要求我们在进行三大改造的同时，用马克思主义战胜形形色色的剥削阶级思想，力争无产阶级在这个领域掌握领导权。从这一实际情况出发，在马克思主义文艺观指导下，展开正常的文艺思想论争，是十分必要的。但后来党的工作在指导方针上出现了严重失误，对新的历史情况和客观形势估计严重失误，从而导致阶级斗争扩大化。特别是“在 1962 年 9 月党的八届十中全会上，毛泽东同志把社会主义社会中一定范围内存在的阶级斗争扩大化和绝对化，发展了他在 1957 年反右派斗争以后提出的无产阶级同资产阶级的矛盾仍然是我国社会的主要矛盾的观点，进一步断言在整个社会主义历史阶段资产阶级都将存在和企图复辟，并成为党内产生修正主义的根源”②，在这样的思想指导下，从贯彻“两个批示”开始，在文艺界接连进行了一系列重大斗争，形成了“左”倾思潮愈演愈烈的局面。这些都说明了实事求是地分析文艺状况，正确地估计文艺形势，就会有的放矢地有分寸地开展文艺论争；反之，就会产生不好的影响，造成很大的危害。

二是在反对一种倾向的时候，不要忽视另一种倾向。党的十一届三中全会确定的“解放思想，开动脑筋，实事求是，团结一致向前看”的方针，为正确开展文艺论争指明了方向。从我国文艺战线的实际状况来看，在一个较长时间内，存在着“宁‘左’勿右”、“‘左’比右好”的思想，“左”的错误根深蒂固；另一方面，资产阶级的思想影响源远流长，封建残余的影响也不可忽视。因此，在文艺论争中，不能只看到或只强调一方面的倾向性问题，看不到或忽视另一方面的倾向性问题。我们应当从实际出发，有什么问题就解决

① 《论策略书》，《列宁选集》第 3 卷，人民出版社 1960 版，第 24 页。

② 《中国共产党中央委员会关于建国以来党的若干历史问题的决议》，《三中全会以来重要文献选编》(下)，人民出版社 1982 年版，第 807 页。

什么问题，不能主观武断，先入为主，更不能任意夸大，以偏概全。与此同时，还要十分注意分清政治问题和文艺问题、学术问题的界限，不能把政治斗争与文艺论争混在一起，把文艺问题、学术问题无限上纲为政治问题、敌我问题。文艺论争固然和政治倾向有一定的联系，但两者毕竟不能等同，文艺论争有它自己的内容与特点。开展文艺论争，需要缜密地研究文艺领域的情况，正确判断主要倾向所在，具体问题具体分析，具体情况具体对待。在分析一部作品成败得失的时候，更不宜使用“左”或右这样的政治概念。

三是要用正确的方法开展文艺思想论争。新中国成立以来，我们解决文艺问题、学术问题，通常都是采取“大批判”的方法，将文艺问题、学术问题纳入了政治运动的轨道，形成了全民围剿的局面。这不仅严重地搅乱了阵线，而且使一些文艺问题、学术问题长期得不到正确解决。粉碎“四人帮”以后，纠正了惯用的以武器的批判代替批判的武器的错误作法，这是完全必要的。但在有些同志中又产生了另一种情况，即对一些有争议的作品盲目吹捧，一味叫好，既不愿认真地进行自我批评，也不敢理直气壮地开展批评；或者听不得批评，一受批评就说是打棍子、抓辫子。这种态度也是不妥的。批评和自我批评是发展社会主义文艺的一个重要方法，正确的批评应当是同志式的，满腔热情，实事求是，入情入理，恰如其分，而不是吹毛求疵，置人于死地的粗暴指责。要允许反批评，允许不同意见的发表和争鸣。对于有争议的作品要进行具体分析，“坏处说坏，好处说好”，不能抓住一点，不及其余。我们需要准确而有分寸的批评，“溢美”或“溢恶”，“捧杀”或“骂杀”，都是不郑重的。只有采取正确的态度开展文艺批评，才能促进文艺事业的健康发展。

四

中国当代文学是一门新兴的独立的学科。学习和研究当代文学，恰切地评价当代作家作品，科学地分析社会主义文学的特点和规律，对于发展文学艺术事业，对于促进高等学校文科教学，都具有重要的意义。然而，要做好这项工作，并不容易。这是因为，新中国成立以来“左”的思潮的影响，特别是“四人帮”的干扰破坏，文学领域里的许多问题被搞乱了，界限被搞混了，要排浊扬清，正确评价作家作品，总结当代文学发展的经验教训，存在着许多困难，需要花费很大的气力；另一方面，当代文学还在发展中，新情况、新问题不断出现，有待我们进一步研究探讨，有待实践的检验。

怎样学习和研究当代文学，我认为需要注意以下几点：

一是指导思想问题。

作为一门科学，马克思列宁主义不仅是无产阶级革命运动的指南，也是无产阶级文艺运动的指南。毛泽东文艺思想则是马克思主义和中国文艺运动的实践相结合的产物，它科学地总结了“五四”以来文艺发展的历史经验，指出了社会主义文艺发展的方向，奠定了中国马克思主义文艺科学的基础。当然，毛泽东的文艺论著也和他的其他论著一样，不能不受到一定的历史局限，特别是在他晚年，也在文艺问题上发表过某些错误的见解，但他的文艺思想的基本精神是正确的。我们应当采取科学的分析态度，把毛泽东文艺思想的基本精神同毛泽东本人在文艺方面的某些不正确的言论区别开来，全面地、准确地理解毛泽东文艺思想，用毛泽东文艺思想总结当代文学发展的经验教训，指导文艺研究和文艺教学工作。

毛泽东指出：“马克思主义一定要向前发展，随着实践的发展而发展，不能停滞不前。停止了，老是那么一套，它就没有生命了。”①在新的历史条件下，毛泽东思想也在发展，在实践中不断开辟认识真理的道路。党的十一届六中全会通过的《中国共产党中央委员会关于建国以来党的若干历史问题的决议》和党的十一届三中全会以来的文件，就是马列主义、毛泽东思想的具体运用和发展。这些重要的历史文献，不仅对我国社会主义革命和建设具有伟大的指导意义，而且对于研究当代文学、发展社会主义文学，也具有指导意义。因此，学习和研究中国当代文学，还要以这些重要的历史文献作为依据。只有这样，才有可能使我们对当代文学走过的道路，对新中国成立以来的文艺思潮，对当代文学取得的成就和不足，对新时期文学中出现的新情况、新问题，作出切合实际的判断。

二是评价当代文学的尺度问题。

评价文学作品，历来都有不同的尺度，不同的标准，既有不同的政治标准，也有不同的艺术标准。由于生活经历、思想水平、艺术修养、兴趣爱好的不同，人们所持的尺度也不尽相同。马克思、恩格斯一贯主张要用历史的美学的观点分析文艺现象，评价作家作品。恩格斯在评价《济金根》时，提出他对未来文学的期望是“较大的思想深度和意识到的历史内容，同莎士比亚剧作的情节的生动性和丰富性的完美的融合”②。毛泽东要求革命的或进步的文艺作品做到政治和艺术的统一，内容和形式的统一，革命的政治内容和尽可能完美的艺术形式的统一。我们认为，这是马克思主义文艺观的一个重

① 《在中国共产党全国宣传工作会议上的讲话》，《毛泽东选集》第5卷，人民出版社1977年版，第417页。

② 《恩格斯致斐·拉萨尔(1859年5月18日)》，《马克思恩格斯选集》第4卷，人民出版社1972年版，第343页。

要内容，也是文艺批评和艺术鉴赏的基本标准。

过去，由于错误思潮的影响，我们在作家作品的评价上，往往偏离了这个标准。或按某种政治运动的需要，任意贬低或抬高某个作家、某部作品；或把政治和艺术等同起来，用政治代替艺术，抹煞文艺的特点和作家的创作个性；或仅仅看重艺术技巧，忽视作品的思想倾向和社会效果：这些，都不可能对作家作品作出正确的、公允的评价。

任何事物的好坏优劣都有它的客观标准，同样，判断作家作品成就的高低，也有它的客观标准。评价一个作家和他的作品在当代文学史上的地位和作用，一方面要看作家是否从自己感受最深的生活的角度，真实地、深刻地反映了社会现实生活，概括了时代的精神风貌，是否在坚持文学的真实性原则的基础上，逐步形成自己的创作个性，独特的艺术风格。违背真实性原则，或者缺乏创作个性、人云亦云的作品，都是没有艺术生命力的。另一方面也要看他的作品对人们的思想、道德、情操，是否起了积极的作用。那种格调庸俗、情趣低下，艺术技巧拙劣的作品，即使一时有较高的票房价值，也不足以称道。

三是检验当代文学的标准问题。

在当代文学史上，常常有这样的情况：有些作品问世以后，深受读者欢迎，艺术魅力历久不衰；有些作品虽然流行一时，却像昙花一现，很快被人们忘却，难以传世；还有些作品一开始受到冷遇，甚至受到指责、批判，后来它的较高的思想艺术价值终于得到人们的肯定，犹如重放的鲜花，为广大读者所赞赏，等等。这就有一个实践检验的问题。

我们所说的实践，是千百万人民群众的社会实践。坚持实践检验真理的标准，首先要由人民群众来检验。列宁说：“艺术是属于人民的。它必须在广大劳动群众的底层有其最深厚的根基。它必须为这些群众所了解和爱好。”①人民群众既是物质财富和精神财富的创造者，又是文学作品最重要、最广大的欣赏者。一部作品的优劣，需要经过人民群众的鉴别和裁判。只有那些经得起群众的检验并为群众所了解和爱好的作品，才称得上是真正的艺术珍品。其次，社会实践对文艺作品的检验，主要看它是否符合人民的根本利益，看它在社会大众中产生的效果。凡是具有较高思想性和艺术性的作品，就会产生对人民有利的社会作用和社会效果，相反，就会产生不好的作用和效果。因此，社会作用的大小，艺术价值的高低，社会效果的好坏，是检验作品质量与水平的重要根据。第三，社会实践对文艺的检验，不能脱离具体的历史条件。一种文学现象的出现，一部作品的产生，总是一定历史阶

① 列宁：《论文学与艺术》(二)，人民文学出版社 1960 年版，第 912 页。

段的时代思潮、社会思潮的反映。研究文学现象、文学作品，要用历史的、比较的方法，探讨文学发展的进程，了解各种文学现象出现的社会原因以及它们之间的内在联系，比较这个作家、这部作品与其他作家作品的异同，而不是孤立地、静止地进行这种研究。对于那些产生于一定历史时期，反映了那个时期的社会生活，并且发生过较大影响的作品，应当采取历史主义的态度，把它放在一定的历史范围之中分析，正确评价它在过去和今天的意义和作用，不能因为社会生活的变化和现行政策的调整而任意褒贬。

以上，简要地叙述了当代文学发展的历史。三十多年来，当代文学随着人民共和国前进的脚步，走过了一条不平坦的道路，而今又在新的起跑线上迅猛向前。

时代呼唤着文学，人民呼唤着文学。回顾既往，展望前程，坚信我们一定能够创造出无愧于时代、无愧于人民的优秀作品，不断满足和丰富人民群众的精神生活，并给世界文艺宝库增添新的财富。

（原载《华中师范大学学报》1983年第3期）

中国当代文学50年研究概述

从1949年10月至今，新中国文学已走过了半个世纪的路程。50年来，新中国文学从小到大、从弱到强、从稚嫩到成熟，经历了一个既曲折又辉煌的发展过程。我作为一名中国现当代文学的研究者，亲身经历了当代中国文学发展的整个进程，对于新中国文学50年来取得的成就与不足、经验与教训有着切身的感受。下面从三个方面谈谈自己的一些认识。

一

中国当代文学是一门新兴的年轻的学科，也是一门蓬勃发展的、充满活力的学科。它以研究当代中国文学的作家作品、当代文学思潮、当代文学现象为主要对象。当代中国文学的一个显著特征是它的当代性，简言之，就是它所具有的强烈时代精神。它的发展既不能离开时代的推动，也不能离开时代的制约和影响。作为社会主义精神文明建设一个重要组成部分的文学，自然也随着时代的变革而变革，随着时代的发展而发展。

新中国文学是具有新质的社会主义文学发展的起点。就当代中国文学50年来说，大体经历了两个发展阶段：即从新中国成立初期至70年代中期为一段，从70年代中期至今为另一段，这两个阶段的文学，构成了当代中国文学发展的文学画卷。这是就全国而言，湖北、武汉的文学发展与全国同步，也不例外。

从新中国成立初期至70年代中期，是新中国文学除旧布新、曲折发展的一个时期。新中国成立初期，广大作家沐浴着新中国的阳光，满怀激情地歌颂新的生活、新的时代，写下了礼赞祖国、礼赞党的颂歌："在我们心脏的/炉火中/在我们血管的/激动里/燃烧着/沸腾着的/却有一个共同的/最珍贵的/元素/我们生命的/永恒的/活力——/这就是：/党"(贺敬之：《放声歌唱》)，除了诗歌，还有一批表现时代强音的小说、散文、报告文学和戏剧。这些作品难免会有这样或那样的不足，但作为新中国文学的开篇，却是永垂青史的。继之，在50年代末，60年代初，又出现了一个发展的文学繁荣期，涌现了一批至今还具魅力的长篇佳作，如大家所熟知的《红旗谱》、《青春之歌》、《创业史》、《红岩》、《李自成》、《上海的早晨》等，还有那些优秀的诗歌、剧作，如《洪湖赤卫队》等等。这些作品以其思想的深邃、艺术的精湛而载入新中国文学史册。然而就在文学创作蓬勃发展时，党在指导方针上的失误、“左”倾思潮的泛滥，给文学的发展带来了严重的影响。如新中国成立初期对电影《武训传》、对俞平伯《红楼梦研究》的批判和对“胡风反革命集团”的批判；1957 年的所谓反右派斗争；1958 年的“大跃进”、1959 年的反右倾以及接踵而来的“反修防修”斗争，使“左”的倾向日益增长、愈演愈烈，其间党和国家领导人周恩来、陈毅等虽设法制止“左”倾思潮，但他们提出的正确主张未能充分贯彻。尔后文艺界又发生了对一些文艺作品、学术观点和代表人物的错误批判，以致后来发展成为“文化大革命”的导火线。1966 年 5 月至 1976 年的“文化大革命”则是一场由领导者错误发动，被林彪、江青反革命集团利用，给党、国家和各族人民带来严重灾难的内乱。这场灾难使文学事业受到最严重的损失。整个文苑万马齐喑，百花凋零，文艺园地出现了前所未有的荒芜景象。然而，文艺工作者不会屈服，1976 年爆发的天安门诗歌运动则昭示着文艺春天的重新降临。

从 70 年代中期至今，是新中国文学发展最好的一个时期，也可以说是新中国文学复兴的黄金时代，这一时期伊始，文艺界主要是拨乱反正、正本清源，特别是党的十一届三中全会的召开，批判了“两个凡是”的错误方针，从根本上结束了延续多年的“左”倾错误，作出了工作重点转移的战略决策，实现了新中国成立以来我党历史上具有深远意义的伟大转折，至此，改革开放的潮流推动了文学的发展，使新中国文学走上了一条健康发展的道路。

综观新中国文学 50 年来的发展，尽管有过多次曲折和反复，但从总体来看，经历了一个从单一到多元、从直露到深邃、从封闭到开放的路程，它所发生的变化是十分深刻的，取得的成就是引人瞩目的。不论是创作的数量还是质量，不论是主题、题材还是艺术风格的变化都是前所未有的。仅以长篇小说为例，新时期创作出版的比“文革”前出版的还要多，“文革”前创作长篇最多的一年 1959 年，出版了 32 部，而现在平均每年都在几百部以上。据统计 1991—1995 年出版长篇小说 2500 部，这个数字是人民文学出版社 50 年出版的长篇小说总量的 5 倍，但真正优秀的长篇仅占百分之一。

新中国文学成就，主要表现在以下几个方面：

就题材而言，突破了题材的禁区，作家的视野不断扩大，创作的领域涉及社会生活的方方面面。从新中国文学发展的 50 年中，可以明显看到创作题材的不断拓宽，不仅描写革命战争和农村生活的题材有了新的拓展，而且过去涉猎甚少的或者完全没有涉及的题材也得到开拓。如：描写知识分子在农场劳动改造的《绿化树》、《男人的一半是女人》，描写“善吃”的资本家的《美食家》，揭示僧人生活的《受戒》，揭开监狱生活一角的《大墙下的红玉兰》

等。就湖北武汉的作家而言，描写科学家攀登高峰的《哥德巴赫猜想》(徐迟)，反映市民生活原生状态的《烦恼人生》、《太阳出世》、《冷也好热也好活着就好》(池莉)和《风景》、《行云流水》(方方)，抒写农村教师生活的《凤凰琴》(刘醒龙)，刻画古代人物的《孔子》(杨书案)等，都打破了文学描写的狭窄天地，填补了某一方面的空白。

就主题而说，突破了主题的单一模式，作品的意蕴进一步深化。新中国成立初期的一些作品，主题比较单一，为了配合中心为政治服务，有些作品的主题摆脱不了公式化、概念化的窠臼，经过半个世纪的创作实践，文学作品的主题丰富多样，作品的意蕴进一步深化。作家已经不满足于从社会思潮的表面汲取一般化的概念作为自己作品的主题，而是从生活的底层中提炼主题，以溶进作家对时代、对生活、对人生的独特的思索和理解，溶进自己的审美意识。比如同是表现部队生活的《三千里江山》、《谁是最可爱的人》与尔后创作的《西线轶事》、《高山下的花环》在主题的提炼上就有显著的差异。前者多是从正面歌颂解放军、歌颂部队生活；而后者则显得更为丰富深刻，作家对当代军人世界的揭示，不再是单一的歌颂，而是融颂歌、战歌、悲歌于一体。再如描写都市生活的《普通女工》与《烦恼人生》，在主题的揭示上也有很大不同。有些作品的主题并非单向涵意所能概括，有的则是多义的统一。

由于主题的深化，作家对人物形象的塑造、对人物性格的刻画也有了新的突破。现在的作品打破了好人一切皆好、坏人一切皆坏的格局，作家注意把笔伸向人物的精神世界，多方面地展示人物性格的丰富性和复杂性、矛盾性，使人们对人物形象有了深层次的了解和把握。

就艺术方法而论，突破了艺术风格和创作方法定于一尊的规范，形成多种艺术风格、创作方法并存并荣的繁荣局面。新中国成立初期，我们一直倡导革命现实主义、社会主义现实主义、革命现实主义与革命浪漫主义相结合的创作方法，而对其他一些创作方法则采取排斥的态度。事实证明，这对发展文学创作是不利的。社会主义文学是一个开放的体系，尽管革命现实主义创作方法占有重要地位，但是看来不必、也不可能把现实主义创作方法定为一尊。新时期以来，由于对外开放，各种艺术流派、各种创作方法纷至沓来，如意识流、魔幻现实主义、现代主义、浪漫主义、后现代主义、象征主义、超现实主义、荒诞派、后殖民文学，等等，都给文学创作带来很大的冲击，促使当代中国文学的文学观念和艺术风格、表现手法发生嬗变，文学由定于一尊朝向多元发展。有的作家由重点描写客体转向注重主体意识的表现；有的由外部表象转向内心世界的发掘；有的由重视情节转向情节的淡化和多样化。在创作方法的运用上，有的在运用现实主义创作方法的同时，注意吸收现代主义的艺术手法和表现技巧；有的则以现代主义创作方法为主，运用表现主义、象征主义、心理现实主义和荒诞变形、“黑色幽默”等手法反映社会生活，揭示人的心灵世界。这些都打破了艺术模式一统化格局，形成了多种创作方法，多种艺术风格共同发展的多元景象。

创作方法的多元化推动了作家艺术风格的突破和成熟。现在不仅出现了人们所熟悉的山西作家群、湖南作家群，而且还出现了京味风情小说、汉味小说、津味小说以及寻根小说、新写实小说、新历史小说、新生代小说、晚生代小说……这些不同风格、不同文体、不同艺术流派、不同表现手法的出现，标志着一个民族文学的发展和昌盛。

上面简要地勾勒了新中国文学 50 年走过的道路，这些都为中国当代文学研究提供了坚实的基础。

二

中国当代文学研究也和新中国文学发展一样，经历了一个曲折的历程。开始这支研究队伍人数很少，成果不多，现在这支队伍发展了、壮大了，而且取得了丰硕的成果。新时期以来，我们批判了“左”的教条主义，恢复和发扬了实事求是的研究学风，在马克思主义的指导下，广泛引进和汲取外国先进成果和研究方法，并结合中国的特点，促使新中国文学研究朝向为社会主义建设服务的方向发展。可以说，中国当代文学研究已成为整个中国文学研究中最活跃的领域。

在史的研究方面，现已出版了有关中国当代文学研究、新中国文学史、分类史方面的教材、专著一百多种，其中包含以下三类：1. 描叙中国当代文学发展、显示当代文学史完整风貌的中国当代文学史。如十院校的《中国当代文学史稿》(上下册)，华中师范大学王庆生主编的《中国当代文学》(三卷本)，北京大学张钟、洪子诚等的《当代文学概观》，等等。2. 把新中国文学放在 20 世纪文学格局中进行研究。如孔范今主编的《二十世纪中国文学史》、陈平原的《二十世纪中国小说史》、黄曼君主编的《二十世纪中国文学理论批评史》、何休的《中国文学的现代化历程》、黎山尧的《中国二十世纪文学思潮论》以及《二十世纪文学图志》等。3. 当代文学分类史、文体史。如姚雪垠主编，冯健男、王庆生副主编的《中国当代小说史》、《中国当代散文史》、《中国当代戏剧史》，朱寨主编的《中国当代文学思潮史》，张学军的《中国当代小说流派史》，中国社科院文学研究所的《新时期文学六年》，陈辽的《新时期文学思潮》，王万森的《新中国中篇小说史稿》，张炯主编的《新中国话剧文学概观》，洪子诚、刘登翰的《中国当代新诗史》，李鸿然主编的《中国当代少数民族文学史稿》，张炯的《新时期文学格局》，周鉴铭的《新时期文学》，何西来的《新时期文学思潮论》，吴开晋的《新时期诗潮论》，等等。

50年来，特别是新时期以来，当代文学评论显得特别活跃。除了在报刊上发表的大量有关当代中国文学的评论文章外，多种文学评论全集、选集、论集先后出版，如《茅盾文论集》、《胡风评论集》(三卷本)、《周扬文集》、《冯雪峰论文集》(三卷本)、《邵荃麟评论选集》、《侯金镜文艺评论选集》、荒煤的《解放集》、冯牧的《耕耘文集》、张光年的《风雨文谈》、洁泯的《人生的道路》、陈涌的《陈涌文学论集》，以及何西来、张炯、何镇邦、蒋守谦、谢冕、阎纲、刘锡诚、程代熙、唐因、唐达成、李子云、曾镇南、雷达、黄子平等人的评论集，湖南出版社出版的"中国当代文学评论丛书"，收集了20多位中老年评论家的评论选集，上海文艺出版社出版的"文艺探索书系"，则是一套开拓新的研究领域、探讨当代文艺问题的颇有特色的丛书，浙江文艺出版社的"新人文论丛书"，反映了当代文学理论批评界后起之秀的活力。学林出版社出版的一套"火凤凰新批评文丛"，收集了陈思和、蔡翔、胡河清、郜之宝、张新颖等有关当代文学的评论选集，杨匡汉主编的"90年代文学观察丛书"则是青年评论工作者楼肇明、陈晓明、李洁非、徐坤、贺桂梅、王绯、张志忠、周政保、旻乐等评述90年代文学的论集，他们分别对90年代文学的整体发展和小说、诗歌、散文、报告文学、都市文学、女性写作和理论批评等问题作了全面的考察，提出了自己的看法和见解。这些都显示了当代文学评论的实力和文学理论批评的实践。

中国当代文学资料建设和辞书编纂工作，也有了新的发展。由中国社会科学院文学研究所和30多所高等学校、文学研究机构合作编写的"中国当代文学研究资料丛书"，是一项规模宏大的资料建设，收集了评论100多位作家的文章和资料，有利于对当代作家进行全面研究、考察。茅盾认为它的出版"填补了解放以来研究工作的一个空缺"，"将引来一个竞相研究作家和作品的百花齐放的高潮"。此外还有陆梅林、盛同的《新时期文艺论争辑要》(上下)，武汉大学出版社出版的《文学风雨四十年》、白烨的《文学论争20年》。在辞书编写方面，潘旭澜主编的《新中国文学辞典》、王庆生主编的《中国当代文学辞典》以及《中国新时期文学词典》等均在当代评论界产生了积极影响。

随着改革开放的进一步深化，两岸的文学交流日益频繁，特别是80年代以来，内地对台湾、香港、澳门当代文学的研究逐步加强，有关这方面的研究论著也日益增多。如王晋民的《台湾当代文学史》(广西人民出版社)，古继堂的《台湾新文学理论批评史》(春风文艺出版社)，公仲、汪义生的《台湾新文学史初稿》(江西人民出版社)，汪景寿的《台湾小说作家论》

（北京大学出版社），古远清的《台湾当代文学理论批评史》（武汉出版社），黄重添的《台湾长篇小说论》（海峡文艺出版社），王剑丛的《香港文学史》（百花洲文艺出版社），潘亚暾、汪义生的《香港文学概观》（鹭江出版社），白少帆、王玉斌等的《现代台湾文学史》（辽宁大学出版社），等等，都填补了过去在这一方面的空白。

学术研究是一项严肃的、富有创造性的事业，我们要确立当代中国文学的特色和自己的精神品性，倡导科学的、实事求是的、创新的学风，把学术研究建立在厚实的基础之上，不能再有一种身份的迷失和“我是谁”的惶恐。

综观50年来当代文学研究，大体有如下几个特点。其一，史学观念有了新的变化。过去大多从单一的固定视角分析文学现象、评价作家作品，现在由于文学观念的变化，研究者淡化先入为主的意识，突出史料，客观地、如实地描述文学现象、文学运动，评价作家作品，对文学史作一个“史”的还原，从而多层次、多角度地观照历史，对当代文学的发展作了较为准确的评价，从而在多样的形态中尽可能公正地展现中国当代文学的风貌。其二，运用历史的、美学的原则分析当代文学现象、评价作家作品，改变了过去那种凭个人主观好恶定优劣的不良倾向，坚持从作品的实际出发，本着实事求是的态度，尊重历史，尊重作家作品，还历史以本来的面目。如对胡风的文艺思想评价，对萧也牧、路翎的作品评价，对“伤痕文学”、“反思文学”以及先锋文学、新写实主义文学的评价，都体现了三中全会以来所倡导的解放思想、实事求是的精神。新方法的借鉴和吸收也改变了当代文学的研究面貌，拓宽了视野。一向薄弱的创作心理研究、作品深层文化研究、艺术形态研究有了进一步的加强。其三，在文学史的研究格局和编写模式上有了突出的进展。80年代以来，各地出版的当代文学史种类之多则是前所未有的。近10年来在已有编写的基础上，提出了重写文学史的口号，旨在打破一种传统的、陈旧的文学史观，增强研究主体的自主意识，拓宽文学史的写作天地。现在出版的一些当代文学史著已开始具有自己的独立体系和学术个性。编写者坚持史识、史料与史笔的统一，宏观把握与微观剖析的结合。过去有些不入史的作家作品经过实践检验后，恢复了本来面目，在文学史中有了自己应有的地位；有些评价不实的作家作品给予了重新评价；有些过去受忽略的文学问题如通俗文学、女性文学、军旅文学、文学理论批评等，都给予了充分的重视。其四，追踪研究成为当代文学研究的基本方法，这正反映出当代文学的开放性和当代性，使当代文学研究紧密联系实际，关注现实热点，也使自身的理论随着文学创作的发展而发展。

总的说来，当代中国文学研究50年，特别是80年代以来，在改革开放的大格局中，进一步解放了思想，开拓了思维空间，扩大了学术视野，更新了思维方法。当代文学的研究领域也比以前有了更大的发展。从广度方面来说，由于禁区被打破，为当代文学研究者提供了更广阔的研究领域，这是一个方面；从另一方面来说，由于对外的开放，新的理论与新思维方式的引入，研究的深度也进一步加强，许多旧的材料被赋予了新的意义。可以说，中国当代文学研究正在沉稳中走向成熟。

下面谈谈我与我所在的学科发展历程。我所在的华中师范大学中国现当代文学学科是湖北省重点学科，经国务院学位委员会通过，为博士学位授予点，具有博士、硕士学位授予权，可以招收博士、硕士研究生。这一学科现有教授8人，副教授6人，博士6人。学科的研究方向是中国现当代文学。这一学科在培养人才的同时，出版了一系列有水平的科学研究成果，其研究水平在全国处于前列，其研究成果多次获奖。

我的主要研究方向是中国当代文学。从50年代末期开始从事中国当代文学研究，当时与中文系的老师一起主持编写了《中国当代文学史稿》，该书有60万字，1962年由科学出版社出版，这本著作尽管在当时的历史条件下受到“左”的思潮的影响，但它具有开创意义。如香港《大公报》所说：这是第一部论述中国当代文学发展的书。新时期以来，编著、主编的有：三卷本《中国当代文学》(上海文艺出版社出版)、《中国现当代文学作品选读》(高等教育出版社出版)、《中国当代文学作品选》(四卷本，华中师范大学出版社出版)、《中国当代文学辞典》(100万字，武汉出版社出版)、《中外文学作品选》(湖北人民出版社出版)、《文艺创作知识辞典》(长江文艺出版社出版)，现在还承担着重点研究项目《中国当代文学史》的编写任务。上述成果在社会上产生了积极的影响。

除了科研工作外，我们学科团队还广泛开展海内外的学术交流活动。经民政部批准的中国新文学学会(吸收研究当代文学的学者、教授和其他人员参加，已成立17年，有会员1千多人)设在我校，我和张永健教授任学会副会长，学会从成立至今，已开过17届学术年会。学会还同台湾、香港的作家、学者有密切联系。近几年来，在我校召开了有关中国现当代文学的学术会议有：“中国当代文学国际学术研讨会”(与中国社会科学院文学研究所等联合主办，1992)、“赵淑侠作品国际学术研讨会”(1994)、“姚雪垠创作60周年学术研讨会”(1995)、“面向二十一世纪：中国文学与理论批评国际学术研讨会”(1997)、“中国当代文学史学术研讨会”(与中国社会科学院文学研究所联合主办，1993)。

上面简述了中国当代文学学科发展状况。我们在谈到学科取得的成就的时候，也不应忽视它存在的问题。中国当代文学研究存在的不足主要表现在：

第一，在专著特别是教材的编写上出现了重数量不重质量的倾向。有不少同类著作、教材的质量不高，是在原有的低层次上重复、徘徊；个别教材甚至在一些章节上相互抄袭，在拼凑组合上下功夫，而没有精心在学术观点上取得突破。之所以如此，有些是由于职称评定的需要、晋级加工资的需要，因而急功近利，寻求学术上走捷径，事实上，这不仅影响到当代文学研究水平的提高，而且也败坏了学风。

第二，在研究上有的趋时尚新，在研究方法和学术观点上存在着盲目地潮流化。学科建设是一项严谨的学术事业，学术创新要建立在研究的基础之上。而有的研究者不从实际出发，盲目趋时尚新，忽略细密的、宏观的、扎实的研究，结果也难以在学术上有所创新。

第三，对史料工作重视不够，有些研究抽象观点多，宏观论述多，缺乏充分的、翔实的史料，这样就难以使研究工作深入下去。学术研究要以史料为基础，只有在充分掌握史料的基础上进行研究，才能在学术观点上有所发现，有所建树。

第四，研究者的素质和整体水平有待提高。总的来说，现在已经建立了一支有实力的当代文学研究队伍，但这支队伍的发展不平衡，存在着专业基础知识不够扎实深厚，文化素养、哲学基础知识和思辨能力不强等问题，有必要进一步提高马克思主义理论修养，加强相关学科知识的学习和把握，全面提高当代文学研究队伍的素质和整体水平。

三

我们正站在历史与未来的交叉点上，21 世纪正向我们走来。在新的世纪里，中国当代文学学科将会在现有的流向上延伸发展，其发展趋势可能是：

第一，在世界文学的格局中，贯通中国近代、现代、当代的整体性文学研究将会进一步加强。这一研究包括文学史、文学理论批评、文学思潮、文学流派诸方面，原有的文学史观、体例、分期等方面将会有所调整，对中国 20 世纪的文学研究将在现有的基础上进一步强化，有关中国近代、现代、当代文学的整体研究论著将会增多。

第二，中国当代文学的研究将进一步与相关学科联姻，如社会学、文化学、美学、哲学、历史学、伦理学、语言学、人类学、宗教学等。过去那种狭窄的、就学科研究学科的倾向将会改变。由于当代文学受当代生活的现实性、时代性所决定，对当代文学的研究不可能孤立进行，它与相关学科的相互交叉、相互渗透、相互融合将会进一步加强，在研究方法上，综合性研究将会占据重要地位。90年代当代文学中出现的市场化、世俗化、边缘化倾向将为研究者提出新的研究课题。

第三，对当代台湾文学、香港文学、澳门文学的研究将会引起研究者的更多重视。随着祖国的统一，香港、澳门的回归，大陆文学与台港澳文学的交流、研究与融合将会进一步强化，大陆文学与台港澳文学的互补作用日益明显，将在中国文学的整体格局中完成对大陆文学和台港澳文学的定位。

第四，随着改革的发展、观念的变化，对都市文学、乡土文学、通俗文学、写实文学的研究将得到发展。雅文学与俗文学将继续存在，但相互之间不是互相排斥，而是在交融、借鉴中得到进一步发展。

第五，资料收集、整理、研究、出版将引起进一步重视。大型的著作全集、作家的生平传记、文学史、文体史、思潮史、社团史、流派史等的编写和中外当代文学比较研究将在现有基础上取得新的突破，而各种体现深入的、细密的、微观的专题研究将会得到发展。

学科建设中，有几个问题似应引起重视：

一是在改革开放的时代背景下，正确地处理批判地继承借鉴与创新的关系，进一步建立具有自己特色的学科体系。三中全会以后，大量西方文艺理论的引入，改变了中国当代文学的封闭状况，给文学研究带来了生机与活力，这是主导的方面，但在另一方面也要看到，在借鉴外国的同时，有的囫囵吞枣、盲目追潮；有的丢失、否定自己的传统，贬低中国文学的应有价值；有的甚至想以西方现代派文学替代当代中国现实主义文学，这些显然是不符合中国文学实际的。我们要确立当代中国文学的特色和自己的精神品性，不能再有一种身份的迷失和“我是谁”的惶恐。我们要借鉴外国文学一切优秀的东西，从中汲取营养，同时又要批判地继承传统、发展传统，以建立具有中国特色的当代中国文学学科。

二是进一步倡导健康的、严谨的学风，建立科学的、实事求是的、富有创造性的学术品格。由于市场经济的负面影响，当代文学研究和评论中存在着一种商品化、人情化、广告化的倾向。讲人情的“人情评论”，讲关系的“关系评论”，为评奖、评职称而写的“功利性评论”……这些评论和研究文章观点重复，套话连篇，四平八稳，面面俱到，水分多，学术含量少，这是一种急功近利的倾向。为了学科的发展，必须倡导严谨的学风，要花大力气加强基础研究，在认真研究的基础上写出扎实的、有水平、有创见的研究论著。郭沫若说：“文艺是发明的事业，批评是发现的事业。文艺是在无之中创出有，批评是在砂之中寻出金。”这话是有道理的。没有创造性的学术，难以建立高水平的学科。

三是要进一步建设好中国当代文学学科队伍。这些年来，学科队伍建设已引起人们的高度重视。为了适应 21 世纪的需要，要采取有力的措施加快学科队伍的建设，全面提高人才的思想政治素质，文化素质、道德修养和专业素质，特别是要提高人才的思辨能力、创造能力和对作品的感受、把握能力；与此同时，也要创造一个适宜人才成长、学科发展的环境，以利于拔尖人才的脱颖而出。

（原载武汉出版社 1999 年出版的《时代的回响——新中国武汉地区社会科学评述》，第 581 页）

新中国文学民族性的回顾与思考①

新中国文学已经走过了50年的风雨历程。半个世纪的社会巨变带来了文学的巨变，在变革中行进的当代中国文学，经历了从单一到多元、从封闭到开放的发展历程，终于迎来了今日文学之辉煌。社会的变革推动了文学的发展，也为我们提出了值得深入总结与反思的丰富课题。多年来，我们习惯于将“十七年”文学、“文化大革命”文学、新时期文学看作新中国文学思潮发展的不同阶段并对各阶段文学的功过得失作出见仁见智的评说。诚然，“十七年”文学 、“文化大革命”文学、新时期文学是各有特质的文学阶段，对它们的分别研究是必要的，与此同时，我们也不妨开展对新中国文学的整体研究。这是因为历史(包括文学史)的发展一方面显示为随着社会的剧变、人世的更替而产生的阶段性，另一方面还受着文化传统的深层制约，隐藏着某些长久性的文学规律。研究这些长久起作用的文学规律及其在不同发展阶段的演变形态，无疑有助于我们对文学史的深层理解。

通过对新中国文学50年发展历程的整体反思，我们认为：对中国文学的民族性的追求，正是一种深深制约着一代又一代作家从事创作的文学意识。民族性是历史长期形成的文学基本属性之一，是一个民族的文学相对于其他民族文学所具有的特性和个性特点。而不同年代的作家们对文学民族性的孜孜以求，各有千秋，也为推动文学民族传统的发展，使文学民族传统赋有现代性品格做出了积极的贡献。下面我们对新中国文学的民族性作一个回顾与思考。

一、重新认识“十七年”文学中的民族性品格

重新评价“十七年”文学，正在成为当今文学评论界一个引人注目的话题。如何认识新中国文学的民族性？如何对“十七年”文学中的民族性特色作出具有当代意味的评说？人们的看法不尽一致。在相当一个时期内，有的过多看重和追求民族性的政治意义，有的则把文学的民族性理

① 本文系作者与樊星教授合作撰写。

解为对民族形式的追求，即对传统的民族、民间形式的利用。这些看法虽然都有一定的道理，但我们认为，有必要从传统文学的丰富性上重新认识“十七年”文学的民族性品格，进一步发现作家追求民族精神、民族特色、民族风格的文化意义，而不仅仅限于从政治的层面、形式的层面上去理解。

1949年召开的中华全国文学艺术工作者代表大会(即“第一次文代会”)，揭开了新中国文艺的序幕，是新中国文学开端的标志。大会确定毛泽东《在延安文艺座谈会上的讲话》为新中国文艺的总方针，确定文艺为人民大众首先为工农兵服务是新中国文艺的总方向。文艺如何为人民大众服务？毛泽东的主张是：大众化。“什么叫做大众化呢？就是我们的文艺工作者的思想感情和工农大众的思想感情打成一片。而要打成一片，就应当努力学习群众的语言。”①他批评“有些天天喊大众化的人，连三句老百姓的话都讲不出来，可见他就没有下过决心跟老百姓学，他的意思仍是小众化”(毛泽东《反对党八股》)。为此，毛泽东要求建立人民大众所需要的民族形式，这种民族形式应当具有“新鲜活泼的，为中国老百姓所喜闻乐见的中国作风和中国气派”(毛泽东《中国共产党在民族战争中的地位》)。在这里大众化和民族化是相通的、一致的。在这样的主张中，我们不难发现“五四”时期“平民文学”主张的影响②，也可以看出中国文学中民本主义思潮的新发展。在毛泽东文艺思想的指引下，以赵树理、孙犁、柳青、周立波、李准、老舍等一批作家为代表的作家，深入工农兵，大写工农兵，在新中国文学史上写下了“工农兵文学”的篇章。他们的作品，是文学“大众化”的范例。撇开他们作品中的政策性主题不谈，他们为中国的“平民文学”增添了哪些新质呢？

从人物形象的塑造上来看，新中国成立后“十七年”文坛上作家在刻意描绘工农兵英雄形象、社会主义新人的努力中，虽然主观上是出于响应领袖号召的热忱，却也在客观上留下了一批不同于从前文学的具有平民色彩的新人形象。这批新人形象中，以朴实、正直、舍己为人、克己奉公为基本性格特征，虽被公认为具有社会主义觉悟的先进人物，其实也是中华民族传统美德的化身。鲜明地体现了民族精神——《红旗谱》中的朱老忠“为朋友两肋插刀”的英雄气概，《创业史》中的梁生宝为了走共同富裕之路勇于自我牺牲的精

① 《在延安文艺座谈会上的讲话》，《毛泽东选集》(一卷本)，人民出版社1967年版，第808、817页。

② 陈独秀、周作人都是“平民文学”的提倡者。不过，周作人强调“平民文学，不是专做给平民看的，乃是研究平民生活——人的生活——的文学。……所以平民的文学，现在也不必个个‘田夫野老’都可领会”(《艺术与生活·平民的文学》)，就与“大众化”的主张不尽一致。由此可见“平民文学”的不同境界。

神，《红岩》中的许云峰、江竹筠“富贵不能淫，贫贱不能移，威武不能屈”的浩然正气，都是体现了社会主义觉悟与民族传统美德的水乳交融，这一类英雄形象虽然有的失之单薄，有的受到时代的局限和“左”的思潮影响(如梁生宝，还有《三里湾》中的王金生，《金光大道》中的高大泉等)，但都自有其特殊的精神魅力和历史价值。一直到新时期文坛上，我们仍然能从《老井》中的孙万水、孙旺泉，《南方的岸》中的易杰，《古船》中的隋抱朴，《天狗》中的天狗等人物形象的身上感受到传统美德的超凡魅力。“平民中的圣贤人格”、“平民中的英雄形象”，虽然古已有之，但只是到了当代作家笔下，才放射出了更夺目的光彩。如何写好平民中的英雄？如何写活这些英雄人物的人情味与文化底蕴？上述形象提供了成功的经验。另一方面，《组织部来了个年轻人》中的林震在与官僚主义斗争中产生的苦闷①，《山乡巨变》中的李月辉面对躁进的上级依然不改其“慢性子”的从容，也为后人留下了那个年代里十分少见的作家的独立思考：单凭着理想，是难以克服现实中的困难的；无论冒进的大潮多么强劲，也依然有清醒的理性、厚道的人情在支撑着生活。到了新时期，我们不难从《犯人李铜钟的故事》中的李铜钟、《芙蓉镇》中的谷燕山、《沉重的翅膀》中的郑子云、《高山下的花环》中的雷军长这类正直的干部形象身上，依稀看到林震式的正气与苦闷，从《河的子孙》中的魏天贵、《太子村的秘密》中的李万举这类善于与极左思潮周旋的好干部身上，感受到李月辉式的个性与远见的延伸。这一类“不识时务”的英雄形象，深刻映现了中华民族求真务实、不随波逐流的民族性，充分证明了良知的可贵，同时也足以启发人深思良知与时势的悲剧性或喜剧性联系，因而也自有其独特的思想深度与艺术魅力。

从文体角度看，“十七年”文坛上作家们的成就也不可低估。赵树理小说充分吸收了中国民间话本说唱文学的特长，追求通俗性、喜剧性，以最朴素的语言写活了晋东南乡村人生的平凡与有趣，并由此开出了“山药蛋派”的一代新风，成就已有公论。周立波的小说则在继承中国古典小说成就与使用方言土语表现湖南山乡风情两方面都取得了成功：他的《山乡巨变》借鉴了《水浒传》和《儒林外史》“着重人物的刻画，而不注意通篇结构”的经验②，又在使用方言土语时采用了三种方法，“一是节约使用过于冷僻的字眼；二是必须使用估计读者不懂的字眼时，就加注解；三是反复运用，使得读者一回

① 王蒙在《关于〈组织部来了个年轻人〉》一文中写道：“……我还想通过林震的经历显示一下：一个知识青年，把‘娜斯嘉方式’照搬到自有其民族特点的中国，应用于解决党内矛盾，往往不会成功，生活斗争是比林震从《拖拉机站站长和总农艺师》里读到的更复杂的。”(《王蒙文集》第七卷，华艺出版社 1996 年版，第 587 页。)

② 《关于〈山乡巨变〉答读者问》，《人民文学》1958 年第 7 期。

生，二回熟，见面几次，就理解了”①。周立波的成功为湖南作家群的崛起从文体上铺平了道路。诗歌方面，闻捷的《天山牧歌》是当代诗人以民歌体谱写“劳动和爱情的赞歌”的佳作；郭小川的《林区三唱》也融入了劳动号子的节奏，铿锵有力；贺敬之的《回延安》则是散发出浓浓“信天游”气息的民歌体诗篇。同样是汲取民歌的养分，闻捷、郭小川、贺敬之却能写出不同的风情与境界来，也足以表明诗歌创作的多种可能。在这方面，“十七年”诗人所取得的成就是有目共睹的。

赵树理的“说唱体”，周立波的“方言体”，闻捷、郭小川、贺敬之等人的“民歌体”，是“十七年”作家在文学“大众化”方面做出的创造性贡献。

文学的民族性当然不只体现在“大众化”上，因为大众文化只是民族文化宝库中的一个组成部分。毛泽东一方面提倡“大众化”，另一方面也认为，“我们必须继承一切优秀的文学艺术遗产……我们决不可拒绝继承和借鉴古人和外国人，哪怕是封建阶级和资产阶级的东西”②。他本人不仅嗜读《红楼梦》，也擅长写古体诗词，表明了他与中国古典文学、文人文化的紧密联系。作为一个诗人，他主张在民歌和古典诗歌的基础上发展新诗。他的主张在贺敬之的《三门峡——梳妆台》，郭小川的《厦门风姿》、《甘蔗林——青纱帐》、《将军三部曲》等诗作中得到了成功的体现。《三门峡——梳妆台》的七言古风体，《厦门风姿》、《甘蔗林——青纱帐》的“新辞赋体”，《将军三部曲》的元明散曲风格，都是诗坛“推陈出新”的力作。

小说家中，孙犁是有意注重从古典小说中汲取智慧与灵感的代表。早在1950年，他就指出：“五四以后的新文学，倒是多接受了一些西洋的东西，这当然和五四运动的精神有总的关联，而且也不是徒然的。但是这样做，造成一个很大的损失，它使文学局限在少数知识青年的圈子里，和广大劳动人民失去了联系。”因此，他想使新文学的发展接上古典文学的传统：“很多人以为中国旧小说的传统是传奇的，但仔细研究宋人话本和几部优秀的长篇，其长处还在于丰富地反映了当时当地人民的生活，反映了很多当时的社会制度……”③关于古典小说的艺术特色，他常常谈到的，有“短小精悍”、“简洁漂亮”④。他的作品，富于诗情画意，是颇得中国古典文

---

① 《关于〈山乡巨变〉答读者问》，《人民文学》1958年第7期。

② 《在延安文艺座谈会上的讲话》，《毛泽东选集》(一卷本)，人民出版社1967年版，第808、817页。

③ 《五四运动与中国文学遗产》，《孙犁文论集》，人民文学出版社1983年版，第405～406页。

④ 参见《业余创作三题》、《关于〈短篇小说〉》、《关于〈聊斋志异〉》等文。孙犁甚至认为：“古时的作品都是短篇。有些书看来虽长，但它是由短篇凑成。……短篇在中国文学传统中占很重要的地位。”(《业余创作三题》，《孙犁文论集》第104页。)

学贵精炼、贵含蓄的神韵的。孙犁的创作不仅影响了50年代刘绍棠、从维熙等作家的创作，而且也给予新时期作家以深远的影响。贾平凹就坦言：“孙犁我学得早，开始语言主要是学孙犁。我更喜欢他后期的作品，这些作品对我影响大。”①

贺敬之、郭小川等人在诗歌创作中的“推陈出新”和孙犁在小说创作中的“古为今用”，是“十七年”作家在继承、发扬中国古典文学传统方面的范例。同时，我们也不能不注意，由于时代与个人认识上难以避免的局限性，“十七年”作家对古典文学遗产的继承多只限于文体的层面。这样，也就为新时期作家在人生境界、文化根基乃至思维方式诸方面的“寻根”留下了开阔的空间。

二、“文化大革命”文学中的民族性

“文化大革命”是中国当代文化的一场浩劫。然而，空前的浩劫也不曾使中国文学传统之魂沉寂。对“文化大革命”时期“地下文学”的研究表明：一些“文化大革命”时期的“手抄本”小说是批判现实主义文学的影响力犹存的证明，而当时一些青年人自发写作的现代诗也开启了新时期“朦胧诗”创作潮流的先河。

从文学的民族性的角度来看，“文化大革命”中旧体诗词的盛极一时是很值得研究的一个文化现象。虽然毛泽东认为“诗当然应以新诗为主体，旧诗可以写一些，但是不宜在青年中提倡，因为这种体裁束缚思想，又不易学”②，但毛泽东诗词在“文化大革命”中的空前普及依然使得旧体诗创作在“文化大革命”中广为流行。“‘文革’十年中的确培养出了一批青年古典诗词爱好者和写作者。”③其中一些作品“能自然融合现代生活情感与古典形式……(使)新鲜的现代语言，轻松流溢于格律之间”④。

旧体诗词的影响，特别体现于老一代知识分子在牢房、在“牛棚”中偷偷写下的忧愤之诗。在廖沫沙的七绝诗(“书生自喜投文网，高士如今爱折腰。扭臂栽头喷气舞，满场争看斗风骚”)、聂绀弩的七律诗(“牛鬼蛇神第几车，屡同回首望京华。曾经沧海难为泪，便到长城岂是家。上有天知公道事，下无人溺死灰耶？相依相靠相狼狈，掣肘偕行一笑‘哈……’”)中，人们不难看出古代名士冷眼看世事，傲骨敢自嘲的精神的复归；李锐的《无言》诗(“或云

① 《关于小说创作的答问》，《坐佛》，太白文艺出版社1994年版，第217页。
② 《诗刊》1957年第1期。
③ 杨健：《文化大革命中的地下文学》，朝华出版社1993年版，第202、203页。
④ 杨健：《文化大革命中的地下文学》，朝华出版社1993年版，第202、203页。

独坐可忘老，其实无言渐变呆。表壳呼为锅盖事，偶然念及自生哀”)、吴祖光的《枕下诗》(“年查岁审都成罪，戏语闲谈尽上纲”)也充满了悲凉莫名、忧愤深广的力量，证明“愤怒出诗人”的其确无疑；郭小川的“新辞赋体”诗作《团泊洼的秋天》也不再有《厦门风姿》的明朗，而涌动着苍凉之气、沉雄之风；赵朴初的散曲《反听曲》、《反听曲之二》则于嬉笑怒骂间戳穿了欺世大盗的虚伪，闪烁着批判的锋芒……一直到 1976 年的天安门诗歌运动中那铺天盖地的悼念周恩来、怒斥政治骗子的旧体诗词，都写出了当代旧体诗词创作的新境界：在这些忧愤之诗中，“诗可以怨”的传统得以复活；在这些忧患之诗中，记录下老一代知识分子和一代青年在“文化大革命”中不满、抗争的曲折心声或正义呐喊，证明了“文化大革命”中良知不曾泯灭、思想没有昏睡的史实；在这些旧体诗中，当代人的情感，当代生活的语汇，当代悲喜剧的剪影、速写，都得到了恰当的表达，显示着古体诗创作的新生——比起那些味同嚼蜡的白话诗。这一部分古体诗无疑具有很大的魅力。虽然古体诗创作已不可能再形成唐诗、宋词那样的高峰，但此间诗人们谱写出了中国古体诗的新篇章，却有目共睹。

从“十七年”诗人们苦心孤诣地从古典诗词中借来文体，创造出“新辞赋体”等新形式，以讴歌新的时代，到“文化大革命”期间“地下文学”的创作者们在古体诗创作中注入忧愤深广的情思、复兴“诗可以怨”的诗魂，当代古体诗创作的发展呈现出一条清晰的历史线索：从创造新形式到抒发真性情。当代诗人们对民族性的继承与发展也因此而显示出精神的不同分野，促成了一代诗风从欢乐走向忧愤、从明朗转向曲折、从豪放转向沉雄的变化。让我们再来看看“文化大革命”中的大众化文艺。

一方面，“文化大革命”是文艺大众化运动的又一次高潮：从“八个样板戏”的大普及，“毛泽东思想宣传队”的大普及，旨在配合政治运动而开展的说唱艺术的大普及到“小靳庄诗歌”在“批林批孔”运动中掀起的高潮，其中，“八个样板戏”虽经千锤百炼，都因定于一尊、老调重弹而令人生厌；“小靳庄诗歌”粗制滥造，千人一面，毫无文学价值，都足以令人思考。另一方面，不满于这种文艺状况的人们开始自发恢复了情趣性的大众文艺传统。“文化大革命”中的“探案故事”如《梅花党》、《一双绣花鞋》就是证明。这类作品虽谈不上有多高的艺术价值，都自有其特殊的历史意义。它们的流传至少表明：情趣性的大众文艺自有其不可替代的读者市场。一旦时代风云变化，宽松的文化氛围形成，政治性的大众文艺便急剧衰落，情趣性的大众文艺则迅猛发展，新时期“武侠小说热”、“言情小说热”的长盛不衰便是证明。特别需要指出的是：以金庸、梁羽生作品为代表的武侠小说都是以中国历史为背景，并浸透了民族文化精神的雅俗共赏之作。有的学者甚至认为：“金庸的作品的审美功能、教育功能、认识功能不比当代中国优秀的纯文学作品差。”①“新武侠小说”因此是当代文学民族性的一个重要标本。

论及“文化大革命”期间文学创作的民族性，姚雪垠的长篇历史小说《李自成》第二卷是又一成功的范例。该卷的创作始于1964年，至1973年前后完成初稿。小说中塑造的农民起义军形象虽然不可避免地打上了“高、大、全”的时代烙印，但小说在展示从帝王将相到三教九流的生活风貌方面，却自有其深厚的文化底蕴与艺术魅力。

三、新时期文学民族性的新发展

新时期文学是当代文学空前繁荣的黄金时期。新时期文学繁荣的一个重要标志是：作家对民族性的追求与表现呈现出多元的格局。

首先，从表现民族文化精神的角度来看，作为中华民族精神主体的儒家精神、道家精神、佛家精神都在当代作家创作中得到了富于当代意味的表现。李凖的《黄河东流去》的主题是：“想在时代的天平上，重新估量一下我们这个民族赖以生存和延续的生命力量。……最基层的广大劳动人民，他们身上的道德、品质、伦理、爱情、智慧和创造力，是如此光辉灿烂，这是五千年文化的结晶，这是我们古老祖国的生命活力，这是我们民族赖以生存和发展的精神支柱。”讲仁义，重伦理，温柔敦厚又坚韧顽强，是儒家文化的精魂，它在李凖的《黄河东流去》、汪曾祺的《大淖记事》、贾平凹的《商州初录》、郑义的《老井》、王安忆的《小鲍庄》、陈忠实的《白鹿原》直至李佩甫的《学习微笑》这一类作品中放射出了感人至深的光辉；讲静虚，讲淡泊，自由洒脱又朴质无华，是道家文化的精神，也在阿城的《棋王》、李杭育的《最后一个渔佬儿》、郑万隆的《我的光》、谌容的《散谈的人》这一类作品中焕发出了人生的异彩；而相信“佛即是心”、主张“普度众生”的佛家文化，也在礼平的《晚霞消失的时候》、范小青的《瑞云》这一类作品中显示了独有的智慧。此外，宗璞的《三生石》通过对“文化大革命”中受迫害的知识分子以道家语录，佛家故事支撑人生的描写展示了道家精神与佛家精神的相通；张炜的《古船》在隋抱朴这一形象身上显示了道家的淡泊精神与儒家的忠恕思想的相融；张贤亮的《河的子孙》由魏天贵身上良知与狡黠的有机统一写出了中国农民性格中儒家的民本主义与道家的处世哲学的矛盾统一……也都写活了民族精神的丰富性与复杂性。尽管“五四”以来对传统文化的批判一直不断，尽管当代作家中也有不少人写出了针砭“国民劣根性”、批判吃人礼教与病态人格的力作

① 徐尚扬：《第三次文化转型与通俗文学的勃兴》，《通俗文学评论》1994年第4期。

(如王蒙的《活动变人形》、刘震云的《故乡相处流传》、乔典运的《遗风》、韩少功的《马桥词典》、朱晓平的《福林和他的婆姨》、阎连科的《两程故里》、贾平凹《古堡》，等等)，但上述讴歌民魂的作品仍然有力地证明了中华民族传统中人文精神的源远流长。新时期作家在打碎了"文艺是阶级斗争的工具"的枷锁后，在追求与表现民族性的创作中强化了文化意识，同时也就淡化了政治意识。因此，新时期文学的民族性便以格外鲜明的文化品格而在当代文学史上占有了显著位置。

其次，从文体创新的角度来看，新时期作家对古典文学遗产的继承与改造也是成绩斐然的。大致说来，"新笔记小说"、"新骚体小说"是新时期小说文体最富于民族性，也最有成就的两类文体。

"新笔记小说"是脱胎于古典笔记，以极简炼的笔墨写人、记事，并寄寓人生之思的作品。其代表作有：孙犁的《芸斋小说》，汪曾祺的《故里杂记》、《钓人的孩子》、《故里三陈》，贾平凹的《商州三录》，李庆西的《人间笔记》，王蒙的《欲读斋志异》，等等。孙犁说："《聊斋志异》是一部奇书，我是百看不厌的。"并说："随着年龄和阅历的增长，我越来越喜爱那些更短的篇……同时，我也喜爱'异史氏曰'这种文字，我以为是直接承继了司马迁的真传。"①贾平凹也深受《聊斋志异》的影响，说："《红楼梦》、《聊斋》，我的女性人物，主要是学这两本书。"②汪曾祺则倾心于《世说新语》、宋人笔记、归有光的文章③，并认为"归有光是和现代创作方法最能相通。最有现代味儿的一个中国古代作家……我曾说归有光是中国的契诃夫"④。从《世说新语》到《聊斋志异》，是中国古代文人以凝炼笔墨写大千人生，从有限世事悟无限玄机的伟大创造。当代作家继承这一传统，"在古典的自由境界的映照下，现代人的个性意识被升华了。作家们借助这股随意的文体，揭示了世界的另一副格局，也完成着自己的心灵构造"⑤。不仅如此，在世界文学的格局中，当代中国的"新笔记小说" 也贡献出了一种新的文体。

"新骚体小说" 则是当代作家师法《楚辞》"其言甚长，其思甚幻，其文甚丽，凭心而言，不遵矩度"的遗风⑥，谱写出的浪漫华章。王振武的《生命闪

① 《关于〈聊斋志异〉》，《孙犁文论集》，人民文学出版社 1983 年版，第 457 页。

② 《关于小说创作的答问》，《坐佛》，太白文艺出版社 1994 年版，第 217 页。

③ 《晚饭花集·自序》，人民文学出版社 1985 年版，第 1 页。

④ 《谈风格》，《晚翠文谈》，浙江文艺出版社 1988 年版，第 102 页。

⑤ 《新笔记小说：寻根派，也是先锋派》，《文学的当代性》，人民文学出版社 1988 年版，第 57 页。

⑥ 鲁迅：《汉文学史纲要·屈原及宋玉》，《汉文学史纲要》，江苏文艺出版社 2008 年版，第 27～34 页。

过刃口》、《那引向死灭的生命古歌》，陈应松的《黑艄楼》、《旧歌的骸骨》，刘恪的《红帆船》、《山鬼》，蔡测海的《楚傩巴猜想》，叶蔚林的《五个女人和一根绳子》……是这方面的重要收获。华美的长句、奇丽的诗情……神秘的想象、荒诞的感觉，是这些作品的审美品格。在这样的审美品格的深处，我们不难感受到楚骚浪漫精魂的复活和"惊采绝艳"文体的新生。如果说"新笔记小说"富于智者的机趣、人生的妙悟，那么"新骚体小说"则充满了狂者的激情、生命的呐喊。两种文体，是两种人生境界的象征，也是中国文化精神多元性的又一个证明。

此外，"说书体"也在新时期有了长足的发展：邓友梅的《那五》、《烟壶》，冯骥才的《神鞭》、《三寸金莲》，林希的《相士无非子》、《高买》，何祚欢的《失踪的儿子》，彭建新的《孕城》都是新时期市井文学的佳作，都以市民喜闻乐见的文体写成，故事性强，趣味性强，同时，又富于浓厚的文化色彩，在刻画三教九流的种种活法与玩法的风俗画描写中，寄寓了作家的地域文化情感、世道人心感悟，为雅俗所共赏。

从新时期作家的审美价值取向上来看，许多优秀作家都有意将学习中国古典文学的感悟融入自己的创作中，从而在自己的创作中融入民族审美特色。王蒙、莫言是当代先锋小说的代表作家，但他们都在创作中融入了自己对中国古典审美观念的当代理解。王蒙自道："我往往是以写诗的心情来写小说的。"①在他看来，西方"意识流"小说中"那种病态的、变态的、神秘的或者是孤独的心理状态"不能照搬，"我们的'意识流'不是一种叫人们逃避现实走向内心的意识流，而是一种叫人们既面向客观世界也面向主观世界，既爱生活也爱人的心灵的健康而又充实的自我感觉"②，因为中国自有独特的审美传统："孔夫子时代已经奠定的中国式的'乐而不淫，怨而不怒，哀而不伤'的诗艺、诗美、诗教确实是一种理想的力量，美善的力量，健康的因素。"③莫言在谈到自己作品的"神秘美、哲理美和含蓄美"时指出："朦胧美在我们中国是有传统的，像李商隐的诗，这种朦胧美是不是中国蓬松潇洒的哲学在文艺作品中的表现呢？文艺作品能写得像水中月镜中花一样，是一个很高的美学境界。"④王蒙、莫言的成功表明现代派观念与手法一旦与中国传统审美观念相融合，是可以写出具有中国特色的现代主义作品的。而中国传统审美观念中存在有许多与西方现代派审美观念相通的文化因素，也足以表

① 《诗情词意》，《王蒙文集》第七卷，华艺出版社 1996 年版，第 648 页。
② 《有追求才有特色》，《中国作家》1985 年第 2 期。
③ 《雨在义山》，《王蒙文集》第八卷，华艺出版社 1996 年版，第 359 页。
④ 《关于"意识流"的通信》，《王蒙文集》第八卷，华艺出版社 1996 年版，第 71、74 页。

明：中国传统审美观念中蕴含有富于现代性的因素。如何发现这些因素？如何将这些因素融入当代文学的创作中？在这方面，还有许多经验值得总结，也有许多问题值得探讨。

相对于王蒙、莫言，贾平凹无疑更专注于使自己的创作富于古朴的意味。他说过："中国几千年来的文学，陶渊明、司马迁、韩愈、白居易、苏轼、柳宗元、曹雪芹、蒲松龄，尽管他们的风格各异，但反映的自然、社会、人生、心灵之空与灵，这是一脉相承的。空与灵，这是中国文学的一大财富。……在以中国的传统的美的表现方法来真实地表现当今中国人的生活、情绪的过程中，我总感觉到在作品里可以不可以有一种'旨远'的味道？"①"作为中国的作家怎样把握自己民族文化的裂变，又如何在形式上不以西方人的那种透视办法去搞结构主义而运用中国画的散点透视法来进行，那将是多有趣的试验！"②因此，他的《商州三录》、《瘪家沟》等"新笔记体小说"，《白朗》、《晚雨》等传奇、志怪体小说才都在当代文坛上放射出了古朴而奇异的光彩。与贾平凹心心相通的是何立伟。谈及自己的审美追求，何立伟写道："我喜欢古典诗词，尤爱许多唐人的绝句。我以为短篇小说很值得借鉴它那瞬间的刺激而博取广阔意境且余响不绝的表现方式。……绝句类如中国国画中的文人画，重简约、空灵、含蓄、淡雅，还特讲究留空白。……达到虚生实、无生有的境界。故空白问题其实不特涉及技巧，也与美学观念有关。同时也颇符合我们民族含蓄、内向和多思的性格。"③他的《白色鸟》被称作"绝句小说"，也正是从境界的意义上得出的结论。由此看出，新时期作家对民族性的追求与表现从民族精神上看是多元的，在文体层面上又是多样的，在审美观念上也是丰富多彩的。

综上所述，当代作家半个世纪以来为追求文学的民族性走过了曲折而又辉煌的路程，取得了令人瞩目的重大成就，也给我们留下了许多有益的启示与思考：

1. 中国文化源远流长，中国文学也有深厚的传统。20世纪的中国文化与文学都发生了天翻地覆的历史巨变，但许多优秀作家的创作实践都足以证明：变中有所不变。"五四"那一代人激烈反传统，倡导"科学"与"民主"，但锋芒所指主要是吃人的礼教和僵化的八股文。鲁迅的《中国小说史略》、胡适的《白话文学史》、周作人的《中国新文学的源流》……都是他们

① 《变革声浪中的思索》，《十月》1984年第6期。
② 《浮躁·序言之2》，《收获》1987年第1期。
③ 《关于〈白色鸟〉》，《小说选刊》1985年第6期。

在反对僵化的传统的同时继承发扬优良文化传统的心血结晶，到了“文化大革命”时期，反传统思潮发展到毁灭文化的极地，传统文化与文学的火种仍没熄灭。老一代文化人在逆境中以多种形式记录下忧愤的心声，新一代文化人也是在文化的废墟上开始“文化寻根”探求的，如阿城在知青岁月中开始读禅宗、庄子、《金瓶梅》的经历在知青一代人中很有代表性。当具有不同个性、不同阅历的文化人在文化浩劫的年代里以各自不同的方式走向传统文化典籍时，传统文化的生命力就得到了充分的体现。到了思想解放的年代里，西方文化极大地改变了当代人的思想观念与生活方式，仍有一批作家以自己的成功证明了传统文化精神、传统文学体裁、传统审美境界的魅力。

2. 当我们说到民族文学传统变中有所不变的时候，要更多地看到它的变。传统是在长期的历史演进中形成的，它深深地植根于民族生活土壤之中，既有稳定的一面，又有保守的一面；既有很强的同化力，也有很强的排他力。由于传统与小农经济紧密联结在一起，因而有着一种因循守旧的历史惰性，这种惰性不仅影响着社会政治经济的发展，而且渗透到民族文化的心理、观念意识和价值形态之中。要改变这种惰性，就要促使传统的转化、变革。黑格尔在《哲学史演讲录·导言》中说：“传统并不是一尊不动的石像，而是生命洋溢的有如一道洪流，离开它的源流愈远，它就膨胀得愈大。”传统是流动的，真正承续传统，是对传统的突破和超越。

鲁迅说：“采用中国的良规，加以发挥，使我们的作品更加丰满是一条路；择取中国的遗产，融合新机，使将来的作品别开生面也是一条路。”(《木刻纪程》小引)把“中国的遗产”和“外国的良规”结合在一起，融合新机而不拘执传统，使民族的文学传统发生创造性的转化，乃是文学现代化的一条必由之路。

3. 任何民族文学都是世界文学的一个组成部分，民族性与世界性不是矛盾的，而是一致的。世界任何一个民族都不可能尽弃其文化传统而重新开始，离开文化传统的求变求新是不现实的。过去我们常说“越是民族的越是世界的”，并不是不加选择地将民族中糟粕的、落后的、原始的东西展示出来就具有民族性；恰恰相反，我们所推崇、所展示的正是民族传统的精华，代表着一个民族的民族精神、民族品格，因此越是民族性才越具有世界性，才为世界所认可。如鲁迅、巴金、冰心、老舍的作品以及新时期的一批优秀作品在世界享有盛誉就证明了这一点。我们说文学要走向世界，就是要以表现中国人的生活、揭示人的心灵世界的优秀作品走向世界。我们不能夜郎自大，自我封闭，也不必妄自菲薄，而是要自觉地吸收、采用、融化世界各民族一切优秀的文化遗产，是“化西”而不是西化，这样才能使本民族的文学得到丰富与发展。

面对新的世纪，新中国文学从历史走向未来，为了使中国文学立于世界之林，作家们还会继续为文学民族性的振兴做出怎样的成就与贡献呢？人们期盼着中国文学再创辉煌。

（原载《文学评论》1999 年第 4 期，又收入漓江出版社 2000 年出版的《'99中国年度文论选》，第 63 页）

中国当代文学的民族化问题①

各位代表、各位来宾：

中国当代文学学会第八届年会，今天在美丽的云南大理开幕了。这次年会经中共中央宣传部批准，在云南省委宣传部领导下，由我们学会同云南省文联、作协，大理州委、市委、市政府、文联，云南省民委，云南大学，云南师大等单位联合召开的。本届年会能如期在大理顺利举行，就是由于以上单位共同努力的结果。我们的会长，著名老作家姚雪垠同志本要前来主持年会，但最近因身体不适不能前来，特致电表示歉意，并祝大会取得成功，我们学会的顾问杜鹏程、秦牧等著名作家也因事不能莅会，特来信表示美好祝愿。

我们这届年会确定年会的中心议题是中国当代文学的民族化问题，这是经过了较长时间的酝酿提出的。我们认为：这是一个古老而又新鲜的话题，也是几十年来中国现当代文学在理论上和创作上的一个重要问题。在新时期如何继承和发扬文学的优良传统，如何正确总结过去的经验教训，正确地理解和处理好发扬民族传统和吸收借鉴外国文化二者之间的关系，如何创造既立足本国又面向世界的具有中国特色的社会主义文学，就成为中国当代文学发展道路上一个十分重要的问题。认真讨论这个问题，对于理论建设和创作实践，都是具有重要意义的。我们确定讨论这个问题，决不是意味着主张重复过去在这一问题上的片面性和绝对化。恰恰相反，是为了正确总结近四十年来在这方面的历史经验，纠正和克服理论和实践上的片面性和绝对化，建设具有中国特色的社会主义文学。胡启立在全国第五次文代会就如何正确对待民族传统和外来文化问题，作了深刻的论述。他说：“人类历史证明，文化从来就是在各民族间互相影响、互相渗透、互相冲击和融汇中发展的。任何一个伟大民族的文化，总是有所继承、有所创新、有所扬弃。对本民族的传统文化，我们要吸取精华，剔除糟粕；对外来文化，则要吸收和借鉴一切对于我们有益的东西，同时拒绝和抵制一切丑恶腐朽的东西。在文化演变这一复杂的历史过程中，我们要努力避免陷入片面性、盲流和空想。我们完全应该也必须创造出以马克思主义为指导的，

---

① 这是作者 1988 年在中国当代文学学会第 8 届年会上的讲话。

继承民族优秀传统而又充分体现时代精神的，立足本国而又面向世界的有中国特色的社会主义新文化，为人类文化的发展和丰富做出新的贡献。”我们希望大家以此为指导思想展开学术讨论。

我们认为，中华民族有着悠久的历史、灿烂的文化。一个伟大民族的文学，总是在继承和发扬本民族文学的优良传统和接受其他民族文学的积极影响，并在二者的交融中不断发展的，而且总是要保持和发展自己的民族特色的。建设具有中国特色的社会主义文学，绝不能抛弃民族特色、民族文学传统。所谓民族特色，大致说来，应该体现在民族精神、民族气质、民族风情、民族审美心理、民族文学形式、民族文学语言等等方面。但所有这些，又都是随着社会和时代的前进而不断发展变化的，既是承续的，又是发展的、开放的，善于吸收和消化外来有益东西的。总之，它是不断发展、创新、无限丰富的动态过程，决不是停滞的、凝固不变的。因此，在民族化问题上，任何片面强调保持民族特色，排斥外来文化，拒绝学习和借鉴外来文化一切有益的东西的泥古不化的主张是不可取的。另一方面，对本民族的文化传统采取民族虚无主义的态度，也是不正确的，从本届年会收到的 70 多篇论文看来，许多同志对文学的民族化问题，进行了深入的理论思考、研究和探讨，其中有许多深刻的见解和理论阐述，也有不同的甚至相互对立的意见。比如，有不少同志认为，文学的民族化是文学的基本品质之一，在世界各民族文学互相影响和交融中，特别是针对近年来文学创作中某种对西方现代派文学生吞活剥、东施效颦的倾向，强调文学的民族化是十分必要的，有现实意义的；有的同志则认为，文学民族化的提法不科学，它基本上是一个过时的排外性的口号，不利于学习和借鉴外国文化，时至今日，已经没有必要过分强调民族化，而应该把文学从民族化这个口号的束缚中解放出来；还有的同志认为，当代文学正面临一种生存的危机，对民族化的主张有一种“无可奈何花落去”的理论悲凉之感。对于这些意见和种种不同看法，希望大家展开热烈的自由的讨论和争鸣。

云南是全国少数民族最多的省份，大理是白族自治州，居住着白族、汉族、回族、彝族、傈僳族、布依族、纳西族、藏族等二十多个民族，他们创造了独具特色的苍洱文化，涌现出一批又一批优秀作家、艺术家，为我国多民族文化、多民族文学增添了光辉。不久前举行的云南省民族艺术节，便展示了他们丰硕的艺术果实和伟大的艺术创造力。我们能在南诏古都大理，在美丽的苍山之下、洱海之滨举行本届年会，讨论文学的民族化问题，有着特殊的意义。

（原载白山出版社 2013 年出版的《与时代同行》，第 164 页）

新中国十七年的诗歌主潮

诗是强烈情感的自然流露，是内心绽放的精神花朵。新中国的诞生，结束了“夜歌”的时代，迎来了一个崭新的岁月。在时代的召唤下，诗人们在新的历史条件下，开启了一个以政治抒情诗为主潮的新天地。

台湾诗人席慕容说：“每一个民族心里都有诗，每一首诗都是苍穹上的一颗星光。”①面对新的时代、新的生活，诗人们按捺不住激动的心情，情不自禁地为新的生活、为新生的人民共和国放歌。无论是来自国统区的诗人郭沫若、冯至、臧克家、徐迟、袁水柏、邹荻帆，还是来自解放区的诗人艾青、田间、何其芳、柯仲平、李季、贺敬之、公木、严辰……都为古老中国发生的翻天覆地的变化感到无比喜悦，唱出了自己心中的歌。曾为解放区“少男少女”放歌的诗人何其芳，目睹天安门举行的开国盛典，欢唱“中华人民共和国，/在隆隆的雷声里诞生。/是如此巨大国家的诞生，/是经历了如此长期的苦痛，/而又如此欢乐的诞生。/就不能不像暴风雨一样打击着敌人，/像雷一样发出震动世界的声音”(《我们最伟大的节日》)。早在“五四”时期就在《女神》中呼唤中国如凤凰再生，渴望建立一个“美的中国”的诗人郭沫若，热情歌颂“人民中国，屹立亚东。/光芒万道，/辐射寰空”(《新华颂》)。“七月诗派”诗人胡风这个时期创作了具有史诗品格的长诗《时间开始了》，讴歌“祖国新生了！/人民站立起来了”。蒙古族诗人纳·赛音朝克图从小学习编写民歌，从日本留学归来后，目睹旧社会“破旧而腐朽”，渴望“自由放射出灿烂的光芒”。当新时代来临之际，他在广阔的社会背景下，唱出了幸福之歌，叙写了蒙古族新旧社会不同的命运，“赞颂阳光般/光辉明朗的新生活”(《狂欢之歌》)，表达了蒙古族人民的心声。傣族诗人康朗英从自己的亲身经历中，感受到新旧时代的不同变化，创作了记叙傣族人民悲惨历史的《流沙河之歌》，唱出了“往日的苦难和今朝的欢乐”。此外，田间的《祖国颂》、绿原的《从一九四九年算起》、阮章竞的《祖国的早晨》、吕剑的《英雄碑》、王莘的《歌唱祖国》、铁衣甫江的《祖国颂》……都是诗人献给新生的共和国的颂歌。正是这些颂歌，形成了这一时期诗歌的主潮。此后，以颂歌为

① 席慕蓉：《我的家在高原上》，上海文艺出版社1997年版，第300页。

主导的政治抒情诗的兴起和盛行，对 20 世纪 50—70 年代中期诗歌的发展产生了深刻的影响，并为我们留下了宝贵的启示和经验教训。

作为诗歌中的一种崭新形式，政治抒情诗是特定时代的产物。诗人徐迟在《祖国颂》的序中说：政治抒情诗“最鲜明、最充分地抒发了人民之情。虽然它还是个人抒情，可是在政治抒情诗中，诗人是一个公民，他和共和国的精神，全民的精神是一致的。热情澎湃的政治抒情诗是广阔的，是祖国河山的回声，是世界的回声，是亿万人民合唱的交响乐。热情澎湃的政治抒情诗是时代先进的声音，时代先进的感情和思想。它是鼓舞人心的诗篇，……是我们社会主义时代的喉舌，是最有力量的政治鼓动诗”①。这段话简要地概括了政治抒情诗的思想特征和艺术规范。

从思想特征来说，这一时期的政治抒情诗蕴涵的内容是广阔的、丰富的，其间既有祖国河山的回声，也有亿万人民的合唱；既有反映人民共和国社会变革的巨响，也有反映风云变幻世界的奏鸣，总之，这一时期政治抒情诗对生活的反映是多角度、多层面的。如著名诗人艾青，过去“写过无数痛苦的诗”，忧郁是他诗歌的基调。新中国成立后，他欢欣鼓舞，决心“为新的日子歌唱”，歌唱“祖国的春天”、歌唱“和平与民主的胜利”②。他在《春姑娘》中，抒写“各种各样的鸟/唱出各种各样的歌/每一只鸟都说/‘我的心里真快乐’，表达了自己对新生活的热爱之情”。诗人邵燕祥的《中国的道路呼唤着汽车》，礼赞中国工业的起飞，满怀激情的宣告：“我们要让中国用自己的汽车走路，/我们要把中国架上汽车，/开足马力，掌握方向盘，/一日千里、一日千里地飞奔。”诗人的这种企盼已经成为当今中国的现实。诗人公刘的《上海夜歌(一)》，通过对上海关的描绘，记下了祖国发生的深刻变化：“上海关，钟楼。时针和分针/像一把巨剪，/一圈、又一圈，/铰碎了白天。/”夜色从二十四层高楼上挂下来。“灯的峡谷，灯的河流，灯的山，/六百万人民写下壮丽的诗篇：/纵横的街道是诗行，/灯是标点。”语言形象，寓意深邃。曾在 40 年代创作《王贵与李香香》的李季新中国成立后长期生活在戈壁滩，同石油工人建立了深厚友谊。他的许多石油诗热情讴歌为建设祖国石油献出青春的人们：“汽车飞驰在戈壁滩上，/好像是长了翅膀一样。/姑娘嘴里悄声唱着歌儿，/一丝微笑挂在脸上。”“姑娘系着一条红色的头巾，/红得像戈壁滩上初升的太阳。”他说：“我的心一直被一种美妙、瑰丽的事业和从事这一事业的人们吸引着。我曾经为它献出过我的微薄的劳动，也曾用我的

① 徐迟：《祖国颂·序》，中国青年出版社 1959 年版。

② 艾青：《春天·后记》，人民文学出版社 1956 年版。

全部热情，为它歌唱。”①诗人李瑛的《天安门上的红灯》、《友谊的花束》、《战场上的节日》以纯真的感情、清新的意象引人注目。梁上泉的《大巴山的早晨》、《在云彩上面》，阮章竞的《新塞上行》，以鲜明的形象、奇幻的色彩受到人们好评。诗人田间这一时期也创作了大量诗作，他在《嘎拉玛朝》中赞颂嘎拉玛朝“把草原携在马上，/把云彩担在双肩”，“她使草原更绿了”、“她使天空更亮了”。老诗人臧克家在创作了《有的人》之后，又从青岛海滨送来了组诗《海滨杂诗》，为我们带来了清新的海洋气息。

在反映神州大地深刻变革的同时，这一时期的诗歌还多方面地反映了中国人民和世界人民的友谊，讴歌保卫和平、反对战争的主题。《黄河大合唱》的词作者光未然(张光年)写下了气势磅礴的《无产阶级联合起来》：“山连着山，海连着海，全世界无产者联合起来。……红日出山临大海，照亮了人民解放的新时代。”热情奔放，视野开阔。韩北屏的《夜鼓》、《谢赠刀》通过赤道的战鼓、黑人战士送的腰刀，展现了非洲人民的雄姿和中非人民的友谊；以创作《马凡陀山歌》著名的诗人袁水拍的《春莺颂》、《煤烟和云》对西方的生活方式和文学艺术给予了有力讽刺。石方禹于 50 年代初期发表了长篇政治抒情诗《和平的最强音》，通过对历史的回顾，发出了这样的声音：“我们是平凡的人，/但我们是/不可侵犯的人，/因为我们的名字/就叫/人民。/我们是世界上的/绝大多数：/我们的声音/是世界的/最强音。/我们并不向他们/乞求和平，/而是命令他们：/不许战争。”铿锵有力，掷地有声。这首诗发表后反应强烈，在诗坛产生了较大影响。

在这一时期政治抒情诗创作中，郭小川、贺敬之是主要代表。他们的诗作把现实发生的重要事件纳入广阔的视野之中，从时代的高度去观察思考，强调革命传统的承续、时代精神的弘扬。无论是抒写国内外大事，还是描绘山石草木，也都气势磅礴，激情奔放。郭小川的《向困难进军》、《致青年公民》、《人民万岁》等诗作，热情颂扬祖国的解放，赞美自己“所爱的每一块土地”，赞美“忠诚地又默默地散发着光的人民”，他满怀激情地写道：“应当唱千万支歌/把我们的人民/赞美，/赞美他们的不懈的劳动/和英勇无畏，/描绘/他们外表的庄严/和心灵的高贵。”他鼓励年轻人投入火热的斗争，“斗争/这就是/生命，/这就是/最富有的/人生”。富有政治鼓动性的诗句，在当时产生了很大影响。此后，郭小川的诗风发生了变化。由直白的政治抒情转入深层次的理性思考。贺敬之创作了大量有影响的政治抒情诗，如《回延安》、《放声歌唱》、《雷锋之歌》等诗直抒胸臆，叙写了诗人对生活的挚爱，表现了特定时代的情绪。在《放声歌唱》中，用“无边的大海波涛汹涌”、“万花盛开

① 李季：《致以石油工人的敬礼·后记》，长江文艺出版社 1956 年版。

的大地"、"光华灿烂的天空"，赞美伟大的时代，接着用"一系列"怎么会提出问题，引入作品的主题，唱出了时代的最强音。在他看来，"诗，必须属于人民，属于社会主义事业。按照诗的规律来写和按照人民利益来写相一致。诗人的'自我'跟阶级、跟人民的'大我'相结合。'诗学'和'政治学'的统一。诗人和战士的统一"①。正是在这些根本点上，诗人作出了有力的回答。

从艺术规范来说，这一时期的政治抒情诗具有颂歌的艺术风格。无论是表现重大政治事件，还是叙写日常生活小景，都以歌颂作为它的主旋律。就整体而言，诗歌的基调是昂扬向上的，情绪是欢快明朗的，色彩是绚丽多彩的，语言是质朴率直的。这在当时是和新生的社会相适应的。人民共和国的诞生，历史发生的翻天覆地的巨变，自然使亿万人民产生了强烈的解放感、自豪感，而作为时代敏感神经的诗歌，自然会和着时代跳动的节拍，表达人民的真诚心愿，谱写出礼赞生活、礼赞人民、礼赞共和国的时代之歌，从而开创了一个颂歌时代，这既是历史潮流的驱动，也是时代精神在诗歌领域的体现。

颂歌的时代不仅创作了一批有价值的诗作，而且培养了一批有成就的诗人，这是应当肯定的。但在另一方面，颂歌的单一性、限定性也束缚了诗歌的发展，限制了诗人在广阔天地里施展自己的才能。由于颂歌以颂为基调，自然会回避矛盾冲突，回避现实生活中的阴暗面。郭小川说："我们的诗如果不能反映生活中的矛盾冲突，只一味地喊伟大、伟大，也只能是表面轻浮的'颂歌'。"②这一批评是符合实际的。当时有些诗人写的揭示现实生活矛盾冲突，揭示某些阴暗面的诗作因不合时宜而受到冷遇。如邵燕祥的《贾桂香》、沙鸥的《驴大夫》、公刘的《迟开的蔷薇》、公木的《爬也是黑豆》、流沙河的《草木篇》就受到来自各方的质询和不公正的批评。有些具有探索意义的诗作，如何其芳的《回答》、艾青的《在智利的海岬上》、穆旦的《葬歌》、蔡其矫的《山水》、郭小川的《致大海》等，因不合时代的节拍而受排斥。由于对文艺与时代、文艺与政治关系的偏狭理解，导致诗歌创作中的"小我"与"大我"的对立、导致"大我"替代独特的"小我"，共性替代个性，从而使诗歌成为单一话语的传声筒。谢冕在评价这一时期的颂歌时说："诗歌的功能被限定无论如何是一个弊端。这个弊端由于社会的向前发展，随着它的内在矛盾的显露而逐渐表现出来。诗歌乃至整个文学创作到底是个人的精神劳作、写什么和怎么写都取决于创作主体对于生活的感受，他的审美的积蕴与欲求，他来自内心的判断和冲动，等等。……从这些方面来看，全社会一致的采取一律

① 贺敬之：《郭小川诗选》英文本序，《贺敬之全集·3》，作家出版社 2005 年版，第 222 页。

② 《沸腾的生活和诗》，《文艺报》1956 年第 3 期。

的方式和态度进行创作便是失常的状态。”①正是颂歌体制下的这种失常生态，限制了诗歌的多元发展，束缚了诗人创作个性的施展。然而诗歌的发展不可能总是在单一的失常生态中生长。与这种愿望相反的是，有些诗人也在失常状态下写出了个性鲜明的诗。这些诗作或诉说自己心灵的律动，或对一些社会现象的质疑、鞭挞。如曾卓的《有赠》、《悬崖边的树》，鲁藜的《冬之歌》，绿原的《往往》、《但切不要悲伤》，蔡其矫的《雾中汉水》，流沙河的《雨中》，牛汉的《鹰的诞生》、《华南虎》，穆旦的《智慧之歌》、《沉没》，孙静轩的《暴风雨之夜》等，都给人们留下了深刻的记忆。

在艺术形式和表现方法上，这一时期的诗歌也有新的变化和发展。基于颂歌表现生活的需要，不少诗人采用直抒胸臆，直描生活的手法抒情状物，抒写自己对生活的真切感受。李瑛、公刘、邵燕祥、张永枚、严阵等诗人大都采用这一抒情手段，表达自己生活在新的时代的真切情怀。在诗歌艺术形式方面，这一时期有过多种探索。20世纪初期，诗歌界就诗歌的形式问题展开过多次讨论和争鸣，诗人冯至、萧三、贾芝、田间、林庚、卞之琳、何其芳、彭燕郊、王亚平等都发表达了自己的意见。林庚提出了“五字组”、“半逗体”加“典型”诗行的观念，构想了“五四体”的九言诗形式②。卞之琳则提出要进一步开放新格律诗的空间，使现代格律诗有可操作性，这些意见都引起了诗歌界的热烈讨论，但从实践上看，诗坛上出现了一些形式大体整齐的新格律诗，但从整体来看，并没有得到认真实践。在这一时期取得重要成就的是对外来诗歌艺术形式的借鉴。贺敬之的《放声歌唱》、郭小川的《致青年公民》、石方禹的《和平的最强音》、汪静之的《血液银行》等，都受到马雅可夫斯基“楼梯式”的影响，这些诗作借鉴外来“楼梯式”诗歌形式表现重大社会政治内容获得成功。如贺敬之在《放声歌唱》中既采用了外来的“楼梯式”，又揉进了古典诗词的对偶、排比，更讲究对称美。郭小川的一部分诗作采用“楼梯式”的形式表达澎湃的热情，使诗的语言节奏外化为诗行，更适合于朗诵。他的另一部分诗作，如《雪兆丰年》等，则吸收元明散曲的特点，短句式，快节奏，音韵优美。沙白的长诗《大江东去》，则是另一种表现手法。诗人采用象征的手法，比喻滚滚东去的大江如奔腾向前的革命洪流，用短句式强化诗歌节奏，用韵脚把长诗组成艺术整体，使之更适合朗诵。

总的说来，这一时期的诗歌虽然取得了喜人的成就，但思想艺术俱佳

① 谢冕：《中国新文学大系(1919—1949)诗卷·序言》，上海文艺出版社1997年版，第18～19页。

② 林庚：《九言诗的“五四体”》，《光明日报》1950年7月12日。

的诗作仍嫌太少。有的诗作配合某项政治任务写得比较粗糙，内容空泛，大话连篇，削弱了诗歌的艺术力量，有些诗作还有欧化、半欧化或散文化倾向。

（原载高等教育出版社 2016 年出版的《中国当代文学史》，第 67 页）

新中国十七年的散文

作为一种灵活多样的文学样式，散文在我国具有悠久的历史。“五四”以后，“散文小品的成功，几乎在小说戏曲和诗歌以上”①，新中国成立以来，散文承续优秀文学传统，在新的历史条件下有了新的发展。

新中国成立初期，由于人民政权的建立，国民经济的恢复与发展，抗美援朝的开展与胜利，为散文创作开辟了广阔天地。反映抗美援朝的散文和通讯特写成为当代中国散文的第一声春雷。“抗美援朝”战争开始之后，一批作家如巴金、魏巍、杨朔、刘白羽、路翎、碧野、菡子等到了朝鲜，进入坑道，及时写出了一批激情洋溢、震撼人心的作品，如魏巍的《谁是最可爱的人》、《年轻人，让你的青春更美丽吧》，巴金的《我们会见了彭德怀司令员》、《坚强战士》，刘白羽的《朝鲜在战斗中前进》，杨朔的《万古青春》、《鸭绿江南北》，华山的《清川江畔》，菡子的《我从上甘岭来》，路翎的《板门店前线散记》，靳以的《祖国——我的母亲》等，这些脍炙人口的优秀篇章，在广大群众中产生了强烈影响。作家徐迟在《中国新文学大系(1949—1976)报告文学卷》序中说：魏巍的《谁是最可爱的人》本来是一篇散文，但“最可爱的人”这个称号，发生了共鸣的效应。它化成一篇已取得全民公认了的报告文学。这篇文章激发了全国读者的欢欣和热忱，是一个不可忽视的事实。除了专业作家写的这些篇章外，还有专业作家与志愿军指战员写的几部大型朝鲜通讯报告。如《朝鲜通讯报告选》就收入了109篇抗美援朝作品，真实地记下了中朝人民抗击侵略者的感人故事，受到读者的重视。《志愿军一日》则是从13600多篇应征稿中选出五百多篇闪烁着时代光彩的作品。全书100多万字，分为四篇，叙写了志愿军战士惊天地、泣鬼神的英雄事迹。郭沫若在《志愿军一日·序》中说“这真正是无愧于抗美援朝运动的有血有肉的战史，是由永垂不朽的战士们自己所亲手建立的丰碑”②。而《志愿军英雄传》则是一部真实记载人民志愿军光辉业绩的英雄传记，全书收入60篇作品，记下了64位英雄、模范、功臣的感人事迹，谱写了动人心弦的壮丽篇章。

---

① 鲁迅：《南腔北调集·小品文的危机》，人民文学出版社1958年版，第132页。

② 郭沫若：《志愿军一日·序》，人民文学出版社1956年版。

反映沸腾的社会主义建设生活，颂赞社会主义新人新事，构成这一时期散文创作的又一道靓丽风景线。新的生活吸引了一批作家投入到火热的斗争生活中去，进工厂、下农村、去边疆、上矿山，乃至人迹罕至的地方，创作出一批散文和通讯报告。沙汀、秦兆阳等老作家追踪社会变动在人心底发生的深刻变化，着重揭示新的时代在人们精神世界产生的震动。《老羊工》、《卢家秀》这两篇散发着泥土芬芳的特写，为我们塑造了栩栩如生的人物形象。靳以的《到佛子岭去》让读者听到了一定要治好淮河的坚定誓言，李若冰的《在柴达木盆地》给读者带来了大西北腾飞的信息，华山的《童话的时代》雄视千古，阅尽人间春色，讴歌使童话变为现实的人民时代，艾芜的《屋里的春天》、杨朔的《滇池边上的报春花》、井频的《跋涉者的问候》、肖殷的《孟泰仓库》、碧野的《新疆在欢呼》、储安平的《在塔里木河的下游》等都以不同的形式记下了祖国一日千里前进的脚步声，谱写了祖国在前进的时代主旋律。此外，这一时期出版的《经济建设通讯选》、《祖国在前进》、《技术革新通讯报告文学选集》以及《散文特写选》、《散文小品选》、《特写选》等选集，记录了祖国突飞猛进的步伐，抒发了站起来了的人民建设新中国的豪情。如果“把这些文章的某一篇孤立起来看，并没有什么了不起，但把它们合起来看，这就是祖国以浩大声势前进的一大卷画幅”①。在这幅画幅里，“祖国正在前进”这根红线，把生活中无数珍珠串连起来，放射出夺目的光彩。

这一时期的散文，不仅题材广泛，而且形式多样。除通讯、报告、特写、抒情散文外，传记、书信、游记、随笔、杂文、小品也得到发展，其中不少佳作受到人们的好评。

在传记文学方面，吴运铎的《把一切献给党》，陶承的《我的一家》，黄钢的《革命母亲夏娘娘》，高玉宝的《高玉宝》，柯蓝的《不死的王孝和》，丁洪、赵寰、董晓华的《真正的战士——董存瑞》，杨植霖的《王若飞在狱中》，缪敏的《方志敏战斗的一生》，韩希梁的《黄继光》，罗广斌、杨益言、刘德彬的《在烈火中永生》，都是受到广大读者赞誉的佳作。如《把一切献给党》真实地勾勒了一位保尔·柯察金式的英雄战士吴运铎的人生轨迹：家破人亡的悲惨遭遇和血泪交织的童年生活，在他幼小心灵中埋下了反抗复仇的种子。为了阶级的和个人的解放，他毅然投入了革命的洪流，因公致残后仍然战斗在第一线。吴运铎的一生是无愧无悔的一生，是心中只有革命、勇于奉献的一生。《高玉宝》记叙了高玉宝由受尽苦难的小猪倌成长为战士作家的历程，受到人们的欢迎。这两部作品采用的自叙体的写法，确立起通过自叙把自我成长的经历与革命历程结合起来的模式，曾经风行一时，并对以后的革命回忆

① 魏巍：《散文特写选(1953.9—1955.12)·序言》，人民文学出版社 1956 年版。

录，乃至长篇小说创作都产生过影响。《革命母亲夏娘娘》是一部颇有影响的传记，作者以细腻的笔触，充分展现了一位普通家庭妇女成长为革命战士的历程，为我们树起了一尊革命母亲的雕像。

说到报告文学，则有一个逐步发展的过程。20 世纪 60 年代以前，报告文学没有公认为一种文学体裁，徐迟说："它当时只是'散文'的聊备一格，后来又一直被称为'特写'、'通讯'，那时仍归属于散文的类别之中。有时候'散文特写'连书在一起，有点分不开了。到一九五六年，人民文学出版社曾邀请我编过《一九五六年散文特写选》，那时还难得有人提出'报告文学'这个名称，但它已等候在背影里。到 60 年代初，它才名正言顺地称'报告文学'，而显示它们的作用。"①这一时期的报告文学除了前面说到的描写抗美援朝的作品外，还有一批在群众中产生很大影响的佳作。如王磊、房树民的《为了六十一个阶级兄弟》，最初发表于 1960 年 2 月 29 日的《中国青年报》，这篇作品迅速而又真实地报道了发生在山西平陆县的 61 位民工不幸食物中毒的事件，热情歌颂了"一方有难，八方支援"的风格和团结一心、争分夺秒、舍己救人、互助友爱的崇高品质，谱写了一曲响彻云霄的凯歌。穆青、冯健、周原的《县委书记的好榜样——焦裕禄》，深情地记叙了兰考县委书记焦裕禄一心为公、一心为民、鞠躬尽瘁、死而后已的动人事迹，塑造了一位优秀的共产党人的形象。作者通过一个个动人的生活片断、一组组闪光的镜头，表现了焦裕禄在严酷的天灾人祸和病魔缠身的情况下，领导兰考人民战胜内涝、风沙、盐碱，制伏洪水的英雄业绩，赞颂他坚毅的革命精神和舍身为民的崇高品格。作品发表后，在群众中产生了强烈的轰动效应，焦裕禄的名字响彻神州大地，许多机关团体掀起了向焦裕禄学习的热潮。此外，甄为民、佟希民、雷润明的《毛主席的好战士——雷锋》、冯牧的《摩梭人的家乡》、徐迟的《祁连山下》、西虹的《大庆"王铁人"》、黄宗英的《小丫扛大旗》、吴兴臣的《南京路上好八连》、方纪的《三峡之秋》、郁茹的《向秀丽》、魏钢焰的《党的好儿女赵梦桃》、洪洋的《滟滪石》等，都从不同的视角反映了这一时期的现实生活，显示了当今中国历史演变的轨迹和时代风貌。

杂文小品的兴盛，是这一时期散文创作的一个重要文学现象。作家黄裳早在 1950 年就在《文汇报》发表了《杂文复兴》一文，呼吁要在新的时代发展复兴杂文。夏衍也于 1954 年在《人民日报》发表了《谈小品文》的文章，提出小品文"应该成为报刊的一个不可缺少的部分"，报刊上"不仅要有和应该有鲁迅式的杂文，而且要有和应该有果戈理和谢德林式的文艺作品"②。《人民

① 《中国新文学大系(1949—1976)报告文学卷 1·序》，上海文艺出版社 1997 年版。

② 夏衍：《谈小品文》，《杂文与政论》，北京出版社 1955 年版，第 64 页。

日报》于1956年、1957年组织了关于杂文和小品文的讨论。在作家的倡导和时代的推动下，这一时期的杂文小品一度繁荣，作家写出了一批有影响的文章。如徐懋庸的《武器、刑具和道具》，巴人的《况钟的笔》，任晦(夏衍)的《废名论存疑》，邓拓、吴晗和廖沫沙的《三家村札记》、《燕山夜话》，秦似的《比大和比小》，冯雪峰的《杂感》，马铁丁(陈笑雨、郭小川、张铁夫合作杂文的笔名)的《推托》，林放(赵起构)的《有啥"排啥"》，曾彦修的《况钟的笔》，黄秋耘的《犬儒的刺》，吴晗的《海瑞骂皇帝》，牧惠的《说碰壁》，吴祖光的《将军失手掉了枪》，费孝通的《知识分子的早春天气》，傅雷的《自报公议及其他》，钟惦棐的《何必曰利》，罗竹风的《反对条条和框框》，孟超的《张献忠不杀人辨》等，这些杂文小品以其文字的明快犀利、敏锐深邃的见解而在广大群众中产生深刻影响。

在歌颂新生活的同时，也有些作家以敏锐的触角，对现实生活中的不合理现象给予抨击。如刘宾雁的《在桥梁工地上》，写的是发生在黄河上游一个桥梁建筑队的生活，作者通过青年工程师曾刚与桥梁队长罗立正之间的矛盾冲突，揭示了革新创造与保守之间的斗争，让人们清楚地看到官僚主义、保守思想对社会主义事业带来的危害。他的另一篇作品《本报内部消息》则通过一家省级报社日常生活的叙写，鞭挞了官僚主义、唯命是从的恶习对领导机关的严重侵蚀，歌颂了黄佳英积极进取、勇于斗争的品格。这些针砭时弊的作品以其强烈的针对性、尖锐性引起人们的关注。

总的说来，这一时期的散文走过了一条既平坦又崎岖的道路，正如袁鹰在《中国新文学大系(1949—1976)散文卷序》中所说，这二十多年的散文，"记下了本世纪中叶那迅猛又蹒跚的脚印，留下跋涉者、垦荒者、开拓者们的汗水、泪水和血水。若要粗粗勾划，大体可以看出这样的轮廓：前八年(一九四九——一九五七)，天翻地覆、百废俱兴、蓬蓬勃勃、万马奔腾；中九年(一九五七——一九六六)，步履艰难、气氛郁闷、峰回路转、柳暗花明；后十年(一九六六——一九七六)，飞沙走石、日月无光、风霜雷电，迷乱癫狂。从五星红旗迎风飘扬的那一天起，直到70年代中期，翻滚不停的时代风云、冷热不定的政治气候、躁动不安的人情世态，不可避免地都在这一时期的文学艺术特别是散文中得到反映"①。这是对本时期散文发展状况的简要叙述和概括。

这一时期散文发展尽管遇到这样或那样的干扰，但就整体而言，仍然呈现出向上前行的趋势，无论是在思想深度上，还是审美品味上，都有新的进展。这主要表现在：

---

① 《中国新文学大系(1949—1976)》(散文卷1)，上海文艺出版社1997年版，第1页。

一是题材的开拓，艺术性散文创作的兴盛。新中国成立初期，作家多以国家政治经济生活的重要事件为题材，迅速反映时代脉搏的跳动，纪实性很强，这在当时是必要的。到了50年代中期，散文创作题材不断开拓，作家描写的生活领域不断拓宽，艺术性、抒情性散文增多，涌现出一批思想艺术俱佳的作品。如冰心的《我们把春天吵醒了》、巴金的《秋夜》、黄秋耘的《行吟阁遐想》、孙犁的《白洋淀纪事》、丁玲的《记游桃花坪》、艾芜的《屋里的春天》、陈残云的《珠江岸边》、丰子恺的《阿咪》、吴伯箫的《记一辆纺车》、曹靖华的《忆当年，穿着细事且莫等闲看》、靳以的《黄浦江的早晨》、老舍的《养花》、茅盾的《海南杂忆》、沈从文的《新湘行记》、叶圣陶的《游了三个湖》、郭沫若的《访沈园》、袁鹰的《井冈翠竹》、黄裳的《浣花草堂》、许钦文的《鉴湖风景如画》、碧野的《天山景物记》、黄永玉的《森林浴池》、姚雪垠的《惠泉吃茶记》、柯灵的《生命的烈焰》、韦君宜的《忆西榆林》、陶铸的《松树的风格》、张恨水的《陶然亭》、菡子的《黄山小记》、郭风的《闽南印象》等，这些作品大都通过生活激流的浪花，反映时代的变革、社会的变化，与50年代初期的散文相比，已从单纯的歌颂走向凝重，描写生活范围比过去宽阔，从日常的平凡生活中寻求美好的品格，礼赞坚韧不拔、艰苦卓绝、不怕困难、昂扬向上的民族精神。

二是散文创作队伍的形成。这一时期的散文作家队伍，基本上由三支队伍组成。一支来自解放区，如刘白羽、杨朔、华山、碧野、吴伯箫等，他们冲破硝烟，顶着风雨，迎来了祖国的解放。他们熟悉解放区的生活和斗争，长于描写火热的生活。一支来自国统区，如冰心、茅盾、巴金、叶圣陶、老舍等，他们经历了几个时代，亲眼目睹了祖国的沧桑变化，他们对新中国的变化既新鲜又陌生。面对新时代、新生活的召唤，总是按捺不住内心的激动，他们在努力适应时代的变化，深情赞美新的中国，他们的作品于恬淡之中蕴含优美的隽永。还有一支队伍是茁壮成长的年轻新秀，如李若冰、林遐等，他们和新中国一起成长，他们的散文作品清新质朴，给人耳目一新之感。

三是散文作家风格的变化。这一时期不仅出现了一些散文作家群体，而且也出现了一批风格卓然的散文作家，可谓是诸家竞秀，新人辈出，风格迥异，各有所长，诗情交织，百花争妍。50年代初期，巴金、冰心、魏巍、菡子用他们的真情实感书写新生活的颂歌，震撼着人们的心灵。陈残云、柯灵、靳以、曹靖华、华山、秦兆阳、徐开垒等人虽作品不多，但也拥有众多读者。孙犁、叶圣陶、丁玲、周作人、魏金枝、艾芜、柯蓝、杨朔、秦牧、刘白羽、碧野、方纪、萧乾、吴伯箫、何为、冯牧、李若冰等人的散文各具特色。如杨朔散文清新隽永，追求诗化；刘白羽散文绚丽峻拔，注重诗情交融哲理，秦牧散文注重知识、哲理、诗性的融合；碧野散文注重人物刻画，讲究情节安排等，这些作家都给人们留下了众多的华章，徐迟、袁鹰、魏纲焰、杜宣、邓拓等的散文也深深打上了自己个性的烙印。郭风、柯蓝的散文诗短小精致，别具一格，他们一位吹着“叶笛”，一位吹着“短笛”。肖殷、韦君宜、严文井、黄钢、韩北屏、艾煊、方纪、林遐、杨石、姜德明、刘湛秋等人的作品给读者留下深刻的记忆。还有些小说家、诗人、戏剧家、评论家、艺术家、翻译家、历史学家也利用闲暇时间书写散文，如茅盾、周立波、艾青、臧克家、夏衍、何其芳、叶君健、沈从文、张恨水、周瘦鹃、曹聚仁、老舍、吴晗、丰子恺等，他们也以清秀朴实的散文为散文园地增添了异彩。

这一时期的散文创作也存在一些不足和问题：主要是有的作者用理想情怀遮盖复杂的社会矛盾，不敢大胆揭示社会生活中的矛盾冲突，有些作品紧跟形势，配合中心，贴政治标签，借以突出强化主题；有些作品胡编乱造，违背了真实性原则。从散文本身的范畴来看，杂文、小品尽管有所发展，但仍显得薄弱，这些都对本时期的散文带来不利的影响。

（原载高等教育出版社 2016 年出版的《中国当代文学史》第 93 页）

新时期的散文和报告文学

十月的春雷，驱走了严寒，迎来了第二个春天。新时期文学在经历了冰雪霜冻之后，破土而出，复苏解冻。如果说"四五"诗歌敲响了"四人帮"覆灭丧钟的话，而新时期文学的复苏，最先是从散文、报告文学开始的。

新时期十年来，散文和报告文学创作蓬勃发展，取得了可喜的收获。无论是在题材的开拓、主题的深化上，还是在艺术风格的多样、表现手法的嬗变上，都是过去少有的。它以鲜明的时代特点，强烈的参与意识，深刻的哲理思想以及丰富的信息含量，赢得了读者的赞誉。

先说散文。

十年浩劫，散文园地里的现实主义创作几乎荡然无存，虚假、浮夸之风盛行，抒真情、表实感的作品难以问世。粉碎"四人帮"之后，散文作家们激情焕发，积压在胸中多年的感情潮水，犹如剧烈运行的地火找到了喷发口，一时间涌现出一大批声讨奸佞、悼念逝者的优秀之作。这些作品情真意切，感人至深，标志着现实主义创作思想的复归，表达了亿万人民的共同心愿。

《人民日报》于 1978 年 12 月发起的《丙辰清明纪事》征文，是一次旨在拨乱反正、影响广泛的散文创作活动。许多作者以亲身经历真实而生动地从不同侧面记叙了 1976 年"天安门事件"的始末。这些作品像一把把利剑，戳穿了"四人帮"的阴谋诡计；像一支支希望之歌，欢唱着黑夜的过去和曙光的来临。老作家冰心从饱蘸感情浓汁的笔触流出的《等待》，表达了人们在黎明前企盼"动地歌吟"之后响起震天惊雷的心情。魏巍的《在洪流中》概括出乌云压城、天地为愁的岁月里人们的觉醒。袁鹰的《十月长安街》记录了北京欢呼粉碎"四人帮"的盛大场面，揭示了十月的胜利在当代中国历史上的深远意义。

人们在控诉"四人帮"滔天罪行时，不由得深深地怀念那些被迫害致死的志士。悼念之作的大量问世，成为中国当代散文史上前所未有的现象。在这些作品中，既有缅怀党和国家领导人的痛悼之作，如《我爱韶山的红杜鹃》(毛岸青、邵华)、《临江楼记》(何为)、《望着总理的遗像》(巴金)、《岚山情思》(柯岩)、《少奇同志给我一匹马》(莫文骅)、《人民的心》(柯灵)、《巍巍太行山》(刘白羽)、《我的吊唁和回忆》(廖承志)、《黄桥烧饼》(顾寄南)等，也有怀念文学家、艺术家、科学家的敬颂之文，如《夏夜星空》(杜定)、《星》

(黄宗英)、《忆萧三》(张志民)、《清凉山的怀念》(李季)、《忆邓拓》(丁一岚)、《永恒的纪念》(菡子)、《海默难默》(黄宗江)、《幽燕诗魂》(丁宁)、《痛悼傅雷》(楼适夷)、《你永远和我们同在》(贺敬之)等。凝重的哀思,深情的回忆,由衷的赞颂,悲愤的控诉,流溢在作品的字里行间,具有催人泪下的力量。这是特定时代生活的真实记录,是十年动乱期间林彪、"四人帮"一伙迫害忠良的历史证词。它们"以高亢苍凉的旋律,悲壮深沉的色彩和朴素无华的风格,为我国70年代后期的散文谱写了第一个乐章。它们将以表达一个历史年代的人民的心声和开拓一代文风而在现代文学史上占有一个鲜明、突出的位置"①。

随着对"四人帮"批判的深入,对动乱年月里"伤痕"的抚慰,人们开始思索历史,探寻悲剧的因由。许多作家写出了一批反思历史、正视现实、礼赞未来的散文佳作。年逾八旬的巴金,以惊人的毅力写完了五集《随想录》。篇篇"随想"无不凝聚着作者的心血,浸透着这位文化巨人对历史、对民族、对国家命运的历史责任感和对人类至纯至深的爱。杨绛的《干校六记》记叙作者在干校的一些经历。满纸温婉言,不作愤懑语,再现了一位正直的知识分子不平常的人生足迹,也映照出中国正直、善良的知识分子的灵魂。它既是优美的散文,也是珍贵的人生箴言,警策着人们提防时代悲剧的重演。孙犁的《秀露集》、黄秋耘的《丁香花下》、柯蓝的《在记忆的海洋上漂荡》,在显露作家们各自的艺术特色的同时,也都蕴含对动乱历史的深刻反思,对现实的哲理剖析,真切地表露出这些文坛老将的高尚心境。这些作品都是作者感情的结晶,宛如晶莹的冰花,既是清冷的,又是透亮的,流淌着沁人心脾的温馨,闪烁着现实主义的思想光辉。

"四化"建设的洪流,催动一批散文作家投身到新生活的热潮之中,以乐观、热烈的情感及时写出了一批反映变革时代生活的作品。顾工的《吸引》,截取一个动人的生活片断,表现出青年一代在"四化"建设中发生的思想变化。刘真的《望截流》,描绘了葛洲坝大江截流的宏伟场景,摄下了一个富有历史意义的镜头。戴德胜的《深圳涛声》,记录了党的十一届三中全会的路线在经济特区掀起的大海般的波涛。碧野的《我怀念的是牛》、王兆军的《家乡的炊烟》、邓友梅的《说说家乡平原》、刘北汜的《水》等,表现了新时期农村的种种变化。郁风的《冬日抒情》、徐开垒的《生命犹如乐章》、茹志鹃的《故乡情》、铁凝的《洗桃花水的时节》、田野的《离合悲欢的三天》等,从不同的侧面摄录下时代精神、社会世相的光束。这些散文真切地反映出作者对现实生活的深切感受,用生活的强大活力给人以奋进的力量。

---

① 袁鹰:《〈中国新文学大系(1976—1982)·散文集〉导言》,中国文联出版公司1984年版。

无论是揭批“四人帮”的战斗檄文，还是反思历史的哲理思考，礼赞现实，展望未来的希望之声，新时期以来的散文作品无不闪烁着现实主义的思想之光。这些散文摈弃了虚假的浪漫主义，充分抒发了作家的真情实感，表达了人们的心声。

新时期散文的样式、表现手法、结构方式等，也呈现丰富多样的趋势。除了抒情散文和叙事散文之外，一些为读者喜爱而在过去问世不多的游记、随笔、传记、杂文、散文诗、小品等品种，在“四害”剪除、大地回春之后竞相涌现，大有与读者“相见恨晚”的势头。

游记取得了可喜的成就。它以优美的文笔、盎然的情趣、无尽的情思而赢得读者的赞赏。人们浏览这些作品，仿佛在追踪作者的足迹，观赏祖国的名胜古迹、湖海山川，分享着作者的欢愉。这里既有幽深奇绝的云南瀑布的壮观(冯牧：《瀑布之歌》)，丛林密箐的武夷山水的雄美(施蛰存：《福建游山玩水》)，又有野花飘香的昭君故里的清秀迷人(菡子：《香溪》)，千姿百态的黄山的奇险俊美(黄秋耘：《黄山秋行》)；既有碧波荡漾的白鹅潭的意境迷离(柳嘉：《皓月星光下的白鹅潭》)，枫叶遍染的岳麓山的风景如画(李霁野：《岳麓山和橘子洲头》)，又有冉冉升腾的北戴河红日的光芒耀眼(峻青：《沧海日出》)，千回万转的黄河的奔腾无羁(高缨：《又临黄河岸》)，还有澄清碧透、江平如镜的松花江(谢树：《秋江赋》)，绿云缭绕、莽莽苍苍的南昆山(紫风：《绿色的小王国》)。不少作家还创作了许多域外游记，从不同的侧面介绍了各国的风光佳景、风土人情，传达了异国人民对中国人民的友好情感，使读者开阔了眼界，加深了对国外的了解。这类作品突出的有，巴金的《访法散记》、叶君健的《远足野餐》、袁鹰的《柏林烟尘录》、丁玲的《我看到的美国》、徐迟的《德国，一个春天的旅行》、穆青的《在斜塔下》、萧乾的《美国之行》、杜埃的《异国重逢》、黄庆云的《飞向世界》、王蒙的《塔什干晨雨》、黎先耀的《沿着泰晤士河》等。其中有的作品从客观叙写中渗透着作家敏锐的观察和思考，对我国青年读者认识海外世界颇有启迪，而这在过去是少见的。

随笔这种清新活泼的文体在新时期得到大力提倡。除《散文》月刊发表许多随笔之外，广州出版了《随笔》杂志和《随笔》丛书，促进了随笔创作的发展。随笔作品形式活泼、不拘一格，或以小见大，或借景抒怀，或谈天说地，或评事论人，无不显示思想的光芒。较有代表性的随笔小品有：吴伯箫的《岗位》、林淡秋的《文人相轻》、秦牧的《长街灯语》、吴祖光的《万里长城断想》、陈学昭的《工作着永远是美丽的》、凤子的《记忆》、陈残云的《“南风窗”背后》、贾平凹的《丑石》等。这些作品在艺术表现上各有特色：有的轻言漫语，柔美清新；有的笔锋犀利，深邃有力；有的诗情画意，神采飞扬。

传记文学在新时期散文创作中较为出色。《传记文学丛刊》、《名人传记》、《人物》等杂志先后创刊。据不完全统计，从1979年至1986年，共出版了一百多部传记文学作品。同“文革”以前相比，不仅数量较多，而且质量也较高：题材涉及的生活领域也很广泛，出现了《张玉良传》(石楠)、《徐悲鸿一生》(廖静文)、《赵丹传》(尼土)、《超越自我》(陈祖德)、《元帅与外交家》(何晓鲁)、《蒋介石生平》(宋平)等一批优秀作品。其中《张玉良传》和《徐悲鸿一生》受到读者的热烈欢迎。前者犹如一幅人物肖像画，线条清晰，层次分明，浓缩了青楼女子张玉良成为艺术大师的生命历程。后者犹如一束素洁的鲜花，朴实淡雅、馨香扑鼻。廖静文在写作时常常感到徐悲鸿的音容笑貌宛然在目，会情不自禁地放下笔来，伏案而泣。因为她和抒写对象的夫妻情爱是深沉的、永生难忘的。这种深沉的感情用朴素、细腻的笔触表现出来，显得格外感人。《超越自我》是我国围棋高手陈祖德在患癌症动过手术之后，以坚强的意志写成的一长篇传记。老作家冰心、夏衍、严文井热情称赞这部书亮出了一个围棋国手的复杂心理，道出了一个真正人的内涵，一个真正斗士的精神。《傅雷家书》可以说是一位品行高洁的翻译家的心灵传记，是三十八年来散文创作史上的一个突出收获。傅雷以炽烈的感情写出了新时代的“教子篇”，既是别具一格的艺术教育学，又是优美动人的散文诗篇，出版后受到了广大读者的重视和欢迎。回忆录虽然不及50年代那样繁盛，但也出现了不少优秀作品，如《懒寻旧梦录》(夏衍)、《长征回忆录》(成仿吾)、《忆长征》(杨成武)、《聂荣臻回忆录》、《刘伯承回忆录》、《许世友回忆录》、《徐海东将军传》(张麟)、《艰苦岁月》(萧华)、《往事沧桑》(伍修权)、《我的足迹》(黄药眠)、《新凤霞回忆录》、《在彭总身边》(景希珍)等，这些作品的思想内容和史料价值是前所未有的。特别是老一辈无产阶级革命家的经历，更是研究党史、军史的第一手材料，弥足珍贵。

杂文的兴盛，为新中国成立以来少有。这首先表现在杂文以空前的规模参与了拨乱反正，抨击不正之风，批判遗风陋习，建设社会主义精神文明等各项现实斗争。其次，创作队伍空前壮大，分布面由城市向县镇乡村扩展；发表杂文的园地和出版物比“文革”前增加了几十倍。1980年，《文艺报》举办了如何繁荣杂文创作的讨论会。接着，许多报纸开辟了杂文专栏。1984年，河北办起了全国第一家《杂文报》，夏衍为该报写了序言。这些都推动了杂文创作的发展。严秀、牧惠主编的“杂文选粹丛书”，选辑了一批有代表性的杂文佳品，检阅了新中国成立以来杂文创作的成就。秦牧的《鬣狗的风格》是新时期杂文的代表作品，也是抨击江青反革命集团及其帮派体系的佳作。廖沫沙的《回到马克思主义》、牧惠的《驱除灵魂中的毒气和鬼气》、蒲剑的《蒲剑集》、林微的《眼睛上的商标》、黄秋耘的《国家不幸诗家幸》、严秀的

《重谈〈雷峰塔的倒掉〉》、黄裳的《谈禁书》等，都是有气势、有锋芒的好杂文。

介于散文和诗歌之间的散文诗，出现了解放后少有的兴旺景象。在湖南文艺出版社出版的"黎明散文诗创作丛书"中，一些多年从事散文诗创作的作家和后起之秀郭风、柯蓝、李耕、许淇、刘再复、刘湛秋、王宗仁、李华岚、刘岚山等，为新时期吹起了不同音色的优美笛声。郭风的《你是普通的花》，清新秀丽、蕴藉深沉，具有浓郁的乡土气息。刘湛秋的《写在早春的信笺上》、李华岚的《山茶花及其它》，凝炼含蓄，明丽动人，具有强烈的时代精神。柯蓝的《写在贝壳上的诗》，赞美"每一个贝壳都是一首诗，一个富有诗意的故事"，给人以有趣的启迪。

知识小品、科幻小品也在散文园地里绽开新花。全国十几家晚报分别于1984年和1986年举办了科学小品征文评奖，评选出优秀作品二百多篇。赵济众的《北京四合院的社会功能》、许鲁文的《爱鸟三教授》、冷兆和的《喂，步行过街的人》、林放的《"窑变观音"的联想》、邱大伦的《人体站立稳定以及……》、汪承宗的《吃蚂蚁与长新牙》等，都写得流利畅达，融知识性、思想性、趣味性于一体，读来饶有兴味。

新时期十年的散文虽然有所发展，但与时代的要求相比，仍有差距。艺术形式上沿袭多于追求，许多作品还缺乏高度的艺术水准和思想力度。因而脍炙人口、流传久远的力作不多，反映现实生活的散文也嫌不足。有些写景抒情的散文和游记，旁征博引，洋洋洒洒，但缺乏丰厚的思想内涵和感人的情趣。当今的读者固然需要那些写汩汩的溪流、青翠的小草、柔和的云霞的作品，但更需要表现奔腾的河流、生活的漩涡，高亢的汽笛的力作。这样才能更充分地反映出生活的千姿百态，更好地奏响散文创作韵旋律。

再说报告文学。

继新中国成立十七年间兴起的两次报告文学创作热潮之后，新时期以来报告文学又出现了一个新的发展势头。随着时代的变迁、"四化"建设的发展，文艺界和广大读者对迅速反映现实的报告文学更加重视，《文艺报》、《文汇月刊》等报刊相继开展了报告文学创作问题的讨论。中国作家协会连续举办了四次全国优秀报告文学评奖(1979年至1980年、1981年至1982年、1983年至1984年、1985年至1986年)活动，评出获奖作品103篇，有力地促进了报告文学的发展。《报告文学》(原为《时代的报告》)、《报告文学选刊》等刊物先后问世。长江文艺出版社出版的"报告文学丛书"，展现了从"五四"前后直到"四五"运动以来的人民斗争史，比较完整地显示六十年来我国报告文学的丰硕成果。

与过去相比，十年来的报告文学创作呈现出全方位跃动的态势。从文学的发展进程来看，从充分体现时代特色的角度来衡量，新时期的报告文学走过了由重新崛起到探索再到初步繁荣的历程。十年动乱，报告文学作品几近绝迹。粉碎“四人帮”以后，作家创作生产力得到解放，继承和深化了现实主义创作，开拓了题材的表现领域，一批优秀报告文学如雨后春笋，纷纷涌现。如果说徐迟的《哥德巴赫猜想》是新时期报告文学园地里的报春花，那么1979年至1981年间，黄宗英、穆青、理由、柯岩等人的《大雁情》、《为了周总理的嘱托》(与陆拂为、廖由滨合作)、《扬眉剑出鞘》、《船长》等作品的问世，则标志着报告文学创作开始走向新的发展道路，引起了社会的轰动。1981年以后，报告文学创作开始新的探索。刘亚洲的《恶魔导演的战争》、李延国的《在这片国土上》等作品，表明报告文学开始在表现手法、结构方式等方面向小说、电影靠近。1983年至1985年间，中长篇报告文学和“系列型”报告文学迅速兴起，许多政论式、散文式、日记体等样式的作品也先后出现。报告文学创作似乎面临着“涅槃”式的变化。它起初是由单一的叙事体向以人物形象再现为主的多面体转化。继而，许多作家大量运用文学手法叙写人物，表现领域向人物形象集中，因而限制了作品的信息量和新闻价值。同时，表现手法的小说化倾向，多少带来了虚构和失真。1985年以后，一些全景式报告文学的出现，使表现手法又趋近于散文笔法，纪实性明显加强。在思想内涵上，则注意考察社会心态，广泛涉及重大的社会问题，增加了作品的信息量。这类作品有理由的《澳门“蒙太奇”》、《香港心态录》，陈祖芬的《机会与挑战》、《经济和人》，所国心的《两百个将军共一个故乡》，胡平、王胜友的《命运狂想曲》，孟晓云的《多思的年华》等。它们使全景式的描述、信息量的汇聚、时空意识的变换与扩展等文体优势得到有力的体现。作家的艺术视野比前开阔，开掘生活比前深刻，从摹写生活的表象，记叙典型的事迹和人物开始进入文化意识的深层，从哲学的高度艺术地反映现实。新时期的报告文学正是在作家的多元探索中进入了新的发展期。

从题材范围看，新时期报告文学比过去显得丰富而广泛，几乎涉及生活的每一个领域。其中既有历史的悲歌、生活的挽歌，又有时代的颂歌、人生的欢歌。拨乱反正初期，一大批讨伐“四人帮”、颂扬老一辈的优秀作品，为报告文学的重新崛起起到了开路先锋的作用。《命运》(杨匡满、郭宝臣)、《一封终于发出的信》(陶斯亮)、《正气歌》(张书绅)、《战马风骨》(杨旭)、《划破夜幕的陨星》(王晨、张天来)，记下了十年动乱期间的严酷事实。在那黑夜沉沉、乌云滚滚的日子里，老一辈革命家和广大人民于压抑中看到希望，把愤懑化为斗争的力量，用鲜血和生命写下了震撼山河的正气歌。周明主编的三卷本《历史在这里沉思——1966—1976纪实》，有力地揭露了林彪、江青一伙祸国殃民的罪行，以及由此引发的深远的回响。何立庠、罗海鸥、江立仁的《彭大将军回故乡》、马德红、王宗仁的《写在她远行的路上》写的是老一辈革命家彭德怀和巾帼英雄丁志辉的感人事迹。前者通过彭德怀两次回故乡情景的描叙，塑造了“为民赴汤火，忍心何耿耿”的彭老总的光辉形象。后者通过人们对解放军总后勤部卫生部副部长丁志辉的深情怀念，讴歌了这位一生清贫、精神无比富有的革命者的高尚品质。穆青、陆拂为、廖由滨的《为了周总理的嘱托》，通过著名劳动模范吴吉昌的遭遇，以写史的笔法展露了浩劫的时代，谱写了这位老棉农为了实现周恩来的嘱托而披荆斩棘、坚持斗争的悲壮颂歌。

描写“四化”建设者和知识分子的作品占有突出地位，不仅数量多，而且质量也比较高。其间既有在时代激流中勇于开创新局面的改革者，如程树榛的《励精图治》中的宫本言、陈祖芬的《孙超现象》中的孙超、周嘉俊的《南通虎》中的张佑才等等，又有同阻挡“四化”建设的邪恶势力作斗争的胜利者和献身者，如《勇士，历史新时期需要你！——记陈爱武同志》(韩少华)、《无声的浩歌》(任斌武)中的范熊熊；既有身处厄境为振兴中华努力奉献的科学家、文艺家、教育家，如《哥德巴赫猜想》、《生命之树常绿》(徐迟)、《亚洲大陆的新崛起》(黄钢)、《小木屋》(黄宗英)、《痴情》(理由)、《塞外传奇》(孟驰北、张列)、《美的追求者》(柯岩)，又有在平凡岗位上奋发有为的普通劳动者，如《笼鹰志》(李玲修)、《她心中有个明亮的世界》(向义光、张焱风)，还有率领群众进行“四化”建设的各级领导人，如袁厚春的《省委第一书记》。这些作品，都鼓涌着当代生活纷飞的风云，传递着喧嚣、杂沓的社会信息，具有强烈的时代感和清新的生活感。

军事题材的报告文学也出现了新的发展势头。随着对越自卫反击战的爆发，1979 年产生了一批反映我军将士英勇奋战的事迹和崇高的思想境界的佳作。如《从悬崖到坦途》(雷铎)、《爱情的凯歌》(艾蒲、向明、郭光豹)、《威震峡谷的七勇士》(理由)、《好孩子》(陆柱国)、《高高的木棉树》(杨树芳)、《将门虎子》(李存葆)、《赤子之心》(杨笑影)，都是荣获解放军总政治部举办的“自卫还击，保卫边疆英雄赞”征文一等奖的作品。这些作品将敌人的肆虐、人们的苦痛、战士的牺牲写得悲壮有力、激动人心。此后，出现了一批多方面地反映奔涌的部队生活潮头的好作品。从南部边陲的激战到北方引滦工程的壮举，从潜射火箭的发射到军队内部的改革，都一一展现在作者的笔端。江永红、钱钢的《“蓝军司令”》、《奔涌的潮头》，朱秀梅、袁厚春的《河那边升起一颗星》，徐志耕、程童一、陶正明的《“两用人才”的开发者们》，李延国的《在这片国土上》，江永红的《骄子》，刘亚洲的《恶魔导演的战争》等，反映了时代变化给部队带来的深远影响。

此外，写体育健儿走向世界的《中国姑娘》(鲁光)、《厄运》(李玲修)，写被俘的国民党高级将领改造经历的《将军决战岂止在战场》(黄济人)，写罪犯新生的《爱的奇迹》(从维熙)、《走向新岸》(李宏林)，写爱国人士回归的《黄植诚少校》、《中国心》(刘亚洲)、《李宗仁归来》(顾笑言)等等，都从不同的角度反映了神州大地的深刻变化。

在题材不断扩展、作品格调不断变化的同时，新时期的报告文学的批判性也达到了新的强度。它改变了过去某些作品中一味唱颂歌的虚假浪漫主义之风，现实主义创作思想得到深化和发展。许多作家在讴歌“四化”、颂扬知识分子献身科学的崇高精神的同时，强化了作品的批判意识，揭露了社会生活中存在的沉疴痼疾，展现了历史蜕变中的阵痛和光明的前景。孟晓云的《胡杨泪》叙说在“左”倾思潮肆虐的日子里主人公钱宗仁的坎坷遭遇，深刻揭示了阶级斗争扩大化的危害。叶永烈的《不屈的音符》、陈汉元的《从蒺藜地上走过来的》，分别记叙了音乐家贺绿汀、雕塑家刘焕章所走过的荆棘之路，赞颂了主人公勇于抗争的不屈精神。张正隆的《大寨在人间》反映了大寨几年来经历的深刻变化。一个“失重”的时代造就了一个“失重”的大寨，而“失重”的大寨又愈发加剧了时代的“失重”，在改革潮流的冲击下，大寨人民批判了“左”的思潮，终于从“失重”的状态中摆脱出来，开始了新的历程。乔迈的《三门李轶闻》通过生产队五名党员在实施承包责任制、重建劳动组织时遭到群众“抛弃”以及由此警醒、奋起的事实，批判了以权谋私的恶劣作风。涵逸的《中国的“小皇帝”》率先从社会学角度思考独生子女成长中值得注意的问题。还有一些作品，或勾画出当代中国社会的婚姻状况、婚姻观念上的历史重负和面临的新的时代的冲击，呼唤历史的进步，或叙说改革的迫切性与历史因袭的滞重、改革的必然性与现实基础的薄弱之间的种种矛盾，以及改革过程中必然要付出的巨大代价。值得注意的作品还有：《天道与人道》(张开理)、《中国的乞丐群落》(刘汉太)、《丐帮漂流记》(贾鲁生)、《黑色的七月》(陈冠柏)、《志愿军战俘纪事》(大鹰)、《百万大裁军》(袁厚春)等。这些作品在深刻揭示社会矛盾和弊端时，没有停留在简单暴露问题上，而是以冷静的叙写和深邃的分析显现出理性的光芒，因而在读者中引起了强烈反响。

在表现技巧、结构方式、艺术风格等方面，新时期的报告文学取得了新中国成立以来所未有的成就。在结构方式上，传统的结构方法(如直缀式等)有了突破，许多作品写人叙事，不再按照时序直线展现，而是时空交错、纵横契合。全景式的报告文学的结构尤见新意，写引滦入津工程的长篇报告文学《在这片国土上》，人物众多，规模宏大。作者采用由若干细部镶成的全景式结构手法，将领导和群众、战士和人民在工程建设中的动人事迹连结在一起，组成一部多声部的时代交响乐。记述 1976 年地震巨灾的长篇报告文学《唐山大地震》(钱钢)，运用分章列节的写法，把历史和当今发生的大地震的史实，唐山在震前、震中、震后的各种情况，分别在有关章节中集中叙述，既照顾到事件的时序，又打破了时空界限，使作品具有强大的气势和摄人心魄的艺术力量。在表现手法上，常用的叙事、抒情、议论手法呈现出融合的趋势。有的作品充满了诗的激情，但又常见议论；有的作品偏重于叙事，但也包含激情的抒发和理性的分析。还有些作品采用小说、电影的一些表现手法，以“意识流”、“蒙太奇”、画外音、口述实录等方式，加强了描写对象的立体感和真实感。比如，徐迟、柯岩用诗人的眼光敏锐地捕捉生活中的火花，写得激情洋溢，神采飞扬，具有诗意美，但也适当渗入了作者的直接议论。穆青善于白描，在无华的描叙中，以天然的秀色餍人。黄钢在夹叙夹议中表现出强烈的政论色彩。黄宗英以电影演员的敏感体察生活，同主人公一起进入角色，从而使自己的身影和炽热感情也融入作品之中。理由、乔迈运用小说的表现手法，将真人真事剪裁、编织成引人入胜的故事，使作品具有情节生动性和结构完整性。陈祖芬等作家，或运用电影的“蒙太奇”手法连缀人物、场景，组成完整的生活画面，或借鉴“意识流”的表现手法，着力揭示人物的心理活动和感情波澜。这些可贵的探索，标志着报告文学艺术表现的新发展。

这一时期的报告文学也存在一些值得注意的问题。真实是报告文学的生命，而有些作品却出现了不同程度的与事实不符的情况。有些作品滥用小说的手法，写得风波迭起，巧合不断，结果脱离了人物的真实环境和性格，造成细节的虚假失真。还有些作品在加强新闻性和理性思辨色彩的同时，削弱甚至损害了作品的文学性，往往给人以“调查报告”之感。在篇幅上，一些作品大有越写越长的趋势，动辄以万字计，有的甚至更长，这势必影响到报告文学的时效性，对文风带来不好的影响。

新时期报告文学的成就与不足，都为未来的发展提供了很好的经验和条件。

从王蒙的一篇小说引起的争论说起

——在美国夏威夷大学的讲演

这次我应邀来夏威夷大学和杨伯翰大学(夏威夷校区)访问，感到非常高兴。我虽是第一次踏上美丽的夏威夷土地，但夏威夷的名字、夏威夷大学、杨伯翰大学东亚中国文化研究中心的声誉早已印在我的脑海里。1990 年，我校邢福义教授来到这里讲学，1991 年，夏威夷大学李英哲教授访问我校，使我校与夏威夷两校之间的关系日益密切。可以说，华中师范大学与夏威夷大学和杨伯翰大学已在文化的交流上有了一个新的开端。

我是从事中国现当代文学研究的。从 20 世纪 50 年代后期开始，主要致力于当代中国文学教学与研究，我这里说的中国当代文学是从 1949 年起直到现在的中国文学。1992 年 10 月 16—19 日，我们与中国社会科学院文学研究所在我校举办了中国当代文学国际学术研讨会，参加这次学术会议的有中国、美国、瑞士、法国、德国、日本、马来西亚、新加坡等国的代表 90 多人，会议的中心议题是“当代中国的发展与中国当代文学的变革”，大家围绕这个议题畅所欲言，发表了许多有价值的意见，这里我不一一介绍，我只想从一个方面谈谈当代中国文学的现状和发展趋势。

这些年来，中国改革的步子比较大，经济发展比较快，年增长速度 8% 左右，今年增长 10%左右。随着经济的开放改革，文学是否也在开放改革呢？这是人们关注的一个问题。对于这个问题，我不想抽象地说，只想从作家王蒙的一篇小说引起的争论说起。

王蒙是当代中国的一位著名作家，曾任文化部部长，现为中国作家协会副主席。他在 1989 年出版的《中国作家》杂志上发表了一篇短篇小说《坚硬的稀粥》，这篇小说 14000 字，作者用第一人称的写法，写了一个四世同堂的中上水平家庭里，在改革新潮中进行膳食革新的故事。这个家正式成员有爷爷(84 岁)、奶奶(84 岁)、父亲(64 岁)、母亲(61 岁)、叔叔(57 岁)、婶婶(40 岁)，第一人称的堂妹、妹夫、我那个儿子，还有一个非家庭成员徐姐(59 岁)，在这个家做家务已经 40 年。多年来，这个家生活得很平稳、很团结，全家几十年来都是早上稀饭咸菜，中午炸酱面，晚上米饭，这种生活能够吃饱穿暖，大家满意，“家里有一切该有的东西”。后来随着改革开放，这个家庭围绕着每天应当吃什么引起了一场风波。

这篇小说发表后，在海内外引起了争论。有肯定的，也有否定的。1991 年 7 月天津《小说月报》在第四届(1989—1990)百花奖评选中，《坚硬的稀粥》获百花奖。同年 9 月 14 日，《文艺报》刊登一封署名慎平的“读者来信”，对获奖提出不同意见，认为这篇小说是对中国的社会主义改革的影射，10 月，上海《文汇周报》刊出本刊记者专电，说王蒙 10 月 9 日已就此事向北京市中级人民法院递呈民事起诉状，说慎平侵害了他的名誉权。月底，北京市中级人民法院发出裁定书，认为《文艺报》发表慎平的文章属正常的文艺批评，对王蒙的起诉不予受理，如不服，可以上诉到高级法院。

这篇小说的争论在海内外也产生了影响。台湾杂志《中国大陆》1990 年 4 月转载了小说全文，说小说以暗讽手法，批评邓小平领导的中共制度，说“中国改革没有希望”等等，日本报刊如《每日新闻》、《东京新闻》、《文学界》、《读卖新闻》等也发表了有关的报导和文章。1992 年 1 月 25 日，《文艺报》发表了王长贵的长文《评小说〈坚硬的稀粥〉》，批评了这篇小说。归纳起来，争论意见主要是：

1. 认为这篇小说基本上是好的，作者是通过幽默讽刺的笔调，对食洋不化、全盘西化的观点给予善意的批评。

2. 认为这是表现一个家庭“家政改革”由兴起到失败的“一篇讽刺性、政论性的小说”，它所虚构、所批判、所讽刺的“改革”是用来“缩影过往的一个时期的现实改革”的，说明这一个时期的改革无非是一场闹剧加悲剧。

我个人基本上同意第一种意见，这篇小说主要是对改革中的全盘西化的一种讽喻、批评。王蒙 1991 年 12 月在《话说这碗粥》一文中说到创作这篇小说的构思过程：“1986 年 8 月，我和文化部一位女同志到拉萨出差，这位同志每天早餐只吃稀粥、馒头、咸菜，拒绝西式、藏式食品，西藏自治区文化局的一位局长(藏族)对此曾开玩笑说：汉族同志身体素质差，就是稀粥、咸菜造成的，我一定要设法消灭稀粥咸菜，他们这个玩笑话引起了我的思索：从营养学的观点看，稀粥咸菜确实并不理想，但予以消灭，却是不可能也不必要的。正确的态度应是随着生活的提高和眼界的开阔而逐渐予以补充和提高，而这又是与我的一贯的提倡建设、提倡渐近，反对偏激、反对清谈的思想相一致，这就是小说《坚硬的稀粥》的题材和主题的由来。”他还说，这是一篇讽刺人民内部缺点的小说，主要是对食洋不化、全盘西化、追逐时髦的儿子的批评。小说中的爷爷是一个宽厚、慈祥、开明、从善如流的人物，小说风格是轻松的幽默与讽刺，小说用了一些政治名词，是喜剧艺术的修辞手段。小说结尾写到一位英国朋友(爸爸 40 年代的老友来华)在他家住了一个星期，开头专门为他请了一位西餐厨师为他做面包、蛋糕、寿司、牛排，英国朋友要求不吃西餐，说："把你们的古老传统和独特魅力的饭给我一点吃吧，求求你们了，行不行"，后来给他吃稀饭和咸菜，他吃了后称赞："多么朴素，多么温柔，多么舒服，多么文雅，只有古老的东方才有这样神秘的膳食"，这个结尾也说明了这篇小说的主题。

饮食，是一种文化，各个民族都有自己的不同饮食，也有自己的传统的饮食文化，相互可以互补，但不能照搬，强求一致。从对王蒙小说的争论中，可以看到中国文学界的气氛，政策也不像过去。中国有个方针叫做"百花齐放，百家争鸣"，这个方针是在1956年提出的，内容是：在文艺领域里，各种题材、各种思潮、各种流派的作品可以齐放，各种不同的学术观点、文艺观点可以自由争鸣。这个方针开始虽然执行过，但一直没有真正实行。有的作家写了作品因不合时宜受到批判，如50年代路翎写了一篇小说《洼地上的战役》，高缨写了一部电影《达吉和他的父亲》就受到非议，作品被禁止，作家受批判。现在情况不同了，一篇作品发表后，可以赞同，可以反对，可以自由地争论，这是中国文艺界的一个很大变化，也是作家创作环境的一个很大变化，是时代的进步。

从中国文学发展的变化来看，由于1976年粉碎"四人帮"后，中国发生了历史性转折，给文学的发展造成一种生气勃勃的人文环境和开放性的文化心态，文学从封闭的状态下解放出来，反思历史，面向世界。无论是艺术观念、思维方式，还是价值观念、艺术手段、审美特征等等方面，都发生了很大的变化，这种变化主要体现在以下几个方面：

1. 文学从"大一统"的格局，朝向多样化发展。过去是千人一面、千部一腔，现在是丰富多彩、不拘一格。过去强调文学的政治教育功能，题材单一，人物模式化，像工厂生产的标准件一样，如知识分子、技术员老是作为批判对象，处于作品的对立面，现在不同了，文学从"政治—伦理"层面扩展到社会、历史、哲学、文化、生命本原等不同层面上。如高晓声的《陈奂生进城》、《陈奂生出国》，表现了青年农民对现代文明的追求，张承志的《黑骏马》、《北方的河》写内蒙的草原生活，阿城的《棋王》，表现了对传统文化的认同，陆文夫的《美食家》，写了一个资本家对食文化的精心研究，等等。

2. 文学从谈人色变的禁区，朝向文学是人学发展。人是文学的主体，文学要表现人，表现人的生活、人的命运、人的权利，这一点在新时期创作中表现十分明显。过去文学见物不见人，特别是人的爱情、道德领域难以深入揭示，现在写人的内心世界、爱情生活，写人的心灵历程，写人的复杂感情生活，等等。如张贤亮的《男人的一半是女人》，就是写人的思想感情的历程，写性压抑下的精神状态。张艺谋编导的《菊豆》、《大红灯笼高高挂》、

《秋菊打官司》写的就是人的复杂感情，《菊豆》在国际电影节获奖，受到人们的重视和欢迎。

3. 文学由单一走向复合，由内聚性开放转向外向性发展。就创作方法而言，过去中国文学强调现实主义传统(写实)，这一点现在仍然坚持，但与此同时，浪漫主义、现代主义、魔幻现实主义、荒诞主义、意识流、黑色幽默等创作方法和表现手法也为作家借鉴、吸收。比如意识流，中国作家吸收了它的长处(如自由联想、幻觉与视觉混合、内心独白、放射性的网状结构等)，但又有革新，比如伍尔夫(Virginia Woolf，1882—1941)的第一篇意识流小说《墙上的斑点》写一个妇女看到墙上的一个斑点引起的种种联想，她想到人生无常，想到莎士比亚，想到法庭上的诉讼程序，最后又回到那个斑点本身，那个斑点不过是爬在墙上的蜗牛，它本身并没有太大的意义。中国女作家谌容有篇中篇小说《人到中年》，写一个中年眼科医生陆文婷的生活与命运，写她生病在昏迷时所“看到”的一双双飞掠而过的各种各样的眼睛，眼睛里流动着她一生经历的种种事情，有她当医生的情景，也有她丈夫的眼睛，她丈夫给她朗诵诗歌的声音，这一串串的意识组合，表现了一种寓意。王蒙的《蝴蝶》、茹志鹃的《剪辑错了的故事》、王小鹰的《净秋》等，都运用了意识流，这给作家的创作带来了新的变化，增强了作品的表现力和艺术感染力。

上面三个方面，只是粗略地介绍了中国当代文学的一些变化，远远不能概括当今中国文学的发展状况。下面我想说说当代中国文学近期发展的一些趋向。

我想说的一个问题是文学的互补问题，即中国本土文学与西方文学的互补、纯文学与俗文学的互补，大陆文学与港、台、澳以及海外华文文学的互补。

1. 关于中国文化与外来文化的交流与互补，一直是中国文学在开放中碰到的一个重要问题。从中国历史情况看，中外文化交流有一个冲突、选择、融合的过程。如佛教从印度引入中国，开始人们激烈排斥反对，后来逐步接受、融合，现在佛教在中国就有很大影响。当今外来文化、西方文学大量进入中国，也自然会有一种选择问题。我的看法是，任何民族都有自己的传统——文化传统、文学传统，脱离本民族的传统全盘照搬别人的东西，显然是行不通的，但拒绝排斥外来文化更是愚昧的。我们要立足于本民族的传统，多方吸收借鉴外来文化为我所用，合适的就吸取，不合适的就不用。

2. 纯文学与俗文学互补问题。这几年通俗文学发展很快，大陆的通俗文学作品、期刊畅销，如专门刊登通俗文学的期刊《今古传奇》，最畅销时一期销一百多万册，现在也保持在三四十万册，而纯文学的作品销路不好，有的纯文学期刊一期只能印两三千份，长期亏本。另一方面，香港、台湾的武侠小说、言情小说在大陆拥有大批读者，梁羽生、金庸、琼瑶、三毛等作家的作品，台湾、香港的电影、电视剧，如《今夜星辰》、《欢颜》等在大陆畅销，这些都给纯文学提出了挑战。在近期召开的俗文学与纯文学学术讨论会上，有的专家就提出，纯文学与俗文学要在交流竞争中相互吸收、融合。对俗文学来说，要提高品位，做到通俗而不庸俗。俗中有雅，雅中有俗。纯文学要提高艺术质量，增强艺术感染力。

3．大陆文学与香港、台湾、澳门以及海外华文文学的交流整合问题。这几年来，大陆对港台和海外华文文学的作品交流研究，日益增多强化，如成立研究学会，出版了有关刊物。不少高校开设了这方面的课程，台湾、香港方面亦是如此。从中华文化体系来看，台港及海外华文文学都是当代中国文学的重要组成部分，四十多年来，虽然各自都在不同的社会背景和文化背景下发展，但同属中华文化传统这个母体，同根、同族、同一传统，血浓于水的关系使两岸和海外华人之间有相同的文字、相通的情感、相近的文学主张、相似的文学探索，因此，今后大陆、台、港、澳以及海外华文文学的双向交流及其对未来中国文学发展的影响将引起更多人的关注。

限于时间关系，我不能再讲了，但希望在座的诸位能够对中国文学产生兴趣。如果有志研究中国文学，特别是当代中国文学，欢迎到中国来，我校已接纳了这方面的本科学生和研究生。

耽误了诸位的时间，谢谢！

时代变革开启了文学新时期

——在台湾东吴大学的讲演

这次能有机会来到台湾访问，我感到十分高兴。今天和同学们见面，我想简要地谈谈中国当代文学的现状，主要是新时期以来的文学。

所谓新时期文学，指的是大陆粉碎“四人帮”以后的文学，即从 1976 年 10 月以后迄今的中国文学。这一阶段的文学，标志着当代中国文学进入了一个新的历史时期，即新时期。1992 年 8 月，在北京召开了一次学术研讨会，会议主题是“后新时期文学——走向 80 年代的中国文学”。有的认为，新时期这一概念应以 80 年代的终结而结束，主张用“后新时期文学”来概括 20 世纪 90 年代以来的中国文学。有的提出，以 1989 年在北京举行的“现代艺术大展”为标志，说明新时期的结束，后新时期的开始。有的不同意这一意见，认为新时期文学固然有一定的阶段性，但将 90 年代文学称为后新时期文学也不妥当，我赞同这一意见，主张用新时期文学这一概念表述 1976 年 10 月以后至今的中国文学。

说起新时期文学，要说的问题很多，限于时间我只说三点：

一、时代变革中的新时期文学

当今的时代，是一个竞争的时代，更是一个变革的时代。面对国内外严重挑战的中国，选择了改革这一正确决策。新时期以来，我们进行了一系列改革，如从单一经济体制转变到商品经济的新体制，从公有制经济转变到公有制经济与多种所有制经济共存的多元经济所有制，从吃大锅饭向以按劳分配为主的多种分配形式过渡，从封闭的内向型经济转向外向型开放的经济体系，这一系列的改革不仅影响到人们的物质生活、政治生活和社会生活，也影响到人们的精神生活、文化生活。是时代的变革开启了新时期文学，而新时期文学也正是在这一历史背景下发生了从内容到形式、从观念到方法的根本变化。

观念的变革是新时期文学变革的一个主要方面。文学观念是社会观念的反映，随着时代变革的深化，人们的政治观念、哲学观念、价值观念、文学观念也随之发生变化。新中国成立以后的一段时间里，由于思维模式的大一统，文学观念也随之标准化、统一化，这不仅抹煞了文学的基本特性，也造成了思想的停滞、僵化，阻碍了文学的发展。新时期以来，随着拨乱反正、正本清源，拓宽了人们的视野，使文学充盈着勃勃生机。1980 年，中央明确提出文学为人民服务、为社会主义建设服务的口号，摒弃了过去一直坚持的文学从属于政治、为政治服务的错误主张，这就从大的范畴中为文学的发展开辟了广阔道路，文学也从此摆脱了阶级斗争的工具的束缚，改变了文学从属的附庸地位，使文学具有了自己的独立品格。文学观念的这一变革具有十分重要的意义，这是开拓性的历史突破，此后文艺界由此而产生的一系列变革也正是它的题中之义了。

粉碎“四人帮”伊始，最先触动文艺界的，是强烈呼唤真实性复归。说到真实性，其实是一个老话题。鲁迅在 1927 年就说过：我们要说现代的、自己的话，将自己的思想感情直白地说出来，“要大胆地说话、勇敢地进行，忘掉了一切利害，推开了古人，将自己真心的话发表出来”，他认为，只有真的声音，才能感动中国的人和世界的人，才能和世界的人同在世界上生活(见《无声的中国》)。这一点，巴金也十分强调。他在新时期多次呼吁，作家要讲真话，“讲自己心里的话，自己相信的话，自己思考过的话”，“把心掏给读者”(见《随想录》)，鲁迅、巴金所说的作家要讲“真的声音”，既与“瞒和骗”的文学划清了界限，也是现实主义文学所具备的基本品格，更是中国文学与世界文学交流、沟通的起码条件。新时期最初阶段产生的“伤痕文学”、“反思文学”，如《伤痕》、《班主任》、《神圣的使命》、《人到中年》、《犯人李铜钟的故事》等，尽管调子比较低沉，有些地方还没有完全摆脱为政治服务的窠臼，但它讲的是发自千百万人民心底的真话，是感人肺腑的心声。作品发表后，在社会上产生了轰动效应，引起了巨大反响。可以说，这是现实主义传统的恢复，是对真实性的强烈呼唤，显示了新时期文学的最初实绩。

与“十七年”文学相比，新时期文学是当代中国文学发展的一个最佳时期，其显著特征是它的传承性、开放性、多元性。

所谓传承性，是指它承续“五四”以来的新文学传统和文学精神，反映时代变化，反映人民大众的心声，并在此基础上不断革新发展。如巴金、王蒙创作的一些作品即是如此。所谓开放性，是指广泛吸收和借鉴外来的创作技巧和表现手法，打破墨守成规、盲目排外的思维定势，以开放的姿态容众家之长为我所有，为我所用。如一些作家引进和借鉴现代派艺术的表现手法，表现自己对生活的感受，刘索拉的《你别无选择》、韩少功的《归去来》就采用了现代派的“荒诞”和“异化”的观念和手法，茹志鹃的《剪辑错了的故事》采用了“蒙太奇”手法，莫言的《透明的红萝卜》突破了生活表象的有限内容，采用怪诞、变形及其他非逻辑、超现实的手法表现动乱的时代。对外来艺术手法的借鉴和运用，进一步拓展了作家的表现空间，也给读者提供了更大的想象天地。所谓多元性，是指文学题材、表现手法、艺术风格的多样多元。多元中尽管现实主义仍占重要地位，但魔幻现实主义、意识流、荒诞派、现代主义、后现代主义的创作表现方法仍为许多作家运用，这样不仅打破了“定于一”的陈规，丰富了作家的艺术表现力，而且开创了以前少有的多元并举，各种创作方法并存、并荣的新局面，从而使新时期文学具有多种色彩、多种音响、多种情调，呈现出品貌迥异、各有千秋的发展态势。

二、时代变革对文学的冲击和影响

新时期以来，中国社会发生了巨大而深刻的变化，时代的变革对文学的发展带来很大的冲击和影响，这里我从近年来文艺界发生的几件事说起：

一是在市场冲击下的作家“下海热”。

作家的本职是创作，是写出更多更好的作品，满足人们的需要，可是近几年来，在市场经济冲击下，有些作家下海经商了。《作家报》有篇报道说：“下海经商？升官发财？追名逐利？安贫写作？”作者连用四个问号，提出在商品经济冲击下作家面临的一系列新问题，有的报刊报道，某某作家当上了公司经理，某某作家当了董事长，某某开了家商店……一时间满城风雨，似乎没有人创作了。

事实真的如此吗？据了解，中国作家协会现有会员四千七八百人，下海经商者为数甚少，不过千分之一二。如北京作协近30位专业作家，没有一个“下海”；上海作协只有一位作家为了体验生活，下海、经营一家“夜总会”，就连广东、深圳，真正下海的作家也寥寥可数。

说到“下海”，有两种不同的意见，一种意见是：在当前改革开放的经济大潮中，作家应当勇敢地走出书斋，投入到商品经济中去。“现在是行动的时代，不是清谈的时代。”另一种意见认为：“文学与金钱从来不是好朋友，经商会破坏写作心态，既然选择了文学，就要甘于寂寞。”有的作家说，作家潜心写作，“具有一种悲壮气氛，要在悲壮的气氛中坚守文学这块净土”。我认为，作家是否下海经商，是他个人的选择，我们尊重每个人的自由选择，但我赞同第二种意见，即作家要写作就要潜心坚守。历史上不少写出传世之作的作家都是潜下心来安贫写作的，如曹雪芹、鲁迅。作家潜心写作也并非与世隔绝，闭门造车。作家要写出好作品，也需要投身到时代的变革之中，深入生活，体验群众的喜怒哀乐，有的还可兼些社会职务。如作家张贤亮、冯骥才、水远宪为了抢救保护祖国遗产而接受商界的名誉职务，也是必要的。

二是引起轰动的文稿拍卖。

过去作家写稿交期刊或出版社发表出版，然后由期刊、出版社按规定标准付给稿酬。一般说来，稿酬很低，一部长篇小说的稿费往往赶不上名歌星唱一首歌的报酬，这么大的反差，贬低了作家的艰辛劳作，这样就产生了文稿拍卖活动。90年代中期，深圳就举办了一次文稿拍卖活动，参加的有700多人，参加竞拍的作者来自全国各地，最大的有93岁。作品由作家自己标价竞拍，如获得茅盾文学奖的《穆斯林葬礼》的女作家霍达以100万元标价，拍卖自己花费十几年心血写的《秦皇父子》，纪实文学作家权延赤以千字万元的标价拍卖自己创作的《毛公山的秘密》、《权延赤的房子》等6部作品。演员刘晓庆的自传性作品《从电影明星到百万富姐》最终拍出了108万元的高价。

对于文稿拍卖，有赞同者，也有反对者。原来参加文稿公开竞拍组委会担任监事的六位作家(李国文、从维熙、张洁、刘心武、叶楠、梁晓声)在参加了一段时间后声明退出，他们说：“我们都是一些无用的人，不是不想学游泳，而是生也迟、学也迟地耽误了时间，在如此繁杂的文稿竞价活动中深感迷茫，力不从心”，随之也辞去了监事职务。也有的作家说：文学即使作为商品，也毕竟还是文学，不能把文学当股票炒，也不能与歌星比身价，钱并不是衡量作品的第一尺度。王蒙认为：“市场经济的发展有利于克服行政命令和专制主义，比‘左’的思潮好。真正的作家追求的是永恒的，曹雪芹喝粥也一样写，世界上的大文豪从没有被市场经济消灭掉的。”老一辈著名作家冰心说：“我不会拍卖我的稿件，否则连同我的名字也拍卖了。”著名画家吴冠中说：“金钱买不到自由，但自由可以被金钱卖掉。金钱买不到文明，文明也可以被金钱卖掉。商品大潮来后，有的冲走，有的站住，还要淹死一批。”冯骥才认为：“选择文学艺术是信仰的选择，不是利益的选择。文学创作是一种欲望，是内心的煎熬，是痛苦者追求幸福。”

对文稿拍卖这件事，也不能绝对化。如拍摄电影、电视剧，就需要许多资金，需要人们的资助。1993年10月，《北京晚报》登了一则广告，出售20集电视剧《洪顺大院35号》，10天内有70多个单位和个人参加商谈，有的出10万，有的出50万，最后作者没有选择出价最高的，而是选择了一家出资16万元的公司参加。他们考虑出售剧本是为了把剧本搬上荧屏，不是为了赚钱，不是出价最高的就一定是最好的。他们的这一选择赢得了人们的赞许。

市场经济对文学的冲击，当然远远不止于我上面说到的这些情况，更重要的是对作家的观念、作家创作的内容和表现手法的冲击和影响是十分深刻的。

三是引起社会强烈反响的顾城事件。

顾城是新时期朦胧诗代表诗人之一，1956年生于北京，是诗人顾工的儿子，曾随父母于1969年下放到山东，在胶东半岛度过童年，1974年回北京。少年时写诗，显现其诗的灵气和才气。他的著名诗作是："黑夜给了我黑色的眼睛，我却用它寻找光明"(《这一代》)。他12岁时写的《烟囱》也有影响："烟囱，如平地耸立起来的巨人，望着布满灯火的大地，不断地吸着烟卷，思索着谁也不知道的事情。"15岁写了《生命幻想曲》。回到北京后，做过木匠、油漆工人，学过绘画，以后从事诗歌创作。1979年，他在火车上遇见谢烨，经过四年追求，谢烨成为他的妻子，随后于1987年出国到瑞典、英国、荷兰、新西兰、澳大利亚，后定居在纽西兰一个小岛上。1993年10月8日，顾城在荒岛的小路上用斧砍杀了他的妻子，然后自缢身亡。

顾城事件发生后，海内外反响强烈，有肯定的，有否定的，有谴责的，各种意见都有，我们应当如何看待这一事件呢？

肯定者认为："顾城因为追求完美，奠定了一个童话诗人的声誉，也正因为此，使他走上了自私杀人因而杀死自己的结局。""他们都以自己的死亡谱写了一首真正的诗"，"这是一个纯粹诗人的终极的灵魂选择"。

否定、谴责者认为，顾城的死给我们留下一幕悲剧，人们追念顾城，然而在传媒的导演下，这种追念一开始就暴露出其浅薄和丑陋，他们把廉价的同情抛给顾城。倘若杀人者不是顾城而是芸芸众生，那么都会很清楚，人们只能用冷酷、残忍、疯狂来解释这桩凶杀案。香港作家犁青认为，顾城的死玷污了"诗人"的神圣称号的纯洁性。以《这一代》而闻名的诗人在人间消逝了，随着诗人而来的是一个凶残、虚伪、杀人犯的怪异形象。"顾城夫妇之死，留给人们太多的思索。"

顾城的父亲顾工(诗人)说自己和在新西兰的女儿顾方通电话，了解的情况是顾城夫妇为是否长期居住国外一事产生争执，顾城想稍住一段时间就回北京，谢烨想很快回到德国，双方因此争执激化，最后发生了惨剧。谢烨的母亲谢文娥说，我好不容易将谢烨抚养成人，她却被人活活砍死了，这是砍我的心。顾城这个人极端自私，他根本不让她去上班，要她一天到晚只陪着他。有一天，我亲耳听到他狂吼乱叫："我要杀人。"如果我的女儿有什么不是，那就是太相信那个顾城了。

对于上述两方面意见，我是持否定意见的。顾城的行为丧失了做人的良知，触犯了法律，他的行为理应受到人们的谴责。

我今天介绍这一事件还想向大家说明，这一事件如果发生在新时期以前，顾城的行为肯定要受到社会的口诛笔伐。可是在今天，整个环境改变了，"百家齐放，百家争鸣"方针的贯彻，为文学的发展创造了容许各种意见发表的环境，如果没有这样一个宽松的社会环境，不可能允许各种意见的自由表达和存在，我认为，这是社会的进步，也是文学的进步。

三、时代变革推动了创作的发展

从文学的角度来看，时代的变革对文学的发展、对创作的影响是十分深刻的。其中最明显的是人性的复苏和主体意识的强化。这实际上是一个问题的两个侧面。从创作本身来说，文学所要表现的是人，是人与自然的关系、人与社会的关系，高尔基说的“大写的人”，理所当然地要在文学创作中占据主导地位。从创作主体来说，主体意识的强化是创造历史的主动性的高扬，是作家创造精神在文学中的投影和折光。新时期以来，从根本上改变了“谈人色变”的禁区，弘扬了作家的主体精神，从而使文学在时代变革潮流的推动下发展。

新时期以来，文学发展是沉稳的。仅以出版的小说为例，不仅数量多，而且有些作品产生了较大影响。就长篇小说而言，出版数量可观，佳作联袂。上海就出版了15位作家的14部长篇小说，如王安忆的《纪实与虚构》、陆星儿的《精神病医生》、俞天白的《大上海飘浮》、陈丹燕的《心动如水》；北京出版了凌力的《暮鼓晨钟——少年康熙》、刘心武的《四牌楼》、从维熙的《裸雪》、马瑞芳的《蓝眼睛、黑眼睛》、叶君健的《寂静的群山》三部曲（这部作品80年代初在英国出版，被译成20多种文字），陕西出版了贾平凹的《废都》、陈忠实的《白鹿原》，等等。这些作品出版后，引起了社会的关注，其中有些作品还引起了强烈的争鸣，这里，我简要地谈谈我对《废都》、《白鹿原》的一些看法：

《废都》是陕西著名作家贾平凹新出的一部长篇小说，我在陕西两次见过这位作家，个儿不高，言语不多，很朴实，他写过一些很有影响的小说和散文，如《腊月·正月》、《商州》、《浮躁》，是从秦晋大地升起的文学新星，是位很有才华的作家，曾多次在全国获奖。《废都》出版前，一些报刊广为宣传，出版后人们看法不一，引起争议。

小说故事比较单纯，小说以古都京城西京为背景，写80年代西京四大文化名人的生活和心态。四大名人是：主人公庄之蝶；作家、画家汪希眠为了赚钱，粗制滥造，仿造一些名人的画册，受到法律追究。这个画家“又好女人”，一次野游，“雇了四个出租车，一个车全是女的”；书法家龚靖元“总有一堆赶不走的女人”，此人好色，也好赌，后因赌博被抓。最后他的日子很不好过，吞金自杀；乐团团长阮知非，原是秦腔演员，因会些民间艺术，自己办了个民办歌舞团，开了四家歌舞厅，“钱飘雪花一般往回收”，钱虽赚了很多，但最后因钱被歹徒打瞎了双眼，没法，只好换上一对狗眼。作为全书主角的庄之蝶，名声很大，他与市的领导关系很好，为市长写了些歌功颂德的文字。在生活上，同时与唐宛儿、柳月、阿灿等女人约会、做爱，最后因官司打输，情人被抓走，精神崩溃，中风倒在火车站。这些即是西京四大名人所代表的西京文化。

这部小说没有出版前，不少报刊就造舆论声势，出版后又引起很大争议。首先舆论宣传说，这部小说有百万稿酬，这条假新闻把《废都》炒了个火爆(实际上的稿酬只有几万元)。接着是盗版，据作者说，他现在收集的盗版书已有 20 多种版式，印数达一千多万册，这可说是新中国成立以来最大一次盗版案。作者认为，由于这本书的出版，“趁机想发财的，想成名的和怀着其他目的的各种人都出现了。《废都》现象简直是目前社会各种人心态的大暴露”。事情确是这样，为什么一部《废都》弄得舆论界沸沸扬扬，引起人们的争议呢？我认为，重要的一点是小说中有关性描写问题。

从文学创作的角度来说，文学是人学，文学作品中写到有关性的问题，是正常的，描写人与人之间的关系，特别是男女之间的关系，不能不涉及性，问题在于如何正确地描写。有人认为，《废都》中性行为的描写“不能说是一种邪恶”，应看作是庄之蝶对“美的事物的追求”。这种说法我不敢苟同。在我读过全书后感到，作者对性行为、性关系的描写，不仅过多，而且有些性描写与作品所表现的主题并不完全搭界，有点为写性而写性。如庄之蝶与唐宛儿、柳月、阿灿的关系，不是一种爱情的追求，而是一种性行为的满足。唐宛儿是个已有两岁孩子的浪荡妇人，到西京后为了实现自己的愿望，不惜以自己的身色去占有庄之蝶这样的名人，而又瘦又矮的庄之蝶看中唐宛儿，则是“很白”的胸脯、“丰满”的臀部、“白生生的小手”、“美的脚”以及不分场合、时间、变换手法以满足庄之蝶疯狂性欲技能。至于说柳月，她是庄之蝶的佣人，庄之蝶对柳月的引诱、奸污和出卖，更说明庄之蝶所追求的只是一种性行为，谈不上什么爱情。在小说中，描写性行为不仅直接露骨，而且仿《金瓶梅》洁本的办法，在大段描写的基础上，留下口口，下写作者删去多少个字，让读者去想象补充。这些描写显然是不成功的。

作者对这些问题的看法与不少读者的看法反差甚大。作者说：这本书只有在我 40 岁的时候才能写出来，在生活中没有磨难的年龄不到中年的人，也不好读这本书——好读不好懂。“作品中写性”实在是出于人物的需要，定稿时我删了很多，出版时编辑又删了许多，删来删去连不到一块，干脆就口起来。对作者的这一说法，仁者见仁，智者见智，不必强求一致。

与贾平凹同在陕西作家协会的著名作家陈忠实也写了一部引起强烈反响的《白鹿原》，这部长篇小说是写发生在渭北地区的家族史，写的是主人公白嘉轩与鹿子麟一个家庭两代子孙为争夺白鹿原的统治演出的一幕触目惊心的活剧。作者在书的扉页引用了巴尔扎克的一句话：“小说被认为是一个民族的秘史。”这句话也可概括《白鹿原》这部史诗性作品所要反映的基本内容。

作家陈忠实，1942年出生，西安人，1965年开始发表作品，1979年以来发表短篇小说80多篇，中篇小说9部，多次获奖。已出版的有短篇小说集《乡村》、《到老白杨树背后去》、中篇小说集《初爱》、《四妹子》等，现为中国作协陕西分会主席。

《白鹿原》是陈忠实创作的第一部厚重的、有境界的长篇小说，与《废都》一样，也出现了盗版书。可以说，作者一写长篇就一炮打响，受到人们的欢迎。有的认为，这是一部可以称得上史诗的大作品，是当代文学的经典作品。著名评论家冯牧认为，"《白鹿原》达到了一个时期以来出现的长篇小说所未达到的高度，闯出了一条自己的路子，由此可以看来，严肃文学还是有出路的，是可以攀登高峰的。与其下海不如攀登。"雷达认为，这是中国文学领域出现的一部重量级的大作品。《白鹿原》不仅是对民族历史的反思，也是对民族生存的文化反思。所谓秘史，包括心灵史、家庭中的原始形态。著名评论家朱寨认为，这部小说演绎了一根两枝的白、鹿两家家族史，写的是人生、人的心灵，而不是历史事件。评论家张锲认为，读了《白鹿原》看到了希望，在商品大潮中，中国文学仍有希望，有前途。以新的大作家、大作品气势，辉煌闪耀在文坛上，使人产生震撼。这是中国当代文学的重要突破。作品的不足在于：后边比前边草率、结尾不是很有生活逻辑和艺术力量的，性描写写的惊心动魄，对深入认识人物性格有好处，写出了两个人物的性心理和性心理里面积淀的历史内容，但小娥和周娃通奸则对复杂心理内涵描写不够。

对《白鹿原》也有争议。有的认为，《白鹿原》写作的着眼点值得商榷，写历史不能老是重复于揭伤疤。作品可以触及社会及历史的阴暗面，但揭露不是目的，目的应该是唤醒民众、警戒世人。像鲁迅的《阿Q正传》，写的是阿Q一个人，在他身上折射出整个民族的劣根性。

以上简要介绍这一时期文学创作和作品争议情况，在于说明，新时期文学的发展，作品的丰收，都是来之不易的，如果没有时代的变革，没有时代为文学发展提供的良好的社会环境、文学环境，作家不可能创作出这么多的作品，作品问世后也不可能引起这么强烈的反响与争鸣，总之，是时代的变革推动了文学的发展，而文学的发展又促进了时代的进步。

白居易说："文章合为时而著，诗歌合为事而作。"我们今天介绍新时期文学的一些情况，正说明文学与时代的关系十分紧密，文学离不开时代，时代需要文学。刘勰说的"文变染乎世情，兴废系乎时序"，也是这个道理。

今天就谈这些，耽误了大家的时间，谢谢。

改革开放与新时期文学 30 年

从 1978 年关于真理标准的讨论开始，新时期文学至今已有 30 年了，这是改革开放的 30 年。回顾 30 年前，中国正处于一个重大的历史关头。当时的情况是，粉碎"四人帮"的胜利给人们带来了欢欣和希望，但"左"的思潮的影响和"两个凡是"的禁锢，依然制约着中国的发展。就文艺界来说，一方面是揭发批判"四人帮"的浩大声势，另一方面又受到"四人帮"强加在文艺工作者身上的"文艺黑线专政论"的束缚，整个社会包括文艺界的拨乱反正还处于徘徊状态。正是在这种情况下，邓小平明确指出："两个凡是"不符合马克思主义，要完整地、准确地理解毛泽东思想。1978 年 5 月 11 日，《光明日报》发表了《实践是检验真理的标准》的特约评论员文章，接着在全国引发了一场关于真理标准问题的大讨论。这场讨论范围广泛，影响深远，意义重大。它为冲破"两个凡是"的严重束缚，为党的十一届三中全会实现历史转折，为我国迈向改革开放的新时期奠定了坚实的理论基础。而由真理标准问题讨论引发的思想解放，既是新时期新起点上的伟大的思想解放，也是中国近现代历史上伟大的思想解放。它对当代中国社会的发展产生了巨大而深刻的影响。有个数字说明：从 1978 年至 2007 年，我国国内生产总值占全球的比重从 1%上升到 5%以上，经济总量居世界第四，进出口总额由占全球比重不足 1%上升到 8%，人民生活水平从温饱不足到总体小康，农村贫困人口从 2 亿 5 千万减少到 1000 多万。这些都是改革开放 30 年所取得的伟大成果，是大家有目共睹的。总之，改革开放从根本上改变了中国的面貌，改变了中国在世界的地位，实现了我党历史上具有深远意义的伟大转折。它既是决定当代中国命运的关键抉择，也是实现中华民族复兴的必由之路。

就文学来说，改革开放对文学的影响也是巨大而深刻的。从 1978 年至今的 30 年，是文学发生深刻变革的 30 年，是从衰落到复苏，从复苏到昌盛的 30 年，是从创作理念更新到艺术方法嬗变的 30 年，是各种思潮不断碰撞，不断取得创新成果的 30 年。可以说，这 30 年所出现的文学创作、文学理论批评成果之多，涌现的文学新人之多，都是过去少有的。如果从数量上看，文学作品、文学理论批评文章、各种文学期刊出版之多，都是空前的。当然，量多不等于质高，如有的作者一年写三部长篇小说，就很难说有什么高质量了。在我看来，改革开放30年文学的最大变化，不仅仅是数量上的增长，更重要的是质量的提升，它体现在以下三个方面：

文学创作观念的变化。文学观念是创作的先导。观念的陈旧、滞后不仅无助于文学的生成和发展，而且会使文学的发展退化。在十七年的文学中，文学是阶级斗争的工具，文学为政治服务成为文学的主导。文学的改革开放，首先是文学观念的突破和解放。在“解放思想，实事求是”的思想路线指引下，文艺界开展的《为文艺正名——驳“文艺是阶级斗争的工具”说》讨论，以及此后开展的现实主义问题、人性和人道主义等问题讨论，批判了极左思潮歪曲马克思主义，把文艺沦为政治的工具，为阶级斗争服务等错误观念，厘清了文学与政治的关系，从而使文学从机械的阶级论回归到“文学是人学”的本体上。文学观念的解放，改变了文学的滞后局面，大大促进了文学禁区的突围，有助于文学上长期争论不休的是非得以澄清，从而解放了文学生产力，为文学的发展开拓了广阔道路。

文学创作格局的变化。文学观念的突破，改变了长期形成的一体化体制，形成了与时俱进的繁复多样的创作格局，文学由单一走向多元，创作自由的阳光充溢文坛。在突破了单一格局之后，多音齐鸣，众语喧哗，文学创作呈现出百花争艳、异彩纷呈的局面。其间既有与时代同步，直面当代现实生活的，又有追根溯源、寻觅古意的描摹；既有潜入人的内心世界的探索，也有对变化万千的复杂心态的细微剖析。总之，无论是当代的纷繁人生，现实的矛盾纠葛，还是古代历史风云的再现，虚幻世界的模拟遐想，都展现在当代文学的画卷之中。在创作方法和表现手法上，更是五光十色、绰约多姿。从现实主义的独尊到现实主义、浪漫主义、现代主义、后现代主义的相互借鉴、融合，形成了多元共存、多重变奏的文学格局，这一格局容纳了社会生活的广阔性，人类心灵的复杂性和文学话语的丰富性。文学格局的改变，既是改革开放带来的产物，也是文学自身发展的趋势。

文学创作环境的变化。文学的发展离不开创作环境的优化。半个世纪前，毛泽东于1956年5月2日在最高国务会议上提出了“百花齐放，百家争鸣”的方针，其目的在于调动一切积极因素，营造一个有利于文学艺术和科学发展的环境。但是没过多久，由于“左”倾思潮和政治运动的干扰，又使文学陷于万马齐喑的境地。最近著名文艺理论家钱谷融就谈到他在50年前发表《论“文学是人学”》一文时所受到的遭遇。这篇在中国当代文学史产生深远影响的文章，当时是在华东师大一次学术批判会上作的学术报告，他在开场白中说：“我有一位情人，热恋多年，未敢公开，今天我把她领来了，这位‘情人’就是文学是人学。”会后《文艺月报》向他要去这篇论文，于1957年5月在刊物上发表，文章一发表便引发了一场全国范围的批判，作者因此被划成右派，受到长达二十多年的磨难。改革开放以来，文学创作的环境有了根本改善，“百花齐放，百家争鸣”的方针得到贯彻。现在虽不能说创作自由已经完全实现，但从整体上看，文学有了一个适宜发展的生态环境，有了一片自由驰骋的广阔天空。

总的来说，改革开放的 30 年，是中国当代文学发展的一个最好时期，是充满生机与活力的一个时期。与此同时，在文学的发展过程中，也存在着不少问题。可以说，改革开放文学的 30 年成就斐然，问题也多多。从当代文学发展的历史来看，总是成绩与问题交织，机遇与挑战并存。在事物发展的进程中出现这样或那样的问题并不可怕，重要的是认真地回顾与总结，是科学的前瞻。当前，整个世界处于大变革之中，世界多极化不可逆转，全球的力量组合使利益分配发生了深刻变化。在全球化的语境下，我们正处在新的历史起点上，需要我们继续解放思想，深化改革开放，进一步推动文学的发展。怎样发展，我想说两点个人的想法：

第一，文学创作的发展，最重要的是要多出佳作，多出精品。宁可少些，但要好些。现在人们普遍有一种抱怨，改革开放 30 年了，出版的文学作品、文学期刊比任何时期都多，可以说多如牛毛，人们要阅读这些作品，不要说都看完，就是浏览一遍也很困难。在琳琅满目的作品中，人们发现：能留下深刻记忆的作品很少，震撼心灵的作品很少，经典性的作品很少。新中国成立快 60 年了，我们还没有像《阿 Q 正传》那样具有久远价值的力作，没有产生像鲁迅、茅盾、郭沫若、老舍、曹禺、巴金那样的文学大师，更不要说世界级的文学大师了。改革开放的时代需要大师、大作，呼唤大师、大作的产生，呼唤震撼人们心灵的佳作产生。但产生大师、大作也非易事，更非一日之功。产生大师、大作固然离不开时代的孕育、创作环境的清明，但更重要的是靠长期的生活积淀，靠作家的个人素养和艺术功底，靠作家的独特发现和创造。这样才能写出“人人心中所有”而又“人人笔下所无”的东西。罗丹说“所谓大师，就是这样的人，他们用自己的眼睛去看别人的东西，在别人司空见惯的东西上能够发现出美来。拙劣的艺术家永远戴别人的眼镜”(《罗丹艺术论》第 5 页，人民美术出版社 1978 年版)。契诃夫也说，“金子是不能用人工来制造的”，“有才能的人是没法模仿的，因为每一个真正有才能的人都有它完全独特的地方”。文学经典的产生，是作家用毕生心血铸造出来的，依傍和模仿，产生不了佳作，心浮气躁，急功近利，急于求成也产生不了精品，只有潜下心来，耐得住寂寞，沉入生活的底层，才有可能在生活中有独特的发现，写出无愧于时代的经典性作品。最近，中宣部一位负责同志在中国作协的一次会议上说：“我们正处在一个能够出大师，也应当出大师，能够出大作，也应当出大作的时代，一时的热闹喧嚣，毕竟不会长久。

衡量大师的标准，不仅要有卓越的艺术成就、鲜明的艺术个性，而且要有高度的社会责任感，广泛的社会影响，特别是其作品要传得开、留得住。”我赞同他的意见，期望我们这个时代有经典性的大作、大师面世，有好的精神食粮满足人们多方面的精神需要。在纸张上涨的今天，少出一些平庸的没有什么价值的作品，也是最好的节约。

第二，文学创作要发展，离不开文学理论批评。文学创作和理论批评历来相辅相成，相互推进。说到文学理论批评，现在人们的抱怨也不少，报刊上连续发表了许多有关这方面的文章。有的认为，理论“滞后”、“失语”，评判标准失范，炒作宣传不当，是非界限混淆，把熟悉的问题陌生化，靠引经据典来证明自己的博学，把某些本属于普通常识的事情，用大量的新词汇、新词语串饰起来，使人眼花缭乱、不知所云。有的认为，当代文学理论批评面临“对自身存在的有效性合法性的严重挑战，还能继续存在和发展吗”，有的甚至称之为“评论的堕落”。有的认为，在商品经济冲击下，“广告评论”、“红包评论”、“人情评论”盛行，“无穷无尽的作品讨论会变成了为一个又一个作品的‘捧角’会，树碑立传会。各种媒介的广告评论，千篇一律，根本不看作品的好坏、高下、粗细。热闹‘炒作’，吸引眼球，为的是电影公司、电视台、电影院或出版社的‘滚滚财源’”，“而在这种以金钱为目的的商业逻辑，腐蚀了文艺作者和批评家。作者为了商业目的不惜迎合读者、观众的不健康的趣味，而批评家则昧着良心当起这些作品的吹鼓手”。这些批评虽说有些尖锐，但大都一语中的，符合实际状况。鲁迅早就说过：“文艺必须有批评；批评如果不对了，就得用批评来抗争，这才能够使文艺和批评一同前进。”(《看书琐记》三)他还说，“批评一定得有明确的是非，有热烈的好恶”(《“文人相轻”》)，“必须坏处说坏，好处说好，才于作者有益”(《我怎么做起小说来》)。我们今天重读鲁迅几十年前讲的这些话，感到特别亲切。在我看来，现在是切实改变文学理论批评现状的时候了。如何改变，很难用几句话说清楚，但我认为，有一点是很重要的，那就是恢复文学理论批评实事求是的优良传统，倡导说真话，表真情，坚持从事实出发的有分析、有说服力的学理批评，进一步加强文学理论批评的针对性、实效性和公正性。这些说起来容易，做起来很难。除了社会等方面因素外，加强文艺理论批评队伍建设也是很重要的。北京师范大学童庆炳教授今年在《文艺争鸣》发表的一篇文章中说，加强文艺理论批评建设，关键是批评家要有自己的生活信念、社会理想和文艺理想。没有社会理想，就不可能对现实做出深刻的理解；没有文艺理想，就不会有对艺术的追求，从而不可能对文艺作品做出深刻的评判。没有独立文艺信念的人，一味依附别人的人，不是批评家。批评家在信念的支持下，要有自己独特的思想和批评空间，要有坚定的立场，同时也要有自己的批评路径和专业技巧，能说人所不能说，道人所不能道。批评与创作合作，创作家与批评家携手，共同对社会发出自己的声音。这些意见无疑是正确的。但要做到这些，还有一段艰难的路要走，但我相信，当下文学理论批评的现状一定会改变。在新的世纪里，也有可能会出现文学理论批评大师。

总的说来，改革开放以来的文学 30 年，思想观念不断更新，创作空间不断拓展，开创了当代文学发展的新时代。在 30 年的历程中，无论是经验还是教训，对于我们都是一笔宝贵的精神财富，值得倍加珍惜。在这个伟大的时代里，我们要以开阔的视野、开放的姿态迎接时代的挑战。这就需要我们继续坚持改革开放，坚持“解放思想，实事求是”的思想路线，坚持开拓创新。我们既要以宽容的心态广泛吸纳异域文化，又要十分珍惜和发展优秀的传统文化，使异域文化与传统文化互融、互补，从而做到中西互动，兼收并蓄，和而不同，多元共荣，使当代中国文学更加兴旺发达。

（原载文史出版社 2009 年出版的《新时期文学三十年》，又刊于白山出版社 2013 年出版的《与时代同行》）

底层创作与社会和谐

近几年来，随着文学的发展，底层文学十分活跃，从生活底层中涌现了一批作家，创作了一批受到社会关注和重视的文学作品。我们这次学术会议讨论的“底层创作与和谐社会”这个问题，就是一个很有意义的重要话题，这个话题既有理论价值，又有实践意义。

我们知道，在人类社会中，人是社会发展的主体，是创造历史的动力，而底层群众则是推动历史前进的中坚力量。底层群众的生存状态如何，发展状况如何，权益保障如何，关系到社会的和谐稳定，关系到国家的长治久安。我国是一个有着13亿人口的大国，十一届三中全会以来，整个社会发生了十分深刻的变化。我们正在经历着一个前所未有的历史大飞跃，这是一个全民奋起、艰苦创业、摆脱贫困、实现小康，进而从不发达国家转变为中等发达国家的历史大飞跃。从总体上看，改革开放为中国的发展提供了前所未有的机遇，变革给中国带来了新的活力，整个国家的实力大大增强，人民的生活明显改善。如反映一个国家总体经济实力的GDP，1952年为679亿，到了2006年则为21087亿，为1952年的310.6倍，我国的GDP总量位居世界前列。全国职工工资，1952年平均工资为445元，到2006年则达到21100元，增长46.2倍。这说明中国的发展是很快的，这是一个基本方面；但从另一方面看，我国仍处于并将长期处于社会主义的初级阶段，面临的挑战前所未有，存在的矛盾和问题也很多。我们目前面临的主要矛盾依然是人民群众日益增长的物质文化需要同落后的社会生产力之间的矛盾。比如城乡之间、地区之间的发展不平衡问题、人均收入过低问题、下岗失业人员、农村富余劳动力就业问题、社会公共服务体系建立问题、医疗服务、社会治安、教育收费、企业改制、房屋拆迁、环境保护问题，等等。新加坡《联合早报》10月8日有篇文章说：“中国这些年的经济发展和社会进步有目共睹，但以贫富差距为主要标志的社会分层也在不断加剧。社会分层加剧不仅严重冲击了‘不患寡而患不均’的中国传统观念，也使曾经被宣传成国家主人的工农劳动阶层备感失落”，“占人口比例绝大多数的普通劳动者仍迫切需要解决吃穿住行等基本生存条件”。法新社10月9日在一则报道中说：“中国变得越来越富，但贫富差距正在扩大，特别是城市和农村的差距正在扩大。去年，中国城市居民平均收入是农村居民的3.28倍。而在2004年只有3.21倍。”有鉴于此，中央明确提出了一系列以人为本、执政为民、科学发展、共建和谐的方针政策，着力解决广大群众迫切需要解决的各种问题，特别是民生问题。最近召开的十七大，更进一步提出了深入贯彻落实科学发展观，促进社会和谐，全面建设小康社会的战略部署。特别提出要加快以改善民生为重点的社会建设，解决当前群众最迫切需要解决的难点和热点问题，使广大群众学有所教，劳有所得，病有所医，老有所养，住有所居，最终实现中央确定的构建民主法治、公平正义、诚信友爱、充满活力、人与自然和谐相处的和谐社会的总目标。这些正是我们面临的形势，也是底层创作所处的历史文化语境。

关于底层创作，近几年来已引起更多人的关注，一场关于底层创作的争论正在进行之中。下面我想提出几个问题来讨论。

一、什么是底层创作？

人们的说法不一，有的称为“底层叙事”、“底层文学”，有的称为“底层经验”、“在生存中写作”。我认为，底层指的是那些生活在社会底层的民众，底层创作是一种关心社会底层民众生活与命运、关心民生疾苦的写作。对底层创作，可以有广义和狭义两种理解。从广义上说，凡是反映广大底层民众生活以及他们的喜怒哀乐的作品，都属底层创作。在中外文学发展历史上，都有一批反映底层生活的优秀作品，长久地留在人们的记忆里。比如高尔基1902年写的一部作品就叫《底层》(有的译作《夜店》)，这部作品叙写的是帝俄时代被压在社会底层的贫苦游民苦难遭遇的故事，已成为文学的经典。在中国，《诗经》中的《硕鼠》、《伐檀》，杜甫的“三吏三别”、《自京赴奉先县咏怀五百字》，白居易的《秦中吟》、《村居苦寒》等，都是这一方面的佳作。“五四”以来，鲁迅、茅盾、老舍、艾青、艾芜、赵树理、柳青、贺敬之、汪曾祺、陆文夫、贾平凹等作家都为底层创作做出了重要贡献。从狭义上说，主要指80年代后期以来创作的那些反映下岗职工，农民工以及其他底层民众生活的写作。这一部分民众为数不少，在中国占有相当的比例。以农民工为例：据国家统计局的调查显示：2004年农村外出劳动力达到11823万人，其中进城农民工约为1亿人，未来10年中国农民将以每年850万人的速度向城镇转移，预计今后20年从农村转移到城镇的人口将达3亿人。这是一个不小的数字。今年7月我到欧洲，了解到法国人口有6170万、荷兰1627万、比利时1033万、瑞士734万、奥地利805万，最小的国家列支敦士登只有3.4万人，这几个国家加起来的人口也不超过1个亿。有人认为，“底层文学窄化了文学疆域”，这显然是不符合实际的。为几亿民众服务的底层创作，不仅没有窄化文学疆域，而且为文学开拓了一个更为广阔的疆域。

二、如何认识和看待底层创作？

人们的看法并不一致。一种意见是对底层创作持肯定态度。有的认为，“从2004年以来，底层成为当代文学最大的主题，底层叙述成为热门叙述和主流性叙述，这是新世纪出现的一种文艺思潮，是人民文艺在新形势下的发展”；有的认为，“底层创作以清醒的现实意识正视了社会问题和现实矛盾。它们集中地关注民生疾苦的表现，不仅体现了通常意义的文学良知，对于当下中国构建和谐社会更具有重要的社会意义”；有的认为，“‘底层’命题的提出和对‘纯文学’的反思，在今天应该是面对资本主义文化的无孔不入，和贫富悬殊的社会不公。文学界对另一种牢笼，另一种‘权力’——‘资本’的警惕和抗议”；有的认为，底层文学“具有不可低估的文献史料价值和社会学、文化学价值”。

另一种意见则对底层创作持否定意见。有的认为，“目前的危机之一，表现在所谓‘底层文学’口号的提出”；有的认为，“随着‘底层文学’从一种‘冷门叙述’变为一种‘热门叙述’，从一种‘异质性叙述’变成一种‘主流叙述’，不少作家赶时髦，希望以题材取胜，致使‘底层文学’鱼龙混杂”；还有的认为，“将文学以底层划分，有些荒唐”，“有时候是作家一厢情愿的想象”，等等。对于上述种种看法，不必求得一致，不同意见的论争有利于底层创作的生成和发展。正如有的论者所说：“这是继1993年关于‘人文精神讨论’之后，十几年的时间里唯一能够进入公共领域的文学论争，因此意义重大。随着讨论的深入，问题的复杂性也逐渐显露出来。”目前这一讨论还没有结束。

三、底层作为言说的对象，由谁来表述呢？

文学表述的方式多种多样，底层创作的表述方式，既有底层民众的自我表述，也有他者的底层言说。前者如近几年兴起的“打工文学”，就是由打工者自己写作的。广东办的《江门文艺》就是一本打工文学杂志，畅销全国，还有一些地方举办了打工诗歌、打工小说的研讨会。团中央专门为打工文学设立了“鲲鹏文学奖”。最近《文学报》刊登了一篇文章《民工诗人：以诗歌见证生活》，文中说，有位打工者陈永安扛着一个麻袋来到“浙江诗人之家”，这个麻袋里装着他十多年里写下的诗稿。他从农村来到杭州打工，修过手表、自行车，但从未停止过诗歌写作，他用诗歌见证自己的艰辛。如今，他的部分作品已在《浙江日报》等报刊发表，2002年出版了第一部个人诗集《西芒诗选》，2006年被吸收加入杭州市作家协会。由底层民众自我书写自己的事，不仅有自己独特的生活体验，而且富于生活的质感。这些作者不仅是底层生活的亲历者，也是底层创作的创造者。后者主要指作家、知识分子的表述。近几年来，不少作家面向生活，深入底层，把关注的目光投向生活在底层的弱势群体，写出了一批反映底层民众生存状态的作品，如曹征路的《那儿》、《霓虹》，刘继明的《放声歌唱》、《我们夫妇之间》，李锐的《太平风物》，李铁的《工厂的大门》，罗伟章的《大嫂谣》、《我们的路》，陈应松的《马嘶岭血案》，方方的《出门寻死》，李祥夫的《找啊找》，曾平的《大伯》，王跃文的《桂爷》等，这些作品真实展示了底层群众生活的艰辛与困苦，饱含对弱势群体的深厚真情，体现了作家强烈的社会责任感和人文情怀。有段名言说："艺术是属于人民的，它必须在广大劳动群众的底层有其最深厚的根基。"底层创作正是在"最深厚的根基"上开出的绚丽花朵。

四、底层创作有哪些特点？

底层创作是在现代化、市场化语境下产生的一种文学现象，是社会转型时期处于历史潮头的中国最大群体发出的心声。底层创作有它自己的特点：

底层创作的特点之一，是它与现实紧密联系的当下性。与时下流行的那些远离现实，叙写皇宫贵族、弄臣太监生活的作品不同，底层创作以当下底层现实生活为出发点，反映底层民众在现代化进程中出现的新矛盾、新问题，诸如职工下岗后精神失落、生活焦虑，农民工进城后的身份确认、权益保障等等，这些问题涉及千百万群众的切身利益，也是建设和谐社会需要解决的迫切问题。

底层创作的特点之二，是它的本真性。别林斯基说："真正的艺术作品永远以其真实、自然、正确和切实去感染读者"，莎士比亚也在《十四行诗》中说，"美如果用真来点缀，它看起来要美多少倍。……我底诗就把你的真炼成奇香"。真实是文学创作的生命，文学作品不论有怎样奇妙的包装，如果缺少了真，也就失去了它的价值。底层创作正是以它的本真生活感动读者，令人耳目一新。底层创作叙写的人和事，揭示的矛盾和冲突，都是我们日常所见所闻的平凡生活，是感同身受的真情实感。如刘继明的《我们夫妇之间》叙写了长江锅炉厂工人贾大春、李淑英夫妇下岗后为了一家生存，在曲折的谋生道路上所发生的悲剧。罗伟章的《大嫂谣》写的是年过半百的农村妇女为了儿子上学背井离乡到广东打工的故事。这些满含辛酸与血泪的故事，都发生在我们当下的现实社会，是我们在现实生活中所见到的。正是作者平凡真实的叙述，使我们的心灵受到强烈的震撼。

底层创作的特点之三，是它的丰富性和流变性。底层创作叙写的主体是底层民众，这是中国社会中的一个弱势群体。这个群体的生存与发展，不仅牵涉到千家万户，也牵涉到各个行业、各个领域，可以说是一个错综复杂的大千世界，也是一个丰富多彩的缤纷世界，它为人们提供了丰富的取之不尽的创作资源。作家要反映这个世界，不是一种视角、一副笔墨所能完成的，它需要作家深入底层，用理性的眼光审视社会问题和现实矛盾，用多维视角、多副笔墨表现这个丰富而又复杂的群体。比如在不少作品中都写到底层民众生活的艰辛、贫困，写到他们在生存路上的困惑、困苦、困难，写到他们的苦难人生，这些都是现实生活中存在的。问题在于，我们如何分析看待这些现象。在我看来，这些问题的是在现代化的进程中发生的，是变革带来的阵痛，是初级阶段难以绕过的历史现象。产生这些问题的原因是多方面的，既有历史的因素，也有现实的原因；既有人为的因素，也有政策上的问题。解决这些问题，最根本的还是要坚持改革开放，坚持协调持续发展，而发展又是一个不断渐进的过程，只有国强民富，弱势群体才会由多变少，由弱到强。随着现代化进程的加快，随着政策的调整，弱势群体也会在现代化的进程中不断发生变化。由于底层的不断流动，底层创作在反映弱势群体生存境遇艰难的同时，也要写出它的流变过程，写出他们在改变现状的艰难历程中所表现的坚韧不拔的奋斗精神。

除了上面说到的这些问题之外，还有一些问题可以讨论。

比如：底层创作与"左翼文学"的关系问题。底层创作是否是"左翼文学"传统的延续和复苏，底层创作的话语方式，是否依然有些"意识形态询唤"的力量，"左翼文学"在今天是否还具有活力和价值，这些问题涉及底层创作的继承性问题。再如，理论批评问题，就我接触的资料来看，目前有关底层创作的评论多限于具体作品的分析解读，整体的系统的研究还不多见，而理论批评界对底层创作的关注也很不够。如何加强底层创作的理论研究，如何提高底层创作的思想艺术水平，都是需要我们认真研究的。还有些问题：如精英文化与底层创作有什么关系，关注底层创作是不是倡导"题材决定论"，底层创作的独特价值在哪里，底层的问题是否仅仅是苦难可以涵盖的，如何看待底层创作中的情感和立场，等等，这些问题都是值得讨论的。

2007 年 10 月 23 日
于华中师范大学

（原载人民日报出版社 2008 年出版的《底层文学论集》，又摘要载于《长江文艺》2008 年第 4 期）

实现革命历史创作的整体超越

所谓革命历史书写，也就是我们常说的革命历史题材文学创作，一般指作家创作的反映中国近现代历史特别是反映中国共产党领导下摧毁旧中国、创建新中国的光辉历程的作品。在中国当代文学发展的历史长河中，革命历史书写始终是文学创作的主要内容，是现当代文学创作带有标志性的文学现象。这是一座蕴涵着丰富博大资源的精神“富矿”，是取之不尽、用之不竭的源泉，几十年来始终受到人们的重视和关注。新中国成立以后，不少作家满怀激情地书写了一批革命历史文学的篇章。如李六如的《六十年的变迁》，将中国近现代的政治、社会演变、前仆后继的战斗过程及其经验教训叙写出一个轮廓，真实地反映了中国革命的长期性、曲折性；欧阳山的《三家巷》、《苦斗》写的是20世纪20年代革命策源地广州的革命斗争，反映了省港大罢工、沙基惨案、广州起义等重要历史事件；高云览的《小城春秋》书写的是20世纪20年代末、30年代初福建厦门地区的革命斗争；艾明之的《火种》反映了1918—1921年这一历史时期的上海工人的斗争生活。这些作品都从不同的侧面描绘了中国革命历史发展的艺术长卷，有助于人们“从这些历史经验中吸取一些‘观今宜鉴古’的教训”。在反映中国共产党领导的革命斗争历史方面，十七年创作了一批思想艺术俱佳至今仍具魅力的优秀作品，如大家所熟悉的《红旗谱》(梁斌)、《红日》(吴强)、《红岩》(罗广斌、杨益言)、《林海雪原》(曲波)、《青春之歌》(杨沫)、《野火春风斗古城》(李英儒)、《保卫延安》(杜鹏程)、《苦菜花》(冯德英)等，这些作品一出版就受到人们的热烈欢迎，如《林海雪原》、《青春之歌》、《红旗谱》、《红岩》等多次再版，有的印数超过500万册，被译成15种文字在国外发行。为什么会如此？因为这些作品不仅真实地再现了波澜壮阔的革命历史，更重要的是彰显了革命英雄主义和革命理想主义精神，这种精神震撼了人们的心灵，在人的成长道路上留下了深刻的、难以抹去的历史记忆和情感记忆，这种记忆对一个人的一生产生重要的深刻影响。而这些文学经典创作所提供的宝贵经验，至今仍具有重要的、不容忽视的意义和价值。

从新时期到新世纪，革命历史题材创作又有了新的发展。革命历史题材创作与工业题材、农业题材创作有所不同，由于政治性较强，涉及历史真实问题，也涉及对历史事件和历史人物的评价问题，所受限制较多，创作难度也大。改革开放以来，随着思想的解放、禁区的打破，革命历史题材创作有了一个广阔发展的空间，无论是在数量上还是在质量上，都比过去有了新的突破。这主要表现在：

一是书写革命历史的视角有了新的拓展。过去，革命历史文学创作的视角单一，主要是以政治的视角书写历史、评价人物，以“史诗性”的追求作为评价这类作品思想艺术成就的重要尺度。如取材于 1947 年延安保卫战的长篇小说《保卫延安》出版后，冯雪峰就评价这部作品是描写具有伟大历史意义的英雄战争的一部史诗。此后，史诗的命名不仅是对一部作品的评价，而且成为一种整体性的追求。新时期以来，不少作家不仅仅从政治视角评价书写历史，而且从历史视角、文化视角书写革命历史，从而使革命历史书写的广度和深度有了新的拓展，一些作品在表现历史的曲折性和偶然性，在表现人物的丰富性、复杂性上有了新的突破。在新世纪革命历史文学的画廊里，既有以描写重大历史事件和历史人物为背景，彰显革命精神的史诗性追求的作品，如近年出版的《西柏坡》(赵万里)、《日出东方》(黄亚洲)等，也有用多种视角回顾历史、反思历史、总结历史经验教训的作品，如《花腔》(李洱)、《英雄无语》(项小雨)等；既有在风云变幻的革命斗争中表现主人公坎坷命运的传奇性作品，如《亮剑》(都梁)、《长征谣》(傅建文)等，也有以曲折动人、惊心动魄的故事引人入胜的谍战类作品，如《拂晓前的长春》(高杰贤)、《八月桂花遍地开》(徐贵祥)等。这些作品无论是在思想底蕴的开掘上，还是在艺术手法的变革上，都比过去有了拓展。

二是在人物刻画上，改变了以往叙写人物的平面化、简单化倾向，在广阔的历史背景下，把人作为历史的主体，写出了人物性格的丰富性和复杂性，彰显了人性的光彩。如《西柏坡》写毛泽东和女儿李讷的父女深情，刘少奇、王光美在山村缔结情缘，都显示了人性的丰富。《八月桂花遍地开》描写江淮地区的抗日战争，与以往的一些作品不同，小说不仅写了共产党、游击队的抗日斗争，也正面描写了国民党参与抗日战争，从而颠覆了国民党消极抗日的理念。由于理念的变化，人物性格描写也呈现出多样性和复杂性。这些叙写既符合历史的真实，也令人信服。

三是艺术风格上的变化。新时期以来，不少作家注重艺术风格和艺术手法的变革与创新，注重读者的接受，强化了作品的可读性。如《暗算》、《亮剑》、《潜伏》等作品都在艺术上进行了多方探索。如采用多种视角把革命故事讲得跌宕起伏，富有传奇色彩；把人物放在激烈复杂的环境中考验，深入开掘人物内心世界，突出人物性格的复杂性；在艺术手法上，采用多种手法表现人物的性格，使之更切合人物身份。

革命历史题材创作虽然取得了新的进展，但也存在一些问题，主要是：一般化的应景作品多，精品力作少；复制的多，富有独创性的作品少；写领袖人物多，写普通人物少。有的作家存在浮躁心理，对史料缺乏深入研究便仓促动笔，缺乏大的历史思考；有的因历史的“失真”而不能真实地反映历史的真相；有的为了吸引读者，不惜用离奇的故事制造噱头；也有的为了突出人物的七情六欲，忽视了人物精神世界的叙写。这些问题的产生，一方面与市场经济条件下追求功利化有关，另一方面也与作者的思想、文学素养有关。

今年5月，《文艺报》和江西文联等单位联合召开了一次革命历史题材创作研讨会，提出努力实现革命历史题材创作的整体性超越问题，这个问题提得很好。如何实现整体性超越，我认为有几点值得注意：

第一，坚持唯物史观，正确处理历史真实与艺术真实的关系。有的同志提出“尊重历史，钟情艺术，关注现实是革命历史题材创作的三条原则”，我很赞同这个意见。既然是写历史，首先就要尊重历史。历史小说不是杜撰的，特别是重大历史事件、历史人物，一定是历史上曾经发生过的，确有其人其事。我们可以不拘于历史，可以“大事不虚，小事不拘”，但不能胡编乱造，无中生有。著名作家姚雪垠在谈到历史小说创作时，提出一个作家要做思想家、艺术家、学问家的要求，他说：对小说家来说，要用马列主义、毛泽东思想观察生活、观察历史，这样对历史上的重大问题能看清规律性，看出它们的因果关系，看得很深，在小说中闪烁出自己独特的见解，“一个作家，对于他所描写的时代，应该确有知识，不说外行话。对于历史小说家来说，应该写清代就是清代，宋代就是宋代，唐代就是唐代，细节方面都要经得起推敲”。姚老正是这样坚持历史真实性原则，四十二年磨一剑，最终完成了330万字的辉煌巨著《李自成》。当然书写历史不是照搬历史，不是写历史教科书，而是要站在时代的高度回望历史、审视历史，从历史发展中总结历史经验。

第二，在尊重历史的前提下，还需钟情艺术。所谓钟情艺术，就是要用各种艺术手法，写好在历史事件中的各种人。文学以人为中心，作为革命历史题材创作，自然要以人物为中心，着力塑造历史事件中的各种人，写人的思想冲突、情感冲突，写人与人之间的纠葛和矛盾，写人的成长过程，写人的命运。只有把笔触深入人的内心世界，深入发掘心灵深处的东西，才能写出打动人的作品。当前有些作品之所以缺少独创性，首先就是人物形象缺少独创性，我们见到的人物形象，多是千人一面，似曾相识。如能从个人的命运中写出重大历史事件，那也是一种创新和突破。

第三，革命历史文学创作还有一个问题值得重视，那就是精神取向问题。在十七年创作的一批革命文学作品中，为什么在今天仍然具有思想震撼力和艺术感染力呢？我认为这些作为文学经典的作品，留在人们记忆中的不仅仅是那些波澜壮阔的历史事件，也不仅仅是那些惊心动魄的战争场面(如滹沱河畔的反割头税运动，强渡金沙江的伟大壮举，冀中平原惊天地、泣鬼神的“反扫荡”战争，富有传奇色彩的东北剿匪英雄故事，奋战在“第一条战线”上的特殊搏斗等)，更重要的是人们在这些斗争中为争取自由解放，为实现理想信仰而凝聚起来的一种精神，正是这种精神创造了历史的奇迹，换来了今天的幸福。正是这种精神深深地铭刻在人们的记忆里，成为一笔宝贵的精神财富，永远值得珍惜。我们今天书写革命历史文学作品，正是要大力继承和弘扬这种精神。有人认为，时代变了，还需要这种精神吗？我的回答是肯定的。特别是在当今精神缺失、物欲横流的时代，更需要弘扬这种精神。最近在北京的一个座谈会上，有的学者说：“我们在物质和欲望方面，已经相当富有了，而贫乏的是心灵和精神层面的。我们精神的匮缺和心灵的虚空，已经触到了一个令人担忧的底线。能够挽住这个颓势的不是金钱，不是权力，也许惟有文学和诗歌、音乐和美术，这些能够守护心灵的完美，从而挽救人心的颓败。”有的作家说：“缺乏信仰的时代，信仰是珍贵的；有信仰的人，才是幸福的。物质丰盛的时代，精神是珍贵的；有精神依靠的，才是幸福的。”有的评论家说：“在革命历史题材的创新上，一个很重要的问题是应该站在今天的立场上看待发生过的革命历史。创作者应该从历史史料中发现一种当代精神，使自己的作品于当代人的精神世界有所滋养，有所丰富。”这些说法都是很有见地的。我们书写的是已经逝去的历史，但历史是与现实关联的。著名哲学家克罗齐说过，所有的历史都是当代史。所谓注重历史的现实性，其实就是注重历史与生活的联系。优秀的革命历史作品总是与现实的心灵生活打成一片，总是给当代人的理想精神提供新的养料。我们创作革命历史题材作品，需要满足多方面的审美需求，把作品写得有情趣、有故事，写得好看些、耐看些，但不能因此而陷入平庸化、庸俗化，更不能为了迎合低级趣味而取代精神层面的追求，使人的信念和信仰消解。

当前，我国的文学事业正处在新的历史起点上，我们期待革命历史小说创作在现有基础上有更大的超越和突破，期待作家以自己独特的声音，写出有思想力度、艺术深度的作品，更好地展现中国革命行进的风雨历程，谱写动人心弦的篇章。

（原载《文艺报》2011 年 10 月 14 日）

九十年代文学述评[①]

今年是具有历史意义的1997年。还剩两年多时间，我们就将告别不平凡的20世纪了，值此世纪之交之际，当代许多作家、理论家都在从事着回顾20世纪、前瞻21世纪的工作。这样的回顾与前瞻，对于我们进一步发展当代文学创作和研究，无疑是重要的。

90年代，是中国经济发展的昌盛时期，也是当代文学进一步发展的繁荣时期。随着社会的转型、市场经济的建立，我国当代文学也呈现出多姿多彩的景象。一方面是创作的活跃与繁荣，表现在作品之多、品种之全、写作队伍之大是过去少有的，创作的气氛、创作的环境的宽松也是过去少有的，这些都为文学的发展提供了良好的条件；另一方面，文学的精神、文学的理想、文学的价值的失落也给文学的发展带来了困惑。文学中的世俗化、平庸化、粗俗化倾向也使人们十分忧虑。总的来说，90年代文学发展的态势，有几点是十分突出的。

一是现实主义的再度复苏与繁荣。现实主义创作思潮，是20世纪中国文学具有生命力的思潮。那末，90年代现实主义创作又显示出哪些可贵的特质呢？我认为值得注意是，不少作家坚持现实主义创作方法，承续了50年代前辈直面社会人生、“干预生活”的传统，正视转型期复杂的社会问题，关心社会主义市场经济中的变革，反映人们心灵世界的变化，产生了一批贴近生活、反映时代、弘扬社会主义精神文明的优秀作品；许多作家在创作中不断进取，不断探索，开辟现实主义创作的新路，使现实主义文学带有鲜明的个性化特点，呈现出绚丽多姿的景象。有些写作“新写实小说”的作家也有新的变化，他们在创作中面对现实，向文学为人生的现实主义传统回归。

二是由于社会主义市场经济的发展，出现了商业文学和亚商业文学。这主要是指行业文学、企业文学、广告文学、有偿报告文学等等，这类文学主要是为行业企业树形象、造影响，宣传他们的业绩，宣传他们的改革，宣传他们的产品。现在，我国的一些报刊包括《文艺报》、《文学报》发表了这方面的文学作品。我最近看到香港出版的《大中华时代杂志》，其中也有宣传曾宪

① 这是作者1997年在中国新文学学会第14届学术年会上的讲话。

梓和金利来的文章、图片。商业文学既有适应市场经济的一面，也有它的某些负面影响，如有些商业文学不实事求是，夸大其词，有的迎合低层次读者的趣味，有的胡编乱造，粗制滥造，具有浓厚的拜金主义倾向，而这些则是我们不赞同的。

三是通俗文学的继续发展和闲适文学的兴起。80 年代兴起的通俗文学热至今有增无减，除武侠小说、言情小说、乡土文学继续受欢迎外，文坛上又多了两类作品，一类是以名人逸事、生活热点、社会黑幕、稗史杂闻为题材的作品大量出现，这些作品以其奇闻奇事引人注目，有些材料多为人们不知。另一类是闲适文学作品增多。除了林语堂、周作人、梁实秋等人的散文大量印行外，有些作家写作的以平人凡事、日常琐事为内容的散文流行。通俗文学、闲适文学是文学的一个品种，自然也为人们需要，但有些作品内容平庸，格调不高，追求离奇、刺激，追求无病呻吟却不是我们提倡的。

四是人文精神的讨论对 90 年代文学创作产生了深远的影响。从 1993 年开始的人文精神讨论引起各方面的普遍注意。这次讨论主要集中在什么是人文精神，中国有无“人文精神”，“人文精神”是否失落，如失落又表现在那里，当代中国需要什么样的人文精神，怎样重建“人文精神”等问题上。这次讨论持续了三年，现在已告一段落。这次讨论虽然还留下一些问题需要进一步探讨研究，但它的积极意义是不容忽视的。它在世俗化大潮高涨的转型期，发扬了文化精神，重申了文学的使命感、作家的责任感，从而有效地遏止了世俗化大潮对文学事业的侵蚀，对跨世纪文学的发展产生了积极影响。“人文精神大讨论”的热潮虽已过去，但它留给人们的思考却是长久的。

总的说来，90 年代文学取得了丰硕的成果，尽管它在前进中还存在不少问题，但总的趋势是向上的。

90 年代很快就要过去，新的世纪正向我们走来。在此世纪之交之际，我们应当总结过去，规划未来，使文学得到更好的发展。党中央在第六次文代会上的祝词中指出：“一个伟大民族的过去、现在和未来，都会有文艺的发展和繁荣相伴随。文艺是民族精神的火炬，是人民奋进的号角。”是的，当代中国文学在向 21 世纪行进的时候，应当成为中华民族精神的火炬，人民奋进的号角。

今天，随着香港回归祖国，澳门也即将回归，祖国统一将成为大势所趋。而祖国统一这一趋势也将对当代文学研究提供更开阔的研究视野和空间。90 年代关于台、港、澳以及海外华文文学的研究，已取得了丰富的成果。可以预期，随着形势的发展，中国文学也将会有新的发展，而这种打破了旧格局的发展势必导致“大陆文学与台、港、澳以及海外华文文学的综合研究”新格局的形成。这种新格局的形成，将会引发从研究思路到研究内涵的全面更新。由此可见，21世纪的中国文学，将会以崭新的面貌展现在我们的面前。伴随着中国经济走向现代化的进程，中国文学也在走向现代化。这一进程应当是现代化与民族化的结合。它的实现，必将在历史悠久的中国文学史上写下壮丽的篇章。因此，我们应该扩大我们的视野，为世纪之交的文学研究新发展做好充分的准备，并为推动当代文学事业发展做出应有的贡献。

社会在发展，文学在更新。我们的文学研究也应该走向新的天地。面对新的世纪，我们应在总结历史经验的基础上建设具有中国特色的文艺理论批评。这几年，文艺理论批评有了很大的发展，过去存在的那种封闭的、僵化的、简单化的倾向有了很大改变，理论批评日益活跃，这是主导方面。但在另一方面，文艺理论批评中存在的一些问题亦不容忽视，如人们所指出的，批评话语抽象空洞、不着边际者有之，圆滑世故者也有之，自我包装、自我吹嘘、含糊其词、伊索语言式的话语更有之。可见，改变文学理论批评的文风、学风大有必要。如何改变文风，我认为，应将传统文艺理论与西方文艺理论研究结合起来，既不可忽视中国古代文论和现当代文论的传承，也不可忽视外国文艺理论的借鉴。正确的态度是：充分吸取，为我所用。近年来，西方的“文化评论”十分活跃，这种打破各学科界限、追求阔大境界的“文化评论”应该引起我们的注意。事实上，中国古代就有“文史不分家”的治学传统。到了今天，当形式主义的文本分析不能满足文学研究发展的需要时，我们应该呼唤中国的“文化评论”了。因此，我们要像前辈学者那样，既重视中国文论研究，又借鉴外国文论中的有用的东西，走“学贯中西”的道路，这样也许可以打破文体研究的分类，在各文体的结合研究中，探讨文学与文化发展的规律，我们还可以从心理学、社会学、文化学、历史学的研究中借鉴新的理论、观点和方法，以丰富我们的文学研究。事实上，当代许多卓有建树的研究成果已经作出了肯定的回答。

与时代同行的当代中国文学60年

今年是新中国成立60周年，也是中国当代文学的60年。60年来，中国发生了前所未有的、翻天覆地的历史性变化。作为时代晴雨表的当代中国文学，承续着“五四”以来的文学传统，始终与时代同行。在当代社会政治、经济、文化的变革大潮中，随着时代的变革而变革，随着时代的发展而发展。60年来，风雨兼程，崎岖坎坷，在曲折发展中巨变。回顾60年走过的道路，我们既经历过春阳秋雨的滋润，也遭受过暴风骤雨的袭击，而今，雨过天晴，风和日丽，又迎来了文学发展的最好时机。总结当代中国文学60年，是一个十分有意义的重要话题，有助于我们继往开来，促进文学的进一步发展。

一、当代文学60年的总结问题

说到中国当代文学60年的总结问题，首先需要对60年的文学有一个客观公正的评价。如何评价中国当代文学，历来都有不同看法，肯定者有之，否定者也有之。比如大家都知道的德国汉学家顾彬2006年说过“中国当代文学是垃圾”这句话曾掀起轩然大波，引起人们的普遍反感，但作家邱华栋近期访问顾彬时，首先问他是否说过这句话，顾彬说：“我从来没有说过这句话，我说得准确的话，应该是卫慧、棉棉这样的美女作家的作品是垃圾。因为她们的作品一度在欧洲卖得特别好，让西方的一般读者以为，这就是能够代表中国当代作家的作品。直到现在我依然要说，她们的作品是垃圾。”尽管顾彬没有说过“中国当代文学是垃圾”这句话，但否定当代中国文学的声音依然不绝于耳。比如作家朱大可就认为，“十七年”的“绝大多数作品没有文学价值，只有人类学价值”；有的甚至说“中国当代文学和作家连一点希望也没有”。在我看来，一个时代有一个时代的文学。我们评价文学，评价文学作品，由于视角不同、生活阅历不同、感受不同，往往是仁者见仁、智者见智。但我们衡量一个时代文学成就的大小，一部作品的优劣，总有它的尺度和标准。恩格斯在评价《济金根》时，提出要将“较大的思想深度和意识到的历史内容，同莎士比亚剧作的情节的生动性和丰富性的完美的融合”，这里提出的历史的美学的原则，实际上是评价文学的一个基本尺度，它要求我们评价文学一方面要看它是否真实地反映了社会生活，表达了人民的诉求，体现了时代精神，具有较大的思想深度和意识到的历史内容；另一方面则要看它的美学价值，在艺术上是否有所创新和突破，是否具有自己的创作个性和艺术风格。如果用这个尺度来评价当代中国文学 60 年，我认为，不管人们怎样评说，当代中国文学取得的成就是有目共睹的。从整体上看，主要表现在以下几个方面。

创作是文学的主体，作品是作家的立身之本。在时代变革的推动下，当代作家创作了一大批文学作品，真实地、多方面地反映了变革时代的风貌，充分显示了当代文学的实绩。这些作品反映的生活领域十分广阔，一批源于生活、关注现实、追忆历史的优秀作品在群众中产生了广泛而又深刻的影响。比如我们熟知的“十七年”文学中的“三红一创”(《红日》、《红岩》、《红旗谱》、《创业史》)、“山青保林”(《山乡巨变》、《青春之歌》、《保卫延安》、《林海雪原》)等作品被人们称为“红色经典”(当然也有的把经典的范围扩展到《平原游击队》、《茶馆》、《上海的早晨》、《李自成》等作品)，长久地留在人们的记忆之中。在新时期，当代作家更满怀激情地写出了反映时代巨大变动的优秀作品，震撼着人们的心灵。如《沉重的翅膀》、《钟鼓楼》、《活动变人形》、《红高粱家族》、《古船》、《浮躁》、《曾国藩》、《白鹿原》、《雪城》、《许三观卖血记》、《纪实与虚构》、《暗算》、《抉择》、《笨花》、《圣天门口》、《乌泥湖年谱》等，这些作品无论是在思想上还是在艺术上都达到了新的水平。有人认为，“当代文学的成就不如现代文学”，“当代没有产生像鲁迅这样的大师”。在我看来，当代虽然还没有产生像鲁迅这样的大师，但中国当代文学特别是新时期文学，在整体上取得的成就是超过现代文学的，何况当代文学还处于动态发展之中，当代文学在未来的发展进程中，将会以它的活力和创造力谱写出令人瞩目的光辉篇章，立足于世界文学之林。

说到当代文学创作，自然离不开文学的另外一翼：理论批评。应当说，文学理论批评也取得了很大的成就。在 1949 年 7 月召开的第一次全国文代会上，确定将毛泽东《在延安文艺座谈会上的讲话》中提出的文艺为人民服务的方向作为共和国文学的指针，奠定了毛泽东文艺思想的主体地位；与此同时，加强了马克思主义文艺理论，主要是俄罗斯、苏联文学理论的研究和借鉴，为文学理论批评的发展提供了新的理论资源。这些都拓宽了文学理论批评工作者的视野，开启了文学理论批评工作的新局面。此后由于“左”的思潮的干扰，文学理论批评越来越激进，越来越政治化，“文化大革命”期间更由于“四人帮”的破坏，使文学理论批评陷入主观唯心主义的泥沼。新时期以来，在思想解放潮流的推动下，文学理论批评从“左”倾思潮的桎梏下解放出来，获得了蓬勃发展的生机。文学理论批评思维空间的拓展，文学研究方法的革新，为文学理论批评的发展增添了活力。特别是改革开放以后对西方文学理论批评著作的大量引进，不仅改变了文学理论批评的传统话语，更直接影响到当代文学理论批评体系的建构，从而促使当代中国文学理论批评的进一步变革。如今的文学理论批评更加多元、开放，呈现出百家争鸣、众声喧哗的兴旺景象。

在作家队伍建设上，经过60年的努力，已经建立起一支富有朝气和活力，经得起挫折和磨炼的作家队伍。1949年召开全国第一次文代会时，全国的作家只有几百人，现在中国作家协会已有43个团体会员和8900多名个人会员，这还不包括各地分会的会员。如果再加上各地建立的作协分会会员，作家的数字就更为可观了。在作家队伍建设上，中国作家协会十分注重青年作家的培养，20世纪50年代建立的由丁玲任所长、张天翼任副所长的中央文学研究所(现为鲁迅文学院)就有计划地培养了一批有才华的青年作家，取得了显著成效，文学前辈茅盾、郭沫若、老舍、叶圣陶、杨晦等都为学员讲过课，人们称文学所是文学界的“黄埔军校”。新时期以来，这一方面的工作进一步加强。比如鲁迅文学院今年就根据新世纪文学发展的需要，举办了网络文学作家培训班，帮助网络文学作家打开认识世界的多维角度和宏观视野，提高网络作家的创作能力，参加培训的作家感到受益匪浅，认识到自己从事网络写作是一种责任，要用文学温暖人心。总之，经过60年建设，已经建立起一支实力雄厚的老中青结合的作家队伍。

我国是一个有着55个少数民族的国家，少数民族文学有了长足发展。新中国成立初期，少数民族文学仍是一块有待开垦的处女地，不少少数民族没有本民族的作家，创作发表的作品很少。经过60年的建设，一支多民族、多语种、多门类具有创作实力的少数民族作家队伍已经形成，全国55个少数民族不仅都有了自己的作家，而且创作了一批民族特色鲜明、时代精神强烈的优秀作品，比如《正红旗下》、《草原上的人们》、《茫茫的草原》、《欢笑的金沙江》、《破晓的山野》、《瀑布》、《幸存的人》、《格桑梅朵》、《七岔犄角的公鹿》、《金牧场》、《穆斯林的葬礼》、《尘埃落定》、《无性别的神》、《太阳部落》等。在中国作协和国家民委联合举办的多次全国少数民族文学评奖中，55个少数民族都有自己的作品获奖，在中国作家协会的8900名会员中，少数民族作家有933人，占11%；在少数民族文学作品的翻译整理上，出版了一批具有史诗价值的作品，如藏族的《格萨尔》、蒙古族的《江格尔》、柯尔克孜族的《玛纳斯》、彝族撒尼人的《阿诗玛》、傣族的《召树屯》、傈僳族的《逃婚调》、纳西族的《创世纪》、回族的《马五哥与尕豆妹》、白族的《望夫云》等。这些反映少数民族生活和斗争的作品，组成一幅幅绚丽多彩的画卷，构成当代中国多民族文学的亮丽风景。

当代文学取得这样的成绩，是与创作环境的逐步优化分不开的。由于社会政治环境的变化，促使中国当代文学的创作环境逐步优化。回顾中国当代文学走过的60年，不难发现，当代文学的发展历经坎坷、曲折，特别是“文化大革命”时期，“四人帮”和“左”倾路线把文学推向灾难的深渊，作家不仅没有创作的自由，甚至连生存的权利都无法保障。新时期以来，随着思想解放浪潮的洗礼和人学的回归，束缚作家的枷锁得以粉碎，“百花齐放，百家争鸣”方针得到重新贯彻，特别是单一的文学体制和机制被打破，为文学的发展开辟了一个自由的空间，文学由一体化走向多元化，这是我们多年来所期盼的，现在终于成为现实。当今文坛所呈现的丰富多彩、异彩纷呈、多元共生、繁花似锦的景象，正是思想解放催生的结果。

在对外开放上，当代中国文学对外交流日益频繁，与世界各国文学界联系日益紧密，国际化程度愈来愈高。“五四”以来，中国许多有识之士到海外寻求精神食粮，促进了中外文学交流。鲁迅作为中外文化的开拓者，他所译介的作品涉及14个国家、100多位作家。新中国成立以后，对外交流有所加强，但在“十七年”主要是与苏联和亚洲国家文学交流增多。新时期以来，中外文学交流，作家出访国家之广、人数之多都是空前的。在外国文学理论、作品的译介上，五六十年代出版的《外国文学名著丛书》、《外国古典文学理论丛书》、《马克思主义文学理论丛书》是颇有影响的三套丛书。新时期以来，又大量引进了外国有影响的文学思潮，文学流派的著作和作品，包括现当代外国名著和现代主义流派，如意识流、象征派、存在主义、荒诞派戏剧、黑色幽默以及拉美魔幻主义等代表作，这些著作的引进，大大拓宽了作家的视野，促进了当代文学的发展。与此同时，中国当代文学作品也陆续介绍到外国，比如当代一批作家如王蒙、莫言、王安忆、余华、贾平凹、张贤亮等作家的作品都在一些国家出版，如莫言在国外出版的作品就有50余种，贾平凹的小说《废都》法文本在法国销售10万册以上，获得法国费米娜文学奖。余华的小说《兄弟》获得法国首届“国际信使外国小说奖”，在法国掀起了热潮，法国评论说《兄弟》是“文化大革命”时代到今天的鸿篇巨制，是法国读者所知的余华的最为伟大的一本书。我看了《兄弟》后，觉得这部小说写得有些粗俗，没有法国读者评价那么高。当然，一部作品，由于个人的视角、标准不同，看法不一定相同。但总的来说，中国当代文学作品在国外的影响虽然逐步扩大，但影响还比较小。如王蒙所说：“中国当代文学正日益扩大它在世界中的声音和影响，但是，真正进入其他国家文化市场像一本畅销书那样卖得很多的，中国当代作品很少有。”我们大量输出文化产品的时候还未成熟，还是那句话：“拿出好的文本来。”

中国当代文学是一个包括两岸的整体。新时期以来，台湾、香港、澳门文学与内地文学相互融合，共生共荣，共同发展。尽管内地与台、港、澳当代文学的起点不同，但同根、同祖、同一历史传统、同一文化血脉将内地与台、港、澳的文学连结在一起。台、港、澳文学作为中国当代文学的有机组成部分，60 年有了很大的发展。特别是改革开放至今，内地与台、港、澳之间的文学交流不断加强，相互之间的融合、渗透、互补也日益加深。如台湾文学的海洋性、现代性、怀旧性，香港文学的多元性、都市性、通俗性，澳门文学的开放性、兼容性、商业性都对内地当代文学的发展产生积极影响，而内地文学的变革也大大有利于内地与台、港、澳文学的互融互补，推动着台、港、澳文学的进一步发展。为了加强台、港、澳文学研究，早在 20 世纪 80 年代初期就由中山大学发起，联合有关高等学校和研究机构，建立了台港文学研究会，这个研究会作为中国新文学学会下属的二级学会从 80 年代开始，就开展了多项学术活动。在中国新文学学会组织编写的《中国当代分类文学史丛书》中，也将台港文学史列入。

二、当代文学发展需要强化三种意识

总的说来，中国当代文学 60 年是不平凡的 60 年。60 年来，我们取得了令人瞩目的成就，也存在着诸多急需解决的问题。作家贾平凹最近在《当下社会的文学立场》中说：当代文学面临的问题是“价值观混乱，秩序在离析，规矩在败坏”，“破坏与建设、贫穷与富有、庄严与戏谑、温柔与残忍、同情与仇恨等同居着，混淆着，复杂着”。我认为这个分析是符合当下现实状况的。当前，我们正处于一个急剧变革的时代，文学如何适应时代的要求，如何更好地发展，需要我们积极面对，我认为需要强化三种意识：

一是反思意识。要以反思的意识认真总结梳理中国当代文学 60 年走过的道路。60 年来，当代中国文学走过一条既辉煌又崎岖的道路。在 60 年文学历史长河里，既有阳光灿灿的晴日，也有灰霾重重的阴天。我们既积累了宝贵的经验，也有过沉痛的教训。特别是在“十七年”和“文化大革命”时期，我们在处理文学与政治、文学与生活、文学与人民、文学的传统与革新等关系上，出现过许多失误。由于“左”的思潮的干扰，我们在处理文学与政治的关系上，政治干预过多，往往用政治代替艺术，用政治运动的方式解决文艺问题，使文学沦为阶级斗争的工具。文学固然与政治有着密切的关系，但文学有它自身的特点和规律，文学是文学，政治是政治。文学不可疏离政治，但政治绝不可代替艺术，更不可对文艺横加干涉。周恩来在谈及文学与政治的关系时，十分强调文学的特点，说“没有了形象，文艺本身就不存在；本身都没有了，还谈什么为政治服务呢？标语口号不是文艺”。在对待文学传统的继承与革新问题上，我们在新中国成立初期大量翻译介绍俄罗斯、苏联文学作品和理论，虽然起了很大的作用，但无限制地夸大它的作用，并将之作为“学习的最好范本”，则走向另一极端；与此同时，我们对世界其他国家的文学、对19世纪末以来的现代主义思潮的引进甚少，有的甚至采取了虚无主义态度，一概加以排斥。在对待中国古代文学遗产问题上，我们往往不分精华与糟粕，将古代文学的精华当作糟粕打入冷宫。这些在“文化大革命”时期达到了顶峰。新时期以来，扫除了阴霾，文学又开始了新的征程。总的说来，需要我们以反思的态度总结当代中国文学60年。在60年的发展中，哪些是我们做得好的，哪些是不好的；有哪些经验值得借鉴，哪些教训需要汲取。特别是一些有争议的重要问题，更值得我们思考、讨论。比如：

1. 中国当代文学的起点问题。从什么时间算起，是从1942年算起，还是维持现有的格局，以1949年新中国成立为标志。

2. 中国当代文学有没有一个终结时限，是无限的，还是到20世纪为止。当下使用的新世纪文学这个概念能否成立，如果以新世纪文学概括2000年后的文学，是否与上述的中国当代文学有矛盾？

3. 当代文学与政治的关系问题。文学为政治服务是错误的，但文学能否疏离政治，文学与政治的关系如何正确处理？

4. 当代文学的科学评价问题。如何评价“十七年”文学？如何评价“文革”时期文学？如何评价八〇后、九〇后文学？

5. 中国当代文学的开放与借鉴外国文学资源问题。我们借鉴外国文学资源有哪些经验与教训？

6. 中国当代文学的现代性反思问题。

7. 如何评价老一辈作家(如茅盾、巴金、郭沫若、老舍、冰心、曹禺等)对当代文学的贡献与局限问题。

8. 如何看待中国当代文学经典问题。何谓经典？当代文学有没有经典？是否只有红色经典？

9. 当代中国文学的体制与机制问题。是一体化还是多元化？现有体制是否是一元为主体，多元并存？随着时代的发展，文学需要什么样的体制与机制才能更具活力？

10. 中国当代文学的学术研究与理论批评问题。什么是当代文学学术研究的范式？当代文学批评应当遵循的价值标准是什么？怎样建立适合当代文学发展的学术规范与多元、开放、包容的理论批评体系？

11.“五四”文学传统与当代文学转型问题。

12. 中国当代文学史的书写问题。现在出版的各种中国当代文学史已逾百种，如何估价已有的成就与不足？如何编写符合当代文学发展实际的科学的中国当代文学史？

13. 新时期文学有哪些特质、价值，存在哪些不足？

14. 当代文学的身份认同和作家队伍构建问题。

15. 网络是一个新型媒体，网络文学作为一种新的写作方式，有些什么特点，如何使网络文学成为文学创作中的一支重要力量？等等。

通过讨论和总结，有利于我们扬清去浊，构建一个更加适宜当代中国文学健康发展的生态环境，从而让历史的经验照亮文学的前程。

二是精品意识。精品是精雕细刻的文学珍品，代表着一种文化价值，代表着一种精神取向和艺术取向。精品是作者精心打磨的呕心沥血之作。当代不少作家为了创作出高水平的作品，倾注了自己的毕生心血。如著名作家姚雪垠从 20 世纪 50 年代开始写长篇小说《李自成》，历经磨难，但他坚持不懈，笔耕不辍，终于在 2000 年出版了《李自成》十卷本。他在给友人的信中说："古人说'十年寒窗'，对我来说，至少是半生'寒窗'了。虽说艰辛，也有无限乐趣。每天凌晨，三点钟左右起来，庭院寂静，荒鸡断续，而此时涓涓文思，不绝如泉。写到激动处，停笔挥泪，鼻酸喉咽。有时为一句对话，几个词儿，斟酌未当，兀坐凝思，书斋中声音全无，人似老僧入坐。"《李自成》正是在姚雪垠这种艰苦磨炼中精心打造出来的。著名作家周立波也和姚雪垠一样，为了写好长篇小说《山乡巨变》，他从 1956 年到 1965 年坚持在湖南农村深入生活，和农民生活在一起，从中吸取营养，最后取得丰硕成果。这些都说明：打造精品需要长期积累，厚积薄发。浮躁出不了精品，走捷径也出不了精品。我们评价作家创作成就的大小，不在于数量的多少，关键是要创作出富有深刻思想内涵和审美价值的文学精品。从数量上看，现在出版的文学作品、文学论著已经够多了。以长篇小说为例，20 世纪 90 年代里每年出版 500 部，现在是每年 1000 部左右。这么多长篇不知有多少人看过，在群众中有影响的作品又有多少。现在不仅出得多，而且出得快，据说有的出版社在汶川地震后的 12 小时就推出了作品，这种快速写书出书显然是与出精品相悖的。古人云"十年磨一剑"，"文章频改，工夫自出"。只有学风严谨、文风端正、肯下苦功，才能写出高水平的作品。

三是原创意识。文学贵在原创，没有原创的作品，是没有生命力的，只有原创，文学才能生存，才能发展，才能提高质量。我们现在出版的文学作品、文学论著很多，为什么传之久远的很少？我认为最重要的是平淡、平庸、原创性缺失，而原创性的缺失又源于思想的缺失。文学发展的历史证明：那些具有原创性的经典作品之所以能够传之久远，不仅在于艺术形式上的发现和创造，更重要的是这些作品创造的人物形象所蕴涵的深邃思想，具有撼人心动的穿透力和永恒的思想价值。比如人们熟悉的荷马史诗，就广泛而深刻地反映了"以战争为中心"的荷马时代的生活和理想，为我们留下一笔极为宝贵的精神财富。巴尔扎克的作品系列《人间喜剧》多方面地描绘了封建贵族“在庸俗的、满身铜臭的暴发户逼攻下逐渐灭亡”的历史进程，形象地展现了资产阶级的发迹史。恩格斯在《致玛格丽特·哈克奈斯》的信中说：“巴尔扎克在《人间喜剧》里为我们提供了一部法国‘社会’特别是巴黎‘上流社会’的卓越的现实主义历史……我从这里，甚至在经济细节方面(如革命以后动产和不动产的重新分配)所学到的东西，也要比从当时所有职业的历史学家、经济学家和统计学家那里学到的全部东西还要多。”由此可见思想在文学创作中的意义和价值。思想是作品的灵魂，是文学创作不可缺少的有机构成。周安平最近在德国同顾彬有一次对话，与他讨论了中国当代文学的缺点问题，周国平说：“很多人认为，中国当代文学中的最核心的顽疾是缺乏思想，缺乏灵魂，而这种思想与灵魂的缺失源于体制的约束。”顾彬认为，“中国当代文学的缺点有好几个原因，最明显的缺点是，它没有思想”。我认为这些说法是有针对性的。“十七年”文学中，文学为政治服务，文学是阶级斗争的工具，大大限制了作家的思想，束缚了作家个性的发挥。新时期以后，作家能够写自己想写的了，但在市场经济的冲击下，功利性又驱使一些作家为市场的运作而泯没了自己的思想，泯灭了创作个性，这样创作的作品自然会失去原创性，有的甚至为了私利而陷入“抄袭门”。最近我读到《文汇读书周报》上的一篇《抄袭与学术复制》文章，文中说，抄袭在当今学界正如流感一样蔓延，虽不断揭露和讨伐，却颇有“野火烧不尽”之势。他认为：“学术创作是和独立自由的研究相伴相生的，其最高境界是不重复他人，也不重复自己，但现在已沦为学术复制。”我认为他说的这种情况在文学界同样存在。当然，要解决这个问题也不容易，需要综合治理。除了要改变现行的以数量为评价标准的体制外，重要的是要倡导原创意识，提高做人的品格和学术道德，潜心创作，潜心治学，这样日积月累，铁杵也可磨成针，原创的精品自会应运而生。

随着时代的发展，中国当代文学又进入一个新的历史阶段。面对时代的挑战，面对市场经济的冲击，我们肩负着义不容辞的社会责任，让我们共同努力，为新世纪文学的发展做出自己的贡献。

(原载《信阳师范学院学报》2009 年第 4 期)

新世纪文学漫谈[①]

今年是2001年，文学迈向了21世纪，我们在这里讨论21世纪文学发展的路向问题，也就是新世纪对文学提出了哪些挑战，文学在21世纪应当怎样发展？这是人们十分关心的一个问题，也是需要认真解决的问题。

谈到新世纪文学的发展路向，首先要了解我们的时代，分析文学的现状，在此基础上来谈文学在新世纪发展的路向，也许是切合实际的。

一

世界已进入全球化时代，不论你承认与否，这都是一个不争的事实，也是历史发展的趋势。去年我们年会重点讨论了这个问题，今天不再多说，需要强调的一点是，过去是两大阵营的对抗，到了20世纪八九十年代，雅尔塔结构解体之后，世界由两大阵营的极度对抗转向发展经济的全球化时代，人类社会的信息流、资金流和物流的障碍被取消，特别是信息高速公路进入了我们的生活，电子时代的来临为政治、经济、文化开创了一个前所未有的历史阶段，电影、电视、电话和国际互联网这些电信技术不仅给社会带来了巨大的财富，而且对文学、哲学、精神分析学甚至情书写作，都产生了很大的影响。美国J. 希利斯·米勒教授在《全球化时代文学研究还会继续存在吗》一文中，指出德里达在《明信片》中说的那段话在读者中所引起的强烈疑虑，他认为，“文学研究从来就没有正当时的时候，无论是在过去、现在，还是未来”。“文学是信息高速公路上的沟沟坎坎，因特网之神秘星系上的黑洞。虽然从来生不逢时，虽然永远不会独领风骚，但文学——信息高速路上的坑坑洼洼，因特网之星系上的黑洞——作为幸存者，仍然急需我们去研究。”这一情况不仅对文学研究如此，就是对科学技术也是如此。现在人们利用互联网可以查阅处理各种资料，也可以在电脑上进行各种设计、发明。即是制造原子弹的技术资料，现在也可以很快得到，这的确为社会的发展提供

① 这是作者2001年8月在成都召开的中国新文学学会第18届学术年会上的讲话。

了巨大的发展空间；但另一方面，也会带来许多新的问题，现在对全球化并不是人人都赞同的，欧美就出现过反对全球化的大游行，第三世界一些国家也有类似的情况。正如一篇文章所说："随着全球化的降临，延续着过去的情结和连通着未来的设计，人类思想领域和日常生活领域都发生了一些紊乱。"

在新的世纪的面前，中国也面临着全球化的巨大冲击和挑战。中国今年要加入 WTO。7 月 13 日，中国申奥取得了成功，这对我们都是好事，但另一方面又提出了许多新的问题。正如人们所说，这既是机遇，更是挑战。说到底离不开竞争。当今的竞争，是综合实力的竞争，即经济实力、科技实力、文化实力的竞争，最根本的是经济实力的竞争。就 GDP 来说，中国经过 10 年的积累已不算低，目前中国国内生产总值 1 万亿美元，这是一个经济大国的标志线，因为 GDP 总量达到这一水平的还有七国。和另外七国相比，美国超出中国 8 倍，日本超出 5 倍，其他 5 国与中国差距不是很大。从总量来看，中国确实增长很快，但按人口平均计算，我们还落后很多，因此，要在世界上立于不败之地，还要大力发展我们的经济、科技和文化。

二

在新世纪里，文学如何更好地发展，这是我们需要讨论的重要课题。

文学的发展离不开社会环境、人文环境。历史的经验证明，中国文学、文化发展繁荣的昌盛时期，大都是社会安定、国泰民安的时期，也是文化开放的时期。比如汉代的全盛时期，唐朝的贞观之治，清代康熙、乾隆盛世，大体都是如此。现在中国经过"文化大革命"的动乱，进入新时期的二十多年来，文学的社会环境、人文环境有了极大的改变，文学发生了深刻的历史变革。可以说，现在是中国当代文学发展的最好时期，不仅创作的作品数量很多，品种也很多。当代中国的生态环境，为文学的发展提供了广阔的空间。

但是，人们对文学并不满意。前些时我同几位博士生一起讨论了这个问题：当今文学的现状怎样？文学缺失了什么，需要什么？面对新的世纪，文学应当怎样发展？大家各抒己见，发表了许多很好的意见。我的看法是：面对异彩纷呈、百花竞开的文学世界，令人眼花缭乱，目不暇接，繁荣的后面总感到缺少点什么，缺少什么呢？我想了八个字：一缺经典，二缺大家。

文学经典是一个时代、一个时期文学发展的标志，是作家个性创造的结晶，经典具有超时空的不朽力量，它有着不可替代的权威性和说服力，它可以带动一个文学流派、一种文学风格的兴起，可以开一代之文风。而经典又是和大家、名家紧密联系在一起的，文学大家创造了作品的经典，经典的作品使大家的艺术生命长存，使辉煌的经典与大家的名字镌刻在不朽艺术的丰碑之上，在文学史上占有应有的地位。我们说起《离骚》，自然会想到它的作者屈原；说起《自京赴奉先县咏怀五百字》和《将进酒》，自然会想起杜甫、李白；说起《红楼梦》，自然会想起曹雪芹。同样，我们说起《哈姆莱特》，自然会想起莎士比亚；说起《浮士德》，自然会想到歌德。总之，作家的不朽是与作品的不朽联为一体的，经典是经得起历史的检验和时间的考验的。如果以此来看当前的文学，我们会感到，尽管出版的作品很多，有些作品也比较优秀，获得了这个奖，或那个奖，但真正称得上是经典的作品可说是凤毛麟角。正如有的评论家在文章中所说："拿 20 世纪 70 年代末到 90 年代末这一段文学，跟 20 世纪 10 年代末到 30 年代末相比，同样 20 年左右的光景，后者无疑留下了诸多堪称经典的作品，前者则恐怕还举不出一部确为广泛共识的这样的作品。"这话是有一定道理的。缺少经典、缺少大家的现象正是我国文学界当今存在的客观现实，说明在文学繁荣的背后还潜伏着危机。

为什么会存在这个问题？

原因是多方面的。从表层分析，我认为有这样几个原因：一是作为双刃剑的市场经济，既推动了文学的发展，又制约着文学。为了适应市场的需要，文学出现粗俗化和媚俗化现象是很自然的，是市场经济发展的必然。二是有些作家为了迎合时尚的要求，表现出对流行文化的屈从。三是在对文学功能的理解上，存在着失衡。过去我们过于强调文学的政治作用、教育功能，现在似乎又走向另一极端，过于强调文学的消闲、娱乐功能。中国历来有"文以载道"的传统，《论语》中说："诗可以兴，可以观，可以群，可以怨。"现在不仅不提这些，相反还很反感。这几个方面都是从表层来分析，如从深层来分析，有一点是很重要的，那就是我们的文学，我们的作家、作品还缺少一点什么？我以为缺少的是文学的品位、文学的精神。

过去在极左路线影响下，我们过分强调文学的政治性、功利性，从而导致文学审美性的泯灭，文学成了为政治服务的工具。近二十多年来，我们拨乱反正，正本清源，使文学回复到文学本身。这是文学的一次重要转型。但是，否定过去错误的东西并不等于否定一切，泼脏水不是要连同孩子一起泼掉。近几年来，全球化时代的来临，市场经济的冲击，一方面是经济的发展，另一方面又带来了物欲膨胀，市场化、物欲化制约着、影响着文学的发展，有人说现在是物欲的强化、精神的弱化、思想的蜕化，是物质的富有、精神的缺失。作家王安忆认为：物欲的膨胀正影响着文学本身，影响着年轻人对文学的看法。很多报纸杂志开始刊载大量的时尚散文，比如写口红，写手提包，写时装，写化妆风行。文学的市场化、时尚化使很多人对文学的标准产生了怀疑，尤其是年轻人，分不清什么是好的作品，什么是不好的作品，这是一个盲目的群体，他们看不清其中"纯正"的文学趣味、文学立场和文学追求，而我们作家也面临着我们今天怎样写作、为谁写作的问题。有的评论家认为：“没有哪一个伟大的作家和作品，不是反映了他的时代的某些重大的精神性问题，不是书写着他的时代的心灵史。”“今天突出的问题是创作明显地滞后于生活，我说的滞后主要是精神性的。创作出现了‘贫血症’——精神资源的贫血，思想穿透力的贫血，生活占有上的贫血，思想含量的稀薄和缺乏新鲜动人的思想刺激力。”有的作家还提出：时下文学的“贫血”和纵“欲”无度，正是作家精神深度被削平后的表现。当文学只剩下“性”展示时，这能不是我们文学的悲哀吗？

这些问题的提出，都是值得我们深思的。过去我们只提倡写宏大叙事，写重大题材，忽视写人、忽视表现自我，这是不全面的。反对这些倾向之后，写个人事、身边事、平凡事、平凡人，倡导个人化写作，写人的心灵深处的隐秘，等等，都是正确的，是文学的一种进步，是文学多元化的体现，但是我们不能因此就拒绝宏大叙事，一看到这样的作品就反感；因为作家无论写什么，都有一个选择的问题，有一个文学品位的问题，比如我近期读《尘埃落定》、《长恨歌》，写的并非重大题材，感到很有个性特色、有深度，但有些作品却使你难以读下去，或者读了以后心里不是滋味。比如：写女的不满意中国男的，为外国男子引起性欲冲动；写丈夫与别的女人通奸，妻子由最初被人强奸，到后来主动卖淫；写同性恋、多角恋；还有的作家创作的作品不今不古，不死不活，不人不鬼，不阴不阳，写的奇异、古怪，让人难以读懂。

过去文坛火药味太浓，缺少人情味，现在是人情味很重，阳刚之气甚少。就文学来说，不是不可以写性，问题是如何写性，不是为了写性而写性，不是为了获得更大发行数而写性。获得茅盾文学奖的《白鹿原》，也写了性，作者写性不是为了哗众取宠，而是情节发展的内在需要。作家赵玫说：“女作家这个词已变得有点暧昧不清，好像我们都是用脸蛋写作而不是笔。”现在的作品“太多的小女人，太多的呻吟声，太多的自怜自爱，太多的故作娇羞状，太多的装模作样，太多的轻飘轻浮，太多的装神弄鬼，太多的伪行为艺术，太多的现代版的林妹妹，太多的自恋狂……”针对这一情况，她和作家徐坤在《北京纪事》杂志开辟了一个“铿锵玫瑰”专栏，她说：“我们主持这个栏目来写作，要让一种崭新的声音，响起在北京的上空。用我们的生命激情来写作，给文坛带来一股健康的新空气。”

当今文坛出现这些问题，固然有多方面的因素，但有一点是共同的，即对文学是什么，有种种不同的认识和说法。现在似乎有一种说法，文学是无目的的，文学就是文学，不要讲什么目的，这种说法看起来貌似公允，实际上是不可能存在的。清代薛雪在《一瓢诗话》中说：“诗不可无为而作。”列夫·托尔斯泰说："写作而没有目的，又不求益于人，这在我是绝对做不到的。""我是一个艺术家，我的一生都在寻求美。"莎士比亚说："真善美就是我全部的主题，真善美变化成不同的辞章。"俄苏形式学派代表人物什克洛夫斯基说："艺术作品的目的曾为我所排斥，但是艺术，甚至从屋顶上的猫叫开始，它也有目的。这不仅要擦净向我们展现世界的玻璃，而且教导我们观察和理解世界。"结构主义者托多洛夫说："文学如果不有助于认识生活就分文不值。批评和作品一样，也应探求真理和价值。"

我之所以引用这些话，在于说明，文学艺术可以有多种形式、多种流派、多种风格、多种艺术表现方法，也可以有多样不同的追求，但不能因此就认为文学是没有目的，艺术是没有追求的。

三

面对新的世纪，文学发展的路向是什么？我在前面说过，当今中国文学缺少的是经典、大家，而在21世纪里，我们需要大力呼唤经典，呼唤大家的诞生，呼唤文艺的更大繁荣。

实现这个目标，我想提出三个问题供讨论。

1. 当下文学的发展，需要人文精神的灌注。

有人说："当今的时代是一个从现象看人文精神越来越淡化，而实质上是对人文精神越来越追求、越来越依赖的时代。"

这话是很有道理的。因为第一，科学的发展一方面固然带来了经济的发展、社会的进步，使世界变小了；另一方面，人们相互之间的沟通少了，人际关系淡漠了，也可以说地理上更接近了，心理上更疏远了，这就需要人文精神来调节、沟通；第二，科学精神与人文精神不是对立的，而是相互融合的。科学的发展、科学的创新，需要人文精神作为助燃剂。记得黑格尔说过这样一句话："没有激情，就没有对真理的追求。"事实也正是这样，牛顿发现牛顿三大定律，莱布尼茨发现微积分，布鲁诺创造天体演化学说以及当今的微软创始者比尔·盖茨，都离不开人文精神的推动。他们思前人所未思、走前人没有走过的路，没有理想的支撑，没有执着追求的创造精神，是不可能成就大事业的，这说明了人文精神的重要。

这是就自然科学说的，就文学艺术而言，就更需要人文精神的支撑了。过去，我们过分强调精神的作用(把它比做精神的原子弹)而忽略物质的作用，强调集体忽略个体，强调共性忽视个性，强调人与自然的斗争，忽视人的基本物质需求和生理欲求，随着市场经济的建立，我们在摒弃上述错误时，似乎又走向了另一极端，市场经济使一些人只想到金钱、实惠、实利，而丧失了原有的在社会整合和政治参与方面的积极参与和激情，放弃了作家的社会责任感。现在有些人好像已经看破了什么，很难再轻易地相信一切，既不相信过去，也不相信未来，只相信两眼所见的“当下”。在一些人的眼里，什么理想、事业，什么崇高，什么奉献，统统是假的、虚无的，唯有钱是真的，对物质的追求、对实利的获取是真的，因而失去了对真理的追求。

有篇文章说：“文学艺术工作作为职业无所谓高尚，是从业者使他高尚的，当然也是从业者使它低贱的。……某些从业者自己丧失了崇高感、自豪感甚至使命感，那是这些从业者个人的悲哀；若是所有的从业者都丧失了崇高感、自豪感甚至使命感，那是时代的悲哀，因为在这个时代里，精神的活动已混同于物欲的满足。”

现在还不能说从业者都丧失了崇高感、自豪感、使命感，但在文艺界，确有某些人丧失了，或者说缺失了。当然也有许多作家还很清醒。女作家残雪在《把生活变成艺术》一文中谈到她走过的创作道路。80年代初，她失去了工作，待业在家，找不到工作时曾想去省政协做烧开水的勤杂工，后来没做成，就自己学缝纫，慢慢地学会了，六个月后正式承接做服装。作者说：“那时我们的物质生活是多么贫乏，多么辛苦，然而精神上是多么振奋啊，对未来的憧憬激励着我。”正是在这样的环境下，她学习写作，写出了处女作中篇小说《黄泥街》，接着她退居二线，缝纫给丈夫做，自己写作、做饭、管孩子，接着又发表了大量作品，在文坛崭露头角。她说：“我每天都处在灵感之中，我的精神需要同世俗交媾，我同时也需要同世俗隔开，我只是要生活在人类精神的前沿，我珍惜我身上所储藏的多少代祖先留给我的财富。……”

残雪这段话讲得很好，只有生活在底层，站有人类精神前沿，才能使自己的创作充溢生机，富有活力，才能给人以生活的勇气和心灵的慰藉。

作家具有这样明确的创作目的，是与作家的良好素养分不开的。作为一个作家，应当具有丰富的生活积累、深厚的人文素养。作家创作是丰厚的生活积累基础上的厚积薄发，是潜下心来辛勤劳作的创造性成果。钱穆在《略论中国文学》中说：“古人生事简，外面侵扰少，故其心易简易纯，其人亦深亦厚，而其达之文者，乃能历百世而犹新。后人生事繁，外面之侵扰多，斯其心亦乱而杂，其感人亦浮而浅。”今天，在纷繁复杂的商海大潮中，作家不正需要达到“其心易简易纯，其人亦深亦厚”的境界吗？

2. 当下文学的发展，需要纯文学在市场经济中调整定位。

《上海文学》从今年第3期起讨论“纯文学”问题。这些年来，纯文学作品、纯文学刊物受到冷落，有些纯文学刊物如《小说》、《昆仑》被迫停刊，有的在艰难中运行，如《长江文艺》每期只印几千册，亏本办刊；有的刊物改版转向通俗。如《花溪》，每本 8 元，销路不坏。

如何解决这个问题，在市场经济条件下，纯文学如何发展，这是一个带有普遍性的问题。比如台湾也有些纯文学期刊，如《文学家》、《现代文学》、《纯文学》、《文季》停刊，香港以及马来西亚、新加坡，也存在着纯文学刊物萎缩的情况，这是市场经济发展的结果。尽管纯文学发展举步维艰，但在艰难之中仍在继续发展。

纯文学是高品位的文学，寻求纯文学的发展可以有多种路子，我以为有这样两点：

一是更新观念，调整作家的角色定位。

港台作家多是业余时间自由写作，白天任职于其他单位，晚上或节假日写作，这与中国大陆不同，大陆主要是专职作家，少数是业余写作。不论是哪一类作家都要改变观念，要使自己的作品适应读者的需要。所谓适应需要，并非迎合时尚，追随潮流，粗制滥造，而是了解读者的心理，在融入社会中寻求定位。台湾有位作家说：文学作品的最终价值在于艺术，而非流行的商品的价值，但作家可以把艺术推向大众。1986 年台湾《联合报》在诗人节办了一个特辑《美丽的市声》，有 30 位诗人写诗，试作诗广告，结果反映较好。台湾著名诗人痖弦说："在一盏孤灯下创作严肃的文学作品是本分，行有余力，匀出一些时间与精神来反哺，服务社会，也是有意义的回馈，不仅使广大民众熟悉诗的语言，也能提高文学的审美力，扩大文学的入口。"这也使我想到，中央台由北大知名学者陈佳洱、季羡林作的公益广告，也是一种引导，是对商业文化的引导，这比有些广告要好的多，如用了××香皂，就可以今年 20，明年 18；××化妆品可以使你的脸蛋洁白无瑕；××药丸可以使你的精力旺盛，自己与妻子都幸福无比。这里就有一个品位问题；另一方面，纯文学作品也要不断提高质量，提高品位，增强艺术感染力，用精品来吸引读者。这是最重要的。

二是纯文学与通俗文学互补、融合。

关于通俗文学在概念上如何界定，有多种定义，有的说有 260 多种，有的说最常见的也有十几种，不管怎么说，有种说法认为，通俗文学是广受众人欢迎、喜欢的文学，或者说以现代传媒为介质能够批量生产的文学，这是说的较多的。过去有种错误看法，即认为通俗文学与纯文学是对立的，现在这一看法被打破了，它已从等级关系变成了类型关系，从支配关系变成了平行关系。

应当看到：通俗文学拥有众多的读者群，存在的主要问题是有些作品品位格调不高，这需要引导，而纯文学也有一个向通俗文学学习的问题。

有人说：精英文化与大众文化(或纯文学与俗文学)是两个不同的场，两个场各有自己的游戏规则：前者侧重思想的张扬，后者注重休闲的含量。这个说法大体合适，需要补充的是，通俗文学在提供消闲和娱乐时，也有个审美尺度的问题。如受到人们欢迎的电视连续剧《渴望》，让人在笑声中放松，寓教于乐，体现了人与人之间的关怀，老百姓对日常生活中的渴望。这些都值得纯文学借鉴。

纯文学与俗文学的融合，会不会产生一个新的文学，有人称为大文学。大文学创作是一个新的观念。文学性退居次要地位，其成就、价值体现在文化的内涵上，这个问题还需要进一步研究探讨。

3. 当下文学的发展，需要强化文学理论批评。

新时期以来，文学理论批评同创作一样，发生了深刻的变革，这主要表现在：批评由政治立场转向学术立场；批评观念由传统转向现代；批评方法由单一转向多元。

文学理论批评尽管取得了很大成就，但当下的文学理论批评状况并不让人满意，批评走向了误区。

误区之一，炒作盛行，批判盛行。这几年文艺界炒作之风盛行，而炒作又同批判连在一起，仅举几例：

(1)2000 年出了一本《十作家批判书》，今年又出了一本《十诗人批判书》。书的作者和编者都不讳言这些书的商业包装，是市场需要的炒作。

(2)为贾平凹当硕士生导师，为杨义当博士大炒特炒，这本是一件很正常的事，却炒得沸沸扬扬。

(3)还有些炒作，比如去年湖南“文化湘军”评选出文坛十大作秀高手，包括余秋雨、王朔、李敖、卫慧等，认为他们的作秀类似广告，是包装的一种自我推销方式，是文化产品被广大读者所接受的一种方式，但缺乏真诚的作秀则令人作呕。比如媒体散布“余秋雨即将告别文坛”，实际上并没有告别。

误区之二，批评缺席，缺乏历史主义态度，缺乏实事求是的精神，缺乏有说服力的分析，全盘否定。现在似有一种倾向，对十七年文学的否定，对“五四”以来新文学的否定。事实上，文学的发展是有承续关系的，没有“十七年文学”，没有“‘文革’文学”，新时期文学也难以产生。

误区之三，生搬硬套，缺少学理式批评。有些批评文章从批评话语到批评方式，用的全是西方的一套文学理论观念和方法，由于食洋不化，结果是失去了西方文论的精髓，学到的只是皮毛。我们要认真学习借鉴外国文学理论，但要消化吸收，融为己有，而不是盲目地生搬硬套。

学者吴元迈说：当今的文论“一方面学派纷呈，蔚为壮观；另一方面花开花落，变化急剧，呈现出一幅五光十色的图画”。在新世纪的召唤下，我们要善于学习，科学地对待和处理文学的内部规律和外部规律，用文学理论批评的创造性成果为新世纪文学发展做出贡献。

“五四”时期的文化革命与文学革命[①]

一

五四运动是无产阶级领导的新民主主义的革命运动。“五四”时期的文化革命和文学革命是这个运动的深刻反映，它自然具有社会主义的因素；这因素赋予当时的文化革命和文学革命一种完全崭新的性质。毛泽东同志曾这样地指出过“五四”以前和以后文化革命和文学革命的这种不同的性质：

> 在“五四”以前，中国文化战线上的斗争，是资产阶级的新文化和封建阶级的旧文化的斗争。……在“五四”以后，中国产生了完全崭新的文化生力军，这就是中国共产党人所领导的共产主义的文化思想，即共产主义的宇宙观和社会革命论。[②]

这一支崭新的文化生力军，在中国无产阶级革命运动的影响和支持之下，联合一切可能的同盟军，摆开了自己的阵势，向帝国主义文化和封建文化展开了英勇的进攻。正如毛泽东所指出的，中国自有史以来，还没有过这样伟大而彻底的文化革命。当时以反对旧道德，提倡新道德；反对旧文学，提倡新文学，为文化革命的两大旗帜，立下了伟大的功劳。

当时，作为“五四”文化新军伟大的代表者和领导者的，是李大钊等人。1917 年以前，李大钊同志是一个革命民主主义者，十月革命的胜利推动了他的思想的发展，使他成为一个伟大的无产阶级的战士。李大钊在 1918 年 10 月出版的《新青年》(5 卷 5 号)上面，发表了《庶民的胜利》和《布尔什维主义的胜利》两篇有名的论文，这是“五四”时期最早的介绍马克思主义、分析无产阶级革命的重要文献。在《庶民的胜利》里，李大钊同志正确地评价了第一次世界大战，指出“这回战胜的不是联合国的武力，是全世界人类的新精

① 本文系作者与陈安湖教授合作撰写。

② 《毛泽东选集》第 2 卷，人民出版社 1960 年版，第 668 页。

神；不是哪一国的军阀或资本家的政府，是“全世界的庶民”。“大战的结果是资本主义失败，社会主义胜利。”在《布尔什维主义的胜利》里，他热情地歌颂了十月革命的伟大胜利，指出俄国十月革命“是二十世纪中世界革命之先声”，是“世界人类全体的新曙光”，是“劳工主义的胜利”。他指出在十月革命影响之下所产生的世界无产阶级革命运动，将以秋风扫落叶的气势，彻底摧毁贵族、军阀、军国主义和资本主义的残余统治。李大钊以高昂的革命乐观主义精神，预示“将来的环球，必是赤旗的世界”。这种充满信心的战斗的召唤，英明的预见，大大地震动了当时的反动统治，鼓舞了中国人民的反帝反封建的战斗精神。

1919 年 5 月，在《新青年》出版的“马克思主义专号”上，李大钊发表了《我的马克思主义观》一文，初步地介绍了马克思主义的唯物史观和经济学说，并开始用马克思主义的观点与方法研究中国的社会问题和文化史问题。

五四运动以后，文化革命形成了波澜壮阔的运动。1918 年，李大钊就和毛泽东以及其他共产主义知识分子，如黄日葵、邓中夏、赵世炎等创立了马克思主义研究会。李大钊还亲自领导了三个进步的学生团体(新潮社、学生救国会、少年中国学会)，广泛地传播马克思主义思想，进行革命活动。从此以后，各种新的刊物就如雨后春笋似的创办起来，除《新青年》外，还有《新潮》、《每周评论》。在湖南有毛泽东主办的《湘江评论》，上海有《星期评论》，成都有《星期日》等。据估计，1919 年一年，全国刊行的宣传新思想的报刊有四百种以上。这些刊物对革命运动产生了深远的影响。

二

新文化运动的一个重要内容是文学革命。鲁迅是文学革命运动中的急先锋，是中国新文学的最英勇的旗手。远在 1907 年，在《摩罗诗力说》中，他就提倡反抗的文学，号召人们起来揭露封建制度的黑暗，改造中国的“国民性”。1917 年提出“文学革命”口号以后，鲁迅在《新青年》上写了许多“随感录”，与复古主义展开了坚决的斗争。他认为白话是“四万万中国人嘴里发出的声音”，只有那些“侮蔑尽现在”的封建统治者才去维持“僵化的语言”(文言)，企图堵塞中国人民的生路。鲁迅对革命文学的内容和形式都有着很明确的主张，他主张文学为革命的政治服务，他写小说就是要“慰藉那在寂寞里奔驰的猛士们，使他不惮于前驱”，他称自己所写的“革命文学，就是‘遵命文学’”，“不过我所遵奉的是那时在压迫之下的革命的前驱者的命令，也是我自己本来愿意遵奉的命令”。这样他把文艺与革命紧密地连成了一体，而且还用他的创作实践了自己的主张，显示了文学革命的实绩。

但鲁迅这时候还不是共产主义者，他的主张自然也有着一定的局限。在文学主张上，明确地代表了无产阶级路线的是李大钊。他在1919年所写的《什么是新文学》一文中，明确地提出了为社会写实的文学。他说："我的意思，以为刚是用白话作文章，算不得新文学；刚是介绍点新学说，新事实，叙述点新人物，罗列点新名词，也算不得新文学，我们要求的新文学是写实的文学，不是为个人造名的文学。"他说新文学应有"宏深的思想、学理、坚信的主义"，很明显，这里所说的学理、坚信的主义，就是指他在许多论文中所宣传的马克思主义。他主张把文学建立在马克思主义的"土壤根基"之上，新文学应当浸透着马克思主义的思想精神，反对资产阶级个人主义的文艺路线。这种主张，是多么鲜明、彻底、有力，到现在还没有完全失去它的意义。

"五四"时期的新文学，是新民主主义的政治经济的反映。这个文学革命运动，是无产阶级所领导的，向着社会主义现实主义方向发展的文学运动。它是世界文化革命运动的一个组成部分。尽管"五四"时期，在文学运动方面，社会主义的因素只是初步的因素，但却给文学运动决定了一个正确的方向。"五四"文学革命运动所以具有这样重要的意义，与无产阶级的领导是完全分不开的。

三

"五四"以来，文艺上的两条路线的斗争是始终存在的，我国的无产阶级文学正是在战斗中发展的。

1917年以前，革命文学阵营曾对封建主义文学展开了猛烈的坚决的斗争。同时，在统一战线的内部，无产阶级思想和资产阶级思想始终是针锋相对的斗争着。统一战线分化后，这种斗争更明朗化了。

新文化运动还在五四运动之前就出现了。当时以《新青年》为阵地与复古主义者的斗争，开始表现为白话与文言之争，实质上是新旧文学思想的斗争。由于当时资产阶级知识分子如胡适等，提倡"文学革命"仅仅从形式出发，没有从根本上接触到封建制度，所以开始复古主义者的反抗并不是很强烈的。随着运动的不断深入，新的力量愈来愈大，不但在形式上反对古文，在内容上也反对封建主义，明确地提出了打倒"孔家店"，打倒"纲常礼教"的革命口号，于是引起了复古主义者的危惧和仇视。他们纠集了一切力量，借着北洋军阀的威势，向新文化运动展开了进攻。

当时，依仗封建军阀，作为封建主义卫道者的面目出现的代表人物是林纾。他在《新申报》上写了两篇小说——《娇梦》和《荆生》，怀着仇恨谩骂提倡新文学的人。1919年3月，他还给当时北京大学校长蔡元培写了一封反对新文化运动的长信——《致蔡鹤卿太史书》。在这封信里，林纾为封建思想辩护，诬蔑"复孔孟，铲伦常"是禽兽行为；同时，他也极力反对白话文，认为白话是"引车卖浆之徒所操之语"，不能登大雅之堂。当时，蔡元培复了一封信，为他自己和北京大学作了声辩，认为北京大学并无"复孔孟，铲伦常"之说。蔡元培是位民主主义者，他是同情新文化运动的，但他给复古主义者的答复，却充分地表现了资产阶级的软弱性。

反击复古主义者最坚决、彻底的是鲁迅。

鲁迅在《新青年》上以"随感录"为总题，发表了许多尖锐有力的反击封建复古主义者的文章。他以锐利的笔锋，深刻地揭露了封建伦常礼教的落后性和反动性，指出复古主义者所津津乐道的所谓"国粹"，其实正是中国人民身上的毒瘤，严重地阻碍了中国人民的生存和发展。他号召人们"从现在起，立意改变：扫除昏乱的心思和助成昏乱的物事(儒道两派的文书)"。他在《现在的屠杀者》一文中指斥那些复古主义者说：

> 做了人类想成仙，生在地上要上天，明明是现代人，吸着现在的空气，却偏偏要勒派朽腐的名教，僵死的语言，侮蔑尽现在，这都是"现在的屠杀者"。杀了"现在"，也便杀了"将来"。——将来是子孙的时代。①

鲁迅这些文章，给了林纾等以有力的反击。

由于十月革命的影响，马克思主义的广泛传播，不久就爆发了五四运动，新文学借着五四运动，其影响也扩大了，以林纾为代表的封建复古主义者反对新文化运动的图谋破产。

然而，1921 年之后，由于工农群众革命运动的高涨，国内阶级斗争趋于尖锐化，新文化战线内部分裂了。复古主义者借此机会，妄图卷土重来，重新掀起了反对新文化运动的斗争。这就是 1921 年在南京东海大学出现的"学衡"派。其代表人物是胡先骕、梅光迪、吴宓等。在 1919 年，这些复古主义者就写过许多反对新文化运动的文章，现在他们又发表文章，极力诋毁新文学运动，反对用白话作为文学的语言。这些人都是标准的欧化绅士，除了封建教条以外，他们还摭拾了一些西方资产阶级文化的残渣，来反对新文化运动，以维持封建主义的统治。瞿秋白同志后来在《鲁迅杂感选集》序言中，曾经尖锐地指出他们的这种反动实质：

> 的确，旧的卫道先生们渐渐的没落了，于是需要在他们这些僵尸的

① 《鲁迅全集》第 1 卷，人民文学出版社 1958 年版，第 420 页。

血管里，注射一些“欧化”的西洋国故和牛津、剑桥、哥伦比亚的学究主义，再加上一些洋场流氓的把戏，然后僵尸可以暂时“复活”，或者多留几年“死尸的生命”。

然而，这些提倡“国粹”的复古主义者，自己对于“国粹”却一窍不通。鲁迅在《估“学衡”》一文中，列举了他们文章的谬误之处，尖锐地嘲笑了这些“假古董”。鲁迅最后说：

总之，诸公掊击新文化而张皇旧学问，倘不自相矛盾，倒也不失其为一种主张。可惜的是由于旧学并无门径，并主张也不配。倘使字句未通的人也算是国粹的知己，则国粹更要惭惶煞人！“衡”了一顿，仅仅衡出了自己的铢两来，于新文化无伤，于国粹也差得远。①

不久，这些复古主义者也就无声无息了。

1925 年，复古主义者的另一个代表章士钊，又创办《甲寅周刊》反对新文化运动。但他不过是重复已经被驳倒的“学衡”派的论调而已，并没有什么新的东西。章士钊主办的《甲寅周刊》的出现，是复古主义者死亡前的回光返照。正如鲁迅所说，如果这是新旧之争，也是“争的终结，而非争的开头，因为‘甲寅’不足称为敌手，也无所谓战斗”。“他们的文章不过以此当作讣闻，公布文言文的气绝罢了。”②

复古主义者终于阻挡不住历史的前进，逐渐走向没落。

另一方面，革命文学队伍同时也与资产阶级右翼开展了坚决斗争。

五四运动发展到“六三”以后，反帝国主义的斗争已经普及全国，中国工人阶级第一次发动了全国性的大罢工，运动的主要力量也由革命知识分子变为工农群众，从而改变了整个反帝运动的面貌。随着蓬勃发展的革命浪潮，马克思主义也迅速地传播开来。中国革命必须走俄国人的道路，走社会主义的道路，在当时已是一个明显的新课题了。于是资产阶级害怕了，就在这个时候，形成了新文化运动统一战线的分裂。

这分裂的起点，就是关于“问题与主义”的争论。

争论是在 1919 年 7 月至 12 月间进行的。胡适在《每周评论》上发表了一篇《多研究些问题，少谈些主义》的文章，反对“社会主义”和“过激主义”(即马克思主义)，后来还接着发表了《三论问题与主义》、《四论问题与主

① 《鲁迅全集》第 1 卷，人民文学出版社 1958 年版，第 449 页。
② 《鲁迅全集》第 3 卷，人民文学出版社 1958 年版，第 85、86 页。

义》。在这些文章里，胡适把谈马克思主义的人，一概指斥为“阿猫阿狗”、“鹦鹉和留声机”，认为马克思主义是“进口的主义”，谈起来“是没有什么用处的”，甚至“是很危险的”。他号召青年说：“你们多多研究这个问题如何解决，那个问题如何解决，不要高谈这种主义如何新奇，那种主义如何新奇。”

胡适的言论，立即受到了当时共产主义者的反击。李大钊批评了胡适的观点，指出“一个社会问题的解决，必须靠着社会上多数人共同的运动，才有解决的希望”，“不然，你尽管研究你的社会问题，社会上多数人却一点不发生关系，那个社会问题，仍然没有解决的希望”。“所以我们的社会运动，一方面要研究实际问题，一方面要宣传理想主义，这是相交为用的。”“不能因为安福派也未让社会主义，就停止了我们正义的宣传。因为有了假冒牌号的人，我们愈发应该宣传我们的主义，并研究种种问题，本着主义去做实际的运动。”“必须有一个根本的解决，才有把一个一个具体的问题都解决了的希望。”“而在根本解决以前，还须有相当的准备活动。”同时，李大钊针对五四运动的弱点，大声疾呼要做“工人联合的实际运动”①。

问题与主义的争论，是捍卫马克思主义反对资产阶级唯心主义的思想斗争的开端，在这一次思想斗争中，批判了实验主义者对马克思主义的歪曲，扩大了马克思主义在中国的影响。

除了胡适以外，作为资产阶级代表出现的，还有徐志摩和陈沅。徐志摩在“五卅”时候，就公开反对中国人民进行反帝国主义的斗争，说“打倒帝国主义”的口号是“分裂与猜忌的现象”。陈沅对“五卅”时期的人民群众的反帝情绪，也抱着仇视的态度，说中国人的“打，打，宣战，宣战”，是“这样的中国人，呸!”1926 年 3 月 18 日，段祺瑞屠杀北京的学生，陈沅不仅不向北洋军阀政府提出抗议，反而斥责请愿的群众，为北洋军阀辩护。鲁迅当时对此展开了猛烈的斗争，指出他们是一种“山羊”式的文人。这些山羊“脖子上还挂着一个小铃铛，作为知识阶级的徽章。……能领了群众稳妥平静地走去，直到他们应该走到的所在”。他们企图使群众“虽死也应该如羊，使天下太平，彼此省力”②。

在鲁迅的反击下，这些欧化绅士遭到了群众的反对，革命文学队伍得到了锻炼和成长，获得了胜利。

这就是五四时期文学论争的一个大致的轮廓。这一论争在现代文学史上具有重要意义。

---

① 李大钊：《再论问题与主义》，1919 年 8 月 17 日《每周评论》第 35 号。

② 《鲁迅全集》第 3 卷，人民文学出版社 1958 年版，第 156 页。

今天，我们纪念“五四”四十周年之际，应继承和发扬“五四”的革命传统，进一步贯彻“百花齐放，百家争鸣”的方针，深入生活，深入群众，大力发展社会主义文艺事业。

（原载《江汉论坛》1959年第5期）

毛泽东同志对马克思主义文艺科学的发展

毛泽东同志在领导革命事业的历程中，和其他方面一样，对文艺科学也做出了卓越的贡献。毛泽东同志是马克思主义文艺理论家，是中国马克思主义文艺科学的奠基人，他使马克思主义与中国革命文艺运动得到结合。

毛泽东同志根据马克思主义关于文艺问题的经典论述，结合我国历史条件和具体情况，总结了文学艺术的历史经验，丰富和发展了马克思主义文艺科学，为社会主义文学的发展指明了方向。毛泽东的文艺思想，体现在他的著作《实践论》、《矛盾论》、《新民主主义论》、《在延安文艺座谈会上的讲话》、《关于正确处理人民内部矛盾的问题》以及其他关于文艺的论述和指示中，特别是《在延安文艺座谈会上的讲话》。这些著作奠定了中国化的马克思主义文艺科学的基础。

《实践论》、《矛盾论》、《关于正确处理人民内部矛盾的问题》，精辟地阐述了辩证唯物主义的基本原理，构成了毛泽东哲学思想的核心。这些著作既是革命行动的指南，也是文艺科学发展的准绳，它对马克思主义文艺科学发展有着划时代的意义。

下面，我试图极为粗浅地阐述毛泽东文艺思想的几个主要方面，主要是阐述《在延安文艺座谈会上讲话》对马克思主义文艺科学的发展。

一

毛泽东 1942 年发表的《在延安文艺座谈会上的讲话》(以下简称《讲话》)，全面地总结了“五四”以来革命文艺的经验，精辟地阐明了马克思主义文艺科学的根本问题，推动了文艺事业的发展，这是马克思主义文艺科学的完整的文献。

毛泽东同志解决文艺问题，和他解决中国革命一切问题一样，紧紧地抓住了整个链条上有决定意义的环节，深刻有力地阐明了基本思想。毛泽东着重提出并解决了文艺为谁服务以及如何为的问题，明确地提出了文艺的工农兵方向和文艺为什么人的问题。

“我们的文艺是为什么人的?”这是一个根本性的原则问题。毛泽东在《讲话》里，发展了列宁 1905 年提出的文艺应当为“千千万万劳动人民服务”的原则，奠定了文艺的工农兵方向。毛泽东指出："无论是高级的或初级的，我们的文学艺术都是为人民大众的，首先是为工农兵的，为工农兵而创作，为工农兵所利用的。"这一问题的明确与解决，体现了党的阶级路线和群众路线在文艺领域里的运用，肯定了劳动人民作为文艺的主人的伟大意义。同时，也使中国革命文艺运动发生了根本的历史性的变化。因为"五四"以来的文艺作品，主要还是写对旧时代的诅咒与反抗，刻画的人物、思想也多是小资产阶级的，劳动人民的生活、斗争没有得到充分表现，甚至在作品中被歪曲被侮辱。毛泽东同志提出的文艺工农兵方向，就从根本上明确解决了长久以来没有解决的问题，也批判了那种轻视工农兵、轻视群众的倾向，这在现在仍然具有深刻的意义。

既然文艺要为工农兵服务，那么如何为呢？毛泽东是把这一问题的解决和世界观的解决联系在一起的。而这正是一切问题的关键，是"五四"以来一直企图解决而没有解决的。

毛泽东对这一问题的解决，发展了马克思主义的文艺科学。毛泽东深刻地论述了普及与提高的关系。这是文化革命的重要组成部分，也是文艺为工农兵的一个关键。毛泽东提出了有名的辩证公式：在普及的基础上提高，在提高的指导下普及。这里，毛泽东不仅高度重视普及，强调与提高的正确结合，而且他还将这一问题放在文艺工农兵方向中去解决。只有从工农兵出发，才能正确地解决普及和提高的辩证关系。我们的方针是普及第一，普及和提高结合。普及是基础，没有大普及，就没有大提高。提高为普及所决定，又给普及以指导。没有普及，提高失去基础；没有提高，普及不能继续。普及是愈广愈好，提高是愈高愈好。普及与提高正是相辅而成的。把普及与提高的关系放在这样重要的地位，正是从毛泽东开始的。这对于促进繁荣社会主义文艺事业，有着重大的意义。

实现普及和提高的关键何在呢？毛泽东指出，作家必须进行思想改造，和工农结合。由此把文艺工作者的思想改造，当作解决文艺的工农兵方向的根本关键。他还指出这种改造的必要性长期性以及具体道路。"非有十年八年长时间不可。但是时间无论怎样长，我们都必须解决它，必须明确地彻底地解决它。""一定要把立足点移过来，一定要在深入工农兵群众、深入实际斗争的过程中，在学习马克思主义和学习社会的过程中逐渐地移过来。"经历由一阶级到另一阶级的变化。这就要求文艺工作者来一番痛苦的磨炼，而且这种改造和磨炼，决不是浮在生活表面"蜻蜓点水式"的体验生活所能做到的，必须与伟大的革命斗争结合在一起，与劳动人民结合在一起。因此，毛泽东谆谆告诫革命的文学家、艺术家："必须到群众中去，必须长期地无条件地全心全意地到工农兵群众中去，到火热的斗争中去，到唯一的最广大的最丰富的源泉中去，观察、体验、研究，分析一切人，一切阶级，一切群众，一切生动的生活形式，一切文学和艺术的原始材料，然后才可能进入创作过程。”这段话的基本思想是十分重要的，是对马克思主义文艺科学的贡献。在实际斗争中，作家与群众相结合正是实践现实主义的基础，也是实现作家不断革命的具体途径。文艺工作者只有深入群众，与群众同呼吸、共命运，建立血肉联系，才能熟悉群众、学习群众，进而表现群众、教育群众。因为人民生活为文艺工作者提供了取之不尽、用之不竭的源泉，为文艺为广大劳动人民服务开辟了广阔的道路。文艺工作者只有做群众的学生，才能做群众的先生；只有做劳动人民的儿子，才能做劳动人民的代言人。那种站在群众之上或群众之外的人，不可能贯彻毛主席文艺方针。

毛泽东的《讲话》的基本精神，以及对文艺为什么人和如何为的问题的解决，是从文艺与政治的关系这一根本原则出发的。

毛泽东根据基础与上层建筑的关系，存在与意识的关系，丰富了列宁提出的文艺是无产阶级革命事业的一部分，不是个人赚钱工具的原理。毛泽东指出：“党的文艺工作在党的整个革命工作中的位置，是确定了的，摆好了的。”“在现在世界上，一切文化和文学艺术都是属于一定的阶级，一定的政治路线的。为艺术而艺术、超阶级的艺术，和政治并行或相互独立的艺术，实际上是不存在的。”这就驳斥了所谓“艺术即政治”等论调。

我们强调文艺与政治的紧密关系，并不抹杀文艺的特性，轻视文艺的社会作用。文艺是时代的风雨表，是教育人民的有力武器。毛泽东根据列宁的反映论，进一步发展了列宁的基本思想，充分阐明了文艺在革命事业中的地位，确定了文学的教育作用和社会意义。这也使我们在文艺教学中，更好地用革命思想武装年青一代，培养中学教师。

在《讲话》里，毛泽东还围绕着文艺为工农兵服务和如何为的问题，完整地创造性地提出并解决了一系列的理论和实践问题。如继承遗产与学习外国问题；文艺批评标准问题；文艺界的统一战线问题；文艺的歌颂暴露与讽刺问题；文艺界的整风问题，等等。这些问题的精辟论述，对马克思主义文艺科学的发展，对高等学校的文艺教学都是十分重要的。

二

在社会主义革命和社会主义建设时期，毛泽东同志进一步发展了马克思主义文艺科学。他提出的“百花齐放，百家争鸣”，“革命的现实主义与革命的浪漫主义相结合”的方针和原则，对我国文艺事业的发展具有深远的意义。

“百花齐放，百家争鸣”是党的极端坚定的阶级政策，是繁荣社会主义文艺、发展科学文化的有效方法。为了调动一切积极因素，发展社会主义文艺，毛泽东创造性地运用了列宁关于文艺事业的自由讨论和相互竞赛的思想，发展了马克思主义，指出了“双百”方针的伟大意义。毛泽东在《关于正确处理人民内部矛盾的问题》中提出的六条政治标准，是辨别香花毒草的重要标准。

“双百”方针贯彻以来，在战斗中和竞赛中，发展了社会主义文艺，正确地表现和处理了人民内部矛盾，提高了社会主义文学的战斗力和感染力。一批优秀作品的涌现，作品艺术风格的多样化，形成社会主义文坛的繁荣；文艺理论的百家争鸣，形成理论批评战线上的空前活跃，这都是正确贯彻“双百”方针的结果。

我们的时代是飞速发展的时代，是理想和现实交融的时代。毛泽东同志提出的革命的现实主义和革命的浪漫主义相结合，反映了飞跃发展的现实对文学的要求。周扬说：“这是对全部文学历史的经验的科学概括；是根据当前时代的特点和需要而提出的一项十分正确的主张。”而毛泽东同志诗词则是这种结合的典范。

三

毛泽东文艺思想，是先进的伟大的文学思想，它是中国革命文学事业发展的灯塔。在毛泽东思想的照耀下，中国文学走向了一个新的历史阶段。1942年以来文艺运动所发生的根本性的变革，表明社会主义文学正走上社会主义道路。特别是《讲话》，树立了革命文学发展的丰碑，它是继“五四”之后的一次更深刻的文学革命，广大的作家、文艺家遵循着毛主席的文艺方向，获得了丰收。

毛泽东文艺思想是中国革命文艺事业发展的根本保证。毛泽东文艺思想把马克思列宁主义同中国革命文艺运动结合在一起，奠定了中国马克思主义文艺科学基础，丰富和发展了马克思主义文艺理论，对世界进步文艺也产生了积极的影响和指导作用。

（原载《华中师院报》1960年第1期）

社会改革与文学发展①

各位代表、各位来宾：

经中共中央宣传部批准，中国当代文学学会第九届年会今天在鸭绿江畔的名城丹东市开幕了。我们的学会成立已经十一年了，举行过八届学术年会，还在宜昌、桂林、保定、海南等地举办过学术讲习班。目前有会员一千多人，分布在全国的29个省市自治区的高等学校、文化、文艺团体、科研机构。

据不完全统计，我们的会员已经出版以当代文学研究为主的学术专著、编著2328本，发表学术论文12762篇，其中有些学术著作、论文和创作在全国和省市获奖，有的被国家教委指定为全国高等学校文科教材。

我国的当代文学与当代政治、社会变革、当代社会生活、社会思潮有着密切的关系。多年以来，我们努力贯彻学会章程所明确规定的指导思想：高举社会主义旗帜，认真学习马列主义、毛泽东思想，团结、联络和组织广大从事当代文学教学与研究的大专院校教师、文学团体的理论工作者、作家、编辑研究当代文学，“以促进我国当代文学的理论建设和社会主义文学事业的繁荣，为建设社会主义服务”。在开展教学研究和学术活动中，解放思想，贯彻“百花齐放、百家争鸣”的方针，发扬学术民主和实事求是的学风。十一年来，我们学会就是按照这一宗旨开展工作的。在我们的工作中，虽然存在着一些缺点和不足，但我们取得的成绩是可喜的，这说明我们学会是有活力、有凝聚力的。

党的十一届三中全会以来，我国文学事业和其他事业一样，有了很大的发展，出现了繁荣的局面。党的十三届四中全会以后，党中央在文艺战线坚持四项基本原则，坚持一手抓整顿，一手抓繁荣，已经取得了明显成效。我们在这样的形势下举行第九届年会，围绕“社会的改革与文学的繁荣”的中心议题，就当代文学的现状和当代文学的发展走向展开学术交流和讨论，是有重要意义的，我们希望同志们遵循马克思主义、毛泽东思想的基本观点，就这一中心议题展开深入的讨论，进一步总结历史经验教

① 这是作者1990年在丹东召开的中国当代文学学会第9届年会上所致的开幕词。

训，提高当代文学的教学和研究水平，为发展繁荣社会主义文学做出应有的贡献。

繁荣社会主义文学，就要坚持为人民服务、为社会主义服务的正确方向。人民需要艺术，艺术更需要人民。邓小平同志在四次文代会的祝辞中说，“人民是文艺工作者的母亲”，“自觉地在人民的生活中汲取题材、主题、情节、语言、诗情和画意，用人民创造历史的奋发精神来哺育自己，这就是我们社会主义文艺事业兴旺发达的根本道路”。十一年的历史充分说明，文艺工作者的生命就在于他们同人民之间的血肉联系，为时代、为人民写出更多更好的作品。偏离了这一方向，就没有社会主义文学的繁荣。相反，不健康的倾向和不好的作品就会出现，就会对广大读者特别是青少年一代产生不良的影响，从而妨碍社会主义两个文明的建设。我们的文学，是社会主义性质的文学，是社会主义精神文明建设的一个重要组成部分。我们讲文学的繁荣，是社会主义文学的繁荣，而要繁荣，就要坚持文学为社会主义服务、为人民服务方向。

繁荣社会主义文学，就要在“二为”方向下贯彻“百花齐放、百家争鸣”的方针。新中国成立以来的实践证明，什么时候坚持和贯彻了“双百”方针，社会主义文学就繁荣兴旺、生气勃勃；什么时候放弃或背离了“双百”方针，社会主义文学就会枯萎凋零。“二为”方向和“双百”方针紧密相联，不可分割。离开“二为”方向谈“双百”方针，就会出现文学思想、文学创作和评论上的混乱，就不可能促进社会主义文学的繁荣。相反，离开“双百”方针谈“二为”方向，就会出现文学上的单一、单调、冷冷清清甚至枯萎凋零的局面，这也不可能有社会主义文学的繁荣。

繁荣社会主义文学，就要正确处理继承、借鉴和发展的关系。毛泽东说：“我们必须继承一切优秀的文学艺术遗产，批判地吸收其中一切有益的东西，作为我们从此时此地的人民生活中的文学艺术原料创造作品时候的借鉴。”“我们决不可拒绝继承和借鉴古人和外国人，哪怕是封建阶级和资产阶级的东西。但是继承和借鉴决不可以变成替代自己的创造，这是决不能替代的。文学艺术中对于古人和外国人的毫无批判的硬搬和模仿，乃是最没有出息的最害人的文学教条主义和艺术教条主义。”回顾当代文学的发展历史，我们有过自我封闭的偏向，对外国的优秀文学艺术学习借鉴吸收不够。新时期以来，我们在纠正这一偏向的同时，随之又出现了否定本民族优秀文化传统，盲目崇拜西方的偏向，甚至对西方各种流派的文学艺术不加选择地硬搬和模仿，“食洋不化”。这就是毛泽东所批评的“最没有出息的最害人的文学教条主义和艺术教条主义”，是我们应该摒弃的。几十年来的文学实践告诉我们：一方面，我们必须继承和弘扬我国优秀的文学传统，剔除其封建性的糟粕；另一方面，我们又必须吸收、借鉴外国文学艺术中一切对我有用的东西，批判腐朽落后的东西，做到“古为今用”、“洋为中用”。只有这样，才能发展社会主义文学艺术。

（原载白山出版社 2013 年出版的《与时代同行》）

和平文化与战争文学①

今年是抗日战争胜利68周年，也是贯彻落实党的十八大精神的开局之年，为了深入贯彻党的一八大提出的“要继续促进人类和平与发展的崇高事业，要和平不要战争，要发展不要贫穷，要合作不要对抗，推动建设持久和平、共同繁荣的和谐世界”的重要精神，我们今天相聚在素有“和平文化之乡”美称的湖南怀化召开“中国新文学学会第二十九届年会暨‘和平文化与战争文学’国际学术研讨会”是很有意义的。在此，我谨代表中国新文学学会向来自全国各地的专家、学者，向来自法国、加拿大、马来西亚和台湾大海洋诗社的嘉宾表示热烈的欢迎，向和我们新文学学会共同主办这次会议的湖南省文联、怀化学院、芷江县委的领导和工作人员表示深深的谢意。

我们这次会议的主题是“和平文化与战争文学”。我们知道：战争是一个古老而又永恒的话题，也是一个具有深刻内涵和现实意义的话题，战争几乎贯穿整个人类发展史。回顾中国历史，“战争”几乎是每个世纪不可或缺的关键词，从神话故事《黄帝战蚩尤》中对上古战争神话的描述至今，战争似乎就没有远离过人们的生活。古代朝代频繁更替引发了一系列的攻守战，近代鸦片战争引发了一系列的侵华战争。仅就20世纪而言，众多的战争连绵不断地贯穿了前五十年，从世纪之初的八国联军侵华到后来的日本侵华战争，再到解放战争，可以说20世纪前半期的中国历史就是一部由战争联结起来的历史。战争既有侵略的战争，也有反侵略的战争，既有正义的战争，也有非正义的战争。我们反对战争，但我们也不惧怕战争。我们热爱和平，走和平崛起的道路，坚决反对一切非正义的侵略战争。经过多次战争洗礼的人们深深懂得：战争带给中华民族的是多灾多难和流血牺牲，战争也使中华民族奋起。

文学作为反映社会生活的一种方式，面对几乎成为人类生活常态的战争，不可避免地会通过多种方式进行言说，既然有一种言说的冲动，战争很自然就成为文学关注与表现的对象，成为文学创作的重要内容。纵览中外文

① 这是作者2013年8月在湖南怀化召开的中国新文学学会第29届年会暨“和平文化与战争文学”国际学术研讨会上的讲话。

学史，以战争为题材或以战争人物为中心而绘制的“战争图景”与“战争形象”，不仅构成了文学极为恢宏壮丽的艺术画卷，而且各种战争所反映的历史本相以及生活形态，也彰显了人类在非常态的情境下表现出的战争文化现象。在我们的记忆中，那些反映战争生活的优秀文学作品，至今还深深地印在我们的脑海里，震撼着人们的心灵。远的不说，就说抗战时期许多作家写的那些表现中华民族战斗意志的作品，至今仍然具有生命力。比如诗人高兰写的《我的家在黑龙江》、《哭亡女苏菲》等，沉痛诉说自己所遭受的家破人亡的痛苦，呼唤人们起来抗击日本帝国主义。田汉在监狱中为电影《风云儿女》写的主题歌歌词《义勇军进行曲》经聂耳谱曲后，迅速地传遍全国，激励着中华儿女抗击日本帝国主义侵略，今天，作为国歌的《义勇军进行曲》更警示着人们勿忘国耻，勿忘历史，为反抗侵略、保卫和平坚持不懈地斗争。光未然创作的《黄河大合唱》，则是一组弘扬民族精神的史诗。磅礴的气势，深沉的情感，给人以抗争的力量。被称为“时代的鼓手”的田间创作的《给战斗者》，真实地描写了人民在卢沟桥的炮火中的觉醒。他写的那些短小有力的诗句，如“四万万五千万呵/斗争/或者死/斗争吧/在斗争里胜利/或者死/战士的坟场/会比奴隶的国家/要温暖/要明亮”更是催人奋进。有评论家说，田间的诗如“一声声鼓点响亮而沉重，打入你耳中，打在你心上”。《保卫卢沟桥》、《台儿庄》、《八百壮士》、《放下你的鞭子》等剧作激起人们抗击帝国主义侵略的激情。我们的创会会长、著名作家姚雪垠1938年创作的小说《差半车麦秸》写一个平凡而质朴的农民参加抗日战争所经受的磨练，最后在激烈战斗中负伤成为一名英雄。茅盾评论说：这是“抗战文艺的优秀收获”。这些都说明，作为生活教科书的战争文学所起的作用。今天，面对大动荡、大分化的世界形势，怎样看待战争？怎样看待战争文学与战争文化？怎样在文学中正确反映战争？如何理解战争与和平的关系？都是需要我们正视和回答的问题。

战争文学与人类的和平与理想、正义与未来紧密相连，从战争文学写作的终极意义上说，描写战争不是单纯地诋毁战争，也不是宣扬“好战”精神，而是以战争为鉴，动员人们制止战争，同时表达善良的人们对于和平的热爱与向往。中国文学自古以来就有反战的传统，从古至今就有大量的作品通过描写战争的残酷与毁灭性质，表达了人们反战的愿望。战争曾经打破了“人”的正常生活，抑制了“人性”的良性发展，而和平则使人性得到张扬！我们衷心热爱和平，始终不渝地走和平发展的道路。只有坚持走和平、发展、合作、共赢的道路，才能建立起良好的世界秩序，才能在激烈的竞争中消灭战争，才能赢得持久的和平。这，才是战争文学所要表达的真正主题！

中国历来拥有“以和为贵”的传统美德。在今天，我们更是明确地规定了和平的外交政策。湖南有着丰富的和平文化资源，依托芷江的和平文化、中国抗日战争芷江受降坊、长沙岳麓山抗战遗址、常德城区抗战防御工事群、衡阳抗战纪念城等战争历史资源，学术界努力开拓着和平文化与战争文学研究的新视野。怀化是一个多民族聚居之地，谭院长告诉我们，怀化有49个少数民族，和平文化在汉民族与少数民族文化的碰撞交融中凸显：侗族寨门悬挂的“里仁为美”、合拢宴、拦门酒；苗、侗、瑶族重整体的绮丽华服，体现了和平文化中的“和合”思想。湖南省人民政府和中国对外友协曾联合主办了四届“芷江国际和平文化节”，挂靠怀化学院的“湖南省和平文化研究会”也举办了三届“和平文化论坛”，开了多次“和平文化”理论研讨会，并组织学术团队对“和平文化”进行了多学科的综合研究，对我国及世界各民族文化历史中有关和平文化的思想资源和文化传统，以及和平文化的宣传与推广、和平文化的发展发挥了重要作用，产生了广泛的影响。

今天我们齐聚怀化，围绕“和平文化与战争文学”的主题展开讨论交流，是为了让人们铭记战争给人们带来的苦难史，避免历史悲剧的重演，弘扬珍爱和平的传统。“让战争远离人类，让和平永驻人间”是我们每个人的期望，也是我们每个人的责任。

此次会议收到论文五十多篇，分别从以下几个方面展开论述：其一是中国现当代战争文学思潮研究，其二是中国现当代战争题材文学研究，其三是抗日战争题材文学专题研究，其四是战争题材影视作品的研究。我相信，本次国际学术研讨会的召开，必将促进战争文学与和平文化研究的深入与发展，必将促进和平文化的宣传与推广，促进和平文化事业的进一步发展。

为西部文学发展鼓与呼①

说到西部文学，我想先从西部的地域优势和资源优势说起。

西部是一个资源十分丰富的地区，也是经济发展的重要地区。开发西部是中央的重要战略部署，也是全国当下关注的热点。

1. 西部地跨欧亚大陆之间，属高原地带，它是中华民族发祥地之一，具有丰富的传统文化底蕴和特色。

西部也是少数民族聚居的地区。西部有51个少数民族，占土地面积80%以上。各少数民族在长期的历史积淀过程中，形成了具有自己民族特色的民族文化。

2. 从经济上说，由于种种因素的制约和影响，西部地区的经济发展比较缓慢，与沿海地区相比，有较大差距，如下面一个表所显示的：

东部沿海地区与西部地区的主要经济指标

年份	国内生产总值(亿元)			人均国内生产总值(元)			农村居民人均纯收入(元)		
	沿海	西部	沿海为西部的倍数	沿海	西部	沿海为西部的倍数	沿海	西部	沿海为西部的倍数
1978	1 812	564	3.22	461	253	1.83	141	124	1.14
1985	4 361	1 369	3.19	1 014	570	1.78	448	312	1.43
1990	9 265	2 811	3.3	1 943	1 067	1.82	896	558	1.61
1995	33 968	8 116	4.19	6 799	2 901	2.34	2 556	1 316	1.94
1998	48 115	11 552	4.17	9 483	4 052	2.34	2 909	1 557	1.87

这个表所列的数字，说明西部经济的现状，也说明中央确定的加快西部经济发展的战略是十分正确的。

3. 从文化上说，由于西部地区民族众多、历史悠久，造就了具有自己特色的文化品格，形成了西部文化生态的显著特点：

①鲜明的民族风格；

②多姿多彩，争奇斗艳；

① 这是作者2002年在宁夏银川召开的中国新文学学会第19届年会上的讲话。

③各自的独立性和独创性。

4. 西部文化处于世界四大古代文化之中，它延伸着生生不息的文化传统，形成了东西文化的融合，组成了西部六大文化圈。根据有关资料介绍，这些文化圈是：

①由阿拉伯文化、地中海文化、中国中原文化和其他文化因子融合而形成的新疆伊斯兰文化圈；

②由中国中原文化、印度佛教文化、雪域高原的本土文化和其他文化因子融合而成的青藏吐蕃文化圈；

③由中原文化汇合西域其他文化而成的陕甘儒道释文化圈；

④由草原游牧文化和喇嘛教相结合基础上融合其他文化因子形成的荣宁西夏文化圈；

⑤由山地农耕文化与来自不同方向的汉族文化而形成的巴蜀、辽沈文化圈；

⑥由山地狩猎文化与外本屯堡文化杂合而成的滇黔桂的多神崇拜文化圈。

在各文化圈之间又由丝绸之路、唐蕃古道、博南古辽(又叫南方丝绸之路)相连，这几条文化线从古长安开始，向正西、西南、南、北辐射，将中国西部的古文化区衔接连贯为一个网络状的整体。

这些都说明，西部文化源远流长，历史悠久。西部文化是中华民族文化的主要源头之一。如大家所知道的，腊玛古猿、元谋猿人、蓝田猿人化石的发现，证明这片土地曾是人类起源的关键地区；半坡遗址(陕西)、大地湾遗址、三星堆文化(四川)与马家窑文化、齐家文化则是人类留下的历史遗址。在西部这片土地上，还遍布辉煌灿烂的文化遗存，如蜿蜒起伏的长城、苍凉浑厚的城址、巍峨壮观的庙宇、精美绝伦的石窟(敦煌)、宁夏贺兰山一带的古拙粗犷的岩画、瑰丽神秘的墓葬等等。在中国列入世界保护遗产的 27 处中，西部就占了 10 个，在 99 座国家级历史文化名域中，西部就有 34 座，占 1/3；117 处国家重点名胜区中，西部占 43 处；在全国国家级文物保护单位 750 处中，西部有 221 处，这说明西部人文资源的丰富，人文空间的宽厚。

5. 在丰富多彩的人文资源中，西部文学有着悠久的文学传统，产生了一批优秀的作家作品，我们大家所熟知的民族史诗，如《格萨尔》、《格斯尔传》、《创世纪》、《嘎达梅林》、《阿细人的歌》等都是流传久远、闻名于世的。

就当代来说，一批西部的作家、诗人为西部文学的发展做出了积极的贡献。如大家熟悉的饶阶巴桑、赛音朝克图、阿本、巴·布林贝赫、玛拉沁夫、乌热尔图、张承志、张贤亮、陈忠实、贾平凹、阿来……他们的作品从不同的角度反映了西部的真实状况，表现了西部人的精神。以诗歌为例，如海子、杨炼的诗就写得很大气，海子的《太阳七部书》以敦煌和金字塔为中心，东至太平洋、西至西河流域，表现了民族和人类的结合，诗与理想的结合，其中的土地篇，对土地的毁灭发出了强烈的质询，呼唤人们要拯救大地，保护生态资源。昌耀、周涛、杨牧、章德益等的新边塞诗、军旅诗，表现了西部人的气质和情感，将西部边塞的历史和现实、过去与未来糅合在一起，使雪山和草原、戈壁和绿洲、骆驼与红柳结合，反映了新时期西部地区蓬勃向上、勇于开拓进取的精神，使我们领略到西部文学那种既陌生又诱人的艺术魅力。在艺术风格上，西部文学豪放、沉雄、苍劲、刚健，它不是“人比黄花瘦”的柔弱、凄切，而是惊涛裂岸的壮美。西部文学风格所构成的这种美，是一种崇高美，是面对自然界的险恶环境所显示的巍然不可侵犯的刚毅精神，是人们雄视千古、征服自然的雄性气概，是战胜自然的坦荡胸怀和无穷伟力。

6. 西部文学是富有生命力的文学，是充满青春活力的文学，当今在开发西部的有利时机，我们应当充分认清时代为我们提供的良好机遇，把人文资源转化为人力优势，用人文精神促进西部的开发。为此，我们需要：

①紧跟时代的步伐，创造出更多更好的作品，反映西部的多彩风貌。作品是时代的窗口，也是生活的教科书。我们现在创作的作品数量很多，但高质量的作品很少，特别是反映西部风貌的精品很少，就像阿来写的获得茅盾文学奖的小说《尘埃落定》也嫌太少。这就需要我们以作品为中心，潜入生活的底层，创作出更多更好的精品力作，满足人们的需要，也期望西部能够产生杰出的作家和作品，使中国文学走向世界，为中国文学和世界文学做出贡献。

②要积极宣传西部文学，大力为西部文学喝彩，为西部文学鼓与呼。应当说，我们对西部文学了解不多，所知甚少。西部在我国占有重要的位置，西部的崛起、腾飞对整个中国的复兴具有十分重要的意义。为了发展西部文学，我们应当更多地关心西部，更多地学习西部作家的作品，宣传西部文学精神，为发展西部文学尽力。应当说，这是我们应尽的责任。

③要进一步扩大开放，加强内地文学与西部文学的交流，相互切磋，取长补短。要学习借鉴外来文学，为我所需，为我所用，通过多种途径推动西部文学的发展。

世纪回眸：逐步走向成熟的中国现当代文学研究①

今年是《文学评论》创刊40周年，我们能有机会参加《文学评论》杂志创刊40周年庆祝活动和学术讨论会，感到十分高兴。四十年来，《文学评论》以它高水准的学术性、鲜明的导向性、切近现实的实践性赢得了广大读者的喜爱，特别是像我们这一代人，《文学评论》从她创刊的那一天起，就伴随着我们在学术上成长，指导着我们在文学研究战线上奋进。可以说，《文学评论》作为我们的良师益友，作为文学评论界的一面旗帜是当之无愧的。

下面我们就当前的中国现当代文学研究谈点自己的看法。

在一个时间意识日益强化的时代，世纪之交是一个特殊的视点，在时代匆忙的行进中，总结过去与瞻望将来总能带来非常珍贵的启迪。回首新时期，特别是近几年来的中国现当代文学研究，我们可以看到：在建设有中国特色的社会主义理论指导下，由于解放思想，文学研究进一步开拓了思维空间，扩大了学术视野，更新了研究方法，取得了令人瞩目的成果，这一切似乎可以用“在沉稳中走向成熟”这句话来概括。

中国现当代文学研究在经过几十年积累以后，近几年来开始了一个悄悄的转型，其特点是研究者们的史学观念有了新的变化，即突出史实，淡化先入为主的意识，尽量如实地描述文学运动，介绍流派与作家、作品，对文学史作一个“史”的还原。研究者们突破对传统史学格局的依赖，力图超越单一固定的视角，从而多角度、多层面地观照历史；同时由那种重价值评判、重评论作家的成败得失转向实证的描述，力求挖掘与反映更多的史实。可以说，打破既有的程式，力图在多样的形态中尽可能客观公正地展现中国现当代文学的历史风貌，已经成为许多学者的共同追求。

观念的转变也在实践中带来了相应的变化，主要有这样几个方面，首先，一些研究者从实事求是的原则出发，摆脱成见，对现当代文学史中的文艺思潮、流派与人物作出了新的评价。例如，关于五四运动与传统文化的关系，是彻底断裂还是有所保留，对“封建复古派”的再认识；给以鸳鸯蝴蝶派为代表的现代通俗小说以应有的重视。当代文学研究者则跳出“左”的窠臼，

① 本文系王庆生教授与张卫中教授合作撰写的参加《文学评论》创刊40周年学术讨论会的文章。

对“十七年”文艺思潮作出了客观的符合历史的评价。所有这些，都体现了三中全会以来所倡导的解放思想、实事求是的精神，显示了一种求实求是求真的态度。研究者在尊重历史，还历史以本来面目方面迈出了一大步。

其次，在文学史的研究格局和编写模式上，也取得了突出的进展。由于历史的原因，新中国成立后研究现当代文学史的格局偏于狭小，观念老化，视角单一固定，不足以反映现当代文学史的完整风貌。近年来，很多研究者不约而同开始突破旧的藩篱，在多角度、全方位、多形态反映历史方面作出了较大努力。近年出版的《中国现代比较戏剧史》(田本相主编)、《1898—1949中外文学比较史》(范伯群、朱栋霖主编)将中国新文学放在世界文学的大格局中考察其变化，显示中国新文学发展的深层动因。严家炎主编的《中国现代文学史教学大纲》突出了对文本的分析与评价，中国社科院文研所与少数民族研究所主持编写的《中华文学通史》的现代文学部分，对过去受忽略的诸如文学批评理论、以鸳鸯蝴蝶派为代表的通俗文学等都设专章予以评述。另外新近出版的《二十世纪中国文学图志》、《彩色插图中国文学史》等都从不同方面丰富了新文学“史”的内容。

新的理论、方法被引入，研究者的视野得到了较大的拓展，不同学科彼此的联系与相互渗透也得到重视。有的研究者注重从文学与哲学、伦理、宗教、艺术的联系中研究文学，取得了可观的成就。一些研究者致力于打通长期沿袭的历史分期的模式，打通中外文学的研究界限，打通各类文学作品与理论研究之间的界限。在具体研究中，则既有对个案的微观研究，又有对同一时期作家作品的群体研究；既有共时性的比较研究，又有历时性的比较研究；既有通史的研究，又有断代史的研究；既有文学思潮的研究，又有编年史的研究；既有思辨性研究，又有实证性研究。近几年来提出的关于建立“20世纪中国文学”的主张就反映了研究者思维方式的变化。在研究方法上，也呈现出从一到多的趋向，传统的研究方法、社会历史方法、西方批评方法都为研究者广泛运用。

中国现当代文学的研究领域较以前也有了更大的扩充，从研究的广度方面讲，由于各种原因过去为人们忽略或有意回避的许多流派、作家与作品开始进入研究者的视野；而另一方面，由于新理论与新思维方式的引入，研究的深度也被大大地拓展了，许多旧的材料被赋予了新的意义。

文学批评是现当代文学研究的重要一翼，其功能不仅是要对当下的文学创作作出反应，而且也为以后文学史的建立提供最初的与基本的材料。当然，从某一个角度来看，当前的文学批评还有许多不足之处：90年代，中国文学进入平稳发展期，在经济扮演主角以后，文学渐次移向边缘。创作缺少精品，批评家则有了批评缺席(无批评对象)的尴尬；而面对许多媚俗之作，批评家或以沉默应对，任这种创作自生自灭；或以廉价的吹捧作为金钱、人情的交易，湮没了评论家的独立品格；这些似乎显示了批评的不成熟。但是从深层次来看，当前的文学批评则在走向成熟，其中最重要的，应当是一种多元批评体系的确立。中国当代文学批评前三十年是单一的、一元论的，20世纪80年代开始了一个多元化的过程，多元批评方式的确立，为文学批评的健康发展提供了可靠的保证。

当然我们说中国现当代文学研究正在走向成熟，并非说它就是已经成熟了，更不是说在这个领域就完全没有问题了。展望本世纪末和下个世纪的现当代文学研究，我们认为有这样几个问题应当重视。

其一，在开放的时代背景下，在世界文学的大格局中完成对中国文学的理论定位，同时在广泛借鉴的基础上建立自己的批评话语体系。

中国文学自80年代初以来大量引进了西方文学的理论、技巧与话语体系，此举打破了中国文学多年封闭的状况，给中国文学增加了生气与活力，其积极意义当是不言而喻的，但是它同时也带了另一个问题，即在势如洪水的西方话语面前，中国文学在很大程度上失去了自己身份的确认，80年代中期以后的文坛上，一批作家趋时骛新、盲目追潮，忙于对西方文学的借鉴与趋同。批评家则陷入失语的尴尬，他们纷纷丢掉传统方法，换上西方理论的利器，披挂上阵，以西方理论比附本来与其有相当距离的中国文学，文学批评本来应当遵循的由作品出发的品评鉴赏原则，在很大程度上被倒置为一种用西方理论套作品的情况，一些有偏见的西方学者，包括某些中国理论家借口某个阶段的中国文学有浓重的政治色彩而完全否认其文学的身份，贬低中国文学应有的价值。

这个问题从根本上说，还是中国文学自我身份确认的问题。即当下的中国文学在实力雄厚的西方文学面前失去了自我，产生了一个本不应有的“我是谁”的问题。事实上，今日文坛许多人在下意识中是从另一种意义上看待“中国文学是世界文学的一部分”这个命题，即认为与西方文学相比，中国文学是世界文学一个不可缺少的部分，就像在社会形态上封建社会必然过渡到资本主义社会，有人也认为目前以现实主义为主体的中国文学，伴随着经济的发展，以后必然向以现代派、后现代派为主体的西方文学过渡，于是，当下的中国文学就成了西方文学的初级阶段，这样中国文学的身份就被悬置了，中国文学也就失去了自己的身份。

但事实上这种判断是不能成立的，在这个问题上我们需要重申这样一个古老的真理，即文学是人类意识活动的一个特殊部分，文学与一个民族的生活有着内在的、必然的与不可分割的联系。在人类所有意识活动中，也许没有任何一种像文学活动那样更需要来自生活的真诚、真情与真切的感受，文学可以虚构，可以在形式上作奇翻新，但作为文学活动之根本的那一份真情与感受是永远不能虚构，不能作假的。一个真诚的作家永远要面向自己的心灵，寻求来自心灵深处的声音，而这种声音最终还是来自生活。在另一方面，中国文化有自己悠久的传统，这个传统在数千年的文明史上与基督教文明并立，是世界文化独立的一元。在近代经过碰撞与交汇，中国文化也不是消失了，而是在调整中保持了自己的传统。中国特殊的文化传统内在地规定与影响了中国文学，使其染上了一种特殊的民族色彩。从这个意义上说，中国文学不仅现在拥有自己的特点，而且在将来也是具有中国精神与中国气派的文学，在多元的世界中，保持自己独特的精神品质。

对于文学研究者来说，我们一个重要的任务就是要辨析中国文学的特质，确立中国文学的精神品格，使中国文学不再有一种身份的迷失和“我是谁”的惶惑。同时在广泛借鉴包括来自西方各种理论的基础上创造中国文学的批评理论与批评话语。我们不是要建起一个围墙，将中国文学重新封闭起来，但至少要为中国文学的发展确定一个逻辑原点，划出一块可以发展的空间。

其二，新世纪文学研究将在现有基础上向纵深发展。一方面是随着 21 世纪的到来所提出的挑战和科技的发展，文学研究将进一步与相关的人文科学联姻，形成交叉、互相渗透的综合研究趋势，由于市场经济的发展，都市文学、通俗文学、乡土文学的研究，雅文学与俗文学的相互影响与融合的研究都将进一步加强。另一方面，将在中国文学的整体格局中完成对大陆文学与台港澳文学的定位。以往的台港澳文学研究往往被作为一个独立单元，而没有被纳入中国文学的整体框架中加以探讨，这样，既不利于对台港澳文学的认识，又造成了中国文学整体研究的缺损。因为台港澳文学本来就是中国文学的一部分，我们应当将大陆文学与台港澳文学作为一个整体加以研究，在不同的背景与源流演变中分析它们的异同。通过对处于同一文化传统，但又有相当差异文学的探讨，研究者应当能够更深刻地了解中国文学的整体特点，同时对其不同的支流也有进一步认识。

其三，21 世纪呼唤文学批评大师。新时期以来，中国文学批评队伍建设获得了长足的进步，但从另一方面说，在新时期还没有出现如现代文学史上的鲁迅、茅盾那样的大批评家，与文学史上的大师相比，新时期批评家在知识素养、思辨力度与对作品的感受与把握能力方面都还有相当的距离。当下的批评更多地限于对创作的跟踪与应对，批评与创作基本是处在同一个层次，批评家难有高屋建瓴的识见，更谈不上建立自己的批评体系，这种状况很难适应 21 世纪中国文学发展的需要，因此造就高素质的有创见的文学批评家也是今后文学发展中一个非常重要的问题。

迎接文学理论批评的新世纪

——在“20世纪中国文学与理论批评国际学术研讨会”上的讲话

当前，我们正处于世纪之交的重要时刻，20世纪即将逝去，21世纪即将来临。在这个具有历史意义的日子里，我们肩负着总结和开拓的双重任务，即回顾百年来的文学发展，总结20世纪文学的经验，并在总结的基础上推出新的思路，开拓21世纪文学理论批评的新局面。这样的总结不仅有助于我们加深对于20世纪中国文化精神的认识，而且对于我们反思历史的经验教训，在新世纪调整我们前行的步伐也是至关重要的。

20世纪，是风云变幻的世纪，也是急剧变革的世纪。科学技术的飞跃进步，生产力的不断发展，第一次和第二次世界大战的爆发，70年代苏联和东欧诸国的解体，人民民主和民族解放运动的高涨……都使整个世界发生了令人瞩目的历史性变化。社会的变革为文学的发展提供了丰富的养料，开辟了广阔的道路。作为文学重要一翼的理论批评也在社会的推动下发生了重大的变化。20世纪，被许多批评家认为是“批评的世纪”。这是因为，与19世纪相比，文学批评的变化不仅是深刻的，而且是多方面的。文学批评的观念、理论，文学批评的方法、语言，都呈现出从一到多的发展趋势。一方面，传统的批评，“社会—历史”批评在充分吸取20世纪人文科学成果的基础上不断深化，并产生出具有深刻思想内涵的“文化批评”，如美国的爱德蒙·威尔逊的批评、俄罗斯的巴赫金的批评、中国的鲁迅的批评等；另一方面，“文本批评”的兴起，开拓了文学批评的新视野，如形式主义批评、结构主义批评、新批评等。人本主义的批评与文本主义的批评相辅相成，共同发展，谱写出文学批评的新篇章。

鲁迅曾经指出：“文化的改革如长江大河的流行，无法遏止，假使能够遏止，那就成为死水，纵不干涸，也必腐败的。”20世纪中国文学理论批评的变革，也如同奔流不息的长江大河不可遏止。19世纪末至20世纪初，梁启超倡导“小说界革命”、“诗界革命”，主张文学为“新人心”、“新人格”服务，开文学启蒙的一代新风，王国维以西方文学理论批评中国文学，成为融合中西文论的大家，开辟了人本主义批评的新生面。到了“五四”时期，陈独秀提出要拥护德先生和赛先生，不得不反对旧伦理、旧政治，不得不反对旧艺术、旧文学的见解，胡适提出的“文学改良”的主张，无不延续着文学启蒙的精神，并最终使“五四”文学革命升华为旨在“改造国民性”的新文化运动，这场运动充分显示了文化改革的威力，表明了文学理论批评在20世纪初期中国文化转型中发挥了火种与灯塔的作用。

“五四”以后，中国的现代文学批评逐渐形成多元格局：马克思主义的“社会—历史批评”，强化着文学唤起民众的革命性与大众性；继承了西方人文主义传统的“新人文主义批评”，则关注着文学文本特点；同时，中国传统以“知人论世”和“辨味”为基本特征的批评，也结出了鲁迅的《汉文学史纲要》、钱锺书的《谈艺录》那样的丰硕成果。值得注意的是，尽管多元的批评格局色彩斑斓，却都贯穿着文学“为人生”的文化精神，文本主义的批评在中国一直不够发达，人本主义的批评却不断焕发出充沛的生命力，这一现象昭示了中国文学批评的一大特色，应该说，这一现象为中国20世纪民族解放、个性解放的社会现实所制约，也为中国批评悠久的人本主义精神传统所决定。1942年，在抗日战争的激烈斗争环境中，毛泽东根据马克思主义的文艺理论，结合中国文艺的实际情况，发表了著名的《在延安文艺座谈会上的讲话》。《讲话》所提出的文艺“为什么人”和“如何为”的问题，指明了社会主义文学的方向，它一直是中国文学创作和理论批评的指南，另一方面，由于复杂的社会矛盾而产生的一系列文艺问题，如文艺与政治的关系问题、文艺与人民的关系问题、文艺的现代化与民族化的关系问题、文艺的批评标准问题等等，一直是文艺争鸣的热点所在，这些争论了至少半个世纪的问题至今还没有从根本上得到最好的诠释与解决。今后如何全面贯彻“百花齐放，百家争鸣”的方针，为文学理论批评的发展创造宽阔自由的天地，仍是我们应当注意吸取的历史经验。

中国文学进入新时期以来，改革开放的春风给文学理论批评带来了蓬勃的生机。西方文学理论观念和方法的引入和借鉴，中国理论批评传统的继承和发展，使文学理论批评呈现出丰富多彩、百花齐放的繁荣景象。除“社会—历史批评”继续发挥主导作用外，“文化批评”、“神活原型批评”、“精神分析批评”、“语言学批评”、“叙事学批评”……从不同的层面开拓了文学理论批评的空间，丰富了我们的文学批评。值得注意的是，不少批评家致力于人本主义批评与文本主义批评的融会贯通，致力于具有中国特色的批评理论、批评方法的建构，并在认真总结中国文学发展规律方面作出了积极的贡献。这种立足本土、充分吸取外来养分、建设具有中国特色理论批评的精神是十分可贵的。

回首百年风云，回顾一百多年来中国的文学批评事业走过的历程，我们得到了哪些启示呢？

首先，我们应该学习老一代先驱者的榜样，走学贯中西的道路，在开阔的文化视野中寻找具有建设意义的批评主题、批评方法、批评语言。在这方面，有两种倾向值得注意，一种是封闭的、僵化的倾向，对外来文化、对新鲜事物采取排斥、拒绝的态度，这样的态度曾经给文学事业造成了极大损失（例如“文革”期间的极左思潮批评）；还有一种是盲目追逐西方批评新潮、生搬硬套西方批评理论的倾向，这种倾向的媚俗性和晦涩化败坏了文学批评的声誉。历史表明，我们研究中国文学现象，既不能忽略中国文学现象深层的文化背景和中国文学批评传统，也不能忽略吸取西方文论的有益营养，而如何使中国文学批评“知人论世”的传统与现代西方的“社会—历史批评”、“文化批评”水乳交融？怎样以中国文学批评重“妙语”、重“辨味”的精妙性去补救现代文学批评中的晦涩化倾向？如何以现代西方文学批评的开阔视野、新颖思路、理论品格去建构具有中国特色的批评理论？……这些问题，都有待深入的研究与总结。

其次，要以恢弘的气度、宽容的态度去营造建设性的文学批评氛围，创造有利于文学理论批评发展的环境。历史表明：党同伐异的宗派主义情绪和偏激态度，曾经是许多历史冤案的源头，也依然是文学批评沦为人身攻击的误区。文学批评，应具备真善美的品格，以净化人的灵魂、增进人的智慧、陶冶人的情操为使命，以建设新的思维、创造新的理论为旨归。要认真贯彻“百花齐放，百家争鸣”的方针，开展正常的文艺争鸣、文艺批评。要以实事求是的态度评价作家、作品，反对庸俗的无原则的“人情评论”，如果把文学批评沦为廉价的捧场或广告，也就失去了它的学术品格，失去了文学批评的意义，世纪之交的批评界，应该致力于积极的建设，促进当代文学的发展和繁荣，反对那种平庸肤浅、矫揉造作的评论，反对那种隔靴搔痒、言不由衷缺乏时代精神的评论。

最后，我们呼唤批评大师的产生，并努力为之积极创造条件。有没有批评大师，是衡量一个时代的批评是否真正发达的重要标志之一。批评大师要以自己的批评思想、批评著述影响一代乃至几代作家的文学创作，要高屋建瓴地提出影响深远的批评主张、批评学说，甚至以杰出的批评活动推动文化事业的发展。在这方面，别林斯基、车尔尼雪夫斯基、泰纳、巴赫金、鲁迅都是我们的榜样，与他们相比，我们还有很大的距离，那么，当代批评家还缺少什么？当代批评如何走向阔大的境界？这些问题，也都值得认真思考、深入研讨。

回首往事，是为了面向未来。为了迎接中国文学理论批评的新世纪，我们要抓住历史机遇，为建设具有中国特色、民族气派和现代品格的中国文学批评理论，为繁荣21世纪中国新文学而努力。

文学评论：一个独立创造的艺术世界

——几句想说的话

随着龙年的来临，由中国新文学学会主办的刊物《新文学评论》创刊了，这是中国新文学学会会员研究、交流、拓展文学的一个学术平台，也是广大新文学研究者、评论者和爱好者共同耕耘的精神家园。

中国新文学学会成立于1979年(其前身为中国当代文学学会，1991年更名)，至今已有33年历史。学会创始人、首任会长系著名作家、首届茅盾文学奖获得者姚雪垠先生。在姚雪垠的关心指导下，学会已成为拥有千余会员、在全国有影响的学术团体。80年代初期，学会曾在广州创办了《当代文学》杂志(由花城出版社出版)，办了几期后因经费困难而停刊。此后，姚雪垠先生为办学会刊物多方联系，终因多种原因未能实现，今天，在改革开放大潮的推动下，经著名作家刘醒龙先生介绍，由卓尔集团董事长阎志先生出资赞助中国新文学学会创办《新文学评论》，这是我们期盼已久的一件好事。它不仅对学会的发展产生积极的影响，也对中国新文学研究和中国现当代文学学科建设具有重要意义。

学会有了自己的刊物，固然是件好事，但在当今市场竞争异常激烈、期刊多如牛毛的形势下，如何办好刊物，使刊物具有特色？如何使刊物具有可读性、拥有较多的读者群？如何使刊物充溢活力，富有生命力？更是一道难解的新课题，需要我们花费更大气力，以从容淡定的心态积极面对，我们不奢望有什么鸿篇大论产生轰动效应，也不奢求有什么新锐观念引领文学潮流，只想在扎扎实实研究的基础上，以宏阔开放的眼光，以科学的态度，多视角、多侧面、多层次地评论中国新文学的作家和作品，研究新文学思潮和文学现象，探寻新文学发展的历史、现状和未来的走向，写出有思想深度、有艺术分析、有自己感悟和体验、有真知灼见的评论文字，为中国新文学的发展献上一石一砖一瓦。而这，既是我们办刊的宗旨，也是我们所要彰显的特色。

评论是文学的重要一翼，也是一个独立创造的艺术世界。法国美学家米盖尔·杜夫海纳说：评论家担负的使命可以有三种："说明、解释与判断。"说明是"揭示作品的意义"；解释是谈论"因果关系"、"条件或影响"、"作者的人格"与"决定这种人格的环境"等，指明作品是如何决定的；判断就是判断作品的价值。当我们分析、说明、判断作品的价值和意义时，也显示了评论的独立主体性。作为以评论为主的学术期刊，《新文学评论》将在以下三个方面作出自己的努力：

一是倡导评论要从文本出发，从事实出发，坚持说真话、说实话，拒绝说空话、假话、艰涩难懂的话。车尔尼雪夫斯基说："批评是对一种文学作品的优缺点的评论。"批评的使命在于表达读者的意见，要尽量避免半吞半吐、模棱两可、暧昧，要明确、不含糊和坦率。鲁迅说："批评必须坏处说坏，好处说好，才于作者有益。"纵观当今之文学评论，平庸、空泛、无力，说好话的多，唱颂歌的多，一些不及物的泛泛而论充斥于市，一些"大家"、"巨著"、"史诗"之类的颂词不绝于耳，更有甚者，"人情关系评论"、"红包评论"、"广告评论"更是对文学评论的亵渎。从文学发展的历史来看，那些令人难忘的文学评论之所以至今仍具魅力，就在于这些评论坚守了坦诚科学的态度，坚守了独立的价值判断，坚守了实事求是的品格。如别林斯基对果戈里的评论，就把尊敬与愤怒、服膺与凛然睥睨结合起来，既有热情的赞誉，又有严格的批评。他在1847年写的《给果戈里的一封信》，成了脍炙人口的批评名篇。罗曼·罗兰一方面称赞托尔斯泰是"最精纯的光彩的巨星"，另一方面也直率地批评他有许多"偏狂的见解"。杜勃罗留波夫提倡"从事实出发的现实的批评"，注重人物性格的分析，他写的"奥勃洛莫夫性格"、"黑暗王国的一线光明"、"真正的白天什么时候到来"等评论，已成为文学批评的范本。鲁迅强调"文艺必须有批评，批评家既要剪除恶草，还得灌溉佳花，使文艺和批评一同前进"。他对叶紫、肖军、肖红、韦素园、柔石、白莽的评论，充分体现了求实求真的精神和对青年作家的挚爱。我们举出这些例证，在于说明：继承和发展前辈作家、评论家的优秀传统，坚持科学的态度，说真话，说实话，增强文学评论的有效性，是我们办刊的灵魂和特色。

二是倡导不同意见、不同观点的发表和争鸣。早在20世纪50年代中期，毛泽东就提出了"百花齐放、百家争鸣"的方针，提倡"艺术上不同的形式和风格可以自由发展，科学上不同的学派可以自由争论。利用行政力量，强制推行一种风格、一种学派，禁止另一种风格、另一种学派，我们认为会有害于艺术和科学的发展。艺术和科学的是非问题，应当通过艺术界科学界的自由讨论去解决，通过艺术和科学的实践去解决"。不幸的是，由于"左"倾思潮的干扰和破坏，这一方针始终没有认真贯彻实行，直到新时期，文学艺术的发展才有了一个自由生长的生态环境。如今，文学生机勃勃、繁花似锦，有了广阔发展的空间，但文学评论的现状却令人担忧，千篇一律、千文一面的"一边倒"、"统一化"评论比比皆是，人们难以听到不同的声音、不同的看法、不同的意见，这显然是不利于文学发展的。最近几个月，《文学报》开辟批评专栏，刊登了一些不同意见的争论文章，如对王安忆的《天香》的讨论，对迟子建的小说创作，对安妮宝贝作品的批评就有针锋相对的不同意见，就是一个良好的开端。《新文学评论》将遵循文学的自由发展、自由争论的原则，大力提倡文学的不同形式、不同风格的自由发展，不同观点、不同学派、不同意见的自由争鸣。

三是倡导发现，鼓励新人新作新观点的发现，文学是发明的事业，批评是发现的事业。郭沫若说："文艺是在无中创出有。批评是在砂之中寻出金。"作为文学批评家，需要对现有的艺术世界胸有成竹，用多种视角发现作品和评论中蕴含的新颖的文学思想，发现其与别人最不相同的地方，这种新颖，这种最不相同的地方，往往是拓展文学创作、文学评论的新观点、新思想、新见解，是促进文学发展的动力。正如艾布拉姆斯所说："在现代，文学上的新发展几乎总与批评上的新见解伴随而来。这些见解的不足之处，有时恰恰助成有关作品的特质。"《新文学评论》愿意做好"砂之中寻出金"的工作，热情扶植新人新作，鼓励贴近生活、启迪人心、有深度、有见解的评论文章的发表。

作为中国新文学学会主办的刊物，《新文学评论》不仅是广大会员的园地，同时也是从事中国新文学教学和研究工作者和文学爱好者的园地，我们愿和大家一起，用辛勤的汗水浇灌这块新开垦的处女地，努力把刊物办好。

（原载《新文学评论》2013 年第 1 期）

说说茅盾文学奖

第五届茅盾文学奖揭晓了，这次获奖的四部作品是张平的《抉择》、阿来的《尘埃落定》、王安忆的《长恨歌》、王旭烽的《茶人三部曲》(一、二部)，今天我们就获奖的四部作品说说自己阅读后的感受。这里我先就茅盾文学奖的有关情况谈些自己的看法。

说起茅盾文学奖，我们首先想起的是设立这项奖的创始人茅盾。大家知道，茅盾是伟大的文学家、卓越的无产阶级文化战士，他和鲁迅一起为我国的文学宝库创造了不朽的精神财富。新中国成立之前，他创作了一系列脍炙人口的作品，特别是长篇小说《子夜》和短篇小说《林家铺子》、《春蚕》，奠定了他在现代文学史上的文学巨匠地位。新中国成立后，茅盾在担任繁重的行政工作的同时，仍然孜孜不倦地从事文学理论批评工作，他先后出版了文艺论著《夜读偶记》、《关于历史和历史剧》和论文集《鼓吹集》、《鼓吹续集》、《读书杂记》等，这些论著内容翔实，形式多样，既有对古今中外文艺发展史的宏观描述，也有对具体文艺作品的微观解剖；既有对党的文艺方针政策的阐释，也有对重要文艺理论问题的探讨；既有对一个作家创作的评论，也有对几个作家创作比较的分析。这些都鲜明地体现了茅盾对文艺事业的热忱关怀和对文艺问题的独特见解。然而，最令人感动的则是他对文学青年的满腔热情和对新人新作的精心培育。他在“文革”前的十七年中，过目或校阅青年作者的稿件达一千万字左右，为青年作者写的评论文章有五十多万字，像谷峪的《新事新办》、茹志鹃的《百合花》、王愿坚的《七根火柴》、杨沫的《青春之歌》，等等，他都作了切中肯綮的评析。在他的指教下，有些作者已成为文学界的中坚。

为了奖掖作者、繁荣创作，茅盾于 1981 年 3 月 14 日致信中国作家协会，信中说：“为了繁荣长篇小说创作，我将我的稿费 25 万元捐献给作协，作为设立一个长篇小说文艺奖的基金，以奖励每年最优秀的长篇小说。我自知病将不起，我衷心祝愿我国社会主义文学事业繁荣昌盛。”根据茅盾的意愿，中国作家协会于 1981 年 10 月决定启动茅盾文学奖。1982 年评出首届茅盾文学奖，这是从 1977 年—1981 年出版的 400 多部长篇小说中评选出来的，评出的长篇小说有周克芹的《许茂和他的女儿们》、姚雪垠的《李自成》、古华的《芙蓉镇》等六部，1983 年在北京人民大会堂举行颁奖大会，我参加了这次盛会，当时周扬、周克芹、姚雪垠等都在会上发表了讲话，充分肯定评奖对创作所起的推动作用。

从首届茅盾文学奖评奖至今已进行了五届，五届评奖共评出 22 部长篇小说。对于茅盾文学奖，历来都有不同的看法。有的认为，茅盾文学奖获奖作品与茅盾设立此奖的原始动机存在着一定距离，造成了一种失误；有的认为，获奖作品有局限性，这种局限性主要表现在对小说叙事性的过于片面强调，对现实主义作品过分偏爱，对叙事文本的艺术价值失去必要的关注，对小说在人的精神内涵上的探索没有给予合理的承认。这些看法主要涉及一个基本问题，即评奖的尺度和标准问题。在我看来，茅盾文学奖评奖的尺度基本上采用的是现实主义的评价标准：既注重作品的现实品格，也注重作品的艺术价值。在题材的选取上，则是百花齐放、多元并存。现实的历史的题材都可以，而重心则放在现实性题材上。这一尺度的确立与茅盾的文学观是一致的。茅盾十分重视文学的现实性，提倡文学要关注现实、反映现实，另一方面他又强调文学反映现实不应过于狭窄，要有广阔性。他认为："题材范围愈广阔，作品愈多样化，我们的文艺就愈繁荣发展。"在人物描写上，茅盾认为，人物是多种多样的，只要写得深刻，什么人物都可以写。由此看来，茅盾文学奖确立的评奖标准是符合茅盾的文学见解的，有它的权威性。当然，在茅盾文学奖的评奖过程中，是否每部获奖作品都达到了这一标准，有无遗珠之憾，那是另外一个问题了。

就第五届茅盾文学奖获奖的作品来说，获奖的四部作品也是风格各异，各有千秋的。《抉择》是写现实的，写当前人民最关注的反腐倡廉问题。《尘埃落定》是藏族作家第一次获得茅盾文学奖的长篇小说，作者阿来 1959 年出生。小说借麦其土司家"傻子"的独特视角，为我们叙述了藏族的一支——康巴人在土司制度下延续了多代沉重生活。这部小说如专家评语所说，"有丰厚的藏族文化意蕴。轻淡的一层魔幻色彩，增强了艺术表现开合的力度。……显示了作者出色的艺术才华"。王安忆的《长恨歌》承续了海派文化的意韵，"以委婉有致，从容细腻的笔调，深入上海市民文化的一方天地"，为我们抒写了一位美丽、善良而又柔弱的女性的不幸的一生和悲剧的命运。《茶人三部曲》(一、二部)所写的茶人生活则是过去很少涉及的。小说叙写的是茶庄主人杭九斋家族四代人的生活和命运，"展现了在忧患深重的人生道路上坚忍负重，荡污涤垢、流血牺牲仍挣扎前行的杭州茶人的气质和精神，寄寓着中华民族的坚毅精神和酷爱自由的理想倾向。我认为这四部作品虽有轩轾之分，但在整体上都符合评奖标准。至于说有些优秀长篇小说，如周大新的《第二十幕》、余华的《许三观卖血记》、贾平凹的《高老庄》，为什么未能入选第五届茅盾文学奖，并非几句话所能说清，由于审美尺度和价值取向的不同，只能是仁者见仁，智者见智了。

（原载《湖北社会科学》2002年第3期）

“我们现实的真正名字是革命”

——由一幅壁画想起的

一幅巨大的壁画引起了我的遐想：智利作家何塞·万徒勒里几乎跑遍了古巴革命军向平原进军时的道路，画下了许多素描和速写，然后以半年的时间完成了高五米、长二十米的巨幅壁画：《卡米洛·西恩富戈斯》。这幅画，反映了如火如荼的古巴革命，描写了马埃斯特腊山的斗争，歌颂了古巴人民的伟大领袖卡斯特罗的亲密战友卡米洛·西恩富戈斯，并表现了古巴人民敢于斗争、宁死不屈的英雄气概以及拉丁美洲各国人民在古巴革命鼓舞下汇成的不可抗拒的洪流。这幅巨大的壁画现在安置在哈瓦那医学大厅中。

由这幅画，使我禁不住要为壁画的作者唱一曲赞歌：颂赞这幅画所取得的成就，颂赞这幅画所具有的历史价值，特别是颂赞这幅画的作者那颗伟大的心：那崇高的写作目的，那识烈的创作热情，那可贵的时代责任感，那踏实的深入生活的精神，仿佛凝聚成一个光辉夺目的形象，深深印在人们的心田，成为人们学习、效法的榜样。

由这幅画，也使我想到很多，在文艺发展的道路上，不是有许多伟大作家，都以那支战斗的笔，投入火热的斗争，留下革命斗争生活的壮阔图影么？不是忘我的为文艺事业献出了全部力量么？马雅可夫斯基、鲁迅、瞿秋白等作家在这一方面为我们提供了范例。

被称为苏维埃时代最优秀诗人的马雅可夫斯基，总是将自己的创作紧紧与革命事业熔铸在一起，表现了对敌人的无比憎恨，对胜利的无限信心，对人民的高度信任。在1919至1921年间，除了写出许多优秀抒情诗、政治讽刺诗和长诗《一亿五千万》外，还用很多时间从事《罗斯塔之窗》的工作，配合革命，曾制了好几千幅画，写下了说明诗，有些天给六七十幅宣传画插文，工作得很紧张，有时以一块枕头睡觉，睡一会儿又起来工作，通过《罗斯塔之窗》，充分发挥了文艺的作用。人们称赞他：“这是把祖国利益看得高于一切的诗人和爱国者底艰苦而英勇劳动的结晶。”

被称为中国文化革命主将的鲁迅，他的战斗笔锋也总是和着革命脉搏一起跳动。在那风雨如晦的时代，作者“对于有害的事物，立刻给予反响或抗争”。这反映，这抗争，产生了震撼人心的力量，宛如一把利剑，刺入了敌人的心脏，发挥了很大的作用，他的作品也具有了不朽的思想和艺术的价值。在作者看来，“为现在抗争，却也正是为现在和未来的战斗的作者，因为失掉了现在，也就没有了将来”(重点笔者所加)。正因为如此，在他一生创作、翻译的六百多万字的著作中，为社会的需要而撰写的杂文、政论占有很大的比重。

举出上面一些例子，并不是说要求作家仅仅只是为了配合当前而写作，也不是说只是反映了当前斗争就是为文学事业服务，我主要想说明，对于一个革命作家，面对着生气勃勃的革命和建设，面对着激动人心的瑰丽现实，应当采取怎样的态度，应当写些什么？对于我们最为可贵的又是什么？记得高尔基曾经说过：“文学从来不是司汤达尔或列夫·托尔斯泰的事业，它永远是时代、国家、阶级的事业”，文学应当担负起“产婆和掘墓人”的任务。这就是说，作为时代、国家、人民的感官、耳朵和眼睛的文学，应当为新生的不可战胜的正在茁壮成长的事物鸣锣开道，为新生活中涌现的新人、新思想高奏颂歌；同时，要用讽刺的烈火烧毁一切腐朽丑恶的思想以及旧的习惯势力，为新事物的发展扫除障碍，开辟道路，从而引起人们对美好事物的热爱崇敬，激起人们对丑恶事物的鄙弃憎恶。要做到这点，并不是容易的。需要作家站在时代的前列，深入火热的生活，满怀热情地歌颂我们伟大的时代和人民。在这里，一个作家永不枯竭的饱满热情，高度的时代责任感，就成为作家最为可贵的瑰宝了。从当前来看，最为需要的正是这种可贵的创作热情和高度的时代责任感。

当前，我们正处在一个前所未有的伟大时代。在这社会主义革命和社会主义建设斗争中，生活的浪花滚滚翻腾，时代的脉搏不停跳动，我们经历了重重困难和考验，我们劈开了无数的荆棘和桎梏，眼前正是一片光明。尽管还有很多困难尚待克服，还有很多问题尚待解决，但最困难的时期已经过去。“一切斗争的考验都证明：我们的国家不愧为伟大的国家，我们的人民不愧为伟大的人民，我们的军队不愧为伟大的军队，我们的党不愧为伟大的党。”(党的八届十中全会公报)试想，在这革命和建设的过程中，该有多少可歌可颂的业绩值得描绘，该有多少英雄人物值得赞美，特别是在这一斗争所表现的人的思想、意志和力量，更是何等震撼人心，值得歌颂。作为人民的文学艺术家，有责任承担这一光荣任务，通过更多更好的作品，及时有力地反映我们伟大的现实。特别是社会主义新农村的巨大变革和深刻变化，我们不仅要反映出雄浑巍峩的气势，而且要写出人民群众改造世界、改造自然的宏伟力量；不仅要反映出已经获取的幸福和欢乐，而且要揭示人们经历了怎样的困难和斗争，如何取得了幸福和欢乐；不仅要描绘出人物的外貌特征、人情、风俗，而且要揭橥人们的精神面貌及其成长过程；不仅要写出现实生活已经发生的事件，而且要深刻写出已发生或可能发生的事件的某些本质方面……总之要求作家从生活实际出发，为广大人民群众，描绘现实的风貌，用多种音调来表达现实生活中的各种变化，谱写出时代的进行曲。

应当说，在目前的创作中，已有不少作家写出了反映现实生活斗争的好诗、好小说、好散文、好电影……如《甘蔗林——青纱帐》、《三个书记》、《东风第一枝》、《李双双》等等，都受到人们的赞扬，值得我们大力肯定、提倡。然而，和我们的伟大时代发展相比，文艺创作还显得逊色：有某些作品调子还不够高昂，及时反映我们现实生活(特别是农村)的短篇小说、散文、通讯、报告……还嫌太少，对于人民群众克服困难的矛盾斗争和丰富的精神面貌还表现的不够深刻有力……这些，都有待我们解决。

高尔基说："我们现实的真正名字是革命。""我们的作家决不能只做一个作家……他是一个活生生的人。一个参加国内所发生的一切事情的富有毅力的人，他可以说是到处工作，他是采集各种花汁，制造蜂蜜和蜜蜡的蜜蜂。"这段话讲得很深刻，对我们很有现实意义。面对当前热气腾腾的现实，面对火热的斗争，我们应当更好地深入沸腾的生活，在群众中扎根，在酝酿鸿篇巨制的同时，根据各人的特长和爱好，及时地通过各种不同艺术形式(如短篇小说、报告、特写、曲艺……)，撷取、概括那些为千百万群众所关心的事物，熔铸成艺术形象，从而迅速准确地反映我们的现实风貌，发挥文艺的美感教育作用，帮助群众认识生活，改造生活，推动历史前进。

让我们的生活和创作，永远和时代联系在一起。

让我们用豪迈的语言、雄壮的调子、鲜明的色彩，来歌颂和描绘我们的时代。

（原载《湖北日报》1962 年 3 月 2 日）

中国当代文学史编撰的回顾与展望

——王庆生先生访谈录

杨文军： 王老师，你从1958年起参与主持《中国当代文学史稿》(以下简称《史稿》)的编撰工作，到1979年承担主编高等学校文科教材《中国当代文学》三卷本的编撰项目，再到1999年主持《中国当代文学》两卷本的修订，其间又接受教育部委托主编《中国当代文学史》大纲和教材的任务，直到大纲和教材分别于1998年和2003年由高等教育出版社出版为止，您与当代文学一路同行，以文学史编撰的方式，见证了当代文学学科从草创到调整再到深化发展的半个世纪的历程。能否请您围绕这四部史著，回顾一下这半个世纪的当代文学史编撰历程，并就文学史编撰中的一些相关性问题谈谈您的看法?

王庆生： 好的。

杨文军： 让我们先从华中师范学院中文系编著、科学出版社出版的《中国当代文学史稿》谈起吧。《史稿》在中国当代文学编撰史上占有重要地位，大家公认它是当代文学发生期的一部有代表性的史著。但是关于此书编撰的一些重要的历史细节，我们了解的并不多。比如：编撰工作是从何时开始的?

王庆生： 编撰工作始于1958年，经过一年多的努力，1959年由学校印刷厂铅印成册，作为教材使用。后来科学出版社来我们学校组稿，我向他们推荐了这本当代文学史教材。他们一听"当代文学"，就很感兴趣，应允看了以后再和我们联系。过了一段时间，他们同意出版，要求我们赶紧修改。修改、打出清样之后，我专程到北京去了几次。这样，《史稿》就于1962年公开出版了，首印六千册，是硬面精装，与当时那些"马粪纸"版的书籍相比，还是显得相当阔气的(笑)。

杨文军： 好像有几所学校在1959年前后编写了几部当代文学史教材，我所知道的有北京大学中文系1955级学生集体编撰的《中国现代文学史·当代文学部分纲要(初稿)》，山东大学中文系师生集体编撰的《中国当代文学史》(上册)，以及中国社会科学院文学所集体编撰的《十年来的新中国文学》。我曾经在一篇小文章里将这些史著视为国庆十周年的"献礼之作"(《〈中国当代文学史稿〉的历史信息》，《长江学术》2009 年第 2 期)，最近在《中国现代文学研究丛刊》上看到的一篇文章也持相似的看法。《史稿》是否属于此类献礼之作？

王庆生：当时确有这么一种“献礼”的风气，但你提到的这几部文学史是否属于“献礼之作”，我不敢确定。至于《史稿》，我记得我们没有很明确的“献礼”意识，主要是出于教学的考虑。当时系里要编几套教材，除当代文学以外，还有马克思主义文艺理论、现代汉语，等等。正是在这个时候，听说主管文艺的中央宣传部副部长周扬来武昌参加八届六中全会，我就贸然地给他写了一封信，谈了当代文学和文艺理论教材编写的设想，想请他提提意见。因为不知道他住在哪里，所以在信封上写“省委宣传部转周扬同志收”。没想到过了几天以后，省委宣传部来了一个电话，说：周扬同志请你们来开个会。当时参加会议的除了我们，还有武汉大学、湖北大学等几个学校的人。周扬先听了一下我们的意见，然后作了一个不短的讲话。他肯定了我们编写当代文学和文艺理论的设想，也提出了编写文科教材需要注意的一些原则性的问题，比如文艺与人民的关系问题、文艺与生活的问题，等等。我当时做了记录，遗憾的是现在已经找不到了。

杨文军：《周扬文集》倒是收录了一系列他关于高校文科教材编写的讲话，与文艺理论和现当代文学直接相关的就有《对编写〈文学概论〉的意见》、《在〈中国现代文学史纲要〉讨论会上的讲话》等。

王庆生：那应该是 1960 年以后的事情了。50 年代末期，各个高校各个专业都在发动学生大编教材，结果编出来的教材水平参差不齐，粗制滥造的不少。大约就在 1961 年，中央召开了一次高等学校教材会议，决定文科教材由中央统一负责来抓，这才有周扬在各地的关于文科教材编写的几次讲话。

杨文军：在《史稿》问世之前，中文系当代文学教学是怎么进行的？老师有讲义吗？

王庆生：当时以讲现代文学为主，当代文学这一块较少涉及。在教材使用上，不少学校最早用的是王瑶的《中国新文学史稿》，后来这个本子受到了批判，认为太右了，就改用其他的本子。

杨文军：是刘绶松的《中国新文学史初稿》吗？

王庆生：刘绶松的本子是后来才用的，还有更早一点的本子。

杨文军：丁易的《中国现代文学史略》？

王庆生：丁易的本子比较单薄，不适合用作教材。我记得还有张毕来的《新文学史纲》，这个本子虽然只出了第一卷，但它对作家作品的分析比较具体，适合作教材用。老师给学生讲新文学，只讲到 1949 年为止，新中国成立以后的就很少讲了。后来大家逐渐意识到了这个问题，觉得新中国的文学已经有了十年的历史，有必要对其进行研究。这个时候，邵荃麟写了一篇比较有分量的文章，叫《文学十年历程》，对那十年来的文学成就进行了比较全面的总结。此后，当代文学也就逐渐进入了大学中文系的课堂。

杨文军：我们再回过头来说说《史稿》。除您之外，还有哪些人参与了《史稿》的编撰工作？

王庆生：《史稿》也是集体编撰，师生结合，以教师为主。编者除我之外，还有陈安湖、周景堂等人。

杨文军：您当时好像也就二十四五岁吧？

王庆生：对，我刚刚毕业留校。周景堂和我年纪差不多，也是刚刚毕业留校的青年教师。陈安湖比我们年纪大一些，他是清华大学毕业的，在鲁迅研究上颇有建树。

杨文军：为什么没有老教师的参与？是因为老教师被当作"白旗"拔掉了吗？

王庆生：当时高校里确实有"拔白旗，插红旗"的运动，一些老教师靠边站了。不过我们系里现代文学专业的情况不太一样，基本上是年轻老师，像许清波、王凤老师这样的中年教师就算是"老教师"了。所以，《史稿》只好由年轻教师担纲了。

杨文军：未曾想，一群年轻人一不小心就创造了历史(笑)。学界倾向于认为"当代文学"的命名权属于《史稿》。比如北大的陈晓明教授就在《中国当代文学主潮》里说："直到 1962 年，华中师范学院中文系编著的《中国当代文学史稿》一书由科学出版社出版，'当代文学'最早的正式命名才由此产生。"

王庆生：我也看到一位年轻学者陈占彪说过类似的话："到华中师范学院中文系编著的我国第一部中国当代文学史即《中国当代文学史稿》正式于 1962 年出版，'中国当代文学'学科概念终于为大家所接受。"(陈占彪：《反思与重构——中国现代文学研究的学术转型》，南京大学出版社 2009 年版，第 134 页)另外，香港《大公报》也曾发表文章说："华中师院对当代文学研究颇为重视，早在 1962 年就出版了《中国当代文学史稿》，这是建国后由高校编写出版的第一部'当代文学史'。"(尚元：《评〈中国当代文学〉》，《大公报》1984 年 4 月 9 日)关于这个问题，似乎可以从三个层面来谈：第一，"当代文学"这一说法最早出现于何时？我记得 1930 年代天津有个刊物就叫《当代文学》(参见王余杞：《记〈当代文学〉》，《新文学史料》1979 年第 5 期)，这一时期还出版有《当代中国作家论》(1933 年)、《当代女作家随笔》(1935 年)等著作。这说明"当代文学"这一说法不是今天才有的，早在 80 年前就已经出现，不过它所指称的也就是"当下的文学"这个意思，往往与"近代"、"现代"

等概念混用，并没有我们后来所赋予它的那些内涵。第二，我们现在所说的作为一个文学发展时段的“当代文学”开始于何时？我们一般以 1949 年作为“当代文学”的开端，但其源头似乎可以追溯到 1942 年以来的延安文学(现在也有学者提出当代文学要从 1942 年算起)。第三，作为一门学科的“当代文学”发生于何时？这恐怕得从王瑶的《中国新文学史稿》说起。王瑶这本书的下册有个附录叫“新中国成立以来的文艺运动”，这应该是“当代文学”进入历史叙述的最早尝试。不过，借用黄修己先生在《中国新文学史编纂史》里的说法，这只能算是一种“附骥式”的当代文学叙述。类似的文本还有你前面提到的北大中文系学生集体编撰的《中国现代文学史・当代文学部分纲要(初稿)》，还有吉林师范大学中文系集体编撰的《中国现代文学史(当代部分)》等，这些当时都没有公开出版。真正独立意义上的当代文学史叙述，还是我们这本《史稿》以及山东大学中文系编撰的《中国当代文学史》，还有中国社科院的《十年来的新中国文学》。山东大学的这本，1960 年由山东人民出版社出版，但似乎只有上册。社科院的这本，没有采用“当代文学”这一名称，不是作为“文学史”来编撰的。而《中国当代文学史稿》，从编撰时间、“当代文学”这一命名以及历史叙述的完整性诸方面来看，都符合文学史研究者对“当代文学”学科发生期的想象，而且《史稿》在当时的影响也是较大的，这大概就是大家将《史稿》推为“第一部中国当代文学史”的原因吧？不过，我个人觉得，“当代文学”学科的发生，是一种时势使然，新中国经过十年的发展，在政治上、经济上已经站稳了脚跟，那么在文化上是否也站稳脚跟了呢？这是一个必然要提出的问题。文学作为文化的一个重要部门，必须对此作出回答。这就是“时势”，这才是“当代文学”学科得以发生的根本原因。

杨文军：我注意到，《史稿》叙述 1949 年以来十年间的文学史，洋洋洒洒用了 65 万字、近 900 页的篇幅。同时期其他几部当代文学史著好像都没有达到这样一个规模，社科院那本《十年来的新中国文学》也不过才 13 万字、150 页。赋予《史稿》这样的篇幅是出于怎样的考虑？当时是不是觉得只有如此浩大的篇幅才能与“共和国”的气象相匹配？

王庆生：倒没有这么考虑，好像在认识上还没有达到这个高度(笑)。编出来有这么多字，就是这么多字了。说真的，当时在叙述上还不够精炼。但说来也怪，出版社也没有要求我们压缩字数；否则的话，我们在修改的时候就会考虑字数的限制。

杨文军：我还注意到，在《史稿》的叙述中，“群众文艺”占有突出的位置。在前两编，“群众文艺”一直与“作家作品”、“兄弟民族文学”和“儿童文学”相并列；到了第三编，“群众文艺”更是占据了半壁江山，包括“新民歌”、“革命回忆录”、“工厂史、公社史、部队史”等内容，还为王老九、刘勇、胡万春、黄声孝等几位工农兵作家设置了专节。同时期其他几部当代文学史著也大抵如此安排，其中山东大学的《中国当代文学史》为工农兵作家开辟的专节甚至超过了专业作家。可是我们在新时期以来的当代文学史著(包括您主编的几部)中却已经很难找到这些工农兵作家的踪影。您如何解释这种现象?您现在如何看待当年蜚声文坛的那些工农兵作家?

王庆生：“群众文艺”、“工农兵文学”之所以在《史稿》以及其他早期当代文学史著中占据重要地位，这是由毛泽东《在延安文艺座谈会上的讲话》精神所决定的。《在延安文艺座谈会上的讲话》的核心精神，就是两个问题：“为什么人”以及“如何为”。为什么人呢？“为千千万万劳动人民”。这个“人民”的概念，包括“小资产阶级知识分子”，但主要是“工农兵”。于是，“为工农兵服务”的口号就提出来了。对于这一点，我们的认识是明确的。《史稿》绪论第一节的标题就是“为工农兵服务”。那么文学如何“为工农兵服务”呢？毛泽东说是“普及第一”，“普及与提高相结合”，就是“向工农兵普及”、“从工农兵提高”。为此，文艺工作者必须“向工农兵学习”，也就是要进行“思想改造”。我们现在回过头来再看这两个问题，发现其实就是“写什么人”以及“由什么人来写”的问题。写什么人呢？写工农兵。要由工农兵占领文艺的舞台。由什么人来写呢？首先当然是由知识分子来写(因为他们有文化)，但必须将思想“改造”好了才能写；后来就觉得工农兵应是文艺的主体，由工农兵自己来写自己更好。实际上，工农兵在党的号召下也确实参加了创作活动。对于这一点，《史稿》说：“解放以后，工农劳动人民已成为国家的主人，他们不但接受了新文艺，而且直接参加了新文艺的创作活动。党中央和毛泽东同志一向重视工农兵群众的文艺活动。在解放初期，特别是土地改革、抗美援朝和‘三反’、‘五反’运动中，群众性的文艺创作活动得到了很大的发展。工厂、农村、部队中，业余剧团、创作小组、通讯组及其他文艺组织都纷纷成立起来；群众自编、自演、自唱，产生了许多优秀的作品，表现了我国劳动人民在文学创作上的天才。此后，随着社会主义革命和社会主义建设的不断高涨，以及劳动人民文化水平的日益提高，越来越多的工农群众掌握了文艺这个武器，群众文艺创作运动日渐蓬勃地开展起来……在这个运动中涌现了一大批具有较高水平的工农作家。他们的创作和文艺专门家的优秀作品交相辉映。”这里对工农兵文艺成绩的判断有些拔高，但情况大致如此。所以，当时如果不把工农兵文艺写入文学史，既不符合当时的主流价值观，也不符合实际情况。

至于你说新时期当代文学史著已经“很难找到工农兵作家的踪影”，这要从两个方面来解释。第一，我们后来对作家作品的评价标准不一样了。在编《史稿》的时候，我们受时代的影响，将群众文艺的地位看得很高，这主要用的是政治标准；到了新时期，我们主要用的是历史的、美学的标准，这样一来，很多缺乏历史价值和美学价值的作家作品，自然就被过滤掉了。第二，在新时期的文学史著中，工农兵作家也并没有消失踪影。比如，我们在“三卷本”第二卷中，就专设了一节“工人作家的小说”，用来介绍胡万春、唐克新、费礼文的创作。这一节虽然在1999年出版的“修订本”中被取消，但在2003年出版的“高教本”中又予以恢复，并增加了对万国儒、陆俊超等几个工人作家的介绍。当然，此时这么做，已不是出于政治立场的考虑了，而主要是体现了历史的真实性。

我们现在如何评价这些工农兵作家呢？实事求是地说，与专业作家相比，有相当一批工农兵作家的创作水平是不高的，所以我们后来编文学史时也较少提及这些作家。但同时也要注意到，有相当一批出身于工农兵的作家后来转型成了专业作家，并取得了较高的艺术成就，比如苗得雨、曲波、陈登科、浩然、茹志鹃、刘真、罗广斌、杨益言等等。这种情况其实比较普遍，而且一直到新时期还屡见不鲜。比如刚刚获诺贝尔文学奖的莫言，小学没有毕业就回家务农，后来招兵到了部队，才开始从事专业创作。再比如前些年兴起的“打工文学”、“底层文学”，有相当一部分作者也是工农身份。这说明工农之中、草根之中是能够产生优秀作家的。

杨文军：《史稿》作为当代文学学科发生期的一部代表作，有诸多开风气之先的贡献，但现在来看，似乎还是有值得商榷之处。我有个印象是，“史”的叙述有时被“论”所压倒甚至代替了。比如对于新中国成立初期的三大文艺批判运动，《史稿》分别是这样表述的：“对于《武训传》的反动内容及其实质，我们进行了彻底的揭露和批判……”“(俞平伯)在他的《〈红楼梦〉研究》中得出下列错误的结论……”“胡风的反动文艺思想，集中地表现在以下几个方面……”这里所用的复数的第一人称(“我们”)，以及不容置疑的判断，似乎与常规的历史叙事语气不太一样，更像是一种大批判的语气。而这并不是孤例，早期的几部当代文学史著大多如此。新时期您主持编撰“三卷本”时，先印出一个“讨论稿”，这个“讨论稿”对于上述三大批判运动的表述分别是：“根据批判者的分析，《武训传》的主要错误在于……”；“许多批判文章指出，俞平伯在《红楼梦》研究中的错误，主要有以下几个方面……”；“胡风文艺思想的错误，根据批判者的剖析，主要有以下几个方面……”相对于《史稿》那种大批判式的表述，“讨论稿”的这种表述方式就要客观多了，而这才是我们所习见的历史叙述语气。是哪些因素决定了《史稿》及其同时代的几部史著偏离了历史的客观化叙述而采用主观化的大批判语气呢？

王庆生：还是我们前面说的那样，这是一种时代风气使然。尤其是新中国成立初的三大批判运动，绝不是单纯的文艺问题，而是政治事件。一旦牵涉到政治问题，就不像对单个作家、作品的评价那么简单了。说实在的，这真不是史家个人的“客观化”努力所能决定的。编者必须直接表明政治立场，而这个立场必须与党所作出的决议保持一致。很多人以为编史可以站在政治之外，但在中国，尤其在那个时代，要站在政治之外是不可能的。

杨文军：接下来我们主要谈一谈“三卷本”的情况。该书第一卷的《后记》中说：“1978 年 5 月在武汉召开的高等学校文科教材座谈会上，确定我院中文系编写《中国当代文学》教材。会后受教育部委托，于 1979 年春以中国当代文学教研室为基础，成立了编写组，开始教材编写工作。”您能否谈谈这次会议的情况？

王庆生：当时在武汉召开的高校文科教材座谈会，主要讨论文科各专业教材编写和出版的问题。由于我们在 1962 年出版了《中国当代文学史稿》，座谈会确定把中国当代文学教材的编写任务交给我们。接受任务后，成立了编写组，由我任主编，王凤、李逸涛、王又平为副主编，张永健、刘守华、黄济华、李旭初、陈道林、徐纪明、陈家齐等参加了编写，另外还邀请了几位专家撰写了某些章节，经过八年努力，完成了“三卷本”的编写工作。

杨文军：“三卷本”标明由冯牧担任顾问，为什么要邀请冯牧做顾问呢？冯牧在其中起到怎样的作用？

王庆生：冯牧同志是由上海文艺出版社邀请的。我们接受了教育部的编写任务之后，有一次和武汉大学的陆耀东教授谈起，陆教授说：你们这套书可以找上海文艺出版社出，我帮你们联系。这样就联系上了上海文艺出版社，他们非常愿意出这套书。事实证明他们这个决定是对的，因为这套书后来累计发行九十多万册，他们靠这个赚了大钱；由于是一次性付给稿酬，我们吃了大亏(笑)。为了编好教材，他们提出为本书聘请一位顾问，商量的结果，决定请冯牧。冯牧那时是中国作协副主席、《文艺报》主编，在文艺界很有影响。请他做顾问，一则可以具体指导本书的编写，二则也可以扩大本书的影响，当然是很好的事情。于是由责任编辑张有煌同志出面去邀请，冯牧同志很爽快地答应了。

冯牧同志来做顾问，不是挂名的，确确实实担起了顾问的责任。从编大纲一直到成书，我们都找了冯牧。因为编写当代文学史，不是一件容易的事，许多问题与现实、与政治紧密相关，单凭我们编者的判断是很难拿捏准确的，所以需要请像冯牧这样谙熟文艺政策的著名作家、评论家指导。关于大纲，关于绪论，关于每一编的文学思潮部分、每一章的概述部分以及重点作家作品评论部分，我们都要请他审阅。为此我们跑了好几趟北京，有两次就在中国社会科学院招待所住下来修改稿子，白天黑夜地干，有疑问便去冯牧家里或单位找他。冯牧那一段时间非常忙，但是他非常热诚负责，我们给他的稿子，他总会抽时间去看，看后就提出很具体的意见。记得有一次我到王府井中国作协去找他，他实在太忙，让我等一下。我等了两个小时，他出来了，我把问题提出来，他很果断就给出解答，既具体又切中要害。冯牧也两次来武汉参加我们的审稿会，一次住东湖宾馆，一次住桂子山。东湖宾馆那一次，时间是 1982 年的 7 月，他作了六个小时的讲话，我这里保存了一份记录稿。

从记录来看，冯牧对书稿的指导思想、体例、方法等都是比较肯定的。他也指出了几点不足：一是有些章节“孤立地评论作家作品”，“没有把作家作品的评价和某个时期重要的文学现象的关系解释清楚”。在这一点上，我们后来下了很大的功夫。二是在评述文艺思潮时，有一些用语“太直、太硬、太凶”。这一点我们也花了很大的工夫来打磨。后来大家评价我们这套书用语比较稳妥、委婉，其实与冯牧的这一提醒是分不开的。三是“各个章节的文字表达水平不平衡，有的章节写得比较准确、简洁、生动，有的章节写得浮泛”。这一点我们自己其实也是清楚的，后来在统稿时，就反复斟酌、认真修改，力求做到总体风格的统一和各部分水平的均衡，但恐怕还是未能尽如人意。第四，他建议我们将历史分期从三个时期调整为四个时期，即 1949 年至 1956 年为第一个时期，1957 年至 1965 年为第二个时期，1966 年至 1976 年为第三个时期，1976 年以后为第四个时期。“三卷本”在定稿时是按照他的这个建议做的，不过 1999 年出版“修订本”时，我们又恢复为三个时期，即“十七年”、“文化大革命”和“新时期”，这样划分脉络可能更清晰一些。

接着他就如何撰写绪论，如何叙述“文化大革命文学”和新时期文学，如何评价文学运动和作家作品等，提出了非常详细的意见。

杨文军：能不能具体谈谈他提出了哪些意见？

王庆生：好。关于绪论，他认为必须包括三个方面的内容：第一，编写教材的指导思想；第二，当代文学取得的基本成就与不足；第三，当代文学事业的基本经验和教训。他重点谈的是第三个方面，认为至少有四条“经验教训”：第一条，正确理解文艺和政治的关系；第二条，正确理解文学和生活的关系；第三条，贯彻“双百方针”；第四条，正确地对待中外文化遗产。这些内容，我在为“三卷本”和“修订本”写绪论时，基本上都写进去了。现在大家可能觉得这些都是陈腔滥调，我为高教版的《中国当代文学史》写绪论时也不再重复这些话。但在那个时候，大家都特别强调这些东西。你若去看郭志刚等编写的《中国当代文学史初稿》，或那时由其他什么人编写的当代文学史著，也都会在绪论里写到这些内容。

关于“文化大革命文学”，冯牧谈了四点意见：第一，“必须把林彪、江青对文学的摧残讲清楚，但是文字不要多”。第二，不要采用“阴谋文艺”这个概念，因为“把这一时期的文艺笼统地说成是‘阴谋文艺’，在文学史上是不恰当的”。他举了浩然的例子，“很难说浩然同志的一些作品是‘阴谋文艺’……据我了解，浩然同志是一个正直的人，思想是有矛盾的，由于某种私心杂念，使他犯了一些错误，但把他的作品和八个‘样板戏’、和许多文艺现象笼统地扣上‘阴谋文艺’的帽子是不恰当的”。第三，对于“样板戏”要采取“一分为二”的态度，“不能把‘样板戏’一律归到‘阴谋文艺’中去，也不能视而不见，避而不谈”。第四，必须看到那个时期有“两种不同倾向的文艺”，一种是“和林彪、‘四人帮’他们篡党夺权阴谋有直接关系的文艺”，另一种是“人民的、革命的、战斗的文艺”。后者包括天安门诗歌、郭小川的诗作、姚雪垠的小说《李自成》、凌力的小说《星星草》等，还应包括浩然的《金光大道》。他这四点意见，我们基本上都采纳了。比如，我们把“样板戏”分成了三类：第一类是在周恩来直接关怀下产生却被江青所窃取的作品，这类作品在思想上和艺术上都达到了相当水平，包括《智取威虎山》、《红灯记》、《沙家浜》、《奇袭白虎团》等；第二类是被江青移植、改编的作品，这类作品“仅存原作的躯壳，已失去了本来的艺术魅力”，包括《龙江颂》、《杜鹃山》、《红色娘子军》、《平原作战》等；第三类是“四人帮”按照反革命政治目的、准备树为新“样板”的作品，这类作品在政治上“十分反动”，在艺术上“极其粗糙”，包括《盛大的节日》、《反击》等。对于《金光大道》，我们是这样评价的：“浩然的长篇小说《金光大道》，初稿完成于‘文化大革命’前夕，虽然不可避免地受阶级斗争扩大化的影响，但还是较为真实地反映了我国50年代中期的农村现实。‘文化大革命’中作者不得不‘从路线斗争出发’，按‘三突出’的原则进行修改，终使作品失去了《艳阳天》中所具有的艺术风格和感染力。”

关于新时期文学，冯牧不赞成使用“伤痕文学”、“反思文学”这样的概念，这一意见我们没有接受。不用这些概念，怎么描述80年代初的文学呢？时至今日，似乎也没有更好的概念来代替。冯牧认为新时期以来文学的“主流”值得肯定，但他对一些“支流”提出了批评：如某些作家作品表现出“偏离社会主义道路的资产阶级自由化倾向”；某些作家想“另辟蹊径”，“舍马克思主义而去就另一些主义”；某些诗人提倡一种“背向现实，表现自我”的诗歌，如朦胧诗。冯牧说：“我不笼统反对朦胧诗，特别是那种写得比较含蓄，表面上朦胧，实际上并不朦胧的诗……但是也看到一些诗人因为他只有朦胧的思想，所以，不能清楚确切地把他的思想通过含蓄的形象表达出来，而只能通过朦胧的形象表达他自己朦胧的思想。这种东西我不赞成。”冯牧的上述意见，我们能接受的都接受了；对有些问题，我们也有自己的看法，我们就按照我们自己的看法去写。

关于如何评述文学批判运动，冯牧认为总的原则是：不要“自然主义地”

大段引用当时那些“充满了火药味的发言、报告、文章”，而是“根据我们现有的认识”，“适当地加以引用”。比如评述对《武训传》的批判，就不要引用周扬的这一句话：“武训是封建社会中最丑恶、最虚伪、最反动的奴才之一。”这句话在我们的初稿中是有的，后来修改时替换为周扬的另外一句话，而且在正文中未点周扬的名：“有的同志认为，《武训传》从主题到人物形象都是‘用改良主义来代替革命，用个人奋斗来代替群众斗争，用卑躬屈节的投降主义来代替革命的英雄主义’。”

最后，谈到对于作家作品的评价时，冯牧说：“不管有多么高的成就的作家和作品，都要采取严格的、实事求是的、一视同仁的态度，力求做到不夸大他的成就，尽量减少溢美之词、名不副实的描述、不留余地的赞颂。”他还说：“不要因为某个同志写封信坚持己见，明明是缺点，他要说是优点，明明是瘤子，他要说是一朵花，对于这样的一些意见不要迁就。”这些意见很有针对性，老实说，我们当时对于一些作家的评价还是有所顾虑的，冯牧的这一番话算是给我们吃了一颗定心丸。

杨文军：“不要因为某个同志写封信坚持己见……”，难道有作家写信来干预吗？

王庆生：是我们请他们提的意见。有来自两方面的意见：一方面，我们将样稿寄给一些专家，比如陈荒煤、冯健男、张炯、谢冕、黄修己、洪子诚、郭志刚、刘梦溪、阎纲、吴周文、佘树森、陈骏涛、贺兴安、杨匡汉、杨匡满、董健、陈美兰、郑伯农、舒济、唐金海、吴重阳、徐文斗等，请他们审稿、提意见；另一方面，我们也将样稿寄给一些作家，请他们对涉及自己的那一节提出意见。我现在手头上还保存有臧克家、夏衍、田间、杜鹏程、胡万春、费礼文、曲波、康濯、吴强、李瑛、欧阳山、陈其通、西戎、马烽、艾芜、梁斌、刘绍棠、周而复、王汶石、浩然、孙犁、秦牧、从维熙等20多位作家的回信。对于这些意见，我们的态度是：首先，他们给书稿提意见，我们很感谢，因为这对我们的编撰工作是最大支持；其次，凡是我们认为正确的意见，一概接受，凡是我们认为不那么正确的意见，暂不采用。

有些作家在回信中订正、补充了一些资料，如康濯、梁斌、李瑛、西戎、马烽、周而复、刘绍棠。由作家本人提供的资料，当然对我们很有帮助，这也是我们写信向他们征求意见的主要目的之一。

有些作家只作了几处字句上的修改，如夏衍、孙犁、王汶石。秦牧在“他的散文，也有个别作品没有很好提炼，显得松散了些；也有些材料用过又用，失去了新意”这句话之后，加上了“是美中不足之处”。但我们在修改时并没有加进去，因为我们觉得他的散文存在的缺点还是比较明显的，不仅仅只是“美中不足”。冯牧谈到类似的问题时说：“现在，对有些作家，包括对杨朔、秦牧同志这些有高度成就的作家，赞颂之词过分了。”他强调对作家的缺点要用“春秋笔法”、“董狐之笔”，不要讲情面。我们觉得这是史家应有的态度。

有些作家提出了极为详细的修改、补充意见。你看看臧克家老先生寄回的样稿，他非常认真地作了十余处修改、补充，写得密密麻麻的，几乎难以辨认了；又附带一封信，对其创作近况作了介绍和评述。他在信中说：“我的这些补充，只供参考，供你们研究，然后加以去取。……希望你们不要受它的限制，要实事求是地修改和评说。”又勉励我们说：“要公允，要科学，评人，评文，不看名头，不看地位，看作品，看影响，看贡献，看社会效果。你们说对吗?”我们很感激他这种公正通达的态度。他所提出的意见，我们基本上都采纳了。比如这一处：“(《凯旋》组诗的)开头一篇《联系》：‘黑夜来了白天去，天花板像一页读腻了的书。’末二句：‘耳边有一条长长的线——是一条心呀在紧紧联系。’这不但对病院生活体会得很深，而且表现出身在医院而心却与沸腾的生活密切联系(的情绪)。”又如这一处：“《探望》一诗，写一个三四岁的小孩子，进入医院却不准上楼，写父女上下相望，情景逼真，极富情味。”还有这一处：“不论是《海滨杂诗》还是《凯旋》，都很短小，但味道却隽永、精炼、朴素，显然受到古典诗歌特别是绝句的很大影响。”我们略作改动就加进去了。他还推荐了回忆性散文《琐记》，以及《忆向阳》中几首比较得意的旧体诗(如《老黄牛》)，由于文体的限制，我们没有加进去。有些诗，他自我评价很高而我们却觉得比较平淡的诗作，也没有加进去。

有些作家对我们的评论是表示感谢的。如田间：“很感激你们为拙作《赶车转》说了公道话。再说一句，感激你们。”费礼文的态度显得恳切而谦卑：“感谢你们的关心，在文章中引述了我的一些创作情况，读后深感惭愧和不安。我作为半文盲工人，能够走上文学工作岗位，完全是靠党和老一辈文学工作者的热情培养，火热的斗争生活的感染。但这些年来，由于自己的基础较差，再加上主观努力不够和受各种‘左’的右的思想干扰，在创作上走了不少弯路。特别是近几年，创作上突不破一些旧的‘框框’则是很主要的原因。我正在回顾总结自己的创作上的经验教训，重新学习，力求能有一点新的进步。因此，你们的来信对我来说是最好的督促、鼓励，我一定要很好向前辈、同辈和年轻同志学习，不断克服自己的缺点和弱点，力争能有所进步……”

有些作家却多少有些抱怨和不满。比如胡万春：“许多材料你们没有掌握，因此评价无力。补充了材料，尽量由评论界的客观评论来证实，比编写者自己的泛评要好。”我们认为他的意见很好，所以接受了。又如吴强：“《红日》与《林海雪原》并在一章里议叙，似不妥适，还是各列一章为好。”这一意见我们没有接受，因为《红日》与《林海雪原》都是“革命历史小说”，并为一章是可以的；若各列一章，可能就显得单薄，因为除了《红日》与《林海雪原》，吴强与曲波各自都没有特别有影响的作品了。

有些作家表示完全不干涉我们的评论。如艾芜：“我一向认为文学评论家有评论的自由，作家要尊重他们的评论工作。”如欧阳山：“对文学作品可以有各种不同的评论意见，评论者可以按自己的意见对学生讲授，不必跟作者本人取得一致意见。”

杨文军：有没有作家表示不同意见的?

王庆生：有。如从维熙：“关于‘白洋淀派’的提法，我把握不定。因为孙犁自己似乎也认为它并没有形成。特别是我，从七九年之后，创作思想发生了变化(这是由生活决定的)，大部分作品中冷峻深沉的调子，已与早期作品的风格相悖，因而，把我纳入该派，是否有充分依据?”我们采纳了这一意见，不再提“白洋淀派”这一说法。

在作家来信中，曲波可能是意见最大、最为激愤的一位。他一开头就抱怨说：“有个学校，未经我的同意，竟自行给我编写了一个‘小传’。……当我看到时，错误多多。如：我是1923年生，有的就写1913年，我的籍贯是山东黄县，却写成山东蓬莱。我是1938年，十五岁，参加八路军，给我写十六岁参加八路军。我没有写过《狂飙曲》，给我编上长篇小说中有《狂飙曲》。你们的书稿中，也有这些错处。或许就是根据这个东西编的？我还见到其他刊物上介绍我，也是有这些错误。”不可否认，我们的初稿中确实把“1923”讹成了“1913”，把“十五”讹成了“十六”，把《桥隆飙》讹成了《狂飙曲》。所以曲波先生的抱怨不是没有道理。接着，他表示不能同意评论界对《林海雪原》某些“缺点”的指责：“我一向是欢迎批评书的缺点的，但对于不是缺点的缺点评上去(注：原文如此)是不合理的。”评论界认为曲波将少剑波写得过于“神机妙算”，这是他首先不能同意的一个批评意见。他说：“少剑波在指挥小分队全盘战斗中，他用了多大的侦查力量啊！这就叫唯物主义。他的决策，都是在这个可靠的基础上作出来的。其中就得有他的独立思考与判断。如果把这种情况，把机动灵活的战略战术，说成是唯心主义的‘神机妙算’是不合实际的。否则他何以称得起为优秀指挥员呢?！不论当年和而今有人不切实际的评论(注：原文如此)，我都是不同意的。正如工农兵若能评论《论语》、《尚书》，还要专家干什么?”另一条不能同意的，是评论界对少剑波与白茹爱情描写的指责。曲波申辩说：“好像写恋爱成了禁区。写指挥员，不是勇的一冲主义，就是无止境的开党委会、支部会。要知道，我是经过许多大大小小战场的人。”“在林海雪原并肩战斗中，为什么就不可以恋爱？要知道少剑波、白茹都是人，是青年人。”曲波所申辩的这两条，我们当时是认同的、肯定的，没有当作“缺点”提出来。现在来看，这两条当然更不成问题了：没有少剑波的“神机妙算”，《林海雪原》的传奇色彩可能会减损很多；没有爱情的穿插点缀，小说的感染力也要打折扣，有人甚至可能会觉得爱情的戏份还不够大呢。这些地方，很能见出文学风尚的巨大变化。

像曲波这样在来信中提出申辩的，还有浩然，但他的语气要沉重得多。我们在初稿中对浩然的评价，总的来说比较公允，但有些措辞比较严厉。比如这一段：“作者根据先验的‘从路线出发’、‘三突出’等模式，于1970年底开始创作所谓反映路线斗争的第二部长篇小说《金光大道》……一九七四年，还创作了适应‘四人帮’反动政治需要的中篇小说《西沙儿女》，这都是作者思想上、艺术上陷入歧途的表现。粉碎‘四人帮’以后，上述作品受到了严正批评。”这样的评论可能使浩然深受刺激，所以他说：“《金光大道》所描写的生活情景和人物，都是我亲自从50年代现实生活中吸(汲)取的，都是当时农村中发生过的真实情况。今天可以评价我的思想认识和艺术表现的高与低、深与浅，乃至正与误，但不能说它们是假的。‘土改’后的农民大多数还活着，他们可以证明：那时候的农民是不是像《金光大道》里所描写的那样走过来的？当时的中央文件、几次的关于互助合作问题决议，也会说话：当时我们党是不是指挥着高大泉、朱铁汉、周忠、刘祥，包括作者我，像《金光大道》所表现的那样，跟张金发、王友清、谷新民、小算盘等在作斗争中发展集体经济的？而且做得很虔诚？今天，评论家可以说那时的做法错了，但不能说是‘作者根据先验的“从路线出发”、“三突出”等模式’编造的假东西。”“《西沙儿女》受到了一些地方报刊批判，但党中央的《人民日报》和《红旗》杂志并没表态，我所在的党组织从来没给我的《西沙儿女》作过‘适应“四人帮”反动政治需要’而创作的结论；事实上并非如此。这也属于政治定性，超出了学术问题，望修改时慎重落笔。”说到这里，他提起郭志刚等主编的《中国当代文学史初稿》和张钟、洪子诚等主编的《当代文学概观》对《金光大道》所作的类似评价，语气尤为耿耿：“那两本书，是在我们这伙吃了苦头走过来的文化人，想抖落掉极‘左’的裹脚条子，弯折了的脚趾头又没能伸开的神(状)态下写出的，掺杂着许多极‘左’惯性的东西和自由化的东西。他们出书前没给我看……”最后他感叹说：“作者本人没死，还想在文学理论家和史学家们帮助下，总结经验教训，在新时期写出对祖国文学事业发展有益的作品来。多么希望看到公正的、说理的论述呀！”我们对于浩然的申辩是重视的，特地在修改稿中引用了“《金光大道》所描写的生活情景和人物，都是我亲自从五十年代现实生活中汲取的，都是当时农村中发生过的真实情况”这一段话，并将初稿的表述调整为：“作者对农村中各种社会矛盾的理解与评价，基本上是以当时流行的阶级斗争观念为依据，夸大了阶级斗争的严重性，使作品不可避免地留下了明显的‘左’的烙印。‘文化大革命’中，作者受到极‘左’思潮的影响，写了《西沙儿女》、《百花川》等不好的作品。粉碎‘四人帮’以后，他以实际行动改正错误，创作了长篇小说《山水情》、中篇小说《弯弯的月亮河》和一批短篇小说。”这样修改也许还不能令浩然满意，但在当时来说已经比较客观了，比较接近冯牧所说的“春秋笔法”和“笔下留情”这两个要求了。

杨文军：您前面提到冯牧评浩然的话：“浩然同志是一个正直的人……”，现在又读了浩然的这一段自我申辩，我觉得过去学术界对浩然的看法可能过于简单、粗暴了一点。记得武汉大学的昌切(张洁)先生有一篇谈浩然的文章写得与众不同，他认为浩然的长篇小说“堪称同时代同类题材长篇中的翘楚，1960 年代以后的中国文坛几乎无人能出其右”。他还认为：“很难说浩然是主动媚上，迎合权要，他根本就不是这样的人。”(《浩然：告别一个不属于自己的世界》，《扬子江评论》2008 年第 2 期)不知道这算不算浩然所希望的“公正”的评价？

王庆生：他说的有道理。我们对浩然以及对浩然所处的那个文学时代，看法确实略嫌简单。评论家也好，文学史家也好，不可能没有自己的立场和好恶，但对于一些作家，对于一些错综复杂的文学史现象，也必须有一种同情的理解和包容的心态。

杨文军：说到这里，我想起昌切先生对“三卷本”和“修订本”(他称之为“两卷本”)的批评。无论是“三卷本”，还是“修订本”(两卷本)，学界的评价都是比较高的。古远清教授在比较了 80 年代几种当代文学史教材之后，认为您主编的这一套“三卷本”是“分量最重的一种”，而且“一卷比一卷写得好”(《努力提高当代文学的研究水平——兼评王庆生主编的〈中国当代文学〉三卷本》，《理论与创作》1993 年第 3 期)。洪子诚教授认为，“修订本”较之“三卷本”，“学术水准有长足提高”，“在材料的丰富、翔实，体例和评述的稳妥上”表现得“相当突出”(《近年的当代文学史研究》，《郑州大学学报》2001 年第 2 期)。但是，昌切对“三卷本”和“两卷本”的批评比较尖锐。他认为“三卷本”和“两卷本”在不断的续写和改写中，在时限的不断下延中，“一再扩充的内容无情地胀破了当代文学原有的性质，意义因此而破裂，出现了种种相互冲突的表意板块”。所谓“相互冲突的表意板块”，他指的是：同一部书，对于同类的现象，却作出了截然不同的评价。比如：“三卷本”在评价杨沫的《青春之歌》时，用的是“阶级论”；在评价刘心武的《我爱每一片绿叶》时，用的则是“人性论”。“阶级论”的确比较契合杨沫的立场，“人性论”也比较契合刘心武的立场，编者对这两种相互冲突的立场同样予以认可，那么编者自己的立场在哪里呢？类似的冲突还有：对《创业史》等小说所反映的“农业合作化”予以认可，对《许茂和他的女儿们》等小说所反映的“联产承包责任制”也予以认可，如此等等。昌切先生觉得这是编者采用了“还原法”，即回到作品“行世时的现场”：“肯定林道静的人生道路选择是‘还原’，肯定刘心武人道主义的创作取向同样是‘还原’。用通俗的话讲，这是见什么人说什么话，随遇而安。”他觉得史家应该采用“超越法”，即“站在修史者理论认知的水平上，以‘超越’原有历史和价值的眼光”来评述作品。您怎么看待他的这一批评？

王庆生：从现象上看，“三卷本”确实存在他所说的这种“冲突”。实际上，我们在修订“三卷本”时(1999 年)已经意识到了这一问题，可惜来不及对此作根本性的调整。不过，你去看看四年以后(2003 年)出版的“高教本”，在这方面已经大为改观了。还是拿《青春之歌》来说吧，我们在“高教本”中的评述尽可能地秉持中性的立场。比如这一段：“这部小说的成功之处在于，作者将自我的人生经验，个人的成长经历，以革命现实主义的创作方法织入到中国革命知识分子如何由小资产阶级成长为无产阶级先锋战士的宏大叙事之中。其‘织入’方式主要是将最具个人化特质的爱情叙事与政治叙事进行巧妙的缝合，使知识女性林道静的爱情经历与革命知识分子的成长历程统一起来。”这一段话没有表现出我们是否认同“由小资产阶级成长为无产阶级先锋战士”这样一条道路；接下来对林道静与三个男性的爱情关系的评述，也没有给出林道静应该离开余永泽的判断；对余永泽这个人，我们也没有表示好恶，只是称其为“典型的自由主义知识分子”。不知道这种叙述方式能否称得上“超越”？

杨文军：昌切先生也承认，“修订本”相对于“三卷本”来说已经具有“超越”的眼光，但不彻底。他认为问题的根源并不在于修史者有没有“超越”的意识，而在于“当代文学”本身的性质是分裂的：前三十年与后三十年是分裂的，80 年代与 90 年代也是分裂的。用他的话来说：林白、陈染的小说与赵树理、马烽的小说，伊蕾、翟永明的诗与贺敬之、郭小川的诗，怎么能够相提并论，并且同样得到肯定呢？这种分裂就使得无论采用哪一种评价尺度都会“失去准绳”，最好的办法似乎只能是“随遇而安”，“见什么人说什么话”。他还以洪子诚、陈思和、於可训三家的当代文学史著来说明：“无论是谁的‘当代文学’，都缓解、化解不了性质胀破、意义破裂所带来的表意冲突。”在他看来，似乎这一问题是无解的。

王庆生：我不同意这个看法。按照同样的逻辑，我们也可以说：现代文学、古代文学、外国文学等学科的性质都是“分裂”的，那么现代文学史、古代文学史、外国文学史是不是都不能写了呢？显然，我们不能这样来看问题。必须承认“前三十年文学”与“后三十年文学”是很不一样的文学，林白、陈染与赵树理、马烽是很不一样的作家，但这并不意味着不能把他们放在一本文学史里来谈。只要我们采取一种客观化的、中性化的立场，是可以化解这一“冲突”的。现有的当代文学史著没有完全化解这种“冲突”，并不意味着“冲突”就不能化解。问题的症结究竟在哪里呢？我认为症结就在于“当代文学”研究中仍然存在着禁区，“当代文学”学科仍然受到意识形态的限制，我相信将来禁区打破之后，问题也许可以得到化解。在这之前，对于一些不能说或者无法说透的问题，只能放一放，或者回避，或者绕过去。毕竟我们编当代文学史是在编教材，你看我们编的这几套文学史，封面上都标明了“高等学校文科教材”、“教育部重点推荐高校中文专业教材”、“普通高等学校教育‘九五’国家级重点教材”等字样，这说明我们的编撰工作是国家教育工程的构成部分。这就决定了我们所编写的文学史教材必须保证政治的正确性和观点的稳妥性。

杨文军：说到政治的正确性，我就想问：毛泽东诗词在《史稿》和“三卷本”中都是作为专章来叙述的，这应该是出于政治正确性的考虑；那么让它退出“修订本”和“高教本”，又是出于怎样的考虑呢？

王庆生：我们当时将毛泽东诗词纳入《史稿》和“三卷本”，一是考虑到毛泽东诗词在群众中的广泛影响和在当代文学史上的重要性，二是考虑到它在教学中的必要性，因为师范生毕业后到中学任教，要向学生讲授毛泽东诗词。后来之所以取消毛泽东诗词这一章，一是考虑到文学史的篇幅有限，二是考虑到凡是政治领袖的著作最好不要写入文学史，领袖著作不入史比入史要好。

杨文军：毛泽东或者其他政治领袖的诗词作品基本上属于“旧体诗词”范畴。目前对旧体诗词的研究方兴未艾，大家正在讨论：要不要把旧体诗词写进当代文学史？甚至有文学史已经捷足先登地将旧体诗词写进去了，比如张志忠主编的《中国当代文学60年》，就介绍了聂绀弩和启功的旧体诗。您怎么看待旧体诗词入史的问题？

王庆生：这确实是一个很重要的、值得讨论的问题。旧体诗词该不该入史呢？有赞同的(如黄修己先生)，有不赞同的。从新旧文学性质的角度来说，旧体诗词不应该入史，因为当代文学是现代文学的延续，而现代文学是以批判旧文学、提倡新文学为发端的，将旧体诗词纳入文学史，就与新文学的性质发生了冲突；但从实际的创作活动来说，旧体诗词的作者大有人在，而且越来越多，甚至一些新文学的名家、大家也有大量旧体诗词作品问世，所以，无视这些作品的存在似乎也不妥当。你刚才说有人已经把旧体诗词写入文学史了，其实大家(包括我们)早就这么在做。拿《史稿》来说吧，除毛泽东诗词以外，我们在介绍新民歌时引录的一些五言诗、七言诗，算不算旧体？再拿“三卷本”和“修订本”来说，我们在介绍天安门诗歌运动时引录的一些作品，比如“欲悲闻鬼叫，我哭豺狼笑。洒泪祭雄杰，扬眉剑出鞘”，比如“清明节，失明节，天地黯然泪不绝。献君泪和雪。思难却，恨难却，新坟三月谁敢掘。捍君一腔血”，算不算旧体？当然，我们在介绍新民歌运动和天安门诗歌运动时，主要是出于政治的考虑。如果单纯地从文学的立场来讲，我认为大家都有从事旧体诗词创作的自由，也不妨创办一些专门的旧体诗词刊物，或者写作有关旧体诗词研究的专著。近些年已有一些旧体诗词研究论著问世，如王书林、张盛荣的《当代旧体诗论》，吴海发的《二十世纪中国诗词史稿》等，李遇春的《中国当代旧体诗词论稿》是这方面最新的研究成果。但我个人还是认为：暂不宜将旧体诗词写入当代文学史。

杨文军：既然您觉得从新旧文学的角度来讲，旧体诗词不宜入史；那么从地域的角度来讲，台湾、香港、澳门文学是否应该入史呢？

王庆生：这个问题也有两种不同的看法。有人不赞成将台港澳文学写入当代文学史，理由是：“当代”除了是一个时间概念以外，还是一个政治概念，它将“当代文学”的性质限定为“社会主义文学”；而台港澳文学显然不属于“社会主义”性质，理所当然不应将其纳入“当代”文学史。另外有人觉得完全应该将台港澳文学纳入当代文学史，比如你前面提到的古远清教授，他就觉得我们编的“三卷本”没写台港澳文学是一个“重大的缺陷”。这些年我陆续听到不少类似的意见，后来我们在编“高教本”时，经过反复讨论，也与教育部高教司商量过，觉得还是应该将台港澳文学写进去。这样，台港澳文学就作为“第 3 编”，与“第 1 编”的“20 世纪 50—70 年代中期的文学”和“第 2 编”的“20 世纪 70 年代中期以来的文学”一起，在“高教本”中形成了鼎足之势。我们这样安排的理由是什么呢？我认为：台港澳文学与大陆文学同根、同祖、同一血脉、同一文化传统，有这几个“同”，怎么不该写入文学史呢？当然，你可以说，这是在讲政治，在讲统一战线。但实际上我们并没有将台湾文学“统一”进大陆文学史，不存在谁“统一”谁的问题，而是这么一种并立的格局，可不可以呢？再说我们也需要向学生讲授台港澳文学史，这样放在一起比较方便。要不然，你就得另外编一套台港澳文学史，另外再开一门课。

杨文军：台港澳文学纳入“当代文学”版图之后，随即面临着一个问题：像金庸、古龙这样的通俗文学作家应不应该写入文学史？“高教本”是写进去了的，但这好像也与“新文学”的性质有冲突吧？

王庆生：肯定是有所冲突的，但金庸、古龙的武侠小说毕竟已经不同于“五四”时期所批判的“旧小说”了，他们的作品已经具有某些“现代性”的东西，自然是可以写入新文学史的吧，只要把握好评价的分寸就行。总的来说，我觉得我们编当代文学史，一方面应该采取一种谨慎的、从严的态度，另一方面也应该持有一种开放的、包容的态度。

杨文军：您对目前的当代文学史编写的总体状况有些什么样的看法？

王庆生：我认为目前的当代文学史编写有这样几个特点：第一，这些年编写的当代文学史著，不仅数量多，而且门类也多。就数量来说，已逾百部。据学者许子东统计：截至 2008 年 10 月，至少已出版当代文学史著 72 种(参见《一九四九以后——当代文学六十年》，上海文艺出版社 2011 年版，第 105～109 页)。据我所知，这个数字并不完全，如把一些地方编的当代文学史和分类文学史包括进去，至少在 100 部以上，这还不包括海外出版的若干当代文学史著(如林曼叔的《中国当代文学史稿(1949—1965 大陆部分)》等)。就种类来说，名目繁多。既有各种分类史(如当代小说史、诗歌史、散文史、戏剧史、当代文学思潮史、文艺思想史)，也有区域文学史(如《台湾当代文学史》、《香港文学史》、《湖北文学史》)，还有中国当代文学社团史、流派史，中国当代乡土文学史，中国当代少数民族文学史，等等，可谓百花争艳，异彩纷呈。

第二，已出的当代文学史著，尽管在编写观念，编写体例、框架、方法等方面具有某些同质化倾向，但大都以不同于其他史著的个性特点呈现给读者。或以多元视角观察分析文学现象、文学作品；或强调对当代文学历史的梳理、反思和总结；或重视对当代文学发展外部环境的分析研究；或用美学的标准评价作家作品，强调文学的审美品格；或在对中外文学互相交融、吸收潮流的审视中，用比较的方法审视当代文学的成就与不足，经验与教训。总之，这些史著都以各自的方式评说当代中国文学发展的历史，彰显了当代文学史著的多元风格。

第三，已出的中国当代文学史著多为集体编著，个人著述甚少。在许子东列出的 72 种“当代文学史”中，个人史著仅有五种，即李旦初的《中国当代文学》(北京师范大学出版社 1992 年版)、周鉴铭的《新时期文学》(云南教育出版社 1986 年版)、於可训的《中国当代文学概论》(武汉大学出版社 1998 年版)、洪子诚的《中国当代文学史》(北京大学出版社 1999 年版)、郑万鹏的《中国当代文学史》(华夏出版社 2008 年版)和顾彬的《二十世纪中国文学史》(华东师范大学出版社 2008 年版)。从编写实践来看，由于中国当代文学是在曲折艰难的进程中发展的，许多问题不好把握，集体编写史著既可以集思广益，通过交流研讨解决疑难问题；也可以充分发挥编写者个人所长，有利于提高史著的水平。问题是，全书风格不好统一，水平参差不齐，有些问题因为是集体编著，不便于自由表述个人的观点和看法，等等。个人著述则不受这诸多因素的限制和束缚，有广阔的自由叙写空间，能够充分地施展自己的才华；不足的是，由于著者的视野和知识所限，不可能对史著论述的所有问题都熟悉，编写起来会有一定的困难。但总的来说，个人写的史著更能体现作者的个性和风格，有利于提高史著的学术水平。过去，由于种种因素制约，集体编撰的史著占据主导地位是很自然的，也是可以理解的，这也为个人著史积累了经验，打下了坚实的基础。就今后来说，提倡个人著史不仅是必要的，也是可行的，我期望有更多的具有自己独特风格的、有创见的史著问世。在我读过的文学史著中，勃兰兑斯的《十九世纪文学主流》给我留下很深的印象。这部煌煌六卷本的史著曾对欧洲文学产生过巨大影响，至今“仍不失为一部严肃的、丰富的、宏大的里程碑式的文学著作”。他对文学的见解，他的研究方法，以及他对作家作品的精到评价，对我们仍有启示作用。

杨文军：最后想请您谈一谈：文学史编写还应该注意哪些重要的方面呢？

王庆生：编写一部文学史，离不开史观、史料、史笔三个方面。可以说一部文学史就是由史观、史料、史笔所构成。关于这三者之间的关系，我在1996 年出版的《中国当代文学辞典》的序言中说过：所谓“史观”，即要用史家的眼光分析复杂纷纭的文学现象；所谓“史笔”，即修史要实事求是，秉笔直书，既不溢美，也不饰拙，提倡直书其事的“董狐之笔”，寓褒贬于其间的“春秋之笔”；所谓“史料”，更是修史的基础。今天我想仅就史料这个问题说点个人的看法。

史料对编写文学史之重要，已是毋庸置疑的事。梁启超就说：“史料为史之组织细胞，史料不具或不确，则无复史之可言，史料以求真为尚，真之反面有二：一曰误，二曰伪。”冯友兰提出对史料要做四步工作，每一步都必须合乎科学要求。这四步是：收集史料要“全”，审查史料要“真”，了解史料要“透”，运用史料要“活”。要做到“全”、“真”、“透”、“活”这四个字是很不容易的。就拿收集史料要“全”来说，我们现在收集的材料还是不完全的。最近看了洪子诚先生的一篇文章，他在文章中披露了与中国作协党组扩大会议有关的一些重要材料，包括邵荃麟、冯雪峰、林默涵、张光年、郭小川等人所写的“交代”、“检讨”和该次会议上的部分发言内容(参见《材料和注释：1957 年中国作协党组扩大会议》，《文学评论》2012 年第 6 期)。洪先生披露的这些材料，理应为当代文学史的编者们所掌握，但其中大多数材料我此前无缘得见。由此使我想到，当代文学进程中发生的一些重大事件(比如 50 年代开展的几次大的批判运动、历次文代会召开的前前后后以及一些文学事件和文学作品的争论等)，我们所掌握的材料还是有限的、不完全的。这一方面需要进一步收集当事人的相关材料(如日记、信件、回忆文章等等)，另一方面也需要有关部门把相关的内部材料“解密”，以供研究者参考。研究者只有全面掌握了材料，才有可能去粗取精，辨伪存真，对当代文学变革进程中发生的文学现象和文学事件作出正确判断，给历史留下真实而又珍贵的印记。

说到材料，还有一个问题需要注意：我们现在使用的材料多是“静态”的(作家作品、作家传记、作品评论，等等)，但我们对“动态”的材料关注不够。前几年，王先霈、王又平、於可训三位先生曾主持过“新世纪以来文学创作若干情况的调查”，他们所调查的项目，包括“大学教育与作家创作关系”、“近年几个活跃的地域作家群”、“近年文学所接受的外来影响”、“近年影视剧对文学创作的影响”、“网络诗歌状况”、“当前文学期刊的困境及出路”、“当前青少年文学阅读”等(参见《新世纪以来文学创作若干情况的调查报告》，春风文艺出版社 2006 年版)。他们所调查的这些项目，就是我所说的“动态”材料。编写当代文学史著，就需要关注当代文学的生产、传播、接受等等情况，把“静态”和“动态”的材料结合起来，从而体现史著研究的鲜活性和当下性。

本次访谈由武汉大学博士生邹小娟协助录音整理

(原载《新文学评论》2014 年第 4 期)

史观·史识·史鉴①

——谈深化中国当代文学史研究

王庆生： 在中国当代文学史研究的现有基础上来谈论一下“深化”的问题，我觉得是相当适时，也是颇为贴切的。

范际燕： 是的。提出“深化”的问题之所以适时，我想是指中国当代文学史研究发展到今天，应该对它进行一番回顾和审视才能弄清楚下一步继续促使其深入发展的方向和方面；用“深化”这个词之所以贴切，是指我们不是抛弃以往形成的研究基础和成果，从零开始，另起炉灶，而是在现有研究成果和认识基础上的继续深化。

王庆生： 同文学史研究的其他领域相比，中国当代文学史是一门年轻的学科，“文化大革命”以前研究得不多。记得那个时候出版的有关著作，一本是中国科学院文学研究所编写的《十年来的新中国文学》，另一本是我们华中师大编写的《中国当代文学史初稿》。从有无这个角度来说，这两本书具有开创性质；但从学术这个角度来看，仅仅是蹒跚起步而已。进入新时期，中国当代文学史的研究有了长足的发展。据我所知，有关这方面的著作不下上百种，其中有通史和各种分类史。在短短的十几年中有这么多的当代文学史著作问世，标志着中国当代文学史研究的活跃和繁荣。

陈美兰： 不过从学科建设的严格意义上说，新时期以来的十多年大约还只能说是中国当代文学史研究的初创阶段。在这个阶段上确立了中国当代文学史研究的对象和范围，界定了其性质和分期，使当代文学史研究初具学科形态，并且促使它作为一门相对独立的学科，从现代文学史中分化出来，同狭义的现代文学史研究比肩而立。从这个阶段所取得的成果来看，我以为它主要完成了这样两项任务，一是将新中国文学 40 年的历史条理化。二是确立了一批当代作家在中国文学发展中的历史地位，另外，对于文学在当代发展的一些规律性问题也作了一些初步的探索和总结，我们今天来谈论中国当

---

① 本文系王庆生、陈美兰、范际燕和王又平关于深化中国当代文学史研究的对话，发表于《文学评论》1992 年第 5 期。陈美兰系武汉大学教授、博士生导师，范际燕系湖北大学教授，王又平、王庆生系华中师范大学教授、博士生导师。对话由王又平教授整理。

代文学史研究的深化问题，自然不能离开前十余年所创建的基础。

王又平：说深化不能离开现有的基础，我想，是不是包含着这样两重意思：其一是指我们应当充分尊重和继承我们既有的研究成果，不能以形而上学和虚无主义的态度抹煞既有的研究成果，割断当代文学研究的历史传统；其二是指既有的基础和成果必然地是深化当代文学研究的反思对象。要使我们的研究得以深化，反思是必不可少的思维环节。深化当代文学史研究就包含了对既有的文学史观念、思维模式、价值尺度、研究方法等诸方面的反思，而这一切是以感性的、对象化的方式存在和体现于既有的研究成果中的。因此，当我们说深化当代文学史研究不能脱离既有的研究基础和成果时，不仅要从中发现积极和消极的方面，总结出经验和教训，更重要的是从中发现我们的观念、价值、方法等在文学史研究中的有效性和局限性，并给以必要的补充、调整或改造，从而促进研究的深化。

范际燕：的确，深化当代文学史研究，不单单是修订个别观点或评价，也不单单是增删个别作家、作品。我认为，首要的问题是需要反省一下我们的——

文学史观念和当代文学史研究

陈美兰：我以为无论文学史的编撰者是否自觉，每一部文学史，甚至每一项文学史的研究成果终归是某种文学史观念的感性展开。

王又平：我想是这样。从体例的设置，史料的选择到描述的方式、评价的尺度，无一不体现着作者的文学史观念，换句话说：一部文学史总是以感性的方式回答着“文学史是什么”、“什么文学现象在历史上是有价值的”诸如此类的问题。这些都属于文学史观念的问题。对于文学史的研究者来说，区别仅在于他们是自觉还是不自觉地形成和利用着某种文学史观念，或者说是以理论形态还是非理论形态的方式把握着某种文学史观念。

王庆生：文学史里缺乏文学理论和文学批评是难以想象的。

陈美兰：对于许多文学史的编写者来说，好像并不是十分自觉地思考文学史观念的问题的。这大概是当代文学史研究难以深化的原因之一。

范际燕：其实缺乏自觉的思考并不表明他们没有文学史观念，他们完全可能从其他文学史著述中受到某种文学史观念潜移默化的影响，或者在一些时风影响下形成某种文学史观念。

王庆生：情况确实是这样，比如，回想当代文学史学科建设、发展的这么些年来，从事当代文学史研究、教学，编写当代文学史，常常为一时的政治风向所左右，一个政治运动一来，一批作家就不行了，他们的作品不是被查封，就是受批评。搞教学的，不得不重写讲稿，写文学史的不得不考虑谁上、谁下，也顾不得这样做，是否会造成文学史环节的空缺、疏漏。运动过后。作家平反了，又要恢复过来，这样，很难反映历史的真实面貌，一部文学史就成了受制于一时的政治运动的历史，严重的还会被一时的政府运动、政治观点所歪曲。这种因政治而定人、因人而废文的做法大概也表现出一种文学史观念。

陈美兰：在同一种文学史观念的支配下，有些作家作品又会因为迎合了一时的政治需要而被捧得很高，放在文学史中的重要位置上。

王又平：范老师好像曾把这种文学史观念概括为“政治决定论”的文学史观念。

范际燕：是的。其实这也不是我的发明。早已有人指出，我们的当代文学史是以文学史面貌出现的社会政治史，这话或许说得尖刻、偏激一些，但我们许多当代文学史在编写体例、分期、性质界定和对材料的选择上，几乎都同样受到“政治决定论”的影响。即使在近几年的文学史著作中，治史者也没有摆脱以政治形势甚或政策的变动为根据，去解释、去评价当代文学史现象的狭隘角度，以至让人感觉到文学现象不过是外在的政治因素的附生物。在这里，某种文学现象兴盛或衰微的深层文化心理的和美学的内在根据似乎没有了，作家在作品中展现的复杂而独特的心灵世界消失了，整个文学史也因此而成为靠文学事件和作家作品演绎出来的政治说明书。

王又平：这种文学史观念一方面提供了文学发展的基本模式，即以政治事件作为文学发展分期的主要依据，这个模式多少年来约定俗成，相沿成习，无形中把对当代文学史的描述变为对中国当代政治史的补充。由于对文学与政治的对应关系的过于强调，无疑又牢牢维系和巩固了“文学从属于政治”的观念。另一方面，它提供了评价文学的价值标准，即以文学对政治需要的适应和契合程度为评价文学的首要标准。这种价值取向深固难徙，决定着文学史实的甄别取舍和作家作品的地位高下。这两方面大概是“政治决定论”的文学史观念的主要内涵。

王庆生：我以为，传统的文学史观及其描述模式的有效性不应全盘否定，它能够揭示出中国当代文学发展与中国当代政治的密切关系。而这种密切关系作为客观事实，正是中国当代文学发展的独特性之一。在目前还很难找到其他描述方式来凸现中国当代文学在中国当代政治的震荡和冲击中曲折发展的具体行程，所以从文学和政治的关系着眼，也不失为一种观察和描述文学史的角度。问题在于，一是不能把它当作唯一的模式，二是必须把作为文学的文学史当成我们的出发点和落脚点，三是不能把政治视为文学发展的“决定”因素。

范际燕：有你作的这个补充，会使我们的思考更加全面一些。我曾参加过朱寨同志主编的《中国当代文学思潮史》的编写工作。对于中国当代文学史我有一个很深的感受，就是它与政治史的联系实在太紧，我们几乎不可能抛开政治历史背景来孤立地谈论它。而政治在很长一段时期内又是一个很敏感的话题，即使你单纯从学术或艺术的研究角度对一些在政治上有定评的文学事件或作家作品给予重新评价，也很容易被简单地看作是为某某“翻案”，或者是要“否定”什么。为了避免这些麻烦，我们的那本思潮史在当时也只能采用社会政治史的思路来描述文学思潮史，只是尽可能以客观公正的态度对“历史是什么”作出较为清晰的描述。回过头去看，这本书的确反映了中国当代文学思潮史同当代政治相互纠缠这一特点。但是毋庸讳言，当时我们缺乏一种建立在理性批判基础上的理论穿透力和更开阔的文化视野，因此没能努力去揭示“历史应该是什么”，缺乏这种深度和批判力的文学史，往往会给人一种中国当代文学的发展只能由政治来决定的宿命观。所以，有时在我们的文学史中越是强调文学同政治的密切联系这一特点，越是加深着人们关于政治决定着文学发展的观念。我想，这大概是“政治决定论”的文学史观如此普遍而且深固的原因之一。

陈美兰：这种文学史观念的主要局限恐怕还在于忽略了文学发展的诸多内外在因素，以及它们相互间的复杂关系。

王又平：在这种观念支配下的文学史恐怕也很难体现出当代文学发展的内在规律，或者说美学的规律。

范际燕：正是这样，当代文学史研究中的许多“误区”与“盲点”恐怕与“政治决定论”的文学史观念不无关系。例如对中国当代文学性质的界定，遵循的似乎就是一种姓“社”或姓“资”的政治思路，具有极强的排他性；造成了对作家作品判断、评价上的一系列失误。另外是对许多“非主流”的文学现象的有意忽视，如对十七年中路翎和肖也牧的创作，在现在的一些文学史中，只是作作一般的翻案文章，却没有认真研究他们对当代小说创作可能具有或应当具有的意义。我们的文学史可以把很大的篇幅让给沿循旧路的诗作，对“朦胧诗”和诸多现代诗派却相当吝啬，原因无非是对其政治倾向持有疑问。

王庆生：何其芳当年呼吁要重视对李煜、李清照、王维、孟浩然、李商隐、马致远等人的“带有中间性的作品”的研究，并且下大力气去研究李煜，似乎就是为了纠一纠文学史研究中“政治决定论”的倾向。

王又平：忽视对“非主流”作家作品的研究，文学史中那种完整、真实的“历史感”自然就难以产生。我自认为我们华中师大编写的《中国当代文学》第三卷是很不错的。可是很多青年朋友和学生们还是不满意。他们问我：你说对新时期诗歌发展的影响是艾青大还是舒婷等朦胧诗人大？你们给艾青十个页码，却只给舒婷两三个页码，也太不公平了。

范际燕：这恐怕就是我们的文学史观念造成的狭隘与偏颇，它使治史者无法获取更开阔的理论和历史视野，借助于现代哲学观念、文化观念、美学观念通观文学的发展，以便对当代文学史实进行合乎历史发展的内在逻辑的整合。

陈美兰：说到这里，我觉得还有个比较重要的观念需要辨清，这就是关于如何认识文学发展中的“他律”与“自律”问题。所谓“他律论”即认为文学发展的根本动力是“外在因素”，也就是社会政治、文化等因素。你们刚才谈论的“政治决定论”就是一种绝对化了的他律论。所谓“自律论”即认为文学艺术史就是文学形式自我生成、自我转换的历史，推动文学发展的是文学形式、结构、技巧等“内在因素”。

王又平：俄国形式主义可以视为自律论的典型代表。

陈美兰：我觉得问题主要还不是在于这两种鲜明对立的观念，因为它们各自的片面性是很明显的。问题是出现在当我们寻求超越这二者的片面而要建立一种比较正确的文学史观念的时候。

王庆生：在你的新著中国当代长篇小说创作论中，你大概就是在寻求一种超越吧？在引言中你说，从“纯文学”的角度研究文学，是难以真正弄清文学本身的，对单个篇章的解剖，也难以获取艺术的真谛。文学有它的自我生存空间，一定时期的经济形态以及在此基础上形成的政治、文化、道德、伦理、情感方式、思维方式都会理所当然地向文学的本体不断渗透，不断产生影响力。

陈美兰：我不敢说自己是否已经找到了或者实现了一种超越。写这本小册子的时候，我主要是考虑到，在过去文学史编写中，我们偏重于从“他律”的角度去阐释文学的发展，而对于文学自身发展的内在因素深入研究不够。我以为研究文学史，当然要重视文学自身的规律，仅从外因去解释是不够的。正如新时期文学的出现，如果仅认为这是粉碎“四人帮”的直接结果，或者是国门开放，外来文化激发的结果，这显然是不全面的。

王又平：捷克结构主义批评家穆卡洛夫斯基当年针对这种他律论就曾指出，我们不应当把艺术只看作是社会发展的直接结果。艺术结构中的变化确实受到外部的刺激。但是这些冲击被感受和发展的性质与方向，却只取决于内在的美学前提。

陈美兰：但是因此而把文学发展的内因归于形式或文学内在结构的不断交替演变，也是片面的。曾经有这么一种看法：认为解决上述二者的片面时应该寻找到一个决定文学发展的“中介物”，也就是说，需要承认社会“外在因素”的影响，但这种影响是通过“改变人的感受方式和心理结构”从而外化成一种新的“形式感”而实现的。这种认识似乎超越了形式主义的文学史观，但它把新的形式感的形成视为文学发展的动因，这同俄国形式主义把“陌生化”视为文学发展的动因并没有多大区别，实际上并没有完全摆脱形式主义文学史观的局限。

范际燕：我倒是觉得形式主义文学史观也不乏合理性，至少它在阐释文学发展时没有忘记文学，而且确实对文学发展、演变的内在机制作出了一些具有启发性的阐说。

王庆生：对形式主义理论中的合理成分当然应该大胆吸收。问题在于文学发展的内因是否仅仅是形式的转化。

陈美兰：我觉得正确认识文学发展中的他律和自律及其相互关系，准确把握文学发展的真正动因，这是我们确立科学的文学史观念的一个重要前提。至于文学史发展的内因，我以为还是应该从文学的内容与形式的矛盾运动中去把握。一个时代社会生活的发展包括了政治、经济、文化等因素，它们为文学提供了新的内容，也提出了新的审美要求。这就给文学自身的调整提供了契机，激起了文学内容与形式的矛盾运动，当旧有的形式无法容纳和表现更新、更丰富的生活内容，就必然引起形式的变革，从而促使整个文学向前发展。同时也要看到另一种情况：当文学在形式上脱离生活内容的要求，仅以某种“横移”的方式孤立地“自我律动”，这有可能造成文学的萎靡，只有当形式的自我律动与相应的文学内容取得协调，它才能以新的存在方式显示出文学的发展。再啰嗦一句：单纯形式感的变化并不就意味着文学的发展，只有当这种形式感与这时代新的生活内容相应，获得协调时，这才是文学发展的标志。我的那本小册子虽然没有采用文学史的体例，但确实想力图体现这种文学史观念。

王又平：在这种观念指导下，您的大作表现出了您对文学史实的一种整合方式。也就是您在书中所说的：从文学的发展动势“去探视内在的与外在的因由，从创作所呈现的若干个重要侧面去考察内在的构成及形成这种艺术构成的驱使力量”。

范际燕：但是具备一种自觉的文学史观念的著述，往往会体现出一种文学史风格。而我们有许多文学史给人的印象不过是史料汇编，或者是作家作品的评论集成，就像西方一位批评家说的那样：“将一排单独的诗、小说、戏剧排列在政治或社会的背景或舞台上——就像浮在海面上的一串浮木——并不能提供给我们文学的变化着的历史图景。”

王庆生：文学史就得具有历史和文学的特点。王瑶先生说：“文学史既是文艺科学，也是一门历史科学，它是以文学领域的历史发展为对象的学科，因此一部文学史既要体现作为反映人民的文学的特点，也要体现作为历史科学，即作为发展过程来考察的学科的特点。”我以为这一概括不论对古代文学史、还是现当代文学史都是恰当的。一个时代有一个时代的文学，研究文学史，不能脱离一个时代的历史特点。列宁说："在分析任何一个社会问题时，马克思主义理论的绝对要求，就是要把问题提到一定的历史范围之内。"研究当代文学史，就要把当代文学的发生、发展放在一定的历史范围之中，因为当代文学的发生、发展、性质、特点，当代作家作品的成就大小、得失，都与当代的历史条件密切相关，脱离了一定的历史范围，就不可能对当代文学诸现象及作家作品作出正确的、切合实际的解释和判断。这是治史的一个重要方面。但更重要的是不能忘记我们研究的是文学史，借用一个时髦的词来说就是不能失落了文学这个"本体"。既是文学史，就要根据文学发展的特点，规律来修史，这个看法好像还没有很深地植入我们的文学史观念中。

陈美兰：在这方面我们过去的思考确实不深入。西方有些文学史观念倒值得我们借鉴。

王又平：现代西方的文学史观念也是多种多样的。例如法国批评家托多洛夫对文学史的理解受到俄国形式主义的影响，他认为文学史研究最迫切的任务是研究这种或那种形式要素的功能的可变性。德国批评家姚斯从接受美学的角度提出"文学史是一种审美接受与生产的过程"。韦勒克则认为："文学上某一个时期的历史就在于探索从一个规范体系到另一个规范体系的变化。"这些观念的理论前提虽然互有差异，但有些共同之处却能给人以启发，其一是在文学史的描述中要把握住文学的审美特性，其二是要从众多的单个作品中抽象和概括出文学的规范体系或价值系统，其三是要揭示出这些体系或规范的连续性或历时性。这些看法大概可以弥补我们的文学史观之不足。

王庆生：确实是这样。研究文学史，自然离不开作家作品研究，离不开对各种文学现象的研究。但这种研究绝不是孤立地就事论事，就作品论作品，而是要把各种文学现象、作家作品以及环绕着它们的诸多政治、经济、文化、心理等因素作为一个有机的整体进行综合研究。丹麦文学史家勃兰兑斯认为，一个作品固然是一个独自存在的完备的整体，是一件完美、完整的艺术品，但"它却只是从无边无际的一张网上剪下来的一小块"，因此文学史既要揭示包含着大量作品和文学现象的网络和体系，又要揭示这体系生成、发展、演变的连续性过程，不能把整体拆成孤立的、历时的，视为静止的。我想一部文学史的历史感大概就是从文学体系的连续性过程中产生的，当然，不论就体系的构成来说还是就过程本身来说，都应当得到文学的"内部"和"外部"的说明，

范际燕：这是反省、调整、补充我们的文学史观念的一个思路。我则在想，不同时期的文学，体现了不同时期的价值形态，每个具体的作品又体现

了不同作家所追求的价值形态。文学的历史既受到历史和文化中一般价值形态的规定，又不断地创造出新的价值形态；文学作品的内容、创作方法以及具体表现手法既承袭着既有的价值形态，又无不参与着新的价值形态的构成，要是从这里着眼，是不是可以改变一下我们的文学史观念，找到一种新的文学史描述方式？

王又平：按照你们各自的思路去写当代文学史，或许面貌会各不相同。这大概正是我们当代文学史研究中应当追求的——

学术个性和史家风范

王庆生：从现有的各种当代文学史来看，学术个性不够充分，或者根本就缺乏学术个性，这看来是个通病。明显的表现一是编写体例的大同小异。回过头去看看不同院校编写的那么多当代文学史，一般沿用的都是“文艺思想斗争＋作家作品分析”的体例；二是分析作家作品一般化语言多，往往是“思想内容＋艺术特点”，落套而且平淡，至于这个作家作品有什么特点，这个作家与那个作家创作风格上有什么不同，很难分辨出来。同样的一套语言往往既被用于这个作家作品，又被用于那个作家作品；三是深刻独到的见解很少，常常是人云亦云，编书一大抄，很少有编者自己的见解。

陈美兰：我想这大概是由于前一阶段的当代文学史建设，基本上是教材建设，而且是作为基础课的教材建设，因此特别强调全面性、稳妥性和系统性。同时，这类教材型的文学史大多是集体编写的，所以，它们往往只在总体内容上各有侧重，如北大编的《中国当代文学概观》只写文学创作不写文艺运动，北师大等十院校编的《中国当代文学史初稿》则既写文艺运动又写作家作品，但同时下限只到 1979 年，华中师大的《中国当代文学》则写到 1986 年，新时期文学几乎占了一卷。虽然还可以举出分期有所不同、作家作品的选择有所不同等等，但真正在学术个性上都不甚鲜明。

王又平：同其他文学史相比，当代文学史的学术个性尤其要弱一些，这当中也有些客观原因。一是要受到政治环境的制约，即使你有自己的看法、见解，你还得根据一定的政治情势，考虑一下哪些话该说，哪些话不该说，编当代文学史教材就更是如此了。二是要受到活人的制约。其他时期的文学史绝大多数作家都已去世。只是现代文学史有个别例外。对于死人，说好说坏，由得写史者去评说，对于活人就不一样了，上史还是不上史，上史给多大篇幅，排在前面还是排在后面，同什么人排在一起等等，多多少少要受到在世的作家的影响，要考虑到他们的意见，完全不考虑，恐怕一时还难得做到。三是我们自己同我们的研究对象之间距离太近。缺乏距离，在把握历史时就缺乏历史的整体感和透视感，也容易为一时的社会思潮、文化心态乃至于个人情绪所左右。这些原因恐怕都会在不同程度上削弱当代文学史研究中的学术个性。

陈美兰：当代人写当代史自然有不可避免的局限，但也有它的优势。作为这段历史过程的参与者、目击者，他对历史的感受、体验、理解，这是后来者和局外人所无法替代、也无法获得的。我想我们要自觉把握和发挥这种优势。那么，在当代文学史的研究中，在哪些方面可以更充分地发挥这一优势呢？第一，可以充分利用当代人之便，直接掌握当代文学发展的第一手材料，并运用它们来说明和确证一些文学现象、事件出现的前因后果、历史过程，充分写出历史过程的丰富性、具体性和内在的逻辑性。第二，可以感同身受地写出当代作品对当代人所施与的精神影响，以及当代人的精神需求对作家创作所起的促进作用，也就是说有助于文学史研究中反映出当代作品与当代人精神发生互动的双向过程。第三，及时地进行史料的钩沉。由于时间距离不长，对一些被遗漏、被疏忽或者被不合理弃置的有价值的史料，可以及时给予补充，当代人考订当代文学的各种史料较之后人有更多的便利之处。总之，倘若我们更自觉地把当代人的优势在当代文学史研究中充分发挥出来，那么我们的工作对后人来说，就更具有特殊的、不可替代的意义。

范际燕：我也觉得当代人写当代史同学术个性与史家风范并不矛盾。在这里我们首先要摆脱一种虚假的“客观性”的缠绕。我们常常把史料的编年序列看成最具客观性的，其实这种客观性是要打引号的。这种编年史本身就是修史者对于历史形态的一种解释——解释活动当然是具有主观性的。且不说修史者自己发表的解释和判断，仅就材料取舍、分期方式来说，就无法排除修史者的主观性，更何况文学史从来就不是资料的堆积、事实的总和或评论的汇编。

王又平：英国美学家、史学家柯林伍德有个很有意思的说法，他把排列过去的现成史料、根据抄录和组合各种权威的引文而构造出来的历史称为“剪刀—糨糊历史学”或“剪贴史学”。他认为，把历史当作一系列连续发生的事件，完全是“假历史观念”。他发挥了自狄尔泰以来在西方普遍流行的史学观念，即在历史研究中并没有自然科学那种意义上的客观性。

范际燕：我并不打算否认历史研究中的客观性。至于说到学术个性，我以为就是文学史著作中所显露的治史者的主观性。它是治史者的学识、理论素养、艺术感受力和鉴赏力等一系列主观能力的综合表现，可以从史料的占有与发掘、史实的取舍和梳理、研究的角度与视野等各个方面得到体现。问题在于所谓客观、公正、全面、稳妥的“教科书意识”往往磨平或者抑制了学术个性，编写者所考虑的不是如何调动自己的主观能动性，发挥自己的个性，而是如何稳妥、保险，因此更多的是迁就、顺从一些流行的看法或权威的观点，即所谓“从众”和“唯上”，于是稳妥是稳妥了，但学术个性也没有了。

王庆生：要加强学术个性，我想是不是应当从史料、史识、史笔三个方面入手。先说史料，不管怎么说，史料是修史的基础。研究当代文学史，首先要占有大量的、充分的第一手材料。现在当代文学史多了，相互转引转抄的也多了，引用的史料大同小异，似曾相识，说不上有什么学术个性。《中国当代文学思潮史》在史料上就很下功夫。据说在写作时查阅了大量公开的、不公开的报刊资料、内部通讯、会议纪要，对文艺界几次重大斗争的来龙去脉、前因后果进行了周密的调查，所以尽管有些观点、评价现在看来显得拘谨了一些，但仍然不失学术价值。

范际燕：我们写《思潮史》时的时候可是泡在资料堆里，成天翻翻捡捡，抄抄写写。朱寨同志在这方面要求很严。当时有些观点要直接表述还有些麻烦，我们的想法是让史料说话。

王又平：古代和现代文学史研究都很重视史料考订，相比之下当代文学史研究在这方面显得很薄弱。我读西方学者写的《剑桥中华人民共和国史》、《“文化大革命”的起源》、《中国的反右派运动》等书籍，常常感叹他们对材料的发掘、整理比我们还仔细，有图表、有数据、有原始材料。人家也不一定掌握了什么内部材料，大多还是利用公开出版物。我感觉当代文学研究在史料上还有很多工作要做，且不说一些细枝末节的问题，就连一些重大史实也还不很清楚，比如说“文化大革命”、“样板戏”这些提法最初见于何时何地，周扬长期作为毛泽东文艺思想的权威阐释者怎么会突然被打成“文艺黑线的祖师爷”等等。还有些史实本来是清楚的，但由于各种原因并没有被吸收到我们的文学史中去，结果不少当代文学史是陈陈相因，甚至以讹传讹，观点旧，材料也旧，当然无学术个性可言。

陈美兰：要是当代人能尽其优势，钩沉史料，把当代文学史中若干重大事件的来龙去脉梳理清楚，写成史话，这对于深化当代文学史研究也是功德无量的好事。

王庆生：掌握了丰富的史料还要进行严格的鉴别、筛选，去粗取精、去伪存真，提炼自己的观点，形成自己的见解，这里就有个史识问题，即要有史家的眼光，对复杂的文学现象提出有独创性的、有启发性的看法。

范际燕：史识恐怕是学术个性的核心之所在。文学史不同于史料的编年序列大概就在于治史者以自己的史识澄明现象背后存在的价值和意义。也许可以说史识是治史者对于文学史料的穿透力、贯通力、直觉力和消化力。

王庆生：是不是还可以加个浓缩力或者概括力。鲁迅在《汉文学史纲》中仅用酒、药、女、佛四个字就概括了汉魏六朝文学的主要特点，用廊庙与山林就总结了唐代文学的基本特征，不仅慧眼独具，而且言简意赅。勃兰兑斯在分析《少年维特之烦恼》的时候，不像一般评论家沉溺在对这个炽热而不幸的爱情悲剧的无穷感叹中，而是指出它的重要意义不仅仅在于表现了个人孤立的感情和痛苦，而且是整个时代的感情、憧憬和痛苦。他说，维特作为“一个伟大的象征性人物”不仅代表了新时代的精神，而且代表了新时代的才智。这些分析既是深刻的，也是独特的；它们不仅基于对史料的把握，也发之于他的史识。他认为，“文学史，就其最深刻的意义来说，是一种心理学，研究人的灵魂，是灵魂的历史”。从这一见识出发，他发现了作品的新的意义和文学史价值。

王又平：您举的例子也正说明一个文学史家也必须同时是一个批评家、理论家。许多人对当代文学史的研究者有一种偏见，似乎当代文学史的研究者没有多大学问，搞不了古代、现代文学，又搞不了美学、文艺理论的，就去搞当代文学。这当然是误解。但是在当代文学史中，人云亦云的一般化的评述太多，为某一政策、某一领导人的讲话所作的注疏、引证太多，这也是事实。领导人一说“两结合”，好作品就都成了“两结合”的，一说“阶级斗争”，不写阶级斗争的作品就有了问题，这虽然发生在过去，但遗风犹存，治史者自己的声音、自己的见解还是太少。这与许多治史者缺乏对理论的关注和热情有关。

陈美兰：研究者的理论素质和修养的确亟待提高，首先是提高马克思主义的理论水平，这是我们的世界观和方法论。同时还要尽可能了解当代世界社会思潮、文化思潮、文学思潮的各种理论表现，否则我们对于处在世界性交往的中国当代文学就会越来越感到隔膜和陌生，更不用说去理解和说明它们了，当代文学史研究者应具的素质是多方面的。除了理论方面的素养，根据这个学科的特点，它还要求研究者对当代以前的历史过程、历史规律有所把握，训练出贯通历史的深邃目光；同时对新涌动的艺术潮流、对新萌生的艺术现象有极敏锐的感受力和观察力。一头联系着遥远的过去，一头面对着无限的未来，这是这门学科对于研究者的特殊要求，当代文学史研究中的史识也是从这里产生出来的。

王庆生：再说史笔。修史要秉笔直书，实事求是。钱谷融先生最近在一篇文章中说，评论作品要从自己的实际感受出发，“坚持有好说好，有坏说坏。要保持理智的清明，不失自己的独立个性”，这话说得很中肯。作为一位史家，不能为形势左右自己的信念，也不能以个人的好恶作为判断是非的标准，要本着对历史负责、对后人负责的态度来写史。要做到这一点很不容易，但必须努力去做。

王又平：确实，掌握了史料，形成了史识，没有史笔也不行。我们写史的不是把史料、史识暗诵于心中，而要公之于社会，让同时代人、让后人知道中国当代文学经历过怎样一段历史，让他们知道我们是怎样评论这段历史的，这既需要“董狐之笔”直书直事，也需要“春秋笔法”寓褒贬于其中，这除了要有才、识，还需要有胆，自古以来，史笔就被认为是修史者人格精神的完整体现，这种写史的传统应当把它发扬起来。

范际燕：我很钦佩古人那种不隐恶、不溢美、不为尊者讳、不为贤者讳、不为亲者讳的修史精神。写史不是写应景时文，来不得迎合趋奉，古代修史精神说到底就是不为尊亲所动、不为流俗所动，这需要勇气和胆识。王又平说得对。史识发之于心，史笔形之于外，司马迁列项羽入本纪，取陈涉进世家，就是形之于史笔的史识，而这史笔也就体现了他抗流俗、抗尊亲的真精神。我们写当代文学史的既关涉到尊亲者——而且有很多活着的尊亲者，又身处于流俗中，发扬这种真精神就尤其重要了。

陈美兰：现在很多当代文学史对作家作品筛选不够严格，过宽、过泛，有些是出于编写者的偏爱，也有些是要考虑到各种关系，比如作家本人或他们的亲属是不是会有意见，会不会使领导觉得为难等等，这些都会给编史者带来影响。

王庆生：所以我们的文学史既有溢美问题，也有恶美问题，但更多的是溢美。比如有些作家评述就把话说得过满。像有些很有成就的作家，如郭沫若、柳青、赵树理、杨朔等，赞辞也似乎过多，而对他们创作中的弱点和缺陷的剖析则感欠缺。对于新时期崭露头角的青年作家，有的也捧得太高，什么“开了现代小说的先河”“创造了一个崭新的艺术世界”等词都用上了，事实上这并不符合实际情况。冯牧在华师召开的《中国当代文学》审稿会上曾经这样说过，我们对于作家作品，不管有多么高的成就的作家作品，都要采取严格的、实事求是的、一视同仁的态度，力求做到不夸大他的成就，尽量减少溢美之词、名不符实的描述、不留余地的颂赞，也不作不切实际的吹毛求疵，要作出严格的、一分为二的分析，这个意见是很有针对性的。

陈美兰：要是我们多在史料、史识、史笔上多下功夫，自然会使当代文学史的研究水平大大提高。学术个性和史家风范不是故作人为的，而是在深入透彻的钻研中自然生发的。

范际燕：为了不至于让集体意志“教科书意识”磨平学术个性，我想现在应该多鼓励个人著述当代文学史，创造出史出多门的局面。

陈美兰：那么你不妨说说你对当代文学史研究的——

构想和展望

范际燕：具体的意见一时也很难说清楚。我只是感觉到在现有的当代文学史中一些通常的提法和写法值得斟酌的地方太多。比如仅仅根据中华人民共和国的成立作为划分现代和当代文学的根据，理由就不太充分。至少还应当就它们在美学特征、审美形态等方面存在哪些区别作出说明，毕竟我们是写文学史，不是社会政治史，不仅要从外部，也要从文学内部找到文学分期的根据。光说中华人民共和国的成立标志着中国当代文学的开端，是否简单、机械了一些。

王又平：分期确实是个值得研究的问题。不光中国现当代文学的分期，包括中国当代文学内部的所谓“三分法”、“四分法”，都还是以政治分期为根据的，作为一种分期方式，这并没有什么不可以，但是在更深入的研究中，这并不是一种不可打破的成规。克罗齐说：“思索历史当然就是把历史分期。”他又说：“分期对思想来说是内在的，是由思想所决定的。”不同的分期方式体现了不同的思想观念。你认为政治对文学的发展有决定作用，你就不难接受以政治事件为根据的文学分期；你认为文学的发展变化应当从文学自身得到说明，你就会从文学的审美观念、审美形态等方面去寻找文学分期的根据。我主张最好是将各种因素综合起来加以考虑，这就需要我们作出更加细密的考察和研究。而各自的着眼点和思路不同，很可能从不同方面改变中国当代文学分期的现有格局。

陈美兰：我总觉得“当代文学”这个概念也值得斟酌一下。过去，几乎是约定俗成地把新中国成立后的文学称为当代文学。这个称谓我回想了一下，大约是 50 年代末 60 年代初才逐渐使用开来的。在王瑶先生 1953 年出版的《中国新文学史稿》的最后部分，专门附设了“新中国成立以来的文艺运动(1949—1952)”一章。1956 年刘绶松先生著的《中国新文学史初稿》，也以“新中国文学的开端”作为最后一章，可以看出，当时的史家是将新中国成立后的文学作为中国新文学的一个不可缺少的组成部分来看待的。1959 年中国科学院文研所编写的《十年来的新中国文学》也未用“当代文学”这个概念。最早以专著形式提出这个概念的，大概是你们华中师大在 1962 年由科学出版社出版的《中国当代文学史稿》。它的内容就是新中国文学。当时使用这个概念大概是为了同已经普遍使用的“现代文学”这一概念相区别。况且，那时新中国文学也只有十多年时间，名符其实应属中国的当代文学。

王又平：“当代文学”在英语中是 contemporary literature，有“同时代”、“同龄”、“同时期”的意思。

陈美兰：但到了今天，新中国文学已经有四十余年的历史了，时间上超过了新文学的前三十年，即所谓“现代文学”，我们仍使用的当代文学概念，从时间上看似乎已失去了确切的限定。用发展的眼光看，未必今后五十年、一百年的文学史仍称“中国当代文学史”？所以，我觉得现在已经到了对这一概念作出更严格的界定的时候了。

王庆生：朱寨主编的《中国当代文学思潮史》把“当代”的下限划在1979年，而把此后称为“新时期”，不过这样区分也还是有点别扭。

陈美兰：当然，空谈概念是件麻烦事。但对“当代文学”这一概念来说，若不根据文学发展的实际进程作出严格的界定，那么随着历史的发展和研究的深化，会带来更多的麻烦。我以为，“中国现代文学”是相对于“中国古代文学”而提出的，除了历史年代的区分，就其内涵而言，还有向现代转化的意味。以历史的宏观眼光来看，这是一个相当长的历史过程，远远不是在“五四”以后的三十年间就能完成的。新中国文学，或者通常所说的“当代文学”是中国文学现代化过程中的一个历史阶段，无疑应当归并到中国现代文学这个文学史范畴中，把它同现代文学分割并且与之并举，这对我们的研究和后人的理解，会造成许多障碍。

王庆生：你们提出分期和概念的问题，都有点重新审视和建构当代文学史的基本构架的意味。我还想补充一个编写体例的问题。现在已有的各种当代文学史在编写体例上大多大同小异。开始部分是文艺运动和文艺思想斗争，后面是小说、诗歌、散文、戏剧等几大块。

范际燕：还是你们当年编写《中国当代文学史稿》的体例。整整30年了，30年一贯制。

王庆生：现在有些文学史已经打破了这个框架，例如人民文学出版社出版的《中国新文学发展史》是以对作品的主题内涵的演变加以分类来构成文学史框架的。北大出版的《20世纪中国小说史》在总体构思和编写体例上也有自己的特点。当代文学史就我看到的几种来说，没有什么大的突破，倒是有本四川文艺出版社出版的《中国当代文学扫描》在编写体例上有些新路子。它不着重对史的具体过程加以描述，而是对中国当代文学整体作历时的宏观扫描和共时的重点论析。开篇概述当代文学由不自觉走向自觉、由政治文学走向人的文学、由分裂的结构走向整体结构、由民族文学走向世界文学的特殊历程，继而分为大陆文学和台港澳文学两大篇，对有代表性的作家作品和文学现象作重点评析。对这本书的一些观点我不甚赞同，但在编写体例上是很有启发的。

陈美兰：以往的体例有一个最明显的缺陷是“两张皮”，即文艺运动、文艺思想同文学创作形成分离。要在体例上有所突破，光从形式上作编排是不解决问题的，关键还在于编写者深入历史，掌握历史的“因果链”，从中获得新的理解。就拿“十七年”的文艺思想斗争来说，现在各家文学史都离不开对“五大战役”的论述，即《武训传》、《红楼梦》研究、胡风文艺思想的批判和文艺界的反右派斗争、“反修”斗争。这些都是当代文学史中的重大事件，不能不写，但要改变目前的写法，就得有新的思路，对这些事件的意义有更深入的理解。如果我们站在新的高度全面思考这段历史，就会发现这些“斗争”的一个最重要的中心点不是什么无产阶级和资产阶级、“社”与“资”、“左”和“右”，而是我们的文学观念、艺术原则要不要随着新的社会现实的发展而发展的问题。1955 年因胡风“三十万言书”而发生的冲突，1957 年因与秦兆阳、陈涌、巴人等人的文艺观点发生的碰撞及 60 年代初对邵荃麟等人开展的批判，是三次最重要的文艺思想交锋，直到新时期经过思想解放运动，调整文艺政策，提出“二为”方向，才基本解决了这一问题。这根一脉相承的文艺思想线索不仅贯通了“十七年”和新时期，而且可以提挈起几十年来的文学创作实践以及其他具体的文艺论争。要是建立起这样一个中心点和历史贯穿线，那不仅能摆脱对“五大战役”的逐一记述，也可以克服“两张皮”的问题。

王又平：其实在现有当代文学史中通常采用的概念、分期、体例有相当部分是约定俗成、相沿成习的，缺少深入的历史考察和理论思考，这也反映出这门学科还不够成熟的方面，或者如您所说，是初创阶段的特点。所以从史和论这两方面对当代文学史中的概念、分期、体例等各方面作出严格审视、严格厘定，恐怕是深化研究不可忽视的一个环节。另外，当代文学史还比较普遍地流于历史表象的陈述，即仅仅满足于记述有哪些历史事件、重要作家作品，还未能深入历史表象之下去把历史活动的深层原因和内在逻辑充分地揭示出来。比如说文艺和政治的关系问题为什么始终纠缠着中国当代文学？这中间除了政治的影响、干预，同中国传统的文学观念、中国知识分子的价值追求有点什么关系？又例如，在当代文学史中写了那么多的作家作品，但充其量只是知道其各自的特点和彼此的先后顺序，却没能写出当代各种文学样式的主题内涵、创作方法、文体风格、技巧形式等等是怎么发展过来的，以及为什么有这样的发展变化。还有，在当代文学史中还有些重大难点、疑点需要正视，要下一番大气力加以研究。我们搞当代文学史的人都很清楚，在理论原则上，我们都坚持、强调在社会主义时期的文学领域中的对资产阶级、小资产阶级世界观、文艺观的批判是必要的，但具体开展的一系列文艺批判、文艺斗争大多数又批错了、斗错了，应当怎样来说明理论和实践之间如此巨大的反差？又比如，怎样评价“十七年”中写合作化、公社化运动的那批作家作品？这是多少年来不断有研究者提出的问题。站在今天的历史高度和认识高度来看我们文学史中的那些评价，显然不够确切。这些问题都迫使我们必须认真考虑一下当代文学史研究中的“当代性”，也就是说我们的眼光、观念、认识不能停留在以往的水准上，我们在描述历史的时候必须超越当时那些作家、批评家难以摆脱的历史局限，而对今天的时代作出我们自己的回答。

范际燕：听了你们的意见，我更觉得“重写文学史”是势在必行了。其实美国哲学家库思就说过：“新理论的同化作用要求重新构思原来的理论，重新评价原来的事实。”且不说理论认识的改变，艾略特甚至认为，每当产生了新的艺术作品，文学原有的“整个秩序就必须改变一下”，“每件艺术品对于整体的关系、比例和价值就重新调整了，这就是新与旧的适应”。可见历史是应当而且事实上是不断被重写的。既然是重写，评价当然会有所改变，作家作品的位置、秩序当然会有所调整；陈旧的看法会被剔除，新的观点会补充进去，历史研究就是在不断地重写中获得当代性的，一切历史也是因此而成为“当代史”的。当代文学史当然也不能例外。

王庆生：我也想起韦勒克说的一段话：“文学史有它的过去，也有它的将来，用不着为此感到遗憾，将来不能也不应该仅仅是填补从较老的方法所发现的系统中的空白。我们必须精心制定一个新的文学史理想和这一理想可能得以实现的新方法。”

范际燕：理想的当代文学史恐怕应当既有宏观的整体描述，又有微观的具体分析，以改变目前当代文学史研究中宏观不宏、微观不微，或者宏观则空洞抽象、微观则琐碎零乱的现状。这又使我想到了库恩的范式理论，他说的范式是在一定时期中被科学家集团所公认的一整套概念、理论、研究方法和技术的总和。每种范式既是认识工具，又融进了价值与信念。范式是规范性的，它规范了科学家集团所关心的疑难问题，解决疑难的工具和价值信念体系；范式又是历史性的，也就是说，随着新的问题出现，原有的范式失去有效性，就要被新的范式所取代。借用这个概念，我们可以把当代文学史视为若干个范式被确立和转换的过程。宏观研究就是去发现和概括当代文学史中出现过一些怎样的范式，它们是如何确立和转换的。微观研究就是去分析这些范式的具体构成因素以及它们是如何被具体运用和体现在创作和批评中的。把这二者结合起来，既能概括文学历史的一般过程，又可以突出个别文学现象的独特价值；既能考察出作家群体普遍遵奉的审美规范，又能发现优秀作家必须具备的超越气质。德国批评家姚斯曾用范式理论描述过西方的文学理论批评史，我想在当代文学史研究中也是可以借鉴的。

陈美兰：我还想补充的是，不论宏观研究还是微观研究，都需要把握两个视点，一个是历史视点，一个是理论视点。结合当代文学史来说，所谓历史视点，就是要在中国文学的历史发展和世界文学的共时格局所构成的坐标系中确立当代文学所处的特定位置。中国文学经历了两千多年的古代社会，在 19 世纪与 20 世纪之交开始酝酿着历史性的转变。伴随“五四”新文化运动而出现的新文学，从内容到形式都显示出与古代文学不同的现代素质。而中国历史的发展道路使中国的现代文学较之西方 18 世纪启蒙运动后所出现的文学有着明显不同的特色和走向。中国的现代文学是接受了马克思主义的启蒙，在民主革命斗争的进程中发展起来的，它与人民大众的特殊关系，它的文学主题和艺术风貌，无论在中国文学发展史上或在世界文学的整体格局中，都是一个崭新而又特殊的存在。特别是第二次世界大战后，西方文学带有浓重的迷惘、悲观的色调，现代主义得到了进一步的发展；而这个时期的中国文学，却由于民主革命的胜利进展，社会主义制度的建立，而显示出自信豪迈的英雄主义基调、现实主义注入了革命理想主义精神，占据了文学主潮的位置。我们在写中国文学的这段历史时，一定要把握住历时和共时这两方面的参照，来揭示和阐明当代文学在中国文学和世界文学的历史中自己的特点和走向。关于理论视点的提出，不单是指文学史编写要重视史论结合的问题，而且是指新中国文学这段历史的特殊性是如何通过各种理论要求、理论原则体现出来的。新中国文学是在社会主义的生活土壤中发展起来的，自然也会把社会主义对文学提出的新的理论要求吸取进来。这种理论新要求集中体现在新中国成立初期提出的“文学为政治服务、为工农兵服务”，和新时期提出的“文学为人民服务、为社会主义服务”这类方向性、方针性要求中，除此之外，对文学创作还有对一系列关系问题的理论阐释，如真实性与倾向性，写光明面与阴暗面，揭示矛盾与展示理想、塑造新人与写普通人等等。这些问题的理论阐释构成了中国社会主义文学的重要内涵。几十年来的理论论争和文学实践往往都是围绕着理论阐释的正确与否以及如何实践这些理论要求而展开的，这里有许多经验教训可以总结，又正是从这些经验教训中可以提取出中国社会主义文学的特色及其发展的一般规律。当然，这是颇有难度的工作，但又是不容推卸的任务。

王庆生：根据大家所谈的，也许可以预计新的中国当代文学史将会出现这样三个变化。一是研究视野的拓展，也就是中西融汇、古今贯通。中国当代文学本来就有着深厚的历史传统，又是一个面向世界、面向未来的开放的体系、发展的体系，这就要求我们通过纵向的深入开掘和横向的广泛比较，去勾勒它的轮廓，把握它的特点，揭示它的规律。二是思维定势的转变，也就是抛弃陈腐的教条，摆脱僵化的模式，接受新的理论观念，反省老问题，思考新问题，思维定势一旦发生转变，思考问题的角度、描述历史的方式、评价作家作品的标准等各方面都会相应发生改变，这应当是我们所企盼的。三是研究方法的多样。现有的当代文学史通常用的是社会历史的批评方法，这一方法今后仍会继续使用。但随着各种研究方法的引进，今后肯定会打破研究方法单一的局面，社会历史方法也会吸收其他研究方法而获得新的发展。随着方法的多样，文学史将会从不同的角度、不同的层次上被观照，被描述，被评价，我们肯定也将获得对当代文学史更丰富、更全面的把握。上述变化已经出现在当代文学史的各项专题研究中。如何广泛地吸收这些新的研究成果，编写出新的中国当代文学史，已经成为我们所面临的重大课题了。

1992 年 6 月

（原载《文学评论》1992 年第 5 期）

《中国当代文学史稿》前言[①]

十一年来，我国经历了一系列根本性的变革，发生了翻天覆地的变化，在社会主义祖国辽阔的土地上，百花齐放，春意盎然。我们正处在一个伟大的时代，从事着伟大的工作，创造着伟大的未来。

十一年来，我国社会主义文艺事业在党的正确领导下，在马克思列宁主义、毛泽东思想的光辉照耀下，随着革命事业的发展，也向前飞跃。我们的文学艺术已经成为全国各民族劳动人民的共同事业。无论是专业文艺工作者或业余文艺者，都遵循着毛泽东的文艺路线，表现出伟大的创造力量，取得了显著的成绩，从而在发展中沿着民族化群众化的道路阔步向前，使社会主义文学艺术进入了一个崭新的历史时期。这些都标志着我国社会主义文艺的发展。

十一年，在历史的长河里，只是一瞬间，但新中国文学艺术事业的发展却取得了较大的成就。要全面论述十一年来的文学艺术，无疑是一件光荣而艰苦的任务，这需要全体专业文艺工作者和广大群众的共同努力。我们编写的《中国当代文学史稿》，只是在这方面的一个初步尝试。

《中国当代文学史稿》最初完成于 1958 年 12 月。在学院党委的领导下，结合教学和科学研究，以教师为主，采用师生结合的方法，进行编写。经过两年多时间的修改，于今年四月初步完成了这部初稿。

在编写过程中，根据教学的需要，我们尽可能搜集了所能见到的资料，试图以马克思列宁主义、毛泽东思想为指导，力求全面叙述当代文学的发展，着重分析各个时期各种体裁的重要作品。但是，限于我们的水平，在选取材料、分析评价上，一定会有简单和偏颇之处，也会有所遗漏。缺点和错误可能不少。我们恳切地希望专家和读者多提意见，帮助我们进一步修改。

《中国当代文学史稿》在编写过程中，曾得到有关单位和有关同志的许多鼓励和帮助，我们在这里表示衷心的感谢。

一九六一年四月

（原载科学出版社 1962 年出版的华中师范学院中文系编著的《中国当代文学史稿》）

① 这是我为科学出版社 1962 年出版的《中国当代文学史稿》写的前言。

《中国当代文学史》绪言[①]

《中国当代文学史》是一部概括评述20世纪50年代以来中国文学的史著，系国家教育部"九五"普通高等教育国家级重点教材立项选题。

20世纪60年代以来，学术界、教育界对中国现当代文学研究和教材编写工作给予了高度重视，在出版多种本的中国现代文学史的同时，也最先出版了几本中国当代文学史[②]。在这些史著中，不仅最早使用了"当代文学"这一概念，而且使"当代文学"具有了学科雏形。此后，随着教学和科学研究的需要，当代文学作为一门新兴的学科确立下来，并由此兴起了研究当代文学的热潮。80年代中期以后，在改革开放潮流的推动下，随着人们思维观念的改变，有力地促进了中国现当代文学研究的发展。有些学者试图运用新的理念、新的视野拓宽研究空间，重铸现当代文学教学和研究的新格局。1985年上半年，在"中国现代文学创新座谈会"上，黄子平、钱理群、陈平原联合提出了建设"二十世纪文学"问题，他们提出，打通中国近代、现代、当代文学的分期界限，把20世纪作为一个整体来研究，并在广阔的视野中创新研究方法。这一主张提出后，在学术界引起了很大反响，虽有少数学者提出疑义，但绝大多数学者是赞同、支持的。在建设20世纪中国文学理念的召唤下，很快出版了一批有关这一方面的文学史著[③]。1988年，《上海文学》从第4期开始，辟出专栏，专门讨论"重写文学史"问题。这是50年来对文学史写作进行的一次自觉反省，是"观念热"、"方法热"在文学史研究领域的进

---

① 这是我为高等教育出版社2003年出版的《中国当代文学史》(王庆生主编)写的绪言。

② 当时出版的有，华中师范学院中文系编著的《中国当代文学史稿》(1962年由中国科学出版社出版)、中国社会科学院文学研究所编著的《十年来新中国文学》(1963年由人民文学出版社出版)、山东大学中文系编著的《中国当代文学史1949—1959》(山东人民出版社1960年出版)和北京大学编写的《中国现代文学史当代部分纲要》(内部出版)等。

③ 已出版的有孔范今主编的《二十世纪中国文学史》(上下册，山东文艺出版社1997年出版)，黄修己主编的《20世纪中国文学史》(上下卷，中山大学出版社1995年出版)，陈伯海主编的《近四百年中国文学思潮史》(东方出版中心1997年出版)，陈平原的《二十世纪中国小说史》(第1卷)(北京大学出版社1989年出版)，陈辽、曹惠民主编的《百年中华文学史论(1898—1999)》(华东师范大学出版社1999年出版)，何休编著的《中国文学的现代化历程——20世纪中国现代文学的四次潮流与发展概论》(西南师范大学出版社1997年版)等。

一步深化。它提出了文学史研究和编写的多元化问题，也提出了如何用新的视角对文学发展历史和作家作品的重新描叙和评价问题，这些都对建设文学史学科，对中国现当代文学史的研究和编写有着积极的意义。正如著名学者王瑶所说："文学作品不可能随着时代的发展而任意改动，但文学史学科却总要发展，要突破过去，要后来居上。每个时代都应该达到自己时代的高度。"①观念的变化带动了中国当代文学史的编写工作，此后十多年间，特别是 90 年代后期，涌现出一批有突破性的当代文学史研究成果②。

随着一批现当代文学史著的出版和"重写文学史"讨论的深入，有关中国现当代文学的分期和"当代文学"概念的界定，又提出了新的不同意见。有的认为，20 世纪中国文学完成了由古典形态向现代形态的过渡和转型，属世界近代文学范畴，只具有近代性，而不具备现代性，直到 80 年代才出现一些现代主义的因素。有的提出，当代文学是正在行进的文学，不够稳定，"当代文学不宜写史"。有的认为，一切历史都是当代史，当代文学过去的史实已有近 50 年，为什么不能写当代文学史呢？有的主张把 1917—1949 年的文学划为现代文学，1949—1978 年划为当代文学。有的则认为，把 1949 年作为现代文学的分界线是不妥当的。有的主张把"文革"前 17 年划到现代文学中去，有的不同意这种看法，认为把"文革"前 17 年文学合并到现代文学中去是不伦不类的，不符合文学发展的实际。这些意见反映了学术界在中国现当代文学分期问题上的分歧。作为学术观点，不必强求一律。我们在这儿使用"当代文学"这一概念，则是承续沿用了过去的传统提法，这在目前还没有找到一个新的更科学的为大家公认的概念替代之前，当下继续使用"当代文学"这一概念，也许是适宜的、切合实际的。

作为一部新编的史著，本书在整体构想、编写体例等方面有以下几点考虑：

第一，本书评述的中国当代文学，发生于 20 世纪 50 年代。这是一个社会剧烈变革的年代，也是中国历史转折的一个重要时期，整个中国面临着全球社会与文化的大变动，面临着西方政治经济和西方价值、西方文化的挑战，正是在社会与文化的大变动中，中国当代文学开始了艰难而又曲折的历程。由于政治、经济、社会制度的不同，文化的差异，中国内地和香港、台

① 王瑶：《文学史著作应该后来居上》，《上海文论》1989 年第 1 期。

② 90 年代以来，出版有洪子诚的《中国当代文学史》（北京大学出版社 1999 年出版），杨匡汉、孟繁华主编的《共和国文学 50 年》（中国社会科学出版社 1999 年出版），张炯编著的《新中国文学史》（海峡文艺出版社 2000 年出版），王庆生主编的《中国当代文学》（修订本，华中师范大学出版社 1999 年出版），陈思和主编的《中国当代文学史教程》（复旦大学出版社 1999 年出版）以及张器友的《近五十年中国文学思潮通论》（安徽教育出版社 2000 年出版）等。

湾、澳门文学也朝着不同的路向发展，文学创作呈现出不同风格、不同风貌的缤纷异彩。尽管如此，两岸的文学在承续“五四”新文学传统，实现从“传统”到“现代”的转化上却是相同的。可以说，中国当代文学发展的过程，也是从“传统”到“现代”的转型过程，是实现文学现代化的过程。

著名学者金耀基说：“中国的现代化运动是一庄严神圣的运动，它不只忠于中国的过去，还忠于中国的未来。它不只在解救中国历史的危亡，更把中国的历史文化推向一个更高更成熟的境地。”[①]中国当代文学也正是在现代转型的过程中实现历史性的深刻变革。这一变革，既是文学内容的变革，更是文学形式、文学语言的变革；既是审美情趣、文学品格的变革，更是文学观念的变革，它涉及现有的经济、政治和文化的体制和机制，涉及根深蒂固的传统观念的改造和转化，涉及古与今、中与西、雅与俗矛盾的正确处理，而在这些矛盾之中，集中地指向传统和现代两极。换句话说，也就是在文学的民族化和现代化的矛盾的对立与统一中，寻求当代文学的发展之路。

文学的现代化意味着文学的开放和文学传统的继承和发展，意味着主动地接纳、消化、融合、改造外来民族的文明成果，丰富和发展本民族的文学传统和文化传统，创建具有中国特色的熔铸世界现代意识和本土文化精神的独立品格。过去，当我们把自己封闭起来，视西方文化为洪水猛兽，把西方文学当作腐朽没落的糟粕批判时，中国文学就陷入了贫瘠、荒芜的境地，亿万人民只有靠几个样板戏来解除文化的饥渴。今天，当我们以恢宏的气度和充分的自信广泛吸取外来文化时，中国文学的面貌为之一新，中国文学也开始在世界之林中寻找自己的定位。当然，对外来文化的吸取也不是生吞活剥，一切照搬，统统以外来的为好。吸收总是有选择的。我们的原则是，以人类已有的优秀文化成果丰富和充实自己，取其精华，剔其糟粕，为我所取，为我所用。同样，我们对待传统文化，对待民族文学传统，也要采取这样的态度，批判地继承传统，发展传统。鲁迅说：愈是民族的，愈是世界的[②]。把中国文学置于世界之林之中，用民族形式、民族风格、民族特色的文学来铺筑一条通向世界的坦途，正是当代中国文学的孜孜追求，也是“五四”新文学所要实现的夙愿。

《中国当代文学史》以文学的现代转型为中心线索，通过文学作品和文学现象的剖析，反映各种人物在转型时期的内心真实情况，揭示历史性变革在人们心灵所引起的种种波澜和思想感情的变化，再现当代生活的真实和文学

① 金耀基：《从传统到现代》，人民文学出版社 1997 年版，第 3 页。

② 参见《鲁迅全集》第 12 卷，人民文学出版社 1981 年版，第 391 页。

发展的轨迹。正如丹麦著名文学史家勃兰兑斯所说："文学史，就其最深刻的意义来说，是一种心理学，研究它的灵魂，是灵魂的历史。一个国家的文学作品，不管是小说、戏剧，还是历史作品，都是许多人物的描绘，表现了种种感情和思想。感情越是高尚，思想越是崇高、清晰、广阔，它也就越清楚地向我们揭示出某一特定时期人们内心真实情况。"①

第二，创作是文学的主体，文学的历史是靠焕发起主体精神的作家创造的作品写成的。一个伟大的文学时代，总是和作家的伟大作品联系在一起的。中国当代文学发展的历史，是作家用心血铸造作品的历史，是多种类型、多种体裁、多种风格作品生成和发展的历史，也是文学园地百花齐放、争奇斗艳的历史。《中国当代文学史》改变了过去那种把当代文学史写成政治史、运动史的模式，把作品放在主体地位，体现了作品是创作主体的要求，突出了文学创作的实绩，突出了对当代有代表性作家和作品的评价，反映了文学史应当是文学创作所构成的历史的理念。胡乔木说："文学史研究的对象是文学创作的有重要意义的成果，而不是成果形成过程中这样或那样的临时性的政治事件(不包括积极的社会变革，这种变革的影响是长期的)，这些政治事件对于文学的影响是客观事实，但是这些影响也是临时性的，它们不能产生甚至也很少影响有重要意义的文学成果，这是更重要的客观事实。文学史家首先要把这些真正重要的意义从那些千变万化的现象中区别开来"，"对于文学史最有意义的客观事实恰恰是主要的文学作品成果并非这种干涉的结果"②。本书根据不同时期的创作状况，以文学史上的有重要意义的成果作为研究对象，通过对有代表性的作家作品的评述，理清文学创作发展的脉络，标示出不同时期、不同体裁、不同风格文学创作的收获，而对每一时期的文学思潮、文学理论论争的简要述评，只是说明作家作品产生的社会历史背景，这不仅使学生对当代文学历史的把握避免了抽象化，而且有助于提高学生的鉴赏水平和审美能力。

第三，中国当代文学是一个开放的整体，是一个包括内地、台湾、香港、澳门文学的多元组合。过去，由于众所周知的原因，中国内地与台湾、香港、澳门处于隔绝、分离状态，相互之间很少交流。80 年代以前出版的中国当代文学史著，论述的主要是新中国成立后的文学，也可以说是新中国文学史。近二十年以来，情况发生了根本变化，改革开放的政策为两岸的交流开辟了广阔的空间。1997 年的香港回归和 1999 年的澳门回归，大大振奋

① 《十九世纪文学主流》第一分册，《流亡文学》，人民文学出版社 1980 年版，第 22 页。

② 胡乔木：《如何把握中国当代文学史的研究现象》，《胡乔木集》，中国社会科学出版社 2001 年版，第 378 页。

了民族精神，促进了祖国统一。现在中国内地与台湾、香港，澳门文学界的交往、交流，比以往任何时期都要多，这些都为两岸文学的整合奠定了坚实的基础，也为中国当代文学史的编写提供了有利条件。为此，我们在全书的总体结构上，将台湾、香港、澳门地区当代文学列入其中，作为当代中国文学的一个有机组成部分。本书分为三编，第一编和第二编，论述内地 20 世纪 50—70 年代的文学和 70 年代中期以来的文学；第三编则分别论述台湾文学、香港文学和澳门文学。从总体上看，台湾文学、香港文学、澳门文学和内地文学一样，都是在“五四”新文学运动的影响下产生和发展的，他们同祖、同宗、同一文学血脉，有着共同的民族语言文字，有着共同的民族意识、民族感情，有着萦绕于心的爱国主义情绪，他们都是母体文学的一支，与母体有着深刻的渊源关系，这是一个基本方面；另一方面，由于特殊的历史际遇，由于社会制度的不同和经济、政治、文化等诸种因素的制约，台湾、香港、澳门文学又呈现出异于母体文学的独特风貌。如台湾文学的开放性、海洋性、现代性、恋旧性，香港、澳门文学的多元性、都市性、通俗性以及以岭南文化为主要形态的港澳文化与外来异质文化的互相渗透、互相融合，使台湾、香港、澳门文学形成了有异于内地文学的鲜明特色和独特品格。正因如此，本书没有把两岸文学融为一体，而是在中国文学的整体格局中，把台湾、香港、澳门文学放在一编分别加以论述，这也许符合目前的实际状况。即使在未来，台湾回归，祖国统一，中国内地文学和台湾、香港、澳门地区文学的发展也不会一体化，它将沿着各自具有特色的文学道路继续向前发展，从而使中国当代文学出现一个多元共存、互补交融、群星闪耀、繁花似锦的文学时代。

（原载高等教育出版社 2003 年出版的《中国当代文学史》）

《中国当代文学作品选》前言

根据国家教育委员会1986—1990年文科教材编写计划的要求，我们受国家教委的委托，从1986年春开始编选高等学校教学参考书《中国当代文学作品选》，1987年完成，并由华中师范大学出版社出版，出版后受到广大读者的欢迎，并被评为全国畅销图书。现在根据当代中国文学发展的实际，又作了修改，篇目有了较大的调整。

《中国当代文学作品选》是与华中师范大学王庆生教授主编的高等学校文科教材《中国当代文学》(原由上海文艺出版社出版，现由华中师范大学出版社出版)配套的教学参考书，供高等学校文科师生和函授、电大，夜大、刊大、自修大学文科学生以及广大文学爱好者使用。

关于本书的编写，需要说明以下几点：

第一，本书选取了新中国成立以来五十年间有影响的作家的代表性作品，共选219位作家的247篇作品(其中内容梗概和简介31篇，节选17篇)。这些作品从体裁上说，既有小说、诗歌、散文、报告文学，又有戏剧文学，其间又以小说为最；从题材上说，比较广泛、多样，社会生活的各个领域、各个方面都在作品选中有所反映；从作品来说，既有蜚声中外的著名作家的代表作，也有崭露头角的文学新秀的佳作；从时间上说，从新中国成立初期出现的一批惊动文坛的优秀作品，到近期涌现的新作，都尽量收入，特别是新时期文学创作的成果，在本书中占有较大的比重。这部作品选，虽不可能将各个时期的美文佳作一一囊括进去，但从某种意义上说，它是中国当代文学创作发展的一个缩影，是当代作家作品的荟萃，从中可以窥见中国当代文学的发展轨迹，了解当代作家文学观念和创作风格的走向和变化。

编选这部作品选，还注意到与高等学校文科教材《中国当代文学》的衔接配套，即在教材中评述的重要作家作品，尽可能在作品选中收入。

第二，坚持文学为人民服务、为社会主义服务的方向，以历史的、美学的原则为准绳，尽量选取那些经过实践检验的、具有较高思想艺术价值、教育性与审美性统一的优秀作品，选取那些勇于艺术探索，具有不同流派、不同风格的代表作品。这样不仅有利于提高学生鉴赏、分析文学作品的能力，而且有利于开阔学生的文学视野，扩展学生的审美领域。

对于新中国成立以来曾经受到错误批判而今作为鲜花重新开放的一些作品，我们也有选择地选入了几篇作品(或作品内容梗概)，如《组织部来了个年轻人》、《我们夫妇之间》、《洼地上的“战役”》等。编选这些作品的目的，在于使我们从痛定思痛的历史反思中，寻求一些有益于今天的经验，以便更好地建设具有中国特色的社会主义文学。

第三，由于篇幅限制和体例限制，不少赢得广大读者喜爱的、脍炙人口的作品不可能全部选入，特别是台湾、香港、澳门地区的当代文学作品，未能选入，为了给学生提供阅读的线索，我们写了部分作品的内容梗概，有的节选了作品的一部分，这样做也许对教学是有益的。

第四，为了活跃学术空气，我们根据“百花齐放、百家争鸣”的方针，收入了少量有争议的作品，它们代表了一种艺术追求、艺术倾向。编选这些作品，目的在于开拓学生的思维空间，提高学生的辨别能力。

第五，《中国当代文学作品选》分为四卷，第一、二卷：小说；第三卷：诗歌，散文；第四卷：报告文学、戏剧。有的作家收入几篇作品的，一般依创作先后的顺序排列。

第六，本书初选目录经 1986 年 5 月在武汉召开的《中国当代文学》审稿会讨论，专家教授们对作品选选目提出了许多宝贵意见，这次修改目录也征求过部分教授的意见，我们按这些意见作了修改。尽管如此，本书的选目还有遗漏和不完善之处，尚祈广大读者指正。

第七，参加本书原版本编选的有张永健、王又平、李逸涛、王庆生、王国华、陈家齐、黄济华、徐纪明、程文超、张启社。撰写内容梗概或简介的有王国华(诗歌、小说部分)、李逸涛(戏剧部分)，蒋松源撰写了长篇小说《李自成》的内容梗概。此次修订由王庆生、王又平、张永健负责完成，新增作品故事梗概或简介由罗执廷、张路、张丽撰写。严辉参加了这次修改的组织工作。

本书的出版得到专家们的指导和华中师范大学出版社的大力帮助，对此，我们表示深切的谢意。

1987 年教师节于武昌桂子山

1999 年 5 月修改

(原载华中师范大学出版社 1999 年出版、王庆生主编的《中国当代文学作品选》)

构建当代文学研究新格局[①]

与时代偕行的中国当代文学，在经历了近半个世纪的风云变幻、艰难跋涉之后，以它产生的一批批作家和作品，以它多姿多彩的风格和神韵，以它拥有的众多读者群，显示其特有的风采，引起世人的瞩目。

作为一个整体，中国当代文学包括当代大陆文学、台湾文学、香港文学、澳门文学。从广泛的涵义来说，也包含当代海外华文文学。它们都是中国母体文化和文学的承续，都是在“五四”新文学的影响下产生和发展的。由于众所周知的原因，大陆文学与台、港、澳文学的性质是不同的，但写的大都是中国人的故事，反映的是中国人的生活，抒发的是中国人的思想和感情。正是这种血脉相连的骨肉关系，构筑起中国当代文学的绚丽世界。

文学是社会的产儿，社会的发展必然带来文学的变革与转型。就新中国文学而言，这种变革与转型，主要有两次，一次是中华人民共和国的成立，一次是进入新时期之后。

新中国的成立，标志着一个新的时代的开始。由新民主主义转向社会主义，由革命战争时期转向和平建设时期，是一次具有历史意义的变革。这一变革既为文学的发展提供了机遇，又给转型期的文学提出了一系列新课题。如何正确把握这一历史契机，关系到当代中国文学的兴衰荣枯。1949 年举行的第一次文代会，及时把握了历史的机遇，对新中国文学发展的一系列根本问题作出了明确的回答，即继承“五四”新文学传统，坚持以毛泽东的《在延安文艺座谈会上的讲话》为指导思想，以文艺为人民大众首先是为工农兵服务为新中国文艺的总方向，以工农兵为文艺工作服务的对象，以“普及第一”、“普及与提高结合”为文学工作的基本方针，以民族化、大众化为创作的主导风格。1956 年，又提出“百花齐放，百家争鸣”为文化、科学、艺术发展的方针，以鼓励不同风格、流派的作品，不同的学术观点的竞赛。应当说，在当时历史条件下确定这些原则和方针，有利于文学的发展，有利于文艺生产力的解放。新中国成立以来文学的发展和它所取得的成就，都有力地说明了这一点。但在另一方面，由于政治形势的变化和党在指导思想上的失

① 这是作者为 1996 年由武汉出版社出版的《中国当代文学辞典》写的序言。

误，又使这些正确的方针、原则不能始终得到贯彻执行，因而使当代文学的发展出现了曲折。在50年代中期以后，简单地照搬解放区文艺运动的做法，照搬苏联文学的经验，强调文学服务于政治、服务于中心、服务于政策，用物质生产的标准化、规格化要求精神产品的创作，以及由此而产生的过火批判、斗争，不仅混淆了文艺问题、学术问题和政治问题的界限，违背了文学的特性和规律，而且挫伤了作家的积极性，导致"左"的思潮的恶性发展。"文化大革命"时期，林彪、"四人帮"正是利用这一点，把极左思潮推向极端，在文艺领域内实行封建文化专制主义，从而造成中国当代文学史上前所未有的大浩劫、大灾难。

历史是不可逆转的。1976年10月粉碎"四人帮"的伟大历史性胜利，标志着封建文化专制主义的终结，社会主义文学新时期的开始。

步入新时期的文学，首先面临的问题是，在改革开放浪潮的冲击下，文学怎样从"左"的思潮的桎梏中解放出来，怎样适应社会发展的需要，在变革中重塑自己，建设具有中国特色的社会主义文学的问题。1979年10月，在拨乱反正、正本清源基础上举行的全国第四次文代会正确总结了三十年来当代文学发展的经验教训，提出了建设社会主义文学的基本任务。随之，又对文艺方针、政策作了调整。用"文艺为人民服务，为社会主义服务"取代了长期沿用的"文艺从属于政治"、"文艺为政治服务"等口号，重申"百花齐放、百家争鸣"为文化、文艺发展的唯一正确方针。这些重要决策不仅扫清了障碍，解放了文艺生产力，而且为变革时期的文学发展又一次提供了机遇。以后几年，由于政策的调整、观念的更新，带来当代文学从内容到形式的深刻变革，整个文坛骤然活跃起来。不仅老一辈作家老当益壮，佳作联袂，而且新人新作大批涌现，风格各异，旖旎多姿；不仅创作空前活跃，而且评论不甘沉寂，披坚执锐，为新时期文学的发展擂鼓助威。时代的变革、社会的变革，迎来了当代文学的黄金时代。然而到了80年代中期以后，文学的发展又发生了新的变化。随着计划经济向社会主义市场经济的转轨，又面临着文学向何处去的挑战，有些人不无忧虑地担心：在商品经济的冲击下，"经济的发达与文化的滞后、严肃艺术的衰落与通俗艺术的膨胀，形成了令人困惑茫然的景观"。这样下去，失去的将不只是一批作家、艺术家，失去的将不只是文学，不只是艺术，"失去的将是几代人的灵魂"。这些担心不能说没有道理，但也不能因此而气馁、悲观。既然社会转型是一场深刻变革，在变革的过程中必然会带来一些稀奇古怪、乱七八糟的东西，犹如汹涌的浪潮冲击时也难免泥沙俱下，但从整体来看，处于世纪之交的中国当代文学将在社会的急剧变革中由无序走向有序，由稚嫩走向成熟，由混沌走向清明。

在简要回顾了当代中国文学发展历程之后，我们深感有必要进一步加强当代文学评论和文学史的研究。这一研究的加强，将使我们更好地总结当代文学发展的经验和教训，探讨变革形势下出现的新的文学现象、新的问题，从而促进当代文学的健康发展。

有关当代文学史的研究，早就引起了人们的关注。1959 年出版的由中国科学院文学研究所编写的《十年来的新中国文学》，1962 年出版的华中师范学院中文系编著的《中国当代文学史稿》，便是最早出现的研究新中国文学发展历史的著作。尽管这两本书受到当时"左"的思潮的影响，存在幼稚、不成熟等缺点，但从史的建设角度来看，无疑具有开创性质。此后，当代文学史的研究趋于沉寂、低落，直到 80 年代初期，又逐渐形成高潮。这一时期出版的当代文学史研究的教材、专著、资料数量之多，质量之高，可说是前所未有。其中既有系统的当代文学史论著，如北师大十院校编写的《中国当代文学史初稿》(上下册)、华中师范大学王庆生主编的《中国当代文学》(三卷本)、北大张钟等编写的《当代文学概观》等；也有分类文学史，如朱寨主编的《中国当代文学思潮史》，中国当代文学学会主编的《中国当代小说史》、《中国当代散文史》、《中国当代戏剧史》等；还有不同类型、不同风格的多种当代文学研究论著和资料。这些史著在体系的构建、史料的选择、观念的转换、评价的尺度等方面都有明显的突破，但从总体来看，仍属初创阶段。用史著的要求来衡量，有些当代文学史著尚存在着体例大同小异，观点平淡落套，学术个性泯没，描述方式滞后等缺陷，说明当代文学研究还没有从根本上摆脱沿袭相因的研究模式，需要进一步深化。

如何构建具有鲜明特色和学术个性的当代文学研究格局，始终是当代文学评论家、研究家的重要课题。80 年代开展的"重写文学史"的讨论，1992 年由中国社会科学院文学研究所、华中师范大学、湖北大学、湖北省文联等单位举办的"中国当代文学研讨会"，都探讨了当代文学研究的深化和构建问题。其主旨在于对中国当代文学现象、文学创作及作家作品作出更准确、科学的评估，更好地认识和把握当代文学发展的内在和外在规律及其相互关系，从而把中国当代文学史的研究提高到一个新的水平。

说到当代文学史的研究，在我看来：需要从史识、史笔、史料三方面着手。当代文学史既是具有文学特点的文艺科学，又是产生于一定时代的历史科学，其本身又在不断发展之中。我们研究当代文学史，就要首先注意到它的历史和文学的特点。所谓史识，即要用史家的眼光分析复杂纷纭的当代文学观象，分析作家作品，既不为一时的政治风向所左右，也不为个人的感情所支配，而是以马克思主义为指针，对当代文学发展的历程作出历史的描述与评价。所谓史笔，即修史要实事求是，秉笔直书。我国古代修史就提倡直书其事的"董狐之笔"，寓褒贬于其间的"春秋之笔"。我们研究当代文学史亦应持这种态度：公正客观，实事求是；既不溢美，也不饰拙；有好说好，有坏说坏。史家的评价应当经得起历史的检验，决不可为了一时的轰动效应而丧失史家的品格。说到史料，这更是修史的一项基础工作。科学的认识和判断，建立在大量的、充分的、客观的史实基础之上。我们对文学现象的正确分析，对作家作品的公正评价都离不开史料。掌握了史料还有一个去粗取精、去伪存真的问题，有一个取舍和梳理的问题。只有在翔实的史料基础上研究问题，才有可能提出自己的见解，形成自己的学术个性。

这些年来，我们在研究深化当代文学史的同时，欣喜地看到当代文学史料研究的加强。作为史料建设的一个重要方面的工具书，亦出版了不少，如《新中国文学词典》(潘旭澜主编)、《新时期文学辞典》(南京大学中文系主编)等等。我们这本《中国当代文学辞典》，在著名作家姚雪垠的关心、支持下，早在1986年即着手编写。经过九年的艰苦工作，终于同广大读者见面。这是一项工作量大、涉及面广的基础性工作，也是对当代中国文学发展历程的回顾与总结，其难度出乎我们意料之外。但在武汉出版社的大力支持和编写同仁的共同努力下，完成了这部200多万字的辞典。

编写辞书是一项对读者负责、对社会负责的严肃事业。参加编写这本辞典的人员，大多从事当代文学教学和研究，有的在当代文学研究方面，成果丰硕，颇多建树。为了编好这本辞典，大家认真写好每一条目，字斟句酌，一丝不苟。几位副主编，特别是张永健教授为辞典的编写宵旰劬劳，不畏艰辛，做了大量的组织工作。我们这样做，都是为了使辞典编得更好一些，力求做到全面性、准确性与权威性相结合。

在商品经济的冲击下，武汉出版社为出版这本辞典做出了特殊贡献。没有他们的鼎力支持，这本辞典是难以面世的。特别是副总编辑洪源、责任编辑潘长胜、王远彦同志和华中师范大学科研处为本书出版付出了辛勤劳作。对此，我们表示深深的感谢。

限于条件和水平，这本辞典难免有这样或那样的缺点和不足，这有待于广大读者的斧正。

拉杂地写了这些话，权以为序。

（原载武汉出版社1996年出版的《中国当代文学辞典》）

《中国当代文学史教学大纲》后记

1993年，国家教育委员会高等教育司委托华中师范大学王庆生教授主持编写《中国当代文学史教学大纲》(以下简称《大纲》)。接此任务后，我们于1993年4月在武汉召开了《大纲》编写工作会议，参加会议的有来自全国部分高校的教授、学者，大家就《大纲》编写的指导思想、编写体例、编写原则和方法等进行了充分的讨论，在此基础上写出了《大纲》初稿。接着，我们又分别召开了《大纲》讨论会，与会专家结合自己的教学实践，就《大纲》初稿和如何搞好中国当代文学史教学等问题发表了不少有见地的建设性意见。现在出版的这本《中国当代文学史教学大纲》，就是在充分吸收他们的意见之后定稿的。

新时期以来，为了满足高校文科教学的需要，各地编写出版了一批中国当代文学史教材，据我们所知，至少有20多种。这些教材各有所长，各显异彩；但从教学的要求来看，这些教材缺乏必要的规范性。我们这次编写《大纲》，既总结了这些年来编写中国当代文学史教材的经验教训，也参考了有关高校已出版的中国当代文学史教材，以增强中国当代文学教学的针对性和适应性。在《大纲》编写体例上，我们一方面突破了以往的某些模式，强化了史的意识，按照编年史的写法写史，并将大陆文学以及台湾、香港、澳门地区的当代文学组成中国当代文学的一个整体；另一方面，在强调以史的发展为线索的同时，重点评析有代表性的作家作品。这样做，既是为了高等学校教学的需要，也考虑到要与已由高等教育出版社出版的《中国现代文学史教学大纲》紧密衔接起来。为了与《大纲》相配套，我们正在编写《中国当代文学史》教材，该书已列入国家“九五”教材规划，预计1999年出版。

这份教学大纲凝聚了众多专家、教授的心血和汗水。参加大纲编写工作和编写会议的专家、教授有：北京大学韩毓海，复旦大学陈思和、唐金海，北京师范大学李复威，武汉大学陈美兰，中山大学王晋民，中国社会科学院文学研究所陈骏涛，天津师范大学夏康达，云南大学杨振昆，华东师范大学马以鑫，湖北大学熊德彪，山东大学牛运清、吴开晋，郑州大学高文升，徐州师范大学邓星雨，湖南师范大学舒其惠，华中师范大学王又平、张永健、李逸涛、樊星、王庆生，湖北三峡学院李友益、孙祖隽等。参加本《大纲》定稿工作的有王又平、张永健，本《大纲》最后由王庆生修改定稿。

中国社会科学院文学研究所所长张炯，研究员贺兴安、蒋守谦，北京师范大学教授、博士生导师郭志刚，武汉大学教授、博士生导师陈美兰等认真审订了本《大纲》并提出了宝贵意见；国家教委高教司王彦、刘凤泰、杨志坚、徐挥和高等教育出版社彭治平、郑惠坚、袁晓波、熊威；华中师范大学科研处石挺、王卉等同志对本《大纲》的编写始终给予了热情的帮助。在此，我们谨向上述所有同志表示深切的谢意。

由于水平所限，本《大纲》还存在一些不足。我们诚挚期待大家提出宝贵的意见和建议，以便再版时修正。

1997 年 6 月 15 日

（原载高等教育出版社 1998 年出版的《中国当代文学史教学大纲》）

文学：面对21世纪的挑战

——与博士研究生的对话

说明：以下六篇文章：《文学：面对21世纪的挑战》、《反映生活与关注政治》、《对"另类"文学的写作批评》、《全球化与当代文学多元格局》、《"历史"的多样化叙述》、《当代文学研究中的学风问题》是与我带的博士研究生樊星、陈立华、刘为钦、张卫中、谢维强、陈虹、严辉、张路藜在20世纪90年代后期至21世纪初期，就当代文学中的几个问题在一起讨论的纪要。每次讨论由我提出论题，大家根据论题的要求查找资料做准备，然后由我确定讨论的时间，每次讨论由我首先发言，讨论后由一位博士生整理讨论的情况，最后由一家刊物发表。这些纪要只是大家发言的一些要点，但从中可以看出我们对当代文学现状的一些看法，而这也许有助于我们更多地关注当代文学的发展态势，为深化当代文学研究做出努力。

主持人：王庆生(华中师范大学教授、博士生导师)

对话者：樊星(武汉大学教授、博士)、谢维强、刘为钦、严辉、陈立华、陈虹(华中师范大学文学院博士生)

一、当今文学缺失什么？

王庆生：今天，我们讨论的问题是：当代中国文学在迈入21世纪之时，如何面对新的世纪提出的挑战。我们刚刚走过20世纪。在20世纪里，中国发生了很大的变化，中国文学也发生了伟大的变革，完成了从古典到现代的转变。1919年的五四运动倡导新文学，反对旧文学，给中国文学带来了一种新的文学精神，1949年新中国的成立为文学的发展开辟了广阔的道路，承续"五四"传统的中国文学也进入了一个新的历史时期。今天，文学在摆脱了"四人帮"的桎梏之后，呈现出多元的、繁荣的、蓬勃发展的态势。

谢维强：的确，从创作角度上看，当代文学是空前的繁荣。从整体上看，我们一不缺创作自由。作家写什么，为何写，可以根据自己所长自由选择。主流创作与知识分子立场创作，大众文学创作、民间文本创作并存。二不缺思想资源。对古今中外的文化、哲学、社会、文学思潮可以全方位吸收、采纳。三不缺任何题材的创作成果。纵观新时期文学创作，世界一百多年的各种文学思潮与文本，我们的作家在十几年全部模仿、移植、照猫画虎地实践了一次。不管是兼收并蓄也好，还是生吞活剥也好，成果是客观存在的。四不缺任何文体和表述形式的实验。朦胧诗、意识流、散文化，板块化，先锋派到达极致，至今所谓"文化新人类"仍在演绎。五不缺创作个性的彰显。当今作家有时尽管以群体、团队的形式出现(有时是一种必然现象，如在某一文学大旗的感召下，对某一文学主张的认同)，作家的题材选择、创作思路、语言方式，对生活的独特体验与感受的个性特征是很容易感受、判明的。六不后继乏人。70年代作家已崭露头角，并且是以团队形式出现，而80年代作家如韩寒、郁秀已名扬全国。只是这一代人还未形成集团力量，校园文学为文坛后继有人奠定了基础。

王庆生：从表面上看，我们似乎并不缺少什么，但进一步从深层次来审视，我们总觉得当下文学缺失一点什么。缺失什么呢？这几年的创作是繁荣的，产量很高，以长篇小说为例，创作十分活跃。1995年是700部，1996年是800部，1997年增加到1000部，但是，数量的发展并不意味着经典的产生。我以为当下文学缺失的并不是数量，最重要的是一缺经典，二缺大家。经典是一个时代，一个时期文学发展的标志，是作家个性创造的结晶，经典有着不可替代的权威性和说服力。经典可以带动一个流派，一种文学风格的兴起，可以开一代之风气，而经典又是大家创造的。作为文学大师、大家，他不仅是文学家，而且应该是思想家。比如托尔斯泰、莎士比亚、巴尔扎克、鲁迅、巴金，都是文学的大家。从文学的发展来看，新的世纪需要经典，需要大家。

陈立华：王老师说的这一问题我深有同感。自新时期以来，中国当代文学卷帙浩繁、新人辈出，呈现出前所未有的繁荣景象。文学创作种类之多、数量之大都是中国当代文学史上任何一个时期都无法比拟的。1985年之后，中国当代文学更是流派纷呈、花样翻新，文学题材涵盖古今中外，文学手法标新立异，"你方唱罢我登场"，热闹非凡。倏忽二三十年过去了，然而中国文坛并未像广大读者所期待的那样，大浪淘沙，沉淀出一批金子般珍贵的经典作品，也没有推出像鲁迅、巴金、老舍这样的经典作家。自90年代之后，随着商品经济的进一步发展，文坛浮躁之风日益盛行。一些作家，尤其是一些年轻作家，以放荡不羁的姿态游戏人生、游戏文学。一时间，"侃文学"、"聊文学"、"玩文学"成时髦之风，急功近利、沽名钓誉者不乏其人。甚至于一些初出茅庐的少年作家，也一改起初的清纯与真诚，学起了成年人的世故与圆滑。这一切，令许多有识之士忧心忡忡。

刘为钦：王老师说得好：当下文学缺少大家，缺少经典；大家和经典是跨时空的，具有永恒生命力的东西。经典和大家是对人类既有智慧的超越。没有对人类既有智慧的超越是不可能出经典，不可能出大家的。超越，说起来简单，但实际上做起来就很困难了，这需要作家的深厚积淀，包括集体智慧的积淀，个体智慧的积淀。

二、当今文学需要什么？

严辉：进入21世纪的中国文学，如果我们还在用文学越来越多元、创作越来越繁荣来安慰自己的话，这种要求未免低了。和刚才几位老师感受不同的是，我认为我们今天的文学所缺少的，所需要建立的实在是太多了。下面我着重谈谈目前最迫切的几个问题。

第一，文学批评环境不够宽容和健康。虽然现在的文学批评已不同于以往的大批判了，但也有很不好的倾向在里面。不同年龄层的作家和批评家之间有严重的代沟，无法心平气和地倾听和交流。即使是同一年龄层的作家、批评家之间，也互相不买账，难以用真正文学的标准来品评作家作品。文坛中拉帮结派、个人主义、名利思想严重。所以，在看似繁荣的文学批评界，文学的批评少，无意义的“争吵”和“人身攻击”多，缺乏真正的文学眼光和宽容心态。

第二，文学作品很多，但品类并不完全。近年来，文学创作确实是越来越多样化了，不断有文学的新类出现。以前，我们往往用雅、俗来划分文学作品；现在的文学的发展早已打破了这个二元对立，雅、俗之间并无截然的对立。我认为这种情况的出现是非常好的事情。但与社会经济生活和读者需求的多样化相比较，我们文学品类的发展还显得有些滞后。特别是当一类新的作品出现时，我们还是显得不够包容。我想，文学既可以是沉重的、崇高的，也可以是轻松的、休闲的；既可以是面对所有读者的，也可以是针对部分读者的。我们并不能对每一部作品都提出“经典”的要求。作品的功能划分明确，并不会减损某部作品的价值，相反会使创作达到真正的多样，这样更有利于真正的好作品浮出水面。现在的文学创作，既缺少崇高的，也缺少真正轻松的，多的只是些跟风之作、浮泛之作，缺少深刻意蕴之作。

第三，作家(特别是青年作家)的文学文化素质有致命缺陷。说“致命缺陷”，可能有点危言耸听，但现状确实是非常严峻的。一直都有专家学者指出作家在文学、文化素养方面的缺陷，但少有人提出切实可行的解决方法，无非是人要多读多思。但我们这一代人缺少的其实是一个庞大的精神体系，这显然不是多读几本书，多思考几个问题就可以解决得了的。按我的悲观想法，这不是一两代人能够根本解决的问题。但这并不意味着我们就无所作为。对于今天的作家而言，切实可做的有：一、为克服文学“失语”，树立汉语写作的自觉意识。语言对于文学而言，不是工具，而是精神实质。有了这种意识和相应的语言背景知识，可以为迷失在众多西方话语中的中国作家找到自己的“立足之本”。各民族的语言越是在交融中，其相异性也越明显，尤其是对于汉语这样一种有几千年历史的古老的东方语言，更是如此。我认为这是一个被忽视了的重要问题，其思考的空间还很大。二、为改变文学“盲从”，要树立起稳固的文学传统背景。面对21世纪，东西方的文学文化背景，我们都需要，尤其是我们自己的最需要弄清楚。今天的作家大都接受了完整的高等教育，但对于中国文学的传统，也只是略知一二；而对于西方，尽管主观上很努力，囫囵吞枣地接受了很多，也只是学到了一些皮毛。这就会使得他们的创作如无源的“死水”，无论怎样起劲折腾，也不可能有大气象，更难以流出去。要阅读经典，但不可盲目；要思考文学，但不可功利。这些都不是一日之功，需要恒心和慧心，也需要指导和倡导。

王庆生：严辉谈到了她对当今文学的危机感，谈得很好。当今文学为什么会缺经典呢？我认为原因主要有以下四点：一是在通俗文化和高雅文化之间，一些作家迎合时尚的要求，表现出对流行文化的屈从。他们的作品在叙事上陷入表层化层面的描述，缺失了文学的审美功能。二是文学的发展受到市场需要的制约。市场既能推动文学的发展，又有着制约作用。许多作品在一些无意义的事情上着墨太多，内容显得苍白无力，有不少虚无主义的东西。文学呈现出粗俗化和媚俗化的特征。三是在作品形式上，过分强调个人叙事而缺乏宏大叙事。作品中只有个人欲望的表述，缺少深层的意蕴，不能引起人们心灵上的震撼和感动。四是对文学功能的理解上存在着失衡。过于强调文学的消闲、娱乐功能，淡化文学的教育功能。

刘为钦：我想谈谈自己对当下文学缺少大家的思索。前不久，有人写了一篇对20世纪文学的悼词，对包括鲁迅、郭沫若、巴金，张爱玲等在内的一批作家进行否定。就评价的准确性而言，包括对鲁迅的评价、巴金的评价和周作人的评价，未必一无是处，但是，鲁迅、周作人、巴金等人的文化积累是当下很多人所无法比拟的。如果我们站在历史的高度来看鲁迅、周作人、巴金，他们毫无疑问是大家，仅就用白话文写作这一点来说，他们就很了不起。翻开文学的历史，有多少人倡导用白话文写作，但是，又有几个人真正实现了这个目标呢，同时也持久地坚持了这个追求呢？只有鲁迅等大家做到了这点。他们用新的文学形式写作，对民族的本质进行解剖，开启思想启蒙运动，这一点也是前人所没有的。除此以外，这些作家还有一种使命感。那个时候，作家们为人生而写，为艺术而写，不管为了什么，他们还有一个追求的目标，但是当下的有些作家为什么而写作？他们的写作已经为市场所左右，缺少了写作的内在的使命感、历史责任感。

陈立华：我认为，中国当代文坛存在两大误区：一是误认为中国社会已进入后现代社会，作家们盲目学习、吸收西方后现代主义的文艺思潮和文学观念，将当前西方社会的主要矛盾当作当前中国社会的主要矛盾，将西方知识分子精神上的迷惘、失落、颓废、绝望当作中国知识分子的精神疾患。众所周知，后现代主义是西方社会进入后工业时期产生的与之相适应的一种文化思潮和文化运动，是工业化社会向信息化社会过渡、科技高度发达、物质极大丰富的产物。在后工业社会的大都市环境中，人们以惊人的物质财富消费作为生活方式，并由此更新自己的价值观念。而当前的中国社会则是刚刚解决了温饱、努力向小康水平迈进的社会，多数人还在为衣食忙碌，高等教育普及率还很低。因此，将后现代艺术家的那种鄙视理想、嘲讽理性、淡漠信念、玩世不恭的文化理念用于解析中国当代社会，传导中国民众的声音，必然会显得十分牵强。正如有的学者指出的那样，只能是一种“没有后现代的后现代冲动”。误区之二，是文学日益商品化。我们知道，人类自进入文明社会以来，社会生产便分为物质产品的生产和精神产品的生产两大类。文学属于精神产品生产的范畴，它的最大特点是以社会效益为最高准则，这种社会效益通过人的精神力量转化为物质力量，从而推动社会的进步。然而，随着市场经济的发展，经济利益成为驱动人类活动的唯一杠杆。文学这种原本属于精神范畴的产品也被推进了市场，这势必带来文学创作的趋利性行为，文学创作迎合市场、迎合低级庸俗的趣味在所难免。目前，长篇小说的产量大幅度增长，长篇越写越长，本应是中短篇的题材也演绎为长篇巨著，这其中稿费的驱动力是显而易见的。

樊星：在世纪之交，总结百年文学的得失，的确必要。而“当代文学到底缺失什么”这个问题，又显然是总结百年文学得失的重要内容。事实上，不少学者、作家都对此进行过深入的思考。我记得美籍学者夏志清就指出过：中国新文学缺乏宗教意识，是它一直产生不了大师的根本原因。我并不认为有宗教意识就能成为大师。西方人普遍有宗教意识，但文学成就也有高下之分。我还记得王蒙曾经谈到当代作家中普遍存在的“非学者化”现象，是当代作家与“五四”那一代作家的一个重要差距所在。这个问题的确存在，不过，学问修养与创作成就之间也并不存在着必然的联系。有的作家缺乏学问方面的训练，但却凭天赋写出了优秀之作。因此我想，文学是天才的事业。有的天才没有宗教意识，仍然写出了伟大作品(例如曹雪芹)；有的天才没有学问，仍然写出了伟大作品(例如契诃夫)。那么，当代中国作家有没有天才人物？肯定有。我觉得王蒙、贾平凹、史铁生、韩少功、莫言、余华、王安忆…… 都是。他们已经写出了一些出色的作品。但问题是他们中有的作家写得太多，成果参差不齐；有的自我感觉太好，缺乏不断进取的实绩；不少作品是在一个水平线上。当代中国显然缺乏巴尔扎克、陀思妥耶夫斯基那样大气魄的能成功地以十几部甚至几十部举世公认的伟大作品去创造一个不朽的艺术世界的文学巨人。有人说20世纪不可能产生文学巨人了。我不这么看。我觉得，萧洛霍夫、托马斯曼、尤金奥尼尔、布莱希特都是那种非凡的、具有惊人的创造力和创作成就的文学天才。而天才的产生是可遇不可求的。我觉得，现在的问题是：是什么妨碍当代中国的文学天才去征服文学的高峰？为什么当代文学的不少长篇小说名著都给人以“半部杰作”的感觉？究竟是因为浮躁的心态、游戏的心态影响了从容创作，还是因为“长篇小说美学”问题一直没有解决好？问题的答案是因人而异的。总的看来，在70年代中期，是突出的政治概念制约了作家的创作；80年代中期，是浮躁的功利心、盲目的技巧崇拜意识影响了作家的创作；90年代以来，普遍的自我感觉良好、普遍的游戏文学心态妨碍了作家步入阔大的智慧与艺术境界。“新生代”作家的崛起更是以普遍重感觉(而且常常是琐碎的生活体验感觉)、轻智慧的特质令人担忧。新的世纪里，中国作家如何创造新的文学经典？这个问题值得评论家、作家共同努力去探讨、去解决。

谢维强：我认为，当下创作似乎已经达到自给自足的小康水平，似乎不缺什么，刚才你们说缺经典、传世之作，但传世之作不是当下能够界定的，它只会随着岁月的流逝自我浮现。

从批评角度讲，与创作的自给自足似有共同点，似乎不缺什么。我感到：所缺的是读书，这是创作与批评的共同缺失。这只是从个人的角度而言。从一般大众而言，他们对作品的阅读期待只是消遣与娱乐。在这一个过程中领略某些乐趣与新颖的感受。但作为知识分子批评而言，“诗意的启蒙”似乎是“五四”以来，虽经中断但在80年代续接上的挥之不去的情节。既然是理性开启蒙昧的心智，当然需要思想的浸润，需要有相对厚重的人文精神和理性思维的结晶。而今的创作却有一股“语不惊人誓不休”的劲头，还有些作品如一堆泡沫，瞬间消失。譬如长篇小说一年可达600—700部，但给人留下深刻印象的很少。之所以说是泡沫文学，就在于作者缺乏整体的理性思考的氛围，能够静下来读书的作家不多，有些作家已经不把写作当作人生理想与艺术真谛的追求，而只当作谋生的手段，发点小财的手段。一方面是生活的驱动，一方面也是大众文化的驱动，商业利益的诱惑。具体表现在作品上，流于表象叙述丰富，生活形态新奇，另类人物怪诞，急就章多。与80年代相比，文学创作的思想性淡漠了，一些作者张扬的是平庸与消遣。这种观点就是被人批评的“某些知识分子的诗意启蒙情结”。

在批评上，由于读书少，批评者缺乏理论学养和一以贯之的理论追求，建构有个性的或具有张扬的鲜明的个性的批评还没有形成普遍现象。一是在批评思潮迭起，审美方式多元的局面里不易自持，容易跟风。二是缺乏批评道德的操守，易受外在因素的影响，无原则褒奖多，实事求是的批评少；三是缺乏对文学批评的规范共识，就是在市场经济日益强化，大众文化日益流行的今天，文学不应是全民的、大众的，尤其是在社会政治生活平静发展时期，不应有“全民争说”的阅读期待。在反常时期形成的思维定式不应成为作家与批评家的文学情结。即使是获诺贝尔文学奖，其阅读面也只是相应扩大而已，文学其实应是也只能是社会部分人的精神追求，既要求是大众喜爱的，又应当是经典的，这是一个二律悖反的标准。从当下的创作势态来看，今后的文学创作应是多元并存。无论是主流意识形态写作，知识分子姿态写作，还是民间文本写作，大众文化写作都将按其发展规律运作。

王庆生：面对新的世纪的文学呼唤经典、呼唤大家的诞生，呼唤当代文学的更好发展。为了实现这一目标，第一，当下文学的发展需要人文精神的灌注。当今的时代是一个从现象上看是人文精神越来越淡化而实质上是对人文精神越来越渴求的时代。在商品经济社会里，我们需要以经济建设为中心，但经济的发展不是孤立的，需要人文精神的支撑，文学的繁荣更需要理想的支撑、人文精神的灌注。第二，当下文学的发展，要求纯文学在融入社会中调整定位。今后的纯文学与俗文学将在互补中融合。雅俗文学的融合，可能会成为文学发展的一种新趋势：即形成一种“大文学”。“大文学”的成就、价值，更多地体现在文化内涵上，体现在更大的涵盖面上。第三，当下文学发展需要强化文学理论批评。文学批评要走辩证的整合研究之路，要在总结的基础上开拓研究的新领域，回答现实中提出的新问题，建立具有大国风范和现代意识的中国文学理论批评体系。

（陈虹记录整理，原载《理论月刊》2002年第1期）

反映生活与关注政治

——关于文学与政治关系的对话

主持人：王庆生(华中师范大学教授、博士生导师)

参加对话者：樊星、张卫中、谢维强、严辉、刘为钦(华中师范大学博士研究生)

文学与政治：一个古老而有争议的话题

王庆生：文学与政治的关系是一个古老而有争议的话题，也是一个与中国当代文学有密切关系的话题。在中国当代，这个问题的讨论有一个曲折的过程。十七年中，我们在提出文艺为工农兵服务的同时，十分强调文艺从属于政治，为政治服务，文艺是阶级斗争的工具。粉碎“四人帮”后，我们党认真总结了历史经验，明确提出了文艺为人民服务、为社会主义服务的口号，纠正了“左”的错误，文艺事业得到健康的发展。今天我们之所以再讨论文学与政治的关系问题，在于我们有些同志在这个问题上有种种含糊不清的说法，有的认为文学离政治越远越好；有的提出与政治有联系的文学是没有生命力的，等等。实质上，文学与政治的关系，涉及两个问题：第一个问题是文学与政治有无关系；第二个问题，如果文艺和政治有关系，文学与政治是什么关系？我们应当怎样处理好文学与政治的关系呢？

刘为钦：是的，文学与政治的关系问题是一个古老而有争议的问题，柏拉图将诗人驱逐出理想国，墨子“尚用反文”的艺术观，说到底，还是文艺与政治的关系问题。“文革”时期，“工具论”、“从属论”限制、阻碍了文艺的发展。1979 年 1 月，陈恭敏在《戏剧艺术》发表《工具论还是反映论——关于文艺和政治的关系》一文；4 月，《上海文艺》发表《为文艺正名——驳“文艺是阶级斗争的工具”说》的评论员文章。这场讨论为我们厘清文艺与政治的关系铺平了道路。二十年后，在文学空前繁荣的今天，我们重新审视这个问题很有必要。

张卫中：我认为，在文学与政治的关系问题上，首先要弄清楚“政治”的含义。“文化大革命”中，政治是阶级斗争的工具。而今天来看，政治的概念比过去要宽泛得多。现在，人们一般认为，政治是协调各阶层人们利益与关系的手段。

王庆生：恩格斯认为，政治、法律、哲学、宗教、文学、艺术的发展是以经济为基础的。政治和文学都决定于经济基础并反过来影响经济基础，政治与文学之间又是相互作用、相互影响的。认为文学与政治无关是不符合文学发展实际的；把文学作为政治的附属品，作为它的工具，否认文学的独特性，要文学为政治服务，同样也是违背文学规律的。

谢维强："政治"一词的含义有多种解释，如阶级对阶级的斗争、政治是经济的集中体现、政治是阶级斗争的工具等等。不管取哪一种解释，从其界定的角度来看，都有其合理性和局限性。因而当谈到文学与政治的关系时，要考虑到角度的取向。

樊星：我认为，政治有两个层面的含义：表层的含义是一个时期的政策，深层的含义是政治文化。如果说文学为政治服务，仅仅只是政策的图解，那么，文学很难成为真正的文学；如果文学反映的是一个历史时期的政治文化，那么，文学作品才有可能具有其内在的价值。中国文学与政治文化有密切关系，在20世纪尤其如此。

刘为钦：鲁迅先生说过："即使是从前的人，那诗文完全超于政治的所谓'田园诗人'、'山水诗人'，是没有的。"文学与政治确实存在着密切的关系。

王庆生：中国历来有"诗言志"的传统。《礼记·乐记》中说："凡音者，生人心者也。……是故治世之音安以乐，其政和：乱世之音怨以怒，其政乖；亡国之音哀以思，其民困。声音之道，与政通矣。"

新时期文学并未远离政治

樊星："文革"以后，文艺界对"工具论"否定，但文学创作并没有远离政治。伤痕反思，如《月食》、《芙蓉镇》等作品都是对极左政治的批判；改革文学，如《乔厂长上任记》，歌颂改革英雄，也充满政治意味。刘震云的《故乡天下黄花》、《故乡相处流传》都是批判家族政治、传统政治的力作。

王庆生：过去，文学为政治服务，其实是为政策服务。政策一旦发生变化，文学也就失去其存在的意义。那个时期，文学艺术的生命力是短暂的。新时期以来，文学已从写政策、写中心的藩篱中解放出来，文学反映了大众的生活，反映了大众的意志，受到人们的欢迎。所以，它有其存在的价值。

严辉：今天，"工具论"、"从属论"已成为历史。讨论文学与政治的关系已不应再被简单地否定，而应把它放在一个更为深广的历史背景和文化背景下来思考。正如我们已谈过的，从政治的宽泛含义上讲，现阶段的文学回避不了与政治之间千丝万缕的联系。但这种联系已大不同于从前，具有新的特点，需要我们重新观照。新时期以来，特别是进入 90 年代以来，我们的社会处在一种宽松的政治环境和文学环境中，具体的政治政策离我们越来越远，政治对文学也不再像以前那样具有决定性的影响。文学既可以紧靠政治，写社会变革；也可远离政治，写私人情感，一己的悲欢；还可以进行纯粹的文学试验。这种多元的文学选择和文学现象的出现，说明我们的文学已基本上脱离了以往“工具论”和“从属论”的思想羁绊。现在，我们不应该再害怕提及文学与政治的关系，而应该正视文学中所包含的或显或隐的政治因素，并针对不同的文学作品进行学术的而不单是“政治”的研究。

刘为钦：否定了“文艺是阶级斗争的工具”、“文艺是政治的从属”，一段时期有的仿佛感到文艺越远离政治越显得有价值。

严辉：我们不能再回到那个提倡“工具论”和“从属论”的时代，同时，我们也不能造成凡与政治有联系的文学就不是真正的文学的认识误区。

谢维强：我赞同这种观点。当社会的某种矛盾趋于激烈、突出时，政治就必然具有这种矛盾的浓烈色彩。譬如清末、抗战时期，政治就具有强烈的民族斗争色彩；几次国内革命战争，政治就具有强烈的阶级斗争色彩；改革开放以来，政治就凸现出社会各阶层调整的经济色彩。而主观能动地反映社会生活的文学，或多或少都要折射出以上所述的各类矛盾冲突。可以肯定地说，虽然有时不一定同步，但一定的政治环境总在催生一定的文学，这一点在中国当代文学史上特别突出。譬如十七年总体而言是一个新生政权凯歌行进的时代，于是英雄与颂歌应运而生：“文革”十年就产生了“瞒与骗”的文学和在创作理念、手法、题材与之绝然对立的地下文学；新时期的思想大解放则迎来了百花齐放的文学黄金时代；90 年代宽松的政治环境使得创作环境更为自由，形成了“新生代”作家们极富个人意识、极具个人姿态的“私语文学”。所以否定文学与政治之间的关系是不符合实际的，也是没有意义的。

刘为钦：我们只要对新时期文学略加回顾，就不难发现，新时期文学不但没有脱离政治的脐带，反而有一种与政治难以割断的血缘关系。“伤痕”文学、反思文学与其说是对过去政治的批判，不如说是对拨乱反正的注脚。改革文学十分明显地与改革开放的政治潮流相吻合。寻根文学，不管是寻哪一层面的根，都是寻找着人的根，而这根又是通过人与人之间的关系表现出来的。所以说，寻根文学实质上是政治文化的反映。先锋文学以及 90 年代的“私语小说”，不管怎么说，我们都能或隐或显地看到政治的影子。

谢维强：文学与政治有无关系与文学是否应当从属于政治，实际上是两个不同的问题，这两个问题混为一谈就容易纠缠不清。有些新生代作家拒绝趋同，回避政治，躲避崇高，极力表现极具个人色彩的情绪、感觉、回忆，确实远离了政治，远离了社会主流生活，最大限度地接近个体的生命意识，但这正是宽松的政价环境赋予的创作自由使然，这种自由在改革开放前完全是不可想像的。这显然说明文学与政治之间有关系。但就其本身而言，这类以个体感觉、个体生命意识为主要题材的“私语小说”确实在其中难以寻觅到政治意识痕迹，体现了远离政治、远离社会主流生活的创作主旨，而且它有其存在的价值。但现在有一种倾向，那就是文学创作要尽量远离政治，甚至耻于在文学中表现政治，这是矫枉过正的过激心态。纵观新时期以来的创作实绩，作家们在是否表现与如何表现政治题材、重大社会主题方面，已普遍具有深邃的历史眼光与理性思考且佳作不断，如获得广大读者喜爱与赞誉的路遥的《平凡的世界》，其艺术价值是谁都承认的。

文学在关注政治中获得生命

严辉：关于文学与政治的关系，我认为还是应该作深入的思考，目前要求弘扬“主旋律”，是不是强调“文艺为政治服务”？

王庆生：弘扬“主旋律”与“文艺为政治服务”不是一回事。文艺为政治服务，实质上，是为阶级斗争服务。而当前的中心任务是要满足人民群众日益增长的物质文化生活的需要。弘扬“主旋律”是要关注人民，关注社会更早地实现四个现代化，写出反映人民心声的作品。当然，我们关注群众生活，在弘扬“主旋律”的同时，也要求文艺创作的多样性。“主旋律”与“多样性”是一致的，如果没有多样的艺术形式、多样的艺术风格、多样的题材、主题，“主旋律”的作品也不可能具有生命力。

严辉：我认为，由于传统的“文以载道”的文学观念的影响和我国现阶段的具体国情，完全摆脱“文学为政治服务”还难以真正实现，这就如同在三四十年代，在民族存亡的危急时刻，我们大量需要的是慷慨激昂的抗战文学。这种与当时政治紧密联系的优秀的抗战文学，将和那个时代一起永载史册。在现有的存在不同阶级和不同社会制度的国际大环境下，我们仍然需要一定数量的为我们的现行制度和改革大业“服务”的文学。当然，这种“服务”不再是以前的那种简单生硬的政治图解，而是作家顺应时代的要求进行的自觉创作。这种弘扬“主旋律”的“政治文学”是现阶段多元文学中的一元。

刘为钦：如果承认文艺是社会生活的反映，而政治生活是社会生活的一部分，并且是其主要的部分，那么文艺就需要关注政治。

谢维强：丰富多彩的现代生活客观上要求文学创作的多元化。政治文学应该是多元文学中的一元。有一个值得注意的现象是，有一些写政治的作品很有艺术感染力，如近期出版的《苍天在上》、《走过柳源》就是这样的佳作，受到人们的关注。

樊星：是的，古今中外的一些文学名著也都与政治或政治文化有密切的关系。《水浒传》写农民起义，《三国演义》写魏蜀吴争夺天下，《西游记》写孙行者反玉皇大帝，《红楼梦》写贾府的兴衰，都表现了作者居于政治之外对政治斗争的关心。司汤达的《红与黑》、巴尔扎克的《人间喜剧》、托尔斯泰的《战争与和平》，充分地显示了政治斗争的图景。当代西方文学，无论是欧美文学，还是拉美文学都不乏关心政治、批判政治之作。如亨利希·曼的《臣仆》、萨特的《肮脏的手》、阿斯图里亚斯的《总统先生》、略萨的《世纪末日之战》……都是当代“政治文学”的名篇。文学中的女权主义、反种族主义在西方也都与政治密切相关。如果一位有才华的作家居于政治之外来描写政治生活，那么，他有可能创造出富有生命力的作品；如果一位作家仅仅为政治服务，将自己的作品作为一个时期政策的图解，那么，他的作品的艺术生命是短暂的，仅仅只是昙花一现而已。

刘为钦：关于文学与政治的关系，列宁曾在《党的组织和党的文学》中指出，革命文艺是整个革命机器的齿轮和螺丝钉，列宁的这个比喻，后来被毛泽东同志引述过，大凡在革命斗争、民族矛盾尖锐的时候，文学作品的政治色彩就体现得充分一些。

王庆生：文学只有通过反映人民的疾苦，反映时代的强音获得生命，但在今天来说，情况有了变化。文学对生活的反映比过去广泛得多，社会生活、政治生活、经济生活、文化生活、宗教生活、爱情生活……都是生活整体中的一个有机组成部分，作家可以根据自己的生活体验选择题材，选择自己认为应当反映的生活领域，而这在过去是不可能做到的。

邓小平在第四次文代会的祝辞中说过这样一段话：“雄伟和细腻、严肃和诙谐、抒情和哲理，只要能够使人们得到教育和启发，得到娱乐和美的享受，都应当在我们的文艺园地里占有自己的位置。”作为精神产品的文学，应用多副笔墨绘制五彩缤纷的生活图画，满足人们的多方面需要。

（刘为钦整理，原载《学习月刊》2000 年第 5 期）

对"另类文学"的写作批评

主持人： 王庆生(华中师范大学教授、博士生导师)

对话者： 樊星(教授、博士)、谢维强、刘为钦、严辉、陈虹(华中师范大学博士生)

一、另类女作家走红文坛

王庆生： 今天我们讨论的是"另类文学"问题。说起"另类文学"，说法不一。有的称之为"新新人类"文学，有的称为"新人类"文学、"突围"文学。不论怎么说，我们在这里讨论的"另类文学"，主要是指20世纪70年代以后出生的以卫慧、棉棉为代表的一些作家的作品以及他们在作品中所体现的前卫倾向。我们需要讨论的是，作为一个文学现象，"另类文学"是在什么样的社会环境和文化环境下产生的，在创作上有哪些特点，哪些是我们赞同的，哪些是我们不赞同的。这些作家作品的出现给我们的文学的发展、文化的发展、社会的发展提出了哪些问题，值得我们思考。

从历史上看，这一文学现象的出现并不是现在才有的。"新新人类"一词最早出自台湾地区和日本。美国60年代出现的是"垮掉的一代"，其思想倾向、创作倾向与"另类文学"基本上是一致的，都是一群青年人对传统道德规范、对社会公认原则的反叛和挑战。他们的生活多与酒吧、酗酒、毒品，与性爱联系在一起，他们追求的是及时行乐，是虚无与幻灭。应当说，这一文学现象的产生并非偶然，它既是社会转型、文学转型中的产物，也是现代化进程中的必然产物。

严辉： "另类文学"和传统文学有很大的不同。她们的写作在形式上不是很新，不像先锋作家对文本形式有很大的冲击，它所冲击的主要是对人的生活方式、行为方式、思维观念的冲击。

樊星： 我觉得，任何一种文学现象可以从几个角度去看。在商品化大潮中，人的欲望不断高涨，在卫慧、棉棉的作品中达到一个极端。这批少男少女认为不管将来如何，只管及时行乐。卫慧经常引用张爱玲的一句话："成名要趁早，晚了就来不及了。"不管写出来的是不是好作品，只要成名就行。文学变成了一种商业行为。卫慧替《蝴蝶的尖叫》做广告时，竟把自己的头像印在男式短裤上，以此吸引大家的注意。这种行为其实是商品社会的产物，不仅中国有，外国也有。杜拉斯的作品中就写到她小时候和哥哥的乱伦行为，正好杜拉斯的书在去年也十分流行，这实际上反映了一种世界性潮流。另一方面，卫慧、棉棉的作品也是当代“女性文学”的发展。从当年张洁写的《爱是不能忘记的》，到1986年以后王安忆的“三恋”、铁凝的《麦秸垛》、《棉花垛》，再到林白的《一个人的战争》、陈染的《私人生活》等作品大胆写女性的性意识，有一条从“情”到“性”的发展脉络。而卫慧、棉棉则将写“性”推向了极致。

谢维强：当“另类写作”一族被当作文坛新锐推出时，一片喝彩声。另类写作的小说文本，题材的荒诞、人物生存方式的违背伦常、情绪感受的怪异、隐私自我暴露的赤裸，一时给人以强烈的冲击感，读者与批评家们着实兴奋了一番。不过，时至今日，当把另类一族的众多作品叠加阅读，你会发现，以前的阅读感受已不复存在了。不管是题材还是写作者的自身感受，另类写作缺乏文学创作最有价值的因素——原创性。小说中有关外滩、黄浦江两岸的灯火楼影、刺眼的霓虹、惊人的建筑这些洋场景观，有些小说人物出没于咖啡厅、舞厅、滥交、乱伦的生活方式，作者在这类描述中极力流露的狂放不羁、迷醉堕落的都市情绪，都可以在二三十年代的新感觉派小说当中找到相同或类似的描述。而少年时代的孤独与感伤，情欲的萌动与迷惘，女性极端隐私的性体验，在林白、陈染的“女性主义”小说文本里早就有大量的叙述。“另类”一词从积极的意义角度评价，似应具有标新立异不同凡响的内涵，但另类作家们的小说文本显然不具备这种原创品质。这一点使另类创作的意义在根本上遭到消解。那些在“美女作家们”身后拼命鼓噪的喧嚣，除了哥们姐们架秧子起哄外，很大程度上是出于商业炒作动机。

陈虹：有人提出了一种三类人的理论，这种理论认为，世界是由三类人组成的。第一类人为社会贡献自己，他们创造财富，支撑着这个世界；第二类人享受生活，他们让这个世界更精彩；第三类人标榜自我，践踏权威，拼命毁灭这个世界。因为所做的不同，所得也不同，第一类人得到了社会地位，但却失去了享受的快乐；第二类人得到了享乐，却失去了被尊重；第三类人找到了自我，却最终被世界所遗弃。卫慧、棉棉大概属于第二类人，她们创作的作品描写了中国的先锋颓废者的形象。

刘为钦：听了你们的发言，我很受启发，对我过去的思维模式是一种震动。以前看过张贤亮的《男人的一半是女人》、莫言的《红高粱》、贾平凹的《废都》等许多作品，但我认为卫慧、棉棉的作品把很多文学作品中没有描写的东西写进来了，比如同性恋、吸毒、个人隐私等。可以说，这些作品是改革开放以来女性小说发展的一个极致。

二、对“另类文学”的不同态度

王庆生：人们对“另类文学”可以有不同的态度。持赞同意见的人认为，“新新人类”文学表现了文学当中新的发展，反映了生活中的一部分真实，没有假正经，让人喜欢。也有一些人对“另类文学”持反对意见。他们不能认同她们的另类和疯狂，认为她们的作品以性吸引人，在作品中“只有感官在游走”。为了性爱，不惜一切，这是用身体写作。对于这一点，卫慧并不同意。她认为《上海宝贝》展现了女性文化的特点，即新一代女性要在思想上事业上甚至身体上独立，从而引起知识女性的共鸣，所以才会被大家认可，而绝不是“性”描写吸引了读者。她还对“用身体写作，而不是用头脑写作”这种评论感到很气愤，她说：“我的创作来源于头脑中很深刻的地方，语言都是从心里写出来，所以讲这些话的人自身就没有头脑。”

严辉：“另类文学”的作品内容反映了这一时期年轻人的特点。一是反叛性，她们认为，有的人道貌岸然地说着一些话，背地里却做着为人所不齿的事情，对这样的人她们表现出极端的厌恶，于是她们用感官上的美来刺激主流文化。二是精神上的困境，她们十分欣赏张爱玲的一句话：“出名要趁早”，传统的信仰无法给她们提供坚定的支持，对名利有着急切的心理，现实又实实在在地提供了一些诱惑，如感官上的刺激，物质上的享受等。这些诱惑靠个体的力量难以自拔，于是只有沉沦，她们受西方都市化的影响，在物质上也存在着困惑。她们不看重物质，但懂得享受物质，她们的钱不是靠劳动得来，而是靠汇款，钱是为了挥霍。白天在购物，晚上泡酒吧。她们的作品描写了同龄人中真实的境况。

樊星：世界进入后现代社会，有的人对人生的意义不清楚，干脆凭着欲望去生活。从文学反映生活的角度来看，有一定的认识价值，这是其社会意义。从文学意义来说，是林白和陈染创作的某种发展、某种延伸。陈染写知识女性的苦闷心理。她们找不到一个在精神上对话的伴侣，于是分析自己的性心理，在卫慧这里不存在了，从原来对女性性心理的分析到对生活方式的直接表露，这是女性文学中研究性的一个极致。但是把自己的身体和私生活都已经写出来了，以后还写什么呢？卫慧、棉棉的作品在思想上不如林白、陈染，因为林白、陈染的作品中还有一些存在主义的东西，写到选择的艰难、生存的荒诞。对卫慧、棉棉来说，这些问题都不存在，只要有酒吧，有舒适的房间，有很好的情人就可以了。不去想人生的终极意义，代表着把人的感性写到极致的一种作品。

刘为钦：我认为，从文学史的角度来讲，从文学反映生活的角度看，另类文学有创新的一面。随着市场经济的建立，我们的价值观念和原来有了很大差别，既然新的生活方式已经存在，文学为什么不去反映呢？而文学一旦去反映，就不可避免地出现了另类小说，所以说另类文学的产生具有必然性。另类小说的出现是对凡人文化的突围和冲破。女性在作品中的出现，不管是作为作家，还是作为主角，都不断地冲进禁区。

樊星：邓晓芒写了一篇关于卫慧、棉棉的论文，他说她们两个人追求自由，追到之后仍然觉得苦闷。如果说邓晓芒的分析可以成立的话，也就是说，人跟着感觉走，走到极致后就茫然不知所措。所有的都开放以后就再没有什么东西了。从文本本身来分析，这些故事的场景都出现在酒吧、舞厅、私人的空间，作品中的情人是很猥琐的，是在象牙塔中长大的。另类小说写多之后就容易重复，天地太狭窄。

严辉：问题正在这里。如果把“另类文学”的外壳剥出去以后就觉得空洞洞的，很难称为文学或真正的文学。小说带给人的感官刺激是造成其畅销的主要原因，加上商业炒作十分厉害，所以在社会上引起了一定的反响。

陈虹：《上海宝贝》完全是一连串城市代码的密码：迪厅、摇滚、吸毒、染发、性爱、酷以及比白天更丰富的黑夜，等等，纵情地在小说文本中粘贴与复制。《糖》的叙事模式流畅得生腻，一对男女10年来的缠绵与离裂，在种种光怪陆离的城市背景下映衬得更加流行，也更加歇斯底里。卫慧和棉棉渴望成为“新新人类”生活时尚的见证人和迷恋者，并刻意塑造自己在每一面生活凸凹镜里的映像。

谢维强：正因为这样，另类小说令人倦怠、迟钝，难以卒读。究其原因，写作者漠视小说形态的美学原则，对小说的形态持随意性态度，不讲究起码的整体构思，不讲究小说素材的剪裁。在整个写作进程中，过于依靠直觉与印象，无序的意识与琐碎的生活碎片充斥其间，随意蔓延，构成了小说的基本内涵。另类小说没有令人为之心醉神迷的悬念，没有跌宕多姿的情节，也没有令人掩卷长思的结尾；与新时期以来产生的散文化小说相比，又缺乏《受戒》、《小鲍庄》、《遍地风流》这类小说所刻画的具有厚重文化内涵的人物性格，缺乏具有浓郁地域色彩的风土人情的点染描摹。这些因素导致另类小说不具备可持续阅读性，更谈不上欣赏。

王庆生：卫慧在小说《像卫慧那样疯狂》中写道：“我们常常嘴里嚼着食物，脑袋相互依偎着，不时地相互亲吻一下，感觉生活的轻松自在——我们的生活哲学由此而得以体现，那就是简简单单的物质消费，无拘无束的精神游戏，任何时候都相信内心冲动，服从灵魂深处的燃烧，对即兴疯狂不作抵抗，对各种欲望顶礼膜拜，尽情地交流各种生命狂喜包括性高潮的奥秘。”这段话说的是“精神游戏”、“即兴的疯狂”，对各种欲望的追求、对性的满足，比较典型地反映了“另类文学”人物的生存状态和追求。这类人物与以往作品中的人物形象有很大区别，这种区别主要是价值观、人生观的区别。在卫慧、棉棉的作品中，我们看到的是无论是倪可、天天还是“我”、赛宁、三毛，都是没有理想，过一天算一天的人，他们的生活哲学就是吃喝玩乐，今朝有酒今朝醉，个人欲望满足了，一切都会拥有。这种人生哲学反映了当今社会一部分青年精神世界的苍白、贫困，它与我们沸腾的时代节拍是相悖的。

刘为钦：从审美的角度来说，我起初读这一类作品时，对其所建立的审美情绪不是很赞同。因为它对崇高，对人生的追求、传统的价值观念、道德信仰等几乎是一种消解。看了之后感到人只需要享受，至于为什么活着，或者说活着的精神动力是什么，统统不去考虑。上次我也跟王老师谈过，北京有一些搞文艺理论的人企图建立一种新的文学体系，其主旨是推倒崇高、告别革命、淡化主流意识形态，消解人生。卫慧、棉棉的作品是这种美学体系在文学中的反映。这种美学体系并不是独创，它吸收了西方新历史主义、女性主义中的一些理论，是西方文艺理论的翻版。

谢维强：据写作者们的创作理念，另类小说的读者群定位在青年知识分子这一群体，但小说文本却缺乏这一群体最为感兴趣的元素——思想性。综观这类小说，其内容大都是忧郁感伤的少年时代，慵懒无聊的青年时代，琐碎灰色的日常生活构成小说的主调，男女之间的相互勾引与性的宣泄作为灰色生活流的唯一动力。对生活自然流程客观再现的写作手法，虽然表面上与新写实小说有相似之处，但新写实小说自觉的美学意义的追求和对人类生活法则的探索所体现出来的终极关怀的积极意义，另类小说是不具备的。小说没有历史感，没有时代精神，更没有反映出中国民众的愿望与情绪，不能向读者提供任何理想资源与思维成果。或许是刻意与主流话语保持距离，或许是不屑于表现普通大众的生活，或许是写作者自身的生活阅历与思想积累的局限，另类小说尽管给人以新锐的姿态与感觉，但其思想的贫弱与智性的缺乏是不容置疑的。

“另类小说”最令人反感的就是字里行间流露的西化心态，写作者以崇拜西方文化的姿态写作。小说中的中国人，男的叫马格，叫彼得，叫 dick。女的叫米妮，叫马当娜，叫 judi，叫 coco；他们出没于夜总会、酒吧、舞厅，喝马丁尼酒，看西方电影，听西方乐曲，用英语骂人。在《上海宝贝》中，女主人公疯狂与德国男人马克做爱，并怀着欣赏的心情描述白种男人的性能力。她还仔细地叙述德国女同性恋者莎米尔抚摸她的感觉，把这种抚摸当作一种美好的感觉来回味。作者极端的西化心态令人反感与厌恶，稍有民族自尊的读者读完这些描述都会觉得受不了，很难相信作为中华民族精英群体的青年知识分子会接受这些小说文本。

三、“另类文学”引发的思考

严辉：“另类文学”以卫慧和棉棉为代表，但两者也有差异。卫慧毕业于复旦大学，有才气、素养高，语言功底好。但是写作态度有些做作，有哗众取宠、虚张声势之感，做戏的成分多。从发展趋向来说，她以后也许不会出版类似的作品，而是以另外一种方式出现，写出不同于另类文学的作品。棉棉的文学功底赶不上卫慧，但她是用心写作。作品中形容词用得不多，动词、名词较多，提供的社会参照意义更大。棉棉的发展趋势是不会创新。她也许会放弃写作，从事摇滚音乐。

刘为钦：我更关注“另类文学”给社会带来的功能。刚才严辉提到卫慧会有回归的倾向，那么会不会简单地回归，回归到一种什么地步？如果继续地发展、膨胀，会给社会带来怎样的效果？我想这是另类文学带给我们的思考。

樊星：卫慧和棉棉等人的作品反映了70年代以后出生的人的生存状态。譬如及时行乐，有些狂妄化的东西。人变得没有责任心，感性太多之后就缺乏理性，比如说出走就出走，说跳楼就跳楼，救过来之后又觉得很不应该。这说明“新新人类”不能在感性和理性之间保持一种平衡。因此就会有悲剧，比如吸毒，当人从毒品中寻找安慰时，实际上是害自己的生命。这种悲剧很普遍，在北京有一些摇滚歌手吸毒，问他们为什么这样做，他们说尝一尝慢性死亡的滋味。卫慧的作品现在很流行，我有些担心，因为“新新人类”中潜藏着一种生存危机。舆论界以伦理学的观念要他们过一种圣洁的生活几乎是不可能的。如何培养70年代“新人类”的一种责任感，如何培养文学的责任感是我们关注的问题。我想：他们随着年龄的增长，遇到挫折和困难，从中汲取一些东西，慢慢会变得成熟起来。

谢维强：在文学发展的历史长河中，由于创作理念的千差万别产生过并继续产生各具面貌的文学现象。在岁月无情的流逝中，有的灿烂辉煌、流芳万古，有的传诵一时、昙花一现，而有的只是文学发展长河中泛起的泡沫，转瞬即逝。历史告诉我们，一部文学作品能长存于一个民族的记忆中，决定性的因素在于作品本身的美学与思想价值，强大的政治力量做不到这一点，现代商业的炒作狂潮同样也做不到这一点。

王庆生：是的，决定一部作品的不是一时的轰动效应，而是作品本身的思想美学价值。优秀的作品总是经过时间的检验、历史的筛选保存下来的，具有长久的生命力。有篇评论卫慧的文章说：“她确实是被一波新的潮汐冲上岸来的写作者，具有鲜明的时代和年龄印记；但推她上岸的那股潮汐至今还未退却，所以她的欢快多多，动弹几时，目前还不能肯定。”这话是有道理的。时尚的不一定都是长久的，流行的不一定都是美好的，在市场经济的大潮中，文学的目的是要使人变得更好，正如莎士比亚的《十四行诗》中所说："真、善、美，就是我全部的主题，真、善、美，变化成不同的辞章；我的创造力就花费在这种变化里，三题合一，产生瑰丽的景象。"德国席勒在《论素朴的诗与感伤的诗》一文中也说："真正美的东西必须一方面跟自然一致，另一方面跟理想一致。"

（陈虹记录整理，原载《理论月刊》2001 年第 6 期）

全球化与当代文学多元格局

主持人：王庆生(华中师范大学教授、博士生导师)

参与对话者：樊星、张卫中(文学博士)、刘为钦、严辉、谢维强(华中师范大学文学院博士生)

理性对待全球化提出的挑战

王庆生：当前，随着新世纪的来临，“全球化”已成为一个使用频率极高的概念。什么是全球化，说法多种多样，有人认为“全球化是一个历史范畴，是世界经济发展到一定阶段出现的一种趋势”；有人认为“全球化是帝国主义的变革”……对这些说法我们不必一一讨论，但人们通常的说法是：全球化是人类社会进入世界历史进程以来经济发展的一种新形式和过程，这个过程是现代化进程的产物。现在，全球化所涵盖的内容已渗入到我国社会生活的方方面面，不管人们怎么评价，这已成为无法回避的客观事实。80 年代以来，全球化表现出许多新的特征，主要是：科学技术的进步带来新的社会变革，网络、资讯和卫星的技术革命使得地球大大缩小了；社会产业结构的变化把人类推进到了知识经济时代；全球化的市场经济打破了自守自给自足的状态，促进了内外交流和对外开放；由于生产的知识化，生产发展与环境保护开始协调起来，人类的生产环境越来越具有“公区”的性质，全球化对世界的影响也越来越大。这一现象是历史发展进程的必然，它将深刻地影响这个世界中的每一个社会群体的社会进程。全球化具有双重性，积极的一面是它有利于打破传统的规范，推动历史文明的发展；消极的一面是全球化对弱势国家与地区的政治、文化、文学带来负面效应。面对全球化，中国当代文学这一敏感的领域会受到什么影响呢？当我们讨论全球化及其对中国当代文学的影响时，需要考虑以下三个问题：一是全球化的概念需要明确界定；二是全球化对中国当代文学提出了什么样的挑战；三是中国当代文学面对全球化应做些什么样的工作。

樊星：全球化是一个过程的结果，这一过程是现代化。在现代化的过程中，经济现代化是一个重要因素。现代化经济的迅猛扩张，不仅使发达国家呈现一体化趋势，同时也把大批发展中国家卷入其中，很多原来的第三世界国家与地区，譬如新加坡、中国香港，现已拥有高度发达的“技术经济”。经济全球化促进了移民、技术、资金、商品的迅速流动，相应也带来了经济扩张影响下的地区的文化变化。如可口可乐、摇滚乐、泰坦尼克式的美国大片、肯德基、汉堡包、NBA崇拜热，对很多国家与地区带来的强大的文化冲击，在当地形成了以美国生活方式为价值导向的消费主义文化潮，与当地文化发生碰撞。文学方面也是这样，譬如“网络文学”，Internet为言论的自由发表提供了有利的条件，任何人在任何时候可以以他所认为的小说方式在网上创作与传播，由此导致了传统小说面临又一个挑战，譬如蔡智恒的《第一次的亲密接触》，虽然当前网络文学中是大量的文字垃圾充斥，还没有产生有影响的作品，也未对传统文学的写作、阅读、传播等方式构成生存危机，但它的灵活性、交流性与娱乐性显然具有潜在的优势，对精英文学具有未来的冲击性。总之，全球化对民族生活方式，对传统文学是极具挑战性的。

但是我们也应认识到这一点，全球化虽然凭借着强大的经济力量席卷全球，但要实现全球西化却是不可能的，因为各个民族的情绪、感觉方式、思维特点，不可能为单一文化所包容。从经济层面考察，我国的温州、苏南的经济都有其独特的模式，这种独特的模式在特定的地域成长发展，具有不可替代性。在二十年的改革发展中，温州苏南模式既未席卷全国，也未被其他经济发展模式兼容。既然经济都不可能一体化，文化就更加不可能了，因此我认为，未来的世界文化应当是多元的态势，多元并存，百花竞放。海外华人学者近十多年来一直在提倡的“大中华文化”，就是儒家文化具有强大生命力与独立姿态的体现，这一设想充分显示了特定文化的不可兼容性与世界文化的多元姿态。中国的当代文学同样也具有全球化影响下的多样性，有的作家对外来的文学思潮、艺术表现手法积极吸取并充分运用，从80年代的“意识流”到世纪末的“另类”写作，北京、上海的一些作家对全球化早已做出了拥抱的姿态；但很多作家尤其是内地作家，从内容到形式，仍恪守着传统的思路与表现手法，为中国的文学大厦增砖添瓦。因此面对全球化，中国文学应持冷静与理性的态度，作家们应根据自己的创作理念与生活感受，选择自己应当写什么以及为何写，无须盲目地拒绝什么或迎合什么。

文学创作将更加多样化

张卫中：经济全球化进程的深化与影响的深入已是非常明显的事实，譬如Internet、跨国公司、外国资本、大众消费……这些事物与现象客观存在并还在迅速发展，而我认为对全球化这一概念可以这样理解：它不是全球经济发展的结果，而是对这一过程的描述，既然还处在动态的发展中，那么对一切就下结论还为时过早；全球化只是一个口号，概念制造者的一种诉求，本质上是对发展中国家的宣传。因此对这一概念的意义必须有一个清醒的认识，当前在中国很多人对全球化持一种矛盾的态度，一方面认识到它是世界经济发展的客观进程，排除任何人的主观意志，不可逆转；另一方面出于民族感情和文化价值观，对全球化持拒绝态度，这样矛盾的态度是可以理解的。

对全球化与文化、文学的互动关系，应有一个基本的把握，不能把全球化估计为一个速进的过程，尤其是在文化、文学领域。在社会层面，如经济、科学、技术、娱乐、消费等方面，全球化的特征是显性的、迅速的，能在很短的时间里表现出来。但在一个国家一个民族的文化心理上，全球化的影响是隐性的、缓慢的，因为人的本性存在与人的心灵深处，存在于下意识之中，对人的思想行为发挥着稳定的支配作用。我们承认，在文学方面，全球化对当代文坛已产生了影响，而且在不久的将来可能会在文坛催化出多元格局，譬如当前一些学历层次高、身处现代化大都市、沐西风栉美雨的青年作家，就容易并写出了一些西化色彩很浓的小说，如《上海宝贝》、《香港情人》之类，吸毒、快餐情人、行为艺术、滥交、前卫装束充斥其间，但是文学必须面对本民族的文化土壤，作家的思想感情根植于生活深处，所以在中国文坛上大量存在的中西部作家的作品，表现的仍是本国的历史与现实，仍是本民族大众的文化心理、生活感受。

全球化肯定会给中国当代文学带来影响，使文学创作呈现多元格局，这种差异也会反映在文坛上，促使作家们的创作多极发展。但全球化带来的文化观念的嬗变不会一统作家们的创作理念，更不会一统他们的情感方式与思维方式，全球化不可能是全球一体化，只会是中国当代文学的创作更加多样化。

文化的总体态势是多元

刘为钦：全球化的进程不可逆转，世界上任何国家或政府都认识到了这一点，这一趋势是由物质发展决定的，当今电子技术的迅猛发展是重要的因素。这种频繁快捷的流动决定了经济一体化不可避免。从历史上考察，马车与船只制造技术的日臻成熟促进了地中海沿岸国家的交通往来，促进了它们之间文化商业的共同繁荣，当今国际形势也是如此。在全球化的推动下，相互隔绝五十多年的朝鲜与韩国开始对话与互访，在中国，海峡两岸的经济文化交流也日益频繁。Internet 的日益扩张促进了世界范围的网上交流，各国人民、各民族之间的相互往来与了解日益加深。在物质文明高速发展的今天，独居一隅、力保经济文化的“纯态”是根本不可能的。

在阅读有关全球化的诸多文章中，我注意到两个出现频率较高的词语，一曰“中心”，一曰“边缘”，很多专家学者在文章中对这两个词表示极大的关注并加以热烈的讨论。面对全球化浪潮，不解、困惑、担忧都是正常的，也是可以理解的，担心母体文化被边缘化，是当今不少非西方文化族群的普遍心态。我认为这两个概念并不具有恒定的内涵，全球化并不意味着西方价值观或美国价值观就一定会一统全球，在全球化进程中，有价值有意义的文化自然会成为中心文化，反之，就会成为边缘文化。从世界历史的发展轨迹考察，这也是一条规律。地球上的民族、自然资源、山川地貌、气候物象是多样的，相应而言，文化的总体态势也应是多元的。我认为，在全球化浪潮席卷全国各大洲的形势下，应建立文化生态学，在世界文化交流的前提下，保护边缘文化与弱势文化。多种文化的差异与并存，犹如植物群落，共生方能共荣。建立世界文化的多元格局，可从两个方面入手，一是要有宽阔的文化胸襟，积极促进本土文化与异域文化的交流与互补；二是要摈弃民族虚无主义，珍视本土文化，研究并保持本土文化的优秀传统。

电子技术的高速发展促进了传播业的繁荣，是推动全球化浪潮的重要因素，Internet 为现代社会各方面信息的传播开辟了无限广阔的时空，文化交流已成为人类每时每刻的行为，作为人文科学工作者，应积极投入文化交流的大潮中去。

当代中国文学呈现的两种趋势

严辉：我赞成上面说的对全球化这一概念的看法，即一是对某一经济发展过程的描述；二是发达国家对发展中国家的宣传口号，尤其是后者。放眼世界，所谓全球化给世界带来的并非都是福音，而是混乱、对抗。在军事上，有民族冲突、宗教冲突；在经济上，有墨西哥金融危机、亚洲金融危机。全球化并不可能马上带来一体化，即使形成了一体化，实际上也是美国化，不过我并不担心全球会美国化。我们可以看到，美国在运用各种措施对异己文化国家进行文化渗透甚至是侵略的同时，也不断地在培养自己的对手，使自己的对手反而更珍视自己的文化。譬如中华民族文化博大精深、源远流长，如今仍然具有强大的亲和力，作为世界文化不可替代的重要一翼，屹立在世界的东方。

我认为，全球化不同于地球村。“地球村”这一概念只是从交通、通讯的角度描述人类生存、交流的状态，而“全球化”却具有潜在的文化渗透、价值演变的强烈诉求，更具有一种侵略性。全球化不是世界大同，这一点不仅非西方化的文化族群能够本能地认识到这一点，即使同为基督教文化的欧洲人也感到了美国化的威胁，譬如，法国人抵制英语、抵制美国电影的情绪和做法是众所周知的。

说到文学，我有一点忧虑。当今世界科学技术在飞速地发展，电脑已在很多功能上替代了人脑、书籍，文学如今面临着电脑的威胁，网络文学已经产生并培养了自己的读者。由于网络创作的高度自由性和作者的隐匿性，其创作又缺乏筛选，作品大都乏善可陈，但网虫的增加就意味着读者的增加，那么网络文学的读者是否会迅速增加，甚至排挤掉传统文学的读者，这是令人感到忧虑的。

在全球化的国际大气候下，中国当代文学基本现状呈两种趋势：一是一批年轻作家(即70年代出生的)仿西方生活方式的创作。作品的内容与价值观反映了全球化的进程，一是中西部作家们本土化民族化的创作并没受到西方化的影响，他们的创作心态从容平和，有的作家专注于民族化创作且成绩斐然。这种现象也从文学的角度充分说明文化不可能单一化。要想提倡什么，最好是不要去刻意地过度地保护，譬如妇女权利。在文化的本土性与全球化碰撞与融合的过程中，也无须过度地保护，应由其自然发展，这是一个文化选择、多元选择的问题。

中国当代文学的基本姿态：立足本土　兼收并蓄

谢维强：全球化成为席卷当今世界的巨大潮流，是人类物质劳动的成果，人类文明发展的客观进程。人们谈到全球化首先是指经济全球化，在日新月异发展的科学技术的支持下，以美国为首的西方国家经济实力急速膨胀且持续增长，其经济实力的影响已跨越传统的国家洲际，席卷全球。经济实力已成为衡量一个国家在国际上的军事政治文化地位的基本标准。近十多年来电子技术的迅猛发展，先进快捷的电子技术可在瞬息之间将大流量信息传播到世界的任何空间，也可在瞬息之间调动几千亿乃至上万亿资金到任何国家的任何金融机构和企业，全球金融一体化已成明显趋势，也使得西方经济的全球扩张如虎添翼。

经济力量的扩张必将携带着文化观念的扩张。英国人在完成工业革命之后，凭借着强大的经济实力开辟全球性贸易市场与原料基地，英语及其政治制度、生活方式、价值观念就扩展到了全世界，中国的香港、印度就是最好的说明。所以，如今的全球化将造成其影响下的国家和地区文化观念的嬗变，这是不可避免的，也是全球化的题中之义。必须承认，人们不仅只从经济而且还常常从文化的意义上使用全球化这一概念。其原因就在于以英语为代表的西方语言已渗入全球的经济、科技、军事、文化等各个领域之中。西方品牌的电子产品、饮料、食品、服装乃至香烟都已成为非西方国家年轻人追求的对象，形成了及时享乐的消费主义，以美国梦为价值核心的西方文化正在向全球扩张是不争的事实。

不过，历史不会机械重演，嬗变并非全盘替换。尤其是在今天，主权在握、文化主体意识空前增强的各发展中国家，已充分意识到本民族本区域文化的价值与重要性，在积极迎接经济全球化的同时，坚持并张扬本土文化已成为这类国家与地区的自觉行为。因此在全球化浪潮中，人类既有共识，也有不同的文化视角，这就形成了世界文化的多元格局，譬如以儒家文化为核心的东方文化的存在与发展，就显示了自身的活力以及与西方文化迥异的性质，这是某些西方学者不愿看到却又是客观存在的事实。

今天看来，置身于全球化浪潮中的中国当代文学，总体而言是相当从容且具活力的。新时期以来，从对朦胧诗、意识流小说到今天对"晚生代"们创作的宽容与理性批评，表明中国当代文学的文化胸襟宽广坦荡；立足于中国大地，深刻表述过去的历史与当今的现实，真实展现中国民众的生存状态与思想情绪的优秀文学作品构成了中国当代文学的主流，说明面对开放的世界中国作家们所具备的清醒的本土文化意识与创作理念。中国当代文学与其文化母体一样，具有强烈的包容性，在二十年的开放过程中，对异质文化的题材与文学观念，一直是持积极吸取兼收并蓄的态度，在积极的扬弃过程中保持着自己的文化本质与风貌。80 年代如此，世纪末亦如此，譬如武汉作家胡发云的《老海失踪》这类具有全球意义的环保题材作品，既具人类共识，又是中国民众生活的深刻描摹。那种极端西化，文化自我迷失的"另类"作品只是很小的部分，根本不能构成主流。

在文化多元的格局中积极引导

王庆生：全球化是一把双刃剑，一是它促进了人们的思维从封闭走向开放，对人类的思想是一种解放；二是加快了世界信息的交流步伐，大大促进了人类的物质生产。三是共享各类信息资源，而且无成本，这是一个基本方面，而另一方面，西方社会特别是美国总想以全球化为契机，推行全面霸权。对全球化的双重效应，我们应当有一个清醒的认识。

面对全球化的浪潮，西方式的一体化是不可能在中国实现的，中国的思维方式与西方的思维方式统一不起来，所以在全球化的前提下，多元共存多元发展是根本的趋势，而我们的文艺创作也有自己的传统，这也是中国文学发展的一个重要因素，文化生存环境是我们应予考察的对象，传统文化不可能消失。承续传统不是固步自封、墨守成规，更不是停滞不前，而是要在承续的基础上不断发展不断创新。吸收西方文化是必需的、不可缺少的，要以开放的态度吸收西方文化的精华，使东西方文化融合，传统与现代融合，我们不能全盘吸收西方文化，也不能全盘肯定传统文化。当前的文化选择中，一个值得注意的问题就是缺乏引导。如今有一些消极的文学现象，譬如有些描绘病态、丑态的作品风行一时，而这种作品缺乏心灵的永久震撼力，是难以成为经典的。中国当代文学批评的主要任务，应当立足本土文化，以积极引导的姿态面对全球化的现实，开展科学的、实事求是的批评，为中国文学的繁荣做出最为恰当的选择。

（谢维强整理，原载《芳草》2001 年第 4 期）

“历史”的多样化叙述

——关于中国当代文学史写作的对话

主持人：王庆生(华中师范大学教授、博士生导师)

参与对话者：樊星(文学博士)、刘为钦、谢维强、陈虹、严辉(博士生)

在源远流长的文学长河中，走过了50年风雨历程的中国当代文学不过是其中短短的一瞬。但对于每一个身处其中的当代人来说，这50年的文学历史与我们息息相关。如何描述它？如何评价它？是摆在每一个当代文学研究者面前的难题与挑战。1999年的一年间，近10种当代文学史不约而同地出现，这是当代文学史研究中从来没有过的盛况。

当我们认真地阅读了这批当代文学史著作后，一方面为当代文学史写作取得的成绩感到高兴；另一方面也强烈地感受到了写作所面临的新的矛盾和困惑，它促使我们去思考当代文学史写作的某些规律性的、本质性的东西。

多元与多层的写作现状

王庆生：早在1988年的时候，《上海文论》就展开过关于“重写文学史”的讨论，并随之出现了一批新的中国现当代文学史。1999年是新中国成立50周年，也是当代文学50年，一年间出现了近10种当代文学史。我见到的就有6种，有北大洪子诚的《中国当代文学史》，复旦大学陈思和主编的《中国当代文学史教程》，朱栋霖、丁帆、朱晓进主编的《中国现当代文学史(1917—1997)》，中国社科院杨匡汉、孟繁华主编的《共和国文学50年》，文学研究所张炯编著的《新中国文学史》以及华中师范大学王庆生主编的《中国当代文学》(修订本)。10年前，提出“重写文学史”的主要目的，是要“探讨文学史研究的多元化的可能性，也在于通过激情的反思对于进行中的中国当代文学以一种强有力的刺激”，今天的文学史写作正是呈现出一种多元化的繁荣。这批当代文学史著作中，多数是集体编写的，只有一本是个人写作的。它们各有不同的体例、不同的风格。其中，以洪子诚的《中国当代文学史》和陈思和的《中国当代文学史教程》对传统当代文学史写作的冲击较大。这两本文学史著作的一个突出意义表现在，它们在内容、方法甚至体系上不同于以往的当代文学史。虽然它们本身存在着这样或那样值得商榷的问题，出现了一些争议，但这些著述都是新的探索、新的开拓。相比较而言，我更倾向于洪子诚的《中国当代文学史》。陈思和的那本教程虽然下了很大功夫，但他提出的一些观念和评价作品的标准难以得到人们的认可。总之，正如我们所看到的，当代文学史写作的多元化局面已经出现。同时，这批风格各异的当代文学史，也促使我们去思考当代文学史写作过程中的某些规律性的东西。

樊星：80 年代以来，当代文学史编写有两次大的浪潮，第一次是在 80 年代中后期，出现了 4 种影响较大的当代文学史著作：我们学校的，北大的，十院校的，福建 22 校合编的；1999 年的那一批是第二次，确实和以前的当代文学史有很大不同，其中最有代表性的是洪子诚的《中国当代文学史》、陈思和主编的《中国当代文学史教程》和王庆生主编修订的《中国当代文学》。陈思和本人当年就是“重写文学史”的倡导者，这本教程也就是他的文学史理论的一个实践。陈思和在这本文学史中提出了当代文学史写作中的一个重要的问题，即文学史写作的层次问题，也就是说文学史应该根据对象的不同而有不同的定位。陈思和把他的这本教程定位在作为中文专业的本科生的教材，虽然他做得不是很成功，但这种意识是很好的。我想以后的当代文学史会出现多种层次，有专门给专家、研究生层次以上人看的文学史专著，也有专门给本专科生学习用的教材。比如，华中师大王庆生老师主编修订的这套《中国当代文学》教材，其特点是史料丰富、翔实，尤其是在新时期文学中容纳了很多作家作品，作为教育部重点推荐的高校中文专业教材，具有不可取代的鲜明特色。

刘为钦：在我所接触的当代文学史著作里面，洪子诚教授的《中国当代文学史》是一部有特色的当代文学史著作。这本书篇幅不大，对一些问题只是点到为止，但他所勾勒出的当代文学的发展脉络清楚，易于各种层次的人来接受和阅读。不足在于过于简要，对一些重要问题的分析阐释不够充分。陈思和教授主编的《中国当代文学史教程》试图建立一个中国当代文学研究的新体系，对中国当代文学的研究在理论和方法上有新的思考，但在他的体系下当代文学史的发展脉络是否描述清楚了，还有待商榷。王庆生教授主编的《中国当代文学》则对文学的发展脉络描述得比较清楚，涉及的面很宽，虽然有些繁杂，但内容丰富，有利于学生的学习。风格各异的当代文学史的出现，可以给学习者和研究者更多的选择。

严辉：在提出“重写文学史”时，就已经有人提出文学史至少应该分为给专家看的史和作为教材的史。我认为这是写作当代文学史时应该首先明确的问题，否则评价一部当代文学史著作的优劣就会失去标准，谈不清楚。作为教材编的文学史应该能表现这个时代对文学的普遍看法，又能体现这个时代的最新的文学观念，还能经得起时间的检验；而作为专著的文学史，以突出个人创见为主，鼓励作者的独创性，当然并不是只要是别人没说过的都好，还是有一个标准的。我认为这个标准在于作者史识的高低，在于他对文学本质的把握上。不同的人对同一段文学史有不同的标准和看法是很正常的，尤其是面对还在不断发展的开放的中国当代文学史时，不断有人提出新的观点甚至新的体系都是正常的事。这种在作为专著的文学史写作中应该予以鼓励的事情，在编写教材用的文学史时却不宜提倡。作为教材用的文学史，应教给学生现阶段占主导地位的多数人认同的文学观点，并提供给学生相当丰富的具体的文学事实，留给学生思考的余地。有了这样的认识，我们评价一部当代文学史才会有标准可依。比如我校编写的《中国当代文学》从一开始就很明确地提出是作为高校教材编的，而且在编写过程中较好地贯彻了这一思路。在提供丰富的史料史实的同时，用近年来为大多数人所认同的、公允的观点来评价，易于学生学习和掌握基础知识。陈思和在《中国当代文学史教程》的前言中明确提到，当代文学教材根据三种不同的对象分为三个不同的层次，这一提法很有启发性，基本上概括了当代文学史写作的层次。但我认为他的教程并没有很好地体现出他提出的“初级教材”这一意图来。学习这本教程是需要有较好的当代文学基础的，如果给没有任何基础的本专科生读的话，不仅读不清楚还容易产生误解。

谢维强：我也认为当前影响大的三本当代文学史著作，是陈思和主编的《中国当代文学史教程》、洪子诚的《中国当代文学史》和王庆生主编修订的《中国当代文学》。我想，陈思和在编写《中国当代文学史教程》时是想保持一种自由知识分子的心态，有意和传统的主流文学史拉开距离，这是他的一个尝试。只是这本教程虽然定位为“初级教程”，仍有很强的学理性，大量的研究术语和新名词，并不很适合没有任何基础的本科生学习。洪子诚的《中国当代文学史》在史的叙述上则延续了传统的时序性、完整性，更难得的则在于他把当代文学史中的种种争论、矛盾、分歧的来龙去脉都谈得比较清楚，包括当代作家的宗派情绪、历史恩怨都有所涉及。这些在以前的当代文学史中都说得很含混，这样的描述有助于学生对当代文学形成一种全面而深刻的认识。王庆生主编的《中国当代文学》则紧贴当下，脉络清晰。从当代文学的发轫直到 90 年代末的文学和文学的发展进程梳理得十分清楚。重大的文艺论争、文学思潮、文学现象都客观有序地予以评述，使阅读者能从宏观上获得完整的知识框架；再则在史料的选择和文学表述方面，尽可能融个性与共识性于一身，立论稳妥，便于高校的基础教学，也便于为科研工作者提供权威的资料；它的不足在于对以前的某些敏感问题的论述仍旧不够充分，譬如对“文化大革命”文学缺乏系统的论述，这不符合今天“文化大革命”文学研究已取得了长足进步的研究现实。总之，这几本文学史都从不同角度给我们的当代文学史写作带来了新的特质，也带来了新的活力。

如何选择“经典”文本

樊星：陈思和的《中国当代文学史教程》还提出了现在的当代文学史写作中的一个争议很大的问题，即当代文学史应该如何提炼经典的问题。在《中国当代文学史教程》里既有我们所公认的经典，也有我们完全不知道的作品，如王家新的《帕斯捷尔纳克》。这正是他的教程争议很大的一个方面。如果你所选择的文学“经典”不具有权威性，甚至不为大多数人所了解是否还能称之为“经典”？而洪子诚的《中国当代文学史》和王庆生的《中国当代文学》对经典的认同基本和传统文学史保持一致。这也许就是它们能够得到大多数人认同的一个很重要的原因。

谢维强：一个时代的经典文本应具备诸多品质。首先，它是作家的生命的激情和思考的结晶，能表现时代的精神和物质生活，使不同时代的人们都能产生共鸣；其次，它的创作因素中具备他人或后人借鉴、模仿的价值，对其艺术营养的吸收能促进文学的发展，能成为衡量其他作品的尺度；第三，它能经得起很长时间的考验。有些作品能风行一时，或是因为适应一时的政治需求；或是因为迎合了流行的时尚文化；或是由于商业利益的驱使，等等。但这些因素都不具有持久的力量。而真正的文学经典则凭借其美学价值与思想力量，长存于一个民族的文学记忆中。

王庆生：陈思和的《中国当代文学史教程》中多次使用“国家意志”这个名词，试图使文学摆脱主流文学的标准，所以他在选择当代文学“经典”时，对和时代同步的不少作品评价不高。例如50年代末期的诗歌他选择的是郭小川的《望星空》，而不是他在当时写作的影响更大的诗。先不谈文学性的高低到底怎样，这至少不符合作品在当时社会的影响情况。这种做法会不会是另一种偏见，另一种独尊？从某种意义上说，文学史是以“经典”作品为主体的。对“经典”的选择、阐释、评价，体现了文学史作者的史识和史观。选择“经典”固然有很多因素的制约，但要有一个为多数人认可的标准。比如我们讲外国文学史，不可能不讲《荷马史诗》、《哈姆雷特》、《浮士德》、《红与黑》、《战争与和平》这样一些经典，同样，讲中国现代文学史也不可能不讲鲁迅的《狂人日记》、《阿Q正传》。总之，我认为选择“经典”要客观公正，不能有太多个人色彩。

严辉：在诸多的当代文学史著作中，选择“经典”作品分歧最大的在“十七年”。而对新时期以后的作品的评价比较一致，即使有争议也不是根本性的。不能否认，以往的当代文学史中选择的“十七年”经典文本，有些是简单图解政治的产物。如果我们今天还沿用这种看法，显然违背了文学性标准。而全盘否定这些在当时产生了重大影响的文学作品，一味地挖掘不为人知的潜在写作，同样是不合乎历史真实的。有这样一个观点，把十七年文学的“经典”分为两类，一类是确实能经受住时间的考验，长久流传下去的文学性和思想性俱佳的作品。如王蒙的《组织部来了个年轻人》、茹志鹃的《百合花》等；再一类则是那些确实在当时产生过不容忽视的重大影响的作品，但它们往往会不可避免地打上那个时代的烙印，如赵树理的《三里湾》、柳青的《创业史》。在写作当代文学史和讲授当代文学史时把这两类作品区别对待，恐怕会客观一些。

谢维强：我想，十七年文学作品面临的一个最大的问题在于，作品中宣扬的那一套思想观念、价值观念乃至政治观念大都为我们今天所摈弃。这是造成有些当代读者难以接受十七年文学的一个很重要的原因。如果我们今天还在延续50年代的思想和政策，这些作品接受起来就不会像今天这么困难。但实际上我们这个社会已发生了很大的转型。而且，十七年中的很多作品中确实存在着对当时现实的一种虚假反映，即使是在柳青的《创业史》中也没有幸免。合作化运动时，农民是不是真的达到了作品中所说的那样一种积极性？显然，正如我们现在所知的，历史的真实情况至少并不像作家在作品中描写的那样简单。

如何回到“文学的真实”与“历史的真实”

王庆生：大家前面已经谈到，在今天的当代文学史写作中，分歧最大的体现在对十七年文学的评价上。“十七年”是当代文学史中一个非常重要的时期。对十七年文学的评价直接关系到一本当代文学史价值的高低。我们在写作当代文学史时，是无法回避对十七年文学的思考的。从40年代的解放区文学发展来的十七年文学确实存在着这样或那样的问题，这些问题需要我们冷静地反思和总结，而不是一味地激愤和破坏。近年来对于十七年文学的描述和评价，我接触到的有两种情况：一是用老的眼光、老的尺度来看待十七年文学，全盘肯定十七年文学。这种情况在几年前要多一些，但现在还存在。如有人习惯于用“为政治服务”的标准来衡量十七年的文学作品，对“样板戏”和一些配合中心的作品倍加赞赏。另一种情况则是对十七年文学不分青红皂白地否定，对具有政治倾向的作品加以贬斥。这两种态度都不符合历史的真实。去年，河南大学出版社出版了丁帆、王世诚写的《十七年文学：“人”与“自我”的失落》。这本书比较集中地评价了十七年文学，我认为其中有些观点是值得商榷的。在文学史的写作中，文学性和思想性、历史性和当代性之间的关系是很难处理的。当我们回顾历史时，既不能遮掩历史的真实存在，也不能拿今天的标尺去衡量已经逝去的历史，更不能把今天的文学的观念强加给历史。历史是客观的，我们要实事求是地描述历史、科学地阐释历史、公正地评价历史。

刘为钦：我认为当代文学史首先是当代文学的“历史”。既然是“历史”，撰写者就应该正视历史，秉笔直书。其次，当代文学史也是“文学”的历史。这就要求我们用“文学”的眼光来研究当代文学作品：哪些作品较此前的文学有所创新？哪些作品具有较完美的艺术形式？再次，当代文学是关于“当代”的文学史。我们要考察“当代”的文学与当代的政治、经济、文化有怎样的联系？“当代”文学是如何发展而来，又具有怎样不同于其他时代文学的特质？这就要求研究者具有广阔的文化视野。当然，我所说的是一种理想状态的当代文学史，要真正做到是很困难的。前些年，著名的文学史家唐弢就提出当代人不宜写当代文学史。意思是说由于各种原因，现阶段的当代文学史很难反映出当代文坛的真实情况，所以现在还不是写当代文学史的适当时候。唐先生的这个看法也有学者持不同意见。我想，问题不在于能不能写，而是如何写。

谢维强：从史的角度来说，文学史应该力求客观。虽然“文学为政治服务”的口号已为我们所摈弃多年了，但现阶段的当代文学史受政治的影响还是很大。一些在当代文学史上很重要的作家作品，由于某些原因而无法出现在文学史著作中，这是值得我们反思的。另外，文学史要回到“文学”和“历史”本身，写作的语言是一个很重要的问题。在传统的当代文学史著作中，有大量的非文学的政治话语。这种写法已成了某种定势，很难改。相比较而言，洪子诚的《中国当代文学史》不再过多地使用政治性的话语。比如在谈到文化大革命文学时，更多的是从文学的角度来谈，而不是从政治角度来谈，较少出现常见的带政治倾向的语言。这种理性的语言和宽容的心态是值得借鉴的。

陈虹：任何一个时代都会根据自己的时代需要而重写文学史，任何一个文学史家也都有权重写文学史。多元复杂的文学史格局要求与之相适应的研究视角与考察方式。对于研究主体来说，文学史具有广阔无垠的空间，或者说有一种永恒的潜在张力。因此，从一定意义上说，每一部文学史著作都是一个过渡性文本。文学史家在一定意义上应是思想家，他的历史思考应与现实思考水乳交融。我认为，文学史写作中最重要的是对作品的解读。在“重写”、“重评”甚至“重构”当代文学史的同时，都不能偏离了文本，即活生生的作品。重读名著是重写文学史的前提条件。几年前宁宗一先生就提出了“名著重读与文学史重构”的命题。从实际出发，创制文学史研究的理论范式，无论是外国的还是中国的，莫不始于阅读。要拓展当代文学史学习者和研究者的思维空间，首先要重建他们的阅读空间。《中国当代文学史教程》也许是从这一策略出发的。

严辉：克罗齐说："一切历史都是当代史。"这个历史观念的影响很大，历史已不再像以前那样神圣了。那股史学思潮也影响到了文学史的写作。现在的一些当代文学史著作中对十七年文学的评价，就几乎不去考虑当时的历史具体情形，用一种绝对的文学标准全盘否定掉它们。这种观点正在逐渐俘获一大批没有亲身经历的年轻读者的心。

王庆生：现在的问题是作品已经以这样一种方式存在着，我们应该如何来看待。十七年文学是不是就像有些评论者说的"为政治所扼杀"、"以人的名义来扼杀人"、"把一切都失去了，连同文学本身"？这种批判是不是有些矫枉过正？是不是在纵容另一种不负责任的文学？

谢维强：对十七年文学的评价可从两个角度入手：一是历史的。革命历史题材作品由于所反映的历史经过了一段时间的积淀，作者能够从容把握其内涵，较为真实地反映历史，所以评价这一题材的作品分歧较小。而现实题材的作品由于政策指导失误，作家缺乏生活的积累和思考，不少作品流于对政治的图解。这些作品在一定程度上或相当大程度上违背了生活的真实，扭曲了人民大众的情感，今天我们有理由对这类作品说"不"。二是文学的。十七年文学同样凝聚了作家的心血，展现了一定的文学魅力。如《创业史》中浓郁的乡土风情和梁三老汉的成功塑造，至今仍为人们津津乐道，即使是反映两条路线斗争的《艳阳天》，作家能够把众多的时间和任务集中在麦收前后几天里表现，有条不紊，艺术功力并不弱。总之，对十七年文学不能一概而论。

樊星：有人曾经写过一篇文章认为柳青的《创业史》如果不是正面写梁生宝如何买稻种，而是把梁三老汉的复杂心理活动写得更具体生动，那么它的文学意义会更大一些。这种认识显然有些幼稚。一方面，当时的作家不可能这样写；另一方面即使作家这样写了也得不到发表，更难以流传到今天。我想，当代文学一时恐怕很难有一个公认的评价尺度。在现阶段，老一代评论家与新一代评论家的尺度一定会相距甚远。我始终认为，十七年文学中总会有几部"工农兵文学"作品作为经典流传下去。十七年的"工农兵文学"作为一种历史现象，毕竟是那个时代的必然产物。也许现在更值得我们研究的问题应该在于：除了十七年作家所共有的历史局限性，为什么"工农兵文学"的成就也有明显的艺术高下之分？

刘为钦：要反映文学的真实，占有尽可能多的史料是很重要的。在当代文学，尤其是十七年文学的研究和写作中，尤其如此。我认为，这是一个迫在眉睫的问题。今天，对当代文学史料的利用和开掘还很不充分。相当一部分当代文学史著作还是对那些表面的、已经被翻炒得烂熟的史料作重复劳作。当代文学史应该是一部鲜活的文学历史。洪子诚的《中国当代文学史》之所以写得较好，其中一个重要原因就是他所引用的材料大都是第一手的，有一些史料还是第一次在文学史中使用。重视史料工作，是每一个治史的当代文学研究者必须有的态度。让我们都回到真实的历史中，去对话，去描述，去评价。

王庆生： 总的说来，当代文学史发展到今天，走过了一条曲折坎坷的路。现有的当代文学史著作在一定程度上客观地反映了这个历史进程。有些当代文学史著作还突破了长期以来影响当代文学史写作的一些条条框框，这些探索都是十分可贵的，但还不是很成熟的，还有许多问题值得我们进一步研究。看来，要写出理想的当代文学史还有较长的一段路要走。“当代文学”这一概念从我们学校在50年代末编写《中国当代文学史稿》(1959年由华中师范学院内部出版，1962年由科学出版社出版)时提出，距今也有40年了。80年代提出“重写文学史”时，就有人想不再用“当代文学”，而代之以“20世纪中国文学”，把近代、现代、当代文学打通。现在我们进入了一个新的世纪，在新的世纪里，“当代文学”这一概念本身也将发生变化。但历史的真实是唯一的，而已经发生的这一段文学历史是不会改变的。希望我们积极实践，为写出理想中的当代文学史尽自己的力。

(严辉记录整理，原载《华中师范大学学报》2001年第4期)

当代文学研究中的学风问题

主持人：王庆生(华中师范大学文学院教授、博士生导师)

对话者：樊星、张卫中、谢维强、刘为钦(华中师范大学文学院博士生)

时间：1998年10月29日下午

王庆生：从近年当代文学研究与评论的情况来看，倡导健康的、实事求是的学风，建立严谨的、科学的、富有创造性的学术品格，已成为十分迫切的问题。我先谈几点：第一，为什么讨论这个题目？我觉得学风好坏直接关系到学科能否健康发展，关系到当代文学事业的兴衰，关系到学人能否健康成长。第二，如何评价当代文学的研究现状？十一届三中全会以来，当代文学研究有长足的发展，特别是在拨乱反正、正本清源方面，在恢复历史的本来面目方面，成绩很大。当然，也存在着一些值得注意的问题，例如学风问题。近几年来我多次谈过学风问题。我觉得，当前的学风问题表现在以下几个方面：一是市场经济的负面影响，文学评论中有一种商品化、广告化倾向。讲人情的"人情评论"，讲关系的"关系评论"，为评奖、评职称而写的"功利性评论"，都存在着脱离人们公认的思想标准、美学标准、历史标准、学术标准的倾向。二是有分析、有学术见解的文学研究论文少了。过去读冯雪峰、秦兆阳、陈涌的文章，常有见解深邃、耳目一新之感。而现在评论界，套话连篇、四平八稳的评论比较多，学术含量少，创见少，水平不高，缺乏实事求是的态度。三是文坛上缺乏批评与反批评的风气，一边倒的吹捧比较常见，充满理性的、一分为二的批评不多。四是急功近利的倾向，缺乏深厚的根基，做学问不是建立在深厚的研究基础之上，而是随波逐流，有的甚至是模仿、抄袭别人的成果。五是故弄玄虚，文风晦涩、冗长、囫囵吞枣地引用外国文学理论，没有消化。至于常识上的错误，也为数不少。为什么会产生这些不良风气？我们应该怎么办？请大家发表意见。

刘为钦：学风问题恐怕不仅仅存在于当代文学研究方面，其他学科也有。我最近读到其他学科专家的文章，都谈到学风问题。

谢维强：学风不正，与整个社会的浮躁心态有关。经济上有浮躁之风，文学上也有浮躁之气。

王庆生：泡沫经济要不得，泡沫学术也要不得。

谢维强：不少教材大同小异，有些文章弄虚作假，就是泡沫学术。

王庆生：前不久我在北京参加了文学研究所组织的“中国文学史：理论与实践”学术讨论会，了解到现当代文学史教材著作有好几十种，但真正有水平的论著并不很多。在不少史著中，模式化、重复化的现象普遍。不仅体例上相似，连观点甚至语言都给人以重复之感。如何写出新意，提出自己的见解，给人以启迪，都是写作的基本要求。我们从事文学研究评论，没有创造性的学术，是不会有生命力的。

张卫中：我觉得，当今文风存在着几个方面的浮躁：一是引进西方文学理论方面的生搬硬套。我觉得引进西方文学理论对于理解一部分作家(例如马原、余华)起到过很好的作用，但用得太滥了，就很牵强。文学评论，应该是从感觉到理论，而不应该是用理论去硬套作品。二是炒作话题。一个话题一产生，就一窝蜂地炒作。例如近年的“现代性”话题，这个话题炒得很热，但是否适合中国社会与文学目前的状况？一些杂志也热衷于赶时髦，炒作话题，有明显的“圈子意识”。我们要匡正时弊，立足本土的思考。

谢维强：引进西方理论是大势所趋。但我们面对的是中国的现实。西方文学理论有特定的文化背景、哲学背景，因此，与中国文学现状就可能存在着不一定对应的问题。由此联想到一个问题：一些批评家对中国几千年来的文学理论遗产持虚无的态度，可能正是他们的文风晦涩的一个原因。批评家应该有独立的品格，要有良好的道德修养和理论素养。缺少这些，必然导致价值的失落、意义的消解。如何建立独立的品格？我常常想到胡风。胡风就很强调批评家的主观能动性，他的文章有鲜明的个性特色，可以叫“圈子批评”。

张卫中：文学评论需要真诚。应该从作品分析入手，然后上升到理论，而现在却正好相反。

王庆生：例如“后现代主义”，如何领会其内涵，如何与中国文学现状相结合？也是个问题。有的人还没有搞清楚什么是后现代主义，就用来分析中国文艺作品，也显得太急躁了。

张卫中：理论家引进西方理论很容易，创作却必须面对中国本土的“语境”。西方理论与中国现实之间有很大的差距。有人认为王朔创作是“后现代”，因为王朔拒绝深度，有边缘意识，但我总觉得不是那么回事。有某些相似并不等于就是一码事。

王庆生：中国人的思想感情、生活方式有自己的特色，很难直接用西方理论去套。吸收西方文论，如何取其精神，而不是生搬硬套？应该考虑到国情的区别，文化土壤的差异。

樊星：倡导文学批评的“文学性”、“中国性”很有必要。先说“文学性”：

文学批评应该具有文学性，写得明白易懂，文风优美。现在，一些批评家太强调理论、体系，却忽略了良好的感觉。鲁迅的《魏晋风度及文章与药及酒之关系》中有什么系统理论？没有。但其中有深刻的思想，有人生的智慧。说到英美文论，有的批评家只知“新批评”、“后现代”。其实，在美国，富于思想性、文学性、行文流畅的批评也很发达。例如上海外语教育出版社出版的那套《美国文学史论译丛》(现已出版八部)就能给人以深刻的启迪，而毫不晦涩。再说“中国性”：中国的文学知人论世，重感悟。鲁迅用“清峻，通脱，华丽，壮大”概括魏晋文风，就令人想起中国古典文论重感悟的风格。所以，倡导“文学性”、“中国性”，也许是克服文学批评中“唯新”、“唯洋”之风的关键。而这就要求我们加强古典文论方面的修养。

谢维强：中国的感悟式批评，评论作家常常非常准确。《文心雕龙》也写得很有文采，概括出了许多文学规律。加强对中国传统文论的继承，有助于克服虚无主义。

王庆生：如何正确处理好继承、借鉴与创新的关系，仍然是个问题。标新立异，有助于推动文学事业的发展，当然好。问题是：有些花里胡哨的东西究竟有多少新意？新，首先是内容上的新，观念上的新。而现在有些“新”，却只是皮毛之见。所以，讲“新”，首先应该是精神上的、实质上的，是创新思维。从五十年的实践来看，批判继承传统、发展传统是个大课题，中国文学应该有自己的基本立足点。

刘为钦：我觉得，有两个问题需要沟通：一是如何对当代文学进行阐释，一是对西方理论如何运用。解决这两者的沟通，要靠自己的真切感受。所以，批评者自身的素质需要不断提高。孟子讲知人论世，现在有的批评家就很缺少这一点。有的对作品缺乏认真研究，就洋洋洒洒写起来。我觉得，批评家要不断调整自己的批评观和批评方法，应该顺应文学思潮的流变不断调整。其实，中外文论，中西文化，有很多相似之处。我就觉得，“后现代”的鼻祖是庄子。因为庄子最关心人的生存问题，而“后现代”也正是关心人的生存的思潮。马克思主义与中国古代哲学之间也有相通之处。马克思早期学黑格尔，黑格尔从狄德罗那里学到很多东西，而狄德罗又对孔子、老子产生过浓厚兴趣。我们只有广泛吸收，才能不断提高自身素质。

王庆生：“五四”以来，有很多大学者，他们的学术根基比今天好些批评家要深厚。钱锺书先生早年熟悉古典文学，上大学后又对西方文学作过深入钻研。他博览群书，古今中外、文史哲无所不窥、无所不精，使他产生了自己的判断、自己的眼光、自己的见解。柯灵认为钱锺书有两大精神支柱：一是渊博，二是睿智，二者互相渗透，互为羽翼，浑然一体。现在的批评家欠缺的正是学贯中西的素养。克服浮躁心态，需要潜下心来，认真攻读，冷静反思。

张卫中：老一代学者功利心淡漠，所以他们有很长的时间读书、打基础。

谢维强：现在外界的诱惑太大、太多。

王庆生：还有社会环境方面的因素：社会如何形成有利于学术发展的环境？从个人方面来看，个人如何全面提高自己的素养？古人云：文如其人。“人之邪正，至观其文，则尽矣决矣，不可复隐矣。”人品与文品要统一。学风问题从根本上说，也是人品问题。

谢维强：社会上的浮躁心态一时难以排除。我们只能从提高自身素养入手，既要做好学问，更要学会做人。

张卫中：转型期文学批评受商潮冲击。看着别人挣大钱，有的批评家心里就不平衡。谢为稻粱谋，可以理解。但一旦卷进去了，就很难再回到学术道上来了。

樊星：也有的人因此而变得更暴躁不安。有的人多年没有佳作面世，也就从文坛上消失了。

谢维强：卖文为生，是很容易流于媚俗的。

张卫中：如何建设好批评家的队伍？这个问题值得研究。

王庆生：据我所知，在美国和中国台湾、香港，都十分注意建设作家队伍。新中国成立以来，我们开过多次青年文学创作会议，会议的一个重要主题就是建设作家队伍加大培养青年作者的力度问题。从目前情况来看，文学研究与批评主要力量集中于高等院校和有关研究机构，例如社科院文学所。

谢维强：建设一支好的批评家队伍，还包括有关文艺报刊的建设。现在有一种不好的风气：老虎屁股摸不得，小猫的屁股也摸不得。有的批评家想开展积极的批评，批评文坛上不正之风，有的编辑不敢发表，怕得罪有关作家。

王庆生：中国传统文化特别讲关系，这种负面影响不铲除不行。

谢维强：但真正要做到，不容易。

张卫中：另一种倾向也要注意：哗众取宠。例如最近文坛上流行的《断裂：问卷与答卷》，就以十分偏激的姿态，否定整个文学评论。

樊星：这件事有十分复杂的内幕。但有一点可以肯定：这是当年“骂派批评”的延续，也是不正常的、非理性的批评。批评不同于创作，就在于创作中非理性可以发挥很大的作用，但批评更多是一项理性的活动。

王庆生：从一个极端走向另一个极端，都是容易引起反感的，鲁迅说他“每当写作，一律抹杀各种的批评，因为那时中国的创作界固然幼稚，批评家更幼稚，不是举之上天，就是按之入地”，他主张“批评必须好处说好，坏处说坏”。好的批评，总能得到大多数人的认可，是因为总存在有一个较为客观、公正的标准。客观、公正，就意味着分寸感。我读有的文章，对虚夸的文风总不以为然。什么“极大地……”、“突破性地……”、“填补了空白”之类，都失去了分寸感，

张卫中：夸张是为了卖弄。

谢维强：追求耸人听闻的“轰动效应”，总是有功利心作驱动的。

王庆生：所以，归根结蒂，提高批评家的个人素质也好，建设好的批评队伍也好，最终都落实到一点上——就是倡导一种良好的学风，建立严谨的、科学的、实事求是的学术风格。今天就谈到这里吧。

（樊星整理，原载《创作评谭》1999年第1期）

第二编　作家作品赏析

伟大的旗手——鲁迅

今年 9 月 25 日是鲁迅诞生八十周年纪念日。鲁迅的一生，是战斗的一生、光辉的一生。

“横眉冷对千夫指，俯首甘为孺子牛”，是鲁迅性格的真实写照。在反动统治下，黑暗笼罩，铁锁重重，而他却站在革命的行列里，充当“马前卒”，用战斗的笔撕破黑暗，抨击腐朽，从荆棘中开拓道路，期望无产阶级政权的出现，期待新时代新文艺的产生。他认为：“文艺是国民精神所发的火光，同时也是引导国民精神的前途的灯火。”“没有冲破一切传统思想和手法的闯将，中国是不会有真的新文艺的。”①正是这样，他踯躅着现实的战斗，遵奉着革命前驱者的命令，自觉地使文艺为现实服务。也正是这样，他在运用文艺武器进行战斗的时候，不仅坚决、勇猛，而且还十分重视文艺的特点和社会作用。

鲁迅认为，要使文艺更好地教育人，启迪人，引导人，不仅要“内容的充实”，而且要“技巧的上达”，因为文艺是艺术，它之所以是工具，就因为它是艺术的缘故。所以，鲁迅说：“我们需要的，不是作品后面添上去的口号和矫作的尾巴，而是那全部作品中的真实的生活，生龙活虎的战斗，跳动着的脉搏，思想和热情，等等。”②在题材的选择上，他要求作家及时反映现实的斗争，同时，也要求题材、艺术形式的多样化。“我的意思是：现在能写什么，就写什么，不必趋时，自然更不必硬造一个突变式的革命英雄，自称‘革命文学’；但也不可苟安于这一点，没有改革，以致沉没了自己——也就是消灭了对于时代的助力和贡献。”③他认为风景山水、风俗、动植，也可取作题材。鲁迅这些精辟的见解，至今仍然有着深远的现实意义。而这一切，都在他的创作中得到了最有力的印证。他的小说题材丰富，形象鲜明，语言简练，浮雕式地展示了一幅幅绚丽多彩的现实生活的图画。各种人物在

---

① 鲁迅：《论睁了眼看》，《鲁迅全集》第一卷，人民文学出版社 1958 年版，第 332 页。

② 鲁迅：《论现在我们的文学运动》，《鲁迅全集》第六卷，人民文学出版社 1958 年版，第 477 页。

③ 鲁迅：《关于小说题材的通信》，《鲁迅全集》第四卷，人民文学出版社 1958 年版，第 294 页。

鲁迅的笔下被刻划得绘声绘色、惟妙惟肖，既有共性，又有个性，有着强烈的艺术魅力。就是他的杂文，也显示了夺目的艺术光彩。由于鲁迅作品的思想和艺术的力量，从而在打击敌人、觉醒人民的战斗中，取得了一个又一个的胜利，表现出无限的坚韧和顽强。

作为革命家、思想家的鲁迅，同时是伟大的作家、杰出的语言大师。然而鲁迅在文学艺术上的伟大成就都是建立在坚实的基础上的。他反对虚浮和不切实际的幻想，主张坚实的工作、韧性的战斗。他说过："仅盛着一二分深的泥土的花盆里，不是不会有开出又大又美的花的道理么?""沙上面，不是造不成大厦高楼的么?"他要求人们深入地、切实地、仔细地、全面地"用自己的眼睛去读世间这一部活书"。只有熟悉了解情况，才能知己知彼，百战百胜。鲁迅正是在充分注意了解敌我双方情况的基础上，在马列主义思想照耀下，稳、准、狠地制敌以死命的。鲁迅为了有效地战斗，曾下过很大的苦功，他广泛地研究着社会生活，特别是研究理论和文艺著作，他的工作是严肃的、认真的、辛勤的，他把自己的全部心血奉献给了文艺事业。

鲁迅，以坚韧、踏实的创作风格，用艺术的笔触，为中国新文学写下新的一章；他以永不疲倦的战斗为中国人民留下了宝贵的思想财富。今天，鲁迅虽离开我们二十五年了，然而，鲁迅，这面鲜艳无华的旗帜，将天长日久，永不褪色，永远引导人们前进。让我们更好地学习鲁迅，继承和发扬鲁迅的革命精神和实事求是的风格，在"百花齐放、百家争鸣"方针指导下，创造出题材、体裁、形式和风格多样化的文艺作品，献给伟大的时代，献给伟大的人民，让文艺百花争妍斗艳得更加辉煌灿烂。

（原载《湖北日报》1962 年 9 月 24 日）

巴金和他的《随想录》

在新时期的散文创作中，巴金是取得卓越成就的老一辈作家。他和他的一家虽在“文化大革命”受到残酷迫害，但他并没有因此而消沉。粉碎“四人帮”以后，他以饱满的热情继续创作，写出了《随想录》、《再思录》、《十年一梦》等脍炙人口的佳作，将其散文创作推向了一个新的高峰。为了表彰他对世界文化所作的贡献，意大利但丁学会将1982年度国际荣誉奖授予巴金。1983年，法国总统密特朗又授予巴金“法兰西共和国荣誉勋章”，称他是“当代世界的伟大作家之一”。巴金正是以他的创作成就为中国赢得了崇高声誉。

新中国成立以来，巴金在不同时期创作了不同内容的散文，呈现出不同的风姿。大体说来，可以分为五类：一是反映抗美援朝的作品，如《生活在英雄们的中间》、《我们会见了彭德怀司令员》等；二是歌颂新生活的作品，如《给我们伟大的祖国》、《上海，美丽的土地，我们的！》、《大欢乐的日子》等，热情讴歌了祖国的沧桑变化；三是抒写异国见闻的散文，如《富士山和樱花》、《从镰仓带回的照片》、《向着祖国的心》等，再现了异国他乡的人文风貌，记录了中国人民和异国人民之间的深厚情谊；四是怀念亲朋好友和革命先辈的作品，如《忆鲁迅先生》、《悼振铎》、《哭靳以》、《秋夜》等，这些散文情真意切，感人肺腑；五是对社会、对人生进行深刻反思，对自己进行严格自省。如《谈〈望月〉》、《〈随想录〉总序》等。上述五个方面概括了巴金新中国成立以来散文创作的基本内涵。

《随想录》是巴金新时期创作的代表作。他从1978年开始写《随想录》，陆续在香港《文汇报》、《大公报》等报刊发表，到1986年9月，巴金完成了五集共150篇的《随想录》的写作(按时间顺序，包括《随想录》、《探索集》、《真话集》、《病中集》、《无题集》五种)，此时巴金82岁，已到耄耋之年。巴金说：《随想录》“是我这一生的收支总账”，是“作为我这一代作家留给后人的‘遗嘱’”(均见《随想录》第322、399页)。张光年说，《随想录》是一部“力透纸背、情透纸背、热透纸背”的“讲真话的大书”(张光年：《语重心长》，《文艺报》1986年9月27日)。可以说，《随想录》是继鲁迅散文后的又一个高峰，它不仅是巴金晚年呕心沥血铸造的一个丰碑，也是中国当代散文史上的一块无可替代的丰碑。

说到《随想录》的价值和对当代文学的贡献，我认为很重要的一点，就是作者敢于讲真话、抒真情、求真理。这句话说起来简单，但做起来却很难。巴金说："我们已经吃够了谎言的亏。""人只有讲真话，才能够认真地活下去"，"敢于讲真话，不仅是个胆量问题，更重要的是个觉悟和道德问题。"之所以如此，是因为"说假话的伪散文"已变成一种政治工具。巴金痛恨欺骗，痛恨虚假，他要讲自己的心里话，讲自己相信的话，"把心交给读者"。在巴金写的几篇谈骗子的散文中，作者深刻分析了骗子产生的原因、成长的气候、土壤，提出了识别骗子的办法。他说："骗子并不是神仙，他们也食人间烟火，骗子之所以能够行骗，就是有人替骗子创造活动的条件，提供活动的机会，即使后来明白自己上了当，也要保护骗子过关，表示本人'一贯正确'，或者让骗子落网，大事化小；或者让大家相信新社会万事大吉，不用杞人忧天。那些人喜欢听好话，发展到喜欢听假话，再发展到喜欢讲假话，这样就同骗子有了共同的语言"(《四谈骗子》，《无题集》第 77 页)，这些分析切中时弊，入木三分。在《怀念鲁迅先生》、《鹰的歌》中，作者赞扬鲁迅为了真理，敢爱敢恨，敢说敢做，敢讲真话的精神。他说："我勉励自己讲真话，卢梭是我的第一个老师，但是几十年中间用自己的燃烧的心给我照亮道路的是鲁迅先生"，他"写作和生活是一致的，作家和人是一致的，人品和文品是分不开的。他写的全是讲真话的书。他一生探索真理，追求进步。他勇于解剖社会，更勇于解剖自己；他不怕承认错误，更不怕改正错误。他的每篇文章都经得住时间的考验，他的确是把心交给读者的"。巴金正是以鲁迅为楷模，讲真话，把心交给读者，"借用先生的解剖刀来解剖自己的灵魂"(《怀念鲁迅先生》，《真话集》第 64 页)，这些发自作家肺腑的声音，表达了一位作家的真诚。

反思"文化大革命"，批判"文化大革命"，构成了《随想录》的主要内容。巴金在多篇文章中都激愤地谈到"文化大革命"这场历史大悲剧给国家、给民族、给人民所带来的严重后果。他以冷峻的笔触真实地反映了人民所受的苦难，记下了中国一代知识分子经受折磨、痛苦的心灵轨迹。他说，"文化大革命"中，我被关进了牛棚，受到种种精神折磨和人身侮辱。十年中被剥夺了一切公民权利和发表任何文章的自由，有一个时期我的确相信过迫害我的林彪和"四人帮"所宣传的一切，我认为自己是个"罪人"，甘心认罪伏罪。我完全否定自己，准备接受改造，重新做人。后来我发现这是一场大骗局，别人在愚弄我，我感到空虚，感到幻灭。这个时期我很可能走上自杀的路，但是我的妻子萧珊在我的身边，她的感情牵系着我的心。而且我也不甘心就这样"自行消亡"。我渐渐地清醒了，能够独立思考了，我学会了斗争的艺术。

我找出四十多年前我就准备翻译的亚·赫尔岑的回忆录《往事与随想》，每天翻译几百字，我仿佛同亚·赫尔岑一起在19世纪俄罗斯的暗夜里行路，我像赫尔岑诅咒沙皇尼古拉一世专制黑暗的统治那样咒骂“四人帮”法西斯专政，我坚决相信他们横行霸道的日子不会太久了。我就这样活下来，看到了“四人帮”的灭亡。在《二十年前》中，作者回顾二十年前的那场“文革”，仍感那些往事“叫人心痛肠断”：批斗受辱，毁灭性的抄家、没完没了的检查……至今令人难以忘怀，特别是著名作家以群的自杀、老舍的“玉碎”、傅雷的“绝笔”以及那些受迫害的知识分子所经受的侮辱和折磨，更非人类所能忍受。作者由此提出，“要牢牢记住过去的教训，不能再蹈覆辙”。在《记念》、《“样板戏”》、《“文革”博物馆》、《牛棚》等文中，作者进一步表述了自己对“文革”历史的不能忘怀，明确提出要建立一座“文革”博物馆，“让子子孙孙、世世代代牢记十年惨痛的教训”。这种反思历史的精神，具有警示今人、教育后代的力量。

在《随想录》中，巴金对历史的反思和对自己的严格解剖是连系在一起的，表现了一种可贵的自审意识。他在不少篇章中，对自己的解剖几乎达到冷酷的地步。他说：“为了认识自己才不得不解剖自己，本来想减轻痛苦，以为解剖自己是轻而易举的事，可是把笔当作手术刀一下一下地割自己的心，我却显得十分笨拙，我下不了手，因为我感到剧痛。我常说对自己应当严格，然而要拿刀刺进我的心窝，我的手软了。我不敢往深处刺。五卷书上每篇每页满是血迹，但更多的却是十年创伤的脓血。我知道不把脓血弄干净，它就会毒害全身。”巴金认为，解剖自己，只是为了弄清“浩劫”的来龙去脉，不再上当受骗，免得将来重犯错误。巴金从自己做起，不将责任推给别人，这充分显示出作家强烈的历史责任感和民族自信心。巴金与时代同忧患，与民族共忏悔的深刻内省，表现出民族的自审意识在觉醒。在《怀念胡风》中，作者说：“关于胡风，我一直想写点什么，已经有好几年了，好像有什么东西堵住我的胸口，不吐出来，总感觉到透不过气。”他回忆起五十多年前与胡风的交往，特别就自己在1955年“反胡风斗争”中写过三篇文章，主持过几次批判会作了沉痛的反思：“想到那些‘斗争’，那些‘运动’，我对自己的表演(即使是不得已而为之吧)，也感到恶心，感到羞耻。”(《怀念胡风》，《无题集》第173页)，在《纪念雪峰》一文中，作者从与雪峰的女儿谈到为雪峰开追悼会一事说起，回忆自己与雪峰相识的过程，解剖自己1957年在中国作家协会党组扩大会议上与靳以联合发言批判丁玲、冯雪峰、艾青……的错误。作者说：“这二十二年来我每想起雪峰的事，就想到自己的话，它好像针一样常常刺痛我的心，我是在责备我自己。我走惯了‘人云亦云’的路，忽然听见大喝一声，回头一看，那么多的冤魂在后面‘徘徊’，我怎么向自己交代呢?”严厉的自审，严格的要求，充分体现出作者的博大胸襟和胆识。

在艺术表现上，自然天成、返朴归真是《随想录》的鲜明特色。作者说过：“艺术的最高境界，是真实，是自然，是无技巧。”“我不追求技巧”，“我倒愿意将本来的面目同读者见面”。这是巴金的美学追求，也是《随想录》所达到的境界。在《随想录》中，作者往往从一件小事说起，直陈其事，娓娓道来，在平淡的叙述中蕴含深刻的哲理。如他写的一组访法、访欧的散文，大都从小事写起，以小见大，寓平凡于不平凡之中。在《再访巴黎》中，作者想到五十二年前在卢梭的铜像前瞻仰，“倾吐我这样一个外国青年的寂寞痛苦。我从《忏悔录》的作者这里得到了安慰，学到了说真话。五十年中间我常常记起他，谈论他，现在我来到像前，表达我的谢意。可是当时我见惯的铜像已经给德国纳粹党徒毁掉了，石像还是战后由法国人民重新塑立的。法国朋友在等候我，我也不能像五十二年前那样伫立了”。由一件小事想到世事之沧桑，心潮起伏，思绪万千。在《愿化泥土》中，写作者在访问巴黎时，住在凯旋门附近一家四星级旅馆的四楼，透过白纱窗帷看窗下安静的小巷，想到了祖国，忆起六七十年前，在成都老公馆一段生活，忆起门层听差、轿夫对自己的教育，感受到只有通过“文革”，才懂得了受苦净化心灵的意义，感受到“我家乡的泥土，我祖国的土地，我永远同你们在一起接受阳光雨露，与花树、禾苗一同生长”，表示自己愿意“化作泥土，留在人们温暖的脚印里”。作者由一首歌说起，抚今忆旧，直抒胸臆，表达了对祖国、对人民深沉的爱。

巴金散文的语言，明白如话，质朴无华，清新明朗，感情炽烈。作者说他“不是一位冷静的作家”①，“一开口就不肯停，一定要把什么都讲出来才痛快”，“拿起笔我就无法控制自己”②。他往往寓深刻于平淡，寓炽热于静谧，倾真情于笔端。他的语言像一条感情的河流，汹涌奔放，酣畅淋漓。如他写的五篇《病中》的散文，就以朴实的语言直陈其事，娓娓叙说，表达了自己的真知灼见，淡墨素珍，平中见奇。在《小狗包弟》中，作者用冷峻的笔调叙写了“我”与小狗包弟的深切情谊：“包弟在我们家待了七年，同我们一家人相处很好。”然而在红卫兵抄“四旧”的时候，“包弟变成了我们家的一个大包袱”，在迫不得已的情况下，他把包弟送到医院去，“交给我的大妹妹去办”，从此不再听到狗叫声了，作者在这里既控诉了“四人帮”对平静生活的破坏，也为自己“不能保护一条小狗”感到羞耻。在平缓冷峻的叙述之中，蕴

---

① 《谈谈我的短篇小说》，《巴金论创作》，上海文艺出版社 1983 年版，第 307 页。

② 《谈我的〈散文〉》，《巴金论创作》，上海文艺出版社 1983 年版，第 180 页。

含着耐人深思的道理，寄寓着作者的深情。

总的说来，巴金的《随想录》是一部体现作家智慧和才华的大书。如著名评论家冯牧所说，这是“一部在思想上、艺术上都是十年文学中具有文献价值、思想价值、艺术价值的重要著作”[①]，它的永久价值将随着时代的进展而显示出更加夺目的光彩。

① 冯牧：《这是一本大书》，《文艺报》1986年9月27日。

周立波：扎根在生活的沃土里

周立波是中国现当代文学史上的一位重要作家，也是一位杰出的革命战士。他早年参加革命，几次被捕。1934 年参加左联。1936 年翻译了普希金的《多布罗夫斯基》、肖洛霍夫的《被开垦的处女地》第一部和基希的《秘密的中国》。抗日战争开始后，到了晋察冀抗日根据地，出版了散文集《战地日记》和报告文学集《晋察冀边区印象记》，1939 年年底赴延安。1942 年参加了延安文艺座谈会，亲自聆听毛主席的教诲，获得了珍贵的启示。1944 年随王震领导的三五九旅南上，行程 15000 里。1946 年冬，到东北参加土地改革。他同穿靰鞡的农民唠闲嗑，扯家常，谈工作，使他对劳动人民有了深刻了解，为他的创作提供了丰富的源泉。从 1947 年开始创作长篇小说《暴风骤雨》，1948 年完成。这部反映土地改革运动的史诗，荣获 1951 年斯大林文学奖。

解放后，他在担任文艺团体领导职务的同时，继续从事创作。他的创作同时代的脉搏一起跳动，鲜明地打上了人民共和国成长的印记。1950 年，参加大型记录片《中国人民的胜利》、《解放了的中国》的编摄工作。这两部影片同获斯大林文学奖。1952 年，到石景山钢铁厂深入生活，于 1954 年写出了反映社会主义工业建设的《铁水奔流》；1955 年，随着农业合作化的蓬勃发展，全家回到湖南益阳桃花仑清溪村落户。他生活在农民中间，农民把他当作知心人，他用自己的心去换群众的心，心连心地同群众打成一片，这种思想感情上的交融，使他熟悉了新时代的农村生活，熟悉了农民，终于在 1956—1959 年写出了反映我国农村社会主义革命的长篇小说《山乡巨变》（上、下），这部具有浓郁民族色彩和地方特色的优秀作品，在我国当代文学史上占有重要地位，标志作者创作发展到一个新的阶段。与此同时，作者还写了反映农村新人新事新貌的二十几个短篇，这些作品清新秀美，弥漫着深厚的生活气息。除上述作品外，这一时期还结集出版了小说集《铁门里》、《腊妹子》、《禾场上》、散文集《苏联札记》、评论集《文学浅论》、《亭子间里》等。

“文化大革命”时期，周立波遭受了残酷的政治迫害，他写的小说和散文《韶山的节日》，被林彪、“四人帮”打成“反动的作品”、“复辟资本主义的大毒草"。粉碎"四人帮"以后，作者又重新拿起了笔，写了小说《湘江一夜》(被评为一九七八年优秀短篇小说)和长篇报告文学《万里征尘》，出版社重印了《暴风骤雨》、《山乡巨变》，新版了《周立波短篇小说集》、《周立波散文选》、《山那面人家》等。几十年来，他"像一个勤勤恳恳的园丁，用他的全部心血浇灌文学园地"①。正如他的夫人林蓝所说："他是一个为革命奉献自己的一切，而自己一无所求的人。他首先是革命战士，然后才是人民作家，他一生是为革命执笔为文的。"②这个评价概括了周立波的一生。

周立波的创作，深深扎根在人民的沃土里，始终沿着革命现实主义道路不断发展。他的作品不仅真实地反映了现实生活的面貌，而且表现了历史的某些方面，有着强烈的思想性和倾向性。早在40年代，作者创作的小说《第一夜》、《麻雀》、《纪念》、《阿金的病》、《夏天的晚上》(1955年结集为《铁门里》)，就可以看出这种征兆。这些作品通过监狱生活的一些片断，反映了祖国"历尽了灾难"、人民在"悲凄和眼泪"中生活的状况，揭露了敌人的凶残暴虐、愚昧无知，歌颂了共产党人坚贞不贰的优秀品质，尽管这些作品对现实开掘的深度还不够，对人物的刻画还不够深刻，但作者所走的道路无疑是正确的。作者在1948年创作的长篇小说《暴风骤雨》，无论是在反映现实的广度还是描写生活的深度上，都有了长足的进展，新中国成立以后，作者的创作又进入了一个崭新阶段。

《铁水奔流》是作者解放以后创作的第一部长篇小说，写的是某钢铁厂从修复到铁水奔流的过程，表现了从斗争转入社会主义建设的重大主题，描绘了解放初期工人的生活和斗争。这部作品虽然在思想艺术方面赶不上《暴风骤雨》，但在为数不多的描写工业建设的作品中，却是一个可贵的探索。全国胜利以后，过渡时期总路线的颁布，党的工作重心的转移，摆在中国人民面前的一个重要历史任务，就是实现社会主义工业化，彻底摆脱贫困落后的状态，把我国建成一个伟大的社会主义强国。这个任务和农村的社会主义改造紧密相连，是一个链条上的两个环节。作者敏锐地抓住了时代发展的要求，写出了工业建设中的种种困难以及工人当家做主、公而忘私、奋不顾身的革命精神。作者没有单纯地记叙工业生产的过程，而是在恢复发展生产的矛盾冲突中，表现了工人阶级肩负的历史重任和工人阶级的崇高品质。小说结尾中，李大贵向工人传达毛主席按动电钮升起五星红旗的情景时说："看着这面旗，我们忘不了先烈，也忘不了为了国家社会主义工业化，我们要炼很多的铁。这担子落在我们肩上。记着！我们大家伙，一定要把党和人民交

① 《勤勤恳恳的老作家周立波》，《中国青年报》1977年7月21日。

② 林蓝：《战士和作家——〈周立波文集〉编后记》，《人民文学》1981年第11期。

下的这个重大的光荣的责任，用自己的全部气力，担当起来。”这段话，点明了这部作品的主题。

《山乡巨变》是作者解放后创作的第二部长篇小说。这部作品同《暴风骤雨》一样，写的都是农民问题，但所概括的历史内容，二者又有很大不同。《暴风骤雨》通过东北地区元茂屯的土改工作，“比较完整地表现了农民土地斗争的整个过程，也相当真实地表现了农村各个阶级的面貌和心理，和它们之间的斗争”①。《山乡巨变》写的是土地改革以后农村的一场新的革命以及这场革命在农村各阶层人民中引起的巨变。“从反映的历史情况和典型意义看，可以说《山乡巨变》是《暴风骤雨》的续篇，虽然一个写东北地区土改，一个写湖南山乡农业合作化。它们是中国农村中的两次暴风骤雨。”②这两次暴风骤雨，是具有伟大历史意义的壮举，是深刻的社会变革，它关系到千百万农民的生活和命运。不同的是，土改所要解决的是彻底消灭封建势力、消除几千年来阻碍生产发展的地主经济问题，而农业合作化所要解决的，则是土地问题解决后，怎样改变农村的贫穷落后面貌问题。这场革命比土地改革要深刻复杂得多。正如作者所说：“合作化是一个全国性的规模宏伟的运动，上至毛泽东同志，下至乡的党支部，各级党员，全国农民，都在领导和参加这个历史性的大变动。清溪乡的各个家庭，都被震动了。青年和壮年男女的喜和悲，恋爱和失恋，也或多或少地，直接或间接地和运动有关。”③《山乡巨变》所描绘的正是“这个历史性的大变动”引起的农村社会各阶级关系的变化和农民经济生活、家庭生活、爱情生活的变化。这个变化是异常深广的，它不仅表现在生产关系的变革中，而且深入到人们的灵魂深处。小说通过党组织派团县委副书记邓秀梅来到清溪乡写起，围绕农业合作化的开展，相当深刻地揭示了人们的思想心理状态和精神面貌。盛佑亭的疑虑和不安，老倌子陈先晋的恋土，“财心紧，对人尖，笔筒子里观天”的王菊生的叵测不满，刘雨生的婚变，“秋丝爪”张桂秋的抵触干扰，龚子元的暗中破坏……都在农业合作化的进程中得到反映。作者透过这些人物之间的矛盾冲突，表现了“新与旧，集体主义和私有制度的深刻尖锐的斗争”④，以及新的力量、新的思想战胜旧的势力、旧的思想的历程，充分显示了农业合作化的生命力，真实地概括了五十年代中国农村的历史面貌。

《山乡巨变》的突出成就，主要表现在人物形象塑造上。作者把自己对新

---

① 陈涌：《暴风骤雨》，《文艺报》1952年第11、12期。

② 《山乡巨变·内容说明》，作家出版社，1964年版。

③ 《关于〈山乡巨变〉答读者问》，《人民文学》1978年第5期。

④ 《关于〈山乡巨变〉答读者问》，《人民文学》1978年第5期。

时代、新生活的激情，熔铸在新人物的创造上，倾注在新事物的描绘上。从邓秀梅、刘雨生、李月辉、盛淑君、陈大春、盛佳秀、盛清明、陈雪春的身上，可以看到不同年龄、不同经历、不同个性的农民为实现共同的目标、为创建新生的人民共和国大厦而斗争的雄姿，看到社会主义新人的成长。

刘雨生是作者精心塑造的一个重要人物。他和郭全海(《暴风骤雨》)是两个不同历史时期的农民形象。作者写郭全海，主要通过阶级斗争的典型环境，着重表现为获得土地所有权和人的解放而斗争的农民的觉悟和品质；写刘雨生，则是通过日常生活的典型事件，深刻表现翻身后的农民组织起来当家做主的纯真感情和处理人民内部矛盾的睿智才干。刘雨生是个“为人和穆，本真，心地纯良，又吃得亏”的农民干部。在办社过程中，他遇到了大量的人民内部矛盾，但在党的指引下，刘雨生克服了一个又一个困难，出色地解决了这些矛盾，建立了农业合作社，夺取了丰收。作者多方面地展现了这个人物心灵的美。“社长”、“分歧”、“大闹”、“涨水”等章，着重从日常生活中，揭示刘雨生大公无私、以身作则、顾全大局、任劳任怨、联系群众、谦虚谨慎的品质。他有一个信念：“不能落后，只许争先。不能在群众跟前丢党的脸。”正是在这个信念的支配下，他在茶油问题分配上，在团结批评副社长谢庆元的错误中，在溪里涨水的紧急关头，表现出一个共产党员的崇高品格。“争吵”、“回心”、“捉怪”、“插田”等章，则从刘雨生家庭生活的悲欢离合这个侧面，揭示了他的内心世界。寡情自私、好逸恶劳的张桂贞，在秋丝瓜的挑拨下，提出要与刘雨生离婚，借以打击刘雨生办社的积极性，这件事对他的打击是沉重的，他“忍不住眼泪一喷”地哭了，但共产党员的坚定信念，使他一心扑在农业合作化的事业上。后来他同纯朴多情、勤劳善良的盛佳秀的结合，又给他的生活增添了欢乐的情趣。这些描写，都写的真实细致、深刻感人，寓不平凡于平凡之中。作者对新人的热爱和颂赞，也自然流露在作品的字里行间。

值得注意的是，作者对李月辉这个人物的塑造，在当代文学史上具有重要的意义。李月辉作为清溪乡的党支部书记，在小说中居于中心地位。作者把人物置于特定的时代环境中，着重表现了人物的思想面貌。李月辉生活的50年代，一方面是社会主义改造的浪潮席卷全国，农业合作化政策发挥了巨大威力；另一方面，党在指导思想上又有某些失误，“农业合作化以及对手工业和个体商业的改造要求过急，工作过粗，改变过快，形式也过于简单划一，以致在长期间遗留了一些问题”①。这些问题是现实生活中存在的，但在当时并不为人们普遍察觉，即使察觉，也不敢公开反对。在这种历史情

① 《关于建国以来若干历史问题的决议》，人民出版社1981年版。

势下，周立波与有些作者不同，没有“为了观念的东西而忘掉现实主义的东西”，而是突破了某些常规和囿见，坚持从现实生活出发，真实地塑造了李月辉这个独具异彩的人物。他和《创业史》中的梁生宝、《三里湾》中的王金生不同，他是在合作化初期犯过“右倾错误”的干部。按照通常的写法，像李月辉这样的人物必将作为执行错误路线的反面典型受到批判，可是，周立波却大相径庭，他忠实于现实关系的真实描写，满怀热情地写出了人物的独特性，多方面地揭示了李月辉在合作化过程中与众不同的行动。他襟怀坦白，沉着稳重，作风民主，联系群众。“有实事求是之意，无哗众取宠之心。”他说：“我只有个总主意，社会主义是好路，也是长路，中央规定十五年，急什么呢？还有十二年。从容干好事，性急出岔子。”“革命不能光凭意气、火爆和冲动。”在这个思想指导下，他按照农村的实情办社，反对简单粗暴，反对脱离实际的蛮干。上级的指示，他总是结合实际情况去执行，决不随风倒，即使受到批评，也保持着清醒的头脑。在入社高潮中，邓秀梅提出再辛苦几天，越过区委的指标，“今年就能基本合作化”。李月辉不同意，提议“应该整顿一下”，“切忌太冒，免得又纠偏”。在茶油分配上，他从实际出发，将上级规定的统一平均分配，改为上下村四六开，解决了矛盾；在中农入社问题上，他主张做好思想工作，不要勉强。作者正是通过烘托、对比的手法，写出了李月辉的“这一个”，特别是把李月辉和区委书记朱明对比，写出了两人在处理谢庆元自杀问题和妇女问题上的尖锐分歧，突出地反映出两种思想的斗争，批评了“左”倾冒进、简单粗暴的错误，讴歌了坚持原则、实事求是的品质。这一系列的描写，使李月辉这个平凡的农村干部形象，散发出灿烂的光辉。应当说，在50年代能够创造出这样的形象，表现了作者对现实的深刻剖析和远见卓识，这是作者的一个贡献。

邓秀梅这个形象，既有国家干部的一般特点，又有她的鲜明个性。她热情、踏实、刻苦耐劳，懂得党的政策，善于做群众工作。她不是板着面孔指手画脚，而是到群众中去了解情况，掌握群众的思想脉搏，对症下药，解决问题，如解决陈先晋的入社问题、追查张桂秋运牛问题，都显示出她的才干。另一方面，作为妇女，她总是热情关怀妇女的切身利益，主动解决妇女的生活问题。在爱情生活和家庭生活上，她也有自己独特的处理方式。这是一个摆脱了旧的羁绊的新型妇女形象，也是一个闪烁着时代光彩的干部形象。作者对这个人物的刻画，避免了一般化的毛病，比《铁水奔流》中的领导干部刘跃光、邓炳如写得生动深刻。

《山乡巨变》还写了一些有缺点的人物，周立波写这些人物充满了热情。作者以细腻的笔触，生动地描绘了亭面糊（盛佑亭）、陈先晋、菊咬（王菊生）、秋丝瓜（张桂秋）、符贱庚的思想和性格。这些人物的成长的环境不同，个性也不一样，但作者都写得栩栩如生、活灵活现，其中对亭面糊的刻画尤为成功。

亭面糊是一个很有风趣、个性鲜明的人物。他天真、乐观，又有些面面糊糊。作者通过他的一言一笑、一举一动，写出了人物性格的丰富性和复杂性。他出身贫农，深深懂得幸福生活来之不易："娘亲爷亲都不如党亲，没有党，就没有我盛佑亭。"但他又怕别人看不起，于是吹嘘自己有一年"只差一点，要做富农了；又有一回，只争一点，成了地主"。他不论男和女，老和少，熟人和生人，只要那一个愿意听他说话，他就会推心置腹，披肝沥胆，不问对象地乱说。在一些问题上，他往往是非不明，正邪不分。邓秀梅要他去龚子元家了解情况，他却被龚子元的一瓶"老镜面"灌醉，跌倒在老墈底下。第二天酒醒，他又到龚家劝其入社，龚子元假意允诺，亭面糊一听，欢喜绝了，抱起烟袋就要走。这些传神之笔，有力揭示了人物的精神世界。这个人物虽然在一些问题上面面糊糊，但也并非事事面糊，在农业合作化的激流中，他终于摒弃了旧意识、旧习惯，开始了新的历程。参加合作社后，他积极犁田、育秧，支持他的堂客在他家办托儿所，主动配合公安机关调查反革命分子龚子元的情况，一心扑在集体事业上。书的结尾，有这样一个细节：常青社正式成立，他汗爬水流地担柴禾给大家烤火，诙谐地说："成立农业社，搞社会主义，叫你们冷得缩手缩脚的，心里过不去。""你们烤火吧，柴多火焰高。"这个细节描写，把人物的思想境界升华到一个新的高度。作者写亭面糊，把笔触深入到灵魂深处，顺乎自然地写出了人物的思想发展，既准确地把握了人物的个性，又恰如其分地表现了人物的优点和缺点；既含着微笑批评了人物的缺点，又满怀热情地写出了新的思想的孕育和成长。这是符合现实生活发展逻辑的。《三里湾》中的糊涂涂(马多寿)、《创业史》中的梁三老汉、《暴风骤雨》中的老孙头，也具有亭面糊这样相似的特点。过去往往把这类人物归入落后人物或中间人物一类，属于批判对象，这个看法是不公允的。"金无足赤，人无完人。"这些人物是我们熟识的普通人，由于旧社会的思想影响和小生产经济的局限，在他们身上自然会打上旧的思想烙印，他们的思想觉悟虽然没有郭全海、梁生宝、刘雨生高，但他们的本质是好的，一旦接受党的教育，他们也会成为社会主义建设中的一支重要力量，因此，我们不能把这类人物排斥在正面人物之外，而应在正面人物画廊里，给予应有的地位。

作者说过："人物创造，是小说创作的重要的一环，也是困难的一环。"[①]周立波的小说，刻画了一系列生动感人的艺术形象。"从小柳到董千，

① 《谈人物创造》，《文学浅论》，北京出版社1959年版，第28页。

从赵玉林到刘雨生，从盖满爹到王桂香，从艾嫂子到小春秀，都是既体现出新的时代精神，又透露出中国人民的传统美德的光彩的人物；蕴藏于他们内心的‘纯洁、优美和强韧’的精神，在马克思列宁主义的引导和焕发之下，变成改天换地的物质的力量。”①在人物塑造上，作者善于从日常生活中采撷美的因素，“用人们的行动和动作，用环境的反衬来描绘静态的‘美’和生活的‘真’，以宣扬当时的‘善’”②。善于运用间接烘托、客观叙述和对比的手法，揭示人物的思想性格，描绘人物的个性。这样，作者虽然创造了众多的人物，但性格迥异，各具异彩。不足的是：作者注意人物的单纯性，但有些人物写得比较平面，特别是一些作品中的领导人形象，写得一般化，深度不够；有些细节描写过于琐屑，和人物的性格缺乏有机联系。

周立波是一位有着独特风格的作家。屠格涅夫说：在文学天才身上，“重要的是称之为自己的声音的东西，是生动的、特殊的自己个人所有的音调”③。周立波的小说，有一种属于他所有的“自己的声音”。同是描写农村的能手，周立波的风格同赵树理、柳青有别。周立波的独特风格，反映了他对现实生活的深刻观察，对新生活的热烈追求，对农民群众的真切挚爱。他的风格，“富于民族特色和地方色彩”，“平易而又隽永，凝炼而又自然，细腻而又明快”④。

周立波的小说，有着纯朴清新的自然美。作者写景状物，叙事写人，自然流畅，豁人耳目，蕴含生活的芬芳，具有浓郁的乡土气息和鲜明的地方色彩，不需任何外在的装饰和雕琢，就勾勒出一幅富有诗意的生活图画。比如作者对江南水乡的描绘，就很有特色：

正月里的一个清冷的黑早，太阳还没有出来，东方山后的天上，几片浓云的薄如轻绡的边际，衬上了浅红的霞彩；过了一阵，山峰映红了；又停一会，火样的圆轮从湛蓝的天海涌出了半边，慢慢地完全显露了它的庞大的全身，通红的火焰照彻了大地；红光又逐渐地化为了纯白的强光。白天开始了。雾色的炊烟飘泛在家家的屋顶。鸡啼鸭叫，牛也赶热闹，按照它们各自不同的年龄、性别、体格和音色发出不很秀丽，但也不太难听的错杂的长鸣。

已经沾了春，地气不同了，雪花才停住，坪里、路边的积雪就都融

① 冯健男：《周立波小说的真善美》，《文艺研究》1981年第4期。

② 周立波：《关于小说创作的一些问题》，《人民文学》1977年第12期。

③ 屠格涅夫：《文学发展与创作个性》，《世界文学中的现实主义问题》，人民文学出版社1960年版，第128页。

④ 秋耘：《〈山乡巨变〉琐谈》，《文艺报》1961年第2期。

化了。到处是泥巴。大路中间，深浅不一的烂泥里，布满了木履的点点的齿迹和草鞋的长长的纹印，有些段落，还夹杂着黄牛和水牛的零乱和蹄痕。

这是一幅淡雅秀丽的风景画，也是一幅生机盎然的早春图。浅红的霞彩，火样的圆轮，雾色的炊烟，牲畜的长鸣，积雪的溶化，零乱的蹄痕，构成了新农村绚丽多姿的彩图。春天不仅来到了自然界，更来到了人们的心间。作者虽然没有直接写人，但处处使你感受到，是人创造着自然，主宰着自然。这样以景寓情，托景写人，十分自然贴切，有着一种优美的意境，显得“情感高昂，意象深远”①。

作者写景状物不是孤立的，常常是在情节的发展中，在人物的行动中，在日常生活的细节中，通过对景物的描绘和生活环境的渲染，着重表现人物的性格。比如作者写邓秀梅来到陈先晋家，先透过邓秀梅的眼睛，看到陈家的住屋：小小巧巧，三间正屋和用竹子编成的狭小的猪栏，屋后是个长满碧绿的小松树、茶子树和柞树的丛林，一丛楠竹的弯弯的尾巴，垂在屋脊上，迎着晚风，轻轻地摇摆。自留地里的白菜、青菜、萝卜菜铺成稠密的翡青的一片，土沟里，土壤上，一根杂草也没有。这是写自然的美，更是写人的劳动美。这些景物描写，起着一种渲染烘托的作用。

周立波小说的语言有着鲜明的特色，这是构成他的独特风格的一个重要方面。他的语言流畅、凝炼、生动、传神，“像雨后的青山一样的秀丽，像筛子筛过一样的干净”②. 他从群众语言中吸取营养，从中国古代语言和外国语言中精选提炼，把群众语言和外国语言熔于一炉，形成他自己的语言风格。

作者说：“语言要新颖、生动，对话要切合人物的口吻。”“要根据他们的阶级特征和个人性格，设身处地，摹拟他们在一定的条件下可能倾吐的语言，从他们的对话中，可以看出人物的身份和性格。”③作者写人写事，常常用朴实生动的个性化语言，写出人物的心理性格。如写陈先晋申请入社，陈先晋从怀里取出一个小小的、四四方方的油纸包交给李主席，他们两人有这样一段对话：

“你想通了吗?”李月辉没有接收土地证，先这样问。

---

① 《周立波选集·序言》，人民出版社 1959 年版。

② 宋遂良：《秀丽的楠竹和挺拔的白杨》，《文艺报》1979 年第 2 期。

③ 周立波：《回答青年写作者》，《文学浅论》，北京出版社 1959 年版，第 40 页。

"大家都入，也只好入了。"

"这不好，这叫随大流，要自己心里真正想通了，才能作数。"李月辉说："土地证倒不着急，我们现在不收，你先带回去。"

"请收了吧。"陈先晋果断地说："我说一是一，说二是二，做事从来不三心二意。"

"我晓得的，"李月辉伸手接了土地证："好，我暂时收了，不过，你要还是带点勉强，随时随刻都好来拿。你真的通了？"

听到这问话，陈先晋满脸飞来，额头上的青筋也暴出来了。他本拙来手言辞，现在一急，更说不成形，只要发睹了，他说：

"李主席，你要是信不过我，怕我缩脚，我来具个甘结，好不好？我去抱个雄鸡来斩了"，说完他转身就走，李主席连忙拦住……

这段话准确、凝炼、生动，人物的性格跃然纸上，作者把个性化、群众化的语言溶于外国句式中，富于表现力，也易为人们接受。

群众口语、方言、成语的运用，在作品中俯拾皆是。如《暴风骤雨》中的："天上打雷雷对雷，夫妻干仗棰对棰"、"土帮土成墙，穷帮穷成王"、"脚正不怕鞋歪"、"好汉一言，快马一鞭"、"一籽下地，万籽归仓"、"珍珠掺着绿豆卖，一样价钱也抱屈"、"借香敬佛，借野猪还愿"、"鸭子跟壳囊，同赏牡丹花"。《山乡巨变》中的："人心隔肚皮，饭桶隔木皮"、"怕得考虑喂不得猪"、"驼手作揖，起手不难"、"一个冬瓜不上粉，两个冬瓜不挂霜"、"聋子播鼓，各打各的"、"少吃咸鱼少口干，瓜子不大是人心"、"人争气，火争烟"、"春争日，夏争时"、"人亲骨肉香"、"亲为亲好，邻为邻好"、"早稻水上漂，晚稻插齐腰"……这些语言对仗工整，音韵铿锵，寓意深切，雅俗共赏。它是从群众的日常生活和生产过程中提炼出来的活的语言，经过作者加工，能够有力地表现作品的内容。不过，有些地方使用土语过多，艰涩难懂，有些粗俗的话也写进了作品，这是语言上的毛病，但从总的方面说，周立波的语言熠熠生辉，很有特色。

周立波的风格，是在长期的生活实践和创作实践中形成的。作者过去曾经有过脱离实际、脱离群众的倾向，学习外国，模仿多于创造。"文章做得和外国人一样，还自以为清新。"《在延安文艺座谈会上的讲话》发表以后，作者深入实际，"把工作的地方当作家庭，把群众当作亲人"，经常同老百姓生活在一起，尝味人生的悲喜，获得了丰富的创作源泉，同时，潜心学习研究中国古典文学和外国文学，"遍采中国的和外国的各种形式的长处，以便创造自己的新形式"①。经过长期探索，逐步形成了自己的风格。由于时代的

① 周立波：《文学浅论》，北京出版社 1959 年版，第 25 页。

变迁和现实生活的变化，作者的风格也不断发展，正如茅盾说的那样："从《暴风骤雨》到《山乡巨变》，周立波的创作沿着两条线交错发展，一条是民族形式，一条是个人风格；确切地说，他在追求民族形式的时候逐步地建立起他的个人风格。他善于吸收旧传统的优点而不受它的拘束。这是一眼就可以看出来的。《山乡巨变》续篇，可以作为例子说明他在民族形式和个人风格所取得的成就；他是越来越洗炼了，而且，在紧锣密鼓之间，以轻松愉快的笔调写一二小事，亦颇幽默可喜。这部作品，结构整齐，层次分明，笔墨干净，勾勒人物，朴素遒劲，这些都是他的特点。作者好用方言，意在加浓地方色彩，但从《山乡巨变》的正续篇看来，风土人情、自然环境的描写已经形成了足够的地方色彩，太多的方言反而成了累赘了。"①这个论述，全面概括了周立波风格发展的特点。

① 茅盾：《反映社会主义跃进的时代，推动社会主义时代的跃进》，《人民文学》1960年第8期。

飘满茶子花香的山村婚礼

——周立波《山那面人家》赏析

《山那面人家》是周立波 1957 年创作的短篇小说，发表于《人民文学》1958 年第 11 期。

周立波是一位在小说、散文、报告文学、文学理论和翻译文学等方面卓有建树的著名作家。周立波的小说以其平实、淳厚、清新、隽永的风格受到广大读者的欢迎，人们将以周立波为代表的湖南作家群称为“茶子花派”。

周立波的短篇小说，多以描写农村生活为主要内容，这些作品大都从随处可见的日常生活中，信手采摘几个生活片段，展现日常生活中的纯真和温情，反映时代变革给农民生活带来的变化，给人一种清新的情趣，一种隽永的生活芬芳。《山那面人家》就是这样一篇佳作。

《山那面人家》叙写的是山村普通人家的一场婚礼。小说开头，就直接点明叙事人“踏着山边月映出来的树影”“去参加山那面一家人家的婚礼”，为什么要去参加婚礼呢？作者开门见山提出了问题，接着从三个层面叙写了“我们”参加婚礼的所见所闻所感。

第一个层面写一群姑娘在参加婚礼路上的欢快心情。“姑娘成了堆，总是爱笑，她们嘻嘻哈哈地笑个不断纤。”笑，成了贯穿整篇小说的一根红线。姑娘的笑声，经过作家的点染，充满清新的诗意。她们为什么总爱笑，为什么笑痛了肚子，这是因为，新的生活使她们无忧无虑，使她们摆脱了封建的羁绊，摆脱了贫穷的困扰。“青春，健康，无挂无碍的农业社里的生活，她们劳动过的肥美的、翡青的田野，和男人同工同酬的满意的工分，以及这迷离的月色，清淡的花香，朦胧的或是确实的爱情的感觉，无不是她们快活的源泉。”新的时代不仅摧毁了旧的制度，使偏僻的农村旧貌换新颜，而且改变了人的精神面貌，使人们的生活安定，日子过得舒坦。正如唐弢在评论《山那面人家》一文中所说：通过一对青年的婚礼，渲染了“歌声载道，喜气盈门”的农村新面貌，刻画了人们在新社会里的精神状态，这是作者眼里看出来的生活的特征：淳朴、轻松、愉快①。周扬在论述周立波的创作时也说，

① 唐弢：《风格一例——试谈〈山那面人家〉》，《人民文学》1959 年第 7 期。

他天真乐观，总是以微笑看待生活，从不为抚摸自己的伤痛而叹息，也很少炫耀自己的才华而表露自满①。“以微笑看待生活”，使周立波创作的取材每每不是惊人炫目的激烈斗争，而是和风暖日下的日常生活，作品中的人物每每不是高大的英雄，而是平凡普通的百姓。读他的作品，总会流露出会心的微笑。

抒写姑娘们和“我”来到洞房的见闻，是小说的第二个层面。小说中关于洞房的描写，既有动态的，也有静态的，动态与静态的融合，散发出生活的芬芳，彰显了山村的新风尚新面貌。作者写洞房：简朴古旧。“那是一个大瓦屋的两间小横屋。大门上挂着一个小小的古旧的红灯”，洞房里，“人们把一盏玻璃罩子煤油灯点起，昏黄的灯光照亮了房里的陈设。床是旧的，帐子也不新；一个绣花的红缎子帐荫子也半新不旧。全部铺盖，只有两只枕头是新的。”这些描写真实地反映了20世纪50年代的现实状况。那时的农村还处于社会变革的初始阶段，还没有从根本上摆脱贫困，农民承续了世世代代艰苦朴素的传统，勤俭持家，勤俭办事，即使办婚礼这样的喜事，也精打细算，简朴实用。这和当今社会耗费巨资极尽奢华的婚庆典礼形成强烈对照。小说中写的洞房陈设、新婚嫁妆虽然简单，但洞房的布置陈设却很有讲究：木格窗子当中贴着一个红纸剪的大喜字，四角是玲珑精巧的窗花，有鲤鱼、兰草，还有两只美丽的花瓶，花瓶旁边是两只壮猪……窗前一张旧的红漆书桌上，摆了一对插蜡烛的烛台，还有两面长方小镜子，贴了红纸剪的喜字的瓷壶和瓷碗。在这些摆设中，“最出色的是一对细瓷半裸的罗汉，他们挺着胖大的肚子，在哈哈大笑”。这些静态的物件在作家的笔下都显得栩栩如生，富有生命。在动态描写方面，小说多次写到姑娘们的笑声，写到“我”在山里摘了几枝茶子花准备送给新郎新娘，写到社长与兽医来客的交谈，其中有的细节很有情趣，如送亲娘子教三岁伢子唱儿歌：“三岁伢子穿红鞋，/摇摇摆摆上学来，/先生莫打我，/回去吃口汁子(奶汁)又来”，写新娘子给伢子搔胳肢，给伢子操了一泡尿，她经过“我”身边，“留下一阵淡淡的香气”。这些描写生动逼真，饱含着作者喜悦的感情。

第三个层面写婚礼。中国近现代的婚礼仪式继承了我国传统的结婚习俗，旧式婚礼讲究的是“明媒正娶”，婚礼的程序包括“保亲”、“合婚”、“放定”、“迎娶”、“闹洞房”、“回门”六个步骤。随着社会的发展，婚礼仪式也发生了根本变化。小说中关于婚礼仪式的描写，不仅摒弃了旧式婚礼的俗套，而且体现了新时代的新风尚。从婚礼仪式上点亮的红烛烛光中，从瓷瓶插放的茶子花的香气中，从人们为新人新婚祝福的欢笑声中，从婚礼简朴热

① 参见周扬：《怀念立波》，《人民日报》1989年2月7日。

烈的氛围中，我们感受到山村普通人家生活的温馨祥和，感受到新郎新娘发自内心的激动和幸福。特别是作者重点叙写的兽医和新娘在婚礼上的讲话，更是饶有兴味。那位酒糟脸上有个疤子的兽医讲话非同一般，他“咬字道白，先从解放前后国内的形势谈起，慢慢吞吞地，带着不少的术语，把辞锋转到了国际形势”，讲得乡长先走了，社长也忍不住了，不满意兽医冗长的“八股”调。新娘的讲话不同，她虽说大方，脸也通红了，口说“我快活极了，高兴极了”的时候，也“紧张极了”，把一年前订婚说成是“我们是一年以前结婚的”，还说自己“不是来吃闲饭依靠人的，我是过来劳动的”。听了新娘的讲话，大家连声叫好，还嫌“说得太少了”。一个讲得太多，一个说得太少，在一多一少的比较中，作者委婉地批评了脱离群众的冗长文风，赞美了新一代心灵的纯美，幽默诙谐，富有生活情趣。

浓郁的乡土气息是《山那面人家》的重要特色，也是作为茶子花派代表的周立波创作的一个标志。在作者的笔下，无论是静谧的乡村、翠绿的山林，还是灰蒙蒙的雨雾、醉人的茶子花香，无论是翻古、相里手骂，吃水莽藤，还是哭嫁、听壁脚、打山歌等乡土习俗，都打上湖南农村的印记，融入作品的字里行间，《山那面人家》描写的哭嫁、听壁脚、闹新房等习俗，充满浓郁的乡土气息，哭嫁作为一种习俗，与旧式封建婚姻制度有关。旧时婚姻由父母做主，嫁给什么人，婚后生活如何，心中无底，想到这些真是伤心断肠，怎能不哭。不哭不仅会被认为不吉利，还会受到父老乡亲的指责。俗话说：“闺女不哭，娘家无福。”“缠绵悱恻哭嫁歌，一叹三怨断人肠。”这一习俗一直流行在湖南、湖北、四川等地农村：《山那面人家》描写的哭嫁则是另一番意味。过去是出嫁的姑娘和三亲六戚的姐妹们轮番哭，现在则是请专门替人哭嫁的男女来哭，“哭起来，一数一落，有板有眼，好像唱歌，好听极了”。旧的习俗经过时代的洗礼，赋予了新的内涵，再如听壁脚、闹新房这些习俗，在小说中也基本保持了原有风貌，只是在某些地方作了变动。按照农村风俗，要新郎讲话，与新娘比赛，要先把新郎藏在地窖里，一帮人四处寻找，这些情节在小说中都保留下来，只是寻找新郎的队伍扩大了，新郎躲藏的原因变了：“好几十人点着火把，拧亮手电”，由社长领头，“分几路往山里、塅里、小溪边、水塘边，到处去寻找”，最后在地窖里找到。新郎说，自己与其听那牛郎中空口说白话，不如趁空来看看红薯种烂了没有。这些改动既保留了农村风俗的原貌，又注入了时代的新元素。

周立波小说的语言清新、流畅、凝练、传神，富有地方特色和民族特色。他善于从老百姓的日常用语中，从中国古典文学和外国文学中精选提炼，吸收营养，用富有地方特色的语言表现当代现实生活。在《山那面人家》中，作者多处使用了方言土语，如“伢子”、“堂客”、“青皮后生”、“笑个不断纤”、“脸模子，衣架子”，“搔他胳肢”、“瞎子狗吃屎，瞎碰上的”，“脑壳有点昏”，“倚在板壁上”，“搂着”，“扳桶、箩筐和晒簟”，等等，这些语言生动形象，雅俗共赏。小说结尾只用几句话就写出了人们的心境：“飘满茶子花香的一阵阵初冬月夜的微风，送来姑娘们一阵阵欢快的、放纵的笑闹声。她们一定开始在听壁脚了，或者已经有了收获吧?”有情有景，情景交融，在飘满茶子花香的诗情画意中，让人们领悟到生活带给山村人家的喜悦。

茅盾说：周立波“在追求民族形式的时候，逐步地建立起他的个人风格，他善于吸收旧传统的优点而不受它的拘束”①。周立波正是在追求民族形式和地方特色的过程中，形成了自己独有的创作风格，从而得到人们的肯定。

（原载高等教育出版社出版的《中国现当代文学作品选读》）

① 《反映社会主义时代的跃进，推进跃进的社会主义时代》，《争取社会主义文学的更大繁荣》，作家出版社 1960 年版，第 24 页。

周立波创作给予我们的启示①

今天，我们来自海内外的专家、学者聚集在著名作家周立波的家乡——湖南益阳，举办中国新文学学会第22届年会暨周立波与当代中国乡土小说学术研讨会。

我们这次研讨会的主题是："周立波创作与当代中国乡土小说"，这是一个很有特色的话题。

我们知道，中国是一个农业大国，乡土文学作为农业社会的文化标记，具有悠久的历史。就现代而言，乡土文学可说是与中国新文学运动一起诞生的。作家蹇先艾说："鲁迅就是一位乡土文学作家。"他写的《阿Q正传》、《故乡》、《祝福》开创了乡土文学的先河，为乡土文学创作提供了范例。在鲁迅先生的影响下，一批作家在乡土文学园地继续开拓。如许钦文的《鼻涕阿二》、王鲁彦的《乡下》、台静农的《地之子》、蹇先艾的《水葬》、王统照的《山雨》、茅盾的《水藻行》、废名的《竹林的故事》、沈从文的《边城》、叶紫的《丰收》、沙汀的《在其香居茶馆里》等，都是乡土小说的力作。这些作品或反映底层人民的苦难与抗争，或揭示乡村社会的凋敝和贫困，或描绘地域的风土人情，或抒写乡村的诗情画意，都反映了乡村生活的真实状况，记录了乡村中国历史的脉动。此后，随着社会的变革，乡土文学发生了深刻变化。1942年发表的《在延安文艺座谈会上的讲话》，标志着中国新文学进入一个新的阶段。赵树理的《李有才板话》、丁玲的《太阳照在桑乾河上》、周立波的《暴风骤雨》等小说便是这一阶段涌现的重要成果。这些作品无论是在主题内涵、人物塑造上还是在表现形式、语言运用上，都迥异于"五四"以来的乡土小说。贯穿这些小说的基调是表现新的时代、新的人物、新的风尚、新的文化。在这一时期的小说中，由于民族解放、阶级斗争的需要，一方面是政治教化的功能得到强化，另一方面也带来了书写视角的单一化，审美诉求的弱化。新中国成立以后，中国当代文学承续了"五四"以来的文学传统，并在新的历史条件下得到发展。在十七年文学中，农村题材作品不仅成为人们关注

① 这是作者在中国新文学学会第22届年会暨周立波创作与当代中国乡土小说学术研讨会上的开幕词（2006年·湖南益阳）。

的焦点，而且在数量上占有很大比重。这一时期出现的一批作品，如李凖的《不能走那条路》、赵树理的《三里湾》、周立波的《山乡巨变》、柳青的《创业史》、孙犁的《铁木前传》、康濯的《春种秋收》等，真实地反映了新时代农村急剧变动的风貌，塑造了一批具有时代精神的人物形象，在群众中产生了很大的影响。其中，最具影响的是赵树理、周立波、孙犁、柳青，他们以各具风格的作品谱写了当代农村变革的画卷。对于这些作品，随着时代的变化，人们的认识和评价也会有变化。我们今天在这里讨论“周立波创作与当代中国乡土小说”问题，就是想在新的历史文化语境下，以周立波的创作为个案，探讨研究周立波创作的农村题材小说在今天的价值和意义，这些作品是否已经过时，对新世纪的文学是否还有意义，我们应当怎样正确评价周立波的文学创作。我想，这些问题的讨论不仅有助于我们更好地继承周立波等老一代作家留下的宝贵精神财富，而且对当今乡土文学创作也具有现实意义。

记得有谁说过，作家是时代的产儿。作为时代的产儿，周立波是在长期革命斗争中锻炼出来的。早在 20 年代，他就接触了鲁迅等人的作品，1928 年考入上海劳动大学社会科学院，1932 年因参加罢工被捕。从 1934 年秋到 1937 年夏，从事左联的党团工作和报刊编辑工作。抗日战争爆发后，到晋察冀根据地任战地记者兼翻译，以后相继在鄂、湘、桂等地从事革命文化工作。解放后在文化部、《人民文学》编辑部、湖南省作家协会工作。在周立波一生的历程中，作为战士，他始终和着时代的步伐前进，把自己的一生献给了革命；作为作家，他始终同群众保持密切联系，从人民那儿吸吮乳汁，又把自己创作的作品奉献给人民。他不仅在长篇小说、短篇小说创作上成果丰硕，而且在报告文学、散文、回忆录、文学理论、翻译等方面也卓有建树。他的长篇小说《暴风骤雨》、《山乡巨变》已载入中国现当代文学史册，长久地留在人们的记忆之中。

随着岁月的流逝，今日之中国农村已经发生了根本的变化，市场经济的卷入，家庭联产责任制的实施，大批农民的进城打工，农村土地的大片流失，使中国农村呈现出与往昔完全不同的多元景观。面对变革的中国农村，我们从周立波等老一辈作家走过的人生道路中，从他们创作的经验教训中，能够得到那些有益的启示呢？

一是作家创作要有深厚的生活基础。过去我们常常引用毛泽东的一句话，“人类的社会生活是文学创作取之不尽、用之不竭的源泉”。这句老生常谈的名言过时了吗？我认为没有过时。歌德就说过：“生活之树是常青的。”巴金也说：“我最主要的一位老师是生活，中国的社会生活，我在生活中的感受使我成为作家。”“创作要上去，作家要下去。”周立波的创作就充分体现了这一点。他认为：“人民的生活好比百花的土壤，无论是什么花，都必定要把根子扎在土壤里。深入群众，和群众保持接触是作家们的一件要务。”周立波是这样说的，也是这样做的。为了写好《暴风骤雨》，他到黑龙江省珠河县元茂屯生活，接触了各种类型的人物，和许多农民交上了知心朋友。他在农村生活中积累的素材，整整装了三麻袋。解放后，从 1955 年冬到 1956 年冬，他和他的一家人住在湖南益阳桃花仓的竹山湾，与农民比邻而居，朝夕相处，共话家常，使他对农民的生存境况、喜怒哀乐有了深切的了解。当然，作家创作光有生活也还不够，还要有生活的感受和发现。周立波说，艺术的美，源出于生活。但生活里的美是诗人们、作家们去发现、去挖掘的。生活里的美要写出来，首先要能看出来和感觉出来，因此要观察、体验、研究、分析生活。这些甘苦之言，对我们是很有启示的。在十七年文学中，不仅周立波如此，赵树理、柳青等也是如此。就新时期文学来说，高晓声、陈忠实、路遥、贾平凹等作家也是以自己的家乡作为生活根据地的。当然，深入生活的方式并不是只有一种模式，随着作家身份的改变，可以因人而异，多种多样。这就要求我们采取多种方式深入生活。只有坚持深入生活，才能深切地认识生活，把握农村生活发展的脉搏，才能了解农民，熟悉农民，进入农民的内心世界。

二是作家要善于在承续文学传统的基础上创造具有独特艺术风格的作品。风格是作家创作个性的体现，也是作家成熟的标志。王充在《论衡·自纪》中说：“饰貌以强类者失形，调辞以务似者失情。百夫之子，不同父母，殊类而生，不必相似。各以所禀，自为佳好。”马克思赞美“大自然悦人心目的千变万化和无穷无尽的丰富宝藏”，并“不要求玫瑰花和紫罗兰散发出同样的芳香”。作家正是以他独具风格的作品，赢得广大读者的喜爱。没有个人独特艺术风格的作品，便没有作品的光彩和生命力，就失去了传之久远的价值。

周立波是一位具有独特艺术风格的作家。他在长期的创作实践中形成了平易而又隽永、自然而又凝炼、细腻而又明快的风格。我们读他的乡土小说，感到他把湖南山乡、风土人情写得那样清新自然，富有魅力。那洞庭湖畔的清溪竹林，清得发绿的河水，沿岸长满刺莲和杂树的小涧，那连绵不断的翡青的小山、满山遍野喷发着清香的茶子花，既充溢着浓郁的生活气息和乡土韵味，又呈现出明丽的地方色彩和时代气息。在语言运用上，更可看出周立波创作的个性和风格。早期他受欧洲文学影响，小说语言有明显的欧化倾向，此后他向民间学习，语言风格有了很大变化。他追求语言的个性化，叙事语言明快、凝炼，颇具意境；人物语言质朴、生动，散发着泥土的芳香。特别是他善于使用方言土语，常在几句风趣幽默的语言中表现出深刻的意蕴。同是描写农村的大家，如果把周立波与柳青、赵树理、孙犁的作品做一比较，就会发现他们之间艺术风格的迥异。

作家艺术风格的形成，固然有多方面的因素，但对中外文学传统的承续、借鉴则是一个重要因素。周立波早期曾对欧洲文学做过认真研究，后来又十分重视中国文学传统的学习借鉴。他的小说就明显受到《红楼梦》、《水浒传》等名著的影响。当下我们创造乡土小说精品，就需要承续传统，发展传统，创造具有独特艺术风格的力作。

三是作家要承担起历史赋予的责任。说到这个问题，我很犹豫。当今是什么时代了，还讲什么责任和使命。后来我想到今年 6 月我陪同香港实业家、慈善家田家炳先生参加捐赠湖北两所大学、两所中学的活动所得到的教益。田家炳先生已是 88 岁的老人，改革开放以来，给中国的教育事业捐赠了十几个亿，他的足迹踏遍除西藏外的各省市，他说，中国的希望在教育。他家有万贯、子孙满堂，本可在家颐养天年，但他为什么要奔波于各地呢，最根本的是他的责任感，他的报效国家、无私奉献的精神。由此使我想到，作为人类灵魂工程师的作家也应当具有历史责任感。正如巴金所说："我活着，不是为了自己。我写作，也不是为了自己，我曾在我心灵的祭坛前立下这样的誓言：要做一个在寒天送炭、在痛苦中送安慰的人。""作为作家，就应当对人民、对历史负责。"从周立波等老一辈作家走过的道路来看，他们正是以这种对人民、对历史负责的态度从事文学创作的。今天，学习周立波等老一代作家的精神，热情地关注现实，关注农村，关注社会，用文学的形式记录新农村的变革，同样是我们义不容辞的责任。

当前，农村正在发生着急剧的变化，农村、农民、农业——三农问题成为当代中国一个最为突出的社会问题。今年 5 月中国作协在江苏华西村召开了全国农村题材创作研讨会，专门讨论了农村题材文学创作问题，总结新时期以来农村题材文学创作情况。我们感到，农村题材小说创作虽然取得了令人瞩目的成就，但也存在着一些值得注意的问题。面对农村变革中出现的新情况、新问题，需要我们认真应对。我想提出几个问题供大家思考：

其一，在新的历史条件下，乡土文学创作如何体现以人为本，关注人的发展。文学是人学。如何以全新的视角，如何以现代的眼光，写出农民在急剧变革中的精神历程，写出农民的心灵史、性格史，写出新一代农村新人的成长，写出形形色色农民的众生相。做到这一点，并不是一件容易的事。如有的评论家所指出的："我们如何能够在写作中避免对新一代农民的简单化、脸谱化，如何写出这一群体的真实性、丰富性，的确是一个难题。"现在的农村没有过去那样单一，商品经济的冲击，农村与城市差距的拉大，传统与现代的冲突，农业的效益与工业的效益难以相比。要写出历史转型中的农村变革，写出变革中的农民的复杂心态和心灵蜕变，需要花费很大的气力。

其二，歌颂与批判问题。这是一个老问题，但在当今农村变革中又成了一个新问题。去年 11 月，我在陕西商洛见到作家贾平凹，与他谈到文学创作问题。最近他在《关于秦腔和乡土文学的对谈》中说到他创作时的心境："我在写作过程中一直是矛盾、痛苦的，不知道该怎么办，是歌颂，还是批判？是光明，还是阴暗？以前的观念没有办法再套用。我并不觉得我能站得更高来俯视生活，解释生活，我完全没有这个能力了。"贾平凹提出的这个问题带有一定的普遍性。在文学作品中，歌颂什么，批判什么，如何写光明，如何暴露阴暗面，如何对待农村出现的各种矛盾纠纷，如何写当今的农村乡镇干部，都是需要认真研究的问题。

其三，继承与创新问题。创新是文学的灵魂，在继承传统的基础上创新，文学才能有所突破和发展，才有永恒的生命力。今天我们面对的不仅有中外古典文学传统，而且还有由众多经典乡土文学作品构成的文学传统，突破和超越它并不是件容易的事，但只有超越才会有突破。现在似乎有一股风，一写家族便有一批作家写家族，我们不是说不能写家族，而是说农村是个广阔的天地，书写这个广阔天地需要多种构想，多副笔墨，多样表现形式，要以独特的属于自己的构思和发现去描绘千姿百态的农村。

其四，读者面向问题。我国是一个有着九亿农村人口的农业大国，乡土文学作品理应面向农村，考虑农民读者的需求，考虑农民的审美趋向和欣赏习惯，但现在有些写农村的作品并非如此，如有的评论文章所指出的，有的创作"动辄思想是尼采式的，文本是马尔克斯式的，语言是罗兰·巴特式的，更有甚者还在那里自娱自乐，理念先行，消解故事，可能作者观念很新，手法很花哨，文本很玄妙，但农村读者是否喜欢读，是否读得下去，却不是作者主要关心的问题。"这里提出的问题是很值得重视的。赵树理、周立波、柳青的小说，都考虑到满足农民需要，为农民所接受、为农民喜闻乐见的问题。我们今天写农村题材的作品，更要考虑面向九亿农民的问题。

（原载 2013 年白山出版社出版的《与时代同行》）

《李自成》：用生命铸成的史诗

为了纪念姚雪垠创作的长篇历史小说《李自成》出版五十年，中国青年出版社编辑出版了《文学“马拉松”——〈李自成〉研究五十年文萃》一书，这本汇集了《李自成》研究五十年成果的权威选本，较为全面地涵盖了《李自成》出版五十年来的整体研究，从宏观与微观结合的角度，多层次地论述了《李自成》在中国当代文学史上的重要地位和价值，既充分肯定了这部小说所取得的具有里程碑意义的成就，也指出了作品中存在的不足和局限，提出了一些需要讨论和争鸣的问题。可以说，这是一本客观、理性的，既有珍贵史料价值，又有较高学术价值的著作，它对广大读者阅读鉴赏作品，对进一步深化《李自成》研究，推动当代历史小说创作，提供了有益的借鉴。

姚老是中国现当代文学的著名作家，姚老一生历经磨难，命运多舛。而为当代长篇历史小说奠基的《李自成》，是在姚老被划为“右派分子”之后开始创作的。当时他的处境十分困难，意想不到的无情打击，使他陷入痛苦的深渊。面对灭顶之灾，姚老没有沮丧、没有放弃，而是直面现实，重新燃起创作的火焰。如他在《咏怀七律》中所说：“曲折征途志不违，艰难长夜化朝晖。争鸣误信春风暖，摧折真知霜雪威。”“三百年前悲壮史，豪情和泪著新篇。”经过多年的艰苦努力，终于在20世纪60—70年代出版了《李自成》第一、二、三卷。《李自成》的出版，开启了当代长篇历史小说的先河，引起了强烈反响，尽管上面说报刊不发评论《李自成》的文章，发行要“控制印数”，但两卷本的总发行量达到410万套，如按三卷共计8本计算，总印数为3200万册。如此巨大的发行量，在当代历史小说中是空前的。有许多读者看后不忍释手，读了多遍。中南局第一书记陶铸看了第一卷后对作家夏衍说：“这本书写得很好，十分吸引人，我简直是一口气读完的，建议你也看一看。”夏衍看后说：“《李自成》不仅是新中国成立以来第一部长篇历史小说，其重要的意义在于用历史唯物主义的观点，画出了一个灿烂的历史画卷。”作家秦牧说：“读《李自成》是一顿精神的盛宴，有一种艺术享受上的巨大的快感。它真是波澜壮阔，鞭辟入里，荡气回肠。”从这些反映中使我想到：为什么一部历史小说产生这么强烈的效应，在读者中掀起这么大的情感波澜？《李自成》创作的成功，给我们提供了那些启示呢？在我看来，一部作品的成功，固然有多方面的因素，但作家的创作理念、创作准备、创作心态对作品的成败都是至关重要的。

从创作理念看，姚老深知“写长篇历史小说，在我国新文学运动史上是开辟新领域、新途径的工作”，他在《李自成》创作伊始，就把开创性作为追求的目标。自始至终，坚持不懈。

作家是文学的创造者，也是社会责任的担当者。创造，是作家的神圣使命，也是“区别天才和单纯的才能或才赋的界线”。古今作家都强调创造在文学中的意义，要求作家“脱窠臼，重创造”、“须教自我胸中出，切忌随人脚后行”。在写作《李自成》的过程中，姚老始终把创造作为自己的执着追求。他说：“《李自成》的开创性的贡献，主要体现在三个方面：一是用历史唯物主义观察历史，并通过艺术来反映历史；二是把长篇小说作为一部百科全书来写，写出社会各个阶层的生活；三是将作者的美学思想充分体现在小说里。”应当说，姚老提出的这些要求都在《李自成》中得到实现。茅盾读了《李自成》后，对小说取得的开创性成就给予高度评价，认为“这是‘五四’以来第一部长篇历史小说”，“用历史唯物主义和辩证唯物主义来解剖这个封建社会，并再现其复杂变幻的矛盾的本相，‘五四’以后也没有人尝试过，作者是填补空白的第一人”。美学家朱光潜说，作者“把西洋小说的手法和中国小说的手法，很巧妙地糅合在一起，创造出了一种新的《李自成》写作的独特手法”。学者严家炎认为：“《李自成》的一个重要贡献，是对传统悲剧观念的突破，把悲剧人物的性格更深一层地推进。另一重要成就，是保持了全书结构艺术的很高美学水准。”这些都说明，《李自成》体现了作者的创作理念和美学思想，为当代历史小说开创了一条新路，而这也是《李自成》具有感人魅力的原因所在。

从创作准备看，姚老创作《李自成》，长期作了充分准备。他在会见香港《快报》记者杜渐时说：“写《李自成》，同我年轻时写书不同，要打有准备的仗。全书五卷，重要历史事件，我都作过独自的研究；在艺术上，各卷的重要情节，包括第五卷的尾声，都作了反复构想。……在写作过程中，我对历史的研究并未停止，我对历史的理解还在继续深入，对人物也在继续塑造，因而情节也在继续丰富、修改。”为了写好《李自成》，姚老狠下苦功，一点一滴积累，切切实实地去做。查历史、找资料，煞费苦心，不遗余力。他用蝇头小楷写的卡片，就有二万多张，卡片上引用的文献就有《七修类稿》、《入海记》、《廿二史劄记》、《甲申记事》、《明史》、《明通鉴》、《明清内阁大库史史料》等正史、野史、杂记、史钞、地方志、家谱等资料 300 多种。长期的日积月累，使《李自成》中的人物活在姚老心中，写起来，自然得心应手，游刃有余，出手不凡。可以说，《李自成》正是姚老长期准备、厚积薄发的结果。美国芝加哥大学艾恺教授在给姚老的信中说："巨著《李自成》一读再读难以释卷。先生写作收集资料之多，考据之精，描写之细，着实令人叹为观止。先生求真务实的精神实为治史者之鉴。"由此，使我想到当下文坛出现的一些景象：有的作者创作，其速度之快、产量之高令人咋舌。据说有的一年写出三部长篇小说，这不禁令人怀疑，这些作品是怎样写出来的。而有的报刊也推波助澜，宣传什么"30天写小说"、"一年通往作家路"、"12个月的写作之旅，带你通往成为作家的大门，很多人的作品在修改后获得出版并登上排行榜"。这些说法不仅无视作家长期的生活积累和创作的艰辛，而且违背了文学创作的规律。这样写出的作品，只不过是一堆平庸的昙花一现的垃圾而已。

从创作心态看，姚老是在外部环境险恶、内部受压的情况下创作《李自成》的。被划为"极右分子"后，姚老坚持在委屈、痛苦和孤独的日子里秘密写作。即使在下放东西湖劳动的日子里，也在睡梦中说："潼关大战是逼出来的，我并不想打。杀呀，杀呵，冲啊！狭路相逢勇者胜。""张献忠很难写，难写呀"……俗话说：日有所思，夜有所梦。在逆境中的姚老最大愿望就是写作《李自成》。为了实现这一夙愿，姚老以平和淡定的心态开始了"艰难长征"。他说："要耐得寂寞，勤学苦练。不骛虚名，不计一时荣辱，不要看一时谁的名在前，谁的名在后。耐得寂寞才能不寂寞，耐不得寂寞偏偏寂寞。"正是因为耐得寂寞，姚老勤学苦练，严谨治学。"日日案头挥汗雨，笔端虎啸带雷鸣。经多实践思方壮，勘破浮名意自平。"他没有节假日，每天凌晨三四点钟起床开始创作，几十年如一日。夏日，汗流浃背；寒冬，手脚冻僵，都全然不顾。即使在患了急性关节炎、疼痛无比的情况下，也是"拼命地写呀，写呀，忘记了吃饭，忘记了睡觉，在十多天的时间内，就写出了数万字的作品"。如诗中所述，"征路崎岖载宿愿，艰难摸索苦经营"，"膏腴大地生花笔，三百万字写史诗"。姚老正是用坚强的毅力"艰难摸索苦经营"，终于完成了多卷本《李自成》。姚老说："《李自成》不仅是我一生修养的结晶，也是生命的结晶。"是的，姚老这部百科全书式的史诗，不仅融汇了他的渊博学识、人文素养，更是他用自己一生的心血、用生命铸成。这不仅在中国新文学史上树起了一座丰碑，更为我们留下了一笔宝贵的精神财富。

评论是创作的重要一翼。《李自成》出版后，有关《李自成》的研究和评论随之开展，一些专家、学者写出了一批有价值的研究论文，有的大学还成立了"姚雪垠研究室"，重点研究《李自成》。1978年4月，在武汉举行了全国首届《李自成》学术讨论会，接着湖北人民出版社出版了《李自成评论集》，汇集了这一时期的研究成果。1982年春，《李自成》被全国中学生评为"我所喜爱的十本书之一"。以后由于种种因素的影响，《李自成》研究比较沉寂、冷落，直到90年代初期，又掀起了一个研究《李自成》的热潮。1990年10月，由湖北省文联、省作协、武汉大学、华中师范大学、湖北大学等单位联合发起的"姚雪垠文学创作六十周年学术研讨会"在华中师范大学召开，来自全国各地的作家、教授、学者聚集一堂，回顾总结了姚老60年的文学创作生涯，重点研讨了《李自成》，就《李自成》取得的成就和不足进行了坦诚而热烈的研讨，取得了一批研究成果。此后随着《李自成》四、五卷出版，《李自成》研究跨入了一个新的阶段。就《李自成》研究五十年而言，经历了一个由浅到深，从局部到整体、从一体化到多元化、从政治视角到审美视角的演进过程，研究视野不断开拓，研究领域不断扩展，研究水平不断提高。作为一部长篇历史小说，研究者总是从多个角度、多个层面对作品进行探讨：或从宏观上整体把握作者的创作思想和作品的脉络，全面论述《李自成》的成就；或从微观上解读作品，从人物、结构、艺术风格、表现手法、细节描写、语言等方面解剖小说的某个层面，深入分析作品的意蕴。在研究方法上，或从政治历史角度分析小说的历史真实和艺术真实，对小说的主题内涵、情节和人物的真实和虚构问题作了认真而又独到的分析，对作者"深入历史"和"跳出历史"的创作理念给予肯定。或从审美的视角分析作品，指出作者创造的许多人物具有不同的性格、不同的个性，结构上采取"断云横峰，大起大落"的分单元组合方式以及小说描绘的摇曳多姿的风俗画，具有独特的韵味。总的说来，《李自成》研究五十年来成果丰硕，成绩可喜。这本《文学"马拉松"》正是半个世纪以来《李自成》研究成果的荟萃。

说到这本文萃，我以为它有这样几个特点：

一是学术性。这本书的编选不计作者名气、社会影响的大小，职位高低，也不考虑照顾种种复杂的关系，而以学术性为准绳，以论文的学术含量和信息含量为基准，这是难能可贵的。回望社会上的种种文学评奖，为什么会引起社会各方的诟病，就在于有些申报者热衷于找关系、走后门、跑评委、送红包，这就从根本上颠覆了评价的客观性、公正性，玷污了学术的尊严。作为研究论文，当以学术性作为衡量论文水平高低的标尺。学术贵在创新，创新当以发现新材料，提出新观点、解决新问题、建立新范型为目标，这样才能在前人的基础上守正出新，有所发现，有所突破，而步他人之后尘，拾他人之牙慧，就难以在学术上提出新见解，开拓新领域，难以有大的作为。强调学术性正是着眼于学术水平的提高，着眼于学术的创新。而这也并非否认那些为大众需要所撰写的普及性文章的重要价值。

二是层次性。《李自成》研究五十年来，论文不少，作者甚多，如何选萃？编选者在时间的顺序上，既选有20世纪70年代后期发表的多篇论文，也有80年代、90年代的论文，还有21世纪以来发表的论文，这就涵盖了

《李自成》研究五十年来有代表性的研究成果。就年龄层次来看，老中青学者的研究论文都有。尽管中老年学者的论文占据主导地位，但几位后起之秀的年轻学者的论文，也以充盈的活力清新的姿态进入《李自成》研究领域，令人耳目一新。

三是它的争鸣性。这本文萃收入了有关《李自成》争鸣的五篇文章，这是一个好的开端。争鸣是中国文学的优良传统，一部作品问世后，难免会有不同的反映、不同的看法、不同的评价，这是一件很正常的事。《三国演义》、《红楼梦》诞生至今已有几个世纪，但对这些经典名著的评价仍有不同的观点，争鸣仍在继续之中。从文学发展史来看，建立一个良性的有利于学术生长的生态环境，就需要允许不同意见、不同观点的发表，倡导百家争鸣。评价文学作品，一棍子打死固然不对，一味地唱赞歌也有害，文学评论和研究的最大禁忌是一言堂。只有坚持科学标准，倡导言之成理、持之有故的学风，真理才会越辩越明，文学研究才会在争鸣中开辟更为广阔的生长和发展空间。

写到这里，我不禁想起姚老提出的第三条座右铭："生前马拉松，死后马拉松。"姚老说："作为一个作家不要一看到别人出书了，得奖了，就着急，甚至眼红。因为人生就像马拉松赛跑一样，未死之前，不能决定谁是冠亚军；即使人死了，他的作品还在，甚至由于各种因素，在若干年内，他的作品仍被捧得很高，但是随着时间的流逝，历史的检验，那些华而不实的东西，终会黯然失色。对一部作品、一个作家总会作出实事求是的、正确的评价，这就叫死后马拉松。一个作家在死后马拉松运动中能否获胜？这完全取决于他在生前对作品所投入的劳动，思想深度和艺术高度。因此，大家一定不能只看眼前，而要想到长远。"姚老这段富于哲理的话告诉我们：评价一个作家、一部作品不能只看一时一事，不能为某些耀眼的光环所迷惑。在岁月的长河中，历史总是检验作品的最好标准。经过半个世纪的检验，《李自成》已经获得首届茅盾文学奖等多种奖项。已经进入高等学校编著出版的《中国当代文学史》、《20世纪中国文学史》等教科书之中，进入大学的课堂和中学语文课本，进入广大读者的阅读视野，时间已为这部长篇巨著作了历史定位。1981年，曹禺在张炯主持的"中国当代文学讲习班"演讲时说："现在研究《红楼梦》称为'红学'，我相信将来会有研究《李自成》的'李学'。"经过五十年的努力，《李自成》研究有了较大进展，但总的来看，有深度、有水平的研究成果还不多。如何深入研究？姚老写给我和张永健的信中说："任何人都不能离开社会，不能超越历史。把一个作家放在具体的社会和历史的背景下，分析和研究他所赖以成功的综合条件(优势)，是深入评论和研究作家的科学途径。"当今，我们需要进一步深入《李自成》研究。深入研究不仅需要认真地阅读文本，研究与文本有关的史实，而且需要研究社会史、思想史、文化史，这样才有可能高瞻远瞩，将《李自成》置于特定的社会和历史境遇中审视，从而产生更多有深度、有突破的研究成果。

（原载中国青年出版社 2013 年出版的《文学“马拉松”——〈李自成〉研究五十年文萃》，又载《新文学评论》2014 年第 2 期）

把姚雪垠研究提高到一个新水平

姚老是我们敬重的著名作家，也是我们敬爱的老师。早在1955年，姚老就在华中师范学院中文系讲过半年的中国现代文学，给我们留下了难忘的印象。此后，在我与姚老的多次接触中，深感姚老不仅在文学创作上取得了卓越成就，而且在如何做人上，也给我们树立了榜样。今年是姚雪垠100周年诞辰。北京、武汉和姚老的家乡河南南阳、邓州等地都以多种形式举行了纪念活动。8月下旬，我们中国新文学学会和南阳市委宣传部、南阳理工大学、河南黄河基金会在南阳召开了姚雪垠百年诞辰学术研讨会，以彰显姚老对中国新文学所作出的卓越贡献和他的高尚人格精神。这次研讨会有来自全国包括台湾的专家学者80多人。通过学术研讨，与会代表对姚老一生走过的道路，对姚老的创作思想、创作成就，对姚老崇高的人格精神，对今后怎样加强姚雪垠研究，有了进一步的认识。在如何加强姚雪垠研究这个问题上，大家有几点认识是共同的。

第一，姚老是跨越新旧两个时代的著名作家，需要进一步认识姚老在中国新文学史上的重要地位。

早在20世纪30年代，姚老就开始了文学创作，至今已创作小说、散文、诗词，戏剧、论文等近千万字。1929年，他以“雪痕”为笔名发表了短篇小说处女作《两个孤坟》，随后又在河南《民报》、《民国日报》副刊和《华北门报》、《大公报》、《新民报》、《申报》、《芒种》、《新小说》、《光明》、《文学季刊》等报刊发表诗歌、散文、杂文、小说、剧作、文艺论文等作品。他于1938年发表在香港《文艺阵地》上的《差半车麦秸》是其成名作。小说发表后，受到茅盾的热情肯定。这部作品被认为是抗战小说的一个里程碑，初步奠定了姚老的文学地位。此后姚老将创作重心转向中、长篇小说。1939年，姚老在湖北老河口创作了一部反映抗战初期内地知识青年从事抗日救亡斗争生活的长篇小说《春暖花开的时候》。姚老在《我的前半生》中说：“我一边写，一边将稿寄往重庆，在胡绳主编的《读书月报》连载。《春暖花开的时候》开始连载之后，在读者中引起强烈反响，成为轰动一时的畅销书。”此后，姚老创作的小说《牛全德与红萝卜》、《戎马恋》等受到读者的欢迎。抗战胜利后，姚老写的长篇小说《长夜》是一部以豫西山村为背景、反映一支土匪队伍生活的传奇小说。这部描写绿林生活的长篇小说，“是‘五四’以后新文学中绝无仅有的”。小说出版后，受到国内外读者的好评。解放后，姚老的人生道路并不平坦，可以说是在充满荆棘的路上前行，1957年被错划为“极右派”。在极为孤立的情况下，姚老没有消沉，而是抱着百折不挠的决心写《李自成》。功夫不负有心人，仅用了10个月的时间，就写出了《李自成》第一卷草稿，经过多次修改，于1963年出版。此后，姚老面临的写作环境仍很艰难。姚老说：“实际生活中，一切物质上的困难，我都可以没法克服；精神上的压力，我可以顶住；时间上的一般干扰，我都可以用加倍的努力补过来。比如：没有稿纸，我可以借助读者的支持，自己花钱到外地自印；没有取暖的煤炭，我在凌晨三时起床后，可以身披大衣，怀抱热水袋，坚持写作；腿脚冻麻了，我可以坐到被窝中暖一暖之后，再继续写作。但现在是从根本上没法继续写下去。”正在姚老“山穷水尽疑无路”的时候，毛主席给予姚老很大的支持。此后在毛主席和邓小平的关心、鼓励下，姚老经过多年奋战，完成了五卷本《李自成》，实现了毕生的夙愿，为自己画上了一个圆满的句号。

中国作家协会主席铁凝在姚雪垠百年诞辰纪念座谈会上说：“姚雪垠先生不仅是一个作家，而且是一个著作等身、成就斐然的大作家，一个名副其实写到生命最后一刻的著名作家。”“他始终怀着对祖国、对人民的深厚感情，始终为祖国的命运、社会的进步而思考和写作。姚雪垠先生是中国作家和中国文学的骄傲，他的精神和业绩将激励我们为中国的文学事业不懈奋斗。”这一评价是符合实际的。应当说，在“五四”新文学运动后成长起来的老一代作家中，像姚老这样创作周期长，创作成果多，以写作为生命，在现当代文学中始终保持创作青春与活力的作家并不是很多，可说是屈指可数。著名诗人朱子奇说：姚雪垠是文学大师，在中国现当文学史上，应当占有重要地位。但这一点并不为人们所共识。如现有的一些中国现当代文学史教科书，对姚雪垠创作成就的评价是很不够的，有的甚至是一笔带过，但有的作家创作成就和影响并不是很大，却是专节论述，这显然是不够公正的。我们评价一位作家、确定作家在文学史上的地位，是以他的创作成就为依据的。我们对姚老的创作成就需要进一步加深认识，从而客观地确立他在中国现当代文学史上的重要地位。

第二，需要进一步认识长篇小说《李自成》的价值和意义。

姚老解放后创作的最大成就就是创作了气势恢宏的330万字的历史小说《李自成》。如从1957年动笔算起，姚老用去了整整四十二年的时间。中国青年出版社副总编辑王维玲为此写了一本专著《四十二年磨一剑——姚雪垠与〈李自成〉》，详细记述了《李自成》创作和出版过程中所经历的痛苦和磨难，坎坷和曲折以及兴奋和荣誉，这是一个作家一生中很难同时都能够经历到的，但姚雪垠都经历了。的确，这是一件不寻常的事，也是中国当代文学史上具有特殊意义的事。特别是《李自成》的创作和出版，更为我们提出了许多有益的启示。我常想，为什么一部历史小说《李自成》的创作使毛主席两次发出指示，后来又得到邓小平的关心和鼓励？为什么在《李自成》第一卷出版后得到茅盾、郭沫若、吴晗、胡绳、朱光潜、夏衍、陶铸、臧克家等人的充分肯定？为什么在姚老八十寿辰学术研讨会的贺信里，曹禺、贺敬之、刘白羽、林默涵、陆梅林、程代熙等高度评价姚老取得的成就，说他是一位在国内外享有盛誉的作家，他致力的鸿篇巨制，开启了"五四"以来的中国历史小说的先河，《李自成》是中国历史小说的问鼎之作，是中国当代文学史一座里程碑式的巨著？"为什么《李自成》出版后在全国广大读者中引起了强烈反响？有的说看了一、二、三卷后大开眼界、大长知识、大受教益、大有收获。"为什么一部历史小说《李自成》的总印数超过三千万册(从出版社的印数来看，《李自成》一、二、三卷印数都超过 400 万册，按三卷 8 册来算，总共印刷 3200 万册，这还不包括四、五卷的印数)，这在中国现当代长篇历史小说中，应是空前的。这些都充分说明这部历史小说的巨大价值和意义，充分说明《李自成》所具有的巨大魅力和在 20 世纪中国文学史上的崇高地位。历史将会证明，《李自成》这部既有思想高度又有艺术深度的作品将会随着岁月的流逝更加显示出它的光彩，更会长久地流传下去。但现实的情况是，我们对这部经典作品的思想价值、美学价值和历史意义的认识还是远远不够的。正如王维玲所说："这部含金量很高、沉甸甸的大书，也许现在还估量不出它的存在价值和意义，但在十年、二十年、五十年以后，它的文学光彩、学术价值、历史意义会越来越为人们所认识、所承认。"我赞同这个说法，但我认为，不要等到十年、二十年以后，要从现在开始，通过各种方式评价和宣传《李自成》，不断加深对《李自成》的思想价值、美学价值和历史意义的认识。

第三，需要进一步加强姚雪垠创作的研究。

据我所知，早在 80 年代，张永健等教授组织编写的、茅盾先生作序的《中国当代文学研究资料丛书》中，就有"姚雪垠专辑"，湖北大学当时也成立了姚雪垠创作研究室，开展了多种研究活动，出版了《李自成》评论集。后因种种原因，处于停顿状态。1990 年，在华中师范大学召开了由省文联、作协和中国新文学学会等单位联合举办的姚雪垠文学创作六十周年学术讨论会。在一些报刊上，也发表了一批评论姚雪垠创作和《李自成》的文章，但总的来说，对姚雪垠的研究还比较薄弱，不仅有深度的高水平的学术论文、专著不多，而且数量也嫌不足。2003 年，中国新文学学会拟在华中师范大学举办"姚雪垠创作国际研讨会"，后来因故延期，其中一个原因就是研究姚老的人不够多，文章也较少。这个问题现在已经开始引起重视。姚海天说，河北大学已经成立了姚雪垠研究所，有专门人员开展研究工作，这是一个好消息，是新世纪开展姚雪垠研究的一个新起点。

如何加强姚雪垠研究，在我看来，需要从基础做起。首先要全面搜集有关姚雪垠研究的资料。这些资料包括两个方面：一是要在二十二卷本《姚雪垠书系》的基础上，进一步搜集姚雪垠的著作、讲话、手稿、卡片、手迹、书信、题词，回忆录，各种版本的作品和音像、照片等；二是要搜集研究姚雪垠的论文、专著、传记以及访谈、访问记和各种文学史有关姚雪垠的评述，等等，资料收集要全，从姚老 1929 年开始登上文坛至今的各种有关姚雪垠研究的资料都应囊括在内；其次，要从熟读姚老的作品开始，不论是宏观研究还是微观分析，都要从认真阅读文本着手，在认真阅读文本的基础上，还要了解与姚老作品相关的时代背景和历史、文化史料。姚老在谈到历史小说创作时说："历史小说是历史科学和小说艺术的有机结合。""我是先有史学，然后才从事文学的，因为史学在前，所以我有较深的史学底子，为此，必须踏踏实实地整理资料，才能知道什么对，什么不对。作为历史小说家，必须是历史学家，并且还需要是杂家。历史小说家在处理历史与小说两者关系时，必须做到深入历史，跳出历史。不深入历史，就不能达到历史科学的水平；不跳出历史，就完不成艺术的使命。"我们研究姚老的作品，特别是历史小说，也需要像姚老说的那样，认真阅读文本，深入研究历史，了解和掌握与文本有关的史料，这样才有可能准确地把握姚老作品的深刻内涵。现在有些人写评论文章没有仔细阅读作品，不了解与作品相关的史料，只看了一些章节，就可以大发议论，想当然地进行评论。这显然不是一种科学的态度。我们知道，姚老创作的每部作品，都凝聚了他的全部心血，不下苦功深入研究，很难进入姚老创造的文学世界，很难科学地分析和评价姚老的作品。姚老在谈到对作家的要求时，提出应该具备三个条件。"第一，要做思想家。不要把思想家看得很神秘。我的意思是，一个作家，应对马列主义、毛泽东思想有基本认识，这认识不是教条的、抽象的、空洞的，不是搬弄几个名词，而是要用来观察生活、了解生活，对于历史小说家来说，还要用来观察历史……第二，要做艺术家。小说是语言艺术。小说家一定要懂得艺术，而不能随便编造故事，也不能满足于把情节组织得很吸引人，一个真心的艺术家应当有自己的美学追求；第三，要做学问家。一个作家，对于他所描写的对象应该确有知识，不说外行话。……"姚老这些意见虽是对作家讲的，但对评论工作者也是同样适用的。我们研究姚雪垠，应当按照姚老提出的要求来鞭策自己。我期望在北京、武汉等地纪念姚老百岁诞辰之后，能够产生一批高水平的学术成果，把姚雪垠研究提高到一个新水平。

姚雪垠与中国新文学学会

今年是著名作家姚雪垠先生100周年诞辰，也是中国新文学学会成立30周年。当我们隆重庆祝姚老百年诞辰和新文学学会成立30周年时，首先想到的是学会的创始人，首任会长姚老。是他，为中国新文学学会的创立奠定了坚实的基础；是他，为新文学的发展作出了卓越贡献。没有姚老的拓荒性工作，也就没有中国新文学学会的今天。

中国新文学学会是一个以高等院校从事中国当代文学教学和研究的教师为主体，作家、评论家和报刊编辑等人士参加的全国性学术团体，成立于1979年，它的前身是中国当代文学学会，后因北方有一个中国当代文学研究会，为避免名称上的混淆，于1992年经民政部批准，更名为中国新文学学会。总会所在地开始设在中山大学，1984年7月在西安召开第四届学术年会时，决定由广州迁至武汉。姚老在第四届学术年会闭幕词中说："总会当前设在广州是我的建议。适应开放政策，学会面对海外港澳，广州的地址十分有利。几年来广州同志也做了大量工作。那么为什么要迁到武汉呢？因为会员遍布全国，而广州偏于南方，其他地方到广州开理事会等比较困难。为了学会的发展，照顾各地会员，决定迁到武汉。"总会迁到武汉后，办事机构一直设在华中师范大学。在姚老的亲切关怀和具体指导下，中国新文学学会由无到有、由小到大，学术活动领域不断拓展，学术影响不断扩大，现在已成为一个会员遍布全国，在海外有影响的全国性学术团体。30年来，学会先后在广东、江西、湖南、湖北、四川、陕西、河北、云南、海南、江苏、河南、山西、内蒙古、宁夏、新疆、辽宁、山东、黑龙江等地召开过26届学术年会。一个学术团体能够在30年里召开26届学术年会，这在全国学术团体中是少有的。除了召开学术年会外，学会还多次举办过当代文学培训班，与有关单位一起分别召开过姚雪垠、贺敬之、赵淑侠等作家的作品研讨会，出版了《当代文学》、《当代文学通讯》等刊物，举办过中国当代文学优秀成果评奖等。通过这些活动，不仅促进了中国当代文学的教学和科研，而且有利于在实践中形成和发展以高校教师为主导的当代文学队伍。这些成绩的取得，除了大家的努力外，与姚老的有力领导是分不开的。最近在我清理有关学会工作的材料中，发现姚老写给我的信件就有二十多封，其中多数是关于学会工作的。这些信都是姚老在写作《李自成》时抽空写的，有几封信写于凌晨，其中有封信是1982年7月17日凌晨四时写的。有两封信写得很长，每封信有四千多字。

为了做好学会的工作，姚老主要提出了以下几方面的意见：

一是学会要有明确的指导思想，把握正确导向。1989年9月，姚老给我及总会诸同志写了一封信，有4600多字，这封信主要分析了当时的文艺形势，对学会工作提出了七点建议，其中特别强调的是，“从事中国当代文学的教学与研究工作，应以马克思主义和毛泽东思想为指导，坚决拥护四项基本原则”，“既要从发展的观点看历史，也要坚决捍卫‘五四’以来新文学的健康传统，捍卫的目的不是保守，而是发扬，在已有的历史基础上促进新的创造”。在丹东年会上，姚老也明确提出：“要有进步的思想头脑，要加强学习，掌握马克思主义文艺思想。”针对当时的文艺界情况，姚老说，“少数同志忽视了中国现当代文学的优良传统，过分注重国际评奖，把中国文艺的繁荣寄托在外国评论、评奖的基础上”；“我们有少数电影、电视过分宣传了中国人的愚昧无知，想以此在外国获奖”，“有些作家愧对人类灵魂工程师的称号，只要能赚钱，什么都写。有少数同志甚至堕落到写色情、写封建迷信、渲染凶杀的地步”。解决这些问题，需要“用马克思主义指导自己的创作”。这些意见都是很有针对性的，学会的工作也正是按照姚老提出的意见去做的。

二是要认真做好学会工作，开好每届学术年会。学术年会是学会会员交流学术心得，探讨学术问题的平台。从学会成立开始，姚老就十分重视每届学术年会的召开，从年会讨论的主题到召开年会的地点、活动安排、经费筹措等，他都十分关心。只要身体状况允许，姚老都抽出时间参加学术年会，如在广州、庐山、南阳、西安、宜昌、丹东、青岛等地召开的年会，姚老都亲自出席，并主持学会理事会，在大会上作学术报告，会后又同代表一起参观、考察。著名评论家冯健男在《匡庐览胜小记》一文中就生动地记叙了姚老与参加年会的作家康濯、陈世旭等一起游览庐山的情景。

关于学会工作，姚老多次给予指导。学会总部迁到武汉后，姚老于1984年10月12日写给我的信中说：“总会迁武汉伊始，即积极开展工作，令我钦佩。希望你们一面工作，一面摸索，一面改进和提高。明年二月，湖北召开文代会，我决定回去参加，届时同你们当面研究一些问题。”为了筹措学会的经费，姚老亲自出面沟通。他在给我的信中说：“我除书面向省委汇报外，也曾当面与余英同志(时任湖北省委宣传部部长——作者注)谈过。希望你们一定将理事会开好，开过理事会后，呈报社会科学院请给予补助经费”，“如有机会我同有关方面领导谈谈。每年固定给一定补助费。目前首要的是学会打好根基，然后逐步做出切实成绩，一步一个脚印”。在姚老争取下，中国社会科学院每年给学会资助经费6千元，持续数年后统一取消资助，现在每年由华中师范大学社科处资助经费1万元。

为了打好根基，做出切实成绩，姚老在学会建立之初，就着手抓好两件事：一是编写中国当代分类文学史，二是办好学会刊物。

早在1981年召开的庐山年会上，姚老就提出了编写中国当代分类文学史的计划，组织了编委会，编委会由姚雪垠、王晋民、张永健、汪名凡、吴宏聪、刘名涛、舒信波、熊德彪、周健明、卢启元、杨越、梁其彦、程兴业、邱岚、高文升、王庆生、赵辛予、王育英等同志组成，姚雪垠任主编、冯健男、王庆生任副主编。1982年9月27日，姚老在写给我的信中说：“分类文学史不宜全面铺开，先搞一二种为好，必须要求高质量。”经过几年的努力，《中国当代小说史》(汪名凡主编)、《中国当代散文史》(卢启元主编)、《中国当代戏剧史》(高文升主编)和《台湾文学》(王晋民著)，由广西人民出版社陆续出版。姚老在《中国当代分类文学史》总序中说，由总会负责实际工作的王庆生、冯健男、张永健诸同志负责总的组织领导与审稿工作，我趁此写序的机会，向庆生、健男、永健等同志与各负责分类史编写工作的同志们表示祝贺。与此同时，还就编写文学史应具备的三个条件，即史学、史识、史才作了精辟的论述，指出了史识是灵魂，只有具备了正确的史识，才能对复杂的文学现象、对作家作品作出科学的审视与评价。

说到办好学会刊物，姚老十分重视。当时，学会副理事长杨越、吴宏聪和副秘书长王晋民在广州为学会办了一个大型刊物《当代文学》，由花城出版社出版，出版后反映很好，后因中宣部要求办刊物需要上报直接负责《当代文学》的党组织和编辑部的专职班子，广东同志感到有很大困难，提出由武汉同志把刊物接过来办，为此，姚老于1983年3月4日写信给我，详细谈到由武汉接办刊物的意见，他说：“有一刊物作阵地，十分重要。千万重视《当代文学》已有的基础和阵地。”根据姚老的意见，我与永健等同志多次与湖北省委宣传部联系，后因种种原因未能办成。1984年2月18日，姚老在写给我的信中说：“现在这问题已经解决了。刊物将与暨大合办，一切困难由暨大包下，杨越仍为主编，暨大出一位同志为副主编。”信的最后写道：“我仍然天天苦斗，没有休息。”由此可以看出，姚老即使在创作十分繁忙的情况下，仍然把学会的工作放在心上，这种精神令人十分敬佩。除了《当代文学》作为学会刊物外，当时还有些分会提出办刊，如广西会员提出中国当代文学学会与广西民族学院合办一个刊物《当代通俗文学》，姚老十会赞同，亲自给广西壮族自治区宣传部部长写信，并为刊物代拟了发刊词，信中说“目前通俗文学刊物流行，不但多数内容水平不高，而且标榜‘娱乐文学’，背离了

‘五四’以来进步文学的光辉传统。有鉴于此，中国当代文学学会希望利用通俗文学的形式，使它能够为建设社会主义精神文明起积极作用”。1984 年，上海有会员提出要办一个《文学导报》，姚老在给我的信中说：“上海同志打算出版《文学导报》，只要是当代文学学会同志办的，不要完全迎合赚钱目的，水平还说得过去，我可以挂名主编。”1985 年，武汉有同志提出接办期刊《文学之路》的问题，姚老于 7 月 15 日写给我的信中说：“《文学之路》可以接办，为同志们发表文章开辟一个新的阵地。但必须在接办前明确两个问题：(一)关于稿费、编辑方针、发行办法等有关具体事项，商谈好写入合同。(二)办刊的方针要合乎时代需要。大学因长期注重课堂业务，脱离社会斗争，办刊物偏于平稳，不能引起重视。而这一毛病，很难克服。不克服，也很难有销路。”这些都说明，姚老一方面热情支持办刊，为会员提供一个阵地；另一方面对办刊的指导思想、编辑方针、刊物销路都有明确要求。

三是要求学会会员加强文学修养，不断提高当代文学教学和研究水平。在西安、宜昌、丹东等地的年会上，姚老多次谈到提高当代文学教学和研究水平问题。在他看来，“一个时代有一个时代的文学。研究当代文学，对促进当代文学的发展，对社会主义精神文明建设，其意义远比古典文学研究大。研究今天比古代更有意义”，因为“我们重视当代，是着眼于历史的发展”。如何提高当代文学教学和研究水平，姚老认为：“我们的教学与研究，往往是人云亦云，你抄我，我抄你，互相抄，并不是对作品有真正的认识，教学与研究都没有深入。还有就是名人说了算数，缺乏独立见解，真知灼见。”如何解决这个问题，姚老提出了明确的要求：“加强文学修养，提高文学基本理论水平，是我们的首要任务。”研究当代作品，要“独立思考，有胆有识，不要随风倒，要不信邪，要有自己的见解”。“要把教学工作建立在研究工作的基础上，只有在认真研究的基础上，才能真正搞好教学，提高教学。”而要做到这些，“就要有实事求是的治学态度。名人的话，可以听，也可以不听，关键要实事求是，独立思考。要在博学中求专精，切忌眼光受断代所限。历史是发展的，历史这条长河，可以说是抽刀断水水更流。所以，断代从来都只具有相对意义。当代与现代相联系，不可断裂。要了解现代，又要追溯到‘五四’以前。没有晚清的文学，可以说就没有‘五四’新文化运动。不懂古典文学，也不能真正读懂当代作品，作为一个当代文学教学研究工作者，知识面要相当广，要通过博学促进专精，要从生活、知识积累与欣赏能力几个方面不断提高自己。要懂得生活，要有机会与社会接触，与生活接触。要积累知识，培养自己的鉴赏能力。研究要有独创性，不要陈陈相因”。姚老的这些意见，使与会同志受到很大启发和教育。

总之，在中国新文学学会发展的历程中，姚老倾注了自己的心血，从学会的指导思想到学会的学术活动，姚老都给予了具体指导。正是姚老的有力指导，才使学会的工作始终沿着正确方向健康发展。

姚老不仅对学会工作倾注了心血，而且对我、对永健等同志也十分关心。1985年，我在工作中受到挫折，张永健告诉了姚老。姚老来武汉后，在永健的陪同下，亲自来到我家里鼓励我，这件事使我非常感动，感激之情难以言表。1987年，在承德召开学术年会时，姚老送给我一副对联：“长江万里游鳞小，奋力飞腾逐大波。”1990年，姚老又送了一副对联给我，全文是：“经多实践思方壮，勘破浮名意自平。”1973年夏旧作七律一首有此二句，90年夏书赠庆生同志纪念，八十岁文艺老兵姚雪垠于北京。这两副对联十分珍贵，我都请美术学院的同志装裱珍藏，其中第一副对联用玻璃镜框装好挂在我家客厅之中，以激励自己在人生道路上前行。

1998年，姚老因病住院，我曾两次赴京去姚老家里和医院看望正在病中的姚老，当时姚老说话比较困难，但见我去看他，仍紧握着我的手，不断地微笑着。我告诉他：五卷本《李自成》今年就要全部出齐，我们学会在1999年将与有关单位联合举办《李自成》学术研讨会，还说到1999年下半年为姚老的九十岁生日祝寿。姚老听了，不断地点着头，断断续续地说：“好……好。”但令人料想不到的是，姚老因病医治无效，于1999年4月29日与世长辞。当年8月，我们在内蒙古海拉尔召开的第16届学术年会上，就把怀念学会会长姚雪垠，研讨姚雪垠作品作为年会的一个重要主题，今天《李自成》全部出版了，二十二卷本《姚雪垠书系》也已出版。姚老为我们留下的宝贵精神财富是永存的，特别是他的精神、他的人格力量，值得我们永远学习。姚老不仅是我们敬重的作家，也是我们的良师益友，我们要继承姚老的精神，把姚老开创的中国新文学学会进一步办好。

2010年5月于武昌桂子山

（原载中国青年出版社2010年出版的《百年雪垠》第116～121页）

良好的开端

——在姚雪垠文学创作60周年学术讨论会上的闭幕词

（1990年·湖北武汉）

由湖北省文联和中国新文学学会、华中师范大学等七单位联合主办的“姚雪垠文学创作六十周年学术讨论会”即将胜利闭幕了。由于中央有关领导部门和领导同志的亲切关怀，由于湖北省委和人民政府的高度重视、大力支持，由于大家的通力合作和与会专家、学者，评论家的共同努力，这次学术讨论会开得很成功，圆满地达到了预期目的。

这次学术讨论会，收到了全国文联、作协和贺敬之，曹禺、林默涵、刘白羽、臧克家，穆青、徐中玉、白介夫、朱子奇等领导同志和著名作家、诗人的贺信贺电。著名学者钱谷融本拟参加会议，因买不到机票，不能前来参加会议，特拍来电报向会议表示祝贺。为了开好这次学术讨论会，许多专家、学者做了认真的准备。这次会议收到了多篇论文和论文提要，在近三天的讨论中，各位代表各抒己见，畅所欲言，姚老也在会上作了别开生面的答问，还放映了根据《李自成》第三卷节选改编、尤小刚导演的十集电视连续剧《巾帼悲歌》。在大会收到的贺信贺电、论文和大会发言中，同志们对姚老六十年创作的成就，坚持马克思主义、毛泽东思想的坚定立场和信念，在关键时刻勇于反对不良倾向的风格，为人民勤奋创作，锲而不舍，精益求精，探索创新的宝贵精神，理论批评上的突出贡献，作家兼学者的崇高风范等方面，做了充分的肯定和实事求是的评价。同时，对姚老的创作道路、美学思想、艺术风格，对《春暖花开的时候》、《长夜》特别是《李自成》等长篇小说进行了深入的讨论，发表了许多卓有见地的见解。尽管有些不同意见，但大家都认为，姚老的创作在中国现当代文学史上占有重要的地位，对中国现当代文学做出了重要贡献。姚老的作品，特别是长篇巨著《李自成》是我国文学的宝贵财富，深入研究和评论姚老的创作，对于我们坚持正确的文艺方向，提高作家队伍的素质，弘扬民族文化优秀传统，建设有中国特色的社会主义文学，都有重要的意义。这次学术讨论会，是我们研究姚雪垠，研究《李自成》的一个良好开端。会后我们应当把对姚雪垠的研究、对《李自成》的研究推进一步，持续地进行下去，产生更多更有质量的研究成果。我们殷切期望《李自成》第四、五卷早日出版，我们想在全书出齐以后，再组织一次《李自成》的专题学术讨论会，那时，我们就可以对这部规模宏大、内涵丰富的巨著做全面而深入的研究和评价了。

在这里，我要告诉大家一个好消息，多卷本《姚雪垠文集》将由中国青年出版社陆续出版，这将对我们研究姚雪垠的创作提供有力的帮助，我们盼望《姚雪垠文集》早日问世。

（原载白山出版社 2013 年出版的《与时代同行》）

附：姚雪垠写给王庆生、张永健的信①

一

庆生同志：

寄来的通讯稿，我看了一遍：本想亲自动笔修改一下，转寄《文艺报》，但近两三个月我因用脑疲劳过度，每动脑筋，便觉头疼，所以改了一两句就停下了，现将原稿寄还，请执笔人重新拟稿，你亲自逐字逐句敲定，然后寄交《文艺报》主编郑伯农同志或寄别的报刊也可。只要内容好，不必由我介绍，我觉得文章虽短，也必须避免泛泛命笔，要谈问题不能缺乏针对性和理论深度。

今年我在丹东年会上作的报告，虽然仍依照多年惯例，不写讲稿，不写发言提纲或要点，坐下就讲，一气讲了两个多小时，但内容很重要，逻辑性也强。主要内容有五个组成部分，现在凭着我的记忆复述如下：

第一部分，我原原本本地讲述了从“五四”到《在延安文艺座谈会上的讲后》到解放以后，我国革命文学的发展道路，并论证了革命的现实主义文学道路为中国社会之所需，历史之所需。

第二部分，我论述毛泽东文艺思想是“五四”以后进步文艺道路的继续，是三十年代的革命文艺(即新现实主义)运动到四十年代的一次飞跃发展。毛泽东的《在延安文艺座谈会上的讲话》是马克思主义的普遍真理与中国革命实际相结合的产物。毛泽东文艺思想产生于中国新民主主义革命的高潮时期，而今天是中国社会主义革命的初级阶段，与新民主主义革命紧密衔接，所以《在延安文艺座谈会上的讲话》中所提出的理论问题，在今天并未过时。倘若随着时代的发展，具体社会情况的变化，《在延安文艺座谈会上的讲话》中有些提法可以改变，必须发展，但是一些基本原理必须坚持：从大陆解放以后，即从五十年代开始，文艺界“左”的教条主义日渐流行，危害不可低估，但产生“左”的教条主义的原因复杂，而《在延安文艺座谈会上的讲话》中没有

① 王庆生(1934—)，教授、博士生导师，原华中师范大学校长，时任中国新文学学会副会长。张永健(1939—)，华中师范大学文学院教授、博士生导师，中国新文学学会副会长兼秘书长。

教条主义。

第三部分，我扼要概述了自先秦以来的中国文学史，举例论证了一些杰出的和伟大的诗人和作家，他们的光辉成就与其生活实践以及对生活态度的关系，说明了古今文学史上产生伟大诗人、作家和作品的一般规律。

第四部分，我大胆地谈了任何历史上的伟大作家都是对文学史起了巨大的推动作用，但没有人结束文学史的向前发展。拿长篇小说的发展史说，罗贯中、施耐庵、曹雪芹都是伟大作家，都对中国长篇小说的发展史做出了辉煌贡献，但是他们都没有终结中国长篇小说的发展进程，而且他们的成就又成为后人接着发展的新起点，继续前进。这是一切文化史发展的规律，岂但长篇小说史的发展而已。不要说施耐庵和罗贯中去世已有六百年，即以曹雪芹而论，虽然只是两百年前的人，但是我们观察社会生活的思想方法，吸收中外的文学遗产，以及我们所掌握文学创作的知识和理论，尤其我们所探索的长篇小说美学，在他的那个时代都不曾想到。几十年来，红学家们至今仍着眼于版本之学和关于曹氏身世的考证，尚欠缺深入的艺术分析。其实《红楼梦》一方面确实在艺术上有值得我们学习的辉煌成就，另一方面在艺术上也确实有不少毛病，决非处处都好，高不可攀，对任何古代作家作出科学的评价不等于盲目崇拜，我们指出其思想和艺术上的毛病，也是一种学习。我在作报告时随口举出来几个例子，说明《红楼梦》在艺术上的毛病，其毛病出于历史的局限，我们有理由继续前进。

第五部分，有人对目前一部分作家的停笔有抱怨情绪。其实，不应该抱怨，而应该反思，我认为那些在目前暂时停笔的作家中有的是有一定才华的中青年。只要经过认真反思，回到从“五四”到《在延安文艺座谈会上的讲话》的健康的创作道路上，回到建设社会主义祖国所需要的文学道路上，重新深入生活，深入群众，将来应该会写出较好的作品。目前有一部分人暂时停笔，但是热烈拥护革命现实主义文学道路，积极写作的中青年，甚至仍然勤奋努力的老年作家，大有人在，所以天安门事件之后，创作界经过一段短暂的间歇过程，不一定是坏现象。80 年代我国在文学创作方面是有成绩的，但也包含不健康的现象。历史证明了 80 年代我国的文学事业包含着虚假的繁荣。我相信我国文学在 90 年代会出现新的繁荣，在质量上远远高过 80 年代。而且我从文学史发展的规律分析，有理由使我相信当代中国文学，在未来的十年内，不仅会真正繁荣而且会产生杰出的作品，甚至可能会出现伟大的作品。我们同国内外各种资产阶级文艺思想斗争是长期性的，理论上的批判只是一个方面，用作品做斗争才更有力量。只要我们社会主义文艺能够产生思想性和艺术性兼美的杰出作品，能够为举世瞩目、受群众热烈称赞、足以流传于世，无愧于我们有五千年文明的伟大祖国，我们的这一仗就真正胜利了。

以上是我在丹东年会上报告的基本内容。你们不必详细介绍，但是可以概括地写两三句，指出它在理论上的意义。在目前文艺思想斗争比较复杂的时候，请不要泛泛地写到我的报告，如要提，请点出它的思想性和理论意义。

总之，我将你们的来稿寄还，并写了这封信，希望你们改写，要反映在“六四”事件之后，我们举行这次年会的历史背景及重要意义，要有理论水平，句句推敲，不可泛泛命笔。只要有好的内容，写成后可以直接寄到《文艺报》或别的报刊。虽然只是一篇报告会议的通讯稿，但也要认真对待。稿子的思想理论水平，文字水平，一则反映我们学会的水平，二则关乎我们给读者起什么积极影响。另外，总会给上级机关写关于丹东年会的工作汇报，也希望注意思想理论性。

匆匆，此致敬礼！

姚雪垠

一九九〇年七月十二日

二[1]

庆生、永健同志：

十月的祝寿与讨论会，开得热闹容易，开得深刻较难，而后者正是我所希望的。我从一九二九年(十九岁)开始在报刊上发表小说，至今六十一年，取其整数而言，称为创作六十周年。《李自成》一书，从一九五七年秋季我被错划为极右派，被当众宣布取消了写作权与发表资格，只能给我一碗饭吃，作为“反面教员”之后，开始一边哭一边动笔写，至今已三十三个寒暑。在动笔写《李自成》时，我已经是在创作上比较成熟的作家，在思想和学问上较有根底，我还在大学中讲授过“小说原理”的课程，所以在被戴上“右派”帽子，遭受被孤立的困难条件下，出于我对中华民族文学事业的强烈责任心，在下放“监督劳动”之前的几个月内，将第一卷的草稿写出。关于《李自成》的民族风格问题、历史小说的文学语言问题、全书的主题思想问题、若干重要典型人物问题、全书的结构布局问题以及我对大部头长篇小说的各种美学追求，都在动笔前大体想好，成为我创作《李自成》的重要准备。也可以说是我进行写作《李自成》的指导思想。三十年来，关于百科全书式的长篇历史小说的各种理论问题，我是从认识到实践，从实践到认识，再回到实践，循着辩证唯

[1] 原信题目：《关于我的创作六十周年学术讨论会——给王庆生、张永健同志》。

物主义认识论的前进规律，不停地向前发展，直到今天。

任何一位非一般的作家的出现，都是基于他所处的时代、历史提供的各种条件，加上他自己的天赋、努力、思想、性格、气质和作风，等等，还有他的生活阅历(十分重要)，诸种因素，诸种主客观条件，形成他的不同于一般作家的综合优势。任何人都不能离开社会，不能超越历史，把一个作家放在具体的社会和历史的背景下，分析和研究他所赖以成功的综合条件(优势)，是深入评论和研究作家的科学途径。十多年来，关于评论和研究《李自成》和我的其他作品的论文和小册，虽然不少，但一般毛病在不能深入。我的综合优势比较复杂，在当代作家中很有特点，形成我自己很有特色的创作道路。

《中流》月刊约江晓天同志写了一篇论文，题目是《历史将继续证明……》，约有一万二千字，在十月号一次发表完。这篇论文中开辟了新的视角，值得重视。由于目前条件已经成熟，江晓天的文章公开一个重要的历史资料。一九六二年八、九月间，中国青年出版社编辑部将《李自成》第一卷打印稿送请吴晗审阅。吴晗一看放不下手，用一日夜的时间将全稿读完，十分兴奋，告诉江晓天等中青的同志说，这部书的成就超过了《三国演义》和《水浒》。一九六二年十月初，我到了北京。吴晗在北京饭店请我吃饭，江作陪，边吃边谈，谈了大约两个钟头。吴晗又对我谈到《李自成》的成就超过了《三国演义》等中国古典名著。

近若干年，人们谈起来《李自成》，常说它是一部可以流传下去的作品，或说它是“不朽之作”，都缺乏对我在《李自成》的思想和艺术的各个方面的努力追求和达到的创造性成就，作出具体分析，所以缺乏深度。喜听赞扬的话乃是人之常情，但只有出于科学论证的赞扬才是知音之言。我一方面对自己的追求具有信心，一方面也私心认为，待四、五两卷出版之后，国内对《李自成》的深入研究工作才能展开。它的真正成就，在以后才有定论。但由于天安门事件后历史条件的迅速变化，今天江晓天同志敢于将吴晗在二十八年前的评价公开。回顾从《李自成》第一卷出版以来，我国文艺思想和文艺路线的斗争不断，从左的右的不同方面来的对我本人和《李自成》的拼命攻击，随意曲解(当然肯定的评价是主流)以及无恶意的不理解，到认识的逐渐提高，再到对吴晗二十八年前的评价公之于世，其中有历史规律存焉。

考虑到《李自成》全书渐近写成，同志们趁我八十寿辰之机，讨论我的六十年的文学道路和成就，意义重要，所以我给你们写这封长信，希望你们将学术论文抓一抓，能够出现几篇较有深度的、有新鲜论点的好论文，为讨论会组织一些较有水平的发言。只有如此准备，讨论会才能开得成功，不仅对历史作出回顾而已。

目前我所处的历史条件较好，恢复天安门事件前那样，文艺界资产阶级自由化思潮泛滥，黑白颠倒，瓦缶雷鸣之时。这次讨论会上，凡是较有水平的论文，都尽可能介绍到北京发表。倘若有些论文基本上很好，但还有毛病的，会后再作修改，提高一步，随后发表，最后，编辑出版一本论文集。这封信是否可以复印若干份，分发给正在准备论文的同志们，请你们斟酌决定。

还有，倘若这次的讨论会开得好，论文写得有水平，对国内外会发生积极作用，对当代文学学会今后的工作也有好处。

我初步定于十月十日乘火车回武汉。还有许多话，当面细谈。另纸名单，请发出请柬。

敬祝

近安！

姚雪垠

一九九〇年九月十七日

三

庆生、永健两同志：

今天我写这封信，主要谈谈我近一两年来的身体和思想变化。这封信本来早就该写，只是因为我全部时间和精力投入对《李》的创作，所以将写这封信的事拖下来了。

由于我过去十来年不能专心一意地写《李》，至今后两卷没有完成。对我说来，这是个大的问题。几年来，文学阵营中我的老熟人不断凋谢，这是自然法则，很可惜，但无办法。去年(九三年)秋天，一天下午，阳光很好，我出去散步，就在马路这边。后来感到腿脚无力，赶快伸手去抓马路边的铁栏杆。没有抓住，倒到地上。有两个青年赶快将我扶起，送上电梯。这是给我的严重警告。从那次以后，大约有七个月了，我没有再下过楼，一个月前，我的老友吴组缃病故，在八宝山与遗体告别这一天，我已经要了汽车，但我的儿子、媳妇坚决阻止我去，为组缃的死，我哭过几次。社会上很少人知道我同组缃是好朋友，在武汉刘绶松知道，一般人也不知道。组缃只比我大两岁，又凋谢了！

每星期有一位医生来给我检查身体，已经几年了，一般说来，血压正常，心律正常，从每日来看，八十多岁的人，依然思想敏捷，记性不衰；艺术构思，不减昔年；听觉灵敏；悬腕写字，毫无手指打颤现象。但我毕竟是暮年人了，倘若一旦发生变化，恢复很难。所以我必须格外抓紧时间，争分夺秒，在创作上完成宿愿，作出更大贡献，一失机会，必成恨事。近来，我将一切社会活动全避开，连不是十分重要的信也不写，一切为写《李》的工作让路。

几年来，我总想成立一个"《李自成》研究会"，以研究《李》为主线，兼及我的其他作品，这意见曾经同你们谈过，也同湖大的天瑜和国光谈过。但近半年来的想法稍有变化。倘若流于空名义，不如不搞。十几年前，湖大成立一个"《李自成》研究室"，省委宣传部当即拨出两万元，并且说，花完了还可以再拨。那时的钱多值钱！可是钱花光了，什么事也没有作。如果再成立研究室，我就不好再向省委张口了。另外，我不赞成搞虚架子，有名无实。不仅个人从事治学和创作都必须脚踏实地，一步一个脚印。不管搞一个什么研究会，如欲做出真正成绩，其道理也是如此。九一年十月，你们负责筹备的"姚雪垠创作六十周年学术讨论会"，应该说不搞虚架子，开得不错。后来艾青的创作讨论会，丁玲的讨论会，都冠有"国际"二字，有外国人参加，艾青的会还有台湾朋友参加，但没有看见发表真正有分量的论文，这样的会我不赞成，至少是我们不跟着学。今后我们就要按照我们的道路走，即重实绩不重虚名。经费问题较容易解决，最重要的是团结一批对此事有兴趣的同志。湖北大学有一批同志，原来都是对《李》具有热情的朋友，如出席过"创作六十周年学术讨论会"的朋友，仍请他们作为发起人。这一批朋友中，有一些在治学方面较有根基，较有成就，必须参加发起，但他们各有自己的研究工作，今后对《李》的研究工作，不能依靠他们。华师和武大两校，邀请何人参加发起，请你们斟酌。陈安湖与陈美兰一定要邀请参加。开封河南大学的刘增杰要请他参加，将来可以成为河南的中心骨干。武汉的俞汝捷一直在搞《李》研工作，应作为发起人之一。邀请发起单位，应有湖北省文联。

今天的信，到此为止。有些想法，下次再谈。

顺致敬礼！

姚雪垠

一九九四年四月六日

（原载中国青年出版社 2000 年出版的《姚雪垠书系》第 21 卷《绿窗书简》）

《创业史》、《白鹿原》等作品导读

说明：为了加强对高等学校中文学科专业的指导，教育部于1996年成立了中文学科指导委员会，指导委员会成立后，经过1998年、1999年和2000年三次年会的认真讨论，决定向全国高校中文专业本科生推荐100部阅读书目，作为学生阅读的版本。为了帮助学生阅读这些作品，学科指导委员会邀请一部分专家撰写了介绍100部作品的导读文章。我写的《创业史》、《白鹿原》、《余光中精品文集》等作品导读，就是根据中文学科指导委员会的要求写的，文章写好后，统一交教育部中文学科指导委员会审定，最后由出版社出版。

《创业史》导读

《创业史》是著名作家柳青(1916—1978)创作的一部反映中国农村社会主义改造的长篇小说，原计划写四部，由于种种原因，作者只写完第一部、第二部上卷和下卷的前四章，中国青年出版社于1960年出版了第一部，1977年出版第二部。

柳青说："这部小说要向读者回答的是：中国农村为什么发生社会主义革命和这次革命是怎样进行的。"小说通过上堡乡第五村梁生宝带领的互助组的诞生发展和灯塔农业合作社的成立，真实地反映了各种人物在农业合作化运动中社会的、思想的和心理的变化过程，揭示了复杂的矛盾和斗争，对中国农村发生的这次社会主义革命作了形象化的阐释。正如小说"题叙"中所说："梁三老汉草棚里的矛盾和统一，与下堡乡第五村(即蛤蟆滩)的矛盾和统一，在社会主义革命的头几年里纠缠在一起，就构成了这部'生活故事'的内容。"对人物命运的关注和对历史进程的揭示的统一，形成了《创业史》的史诗品格。

在广阔的历史背景下，作者刻画了一组性格各异的艺术形象，组成了丰富多彩的人物画廊。通过对梁生宝、梁三老汉、郭振山、郭世富、姚士杰等人物不同性格的矛盾冲突，再现处于社会变动中各阶层农民不同的内心世界。其中对梁三老汉形象刻画尤为成功。梁三老汉作为老一辈的创业者，既有劳动者勤劳、淳朴、善良、正直的品质，又有小生产者自私、保守的狭隘心理；既有老农民的古板、固执和倔强，又有孩子般的纯真和幽默。作者对这个人物的创造，令人信服地揭示了人物性格发展的必然逻辑，概括了深广的社会历史内容。

《创业史》具有深厚而恢宏、深沉而热烈、细密而遒劲的艺术风格，作者说："风格就是人的精神面貌，就是整个的人。这种精神面貌就是作者的思想、个性、才能和气质结合起来形成的。""作家的风格，是在生活中形成的。"在《创业史》中，作者善于在舒缓的情节进展中，从容不迫地展开工笔画般的艺术描写，展现生活的细部和人物的心理，使作品具有深厚的内涵。细致的心理刻画和典型细节的描绘，突出了人物性格的特征，增强了人物的立体感和透明感；质朴而凝重的语言风格，有书卷气而不落平实。叙述语言和人物内心独白的结合，抒情和哲理的结合、严肃庄重与幽默诙谐的结合，则使小说独具异彩。

小说出版后，引起强烈的反响。许多评论文章充分肯定了《创业史》的成就，认为这部小说之所以受人称道，"主要是由于作品所达到的无可置疑的高度水平，由于它的深刻的主题思想和丰满的艺术形象"，有的认为，这是"一部深刻而完整地反映了我们广大农民的历史命运和生活道路的作品"，"是一部形象的历史，我国农村社会主义革命的一面镜子"，是"中国农村合作化初期的史诗"。与此同时，也有文章对《创业史》的不足提出了批评，并由此展开了争论。批评者认为，作品的成就"最突出地表现在梁三老汉的形象的塑造上，而不是青年农民英雄梁生宝"，相反，作者塑造的梁生宝形象"过分理想化"，存在着"写理念活动多，性格刻画不足；外围烘托多，放在冲突中表现不足；抒情议论多，客观描绘不足"的问题。

今天阅读《创业史》，需要具体了解作品产生的时代背景和历史文化环境，正确评价《创业史》的成就和不足。80 年代以来，有人对《创业史》和反映农业合作化的作品提出了质疑，有的否认这类作品的价值。应当说，小说反映的农业合作化是一段客观存在的历史，作者依据当时的历史情况和自己的切身感受，真实而形象地描绘了农业合作化的历史进程，是一部不可替代的文学经典，具有不可替代的认识意义和美学价值。我们不能因为时代的变革而否定《创业史》的思想艺术价值。当然，由于历史的局限，小说在某些方面有所失误。如对富裕农民的描写，过分强调了保守性、落后性，而对他们作为劳动人民的革命性注意不够；在阶级斗争的描写上，严肃有余，欢快不足；而在 1977 年出版的《创业史》(第一部)中的几处"重要修改"，更是一个明显的失误，这些都是我们在阅读时应予注意的。但从整体来看，柳青长期深入生活、扎根人民的创作道路，《创业史》的艺术价值及文学史意义在今天仍是常青的，值得我们借鉴。

《白鹿原》导读

《白鹿原》是一部获第四届茅盾文学奖的长篇小说，最初发表于《当代》1992年第6期，1993年由人民文学出版社出版。作者陈忠实，1942年生，1965年开始发表作品，出版有小说集《乡村》、《初夏》、《四妹子》、《夭折》等。

《白鹿原》是一部描写家族纠葛的作品。小说扉页上写的巴尔扎克的一句名言"小说被认为是一个民族的秘史"，可以看作是《白鹿原》的题旨。小说的故事发生在20世纪上半叶的渭北平原上，生活在白鹿村的白、鹿两家为了争夺白鹿原的统治权，家族的两房子孙展开了一系列惊心动魄的斗争，而家族的争斗又与重大的历史事变，如晚清危机、辛亥革命、军阀混战、抗日战争、解放战争以及国共两党的矛盾冲突，错综复杂地交织在一起，展现了20世纪上半叶的历史变迁，对民族命运作了深层次的思考。巧取风水地、恶施美人计、嗣子为匪、亲翁杀媳、兄弟相煎、情人反目……记下了"仁义白鹿村"的兴衰沉浮，真实地勾画出一部浓缩了民族、家族、个人命运的家族史、心灵史。小说中有关白鹿的传说和描写，既反映了一代又一代白鹿人对自己所受苦难的诉说与反抗，又抒发了他们对理想生活的憧憬与追求。

白嘉轩是小说中的主要人物。作为白鹿村族长，虽六娶六丧，后来娶了七房女人，但他从不在外风流。他恪守祖训，仁义为怀；服田力稼，敬恭桑梓。修建祠堂，兴办学校，巧取风水地，带领群众抗税交农，反抗日本侵略者……都体现了儒家文化的深刻影响。在他的性格中，既有忠厚刚强、顺应天意的一面，又有固执保守、摧残人性的一面。小说中的另一个人物朱先生，是被作者过分理念化的圣人。他是清末关中学派的理学大师，久驻白鹿书院讲学，被当作圣人一样在白鹿原一带传诵着。他卜吉凶，济贫困，传播教化，规范乡约，表现出儒家先贤的风范。

在艺术表现上，作者善于以文化的眼光审视生活，将生活的演变、历史的演进与人物的文化心理有机地融合在一起，深刻地揭示作品的文化底蕴。正如作者所说："我们以为解析一个人物的文化心理结构而且抓住不放，便会较为准确地抓住一个人物的生命轨迹；这与性格说不仅不对立也不矛盾，反而比性格说更深刻了一层。"小说承续了现实主义原则，在平实自然的叙述中，再现生活的真实，蕴含深邃的哲理。小说结构宏伟，构思新颖。富有地域特色的民俗民风民情，使作品具有很强的可读性。小说出版后，文艺界普遍认为，这部作品"达到了一个时期以来出现的长篇小说所未达到的高度"，"是一部气势恢宏的史诗"，"是具有深刻意蕴的经典作品"。阅读《白鹿原》，可与其他作家描写家族的小说（如张炜的《古船》、《柏慧》、《家庭》，高建群的《最后一个匈奴》等）放在一起研读，从而在比较中更深刻地理解文本，理解传统文化在历史变革中的伟力。

《余光中精品文集》导读

由安徽人民出版社1999年编辑出版的《余光中精品文集》收入了余光中1949—1996年创作的部分诗歌、散文。作者余光中，台湾著名诗人、散文家和学者，1928年生，福建永春人。1949年开始发表新诗，已出版著作四十多种，其中有诗集《舟子的悲歌》、《蓝色的羽毛》、《万圣节》、《莲的联想》、《天国的夜市》、《白玉的苦瓜》、《紫荆赋》，散文集《左手的缪斯》、《逍遥游》、《望乡的牧神》、《焚鹤人》、《听听那冷雨》，评论集《分水岭上》等。

余光中的诗，内容繁富，题材宽阔，意象鲜明，富于创造。香港作家黄维梁说，他的诗"从盘古到自由神像，从长安到纽约，从长江黄河到仙能渡山，从台北到沙田，从奥林匹斯山的诸神到超级公路的现代壮举，从屈原荷马到艾略特，从嫘祖到妈祖，从黑云石到白玉苦瓜……总之，从天地之大到蟋蟀之小，包罗万象万物"。但写得最多又最好的是乡愁诗。他的乡愁包括因空间阻隔而产生的地域乡愁和因时间流逝而产生的文化乡愁，而这又与悠久的中国传统文化、秀丽的祖国山河紧密交织在一起。《我之固体化》、《芝加哥》等表述了对照搬西方文明的拒绝，传递了对华夏山水的依恋、对祖国的思念深情；《白玉苦瓜》、《民歌》等凝聚了诗人对中华民族历史、对长江黄河、对家国的眷念；《乡愁》、《乡愁四韵》、《莲的联想》、《当我死时》等，则倾吐了"白先上头的海外遗孤"思念故土、期盼回归家园的痛楚，表达了希冀两岸统一的心声，具有强烈的民族意识和文化精神。

余光中的散文，一般分为抒情散文、知性散文、小品杂文三类。其抒情散文文彩飞扬，一泻千里，想像驰骋，诗意盎然，为我们展示了一个新的世界，如《听听那冷雨》、《花鸟》等；其知性散文信笔写来，情趣横生，显示出作者深厚的文学素养和文化功底，如《书斋·书灾》、《开卷有芝麻开门》等。其小品杂文常从一事一物说起，引经据典，生发开去，字里行间藏幽默，平常之处寓哲理，如《假如我有九条命》、《朋友四型》、《幽默的境界》等。

余光中的艺术风格多变，被称为"艺术上的多妻主义者"。他情系中西，贯通古今。既接受西方现代派的影响，又更多地受到中国传统文化的熏陶，其作品是传统精神与现代意识的联姻。余光中说："我倒当真想在中国文学的风火炉中，炼出一颗丹来"，"我的理想是要让中国的文字，在变化各殊的句法中，交响成一个大乐队"。他善于把中国文字抻长、锤扁、浓缩、扩展、磨利，忽长驱，急收拢，纵横捭阖，得心应手，缤纷络绎，锦绣有章。在艺术构思上，视域宽阔，感情织烈，辞采丰美，想象新奇，凝重深邃，融会了现代文化的灵性和中国传统文化的神韵。

《中国当代文学作品选》导读

《中国当代文学作品选》(修订本)系国家教育部重点推荐高校中文专业教材，王庆生主编，华中师范大学出版社1999年出版。

《中国当代文学作品选》分为四卷，第一、二卷：小说：第三卷：诗歌、散文；第四卷：报告文学、戏剧。该书收集了新中国成立五十年间(1949—1999)有影响的219位作家的247篇作品(其中内容梗概和提要31篇、节选17篇)。这部作品选虽不可能将当代中国各个时期的美文佳作都囊括进去，但它从一个方面反映了当代文学已取得的重要成就，从某种意义上说，它是1949年以来中国文学发展(不包括港台澳文学)的一个缩影，是当代作家作品的荟萃，从中可以窥见中国当代文学行进的轨迹，了解作家文学观念和文学风格的走向和变化。

这部作品选具有如下特点：一、内容丰富、涵盖面宽。从体裁上说，既有小说、诗歌、散文，又有报告文学、戏剧文学；从题材上说，广泛多样，从不同角度、不同侧面反映了繁复多变、五光十色的生活景象；从作家作品来说，既有蜚声中外的著名作家的佳作，如巴金的《随想录》、冰心的《小橘灯》、老舍的《茶馆》、郭沫若的《蔡文姬》、田汉的《关汉卿》、艾青的《鱼化石》、姚雪垠的《李自成》、王蒙的《组织部来了个年轻人》、赵树理的《锻炼锻炼》、周立波的《山乡巨变》、孙犁的《风云初记》等，也有崭露头角的文坛新秀的代表作，如王安忆的《小鲍庄》、贾平凹的《太白山记》、莫言的《透明的红萝卜》、张炜的《古船》、陈忠实的《白鹿原》、马原的《虚构》、余华的《十八岁出门远行》、刘震云的《一地鸡毛》、苏童的《红粉》、刘醒龙的《分享艰难》等。可以说，新中国五十年的时代风云变幻、人民生活的悲欢离合、社会风情的迁徙流动，都在这部作品选中留下深深的印辙；二、所选作品多姿多彩，具有多元性。既有人们一致认可的优秀作品，也有曾经受到错误批判而又有争议的佳作。如萧也牧的《我们夫妇之间》、西戎的《赖大嫂》、郭小川的《望星空》等。编选这些作品，不仅有利于开阔学生的视野，使学生从不同风格的作品中获得教益，更重要的是让学生从痛定思痛的历史中，反思当代中国文学所走过的曲折道路。三、小说是文学的重镇，作品选以两卷的篇幅介绍了当代中国五十年的短篇、中篇小说。限于篇幅的限制，长篇小说作了节选或内容梗概(这也包括多幕话剧、长篇叙事诗、长篇报告文学)。这主要是为学生阅读原著提供了一个线索。学生阅读时，应更多的研读原著，全面把握作品的内容。

《台湾小说选》导读

台湾文学是中国文学的一个有机组成部分。过去，由于历史诸因素，祖国大陆和台湾长期隔绝，文学得不到交流。这些年来，随着改革开放政策的实行，封闭局面被打破，大陆和台湾的文学交流日益加强，作家之间的交往日益增多，由人民文学出版社编辑的《台湾小说选》就是在这一背景下出版的。

《台湾小说选》共分两集，第一集出版于 1979 年，第二集出版于 1983 年。选集收辑了 21 位作家的 39 篇中短篇小说。入选作家以台湾省作家为主，兼顾由台湾旅居海外的作家。其中既有台湾老一辈著名作家(如吴浊流、杨逵、钟理和、钟肇政等)，也有中青年作家(如王桢和、王拓、陈映真、白先勇、黄春明、杨青矗、宋泽莱等)。所选作品从不同的角度真实地反映了台湾的社会面貌和现实生活，或揭露受日本帝国主义侵占，台湾人民所受的折磨和痛苦以及他们的反抗斗争；或反映台湾上层社会关系的变动，抨击台湾上流社会纸醉金迷的腐朽生活；或同情农村和都市被侮辱被损害的下层人物的生活与命运；或解剖形形色色、光怪陆离的病态现象，揭示经济、政治、文化等方面崇洋媚外、金钱万能的社会风气；或抒发来台同胞思乡恋土、期盼祖国统一、民族振兴的夙愿；或描绘海外炎黄子孙离乡背井、流落异域、筚路蓝缕、艰苦奋斗的情景，这些都为我们了解台湾的历史和现状描绘出一幅具体而又形象的图画。在艺术表现上，这些作品大多采用写实手法，具有厚实深沉、清新自然、流畅细腻、多姿多彩的艺术风格，洋溢着浓郁的乡土气息。

阅读《台湾小说选》需要注意以下两个问题：

第一，台湾现当代文学是在“五四”新文化运动的影响和推动下产生和发展的。从台湾文学的历史主流来看，台湾小说继承了中国文学的优秀传统，多方面地反映了台湾人民和中国人民的生活、思想、心理和气质，形象地描绘了台湾的民间风情、乡土习俗，具有鲜明的民族风格和地方特色，这些都与中国文学的传统、中国新文学的精神是一致的。正如台湾著名作家杨逵所说：台湾小说“是中国文化的延续和发扬”。台湾另一著名作家叶石涛也说：“台湾的知识分子以满腔的憧憬与热情，犹如干瘪龟裂的大地拼命地吸取雨水一样去拥抱来自祖国大陆的一切文物典章制度。”“在台湾文学里看到的是中国文化不灭的延续。只有统一的、强大的新中国的出现，台湾文学才能获得历史性的归宿与意义。”阅读台湾小说，应对台湾小说与中国小说的承续关系以及小说相关的一些问题(如台湾文学发展的脉络、台湾文学思潮与小说创作的关系)有所了解，以便更好地把握台湾小说文本的深层蕴含。

第二，由于《台湾小说选》编选时间较早，资料有限，编入这个选集的作家和作品难免有所遗漏，加之选集所选作品仅限于中短篇小说，台湾作家的优秀长篇小说就不可能涉及。事实上，台湾不仅出现了一批取得卓越成就的作家，而且产生了许多优秀的小说，比如赖和的《一杆"称仔"》、钟理和的《笠山农场》、吴浊流的《亚细亚的孤儿》、钟肇政的《浊流三部曲》、於梨华的《又见棕榈，又见棕榈》、白先勇的《台北人》、陈映真的《华盛顿大楼》、王文兴的《家变》、聂华苓的《桑青与桃苓》、林海音的《晓云》、杨青矗的《工厂人》、高阳的《胡雪岩全传》，等等。阅读台湾小说应把视野放宽一些，不应局限于某一个版本，可多找几个台湾小说的选本对照起来阅读；不应只读台湾的中短篇小说，还应阅读一些长篇小说的代表作。

《探索诗集》导读

《探索诗集》系上海文艺出版社编辑的《文艺探索书系》中的一种，1986年出版。编者在《编辑前言》中说："最近几年，我国的文艺正在发生深刻的变革。从题材内容到表现手段，从文艺观念到研究方法，出现了'全方位的跃动'。无论是创作还是理论，都呈现出前所未有的锐气和活力。作家、理论家的想象领域和思维空间迅速拓展。这是时代的改革浪潮在文艺领域中激起的回响。文艺探索书系，正是在这样一个总的社会文化背景下面应运而生的。"这套文艺探索书系兼收创作和理论。创作部分已出《探索小说集》、《探索戏剧集》、《探索电影集》、《探索诗集》等。

《探索诗集》收集了1976—1986年十年间具有探索精神的54位诗人的93首诗歌作品，这些诗作围绕着现代诗的本体问题积极探索，勇于开拓，像一股汹涌的潮流，猛烈地冲击着传统的诗歌观念、传统的价值标准、传统的模式和表现方法，给诗歌的发展开辟了新的途径，带来了新的活力，为人们展示了一个鲜活的诗歌世界。就这些诗作的内容和形式来说，五光十色，异彩纷呈；多种多样，不拘一格。其中有些诗人的诗作在社会上引起了强烈的反响，如马丽华《我的太阳》、北岛的《回答》、舒婷的《会唱歌的鸢尾花》、海子的《传说》、顾城的《远和近》、杨炼的《诺日朗》、杨牧的《大西北，是雄性的》、徐敬亚的《一代》、韩东的《老渔夫》、王小龙的《纪念》、江河的《太阳和它的反光》等。这些诗作尽管不拘一格，风格各异，但有一点却是共同的，这就是勇于开拓的创造精神，他们不囿于常规，敢于打破樊篱，为探求诗歌发展的新路执着地追求着。

探索诗的出现是诗歌传统的超越性变革，是历史的必然。它打破了诗歌的单一格局，使诗歌朝向多元化发展。然而这一变革也在诗坛引起了轩然大波，并由此展开了一场历时五年的关于朦胧诗、现代诗的争论。当时有的诗人反对，认为“朦胧诗并不只是语言形式上的朦胧，首先是思想认识上的朦胧”，倡导朦胧诗是“误人子弟”，但更多的诗人却认为，朦胧诗的出现是对诗歌图解政治的僵化模式的一种反抗和挑战，是诗人的美学理想、艺术追求和艺术风格的不同，所创作的诗歌水平也不同，有的作品易为人们理解、接受，有的作品晦涩难懂。阅读《探索诗选》需要把握诗作产生的具体历史背景，了解当时的人文社会环境。探索是追求，也是实验、探险；探索有成功，也有失败。因此，对《探索诗选》中的诗作要从整体上去把握，具体作品具体分析。由于这本诗集是在 80 年代中期编选的，所收诗作只限于这一时期，而在 1986 年以后，诗歌探索又形成了颇具规模的新诗潮，继舒婷、北岛之后，又涌现了一批“新生代”诗人，为现代诗的发展树起了新的旗帜。如“他们”、“非非”、“莽汉”、“海上”等诗社诗人的诗，他们的诗壮阔、深邃，冷峻、奇诡，隐奥、晦涩。我们在阅读《探索诗选》的同时，还应阅读 80 年代中期以后发表的当代现代诗。

贺敬之：为时代放歌的诗人

贺敬之是在抗日战争烽烟中崛起的诗人、作家、诗歌理论家。他以丰硕的创作成果赢得了广大读者的喜爱和尊敬，也赢得了世界声誉。

贺敬之是在长期革命斗争和艺术实践中成长起来的。他是山东枣庄人，1924 年出生于一个贫苦农民家庭，童年时靠着亲友的帮助进了一所私立小学，1937 年考入山东省立乡村师范。抗日战争爆发后，随着学校的迁移，先来到湖北郧西的均县，就读于国立湖北中学师范部，后又西迁到四川绵阳，学校更名为国立第六中学。正是在如火如荼的抗日热潮中，贺敬之接受了革命的洗礼，激发了创作的热情，创作了一批反映当时生活和斗争的诗歌，如《北方的子孙》、《我们的行列》等，而写于 1940 年 5 月的《跃进》，则是他“去延安的路上”写下的重要诗篇：“我们/四个/在西北的路上/迷天的风沙里/山，那么陡/翻过/风沙/扬起我们的笑/扬起/我们的歌。”经过四十多天的艰苦跋涉，贺敬之到了延安，当时他只有 16 岁，后来考进了鲁迅艺术学院文学系。1942 年，毛泽东发表了《在延安文艺座谈会上的讲话》，在《讲话》的指引下，他走出学院，全身心地投入了中国人民争取民族独立与解放的伟大事业。他在这一时期创作的新歌剧《白毛女》，正是实践毛泽东文艺思想的一个丰硕成果，开拓了我国新歌剧发展的新天地。这部被译成多国文字的歌剧 1951 年荣获斯大林文学奖，在国内外引起了广泛影响。他在这一时期还创作了一批讴歌根据地人民生活和军民关系的诗作，在群众中广泛流传。

新中国的成立，使我们告别了苦难的时代，也使贺敬之的创作步入了一个新的时期。面对新的时代，他激情满怀，放声歌唱。1956 年，他写出了情真意切、脍炙人口的《回延安》，接着又创作了具有里程碑意义的抒情长诗《放声歌唱》。1958 年，写了气势磅礴的《三门峡歌》和献给八大二次会议的《东风万里》，接着又写作了抒情长诗《十年颂歌》、《雷锋之歌》、《西去列车的窗口》等。这些诗作如诗人周良沛所说：“不仅标志着他诗的成就之高度，而且更是开一代诗风之作，为新诗史写下了很有光彩的一页。”粉碎“四人帮”之后，贺敬之继续坚持创作，写出了《中国的十月》、《“八一”之歌》、《啄破》等名篇，此外还创作了一批别具风格的旧体诗词。

从以上简要叙述中可以看出，作为跨越两个时代的文学家贺敬之，以诸多作品奠定了他在中国现当代文学史中的重要地位。他创作的新歌剧《白毛女》，诗作《回延安》、《放声歌唱》、《雷锋之歌》等，已成为中国现当代文学史上的经典之作，鼓舞了一代又一代的人。

贺敬之的创作大体分为三类：一类是歌剧。这类作品主要写于 20 世纪四五十年代，如《栽树》、《白毛女》、《弟兄俩》、《张金虎参军》、《秦洛正》、《节振国》等；另一类是诗作。这类创作以新诗为主，既有抒情短诗，也有长达千余行的长诗。60 年代以后，特别是新时期以来，作者还采用长短五、七言形式创作了一批古体诗，表达了对新的生活的真情实感；还有一类是诗人新中国成立以来写的一批文论。如《新的时代和作家的责任》、《漫谈诗的革命浪漫主义》、《文艺为人民服务，为社会主义服务》、《发展新歌剧的几个问题》等。以上几类作品，组成了贺敬之的艺术世界。

在贺敬之的艺术世界里，我们可以清晰地看到贯穿作者全部创作中的一条主线，那就是敏锐地感知时代的脉搏，和人民群众保持血肉的联系，对祖国、对人民的热情赞颂。可以说，强烈的革命激情、鲜明的时代精神构成了贺敬之创作的基调。他在新中国成立以前创作的作品，真实地反映了人民的生活和斗争，如新歌剧《白毛女》，艺术地表现了“旧社会把人变成鬼，新社会把鬼变成人”的故事，以其强烈的现实主义精神深深打动了一代又一代观众的心灵。新中国成立以后，作者更以不可遏制的热情，为我们谱写出一曲曲激情燃烧岁月的时代之歌。如抒情长诗《放声歌唱》，就以感人的艺术形象追述历史，讴歌现实，展现当代人的理想和追求。诗人礼赞“星光/和灯光/联欢在黑夜/朝霞和卷扬机/在装扮着/黎明/春天了/又一个春天/黎明了/又一个黎明/啊，我们共和国的万丈高楼站起来/它，加高了/一层——/又一层”“啊，我的/新鲜的/活跃的/忙碌的/生命/饱饮/共和国每一个早晨的/露珠/沾满/我们的新麦/和原油的/香气/我啊/前进/前进/永不停息”。《三门峡歌》抒写了“神门险，鬼门窄”，“挽断‘白发三千丈’，愁杀黄河万年灾”的三门峡所发生的深刻变化：“银河星光落天下，清水清风走东海”、“青天悬明镜，湖光映光采——黄河儿女梳妆来!”在《雷锋之歌》中，诗人礼赞当代英雄雷锋走过的人生道路，提出了“人/应该/怎样生？/路/应该/怎样行？”这一饱含哲理的课题，告诫人们要“想着人民，想着革命”，“把/壮丽人生的道路/展出万里/把/革命的火焰/烧得通红”。长诗不仅概括了雷锋精神所显示的时代意义，而且蕴含着诗人对生活、对人生的独到见解。

俄国著名评论家别林斯基说：“诗人比任何人都应该是自己时代的产儿。”作为“时代的产儿”的贺敬之，始终把自己的创作和时代的行进、历史的沉浮、人民的命运联系在一起。他认为："文艺总是时代的反映，当然要反映时代的重大事件，反映决定千百万人命运的重要问题，表现时代的精神，但生活本身和人的精神状态是丰富的，多方面的，文学对时代的反映不能太狭隘。我们既要反映重大题材、重大矛盾，也要反映得广阔多样。""从莎士比亚、托尔斯泰的作品中，可以看到他们从各个角落反映了时代的变化。"他反对诗作"在狭小圈子里的'吟风月''弄花草'，表现与人民无关的眼泪和痴狂"，主张诗歌应当"成为我们时代的响亮的声音"。在他看来，描绘云蒸霞蔚的时代，关注人民的生活命运，是作家应当肩负的崇高使命，也是历史赋予的责任。正是这种使命感、责任感使贺敬之的创作始终与时代的步伐一致，与人民的心声相应。现在有这样一种现象：有的作家写作疏离时代，疏离人民，任意调侃、颠覆经典作品，认为那些直面现实，关注时代的作品是过时的，没有价值的，这些看法显然是与文学发展的历史相悖的。有诗人云："诗须要有为而作"，"试看古人好诗，岂有无为而作者，无为而作者，必不是好诗"。当代有位作家说得好："作家绝不能远离时代和人民，也绝不能不关注时代和现实。"那些有为而作的文学佳作，那些与人民同心、与时代同步的佳作，总是经得起时间检验的、有生命力的，也是有价值的。贺敬之的创作有力地证明了这一点。

贺敬之的创作不仅具有强烈的时代精神，在艺术上也有很高的成就。在他的诗作中，无论是记叙社会重大历史事件，还是描绘自然风物，都十分注重诗歌形象的塑造，通过具体感性的、富有个性化的形象，通过现实生活在诗人心灵的闪光，化为一片真情表现出来。就是抒写自然风物、山川美景，也是把自然美与时代联系起来，把自然美升华到一个更高的境界。如写桂林山水："黄河的浪涛塞外的风/此来关山千万重/马鞍上梦见沙盘上的画/'桂林山水甲天下'"，"江山多娇人多情，对此江山人自豪！使我白发永不生！使我青春永不老。"热情豪放的气势跃然纸上，具有撼动人心的力量。在艺术形式上，他博采众长，广泛吸取，融会贯通，为我所用。既注意吸取古典诗歌的优良传统和民歌的表现手法，又注意借鉴外来诗歌的长处，在继承和借鉴的基础上，形成了属于自己的高亢豪迈、激情奔放的艺术风格。他的诗作既有古诗遗风、民歌韵味，又明显受到外国诗歌的影响。如他在50年代创造的楼梯式的凸凹体，就十分注意吸收中外诗歌艺术的长处，既采用外国诗歌的诗体形式，又巧妙地将那些传诵已久的古典诗词词汇，融入诗体的诗句中，创造了上下两层、遥相对应的中国楼梯式，使之更适合内容的需要和汉语的特点。可以说，这种诗体的创造发展，更具有中国特色和中国气派。

总的来说，贺敬之是一位为人民、为时代而歌，受到人们喜爱和尊敬的著名诗人、作家，他多年来创作的作品是社会主义文学的一笔宝贵财富。我们要学习、弘扬贺敬之创作中所体现的爱国主义精神、民族精神和时代精神，促进当代中国文学的发展。

（原载白山出版社 2013 年出版的《与时代同行》）

撼人肺腑的心底之歌

——纪念著名诗人曾卓同志逝世十周年

真正的诗是心底的歌。

您的诗不用墨水写的，而是蘸着血和泪、用自己的生命谱写的心底之歌。您写的那些感情真挚、充满激情的诗，如《是谁呢》、《寂寞的小花》、《生命》、《海之谜》、《有赠》、《悬崖边的树》、《感激》、《无言的歌》、《我能给你的》、《老水手的歌》，都是从内心迸发出来的痛苦而又欢乐的歌，是饱含生命体验的深情的心曲。

您的诗是强烈情感的自然流露，交织着爱与恨，凝聚着欢乐与痛苦，真挚而裸露地展示了自己在特定境遇中的心路历程。无论是“荒凉的峭崖上”的“美丽的小花”(《寂寞的小花》)，还是“暴风骤雨”中失而复得的小船(《两只小船》)，无论是荒芜沙漠上的“饥渴、劳累、困顿”的“旅客”(《有赠》)，还是“英勇搏击”、“怀念大海”的水手(《老水手的歌》)，都从不同的角度反映了知识分子受到摧残而不屈服的精神境界。

随着岁月的流逝，您写的那些撼人肺腑的心底之歌，将永远镌刻在当代中国文学的史册上，铭记在我们的记忆里，催人警醒，启人睿智，激人奋进，促人前行！

（原载武汉出版社 2012 年出版的《他还爱着——纪念曾卓文集》）

思想技巧及其他

——读杨朔《东风第一枝》

曾以《月黑夜》、《三千里江山》吸引着读者的杨朔，近年来又以别具一格的散文集《东风第一枝》呈现在我们面前。这是一本诗意盎然、寓意深刻、扣人心弦、饶有情趣的散文集，是丰富多彩的散文园地中的一簇鲜花。

一

收入到散文集《东风第一枝》的作品，是作者近年来抒写的二十多篇散文。这些散文，题材广泛，内容丰富，格调新颖，掩映多姿，反映了波澜壮阔的社会生活，显示了深刻的社会意义。读着这些散文，赏心悦目，情趣横生。我们也像是和着作者的足迹走向天南地北，走向祖国的北京，走向战斗的朝鲜，走向阿尔巴尼亚，走向沸腾的非洲……在这些地方，我们披阅了人间春色，倾听了和平和斗争的最强音，触摸到跳跃着的生活脉搏。这里，有从东风吹开的第一枝花——中苏人民心坎里开出的友谊之花；有从朝鲜带来的胜利讯息；有从巴尔干“鹰之国”带来的坚强不屈的性格；也有从非洲、从日本……送来的激越的战斗风暴和深厚情谊。无论是国内生活的剪影，抑或是汹涌澎湃的世界人民反帝斗争的描绘，它都集中到一个焦点：通过“一些东鳞西爪的侧影，烘托出当前人类历史的特征”。这就是，“在世界舞台上，社会主义力量日益明显地超过帝国主义，民族独立力量日益明显地超过殖民主义，和平力量日益明显地超过战争力量”。

二

有一位作家这样说过：“真正的散文是充满着诗意的，就像苹果饱含果汁一样。”杨朔的散文，鲜明地具有这一特色。用诗的语言，创造了诗的形象、诗的意境，揭示了我们时代和生活的诗意。在作者的笔下，一些十分平凡的东西，显得那样不平凡；一些人们往往忽视的东西，一经作者描绘、点染，显示出那样崭新的意义。浓郁的诗的感情、强烈的时代精神，使杨朔的散文具有独特的风格。

你看：一朵花、一只蜜蜂、一个浪花，一支笛子、一颗宝石、一只花瓶，看来多么平凡，可是作者却对着这一切沉吟起来，透过它，敏锐的从事物的表面特征深入事物的本质，在信笔所至的叙述中，饱含着炽烈的激情，寄寓了深刻的哲理，颂赞了生活中的美。

你看：

面对着一朵茶花，作者沉吟起来：“茶花是美的，凡是生活中美的事物都是劳动创造的。”由茶花，写到培育花木的能工巧匠，联想到新中国儿童的幸福，联想到祖国欣欣向荣的面貌：“真的呢，再没有比这种童子面更好看的茶花了。”这种联想，形象如此鲜明，含义如此深邃，仿佛一首精巧而耐人寻味的诗，使人激动。

面对一支渔笛，作者透过那红树掩盖的小院的笛声，写到渔民的过去、现在。笛声，吹出了过去的无数忧患，吹出了今天的无比欢乐，吹出了渔民宋福在旧社会悲惨死去的故事，吹出了宋福女儿生活在今天的幸福。一支普通的笛子，作者却兴致勃勃地为我们画出了一幅今昔对比的图画。

面对一群蚂蚁，作者颂赞了蚂蚁的力量，抨击了帝国主义的残暴、肆虐。那蚂蚁，一天一月，一季一年，终于以惊人的毅力，垒起了令人惊叹的蚁山，而非洲人民目前创造的奇迹还不是蚁山，而是创造着真正雄伟的大山。非洲人民的斗争正在如火如荼地展开，虽说帝国主义心怀叵测，到处撒播罪恶的种子，但他们终归遭到一次又一次的失败。美国记者吉茨见到几只蚂蚁在爬，竟认为挡住他的道，用脚踩死，就从这小小的生活事件上，作者挖掘了闪闪发光的思想，满腔热情地歌颂了非洲人民的斗争，惟妙惟肖地揭穿了帝国主义的本来面目。

面对着一只鹤首瓶，作者写出了中日人民的悠久友谊，这精巧的艺术品，正是中日文化交流的结晶之一。悠久的友谊，使中日人民的心联系在一起……

作者正是以饱满的政治热情，敏锐的诗的触觉，抒写了生活的诗意、表现了深刻的思想，给人美的享受。这样的散文，诗情浓，含意深，有着动人心弦的魅力。

当然，这并不是说散文只有表现日常生活事件就够了，我的意思是，不能像有些人那样认为，只有直接描写重大事件才有时代精神，这是不能这样看的。那些直抒胸臆及时反映现实重大事件的固然是激越的时代颂歌，而那些通过对日常生活事件的抒写，也可以具有时代精神。杨朔的散文，在这两方面都是见长的。

不是么？前面谈到的那些散文固然有浓厚的诗意、深刻的思想，而那些直抒胸臆的散文就更明显了。“历史的指针”“鹰之国”“生命在号召”“非洲鼓”……就表现了鲜明的时代特色，闪耀着思想的光辉。“鹰之国”，记叙了阿尔巴尼亚人民的战斗历史和今天的建设，着重写出了这个民族人民的英雄性格：“敌人从来看不见阿尔巴尼亚人的后背，只能看见阿尔巴尼亚人的前胸。”“生命在号召”，写下了被帝国主义一杯毒酒杀害的喀麦隆战士穆米埃斗争事迹，记叙了穆米埃的战斗格言：“警惕呵！帝国主义是阴险的，真正的独立只有从坚决的斗争中才能取得。”“我们对待帝国主义，就要像鳄鱼一样猛，毫不留情。”这些描写，既是对敌人的揭露、抨击，又是对英雄人民、坚强战士的讴歌。可以说，高度的思想性、充沛的革命激情，是杨朔散文诗意的主要内容。它表现了作者对生活中美好的新生事物的大胆热情颂赞，对丑恶的、否定事物的有力鞭挞和揭露。通过美与丑的对立，更显示了美的光辉，表现了我们时代和生活的诗意。

散文的诗意，来自生活的诗意。我们伟大时代的沸腾生活是散文诗意的火种。如作者在《小跋》中所说：“你在斗争中、劳动中、生活中，时常会有些东西触动你的心，使你激昂，使你欢乐，使你忧愁，使你深思，这不是诗又是什么？凡是遇到这样动情的事，我就要反复思索，到后来往往形成文章的思想意境。”正是生活、劳动、斗争，拨动了诗人的心弦，使作者写下这些热情洋溢、动人心弦的诗章。可见，生活的根扎得愈深，基础愈厚实，诗意的火种愈加光大。

三

古人云：“言之无文，行而不远。”一篇好的散文抒发的深邃思想必须通过优美的形式表现。“诗文美者，命意必善。”“以言传意”，“字语为役”。尽可能完美的艺术形式，能够更好地表现作品的主题思想。

杨朔的散文有相当高的文采。新颖的构思，严密的布局，恰切的剪裁，精粹的语言，显示了作者创作的风格和艺术上的锤炼。

我很喜欢《雪浪花》的艺术构思，这篇散文写一个渔民老泰山与“我”相遇的谈话，构思十分新颖。就像一首诗、一幅织锦那样精巧别致，自成一格。开头，从茫茫天边大海上的坑坑坎坎的礁石说起，为什么礁石硬得跟铁差不多呢，一个上了年纪的老渔民回答：“那是被浪花咬了的”，有个姑娘听了笑起来，“浪花也没有牙，还会咬”，问得天真，而老渔民回答得也巧妙：“别看浪花小，无数浪花集到一起，心齐，又有耐性，就是这样咬呀咬的，咬上几百年，几千年，几万年，哪怕是铁打的江山，也能叫他变个样儿。”这段话，饱含着含蓄而又耐人寻味的人生哲理。接着，作者着力刻画了老泰山的形象。在旧社会，受尽苦难、折磨，在新社会上了年纪，组织上照顾他，不让他出海，让他磨剪刀，而老泰山十分热爱自己的工作，忠心耿耿地服从党的事业需要，“好吧，不让咱出海，咱服从；留在家里，这双手可得服从我”。“反正能做多少活，就做多少活，总得尽我的一份力气。”几个经过艺术剪裁的镜头，就写出了老泰山的思想光彩：年纪虽老，青春常在。作者由此热情歌颂道：“老泰山恰似一点浪花，跟无数浪花集在一起，形成这个时代的大浪潮，激扬飞溅，早已把旧日的江山变了个样儿，正在勤勤恳恳塑造着人民的江山。”

写到这里，可说已告结束，但作者笔锋一转，留下一个意味深长的结尾：“老泰山姓任：问他叫什么名字，山野之人值不得留名字，竟没有告诉我。”寥寥几笔，画龙点睛地把老泰山的质朴、谦虚的品德写得那样灿烂夺目。像老泰山这样平凡质朴，而又勤劳的人，不正是我国劳动人民的一幅缩影么？

作者写《雪浪花》，没有只就浪花抒情，而是以浪花为比喻，把中心放在老泰山的塑造上，围绕人物形象，巧妙布局，有主有次，轻重得宜，作者的文笔低昂顿仰，波澜起伏，有写景，有抒情，有叙述，有议论。开头，引人入胜，结尾，余音绕梁，使人思索，使人振奋，从而受到强烈的感染。可以看出，没有作者用艺术的剪刀，把富有本质特征的材料加以剪接，没有作者独特新颖的构思，是不可能如此的。

除了《雪浪花》、《樱花雨》，《荔枝蜜》也是别具一格。《樱花雨》写一个日本侍女君子。初看她：温柔、文静、敦厚、怯弱，待到作者把她放在典型环境表现时，就显示了她的性格：看她对电车突然停车时的表情，君子忍不住自言自语的悄悄说：敢许是罢工吧，柔和的眼睛里闪烁出明亮的光，这个人物不正是日本的社会生活和斗争的写实么？作者写她，如淙淙流水，巧经剪裁、布局，从而表现出“于无声处听惊雷”的意境。“荔枝蜜”写的事情很小，一只蜜蜂，作者小时是厌恶的，可是，现在却为之赞赏，“蜜蜂这物件，最爱劳动……酿的蜜多，自己吃的可有限……它们从来不争，也不计较什么”“对人无所求，给人的却是极好的东西”，最后，作者竟做了个奇怪的梦，梦见自己变成一只小蜜蜂。由厌恶到喜爱，是有个过程的，作者在短短篇幅里却写到那样自然，那样动人，显然，与作者的巧妙构思和严密布局，恰当剪裁是分不开的。

例子不必多举了，可以看出作者在艺术技巧锻炼上的功力。作者善于根据作品的内容，选择典型的细节，经过周密布局，熔铸成艺术形象，使叙事、抒情、议论融为一体。叙事，简洁概括，脉络分明；抒情，真挚动人，富有诗意；议论，自然贴切，明确有力。这些都看出作者生活基础的厚实，观察事物的细腻和创作态度的谨严。

总的说来，杨朔的《东风第一枝》是一本优秀的散文集，标志着作者创作上的新成就，值得我们很好学习。但其中也有某些篇章还显得平淡一些，缺乏提炼，未能更好地表现我们时代和生活的诗意。

（原载《湖北日报》1962 年 5 月 6 日）

清新隽永，诗意浓郁

——杨朔的《雪浪花》赏析

《雪浪花》是著名作家杨朔创作的一篇散文名篇，原载《红旗》1961 年第 20 期，后收入人民文学出版社 1978 年出版的《杨朔散文集》。

杨朔(1913—1988)，原名杨毓瑨，山东蓬莱人。1938 年发表以陕北人民斗争生活为题材的第一部中篇小说，1941 年出版第一部散文集《潼关之夜》。其创作主要有长篇小说《三千里江山》、《洗兵马》(上)，中篇小说《帕米尔高原的流脉》、《红石山》、《望南山》，短篇小说集《北黑线》、《雪花飘飘》，散文集《亚洲日出》、《海市》、《东风第一枝》、《生命泉》、《杨朔散文选》等。新中国成立后，以散文创作为主。他的散文情文并茂，具有诗人气质。周立波说他“善于在一片奇景、一幅花草的素描里再现当前的生活”，“展现祖国辛酸的过去和光辉的来日”①。冰心把他与著名散文家刘白羽比较：“假如刘白羽的散文像‘采采流水，蓬蓬远春’的话，那么杨朔的散文就是‘落花无言，人淡如菊’了。”②

《雪浪花》是一篇清新隽永、诗意浓郁的散文，篇幅不长，只有 2800 字，情节也很简单。作者通过“我”的视角，叙写了“我”在北戴河两次遇见渔民老泰山的故事。

第一次是在海边，老渔民打鱼刚刚归来。文章以雪浪花开头：“瞧那茫茫无边的大海上，滚滚滔滔，一浪高似一浪，撞到礁石上，唰地卷起几丈高的雪浪花，猛力冲激着海边的礁石。那礁石满身都是深沟浅窝，坑坑坎坎的，倒像是块柔软的面团，不知叫谁捏弄成这种怪模怪样。”这些坑坑坎坎、怪模怪样的礁石，引起几个正在海边追逐浪花玩的年轻姑娘的疑问：礁石硬得跟铁差不多，怎么会变成这样子，是天生的，还是錾子凿的，还是怎的？正当几个姑娘疑惑不解时，一个欢乐的声音从背后插进来：“是叫浪花咬的。”这突如其来的回答，引出了刚从海上捕鱼归来的渔民老泰山的出场。这

---

① 周立波：《战斗和建设的赞歌——1959 年到 1961 年散文特写选集序言》，《文艺报》1962 年第 11 期。

② 冰心：《〈海市〉打动了我的心》，《文艺报》1961 年第 6 期。

一意外的出场，如奇峰突起，格外引人注目。接着，作者笔锋一转，具体地描绘了老泰山的形象：他有高大结实的身材，留着一把花白的胡子，像秋天的高空一样，有着又晴朗又深沉的眉目神气。几笔粗线条的描写，就勾勒出老渔民精神矍铄、人老志坚的性格。他对姑娘们提出的，浪花也没有牙，还会咬？怎么溅到我身上，痛都不痛？咬我一口多有趣时，回答得多好："咬你一口就该哭了。别看浪花小，无数浪花集到一起，心齐，又有耐性，就是这样咬啊咬的，咬上几百年，几千年，几万年，哪怕铁打的江山，也能叫它变个样儿。"这段既幽默风趣又富于哲理的回答，引起了"我"的关注，但当"我"想与老泰山攀谈搭话时，这位老渔民早已回到船上去了。而"我"通过他人的介绍了解到：老泰山从小走南闯北，见多识广，大伙一有难事都找他指点，日久天长，老人家就成了大伙儿依靠的泰山了，这里，作者通过他者的视角，用虚实结合的手法，真实地描绘了大伙儿对老渔民的信任和尊敬，为进一步揭示老人的精神境界埋下伏笔。

第二次遇到老泰山，是几天后在休养院里的苹果树前，老人正在独轮小车旁磨剪刀。在"我"与老泰山的攀谈中，作者对老泰山的曲折人生作了进一步的正面描写，既写了他的过去，也写了他的现在，并由此引出了老泰山在旧时代受到外国人欺凌、讹诈的往事。过去老泰山生活在底层，过着辛酸的日子，承受着生活的重压。他自小东奔西跑，干的营生多，经历也古怪，艰辛的生活磨炼出了他坚毅的性格。如今年纪大了，队里照顾他，叫他歇着，但他人老心不老，留在家里就织鱼网，磨鱼钩，照顾队里的果木树，帮人磨磨刀，钻钻磨眼儿，"反正能做多少活就做多少活，总得尽我的一份力气"。"我一不瘫，二不瞎，叫我坐着吃闲饭，等于骂我。"从这些朴实的描写中，我们窥见饱经风霜的渔民心灵世界的高洁，看到一位平凡劳动者不平凡的人生。文章最后，作者以浪花比喻这位老渔民的一生："老泰山恰似一点浪花，跟无数浪花集到一起，形成这个时代的大浪潮，激扬飞溅，早已把旧日的江山变了个样儿，正在勤勤恳恳塑造着人民的江山。"古语说："卒章显其志。"作者这段蕴含哲理的比喻，给景融进了情，给龙点了睛，为老泰山也为所有普通劳动者谱写了一曲颂歌。在这里，雪浪花也被赋予了新的意义。雪浪花不再是文章开头抒写的海景，更是人的形象的比喻。作者既是写景，也是写人。首尾呼应，情景相融，更显示出作者以浪花比喻老泰山的深邃意蕴。在杨朔的散文中，往往是"从生活的激流里抓取一个人物，一种思想，一个有意义的生活断片，迅速反映出这个时代的侧影"①。《雪浪花》正是截取生活中的一个片断，深入开掘生发，轻轻点化，便散发出浓厚的生活气息，闪烁

① 杨朔：《海市·小序》，《杨朔文集》，山东文艺出版社 1984 年版，第 642 页。

出时代的光彩。

在艺术上，《雪浪花》也有自己的特点。作者说："好的散文就是一首诗"①，"我在写每篇文章时，总是拿着当诗一样写……你在斗争中、劳动中、生活中，时常会有些东西触动你的心，使你激昂，使你欢乐，使你忧愁，使你深思，这不是诗又是什么？总是遇到这样的事情，我就要反复思索，到后来形成我文章里的思想意境"②。在《雪浪花》中，作者以诗人的心灵感受生活，在触动自己的心的情景中，先写大海，再写浪花，写礁石，为我们描绘了一幅云飞浪涌、月照礁喧、浪花撞击礁石的图景，接着以姑娘们议论礁石引出老泰山飘然而至，与姑娘们对话，这是一幅有情有景、富有诗意的画面，人与物、景与情融合在一起，弥漫着诗的迷离气氛。作者正是这样在平凡的日常生活中探寻诗情，把自己情感溶化到人物形象中去，让人物在情景交融的意境中焕发光彩。在作者的笔下，无论是一片云霞、几朵浪花，还是一颗宝石、一群蜜蜂，都触动着他的诗心，织成诗的意境，使自然景物获得深刻的社会意义。如在《荔枝蜜》中，作者借勤劳无私的蜜蜂之小，创造之多，赞美"不是为自己，而是在为人类酿造最甜的生活"的奉献精神；在《香山红叶》中，从散发出"一股轻微的药香"的红叶中，讴歌饱经风吹雨打、越老越红得可爱的刘四大爷；在《画山绣水》中，从清奇秀丽、千奇百怪的山水美景中，期望人们"展望他们的想象，创造出新的神话，新的故事"，从而给自然景物赋予情感的色彩；在《埃及灯》中，从一支普通的"埃及灯"传达出中埃两国人民相互支持的友好情谊。这些非常普通的景物经过作者的点染，都饱含着浓郁的诗情，谱写出诗的篇章。

在散文结构上，杨朔深受中国古典文学特别是古典诗词的影响，十分注重起承转合，谋篇布局，使意境与结构相互辉映，各显神韵。在结构方式上，依据作品的内容，多元并举，不拘一格。有的起笔自然，看似漫不经心，实则寓意深长(如《荔枝蜜》、《香山红叶》)，有的曲径通幽，跌宕多姿(如《樱花雨》)，有的严密精巧，卒章显志(如《茶花赋》、《雪浪花》)。就拿《雪浪花》来说，文章的中心是老泰山这个人物，但作者并没有先写人，而是先写浪花，由景及人，由浪花冲打礁石引起姑娘的疑问，再引出老泰山。写老泰山，也是先闻其声，后见其人。作者写人，也没有平铺直叙讲述老泰山一生的历史，而是在信笔挥洒中概括地叙说了老人的过去，重点讲述了那个像"大白熊"的洋人在旧社会欺诈的故事，这个故事犹如奇峰突起，引人深思。文章最后，又写到浪花，并由此点明作品主题。作者写道："西天上正

① 杨朔：《海市·小序》，《杨朔文集》，山东文艺出版社 1984 年版，第 642 页。
② 杨朔：《东风第一枝·小跋》，《杨朔文集》，山东文艺出版社 1984 年版，第 646 页。

铺着一片灿烂的晚霞，把老泰山的脸映得红彤彤。”老泰山“从路边掐了枝野菊花，插到车上”，推着小车走了，“一直走进火红的霞光里去”。这样一幅磨刀老人推着小车的画面，融入了作者的诗情，将写景状物与揭示人物心灵较好地结合在一起，结构巧妙，寓意新奇。再如《荔枝蜜》，作者采用的结构方式也很奇特。作品开头写对蜜蜂的疑惧，再写蜜蜂的辛勤采蜜，最后写自己竟变成一只小蜜蜂。开头平淡，中间曲折，结尾点明主旨，言简意赅，韵味悠长。

杨朔散文的语言清新俊逸，绘影传神。如《雪浪花》，作者写大海“潮涨潮落，云起云飞”，两种景物(潮、云)，四种变化(涨、落、起、飞)，勾勒出大海气象万千、风云变幻的动态。写奇形怪状的礁石：“是叫浪花咬的”，一个“咬”字，成了整篇文章的文眼。既写浪花，又状人物，生动传神，意蕴丰厚。写老泰山的外表，几笔素描勾勒就写出了饱经风霜的老渔民的神态，有虚有实，虚实相间。当“我”问到老泰山叫什么名字时，他笑着说：“山野之人，值不得留名字”，简明平实的回答彰显了老渔民平凡而又高尚的品格。杨朔散文的语言正是经过反复锤炼而成的，是构成诗化散文的一个重要因素。

杨朔的散文也存在一些不足，主要是在歌颂新时代的同时对现实生活中存在的困难和问题正视不够，忧患意识、批判意识不足，有粉饰生活的倾向，在艺术构思上有些篇章有雷同，创新不够。

(原载高等教育出版社 2012 年出版的《中国现当代文学作品选读》)

延安精神的写照

——析吴伯箫《记一辆纺车》

《记一辆纺车》是老一辈散文家吴伯箫写于60年代的一篇脍炙人口的散文佳作，发表于1961年4月号《人民文学》。

吴伯箫是一位在散文园地辛勤耕耘且取得显著成就的著名作家。鲍霁说："他的每一篇作品，都经过长期酝酿、反复揣摩才写成的，艺术上也总有创新。即使是在同一本散文集里的作品，在立意、构思等方面也很少雷同。"[①]他于1961年写的一组回忆延安生活的散文，如《菜园小记》、《记一辆纺车》、《延安》、《歌声》等，就是"经过长期酝酿、反复揣摩"而写成的艺术精品。这几篇文章虽然取材相同，写的都是延安生活，但在艺术表现上却各有千秋，各呈异彩。其中，《记一辆纺车》比较鲜明地体现了作者的创作风格。

《记一辆纺车》的主题十分单纯。它以一辆纺车为中心线索，通过对纺车的怀念，有声有色地描绘了战争年代延安军民的战斗生活，热情讴歌了自力更生、艰苦奋斗、自己动手、丰衣足食的延安精神，激励人们继承和发扬革命传统，创造美好的生活。

《记一辆纺车》篇幅不长，全文不到3000字。按照文章的逻辑联系，可将它划分为4个部分、12个自然段。

第一部分是文章的开头(第一自然段)。作者开门见山，引入正题，点明主旨："我曾经使用过一辆纺车……后来常常想起它"，"心里充满了深深的怀念"。作品以一辆纺车为切入点，朴实无华地抒发了作者的怀念之情，说明一辆纺车所蕴含的不寻常的意义。

第二部分(第二至第四自然段)，主要说明纺车在战争年代的作用。先说"那是一辆普通的纺车"，它的构造，它的功用，"跟一般农村用的手摇纺车没有什么两样"，也是"延安上千上万辆纺车中的一辆"。既然一辆普通的纺车，为什么会引起作者"深深的怀念"呢？接着，作者通过对历史的回顾，简明地说明了怀念这辆纺车的原因。这是因为，当时正值抗日战争时期，延安处于敌人的重重封锁之中，生活十分困难。如何摆脱这一困难，在毛泽东

① 《吴伯箫散文选·编后记》，人民文学出版社1983年版，第382页。

“自己动手，丰衣足食”的号召下，延安军民一面打击敌人，一面开展大生产运动，终于克服了困难，赢得了胜利。在这样一个特殊的历史环境下使用纺车，就和平常纺线使用纺车不同了。从这一历史背景出发，作者由浅入深，由表及里，写出了普通纺车的不平凡的意义。一方面，说明这辆普通的纺车在战争年代是“作为战斗武器使用的”，同“战斗用的枪，耕田用的犁，学习用的书和笔一样，成为大家亲密的伙伴”；另一方面，说明通过纺线织布，不仅保证了丰衣的需要，而且培养了珍惜劳动成果的感情，转换了审美观念：人们对“自己打的一副手套，一双草鞋，都很有感情”，“衣服只要整齐干净，越朴素越穿着随心”。作者就是这样层层剥茧，从纺车的普通平常写到它的不平凡的意义和作用，从物质成果写到精神成果，进一步深化了文章的思想内涵，增强了文章的深度和力度。

第三部分(第五至第十自然段)，主要写纺线劳动的过程和劳动带来的变化。作者具体描绘了纺线的技术和纺线的姿态，写得生动形象，神采飞扬。如写匀称的毛线、棉纱从拇指和食指中间的毛卷里或棉条里抽出时，作者写道：“简直会有一种艺术创作的快感。摇动的车轮，旋转的锭子，争着发出嗡嗡嘤嘤的声音，像演奏弦乐，像轻轻地唱歌。那有节奏的乐音和歌声是和谐的、优美的。”写纺线人对纺车的感情，“是凯旋的骑士对战马的感情，是‘仰手接飞猱，俯身散马蹄’的射手对良弓的感情”。写纺线竞赛的壮阔场面，是“整齐的纺车行列，精神饱满的纺手队伍，一声号令，百车争鸣。别的不说，只那嗡嗡的响声就有点像飞机场上机群起飞，扬子江边船只拔锚。那哪儿是竞赛，那是万马奔腾”，这些描写，有声有色，活灵活现。作者细致描绘纺线的具体过程，并非展示如何纺线织布，而是在于表现革命战士不畏艰难困苦的精神，说明劳动不仅创造了物质财富，更重要的是提高了人们的精神境界。

第四部分(第十一至第十二自然段)，主要是照应开头，总结全文，进一步说明文章开头提出的由纺车引起深深怀念的原因。作者怀念的不仅仅是纺车，而是睹物生情，由纺车想起老朋友，想起延安的生活。延安的物质生活尽管是艰苦的、困难的，但比起无限丰富的精神生活来，就算不了什么了，“崇高的理想，豪迈的气概，乐观的志趣”，正是延安军民克服困难的强大动力和赖以生存发展的精神支柱。最后，作者点明，“跟困难作斗争，其乐无穷”，进一步阐明了怀念纺车的内在的深刻含义，深化了主题。

《记一辆纺车》是一篇饱含深情、充满革命情趣的作品。作者在谈到自己的创作时曾经这样说过：“写生活，最好写作者自己最熟悉的，亲身实践过的，或者通过自己的生活实践来推演别人(包括古人)的生活实践。我写过《记一辆纺车》，因为我纺过线；我写过《菜园小记》，因为我种过菜。”“我写的一组延安生活的散文，是纪实，因为我在延安生活过，学习、工作、劳动所形成的思想意识，某些作风习惯，都浸透过我的血液和机体。”我们读《记一辆纺车》，总会为作者对纺线劳动过程的了如指掌和技术的娴熟，为作品散发出的浓郁的生活气息而受到强烈的感染。如写纺线过程：“棉纱就会像魔术家帽子里的彩绸一样无穷无尽地抽出来。”“线上在锭子上，线穗子就跟着一层层加大，直到沉甸甸的，像成熟了的肥桃。从锭子上取下穗子，也像从果树上摘下果实……”用有生命的事物和动作，描绘纺织劳动的愉快，逼真而富有生活实感，优美而又饱含诗意。再如写纺线姿势：“站着纺线，步子有进有退，手臂尽量伸直，像‘白鹤亮翅’，一抽线能拉得很长很长。这样气势最开阔，肢体最舒展；兴致高的时候，很难说那些是生产，是舞蹈，还是体育锻炼。”把纺线姿势比做舞蹈和体育动作，更使劳动场面的描写趣味横生。这些具体生动的描绘，如果不是作者“最熟悉的、亲身实践过的”生活，如果劳动所形成的思想意识、作风、习惯没有浸透过作者的“心血和肌体”，他是不可能将纺线劳动写得如此鲜明生动、充满活力的。吴伯箫的创作实践说明，生活是创作取之不尽、用之不竭的源泉，只有生活之树常青，才能带来文学创作的一片葱绿。

在艺术构思上，《记一辆纺车》立意深远，构思精巧。古人云：创作之道，构思为先。文以意为主，“立意要纯，一而贯掇”，立意高妙，义深意远。文章以一辆纺车为中心，通篇围绕纺车结构全文，层层深入地写出了延安纺织劳动生活的甘苦。从不会纺线到对纺车的热爱，从对纺车的热爱到对延安生活的深深怀念，从深深怀念中体现出对延安精神的执著追求，都倾注了作者眷恋延安生活的深情。文章正是在朴实无华的娓娓叙述中，表达了一个老战士继承和发扬延安精神的坚定信念。由于构思精巧，立意深远，因而使这篇散文具有强烈的艺术感染力，为人们所喜爱。这一点，在作者回忆延安生活的散文《菜园小记》、《歌声》、《延安》等篇章中也得到鲜明的体现。

林非在评论吴伯箫散文时说：“长期的革命生涯使作者的思想得到了升华，感情得到了锤炼。在写得相当质朴和明朗的文字中，蕴藏着一种内在的情感，振响着一种内在的韵律，显得深沉和厚实，像鼓点似的敲击出时代的节拍，像颂歌似的激荡着革命的情操，将读者引向崇高的思想境界中去。”[①]用这段话来评价《记一辆纺车》是恰当的。深沉厚实，感情浓郁，时代精神强烈，正是吴伯箫散文创作的显著特点。

（原载高等教育出版社 2012 年出版的《中国现当代文学作品选读》下册）

① 林非：《现代六十家散文札记》，百花文艺出版社 1988 年版，第 150～151 页。

一幅色彩绚丽、独具风采的长江画卷

——刘白羽《长江三日》赏析

刘白羽是中国当代卓有成就的散文家，1916年生于北京。1936年在《文学》杂志发表处女作《冰天》，此后创作有短篇小说《政治委员》、《无敌三勇士》，中篇小说《火光在前》，报告文学《人民战争》、《新社会的光芒》等。解放后，出版有报告文学集《早晨的太阳》、《石油英雄之歌》，散文集《红玛瑙集》、《秋窗偶记》、《冬日草》、《平明小札》和小说集《晨光集》等。秦牧评价刘白羽的散文时说，他的散文"充满了时代的战斗气息，感情强烈，诗意浓厚，境界辽阔细腻，风格刚健清新"①。《长江三日》是体现刘白羽散文艺术风格的代表作，发表于《人民文学》1961年第3期，后收入散文集《红玛瑙集》(作家出版社1962年5月出版)。

《长江三日》是一首长江颂歌。作者所讴歌的长江，是世界第三大河，全长6380公里，起源于唐古拉山脉的主峰各拉丹冬雪山的西南侧。它由西向东，其干流流经西藏、四川、云南、湖南、湖北、江西、安徽、江苏、上海等十个省市，最后注入东海。长江水面辽阔，沃野千里，云蒸蔚霞，气象万千。从郦道元的《水经注》开始，多少文人墨客为之吟诗作画，礼赞长江的神奇壮丽。然而，由于时代的不同、个人的生活经历不同、感受不同，作家笔下的长江也呈现出迥然有异的风貌。《长江三日》是刘白羽从雄伟壮阔的长江上游顺流而下的纪实。作者在长江旅游的三天航程中，饱含激情地挥洒彩笔，为我们展示出一幅色彩绚丽、独具风采的长江画卷，热情地描绘了婀娜多姿的长江佳景，抒发了热爱生活、热爱祖国山川的深情，写出了奔流不息的长江的性格和魅力。

作为一篇日记体游记，《长江三日》以作者的游踪为引线，真实地记录了作者的见闻和感受。按照航行日程的先后顺序，文章分为三个部分，这三部分既可独立成章，合起来又是一个整体。

文章第一部分，写作者11月17日从重庆乘"江津"轮顺流而下到进入三

---

① 秦牧：《朝阳照耀下斗争生活的颂歌——谈刘白羽的散文特写》，《人民文学》1960年10月号。

峡前的旅程。作者过去虽曾两次到重庆，但一直没有机会领略长江风光，这次如愿以偿，欢悦之情可想而知。文章在简要交代了航船的启碇地点、时间之后，有层次地写出了作者视野中的长江美景。先是以雾起笔："雾笼罩着江面，气象森严"，船在"两面碧森森的悬崖陡壁之间的狭窄江面上行驶"，别有一番情趣。到了江面开阔之处，只见"两条大江，骤然相见，欢腾拥抱，激起云雾迷蒙，波涛沸荡"；灰蒙蒙的远山，则"展开一卷清淡的水墨画"。寥寥几笔，就为我们勾勒出了雾中长江的朦胧之美。接着，由景及人，由雾中长江逆流而上的两三木船，联想到古代"以一叶扁舟，搏浪急进"的奇险，将景与人联系在一起，进一步加大了作品的思想容量。到了下午，天转开朗，作者变换笔法，写出阳光照射下的长江壮观景象："层层叠叠，无穷无尽的都是雄伟的山峰，苍松翠竹绿茸茸的遮了一层绣幕。近岸陡壁上，背纤的纤夫历历可见。"面对如此佳景，作者赞叹道："这庄严秀丽气象万千的长江真是美极了。"将长江的自然景观与作者热爱长江的炽热情感融汇为一，更显示出长江的魅力。晚上，长江则是另一番景象。作者写夜幕下的长江，诗情浓郁，缤纷多彩。入夜，"这里一星灯火，那里一簇灯火，好像长江在对你眨着眼睛。而一会儿又是漆黑一片"。特别是在深宵，迎着猎猎江风站在甲板上，更觉"云雾迷蒙，电光闪闪"，波涛翻滚，心潮澎湃。此时，作者感到"水天，风雾，浑然融为一体"，"一种庄严而又美好的感情充溢心灵"，从而发出热烈的赞叹，以"战斗，航进，穿过黑夜走向黎明"点明了文章的主题。

第二部分写 11 月 18 日船过三峡时作者的所见所感。三峡是长江中最壮丽、最精彩的一段，它西起四川奉节白帝城，东至湖北宜昌南津关，由瞿塘峡、巫峡、西陵峡组成，全长约 200 公里。作者写三峡，没有平铺直叙地叙写自己的见闻，而是抓住三峡各自不同的特点，写出三峡的特殊魅力。

写瞿塘峡，重点写礁，突出其险峻。瞿塘峡不长，只有 8 公里，但两岸悬崖绝壁，十分险峻，特别是峡口为最险处。作者先引用杜甫《夔川歌》和古代歌谣，说明瞿塘峡之险。接着，写自己的亲身感受：黑色巨礁的赫赫声势，激流澎湃的万水奔腾，真叫人惊心动魄。然而，船过峡口，却是另一番天地。远处，绛紫色的山峰，衬托着一团红雾，"就像那深谷之中向上反射出红色宝石的闪光，令人仿佛进入了神话境界"，近看，"红雾原来是千万道强烈的阳光"。作者绘声绘色地把瞿塘峡的险峻壮美写得如此生动逼真，使我们和作者一样有亲历其境的强烈感受。

写巫峡，重点写山，突出其隽美。作者运用多种笔法，写峡口的山如斧削，隽秀婀娜，写红通通的阳光与乳白色的雾交织在一起，奇妙莫测，都使人耳目一新。然而，作者更着力的则是对美女峰和巫山画廊的描绘，那耸立于万仞高峰的美女峰，那迂回曲折、优美如画的巫山画廊，在作者的笔下更显得生机勃勃、诗意盎然。美女峰的神奇缥缈、充满神话色彩，巫山画廊的莽莽苍苍、绚丽夺目，令人神往。

写西陵峡，重点写滩，突出其险恶。西陵峡与瞿塘峡不同，“处处是急流，处处是险滩”。作者用浓墨重抹的笔法，一方面写出了泄滩、青滩和崆岭滩的险恶：江水奔腾，旋涡万千，波涛汹涌，乱石林立，兵书宝剑峡则是“黄石碧岩，高与天齐”；另一方面更写出了人在急流险滩中奋力拼搏，在险恶中迎难而上的精神。尽管急流滚滚，险滩丛生，但只要敢于劈波斩浪，也就能驾驭大自然、战胜大自然。

第三部分写 11 月 19 日船过三峡后作者的心绪。三峡已过，江面平静，作者用抒情的笔调，连用三个形象的比喻描绘出浩瀚的长江：“早晨，一片通红的阳光，把平静的江水照得像玻璃一样发亮”，穿过三峡以后的长江，宁静得“像刚刚诞生过的婴儿的年轻母亲一样的安详慈爱”，“江水像微微拂动的丝绸”一样的柔和。正是在这“江轮上非常宁静的一日”，作者潜心阅读了卢森堡的《狱中书简》。本来，一切都是平静的，然而，随着书页的翻动，作者心潮起伏，“一种非常珍贵的感情渗透我的全身”。由此，作者抚今追昔，把历史与今天、现实与理想的画面连缀起来，抒发了自己对先驱者卢森堡革命精神的热烈赞颂和对理想的执著追求。最后，以船到武汉结束全文。面对五光十色、辉煌灿烂的江城，作者发出“我们创造的世界有多么灿烂”的由衷赞美，从而把对长江的赞美升华到一个新的境界。

长江三日，千姿百态。作者通过三日航行，把亲眼所见的奇峰美景急流险滩组合在一起，为我们绘制了一幅独具魅力的长江画卷，谱写了一曲激越壮丽的长江之歌。

在艺术上，《长江三日》的一个显著特色是诗意与哲理的结合。一篇好的散文，贵在文情并茂，诗意盎然。作者认为，“你是一个真正与社会主义时代融合的人，你会感到我们生活中的诗意”。而这种诗意并不是随手可得的，它是深深地打入作者的心灵的，“透过生活的表面把生活的深刻内容展开出来”，“透过波澜看到生活之海底的宝藏”，从而把生活之美熔铸为艺术之美，使人们通过诗意与哲理融合的画面，热爱生活，热爱大自然，热爱新的时代。《长江三日》写的虽然是作者航行三日见到的长江的绮丽风光，但作者绝不是为写景而写景，而是以景寓情，情景交融，在充溢着激情和诗意的画面中阐发深刻的哲理。如第一日，作者面对云雾迷蒙、波涛沸荡、江风猎猎的江面，不禁心潮翻滚，诗情洋溢，从而阐发出“曙光就在前面，我们应当努力”，我们的全部生活“就是这样战斗、航进，穿过黑夜走向黎明”的哲理。第二日，作者从领航人战险滩、过恶流的实践中，领悟到“人从汹涌波涛中掌握了一条前进途径，也就战胜了大自然了”的箴言。第三日，作者在船上攻读，凝眸沉思，更感到生活的宁馨、幸福，而这宁馨的生活是前辈艰苦奋斗得来的，因此，我们更要百倍珍惜来之不易的幸福生活，努力创造更加灿烂的新世界。作者将诗情与哲理有机地交织在一起，反映了时代的心声。

神话、传说、引文的巧妙穿插和比喻的恰切运用，给文章增添了光彩。如引用杜甫的“众水会万涪，瞿塘争一门”(《长江二首》)、“白帝高为三峡镇，夔州险过百牢关”(《夔州歌》)说明长江水势的汹涌、峡口的险峻；引用苏轼的“大江东去……”(《念奴娇·赤壁怀古》)、李白的“两岸猿声……”(《早发白帝城》)的诗句，说明作者对长江的热爱和向往；引用“楚地阔无边，苍茫万顷连”的诗句，说明长江的宁静、宽阔，都是十分贴切的，在描绘巫峡时，插入有关美女峰的神话；船到西陵峡经秭归时，又介绍屈原死后被大鱼驮回秭归的传说和王昭君的诞生地香溪，不仅拓展了空间，而且加大了力度。此外，文章还运用了一些奇特的比喻，如把瞿塘峡比喻为“一道闸门”，把巫峡比喻为“江上一条迂回曲折的画廊”，把草坂比喻为“一支充满幽情的乐曲”。这些比喻生动准确，恰到好处。在语言上，《长江三日》保持了刘白羽的一贯风格：华美、绚丽、明亮、隽永。

（原载高等教育出版社2012年出版的《中国现当代文学作品选读》下册）

徐迟报告文学的诗化

在新时期，最早运用报告文学形式反映社会问题并卓有成就的，诗人作家徐迟当为其中之一。他以对现实主义的执着追求，以新闻记者的敏感和诗人的激情对现实生活中美好事物的独特发现和深刻挖掘，使他的作品在广大读者中引起了强烈共鸣，为报告文学赢得了声誉。

徐迟，原名徐商寿，浙江省吴兴县人，1914 年生。30 年代中期开始写作诗歌和散文，同时从事文学翻译。1956 年第一本诗集《二十岁人》问世。抗日战争爆发后，积极投入街头诗朗诵运动，并与报告文学结下不解之缘。上海沦陷后，曾两度流亡香港，任中国文艺界抗敌协会香港分会理事。后来移居重庆。1943 年任《中原》杂志编辑。解放前的主要作品有诗集《二十岁人》、《明丽之歌》、《最强音》，散文特写集《狂欢之夜》、《美文集》等，翻译的外国文学作品有《明天》(雪莱诗选)、《依利亚特》(选译)、《巴黎的陷落》、《托尔斯泰传》、《芦笛之歌》等。新中国成立以后，先后担任英文版《人民中国》编辑、《人民日报》特约记者、《诗刊》副主编等。1960 年调武汉任中国作协武汉分会副主席、湖北省文联副主席。这一时期的主要作品有诗集《战争·和平·进步》、《美丽·神奇·丰富》、《共和国之歌》，报告文学集《我们这时代的人》、《庆功宴》，文艺评论集《诗与生活》等。新时期以来，出版了报告文学集《哥德巴赫猜想》、《结晶》、《徐迟散文选集》，文艺理论集《文艺和现代化》、《红楼梦艺术论》等。其中，《哥德巴赫猜想》、《地质之光》和《刑天舞干戚》分别获得 1977—1980 年和 1981—1982 年全国优秀报告文学奖。

徐迟是从诗歌园地进入散文、报告文学领域的。他说："我离开了温柔的音韵的镣铐和美妙格律的束缚而投入散文的怀抱，写了一些激动的和愤怒的，主要是论战性的粗糙的东西。"①虽然在艺术形式上离开了诗，"但他却始终葆着诗之魂，他是一个诗人气质的报告文学作家。他的报告文学丰润富丽、滋华焕彩、潇洒雄放，具有华美的长篇叙事诗的气质，是一种诗化了的报告文学，为报告文学赢得了诗的声誉"②。

---

① 《新诗与四个现代化》，《文艺与现代化》，四川人民出版社 1981 年版，第 9 页。

② 曾镇南：《翱翔在文学与科学群山之间》，《时代的报告》1983 第 9 期。

徐迟报告文学的诗化，首先表现在他用诗人的气质观察现实，把自己的目光对准那些“最能扣响、敲响亿万人民心弦”①的典型人物和事件，为创造新时代、新生活的人们讴歌。正当我国的社会主义建设开始起步时，徐迟就奔波于热气腾腾的鞍山钢铁公司、第一汽车制造厂和三门峡工地，涉足于苍茫寥廓的内蒙草原、千里积雪的祁连山下，满怀激情地写下了赞美建设者、开拓者的动人篇章。《在高炉上》、《汽车厂速写》、《三门峡通讯》、《第一棵采油树》、《搜尽奇峰打草稿》、《汉水桥头》等，生动地描绘了社会主义建设最初岁月的“第一幅历史性的蓝图”，让人们看到：“幸福正在祖国的大地上显露。幸福正在从我国人民的生活中吹起。”②分别写于1956年的《一桥飞架南北》和新时期的《刑天舞干戚》，都是描绘征服长江、讴歌长江建设者的大型报告文学。前者以宏伟的气势、雄辩的事实、曲折的情节、严密的结构，再现了大桥建设的艰难历程，谱写了一曲时代进行曲。这篇既有文学价值又有史料价值的报告文学，可说是一部形象的长江大桥建设史，后者以诗人的气质，真实地再现了第一次拦腰控制长江的伟大创举——建设葛洲坝水利枢纽工程，形象地显示了“刑天要战胜天帝”的伟力，抒写了一部激越的现代化的诗章。《刑天舞干戚》虽然写得比较仓促，难免失之粗疏，但毕竟及时地清晰地描出了重新安排山河的雄伟画面。特别是作者热爱新生活、热爱社会主义的炽烈感情，流溢在作品的字里行间，及时地传达出共和国的心房的跳动。

徐迟报告文学的诗化，也体现在他的激情和胆识上。粉碎“四人帮”以后，作者表示，要用“激情的诗篇抒咏出一个化凌的春天，愿激情之歌，唱出一个现代化的新纪元”③。在现代化建设热流催动下，他先在地学、地质力学的领域里跋涉，后又在数学、解析数论的王国里索隐，在流体力学、植物学、生化科学的领域里观光。科学王国里，风光如画，人物峥嵘，他情不自禁地写出了讴歌科学家的报告文学《地质之光》、《哥德巴赫猜想》、《生命之树常绿》、《在湍急的涡流中》、《结晶》等。徐迟敢于在政治气候乍暖还寒、知识分子仍受歧视的当时，为四个现代化的关键——科学现代化放歌，为创造奇迹的科学家立传，这不仅充分表现了他的胆识，在创作上也是一个开拓性的突破，标志着徐迟的报告文学进入了一个新阶段。

《哥德巴赫猜想》是徐迟新时期的代表作。作品写的是中年科学家陈景润奋力摘取“数学皇冠上的明珠”的动人事迹。对于被称为“怪人”的陈景润，曾

---

① 徐迟：《扣响千百万读者的心弦》，《文学报》1981年12月31日。

② 徐迟：《我们这时代的人·后记》，作家出版社1956年版。

③ 《诗的纪念》，《诗刊》1982年第2期。

经是众说纷纭。当时有不少人反对作者写这个人物，但徐迟出于作家的社会责任感，仍以很大的勇气和激情，写出了这首礼赞陈景润、礼赞一代科学家的史诗。

怎样写陈景润这个人物？作者说："经过构思，我想集中写他攀登。因为他的过程，就是一个攀登的过程，所以来龙去脉、集中点还是在攀登上。"①作品以攀登为中心，把陈景润的过去和现在聚结起来，先写他在家庭环境和自身的际遇中所形成的孤僻、自卑、克己的内向性格，写他在新中国成长的条件，然后集中笔力写他在数学王国里艰苦探索、踽踽而行的攀登经历。他在六平方米斗室的油灯下"废寝忘食，昼夜不舍，潜心思考，探测精蕴"，像"征服珠穆朗玛峰的英雄运动员"那样，不屈不挠地攀登，"他只知攀登，在千仞深渊之上；他只管攀登，在无限风光之间。一张又一张的运算稿纸，像漫天大雪似的飞舞，铺满了大地。数字、符号、引理、公式、逻辑、推理，积在楼板上，有三尺深"。随着作者富有诗意的描述，层层揭开了陈景润这个"怪人"的奥秘，他不是什么"白专道路的典型"，而是有深刻政治思想的又红又专的科学家；不是什么追求名利的个人主义者，而是披肝沥胆，宵旰劬劳，"完全忘记了他自己的人"。作品用有说服力的事实和浪漫主义手法，着重揭示陈景润身上"露出一种晨光曦微似的理性的美、智慧的美，闪耀着他那为我国科学技术现代化的理想而献身的、内在的美"②。与此同时，作者也用犀利的笔锋批判了十年动乱中的不良社会现象和"四化"进程中的阻力，从而使作品具有哲理的论战性。

写于1977年8月的《地质之光》，动人地画出了李四光毕生献身地质科学的生活道路，披荆斩棘，呕心沥血，提出了新华夏构造体系的理论，为开创地质力学建立了功勋，为祖国石油工业开辟了广阔前景。作品结尾写道："说到这点，白发苍苍的李四光睐睐眼睛，笑了一笑，轻轻拨动他桌上一个地球仪，一下子使小小寰球急速地旋转了起来。"真是生动形象，寓意深长，言有尽而意无穷。《生命之树常绿》，写的是植物学家蔡希陶的业绩。作品描绘的旖旎绚丽的西双版纳风光，蔡希陶头顶浓荫探索合理开垦，充分利用热带雨林科学规律的战斗身影，像青翠的树林那样英姿勃发，充溢着生命活力。《结晶》记叙了我国科学家人工合成牛胰岛素晶体取得成功的历程。这项具有世界先进水平，荣获国家奖励委员会第一奖的科研成果，是科学家"智慧与品格的结晶"。感人肺腑的事迹，充满诗意的叙述，使作品具有迷人的魅力。《在湍急的涡流中》撷取了老科学家、教育家周培源在历史性的一夜中

① 《关于报告文学问题》，《文艺和现代化》，四川人民出版社1981年版，第68页。

② 徐迟：《写了〈猜想〉之后》，《文艺和现代化》，四川人民出版社1981年版，第81页。

的悲与喜，表现了他刚直不屈、不畏强暴的铮铮骨气。尽管这篇作品不够充实，人物性格不够丰富，但“湍流在奔腾，涡漩在翻动！一个时代结束，一个时代开了端”的结尾，仍能给人以深刻启示。《火中的凤凰》、《祁连山下》、《牡丹》，写的是著名的文学家、艺术家，它们写于“文化大革命”前，从中仍可以看出作者一贯的艺术追求。《火中的凤凰》虽未全部完成，但从已发表的部分来看，作者对郑振铎热爱相国、酷爱文化的品德的颂赞，不仅真实感人，而且带有浪漫色彩。《祁连山下》的思想和艺术堪称上乘，以艺术家尚达为主人公，在广阔的生活画面上，表现了他为保护敦煌千佛洞茹苦含辛、百折不挠的献身精神。全篇布局宏大，文采富丽，宛如一首气势雄放的命运交响曲。这些科学家、文艺家形象，构成了徐迟报告文学的人物形象系列，为报告文学的人物画廊增添了新的光泽。

老诗人邹荻帆说，徐迟是在“写诗的报告文学”①。他的报告文学中的诗，既是感情化的，又是理性化的，像是燃烧的火焰，具有爆发的力量。作者叙事、状物、议论，无不饱含强烈的感情。如写陈景润身居斗室，忘我工作，却受到那些“头上长角”的人的迫害，“血痕印上他惨白的面颊”时，愤慨之情跃然纸上；写李四光回国之前的忧愤，回国后受到国家领导人接见时的欣喜时，爱憎鲜明，蕴含其间。就是把那些枯燥乏味的数字、符号、科学原理写进作品，也大都形象生动，饶有兴味。《哥德巴赫猜想》中三次引用了陈氏定理后，作者满怀激情地写道：“何等动人的一项又一项篇页！这些是人类思维的花朵。这些是空谷幽兰、高寒杜鹃、老林中的人参、冰山上的雪莲、绝顶上的灵芝、抽象思维的牡丹。”形象而又富有诗意，引起人们的联想和共鸣。在《结晶》中，作者是这样来描写试管中形成的晶体：

> 从他们的试管中也有多幕多场的舞剧呢。也是可以看到白绫子的舞衣，粉红色的纱裙，五十一个氨基酸，像娇嫩的芭蕾舞演员似的，她们穿上红菱鞋，披着柔软的头纱，戴着彩色的长手套，旋舞而来。单人舞、二肽舞、四人舞、组舞和多肽舞，舞形婆娑，跳出了各种高难度的翩跹舞姿。先是那三十个舞蹈家，合成了长链。后是那二十一个舞蹈家，和前者跳起了两条长链舞，最后她们是旋转、扭曲、叠合，合成了一个罕见的美妙的舞蹈夔纹。交响乐队奏鸣着，为他们合奏着无标题的组曲。

这幅奇妙生动的画面，比喻新颖，想象丰富，富有强烈的浪漫主义色

① 《给〈哥德巴赫猜想〉作者的信》，《北京文艺》1978年第4期。

彩。深奥的科学原理，经过如此的形象描绘，闪现出奇异的光彩，把人们引向美的境界。作者还善于在诗情画意的描绘中，使情、景、人融为一体。那自然风光的绮丽多彩，科学王国的斑斓神奇，奇葩异卉的馥郁芬芳，对人物所处的环境、气氛的渲染起着烘托作用，使徐迟的报告文学具有诱人的艺术魅力。

徐迟报告文学中的诗，蕴含着发人深省的哲理，具有强烈的政论色彩。他很少直露地表达自己的政治见解，常常是在娓娓动听的叙述中画龙点睛地对人物、事件作出评论。在《哥德巴赫猜想》中，陈景润把一叠手稿交给李书记时说："这是我的论文，我把它交给党。"短短一句话，就把这位正直的数学家纯美的精神世界深刻地揭示出来了。在《地质之光》中，写到李四光创造的动态地质学的理论以后他作了这样的归纳："这样，我们的结论是，随着地球旋转加快，亚洲站住了，东非西欧破裂了，美洲落伍了。"这几句话具有双关意味，含蓄有力，耐人寻味。对于一些重大事件，作者也从不回避，该抒写时就直抒胸臆。且看《哥德巴赫猜想》中是这样评述"文化大革命"的：

> 只见一个一个的场景，闪来闪去。风驰电掣，惊天动地。一台一台的喜剧，排演出来，喜怒哀乐，淋漓尽致；悲欢离合，动人心扉。一个一个的人物，登上场了。有的折戟沉沙，死有余辜；四大家族，红楼一梦；有的昙花一现，萎谢得好快呵。乃有青松翠柏，虽死犹生，重于泰山，浩气长存！有的是国杰豪英，人杰地灵；干将莫邪，千锤百炼；拂钟无声，削铁如泥。一页一页的历史写出来了，大是大非，终于有了无私的公论。肯定——否定——否定之否定。化妆不经久要剥落；被诬的终究要昭雪。种籽播下去，就有收获的一天。播什么，收什么。

摒弃枯燥的叙述，不取抽象的议论，以高度凝炼的二百多字就将"文化大革命"的过程、实质、各色人等的表演、下场和历史终结揭示得淋漓尽致、深邃入微。生动的比喻、富有诗意的语言，道出了"文化大革命"中美与丑、善与恶、真理与谬误的斗争，宣告了人民的胜利。文笔优美，感情浓烈，字里行间闪烁着熠熠光彩。这是诗意同哲理的结合，形象同议论的结合，具有强烈的感染力。类似的例子在徐迟的报告文学中还有不少。

构思的奇特、巧妙，使徐迟报告文学的诗化更加浓重。他写人物、写事件，往往借助于奇特的构思把人物、事件巧妙地组成一个有机的艺术整体，给人以美的享受。他的构思有两个显著的特点，一是善于"立片言"。作者认为："好的文章要'立片言'，用一句话作为要领，使通篇文章围着这句话而鼓动。字句尽管很多，却有条有理，毫不混乱了。有了中心，它对文章就有了功绩，而累赘也就可以避免。这就是文章的‘警束’。”①作者是这样倡导的，也是这样实践的。如《火中的凤凰》，以郭沫若《凤凰涅槃》中的诗为题，将著名文学家郑振铎解放前后的追求、困惑、痛苦和幸福凝集在“凤凰涅槃”这点上，集中地表现了他在烈火中涅槃再生的历程，形象地概括了老一代知识分子在荆棘中奋斗的生活道路，突出了中华民族是火中的凤凰，新生的凤凰就是获得解放的郑振铎的主题。《牡丹》写的是卓有成就、蜚声梨园的艺术表演家姚黄、魏紫悲欢离合的生活际遇。作者以牡丹为题，用饱含激情的笔触写出了像“艳丽无极的大牡丹”一样的艺术家姚黄、魏紫在新旧时代中的不同命运，塑造了饱经风吹雨打而艺术生命常驻的“牡丹”形象。由于善于从纷繁的材料中理头绪，“立片言”，抓要领，寻觅最能表现人物性格和气质的聚光点，作者的笔下才显得主旨鲜明，形象生辉。

徐迟构思的另一特点是善于抓“一刹那”。作者在《报告文学写作漫谈》一文中说：“构思就是要抓一个什么。绘画也是这样的，绘画总是抓一个刹那，你看了这一刹那，就知道前前后后，这个人物的性格，作品的内容都出来了。”②如写“石油头”王铁人，作者抓住他在井喷现场带领尖刀班和突击队降龙伏虎、制止井喷的一刹那表现，突出地显示了王铁人身先士卒、知难而上、奋不顾身、勇于拼搏的英雄品质。在《地质之光》中，作者抓住李四光在国际地质会议上宣读论文、收听陕北电台新闻广播、同毛主席和周总理亲切谈话等等刹那间的形象，热情地讴歌了李四光热爱祖国、献身中华的崇高精神，为人们绘制了一幅光彩夺目的画卷。徐迟在构思上的这些显著特点，使不同题材的作品显得新颖鲜活，达到诗化的境界。

徐迟报告文学的语言，也体现出诗化的特色。他总是根据需要，广泛采撷、精心选取最适合表现作品内容的语言，以造成作品中诗的氛围、诗的意境。

徐迟运用语言，有时以口语为主，大量运用群众语言，如描写王铁人的《石油头》；有时运用外国的倒装句、状语分句等，增添作品浓郁的异国文采，表现人物长期在国外形成的生活习惯和思维方式，如《地质之光》；有时又运用古诗、成语，骈散结合，文白相间，如引用鲍照《舞鹤赋》中的“玩散魂而荡且，迷不知其所之”的诗句，说明科学家的幻想。写中南海“轻尘不飞。勤政殿前，孅萝不动”，也是从晋朝的《海赋》中活脱而出的。写允景洪欢迎周恩来的热烈场景：“凤凰树上，开满了色彩鲜丽的大花朵；凤凰树下，攒动着鲜丽色彩的傣族姑娘，皓齿玉臂，笑着舞着。到处是清脆笑声，到处

① 《再说散文》，《湖北文艺》1978年第1期。

② 《中国当代文学研究资料徐迟专集》，浙江文艺出版社1985年版，第471页。

是轻歌曼舞。”对仗工整，语言华美。写黑龙潭的景物：“解放了！开国了！已经倒在地下，主根垂老，而支根蜿蜒横陈的唐梅，其生命力之强盛，历一千三四百年而不衰，乃睁开了它惺忪倦眼，它俏也不争春，只把春来报，给新中国的人民呈现了它的香雪海光！就在这个不过一百平方米的庭院中，明代山茶，开满红花，百朵彤云，烂如朝霞！清代玉兰，一树就是千百朵蓓蕾，像贞洁的心灵伸出手指召唤幸福，得到了蓝天彩云的祝福，皎皎的素心舒畅地开放了”。文笔华美，比喻生动，象征贴切，寓意深邃。在诗情画意的描绘中，包孕浓烈的爱国之情，充溢盎然的生命之趣。徐迟还常常用动态的语言显示的方式描写人的思想、感情和心理，造成意与境的统一。如写尚达走进敦煌洞窟，“整个都掉落在色彩的世界中。奔马在四周跳腾，天鹅在空中打旋，花草失去了重力而浮动，蛟龙和人一起飞行，热烈的红色调子是基调。千万种色彩旋转在他的周围”。这体现了作者潇洒雄放、绚丽华美的语言风格。

燃情岁月的青春记忆

——杨沫的《青春之歌》评析

《青春之歌》是20世纪50年代后期出版的长篇小说，这部带有自叙传性质的作品是中国当代文学史上第一部描写青年知识分子和爱国学生运动的长篇小说。作者杨沫，1914年出生于北平，父亲是清末举人，曾任大学校长。杨沫童年时遭受后母虐待，因反抗封建包办婚姻、争取个性解放离家出走，先后在河北香河县、定县等地当小学教员、书店店员和家庭教师，1933年接近地下党。抗日战争爆发后，在冀中参加抗日根据地工作。这段生活经历为杨沫的创作提供了坚实的基础。她在1958年出版的《青春之歌·后记》中说："我的整个幼年和青年一段时间，曾经生活在黑暗社会中，受尽了压榨、迫害和失学失业的痛苦，正当我走投无路的时候，是党拯救了我，使我在绝望中看到了光明，是党给了我一个真正的生命，使我有勇气和力量度过了长期的残酷的战争岁月，而终于成为革命队伍中的一员……这刻骨铭心的感念，就成为这部小说的基础。"她在《自白——我的日记》等文中说：这部传奇式小说，是"我的经历、生活、斗争组织成的一篇东西"①。"林道静革命前的生活经历基本上是我的经历，她革命后的经历，概括了许多革命者的共同经历。"②《青春之歌》出版后，杨沫又于1986年、1989年出版了《芳菲之歌》、《英华之歌》，三部作品合称"青春三部曲"。

《青春之歌》以1931年"九一八"事变到1935年"一二·九"运动为背景，书写了一代青年知识分子在严酷的考验下的成长和觉醒，谱写了一曲激越的青春之歌。

小说的独特之处，在于成功地刻画了林道静这一人物形象。

作为小说的主人公，林道静的出场格外引人注目：一列从北平向东开行的列车正驰行在广阔、碧绿的原野上，列车运行不久，人们的视线集中到一个小小的行李卷上，"那上面插着用漂亮的白绸子包起来的南胡，箫、笛旁边还放着整洁的琵琶、月琴、竹笙……这是贩卖乐器的吗？旅客们注意起这

① 杨沫：《自白——我的日记》，花城出版社1985年出版，第116页。

② 杨沫：《什么力量鼓舞我写〈青春之歌〉》，《中国青年报》1958年5月3日。

行李的主人来。不是商人，却是一个十七八岁的女学生，寂寞地守着这些幽雅的玩艺儿”。这位穿着白旗袍、白线袜、白运动鞋，手里捏着一条素白的手绢——浑身上下全是白的女学生，就是林道静。她的异常打扮、异常行止、异常神态，引起人们的关注和议论，小说也由此展开了人物多舛的命运。围绕着林道静的成长，小说将革命叙事和爱情叙事结合在一起，以革命叙事为主导，革命叙事与爱情叙事交织纠结，交叉演进，为我们叙写了一代知识分子在风云变幻的时代大潮中，从苦闷彷徨到觉醒，从个人反抗到融入集体、融入时代、参加革命的思想历程和情感历程。

从 20 世纪 30 年代知识分子参加革命的历程来看，林道静的成长经历了两个阶段：

在迷茫惶惑中寻觅出路，突破封建家庭的牢笼，走向自由的天地，是林道静成长的第一个阶段。

林道静出生在一个官僚地主家庭，生母是佃农的女儿。生母投河惨死之后，她受到后母虐待，逼她嫁给阔佬。从小形成孤僻、倔强性格的她，“宁可死了，也不做军阀官僚的太太”。为此，她毅然出走，离开这个可恨的家庭，寻找自己的出路，但对出路在哪里，她感到茫然。鲁迅在《娜拉走后怎样》中说：“人生最苦痛的是醒了无路可走。”“然而娜拉既然醒了，是很不容易回到梦境的，因此只得走；可是走了以后，有时却也免不掉堕落或回来。”①林道静刚刚逃出那个扼杀她的封建家庭牢笼，想不到又“走进了一个更黑暗、更腐朽、张大血口吞食她的社会，一切有为的青年不甘堕落的青年将怎样生活下去呢？天地如此之大，难道竟连一个十八岁的女孩子的立锥之地都没有？”在走投无路之际，她由绝望走向投海自杀。正在这个时候，具有“骑士兼诗人”风度的大学生余永泽救了她，鼓励她活下去，此后，在与余永泽同居的小家庭生活中，她倍感温馨与幸福，但好景不长，两人因人生观、价值观的分歧而分离，林道静也由此走向新的征程。小说通过这些描写，真实地展现出小资产阶级知识分子为追求自由和个性解放寻求出路、走向革命的心路历程。与鲁迅《伤逝》中的主人公的命运不同的是，子君和涓生为了反抗封建家庭走到一起，后来同居不到一年，就因经济的窘迫和社会的压力而分手，子君又回到原来的家，最后被吃人的社会毁灭。子君的悲剧说明，不进行社会革命，不改变旧的经济制度，不可能实现妇女的解放。

在不断战胜自我中投身革命，突破自我的束缚，实现思想的飞跃，是林道静成长的第二阶段。

林道静冲破封建家庭的牢笼，毅然离家出走固然需要勇气，但自省其

① 鲁迅：《娜拉走后怎样》，《鲁迅全集》第 1 卷，人民文学出版社 1956 年版，第 270 页。

身，战胜自我，突破自身局限，则需要更大的勇气。小说多方面地描写了林道静经过思想斗争投向革命的艰难历程。在林道静与家庭决裂后，作者一方面写出了她在革命洪流中的成长和进步，她如饥似渴地学习马列著作，阅读《母亲》等小说，从中明白了好多事，有着“一种向上的热情和爱国的责任感”，她“不愿意自己的一生就这么平庸地、毫无意义地白白过去”。她严格要求自己，积极参加游行示威等活动；另一方面也写出了她身上存在的诸多弱点，如“对于爱情的软弱、缠绵，对于革命不切实际的幻想、狂热和个人英雄主义的思想意识”①等。她刚刚接触革命，就要求参加红军，第一次参加游行，就好像突然长了翅膀，飞得那么高，看得那么远。听说卢嘉川被捕，就想立刻上战场为他报仇；被捕后，又逞英雄，想杀身成仁。后来，在共产党人卢嘉川、江华、林红的帮助下，在血与火的抗日斗争中，在深入农村和与农民的接触中，林道静经受了严酷的锻炼和洗礼，学习到许多课本上学习不到的真知灼见，认识到自己“原来竟是一个小资产阶级的革命幻想家，我所理解的阶级斗争竟是粉红色的或者是灰色的，而它在残酷的现实面前竟是血淋淋的鲜红的啊”，她反省自己：“我身上还有许多坏意识，许多个人的东西还常常扰乱我”，林道静正是在革命斗争中不断磨炼自己，严格解剖自己，在不断克服自己身上弱点的过程中，实现思想上的飞跃，完成从反抗封建家庭追求个性解放到谋求民族解放和阶级解放，从对劳苦大众同情到为劳苦大众奋斗，从小资产阶级知识分子到无产阶级战士的转变，这一转变是艰难的、痛苦的，是经过长期磨炼取得的。作者以饱蘸激情的笔触，真实地叙写了林道静成为无产阶级先锋战士的苦难历程。作者叙写这一历程，是按照生活本身发展逻辑，按照像她这样一个小资产阶级知识分子在当时走向革命后必然会有的发展变化过程来描写的，而不是按照一个成熟的共产党员的标准，设想她应有多少优点，不该有什么缺点，她入党后就必须高大无比、完美无缺等框框来写的②。由于作者按照生活本身的发展逻辑和人物思想发展的轨迹书写人物，所创造的艺术形象自然符合那个时代知识分子走向革命道路的基本特点。《青春之歌》正是通过对林道静形象的刻画，形象地说明了青年知识分子只有把个人的命运和国家的民族的命运结合起来，在党的哺育下投身革命的洪流，才能实现自己的生命价值，使青春放射出绚丽的光彩。

小说在叙写林道静参与革命活动的同时，还把笔触深入到人物的情感生活领域，描写了林道静在爱情婚姻生活中的矛盾和冲突。在林道静的成长过程中，对爱情婚姻的选择和追求，始终是她背叛封建家庭、走向革命的一个

① 杨沫：《谈谈林道静的形象》，《文艺论丛》1978年第2期。
② 杨沫：《谈谈林道静的形象》，《文艺论丛》1978年第2期。

重要动因。小说通过她与三位青年男性的关系，演绎了林道静在情感上的纠结。

第一个与林道静接触的是余永泽。这位北大学生是她的救命恩人，在沉沉的黑夜的沙滩上救了她，而“林道静对这个突然闯进生活的青年，带着最大的尊敬，很快地竟像对传奇故事中的勇士侠客一般的信任着他”。他们相识后谈文学，谈生活，终于相爱同居了，从小缺少爱抚的林道静从余永泽的温存和体贴中得到情感上的满足，有了温暖的家，但此后，在一连串的事件中，他们之间的分歧日益加大，争论日益加剧，矛盾日益加深，两人的感情终因卢嘉川的被捕而破裂，导致最后分手。余永泽救了林道静的生命，却不能在精神上给她自由。可以说，人生观、价值观的相异是他们分手的一个基本缘由。

在与余永泽分手之后，卢嘉川成为林道静最敬重的人，也是帮助她成长的引路人。卢嘉川是一位乡村教员的儿子，他在很小的时候就开始接触革命，后来到北京上中学，经常到李大钊家里去，在李大钊的培养下逐步成长起来。考入北京大学后，成了那里党的负责人之一。在与卢嘉川的接触中，林道静觉得自己精神变了，明白了许多事，“一种油然而生的尊敬与一种隐秘的相见的喜悦，使得她的眼睛明亮起来”。此后，在卢嘉川领导下，林道静积极参加游行、散发传单等活动，实际的革命行动使她觉醒，特别是在卢被捕之后，她更感到自己“已经从过去的彷徨、犹豫，坚决地和你走到一条路上了”，“你被捕了，但是，我又起来了。不管天涯海角，不管生与死，不管今后的情况如何险恶，如何变化，你，都将永远活在我的心里”。小说真实地写出了林道静对卢嘉川的崇敬和爱恋。卢嘉川惨遭杀害之后，江华又闯入了她的生活。曾经当过印刷工人的江华也是北大的学生，进入北大后，党分配他领导北大的学生运动，小说第二部分写到林道静在江华的指引下，经受了农村的磨炼、监狱的考验，终于在政治上成长起来，成为一名无产阶级先锋战士。而江华在帮助林道静的过程中，爱上了这位“温柔的需要感情慰藉的女人”，林道静也因此成为江华的妻子。但从林道静的内心来说：“她所深深爱着的，几年来时常萦绕梦怀的人，可并不是他呀。”小说细腻地写出了林道静“胸中交织着复杂的矛盾情绪”，巧妙地将革命叙事和爱情叙事结合在一起，从一个独特的视角展现了20世纪30年代女性知识分子的人生理想和爱情诉求，正如有学者所指出的：这部小说的显性主题是在表现一个女性知识分子接受革命真理抛弃家庭束缚，走上革命的道路。但革命与爱欲的纠缠并没有随着对革命的更为深入的掌握而终结，革命与爱欲始终有着内在的纠葛。但我们不得不承认，小说因此也表现了一个女性走向革命以及革命斗争中那种真实的个人情感，一个更加完整的个人的生活历史。

在艺术上，《青春之歌》以林道静的成长为中心，将时代的风云、复杂的事件、广阔的场景、多样的人物织成一幅燃情岁月的青春画卷。

小说主旨鲜明，线索单纯，人物刻画笔触细腻，特别注重在对比中描写人物的精神世界，把肖像描写和人物内心世界的揭示融为一体，有力地凸显了人物的神情。小说语言流畅简洁，真挚委婉，具有浓郁的抒情色彩。

《青春之歌》出版后，受到读者的欢迎，发行量超过500万册，还被译成15种文字在海外发行。1959年被改编成同名电影上映。小说由于以女性知识分子走向革命的曲折历程为主线，大胆揭示人物的情感世界，引起了人们的热烈争论。1959年，郭开在《中国青年》发表了一篇题为《略谈对林道静的描写中的缺点》[①]的文章，批评《青春之歌》“充满了小资产阶级情调”，“没有很好的描写工农群众”，“没有描写和工农群众结合”，“没有认真实际地描写知识分子改造的过程，没有揭示人物灵魂深处的变化。尤其是林道静，从未进行过深刻的思想斗争……”对于郭开的批评，除了个别人表示赞同支持外，大都不同意他的观点。茅盾、何其芳、马铁丁等分别撰写文章批评了郭开文章中的简单化倾向，明确肯定《青春之歌》“是一部有一定教育意义的优秀作品”。作品中塑造的主要人物林道静是真实的，有典型性的[②]。论争之后，杨沫对作品进行了补充和修改，据统计，修改共有260多处，其中主要是在第二部增写了八章农村生活和三章学生运动的内容，增写了七八万字的篇幅，此外还有多处整页的增写，一些章节内容的合并、异动、插入等[③]。事实证明：这些修改是失败的，它不仅有损原作的精髓，而且降低了小说的艺术品位。

（原载高等教育出版社2012年出版的《中国现当代文学作品选读》）

① 郭开发表的文章有：《谈谈对林道静的描写中的缺点》（《中国青年》1959年第2期）、《就〈青春之歌〉谈文艺创作和批评中的几个原则问题：再谈杨沫同志的小说〈青春之歌〉》（《文艺报》1959年第4期）。

② 茅盾的文章：《怎样评价〈青春之歌〉》，《中国青年》1959年第4期；何其芳的文章：《〈青春之歌〉不可否定》，《中国青年》1959年第5期；马铁丁的文章：《论〈青春之歌〉及其论争》，《文艺报》1959年第9期。

③ 金宏宇：《中国现代长篇小说名著版本校评》，人民文学出版社2004年版，第239页。

赵淑侠的艺术世界

1992年仲秋，著名海外华文女作家赵淑侠应邀参加在华中师范大学举行的“中国当代文学国际研讨会”，在这次会议上，我第一次见到她。那时我读她的作品不多，只知她创作的《我们的歌》、《赛金花》蜚声海内外。去年，中国社会科学院文学研究所古继堂研究员专程来汉与我们相商在武汉联合举办“赵淑侠作品国际研讨会”，当时我们欣然应允，嗣后，沈振煜教授将一大捆赵淑侠作品给我时，我不禁愕然。赵淑侠从1973年写作《落第》以来的20余年里，竟写了这么多的作品，真不简单呵！待我把她的绝大部分作品读完后，进而发现，赵淑侠不仅写的作品多，而且写得很有特色，她为我们营造了一个独具魅力的海外华文文学世界，一个属于赵淑侠的艺术世界。

赵淑侠的艺术世界，既是丰盈的，也是多彩的；既是质朴的，也是绚丽的；既是饱含诗意的，也是富有哲理的。赵淑侠长期生活在海外，用她自己的话来说，一直在“痛苦高原”上奔波奋战，少有歇息。她用自己的心血和汗水，把自己多年来在海内外的所见、所闻、所思、所感，形之于文字，凝聚为形象，倾吐了自己对故土、对亲朋、对人生的真情实感，构建了一个既熟悉又陌生的艺术世界。在这个艺术世界里，既有时代风云的脉动，又有儿女情长的絮语；既有对祖国的热恋，又有对时弊的针砭；既有对葱绿的大自然的赞美，又有对未来的忧患与希冀。在艺术形式上，有长篇，也有短篇，有小说，也有散文、随笔、评论……林林总总，多彩多姿。可以说，赵淑侠的艺术世界所包涵的内容是广泛的，意蕴是深邃的，它从一个侧面反映了海内外的社会生活，反映了海外华人的真实心态。

然而，最能体现赵淑侠艺术世界深刻内涵的，则是她对故土、对祖国、对中华民族的赤子之心，爱国之情。她曾不止一次地说过：

> 瑞士的好处是说不尽的。但我更爱生我育我的祖国大地，爱那里的同肤色的同胞。特别是五千年来一脉相传的中华文化，都令我欲忘不能：我爱她们爱得根深蒂固，至死不渝。
>
> （《失乡人语》）

> 在今天的世界上，做个中国人并不轻松，我也不相信有哪个居住在

海外的中国人，会在感情上和精神上全无负担，“漂泊感”似乎是我们这一代在海外中国人共有的感觉。因此，我毫不保留的写出了这些天涯游子们的真实面貌，他们的苦乐和辛勤奋斗的过程，感情上的流浪感和文化上的乡愁。

（《西窗一夜雨·序》）

我是中国人，对自己的故土、家园、同胞，有一分根深蒂固的爱；对整个民族、整个大中国，有份无法遏止的关怀。因为关怀，便不能游过山逛过水，吃过北京烤鸭子，仍像没事人儿一般的装傻，写出来乃当然之事。

（《故土与家园·自序》）

作者这种“根深蒂固的爱”，作为一种深厚的民族精神，灌注在她写的所有作品之中。无论是纪实性的散文、随笔，还是虚构性的小说，大都体现了这种精神。比如，作者从紫枫园的枫树联想到“异国的生活，对某些人很好过，但对某些人又不太好过。我很难说出：在何时何地曾完全摆脱过乡愁的缠绕，何时不曾感到异乡人的落寞，何时曾稍释对祖国、对亲人的关怀和思念”；在故乡肇东，作者包起后院的一撮泥土，带回异国他乡作为纪念。由泥土，作者“看到了全部生命的真谛”，“看到希望，看到宇宙万物竞生的能力，追求存在的本能”，从而发出故乡的泥土“是好的、美的、有生命力的”，她一分钟也没有停止过对于国家和乡土的爱的感叹。在她的小说中，更以饱蘸感情的笔触，写出了异国环境下的海外赤子的真实心态和对祖国、故土的恋情。《赛纳河畔》中的正明和润明，虽然一个来自北京，一个来自台湾，但他们在巴黎学成毕业后，都没有留在巴黎，而是要回去建设自己的家乡，用画家范则刚的话来说，“海峡两岸，我都爱她，爱是没有道理可讲的；唯一可讲的道理就是我原是一个中国人”。《湖畔梦痕》中的法典、周梦鸿决定从海外回国，是因为他们“相信国家需要我们”，“回归是正确的选择”。《我们的歌》中的主人公江啸风在西方学成后，决心回去发展民族音乐，以创造“我们的歌”，他对余织云讲了这样一段话：“真正热情的人，不会只爱自己的情人，他会爱身边所有的人，他的家，他所置身的社会，他的国，他的民族……不能为自己打算，一定得有忧患感、责任感。一心得为众人的利益，牺牲一点自己的利益。”江啸风这段话代表了许多海外华人的共同心声，体现了一种深沉的眷恋故土热爱国家的民族之情。

这种爱故土、爱同胞、爱民族、爱国家的深厚感情，在赵淑侠构建的艺术世界中得到了最充分的体现。这是一种淳朴而又真挚的感情，是一个剪不断、理还乱、萦绕于心的中国情结。它使我们的民族得以生生不息，使我们的国家历经坎坷磨难而具有强大的凝聚力和生命力。过去我们任人欺侮、宰割，今天旧貌换新颜，扬眉吐气，靠的正是这种民族精神、这种爱国情感。也许有人会说，这是不是一种排斥西方的狭隘思想，这里，可用赵淑侠的一段话来回答，她说："西方的法治科学的精神都值得我们效法，我们应该虚心地学习。而学习并不是把自己变成一个外国人，盲目地崇拜西方就能解决一切问题了。""我并非一个狭隘的民族主义者，但我决不否认自己是一个民族主义者。每个民族都有自己的根源，不断地在人们的血脉里相连，一个人不爱自己的民族，而去爱别人的民族，想硬生生地移植进别人的民族，就算自己觉得似模似样像是了，别人也不见得接受你。这种横切面移植想法根本是一种自我陶醉，是一种愚蠢的逃避现实。先爱自己的民族，不但要坚强起来，还要保持民族的性格和特色，别人自然会尊重你。"作者在这里不仅对盲目崇拜西方、一切移植西方等说法给予了明确回答，而且为我们理解赵淑侠的作品提供了最好的阐释。正是这种对故土、对民族、对国家的深厚情愫，构成了赵淑侠作品的精髓，这也使赵淑侠建造的艺术世界具有非凡的魅力。

组成赵淑侠艺术世界的另一部分，是她的创作思想和文学观念。她在这一方面的文章不是很多，我们见到的有她收入《天涯长青》、《爱情与幻想》、《异乡情怀》、《文学女人的情关》中的一些篇什，但从这些文章中，作者对自己的创作动因，对文学的作用、作家的责任，对文学作品的民族色彩、人物塑造等问题，都发表了许多很好的见解。

赵淑侠是学美术设计的。平时，她的日子过得十分忙碌，除了一家人的生活起居，自己的旅行、开会、参加文化活动外，主要是写作。她写得很苦，"而且完全是土法炼钢"，曾一度把手写出了毛病，大热天也要戴手套，否则便痛得不能握笔。她之所以这样勤奋地写，艰苦地写，执着地写，在于她要把自己的人生历程，把生活里的喜怒哀乐，把自己的所见、所闻、所感写出来，不写出来，便会感到"永远的不会快乐"。在她看来，写作并不是为了自己，"并不是仅仅要忠于'自我'或表现自身的才华，他必须负起对社会的责任"，"所以在创作过程中，要时时不忘他的社会责任"。因为作家不是单独存在的一个生命，而是整个社会的一分子：作家不可能脱离社会而存在，作家要写的生活素材，反映的人与人之间的矛盾冲突，都来自社会，因此作家就要有使命感、社会责任感。有人认为：作家有作家的创作自由，爱怎么写就怎么写，对此，赵淑侠认为，创作是自由的，"一个有良心的作家，必不滥用自由，必不因个人享受自由就干扰别人的自由，扰乱别人的安宁"，"作者在创作的时候，必须考虑他要给大众的是些什么，他的作品会在读者群中引起什么样的作用和后果"，作家应该用他的作品"去温暖、滋润、启发读者心，不是为了出名，哗众取宠，滥用自由，造成社会人心的'万骨枯'。

文章千古事，所谓一言兴邦，一言丧邦，并非过甚其词”。她举了两个例子：一个是西德小说家、诺贝尔文学奖获得者亨利·盘尔控告一家刊物，说这家刊物发表文章指出德国青年人之所以偏激、不满现实，很多是受了他的作品的影响，是败坏他的名誉，亨利·盘尔告到法院，经过审理，结果败诉。另一个是法国作家、存在主义大师萨特访问西德，提出要到监狱去慰问恐怖分子领袖，后被德国政府断然拒绝。作者举这些例子，在于说明作家的言论、行为，作家的作品是会对社会产生影响的，“他的言论思想印在纸上，每一个字像一枚钉似的打进读者的思想中……影响的是整个家庭、社会、人类”。因此作家要有社会责任感，要用自己的作品使读者“看到世界的美好和悲伤”，“知道自己如何生活得更美好，如何与人共享生命之光辉”。

在《文章不是武器》一文中，赵淑侠回忆在女中就读时教国文的张老师对她的教诲。张老师的金玉良言，使她至今铭记在心。她始终记住张老师讲的“文学必须具备真善美三个条件，缺一不可”的教导，并把它作为自己创作中一以贯之的追求。她十分强调文学要以真实为基础，追求美的境界。她认为，“美是与庸俗对立的，庸俗的人或物，无论何等华丽，都不美”，“美应该是从内里散发出来的气质，加上整齐姣好的外表，互相搭配的一种和谐”，而会欣赏美、憧憬美的人，也同样“要有较高的精神境界”。有些人终其一生并不懂美是什么，对于一个市侩型的人而言，“说不定认为金币相碰的声音比舒伯特的小夜曲还动听，花花绿绿的钞票比凡高、高更或八大山人的画更叫人看了悦目呢！美的撼动，只有具有美的品味和品质的人才能感受到”。这些观点都是颇有见地的。

经过二十多个春秋的努力，赵淑侠终于用自己的作品，构建了一个特色鲜明的艺术世界，为华文文学作出了重要贡献。为了全面地研究赵淑侠的创作道路和创作成就，也为了促进海外华文文学的发展和交流，进一步繁荣传统的中华文化，我们召开了赵淑侠作品国际研讨会。应当说，为一位海外作家举行专题学术研讨会在国内尚属首次。会议编印出版的这本论文集，较为集中地反映了研究赵淑侠创作的学术成果。论文集从宏观与微观的结合上探讨了赵淑侠的创作道路，研究了赵淑侠创作的来龙去脉及其成败得失。第一辑《赵淑侠与海外华文文学》，从大的文化背景中探寻了海外华文文学产生的条件和赵淑侠的创作历程；第二辑《赵淑侠小说创作论》，重点剖析了赵淑侠小说的内在意蕴及其在女性文学上的建树；第三辑《赵淑侠的散文创作论》，多方面地表达了作者对人生、对社会、对友谊、对爱情的深邃见解，以及凝聚其中的中国情结。附录辑录了赵淑侠的创作篇目、研究赵淑侠作品的论著摘要，以及赵淑侠的创作与文学活动年表等。这些文章的作者，大多是研究当代中国文学和海外华文文学的专家、教授，有的还是赵淑侠的亲人和朋友。文章大多简明扼要，情真意切，娓娓的分析评述中不乏精彩独到的见解。亦有文章对赵淑侠的作品提出探讨或质疑意见，应当说，这在学术研究中都是十分正常的。我们期望这本论文集的出版有助于赵淑侠研究的进一步深化，期望海外华文文学这片璀璨的天空更加绚丽多彩。

（原载作家出版社 1996 年出版的《赵淑侠作品国际学术讨论会文集》）

寄语“大海洋”

中国文学是个大海洋，中国诗歌也是个大海洋。大海洋诗社访问团在团长朱学恕先生率领下访问了我校和中国新文学学会，我因公务外出未能与同仁晤谈，失去了一次学习的机会，实在是一件憾事，但是同仁们的著作和大海洋诗杂志，我不仅“晤”了，还读了很多，使我这个长期在中国当代文学大海洋里冲浪的人又结识了一批新朋友。

大海洋诗社是在台湾颇有影响的一个诗歌社团，从1975年创办至今，已逾廿载。在当今商品经济冲击下，大海洋诗社和它所办的大海洋诗杂志，能够历经风雨的考验矢志不移，长期不懈地保持蓬勃的生命活力，确是非常不易的。之所以如此，我以为有两点是很重要的：其一，大海洋诗社始终高举“向海洋进军的大旗”，“以开拓海洋文学新境界为使命，以塑造海洋人生观的品位为主旨”，“为海洋思路耕耘播种”，创造“场面雄伟、潜流激荡的海洋文学成品”。这种强烈的海洋意识，鲜明的海洋特色，不仅使大海洋诗社在诗坛独树一帜，而且充分体现了20世纪的时代精神。我们知道，中国不仅拥有960万平方公里的土地，而且拥有300万平方公里的蓝色海洋。近五十年来，人类对海洋的争夺演出了一部正义与邪恶斗争的历史活剧。今天，人类进入了开发利用海洋的新纪元，充分利用海洋资源，重视海洋，开发海洋，建设海洋，已成为我们走向21世纪的一个重要课题。面对新世纪的挑战，我们在建设物质文明的同时，绝不可忽视精神文明建设，而建立民族性的海洋文学领域，倡导“海洋精神”，正是诗人、作家理应肩负的历史使命，从这一方面来说，大海洋诗社倡导海洋文学，弘扬海洋精神，顺应了时代和历史的发展，切合了世人的需要；其二，在物欲化、商品化泛滥的今天，大海洋诗社不媚俗，不随波逐流，始终坚持独立品格，这是十分难能可贵的。朱学恕先生说，“要有正确的思想，才能有正确的目标和方向。要有海洋莽原的宽阔胸襟，才能有容忍和综合的远见的能力”。诗歌要教育人们建立信心和远见，“向内心深处寻找自己，以净化思想和心念”。这些看法都是很有见地的，与古人倡导的“诗言志”、“诗言情”等主张是一致的。多年来，朱学恕、刘菲等先生致力于海洋诗歌的创作与繁荣，大力倡导诗歌应当具备真善美的品质，具有扶正祛邪、美化人的精神境界的作用，都是十分正确的。对此，我向大海洋诗社致以深深的敬意。

（原载白山出版社 2013 年出版的《与时代同行》）

百年香港凤兮归来之歌

——王一桃的《香港火凤凰》评析

香港诗人王一桃为香港九七回归创作的抒情长诗《香港火凤凰》发表于1996年出版的《香港文学》，节选刊登于同年6月24日的《人民日报》，后收入香港当代文艺出版社于1997年2月出版的同名诗集《香港火凤凰》中。这首热情澎湃的诗作发表后，受到人们的欢迎和肯定。著名诗人李瑛在《香港火凤凰·序》中说："诗人是怀着神圣的使命感和高度的自觉意识，是带着苦涩的泪水和狂欢的激情唱出了这支高昂的歌的。"①文学评论家啸湖说："这是一首动人心弦的归来之歌，是对香港九七回归的热情礼赞，也是洋溢着爱国主义激情的美妙华章。"②

王一桃是一位有着曲折经历的诗人。他读小学时被选为学生会学艺股长，1948年因在当地出售进步书刊，两年后被英殖民当局援引紧急条例加以逮捕并于1952年驱逐出境。回到祖国后继续求学，后在广西工作。1980年春获准赴港继承遗产，于从商之后从文，著作甚丰。其创作以诗歌为主。他的诗作热情奔放，韵味深长，具有强烈的时代精神。王一桃在香港30年的岁月里，出版了二十种诗集，其中以香港为题材的诗作占了大半。为了迎接香港回归，他写了多篇诗作，如《香港交响曲》、《香港火凤凰》、《这就是香港》、《1997：我的回答》、《香港：在借去的时空中》、《天堂与地狱之间》、《沙漠与绿洲之间》、《过渡与回归之间》、《香港：小小世界》、《香港回归曲》等，其中《香港火凤凰》是其代表作。

《香港火凤凰》除序诗、尾声外，共分三个部分。序诗和尾声均以倒计时起兴："近了/近了/更近了"，一个"近"字充溢着强烈的感情色彩，反复渲染着香港人急切盼望香港回归的赤子之情。接着在时间的层面上叙说"一个百来岁的赤子/终于扑向/五千岁慈母的怀抱"，这既非神话，也非传奇，而是"凤凰再生的奇迹"，是"百年来凤兮归来的现实"。没有一句政治口号，而是

---

① 李瑛：《欢呼火凤凰腾飞——香港火凤凰·序》，《光明日报》1996年8月28日。

② 啸湖：《心血凝融的回归之歌——评王一桃〈香港火凤凰〉》，《香港火凤凰》，香港当代文艺出版社1997年版，第89页。

用诗的语言，抒写百岁赤子扑向五千岁慈母的怀抱，以此表达盼归之情，不仅形象生动，而且寓意深邃。尾声以“时间 /比心跳 /还要快”。“分针 /竟变成了 /秒针”，表示香港回归即将成为现实，以“百多年前的火 /全变成今日的花”，表达港人对香港回归的喜悦与祝福之情。这些发自诗人内心的真情流露，既充满了鲜明的地方特色，也体现了强烈的时代精神。

第一部分从中国近代史的国耻写起，叙说香港人的奋起和反抗。立于黄帝陵的“香港回归纪念碑铭”记载：“香港自古乃中国领土，一八四零鸦片战争后被英国占领达百年之久，一九八四年十二月十九日中英两国政府签署联合声明，确认中华人民共和国政府于一九九七年七月一日恢复对香港行使主权，从而实现长期以来中国人民收回香港之夙愿。”见证历史，饱经沧桑，民族多难，港沦英邦。这是一部香港同胞屈辱的血泪史，也是中国人民不屈不挠的奋斗史。无怪乎诗人一掀开中国近代史，“手立即被灼伤 /眼被烧得通红”，正是国耻，震裂黄土地，鞭笞着港人奋起，铸就这一火凤凰。作者满怀激情地自问自答：“火凤凰在哪呢 /火凤凰，就在每个港人心里”，说得多好啊！正是在烈火中再生的火凤凰不畏强权，忍辱负重地肩负起历史的重任，在“被别人借去的时空”耕耘，终于使香港从死寂中苏醒，火凤凰得以再生，香港由此揭开了新的一页。接着诗人在叙说香港一个个蜕变之后，都以“——这难道 /不是 /凤凰再生”设问，以“就是这再生的 /精灵，驮着日月 /吞吐着海角天涯……”作答。诗人没有具体叙说香港发生变化的具体事件，而是让人们从“这难道 /不是凤凰再生”的潜台词中感受到香港被英国占领后的变化：从衰落的渔村发展到沸腾的商港，从贫瘠的山城发展成东方的明珠，特别是“二战”之后迅速成为亚洲“四小龙”之一。何以如此成功，其根本原因在于再生凤凰的奋飞，在于港人的自信、自立、自强。

第二部分抒写了香港的社会现状，为香港回归祖国作了有力铺垫。诗人对当今香港社会的描述没有面面俱到，而是从“西方文明”、“资本主义”、“生活方式”三个方面揭示了香港实行资本主义制度的两重性。这样描写，既突出了重点，又有说服力。在作者的笔下，西方文化为香港注入了一派生机，德先生和赛先生带来的科学与民主，孙中山、蔡元培在香港播下的社会进步的种子，推动了香港的开放和发展。正是这些内在的动因促进了香港社会的发展，使当今香港社会“资本主义 /结出满枝繁荣”“生活方式 /令人如痴如醉”。香港昔日的荒芜、贫困已成为过去，自由港、金融中心、购物中心，“令天下美色慕名而至”。然而，作为资本主义社会的香港也不是十全十美的，诗人在叙说香港繁荣的同时，也辛辣地讽刺了殖民统治所带来的负面影响：“奴化教育将人 /投入了模具、小孩呱呱落地 /黑发顿成金发 /阿宝也成约翰”，甚至连寄信“也要乞灵于 /女皇头上的光圈”。诗人以凝重的笔触揭示香港社会的弊病，在于提醒人们警觉和预防，告诉人们：资本主义在香港犹如一把双刃剑，既有它的生命力，也有它的腐朽性；既有辉煌的亮点，也有阴暗的角落；既有它文明的一面，也有它丑陋的一面，人们不能因为西方的“普世价值”而忽视优秀的中华文化，不能因为作为“四小龙”之一的经济起飞而忽视即将崛起的“睡狮”，不能因为香港的灯红酒绿迷失了自我。诗中这些叙写高屋建瓴，发人深省。

第三部分抒写了香港回归前的社会万象，对回归后的香港实行“一国两制”充满信心。香港回归是亿万中国人(包括香港同胞)朝夕期盼的大事，也是华夏泱泱大国民族团结、国家统一、人民幸福的伟大创举。面对这一重大历史事件，自然会有种种不同的反应和议论，也会产生这样或那样的担忧和疑虑，诗人长期生活在港，对香港的过去和今天，对自己在港经历的酸甜苦辣有着切身的感受。针对香港回归前的现实，诗人以“凤兮归来/归来凤兮”的呼告起句，接着从两个方面着墨：一方面叙说了“黄土地上/默默耕耘的/黄牛”在港的苦难史、奋斗史。是他们用自己的智慧和双手“将寸阴变寸金”，“垒起金色天堂/令上帝也伸出手来握”。然而金色天堂的建造却是不易的，它所付出的代价却是沉重的。不仅“岛上黑眼睛/都是深沉的老井/都是不尽的泪泉”，而且“至今阳光下山溪/仍闪珠江女泪光/被污染的断弦”。特别是那些百多年来在英殖民者统治下遭受精神奴役创伤的受害者，更是伤痕累累。诗人既热情肯定了他们长期劳作作出的贡献，又同情其不幸和痛苦。颂赞之情、怜悯之心、关切之意洋溢纸上。另一方面针对香港回归后的种种疑虑给予了响亮回答，诗人明确指出：“还怕什么呢，/一国两制，钢一样/浇铸在基本法上/还怕什么呢，/五十年不变，雷一样/必将绽开历史回声/还怕什么呢。/港人治港，花一样/定会吐出更美好的芬芳。/因为，在世界大银行中/中国从未开过一张/空头支票。”铿锵有力，掷地有声。以国威的神圣、国策的英明、国誉的诚信使人心悦诚服。这是这首抒情长诗的旨趣所在，也是全诗的点睛之笔。

在艺术上，《香港火凤凰》也有自己的鲜明特色。全诗以火凤凰作为中心意象，与郭沫若的《凤凰涅槃》中的凤凰出自同一典故。郭沫若在诗中将天方国的神鸟“菲尼克司”和中国的凤凰融为一体，作为诗人赞美的形象，讴歌祖国和个人在时代的烈火中的嬗变和新生，全诗浪漫主义色彩浓郁。《香港火凤凰》则以凤兮归来为主线，把火凤凰这一抒情意象贯穿全诗始终，又有自己的独特的构思和寓意。先是凤凰在悲愤烈火中再生，再是凤凰在有限天地里奋飞，后是凤凰在热烈呼唤中归来，一环扣住一环，在起承转合中跌宕起伏，摇曳多姿，从而将现实主义和浪漫主义熔为一炉，具有强烈的感染力。再如，在抒写归来前夕的香港现状时，通过抒情意象表达香港同胞的期待之情：岛上黄皮肤、黄帝的子孙，黄河的后代，都是黄土地上默默耕耘的黄牛、黄花丛中辛勤采蜜的黄蜂、黄云故乡象征吉祥的黄龙：连用了八个带有黄字的意象直抒胸臆，想象丰富，形象独特。

激情奔放、诗情浓郁，是这首长诗的又一特色。古人云："情者文之经"，"诗者：根情，苗言，华声，实义"。一首好诗，情是根，言是苗，声是花，义是果实。感人心者，莫先乎情。《香港火凤凰》的感人之处，就在于诗人咏唱的是赤子的深情。诗人自幼生活在英殖民地马来西亚，深受帝国主义的欺凌，后被无理监禁，驱逐出境。50年代已涉足香港，80年代又在香港长期居住，对香港的历史和现状有了深刻的认识和了解，并和几百万香港同胞血浓于水感同身受。当香港即将回到祖国怀抱，诗人欣喜若狂，按捺不住自己对祖国、对香港的爱，情不自禁地抒写了这首归来之歌。著名诗人朱子奇在读了诗人写的香港回归的诗作后，特致函王一桃表示祝贺。他在信中说："存在侵占，就有反抗，有爱国心，就有爱国诗。百年来，出现过100多位以写盼回归为主题的香港诗人。一位晚清秀才诗家，临终前留下绝笔《改陆游〈示儿〉示儿》：'死去原知万事空，但悲不见九州同。香港回归祖国日，家祭毋忘告乃翁。'各个时期的诗家写有大量渴望早日洗辱回归的名篇。现在各位，当代香港诗人的成就，更证明香港绝非什么'诗沙漠'，而是一片'诗绿洲'。"①过去是渴望回归，回归只能是难以实现的神话和梦想，如今祖国强大了，神话变成了现实。面对日月重光、还我河山的百年盛事，诗人写下了这样的诗句："我是中国的/香港人"，"所有借出去的/统统要收回来/"，"所有被颠倒的/统统要反正过来"。"我是中国的/香港人"，说得多好啊！朱子奇说："这就是你永恒的名字，是你心中的诗之诗。我还要说，这也是我们心中的诗之诗，因为香港是我们伟大祖国的光荣儿子。"②是的，长期遭受外国殖民统治的时代结束了，作为中国的香港人扬眉吐气了，诗人对祖国、对香港热爱的感情流溢在字里行间。

罗丹说："艺术就是感情"③，也是诗的灵魂。情到真处自有诗，情到深处诗更美。《香港火凤凰》的魅力也正在于，作者抒发的是从心底迸发出来的对香港、对祖国的挚爱之情，是期盼"香港火凤凰比花更灿烂，更辉煌"的赤子之情。正如诗人所说："我写这些诗作时整个人都沉浸在思想的天空和感情的大海中，我爱，我恶，我歌，我哭，我是把整个心掏出来交给了我的读

---

① 朱子奇：《香港回归诗领飞》，《文艺报》1997年5月27日。

② 朱子奇：《香港回归诗领飞》，《文艺报》1997年5月27日。

③ [法]罗丹：《罗丹艺术论》，人民美术出版社1978年版，第3页。

者。”①诗人正是这样将人与诗、诗与人融合在一起，熔化成一首激越的“凤兮归来”之歌。

在诗歌形式上，诗人采用了马雅可夫斯基的“楼梯式”，但又有所变化，这是具有中国风格的一种新格律诗，短小有力，节奏感强。如“火/火/火/奔突/飞进/腾跃/却不见/火凤凰/再生烈火中/末了/化作一堆/历史/仍不见/火凤凰/扑腾灰烬上”，每行几个字，形象鲜明，富有音乐美，很适合朗诵。在表现手法上，诗人遵循鲁迅的“拿来主义”，将古典主义、现代主义中能为我用的技巧手法拿来，从而使诗作的语言多姿多彩。诗中既采用了比喻、拟人、夸张、通感、怪诞、变形等手法，又使用了排比、拟人、设问、重叠、呼告等技巧，用以抒发自己的情感，表达人民的心声。如“古榕，自铜锣湾/飞吻/甜美的尖沙咀/期待，比长髯还长/终于，一片执著/化作永恒石林”。这里，诗人运用夸张、变形手法，用“古榕”比喻香港历史的变迁，用“长髯”比喻人的期待的长久，意味深长。再如，“你是一个中国人/受尽了百年凌辱/谁还愿仰他人鼻息/君不见/世界再强的/女强人，野心/在台阶上翻了筋斗/君不见，世界再滑的/老滑头，把戏/一上台即露出马脚/君不见/世界再超的/超级国，阳谋/光天下被空对空击中”，一连用三个“君不见”的排比句讽喻殖民者使用的种种伎俩的破产，也表达了中国人的自信。

总的来说，《香港火凤凰》是一首与时代偕行的好诗，这首诗发表后，魏巍称王一桃是“在香港高举爱国主义旗帜的诗人”，贺敬之则对他“多年来在香港不断写作并出版热情洋溢的爱国主义诗篇深为赞赏和钦佩”。

（原载香港文艺家协会2012年出版的《香港文艺家》第二版）

① 王一桃：《火凤凰与真善美》，《香港火凤凰》，香港当代文艺出版社1997年版，第129页。

执著追求　激情似火

——读《王一桃创作回忆录》

《王一桃创作回忆录》即将付梓问世，得知这一讯息感到十分高兴。一桃已届耄耋之年，在这个时候回忆自己几十年来所走过的创作道路，总结从文以来所经历的甘苦，是一件很有意义的事。

我与一桃书面交往很早，但见面的机会并不多，算起来也仅有屈指可数的几次。尽管我们直接晤面的机会很少，但许多共同的东西却将我们联系在一起。我与一桃不仅同龄，而且同专业。从年龄上说，我们都生于风雨如磐的 20 世纪 30 年代的同一年，经受过时代风雨的冲刷洗礼，品尝过人间的酸甜苦辣，不同的是他比我早出生几个月；从专业上说，我们都酷爱文学，特别是中国现当代文学。我主要从事文学研究，而他涉猎的范围比我广，不仅创作诗歌，而且还写散文、写评论。正是这颗酷爱文学的心，使我们从相识到相知，成为文学艺术上的良朋益友，这是十分难能可贵的。

一桃一生坎坷，富有传奇色彩。作家何为说："他一生是个奇迹。"这话说得不错。王一桃原名黄寿延，祖籍福建同安，生于英属马来亚丁加奴。英帝国主义长期的殖民统治、日本侵略者三年八个月的压迫，促使他的觉醒和抗争。少年时代，他如饥似渴地阅读鲁迅、高尔基、罗曼·罗兰等作家的作品和《马克思与文艺》、毛泽东《论文艺问题》等经典文论，积极参加进步文化活动。14 岁那年开了一家新南洋书店，出售进步书刊。两年后，被马来亚的英殖民当局以莫须有的罪名（"文字叛乱首要者"）逮捕，在监狱关了一年八个多月，还被当做"要犯"、"重犯"用军用飞机押送到首府吉隆坡审讯，前后达三个月之久，最后则因在集中营组织难友斗争而被驱逐出境。一桃回国后，沐浴着新中国的阳光，在广州、桂林读完中学、大学，毕业后被分配在大学任教，后又调至文联、作协任职，与韦其麟一起合编《广西文艺》。尽管在此期间也受到极左路线的批判和"文革"的迫害，但他在阶级斗争的风暴中能始终经受住磨难和考验，赤子之心如故，爱国之志不变。80 年代经批准到香港继承遗产，先从商后从文。从 90 年代起，一直活跃在文坛上，一方面继续写作，出版了多部诗集、散文集和评论集；另一方面积极参加海内外文艺活动，为香港文学和世界华文文学的发展助力。正如作家峻青所说：

“一桃正是以他的满腔热情、一片爱心和万般辛勤，为海内外的文学艺术界朋友们，搭起了一座宽阔坚固的文桥，使得许许多多文艺界的朋友以及千千万万的广大读者的思想和情感得到了交流和融汇。”从一桃一生走过的道路来看，正是苦难和艰辛的人生经历熔铸了他的性格，也构建了他的传奇人生。

法国作家巴尔扎克说：“苦难是人生的老师。”中国的荀子也说：“岁不寒，无以知松柏；事不难，无以知君子。”苦难与艰辛的生活既是人生前行的动力，也是文学创作的源泉。经历过艰辛与苦难的一桃，正是这样在人生的旅途中与文学艺术结下了不解之缘，与诗神缪斯结下了不解之缘，最终由海外赤子成为香港诗人、中国作家。

王一桃这部创作回忆录以其从文的经历为线索，概括地叙述了他成为作家的人生轨迹，真实地展现了作者一生奋斗的心路历程。全书 55 篇，每篇一个中心，重点写一个或多个人物，既可单独成篇，又可合为一个整体。每篇一个主题，写出与作者人生相关的一个或几个人物对自己成长、成才的影响，揭示作者怎样由一位海外赤子成为中国作家、香港诗人的缘由。在我看来，一桃从文 65 年来从海外回到祖国、又从内地走到香港的人生道路，他笔下所反映的海外、中国内地和香港地区的多元、多样文学景观，是中国当代文学值得研究的一个独特现象，他的创作成果、创作经验、创作道路，鲜明地烙上了风云变幻的时代印记和由此形成的特色，从一个层面反映了当代中国文学在曲折中前进的发展状况。而这，正是值得我们认真探讨的。

记得有位名人说过：“努力是成功之母。”“要获得事业的成功，必须奋斗，而不是乞求。”王一桃之所以能成为一位有影响的诗人，绝非偶然，而是长期奋斗的结果。根据我的粗浅了解，主要有三个方面的因素促使一桃在创作上取得成功。

一是有一个有利人才成长的土壤和环境。一个人的成长、成才是由多方面因素铸成的：既要有内因的主导，又要有外因的推动。内因与外因的融合，形成有利人才成长的土壤和环境。《王一桃创作回忆录》从“如何跨出坚实的第一步”写起，重点叙述了作者成长的土壤和环境，写出外在因素对作者的一生、对文学创作和研究所起的重要作用和深刻影响。与内地一些土生土长作家所走的创作道路不同，一桃在马来亚生活了 18 年，在内地生活了 28 年，80 年代到香港定居，至今已有 30 多年，他的这一经历有其独特性，他在人生历程中所受到的影响也是多方面的，其间既有中国传统文化的熏陶，也有外国文化特别是苏联文学的影响，更有“五四”以来革命文化的哺育，一桃正是在这种多元文化影响下从事文学创作的。《创作回忆录》具体写到外在因素对他的一生创作的重要影响：其间既受到鲁迅、高尔基作品的巨大震撼，又获毛泽东《讲话》的指引；既有茅盾、冰心、艾青等作家的热情鼓励，也有臧克家、何其芳、张光年、鲁藜、贺敬之、李瑛等诗人的具体指点；既有胡愈之、林林、朱子奇等的大力支持，也有林焕平、陈白曙、贺祥麟、韦其麟等的鼎力相助……这些指导、帮助使一桃在纷繁复杂的现实世界中进一步明确了方向，形成了自己的人生观、文艺观，使他懂得了“文学是时代的生活和情绪的历史”，文学要“示人以真，导人以善，给人以美”，要为人民鼓与呼，懂得了文学创作必须坚持现实主义创作原则，诗歌创作除了思想内容的人民性、时代性，还要注意艺术形式的民族化、大众化，讲究诗歌的语言、节奏和韵律……可以说，外在因素的促进和推动对作者一生的创作产生了重大影响，正如他在“跋”中所说：“我自从文伊始，即得到前辈潜移默化的影响，得到同行相濡以沫的顾盼，得到海内外读者嘤鸣相召的回应，如果没有这些影响、顾盼和回应，就没有我整个文学人生。”这些话是符合实际的。

二是有一颗深沉而热烈的赤子之心。一桃无论走到哪里，都有一颗滚烫的、炽热的赤子之心。冰心 1994 年赠给他一句名言：“有了爱便有了一切。”他写的那些反映时代、反映家乡生活的诗作，都融入了自己的爱，融入了自己的人生阅历，充溢着浓郁的爱国之情。我们读那些反映马来亚生活的诗作：《马来亚：三年八个月》、《马来亚狱中诗钞》、《飞出铁窗的心曲》、《归侨短篇》，都会深切地感受到作者发自肺腑的深情，对祖国的思念与对邪恶势力的憎恨跃然纸上。如《一片相思一片情》中所抒发的对祖国的爱：“度过了多少椰风蕉雨，/走遍了多少异乡番寨，/海外的酷日催人老呵，/故乡的明月夜夜入梦来！手里，一颗相思的红豆，怀里一片深情的大海——/一片相思一片情，倾注不完对祖国深沉的爱。”情真意挚，沁人心田。而那些抒写祖国山水、反映家乡变化的诗篇，更为我们谱写了一曲曲具有炽烈爱国情怀的心曲，特别是那些反映香港生活的诗作，更体现了作者的赤子深情。无论是礼赞“维多利吹进自由不羁的风”带来的“前程似锦的生活”，“去哪里找寻/这样的乐土/比黄金海岸夺目”的东方之珠，还是批判都市疯狂节奏拼命转动“搅拌了日月，/辗碎了自我”所带来的“星，从银河堕落”的乱象，都出自作者对香港爱之深沉。他于 1997 年为香港回归所写的长诗《香港火凤凰》，更庄重地发出了“我，是中国的香港人，/我，是中国的香港诗人！”的宣告。诗人朱子奇读了这首诗后说：“我相信，我祝贺：这就是你心中的诗之诗，我还要说：这也是我们心中的诗之诗。”作家刘白羽也说：“你的诗是燃在香江的火炬，把大宇宙照得通明透亮。”写到这里，我想起作家魏巍写给他的一封信。信中说：“你真是一位高举爱国主义旗帜的诗人！你的爱国主义情感是真实的，因为它同深刻的反帝意识联系在一起的。爱国主义对你并不是什么抽象和空洞的东西，而是你的血肉和灵魂。”这一评价是符合实际的。

三是有一种对理想执着追求的精神。要成就一番事业，总是要有一点精神的。一桃是位富有理想而又勇于拼搏的诗人，为了实现自己的理想，他始终不渝，执着追求。正如诗人公木所说：“你对诗的执着，不只是以诗为生命，更尤其是以生命为诗。你说：生活给创作以灵感，思想给作品以灵魂，语言给诗歌以灵性。你这三灵式诗化途程，实由时代精神粹铸，它定会将世纪的呼声传向来世。”几十年来，一桃正是以诗为生命，为诗的发展、为文学的勃兴，奋斗不止。1997 年，他在接受中国国际广播电台记者采访时，谈到他的工作情况。他说：教学、赴会、出书等等，时间很紧，每天的工作都排得很满。在香港大学讲中国当代文学，给出版社编五卷本《香港回归丛书》，另有《写作借鉴手册》(四本)要编，还给报刊写稿，这样每天都很忙，他正是以这样的状态辛勤耕耘，最终结出了丰硕的果实。到目前为止，他已出版诗集 22 部，散文集 22 部，评论集 13 部，其他编著 25 部，总共 82 部。这是一位耄耋老者交出的人生答卷。看到这一数字，委实让人惊奇、惊喜，它凝聚了诗人一生的心血和汗水，彰显的是诗人对理想执着追求的顽强意志和坚韧不拔的精神。

就是这样一位激情似火、不知疲倦的诗人，长期奔驰在海内外文艺界。1994 年，我和马敏教授等应香港中文大学邀请在香港几所大学访问，正在这个时候，有幸出席一桃在香港刚建成的 78 层摩天大厦举行的新春联欢会，这是我第一次与一桃见面。15 年后，也就是 2009 年，中国新文学学会在哈尔滨召开“中国当代文学 60 年”学术研讨会，作为香港文艺家协会会长的他应邀与会，一桃除了代表该会致词外，还在大会热情朗诵了他创作的《为新中国六十大庆而歌》。由此使我想到，他在许多会议场合都是这样热情奔放。作家蒋子龙说：“他的眼里永远有火花闪耀，激情随时都可以感染大家，融化冰冷、生疏和不适，让大家恢复自然，恢复友好和善意。他自己也因为激情洋溢，给精神以青春，让自己的精神处于飞翔之中，所以他年年诗作丰收，人也显得充满活力。”多年以来，一桃正是以这样的状态“让自己的精神处于飞翔之中”。他在《关于人生的对话》中说到他对待人生的态度：“人，/就应对生，倍加珍惜，/就像春蚕吐丝奉献到最后一丝/蜡炬尽情燃烧到最后一滴。”这，就是一桃脚踏实地的人生，也是一桃热情洋溢的人生，更是一桃精神飞翔的追梦人生。

以上简要概述了一桃成功的基本因素，不一定全面准确。总的说来，一桃是一位既有历史使命感，又有社会责任感的作家。他 65 年的从文经历展示了一位海外赤子成为中国作家、香港诗人所走的创作道路，这是在中国历史文化语境中形成的别具一格的文学现象，具有研究的价值和意义，而这部《王一桃创作回忆录》正为我们研究王一桃文学现象提供了重要资料，故弥足珍贵。

2013 年 5 月 30 日于武昌桂子山

（原载香港文艺家协会 2013 年出版的《王一桃创作回忆录》）

人人身上都是一个时代

——读李德复的自传长篇《不言放弃》

新春伊始，我从海南返回武汉。回到学校后，收到李德复先生寄给我的信和书，信中说："我于上星期出院，癌症已基本控制。医生说，目前在我身上暂时查不出癌细胞，但害怕它神出鬼没地再冒出来，因此，我一两个月要到医院复查一次，'敌人'如再出现，则继续用化疗惩治。寄上我的自传长篇，请您审阅指正，如您觉得还有点价值，能否赐我一个序。"看完这封信，我感到十分高兴。记得去年春天，我和涂教授去医院看他的时候，他正躺在病床上输液，当时我们为他得了绝症焦虑担忧，但他坦然地说："没有关系，病会好的，马克思还没要我去报到呢。"一年的时间很快过去了，没想到他这么快就恢复了健康。他不仅初步战胜了癌症，而且在病床上完成了近三十万字的自传长篇《不言放弃》。这是一件多么了不起的事啊，没有乐观向上的心态，没有坚强的毅力是很难做到的。

德复是我的老朋友，早在20世纪50年代初期，我们同在华中师范学院学习，他读俄语系，我读中国语言文学系，当时我们之间的交往不多，但我知道他是一个很有活力的人。1958年，他写的《典型报告》在文艺界产生了很大影响，使他一举成名。此后他创作的小说、报告文学，反映的多是当代社会的现实生活，深刻地打上了时代的烙印，少有作者个人风格的印记和个人情感的表达。这次他写的《不言放弃》却与作者以往的作品有很大不同，这是一本自传体作品，带有强烈的个人色彩，具有很强的纪实性。它通过第一人称的叙述，真实地展现了一位作家在成长过程中所走过的人生之路，形象地反映了共和国60年的历史变革在一代知识分子身上的投影。可以说，这是一代知识分子心灵历程的真实写照，也是新中国60年(主要是"文革"时期)历史的一个缩影。

德复这部作品，写的是自己一生中所经历的事。作者说："多年来，我最喜欢的一本书是卢梭的《忏悔录》。学卢梭，我想把自己干的好事、风光的事，以及见不得人的事均在此展览展览，见见光吧。"的确，当我读完《不言放弃》之后，深感这部作品所受到的卢梭的深刻影响。我们知道，作为法国启蒙主义思想家、文学家的卢梭(1712—1778)晚年写的《忏悔录》，是一部推动和启发了19世纪法国文学的重要作品。在这部作品中，卢梭以真诚坦率的态度讲述了自己一生的历史，如他所说："我要把一个人的真实面目赤裸裸地揭露在世人面前，这个人就是我。""我当时就是这样的人，不论善和恶我都同样坦率地写了出来。我既没有隐瞒丝毫坏事，也没有增添任何好事。""这是世界上绝无仅有，也许永远不会再有的一幅完全依照本来面目和全部事实描绘出来的人像。"德复也正是以《忏悔录》为样板，本着率真坦诚的态度书写着自己的风雨人生。不同的是，这部作品没有从头写起，而是"拦腰一斩"，把重点放在了"文革"时期，因为在作者看来，"文革"这场给国家和人民带来严重灾难的浩劫，是自己"一生中最黑暗、最痛苦、最想死、最想活之时，亦最肮脏、最清白的一页页生命、一声声灵魂之音!"通过个人的遭遇写"文革"，既是对"文革"的彻底批判和否定，也是提醒人们不要忘记"文革"历史的惨痛教训，不要让"文革"的历史重演。如巴金所说："只要'文革'历史不再来，我什么都不怕。"

作为一部自传性作品，真实是它的生命，离开了真实，也就谈不上作品的思想和艺术价值。巴金的《随想录》之所以成为一部代表当代散文最高成就的作品，就在于它的真实，在于说真话。巴金说："人只有讲真话，才能够认真地活下去。说真话并不容易，不说假话更加困难。"讲真话不过是"把心交给读者，讲自己心里的话，讲自己相信的话，讲自己思考过的话"。不能说，真话就是真理，"我们这一代人的毛病就是空话说得太多"，"人不能靠说大话、说假话、说套话过一辈子"。德复这部作品的最大意义和价值，就在于说真话、叙真事、抒真情，把一个真实的"我"交给读者。

像许多上世纪50年代就读大学的人那样，德复与我们同在一片蓝天下成长，沐浴着新中国的阳光，同在共和国阶级斗争的暴风雨中经受考验，同在改造思想的大熔炉中接受洗礼，经过60年的磨练，终于成长、成熟、成才。不同的是，德复所走的人生道路比我们这一代的许多人更为曲折和复杂，所经受的磨难也更多：第一，由于"可怕的家庭出身"，常常使他焦急、痛苦，加之"年少好盛，性子急，又好喜功"，常常成为运动的对象；第二，19岁参加土改，由于在土改中犯的违反土改政策的错误和"浓厚的资产阶级名利思想"受到批判，被"批得吐血住进了湖北医院"，此后在历次运动中，"有几次是运动的批判对象，泡在水里1—3年"，最后结论仍是思想问题；第三，改革开放后，德复获得了第二次解放，有了一个稳定的创作环境，照说有条件潜心写作了，但他不甘寂寞，决心"冒险下海，九死而不悔"，用他夫人李婉灵的话说，"你是天生的鸡扒命，哪儿有霉头，就往哪里奔，拖不住，拦不住，还说不得"。这三个方面也是德复与众不同的经历。如何在自传性作品中写出自己的独特经历，写出带有个性特征的曲折人生？德复给我们作出了很好的回答。1994 年 4 月，他在《从巴金的〈随想录〉看巴金的真诚》一文中说，祝贺巴老九十岁诞辰，应当向巴金学习什么，“最应该学的，是他的真人、真心、真言”，我想用这六个字来评价德复的这部自传体作品，也许是合适的。在这部作品中，作者说真话，交真心，用犀利的解剖刀解剖自己，审视自己的言行，不论是对的，还是错的；是好的，还是坏的；是美的，还是丑的；是见得人的，还是见不得人的，都无保留地袒露出来，把一个真实的“我”展示在人们面前，任由人们评说。

比如，作者写自己第一次受到批判后，为了避开阶级斗争达到向上爬的目的，给自己制定了五条做人的行动纲领，后来调到襄阳农校后，又在这五条行动纲领的基础上加了五条，这前后五条加起来共十条，作为他当时做人做事的实践方针，如提出“我家庭成分不好，政治背景太差，即使如此，也要积极入团入党。我知道这要花费我一辈子的精力，特别是入党……事实上，30 岁前，我怎么努力表现，积极改造，也没有解决，我曾为此痛哭了一天一夜……”为了争取入党，“不管在什么时候，对听党的话，要从最基层做起，即要听每个党团员的话，听自己所在小组、所在单位党、团领导同志的话，自己思想通肯定听，自己思想不通，也绝对听。否则，对自己就会产生大小程度不一的负面效果”，“要永远记住，对党的领导，对每个党员，不论他们如何诚恳地要自己提意见，只能说好的，不能说坏的”，“一定要忍住、忍住、忍住！即使他们一定要自己提缺点，也只能讲些不关痛痒的、鸡毛蒜皮的小事，且意见中要自然地带出有肯定性的表扬……”他说，这样做的目的，“无非是让小领导看得起自己，再让大领导能用自己，最后达到党喜欢自己——发展我入神圣的中国共产党”。这些书写，不仅符合当时的历史状况，而且真实地暴露了他经历政治运动批判后的原始思想，揭示了他内心的矛盾和痛苦。这是就大的方面而言，就是在日常生活方面，作者也勇于解剖自己。如写到他带妻子、孩子回长沙看望父母，“只是蜻蜓点水，点一下就飞”，一进家门，刚向老人请安，就直统统地说，“我工作忙得很，明天就得走”，弄得老人摇头叹气，很不高兴。作者说，“说实话，我并非那么忙，在家多呆一两天毫无关系，但不知怎么搞的，心就那么急，似乎只有回单位工作才安心……是真的就那么忙？是真的那么积极？是真的那么爱党、爱社会主义？不能说没有这个因素，但最根本的是为了表现、表现、表现！一种藏于心底层的自私、自私、自私！”虽是一件小事，也能坦诚地反省自己，检讨自己的私心。

德复这部作品写于“七十而从心所欲，不逾矩”的晚年时期，这部凝聚着他一生酸甜苦辣经历的自传，为我们叙说了一位在新中国成长成才的知识分子的苦难历程，展示了一个平凡而有意味的世界。在这部“完全按自己的心愿谱曲、凭自己的本嗓唱歌”的作品里，我们不仅看到一位“老不甘心”的知识分子所走过的人生道路，而且使我们从中得到许多有益的启示。

启示之一，人生道路是不平坦的，一个人要在社会上有所为，就要有明确的理想和信念。列夫·托尔斯泰说：“理想是指路明星，没有理想，就没有坚定的方向，而没有方向，就没有生活。”丁玲说：“人，只要有一种信念，有所追求，什么艰苦都能忍受，什么环境都能适应。”理想，是使人奋斗的精神支柱和力量。一个人生活在世界上，不可能一帆风顺，总会遇到这样或那样的困难挫折乃至不幸，如何面对这一切，德复的这部作品为我们作出了回答。德复是一位有激情、有才华、有追求的人。早在青年时期，就想施展自己的才能，大有作为。但他一生所走过的道路并不平坦，历经坎坷磨难，命运多舛，从 19 岁参加土改起，就在多次政治运动中受到批判，特别是在“文革”中被“突然”揪出来，受到残酷的批判斗争，这些使他感到莫大的委屈和痛苦，在他感到绝望的时候曾经自杀过，后来是什么力量支撑着他，使他振作起来？是对理想、信念的执着追求。“罗明同志教我‘三享受’”一节中写到时任省委宣传部副部长的罗明与他的谈话，就清楚地表明了这一点。罗明同志说，“千万不能把痛苦仅仅当痛苦，而要把它当财富”，“有痛苦，正好享受”，“德复呀，孤独有什么不得了，有什么可怕，又怎么能挡住你想走的路”，“关键是你要有信心，相信自己，相信毅力能跨越那似乎迈不过的坎，否则，你只有在孤独中自生自灭，自己打败自己”。罗明同志的这席谈话是德复一生中“最大的精神享受，最好的一次灵魂洗涤”。老一辈的谆谆教诲，使德复在痛苦中站起来，坚守自己的信念，千方百计地达到自己确定的人生航标。《冒险下海，九死而不悔》就写到德复创办《书刊导报》的艰难历程，尽管自己右眼视网膜剥脱、失明，左眼晶体混浊，尽管办刊困难重重，德复依然继续前行，不达目的，誓不罢休，正是对理想信念的执着追求，才使他度过了危机。这也印证了《聊斋志异》的作者蒲松龄说的一段话：“有志者，事竟成，破釜沉舟，百二秦关终属楚；苦心人，天不负，卧薪尝胆，三千越甲可吞吴。”成功者，总是在战胜挫折和失败中，认识自己，战胜自己，使自己的人生绽放异彩。德复就是这样一位坚守信念、从不言败的成功者。

启示之二，一个人要在社会上有所为，就要正确认识和对待自己。人贵有自知之明。古人云：“自知者英，自胜者雄。”“欲胜人者必先自胜，欲论人者必先自论，欲知人者必先自知。”“没有自知之明的人徒有其智。”卢梭也说：“缺乏自知之明是最愚昧的。”要做到自知也是不易的，“知人易，自知难”，而要做到自知，就要不断解剖自己，正确认识自己，如鲁迅所说：“我的确时时解剖别人，然而更多的是更无情面地解剖我自己。”读德复的自传性作品，深感他一生经历的磨难很多，遭受的委屈也不少，尽管如此，他没有怨天尤人，也没有因此意志消沉，一蹶不振，他总是不断地反省自己、审视自己，在反思中探求人生的真谛。在“父亲说我似一只插上孔雀羽毛的小乌鸦”一节中，记述了他受到父母批评之后反思自己的故事。他从襄樊回到长沙拜见父母，详细地倾诉了他在“文革”中的种种遭遇，原以为二老会为儿子的痛苦而安慰他，没想到父母却严厉地批评了他，告诉他“在追求进步的过程中，自己对自己应该有一个客观的认识和估计”，“我们家庭成分和出身都不好，你揭发和批判的也没有完全错，但你应该客观地对待过去的历史以及那个历史阶段的人与事”，并向他讲述了克雷洛夫的寓言《乌鸦》的故事，说他，“你该不是那只尾巴上插上孔雀毛却四不像的小乌鸦吧”，父母的批评使他无言以对，他感到自己不论在哪，“确实像那只小乌鸦，混在布尔什维克的精神队伍里，装模作样地自以为是，结果自然是遭受小乌鸦同样的命运”。正是在不断地自我反思中，他成熟起来。在“水蛇吞噬傻青蛙的启示和秋瓜幼苗引来的人性”一节中，作者写四个冤家被分配到“五七干校”一起劳动改造的故事，作者从水面上密密地浮了一层绿草的池沼中，观察到一条青光闪闪的水蛇捕捉青蛙的可怕景象，感到青蛙群始终不接受教训，一只又一只青蛙被水蛇吞噬，由此反思自己在历次运动中所经历的那么多事，感到有了点自己的思考，通过作者的反省，重新认识自己，从而吃一堑长一智，获得生活的勇气和力量，思想境界也进一步得到提升。

启示之三，在一个人处于危难之时，最需要的是什么？我想最需要的是人间真情，是在患难中建立的亲情、爱情和友情。培根说：友情“对于人生，真像炼金术士所要寻找的那种‘点金石’，它能使黄金加倍，又能使墨铁成金”，它在危难之中，滋润人的心灵，给人以战胜困难的勇气。德复的这部自传性作品，有许多地方写到情与爱的力量，在“人间自有真情在”一节中，写到许多朋友在他危难时给予的帮助。作者写到著名作家徐迟在德复受到批斗之后，捧着刚出版的《哥德巴赫猜想》一书送给他，说：“德复，你看看吧！”书的扉页还写下一句话：“德复同志留念，徐迟。”德复接到书后，心情久久不能平静，因为当时没有人称他为“同志”，而徐迟在赠书中写下“同志”两个字，“这两个字重千斤——高过泰山，宽过大海！什么叫宽容？什么叫鼓励？什么叫不一棍子打死？什么叫给黑暗中的人一丝希望？就是‘同志’这两个字！徐迟给我的这两个字，不光在当时让我内心燃起了一团火，且在之后多少年，只要我遇到了困难，它就能给我力量。感情这个东西是很奇怪的，有时候它能要人的命，有时候却又能让人起死回生”。作者还写到洪洋、王成才、曹志勤、涂怀章、谢文礼、黄秀文、陈东华、陈金安、邱祥凯、周代等同志和那个看门的陈老头对他的帮助，从这些朋友的关爱和帮助中，作者体会到：“在最黑暗中，也有最光明的情；在最痛苦的时候，也有最动心的爱。”是的，危困知友情，患难见真情。作者在写到爱情、亲情时，更使我们体会到情与爱的魅力。在“四周阶级斗争的烈火熊熊、热气冲天中”，德复成了众矢之的，几乎分分秒秒都孤独的时候，为什么还能活着，“因为有一个女猎手的枪口放出的是温馨的气息，救命的微笑”。这位女猎手就是他的同班同学，与他结为终身伴侣的李婉灵。正是她的出现，使德复已死的心产生了希望，在残酷的斗争中渡过一个又一个难关，享受到人间真挚、纯洁的爱情。记得有谁说过，“爱情，我们心中一种无限的情感和外界一种有形的美好理想的结合”，“爱情是与阳光同在天上的光辉，它点亮了人的理性”，“生命因为付出了爱情而更为富足”。在德复的这部作品里，有不少篇章写到亲情、爱情，如“残酷斗争中的情与爱”、“悲剧中有喜剧吗”“有特殊蜜月的亲情感应”、“孕育出第一个孩子和第一篇小说的新房”等，都真实地描写了特殊年代的人间真情，谱写了一曲动人的爱的颂歌。从德复和婉灵的结合中，从德复的亲人和朋友的关爱中，我们可以看到纯真无私的爱所迸发的潜能。正如卜伽丘所说：真正的爱“能够鼓舞人，唤醒他内心沉睡的力量和潜藏着的才能”。

上述几点启示，是我读了德复作品后的一些感受，不可能包括全部。德复这部自传性作品所蕴含的内容比我感受到的还要丰富、复杂。《台湾时报》近期出版了陈柔缙的一本著作《人人身上都是一个时代》，书中有这样一段话：“时代不属于谁，人人身上都是一个时代，记忆不能靠几座古迹和英雄书上的几个人，故事不计大小，都值得流传，谁又能预料哪个故事会在哪个心灵发光与发热呢?”是的，时代不属于哪一个人，人人身上都是一个时代。在德复的作品里，我们不仅看到德复一生走过的足迹和他在已逝的时光中留下的人生记忆，而且看到一个时代的过去与现在，看到盛世年华所产生的巨大活力与希望，尽管前行的路上还有荆棘，还有许多意料不到的风险和障碍，但道路已经打通，未来的时代会比今天更美好。在这样的时代里，希望德复在“还没有谢幕的时候”，能够早日完成《不言放弃》的续篇，如有可能，完成他想要写的一部“思考多年的长篇，即以晚清到新中国成立为历史背景的连环油画”。我相信：德复的这一愿望一定会实现，我们热切地期待着。

2010年4月匆写于武昌桂子山

（原载武汉出版社2010年出版的《不言放弃》）

透视作家创作的心灵世界

——评《李德复创作心理剖析》

近十年来，为现当代作家写传，似乎成了一股热。

据我所知，在已出的几十种作家评传或传记中，既有写大作家的，如鲁迅、郭沫若、茅盾、巴金，也有写小作家的，如白薇、王鲁彦，还有写历史上有争议的作家的，如林语堂、徐志摩、张恨水等。在写法上，也是各有千秋，异彩纷呈。最近我读到余宗其同志写的一本书《李德复创作心理剖析》，却是我少见的一种评传格局，给人耳目一新之感。这本评传从作家创作心理着手，分析新中国成长起来的作家李德复创作发展的心理轨迹，评述李德复创作的成败得失。它既略去了作家生平事迹的平面描述，也没有依时序品评作家创作成就的大小，而是以翔实的文学传记材料为基础，深入揭示作家创作的心灵世界，让人们透过作家心灵世界的窗口，窥视李德复走过一条什么样的文学道路，以及他在走这条创作道路时的心理状态和心理特点。我以为，这一视角的选取，不仅使我们对李德复的创作有了深层次的了解和把握，而且也使我们从李德复成为作家的道路中得到启示。

李德复与我是同时代人。50年代初，我们同在一块土地上学习，相互之间的交往虽不很多，但我知道他是一个思维敏捷、秉性率真、勤奋好学、热心公益的人。1958年，他的代表作《典型报告》面世，使他一举成为闻名全国的作家。此后，听说他的人生道路坎坷不平，但他没有气馁，仍以坚强毅力笔耕不辍，连续写了近二十部小说、散文、报告文学，还写了一些诗歌、戏剧等，累计有200多万字。三中全会后，我们之间的联系增多了，每次见面交流一些情况和看法，我为他这些年来取得的成就感到由衷的高兴，也为他的坚韧不拔精神折服。这里我不打算具体评论德复创作的得失，只想说说自己读了《李德复创作心理剖析》一书后的一些感受和看法。

记得有这样一句话："大人者不失其赤子之心。"如果用"赤子之心"四个字来形容德复其人其作，我以为是恰当的。德复是沐浴着党的阳光成长起来的，他的创作契机，他对党、对社会主义的忠贞信念，他对理想、对事业的执着追求，无不源于这颗赤子之心。即使在他的人生旅途遭受种种打击、蒙受委屈之际，也不失其赤子之心。德复这样说过："我恨过去，恨旧社会，真正感到新社会好，社会主义是阳光普照，太可爱了。”“于是，就以一种真诚的态度，自然而然地歌颂共产党，歌颂新中国，并没有什么个人的私心杂念。”这段话可以看作是德复一生做人做文的真实写照。正是凭借这颗赤子之心，使他始终保持着火一般的激情，保持着朝气勃勃、勇于进取的精神，不管现实生活中有多大的风雨袭击，也不管世界风云的复杂变化，他都坚信自己追求的事业是正确的，坚信神州大地一天会比一天更好。

基于这一信念，流溢在德复作品中的主旋律，用一句话来说，就是热情地表现新的时代、新的人物、新的生活。在他的作品中，跳动着时代的脉搏，蕴含着革命的激情，反映了共和国曲折发展的艰难历程。无论是《典型报告》、《鄂北纪事》、《万紫千红总是春》，还是《小学里的大学生》、《死角》、《爱情正在诞生》，都深深地打下了时代的印记，真实地记录了社会生活发展的某个侧面。这不仅是德复创作的基本特征，而且也是不少当代中国作家创作的一个显著特点。著名剧作家老舍曾说自己是“歌德派”。他说：“我热爱北京，看到北京人与北京城在解放后的进步与发展，我不能不狂喜，不能不歌颂。”出于这种激情，老舍写下了《龙须沟》、《春华秋实》、《女店员》、《红大院》、《茶馆》等剧作。老作家靳以说，他要“投身到前进的洪流里”，“用双手描绘出祖国最真实最美丽的图画”。靳以去世后，巴金著文评价他的作品“用了那么热烈、那么快乐的调子，歌颂十年来千千万万无限美好的事物”，“用了诗一样的激情的语言，抒写个人深切的感受，歌颂了人民的幸福生活”。写作《创业史》的柳青更明确地在《提出几个问题来讨论》一文中，说他写的这部社会主义在中国农村的诞生史、创业史，“要向读者回答的是：中国农村为什么会发生社会主义革命和这次革命是怎样进行的”。著名诗人郭小川以他“一颗心似火，三寸笔如枪”的矢志，写下了气势磅礴、有强烈感染力的诗篇：《致青年公民》、《投入火热的斗争》、《甘蔗林——青纱帐》、《昆仑行》等，为新的时代谱写了一曲曲颂歌。我之所以举出这些例子，在于说明，真实地反映新的时代，表现共和国历史进程中的艰难曲折和深刻变革，表现人们的思想、感情和愿望，乃是一个作家应当肩负的历史使命。当然这样说并不是要求作家只能表现新的时代而不能写其他。对于作家来说，写什么和怎样写，由作家自己选择，作家可以根据自己的生活经验和艺术实践，写自己最熟悉、最能发挥自己才智的东西，既可写历史也可写现实、写千姿百态的生活，不必强求一律，尽可百花齐放，不拘一格。但作为当今时代的作家，应当使自己的作品更好地贴近时代、贴近生活、贴近人民，正如邓小平所说，“我们的社会主义文艺，要通过有血有肉、生动感人的艺术形象，真实地反映丰富的社会生活，反映人们在各种社会关系中的本质，表现时代前进的要求和历史发展的趋势，并且努力用社会主义思想教育人民，给他们以积极、进取、奋发图强的精神”。

文学是历史的、时代的产物。从文学发展的历史来看，任何有成就的作家，总是把自己的根深深植于时代、社会和历史的土壤里，他们的才能发展，他的作品倾向，无不和社会的现实生活、时代的变动、历史的发展紧密相联。刘勰在《文心雕龙·时序篇》中说的“时运忘移，质文代变”就是讲文学与社会生活、时代生活变动的关系。俄国著名批评家别林斯基在评价莱蒙托夫作品时指出：《当代英雄》之所以展示了“艺术底一个全新的世界”，是因为这部小说的基本思想，“是当代极为重要的关于内在的人的问题，一个引起一切人共鸣的问题，因此，这部小说理应唤起广泛的注意和我们读者群的整个注意”。他认为，作家“需要在时代精神中发展起来，成为当代的现实疆域里的公民”。由此我们可以说，作为生活在当代现实生活中的作家，没有理由疏离现实、疏离时代、疏离社会之外，更不能与时代与社会无缘。如果把自己超脱时代、超脱社会生活之外，正如鲁迅指出的那样：“要做这样的人，恰如用自己的手拨着头发，要离开地球一样。”

我们强调作家要表现时代、作品要有时代精神，绝不是说：凡是写了时代生活的作品就是思想艺术价值很高的作品，在此类作品中，自然也有高下低劣之分。我们反对标语口号式的公式化、概念化的作品，也反对席勒式地把个人变成时代精神的单纯的传声筒。作品水平的高低，绝不能以是否写了时代生活作为衡量的尺度，同样也不能因此就认为作家表现了时代、写了当代中国发生的重大事件就是作家的过失，作品的水平就不高。更不能认为，20 世纪五六十年代某些作家写了反映时代、讴歌时代的作品都是政治运动狂热的产物，而那些揭露阴暗面的作品才有永存的价值。应当看到，文学作为社会的意识形态，总是和一定时代的经济、政治和社会心理、文化氛围、审美取向联系在一起的，作家所感受的、所写出的作品，只能是一定时代社会生活的真实反映。我们不能用今天的思想、价值观念和审美取向去要求五六十年代的作家作品，更不能以此作为尺度去诘难“文革”以前的文学。正确的尺度应当是马克思、恩格斯提出的历史的、美学的原则，即把“较大的思想深度和意识到的历史内容同莎士比亚的情节的生动性和丰富性的完全的融合”。如果用这个尺度来评价当代作家作品的成功与失误、经验与教训，便可能得出实事求是的、比较科学的结论。比如前面提到的柳青的《创业史》，这部描写农村深刻变革的小说，在其史诗内容、人物形象塑造、艺术风格等方面都有其深刻独到之处。但由于历史条件的限制，也给这部作品留下了一些局限，如 1977 年版的《创业史》(第一部)的几处修改就有明显的错误。尽管如此，《创业史》仍不失为我国农村社会主义变革的一面镜子，是一部形象化的历史。再如陈登科的《风雷》、浩然的《艳阳天》，这两部小说描写的是农村的阶级斗争，在当时产生了很大的“轰动效应”，今天来看是否应当全盘否定呢？我以为也不能如此。这两部作品由于受到“左”倾思潮的影响，在阶级斗争的描写上有明显的失误，在人物塑造、情节安排上也有为适应观念而编造生活的痕迹，但小说在人物性格刻画、环境描写、结构布局和语言等方面，显示了作家的才华。我们应当具体分析作品的得失，分析作家失误的主客观原因，绝不可以偏概全，轻易地作出全盘否定的结论。当然，评价当代作家作品，是一项细致、复杂的工作，并非几句话能够说清楚，我只是想提出这个问题供大家研究、讨论。至于对李德复创作的全面评价，余宗其在《李德复创作心理剖析》一书中说了许多，用不着我多说了。余宗其对李德复创作心理的分析是否准确、公允，留待最有权威的发言人——读者，去作出判断和评价。

1991年12月1日深夜写于武昌桂子山

（原载华中师范大学出版社1992年出版的《李德复创作心理剖析》）

萧殷文学评论的当下价值与意义

萧殷是我国著名的文学理论家、作家。早在20世纪50年代我上大学时，就知道他的名字，知道他和丁玲、冯雪峰、陈企霞都担任过《文艺报》的主编，读过他在新中国成立初期写的一些文学评论，但总的来说，对他在文艺方面的建树了解不多。这次中国新文学学会与广东河源市委宣传部要在萧殷家乡举办"萧殷与中国新文学批评"论坛，讨论萧殷的文学生涯和文学批评问题，当时我想：萧殷写的文学评论多是20世纪50—80年代初期写的，在当今还有价值吗？他阐释的那些文学观点，论述的那些文学现象过时了吗？讨论萧殷的文学评论在当下还有意义吗？带着这些问题，我读了《萧殷自选集》(65万字)、《萧殷文学评论选》(16万多字)和《风范长存——萧殷纪念与研究文集》(50万字)等著述，使我对萧殷的文学思想有了具体了解。从他写的那些朴实、睿智、充满活力的文字中，从他对年轻一代的亲切关怀和热情帮助中，从他对文学事业的执着追求和坚守中，我感到萧殷是一位值得我们敬重的、有独立见解的、为文学事业作出卓越贡献的文学评论家，是从不顾惜自己，把自己的一生无私地奉献给青年一代的导师。他写的那些评论文字，尽管不可避免地打下那个时代的印记，但总的来说，他所论述的文学观点并没有过时，对当下的文学仍然具有现实的价值和意义，特别是他的高尚精神品格和文学精神，更是一笔宝贵的财富，值得我们很好地承续和弘扬。

下面，我简要地从三个方面谈谈萧殷文学评论的当下意义与价值。

一是在文学评论方面，萧殷一生写过大量文学评论，这些评论不是从本本出发，而是从实际出发，以创作为中心，把理论和实践紧密结合起来，回答创作实践中带有倾向性和规律性的问题。这样的评论，既有理论的指导性，又有实践的针对性。他说："我时刻想到我的服务对象是初学写作者，我处处考察的是创作实践中出现的问题。"这些问题有大有小，但都与文学创作、与文学发展紧密相关，是文学的一些基本理论问题，诸如文学的倾向性，文学的社会作用问题，文学的典型问题，文学与生活、文学与人民、文学与传统的关系问题，文学创作的技巧问题，等等，萧殷对这些问题论述、阐释，不是空对空地讲道理，而是有的放矢，用马克思主义文艺理论分析、研究、解决创作中的实际问题。

比如，在论述文学与生活的关系这个问题时，萧殷一再强调“生活是创作的源泉，文学创作的基础是生活，没有生活的真实，就没有真正的艺术”。他在分析一位业余作者的作品时说：“文学创作必须从生活出发，小说不是生活的任意再现，你以为抓住了离奇曲折的情节，写下来就是作品了，你把文学看得太简单了。”在给另一位写作者的信中说：离开生活去探索提高准会落空，你写的一些作品，看不到什么生活气息和真实感情，你完全忽视了人物的个性，单纯从类型出发，从共性出发，从框框出发，没有很好的熟悉生活，分析生活，只能把生活简单化，写出干巴巴的人物。“一篇作品好不好，重要的是要有生活的基础和构思的基础，要在基本功上多下功夫。”他在50年代，还批评了在当时颇有影响的戏剧《红旗歌》和电影《刘胡兰》“生活积累不足，惊险场面不能填补生活积累不足，一定要坚持深入生活，在纷繁复杂的变革中提炼主题，塑造人物形象”。萧殷的这些论述不仅在当时是切中肯綮的，而且对当今的文学创作也是有启迪意义的。

近期一些报刊正在展开文学评论有效性、公信力问题的讨论，一些学者提出了一些很好的意见，但也有不少文章只是泛泛而论，侃侃而谈，缺乏实际的指导意义。从萧殷的文学评论中，可以给予我们的启示很多，但我认为至少有三点：第一，评论要实事求是，有一说一，要敢于直言不讳地讲真话、讲实话，不讲套话、空话、官话，多讲一些原汁原味的话，多一些原生态的率真风格；第二，评论要有的放矢、有感而发。要针对文学发展、文学创作中的理论和实践问题进行评论，这样才能一语中的，切中要害，而不是那些绕来绕去说不清的所谓理论；第三，评论切忌一边倒，切忌千人一面，千人一声。有批评，亦应有反批评，倡导不同意见的争辩、争鸣，反对一言独尊。

二是萧殷在培养青年作者方面作出了卓越贡献。他为了培养青年作家呕心沥血，奉献了自己的一生。他培育青年作者的做法和经验在当下仍有现实的指导意义。

萧殷说：“发现、扶植、培养青年作者是繁荣创作的一个根本性措施。”几十年来，他把发现、扶植、培养青年作家作为己任，以一种强烈的社会责任感培养青年作者，始终如一，坚持不懈。在他热情帮助下，全国一些知名作家、评论家都是由他发现和培养而成长起来的，比如王蒙、唐因、唐挚、刘绍棠、白桦、徐光耀、鲍昌、刘剑青、鲁煤、孔捷生、陈国凯、王杏元、吕雷、程贤章、杨干华、陈淼等等。王蒙说：“我的第一个恩师是萧殷，是萧殷发现了我的。”在萧殷逝世十周年时，当时在美国的王蒙致电说“春风化雨，遗爱永存，萧殷老师，常在我心”。前几年，王蒙在我校做报告后曾说到他那时候并没有作品发表，是萧殷发现了《青春万岁》的初稿，认为书稿显示了作者的才华，此后，萧殷每周约王蒙谈作品的写作修改，连续几个月。像萧殷这样热诚帮助的作者并非王蒙一人，他正是这样以自己的心血和汗水，照亮了青年作者前行之路。

萧殷培养青年作家，有两点是非常突出的，也是给予我们深刻启示的：

其一，是萧殷对青年作者不溢美、不奉承，坚持严格要求，有好说好，有坏说坏。这些说起来容易，做起来很难，现在我们在报刊上读到的评论文章不少是“抬轿子”、“吹喇叭”，溢美之辞比比皆是，已经到了令人难以容忍的地步。像这样的评论文章怎样会有公信力呢？萧殷写的评论论文字朴实、中肯、尖锐、深刻，对青年作者既有热情的鼓励，更有严格的要求。作家程贤章说：他每次去听萧殷对他的作品的意见时，感到他的要求近乎苛刻，不是全都批评，但他的要求近乎吝惜。他提出的意见从不含糊、敷衍，允许你争辩、坚持。1953—1954 年，他在写给青年写作者的八封信中，也是这样严格要求的。正是在这样坦诚相见的交流中，青年作者得到了锻炼成长。

其二，是萧殷培养青年作者不慕荣誉、不计名利，以默默无闻的无私奉献精神培养年轻一代。有人说“萧殷一生的生命之光，都是为文学青年烛照的”，这句话讲得很好，三十多年来，无论是寒冬还是酷暑，萧殷把自己的深情厚爱献给了文学青年。他每天都要阅读青年的来信来稿，即使生病住院，在病房的案上也放着一大叠稿件，他给青年作者写的来信，短则几百字，长则上万字，累计起来也超过百万字，这些信件有些已收入已出版的《给文学青年》、《与习作者谈写作》、《给文艺爱好者与习作者》、《论生活、艺术与真实》等书中。作家程贤章写了一部 15 万字的《漳田河传》，萧殷用了三个日夜，一口气读完这部小说初稿，阅读中突然晕倒被送到医院抢救，程贤章说，萧殷用红墨水批阅的这部书稿，“实际上是他心灵深处滴出来的生命之血”。萧殷正是这样一位不顾惜自己、用自己的生命哺育青年作者成长的恩师。

在中国当代文学史上，像萧殷这样培养青年作者的良师益友可说是少有的，特别是在“一切向钱看”商品经济的年代，文学评论的功利化十分严重。现在写评论、发文章、出专集都要用钱开路。面对文学评论面临的困境，萧殷这种无私奉献的精神显得特别珍贵。

其三，是萧殷坚持真理、不媚俗、不趋时的精神品格。萧殷生活和工作的时期，正是当代文学经历曲折、坎坷的多事之秋。面对“左”的思潮的干扰和“四人帮”的破坏，萧殷坚持社会主义原则，执着地追求真理，绝不随波逐流。如在 50 年代，当《文艺报》发起批判萧也牧的《我们夫妇之间》时，时任《文艺报》主编的冯雪峰以化名李定中写了封“读者来信”，批判《我们夫妇之间》的所谓错误，丁玲则以《作为一种倾向来看》为题，对这次开展的《我们夫妇之间》的批判作了总结，而此时在《文艺报》工作的萧殷并没有参与这场批判，这在当时是很难做到的。对于文学上的公式化、概念化创作倾向，萧殷深恶痛绝，他反对那些“从概念出发，用一些生活表象去图解社会学或政治学概念的创作倾向，反对把绚丽多彩的艺术现象溶解于僵硬的公式之中”。“文革”期间，他明确反对“四人帮”炮制的“三突出”、“三陪衬”、“主题先行”等谬论，他理直气壮地说：“我能对那些刚入门的青年宣传那些行不通的、荒谬绝伦的道理么。三突出，胡说八道。这种理论只能叫人走入歧途。……大会批判，我不怕，只要是真理，人倒了，真理是倒不了的。”这些话是在“四人帮”横行的1973年夏天讲的。铿锵有力，掷地有声，充分显示了萧殷不畏强权、坚持真理的高尚品格。

对文艺界存在的媚俗庸俗、谋求私利的不良倾向，对于不讲原则、阿谀奉承的不正之风，萧殷都是明确反对的。他对文学青年说：“千万不要带着私心搞事业，有了私心成就越大就越危险，危害也越大。”这些语重心长的话，表明了一位心底无私的长者对年青一代的亲切关怀。

总的说来，萧殷为我们留下的这笔精神财富是十分宝贵的，我们要学习萧殷的人品和文品，继承和发扬萧殷的文学精神，“重振当年萧殷主持广东评论界时的雄风”，推动文学事业的进一步发展，最后谨以香港作家曾敏之纪念萧殷的四句诗作结：

载道文章尊理性，十年风雨念萧殷，
春华秋实鸿篇在，照耀文坛启后人。

实事求是、秉笔直书的评论风格

——读四卷本《冯健男文集》

冯健男先生是我敬重的著名文学评论家。早在上个世纪50年代末，我就读过他的评论文章。1978年10月，我校与中国社科院外国文学所联合举办全国马列文论首届学术讨论会，冯先生应邀参加，在武汉住了好几天，他写的散文《怀念武汉》就记下了这次在武汉的见闻。1981年，中国新文学学会在江西庐山召开当代文学讨论会，姚雪垠是会长，冯先生和我还有几位是副会长。冯先生写的《匡庐览胜小论》，就是研讨会后组织代表游览庐山的情况。文中写道："姚雪垠同志游龙首岩，老当益壮，在陡峭的一路之上，他下得很轻便，又很踏实。康濯同志身体不大好，容易气喘，他行的是化整为零、以柔克刚之道，但见他缓缓地行进，且行且止，一步一步地接近龙首"的情景，就是这次庐山之行留下的美好记忆。冯先生在庐山写的另一篇文章《"螺壳"的启示》，写的是他在庐山读陈世旭小说《带海风的螺壳》后的感受。此后，因为学会工作的关系，我们见面的机会比较多，他写的散文《从索溪到桃源》、《海南杂记》等，记下了我们在湖南、海南的情况。1990年，冯先生再次来到武汉，参加我校和湖北省文联联合主办的姚雪垠80诞辰学术研讨会，这可能是他最后出外参加的一次学术会议。通过这些接触，使我了解到冯先生不仅文章写得好，人品也很好。他是一位严于律己、宽以待人、以诚相待、品格高尚的人，也是一位执着追求，把一生无私奉献给文学和教育事业的文学评论家。读《冯健男文集》，感到这不仅是他一生从事文学教学和研究的心血结晶，更是他的高尚人品和精神品格的真实体现。

《冯健男文集》四卷，230万字，读这套厚重的文集，要说的话很多，我只从三个方面谈自己的一些初步体会，也可以说是这套文集的一些特点。

一是与时共进的时代精神。冯先生从50代起就活跃在文坛，与时代同行，与人民同心。他以饱满的激情投身于当代文学实践，是一位有着高度社会责任感和使命感的作家。在他半个世纪的创作生涯中，始终不渝地坚守马克思主义，把学习、传播、践行马克思主义文艺评论作为自己一生的生命追求。在《冯健男文集》中，有多篇文章谈到学习和运用马克思主义文艺理论、毛泽东文艺思想问题。在有些人看来，时代变了，马克思主义过时了，似乎没有必要如此孜孜以求，但冯先生认为：“要分析和解决问题，还是马克思主义最灵”，“中国的老话说，学习要‘取法乎上’。就文艺批评来说，最上者莫如马克思主义的文艺批评，尤其是马克思、恩格斯、列宁、毛泽东和其他伟大的马克思主义者亲自作出过的文艺批评”。为此，冯先生提出，“一定要学习和运用马克思主义的立场、观点和方法”，“坚持宣传和提倡马克思主义，并且全面、准确地理解、掌握和运用”。冯先生是这样说的，也是这样做的。他以马克思主义为指导，总结梳理当代中国文学曲折发展中的经验教训，分析当下文学现状，评述当代作家作品，提出了一些颇有见地的看法。比如：

在文学与人民的关系上，他认为“人民是最好的鉴定人”，“作家及其作品的成败优劣，需要由广大群众实践来检验，不能由少数人说了算”，他批评有些同志还是“习惯于看‘风色’，对‘口径’、‘问背景’，只看‘上面’和‘权威’，不管真理和群众”。

在文学与生活的关系上，他说：“要写出好的作品，就要深入生活”，“深入生活是创作之本”，“从生活中捕捉时代的脉搏，从人民群众中感受人民的意志和力量，从而吸取创作的源泉，激发创作的热情和获得创作的灵感”，“离开了生活的土壤，创作就会苍白、枯萎”，他还以柳青、周立波、梁斌、赵树理为例，说明生活是创作取之不尽的源泉。

对于文学传统的继承和革新问题，他认为：“文学当然不应该是封闭的，而且应该是开放的。凡是人类思想和文化上有价值的东西都要吸收”，不仅要吸收，而且要创新。“而创新也就是要求改革，特别是在历史的重要转折时期更是这样”，他主张“立足中国，放眼世界。要守之、继之、改之、融之，就不能不开掘之和研究之”。应当说，这些看法都是很有针对性的。

对于新时期以来的文学，冯先生更以敏锐的眼光捕捉当代文学中出现的新事物、新气象，热情地给予肯定，对于存在的一些问题，也具体进行分析。在《且将文场比市场》一文中，冯先生就客观地分析了文化市场存在的“混乱”问题，说“生命贵乎活跃，人民喜欢热闹”，文学“活跃了，热闹了”就好。“当然这会伴之以‘混乱’，但不足为怪，引导得法，就会蒸蒸日上，欣欣向荣”。在《新时期文学十年的思考》中，他既热情地肯定了新时期文学十年取得的新成就、新经验，也提出了需要解决的新问题。他认为，要解决问题，“文学观念必须去旧图新，日新又新”，而要做到这一点，“需要百花齐放，百家争鸣，需要创作自由，评论自由，需要在宽容、和谐的空气和环境中开展正常、健全的批评和自我批评”。这些深刻的见解写于20年前，今天看来仍然具有现实意义。冯先生的文学评论产生于伟大的变革时代，真实地反映了当代中国走过的曲折发展道路，充分地体现了冯先生敏锐地感应时代、与时共进的精神。

二是秉笔直书的求实精神。求实，是做人的基础，也是为文的灵魂。读冯先生的文学评论，感到最可贵、最鲜明的一个特点是秉笔直书的求实精神。冯先生评论作家作品，无论是大家、名家的作品，还是没有名气的新人新作，都坚持一个尺度、一个标准，有一说一，有二说二。

冯先生十分注重文本的细读，坚持从文本出发，实事求是地给予评价。既热情肯定作品取得的成就，又严格提出存在的问题和不足，不溢美，不粉饰。比如，在《论〈红旗谱〉》一文中，冯先生一方面肯定《红旗谱》是一部史诗性的作品，是文学创作的一个重要收获；另一方面又无保留地指出作品存在的缺点，其中有的是显著的。冯先生具体分析了《红旗谱》关于党的领导写得正确不正确的问题，贾湘农写的不成功问题，人物描写上的不充分、不准确、不鲜明的问题，用了近3000字的篇幅。用这样多的篇幅具体分析一部优秀作品的缺点，确是少见的。在评论文学大家孙犁的作品时，冯先生也坚持一分为二，实事求是地分析了《白洋淀记事》、《铁木前传》、《风云初记》在思想、艺术方面取得的卓越成就，也指出这些作品在人物描写、情节发展、小说结构等方面存在的缺点，有理、有据，富有说服力。对于社会上评论孙犁作品"在生活面前不够勇敢，只表现自己感受到的一个较小精神世界"的批评，冯先生敢于提出异议，认为"这些意见并不切合孙犁的创作实际，孙犁表现较小的生活面，却不是作家的弱点，以小见大正是他的长处，故事和篇幅有时是小的，但'精神世界'却不小，甚至是深远和高大"。这篇文章写于1962年，在当时的历史条件下，冯先生不人云亦云，勇于大胆质疑、直抒己见，确是难能可贵的，体现了实事求是的精神。这种精神不仅在过去，就是在当今也是很有意义的。当下，文学评论的文章很多，但有思想、有深度、能够传之久远的文章甚少，特别是在市场经济的冲击下，文学评论的变质变味，更引起人们的不满，诸如"人情评论"、"有偿评论"、"红包评论"等，已成为文学界见怪不怪的潜规则，文学评论失去了公信力。我看过报刊上刊登的一位不知名作家的评论专辑，说这位作家"在同一时间内推出五部长篇小说在文学界鲜见"，说"这是大手笔"，"向读者呈现了多姿多彩的精神财富"。还有些评论文章，廉价的使用溢美之辞(如大家、大作、有突破、创新等等)，吹捧一些作家作品，使人感到文学评论存在的种种危机，需要引起高度重视，在这种情况下读冯先生的评论文章，更感冯先生秉笔直书的求实精神在当今文坛的现实意义。

三是严谨的治学精神。冯先生少年得益于家学，抗战胜利后就读于北京大学西语系(朱光潜先生当时是西语学的教授和系主任)。尔后，参加部队，后又转业到地方做文化教育工作，可以说，传统文化的熏陶、名校的培育、名家的教诲和实际工作的锻炼，为冯先生的一生奠定了坚实的基础，也培育了他优秀的精神品格和治学精神。在我和他的接触中，深深感到冯先生为人的坦诚厚道、为文的认真严谨。记得在1981年庐山会议上，姚雪垠先生提议编写一套《中国当代分类文学史》丛书，姚老任主编，冯先生和我任副主编，经过几年的努力。《中国当代小说史》、《中国当代散文史》、《中国当代戏剧史》写好了，出版社要求学会最后审稿把关，当时我和冯先生负责终审，我把有关书稿寄给冯先生，冯先生看后写了审读意见，冯先生看得很认真，不仅指出了书稿存在的不足，而且提出了如何修改的建议，有些地方还亲自作了修改。这种负责的态度充分体现了冯先生的严谨治学精神。还有一件事，中国新文学学会1987年要在河北承德开学术年会，学会委托冯先生全权负责。为了开好这次会议，冯先生与他的同事一起精心设计，周密安排，使这次年会开得很成功，与会代表十分满意，姚老也很满意，大家认为会议组织得井井有条，开得有声有色，学术质量高。这些都说明冯先生不论做什么事，都是认真严谨、一丝不苟的。这次读《冯健男文集》，从冯先生写的大量文学评论文章中更可看出冯先生严谨的治学精神。

今年是冯先生逝世十周年，我们纪念冯先生，就要学习弘扬冯先生的精神，继承冯先生留给我们的精神财富，把工作做得更好。

（《文艺报》2009年11月19日摘要刊载）

一篇引人入胜的散文

——读《登泰山记》

《登泰山记》是一篇脍炙人口、引人入胜的古典散文作品。它写景状物，悦人耳目，清新雅正，谨严朴素，显示了桐城派的独特风格。

这篇散文立意明确，结构谨严，选材布局，匠心独运，全文紧紧围绕一个主体，构成有机整体。泰山，历称五岳之首，其可写之胜迹甚多，而作者在这里，既没有写那著名的黑龙潭瀑布的壮观，也没有写那百丈悬崖上奇峰的险峻，而是以日观峰为中心，绘下了一幅生动的画面。因为，历来登泰山观日出，乃是游人饶有兴趣的事，而日观峰又矗立在泰山之巅，“会当凌绝顶，一览众山小”(杜甫)。正是这样，作者才别出心裁地从众多壮丽的景物之中，剪裁下日观峰这一画面作为文章的立意主体，从而让主体形象鲜明地在人们面前耸立起来。

文章有了主干，还需枝叶映衬，寓主干于总体之中，方能显其壮观。《登泰山记》结构安排主次分明，繁简适当，谨严精密，突现一端而现全体。既突出了矗于千崖万壑之表，总揽全山胜景的日观峰，又描绘了泰山的雄伟壮观；既细致描绘了日观峰上观日出的诗情画意，又粗略记下了观道中石刻的事物。作者在描写这些景物时，繁简适当，有的着力渲染，有的一笔带过，主次异常分明。在文章组织上，开头一段，叙泰山的位置，其中最高日观峰，为文章埋下了伏线，接着又叙登泰山之巅“道中迷雾冰滑，磴凡不可登”的艰难过程，然后，再突出勾勒日观峰观日出的奇情胜景，这样一层深一层，一步跟一步地把作者着力抒写的景象，展示在人们面前，给人留下深刻的印象。

这篇文章的描写，以景为主，寓情于景，情景交融。历来，一般游人游山观景多在春秋佳日，可是作者却在严冬冒风雪而来。登山：“迷雾冰滑”；观日出：“大风扬积雪击面”。而日观峰数里“雪与人膝齐”。虽说作者只是状写景物，景的描写却饱含了情。景为主，情景合一，明朗开阔、生气勃勃的画面跃然纸上。在表现手法上，有叙述、有描写，静中有动，动中有静，生动逼真，活灵活现。且看观日出的那段描写吧：日出前，日观峰周围茫茫的云海滚动，“云中白若樗蒱数十立者，山也”。日出时，喷雾而出的朝日“须舆成五彩”，“正赤如丹，下有红光动摇承之”，于是日出前后的一瞬间，通过叙述和描写的结合，静与动的结合，活现了日观峰上日出的壮观，真是写得有声有色，令人神往。

《登泰山记》在语言运用上，也十分出色。它精炼、形象，有波澜，有变化。泰山的雄伟，日观峰的壮阔，观日出的盛景，只在几百字的篇幅中表现得惟妙惟肖。这里没有呆板的叙述和缺乏生气的冗长描绘。作者“乘风雪，历齐河、长清，穿泰山西北谷，越长城之限，至于泰安”。其中，“历”、“穿”、“越”三字用得准确、精炼，且有变化，不落俗套。再看，“山多石，少土。石苍黑色，多平方，少圆。少杂树，多松”。前二句，重叠，后一句，稍有变化。不写多松，少杂树，而写少杂树，多松，一字之变，增加了文章的气势，使文章有了波澜。而“苍山负雪，明烛天南。望晚日照城郭，汶水、徂徕如画，而半山居雾若带然”。这十分形象的语言，把积雪的苍山发出的晶莹光辉所构成的明朗画面，生动地表现出来，使人仿佛身临其境。

在写作技巧上，《登泰山记》为我们提供了不少宝贵的东西，值得我们汲取学习，让我们写出更多更好的散文，颂赞我们伟大祖国的锦绣河山。

（原载《湖北日报》1962 年 1 月 14 日）

长江主人的颂歌

——读《站起来的长江主人》札记

一

生活和战斗在长江上的一位码头工人——黄声孝，解放前还是文盲，解放十几年来，在党的教育下，不仅摘掉了文盲帽子，还写下了几百首诗，出版了几个集子，近来，又写下了反映码头工人的生活和斗争的长篇叙事诗——《站起来的长江主人》(第一部)。面对这样一位手提彩笔肩扛货、蘸着江水写诗章的工人作者，写出这样一部长篇叙事诗，怎不让人由衷的喜悦呢？

黄声孝的创作，始终跳动着时代的脉搏，保持着与工人群众的血肉联系。他笔下的人物，都是他所熟悉的；他笔下描绘的生活、事件，都是他所经历的。他创作的根，深深扎在现实生活的土壤，与时代的发展脉脉相通。他的创作，往往回答了时代提出的问题，在一定程度上揭示了生活中具有重要意义的某些方面。因此，他的作品保持着革命的激情，弥散着生活的芬香，刻下了时代的印记。无论是现场鼓动快板，或是抒情诗、叙事诗，大都在一定程度上具有这种风格，表现了一种激宕的气势和昂扬的向上精神。为大家称道的《我是一个装卸工》，可说是这种风格的一个代表。“左手搬来上海市，右手送来重庆城”，“太阳装了千千万，月亮卸了万万千”，有着一种多么豪迈的气概交融其间，有着一种多么强烈的力量沁人肺腑。长诗《站起来的长江主人》，可说是这种精神的一个发展，也是作者创作道路上的新起点。

《站起来的长江主人》，写的是一个港口的工人生活和斗争，但诗中所表现的却不止于此。它告诉人们的是码头工人的一部苦难的历史、斗争的历史、解放的历史。尽管帝国主义魔掌伸进中国的大地，工人阶级受尽压迫，但是，工人阶级的志气却是欺压不了的，工人阶级的骨头永远是打不断、折不弯的。长江的流水不断向东流去，工人阶级却不会顺着长江的流水随波逐流。面对敌人的压迫，工人阶级展开了不屈的斗争，掀起了滚滚的波涛，终于推翻了压在肩头的三座大山，成为站起来了的长江主人。长诗特别着重描写的是工人阶级的英雄气概，是工人阶级向帝国主义英勇斗争的革命精神，这仿佛一根红线贯串其中。长诗截取了生活的一个横断面，和几个较有代表性的生活事件，揭露了英、日、美帝国主义侵略中国的罪行，戳穿了帝国主义外强中干的反动本质，强调了“一枪只穿两个眼，只有斗争才能活”这一真理。的确，无数历史事实证明：帝国主义的横行残暴，只是他们垂死挣扎的一种反抗，绝对扑灭不了人民的革命烈火，代替不了社会主义的制度终将消灭资本主义制度的客观规律。有句谚语说得好：“尽管狗在叫，骆驼队还在前进。”广大人民只有通过长期的革命斗争，才能击败敌人求得解放。因此，长诗着重描写工人阶级向强大的帝国主义斗争的一面，正是抓住了事物的本质，抓住了矛盾的焦点。这样描写，不仅使长诗具有较为强烈的革命性和战斗性，而且在今天，仍然具有现实意义。

二

和其他文学样式比较起来，叙事诗是以诗歌的语言塑造形象，描绘人物、事件，概括地反映社会生活的一种艺术样式。对黄声孝说来，通过长篇叙事诗反映码头工人的生活和斗争，并不是没有困难的。如诗人徐迟谈到的，他写这样一部长诗，经过了借鉴、布局(情节)、人物塑造、语言、定稿五关。每跨过一关，都留下作者艰辛劳动的足迹。在我读到的作者几次初稿中，发现与现在发表的已有很大的不同。

我以为，作者较难突破的还是人物塑造这一关。这些年来，作者写的多是一些讴歌劳动、赞美党和新社会的诗篇，最长的也未超过一百行，这些诗饱含着革命激情，显示了工人阶级的英雄气概，然而并未集中刻画几个人物、几个生活事件。因此，作者写这部长诗有过不少的思考：如何在叙事诗中塑造人物，如何通过情节的线索将人物的命运网罗起来，这些，作者都曾反复琢磨过，最后终于寻到了答案。虽说长诗中的人物还有明显不足，但已雕塑出一组令人敬仰的工人阶级形象。在较为广阔的历史背景上，生气勃勃地表现了码头工人的生活和斗争。

铁牛是整个长诗(第一部)的主人公，也是作者着力塑造的人物形象。在这一人物身上，作者倾注了自己热烈奔放的感情，为铁牛唱出一首赞歌，凝聚在这一人物身上的基本特质：对敌狠，对己爱，大公无私，革命坚决，对无产阶级事业忠诚，在一定程度上集中地体现了工人阶级的优秀品质。当他还是年幼的时候，苦难的生活像阴影跟随着他：“一身穿的猪油渣，睡的泥巴做的铺，盖的穿洞窗户被，枕头枕的扁担木。”

在那严酷的历史年代，血和火的斗争冶炼着他，困难和失败考验着他。可是，阶级仇恨深重、革命热情似火的铁牛没有动摇，没有让步，正义凛然地进行斗争，谋求阶级的解放。当他因组织罢工被捕时，铁牛是那样威武不屈：

铁牛咬紧牙巴骨，
一张铁嘴像钢锉，
尽管这里是刀山，
爷爷敢从上面过。

要打要杀随你意，
你要折磨就折磨，
打得断骨头打断筋，
捻一根汗毛一把火。

多么响亮的反击，多么有力的回答。古语说：“举一端而众端可以包括。”作者只是通过这一典型事件，就把一个钢骨铁胆的人物矗立在我们面前。至此，我们可以窥视到作为工人阶级战士的铁牛已经成长起来。

作者写人物，没有在静止的肖像画上花费笔墨，而是在行动的过程中，通过较有典型意义的情节和细节，揭示人物的性格，显现人物的光彩，从而在矛盾冲突中，在行动中完成人物的塑造。我们看到，这位“腰细肩膀宽、胳膀似墙柱”的铁牛，一开头，就以出人意料的行动进入人们眼帘。帝国主义正在海关横行霸道，这时：

只见岸上跑来一个人，
喊声震动海关楼：
……
他跳上跳板眼一瞪：
吓住一只大洋狗
……

那勇汉手举开山斧，
几个箭步奔仓库，
猛力一斧劈上去，
嘡啷一声一节锁。

作者还没有介绍人物的出身、姓名，只用一个凝炼的细节，就把人物的性格，通过行动显现出来，使我们闻其声、见其人。这种写法不仅别开生面地表现了人物性格，且为人物性格的发展留下广阔余地。

此后，人物性格的发展，大都是通过人物的行动、事件表现的。铁牛对帝国主义的斗争，以"血泪仇"、"抢渡"、"进川江"、"山城告状"、"走私与归公"、"护仓"等一系列行动，组成人物性格的历史，编织成一幅色彩斑丽的图画。这画面：有惊心动魄的斗争，有错综复杂的矛盾交织；也有亲切真挚感情的流露，对未来理想的抒情。由于作者注意从行动中刻画人，人物的性格也得到比较鲜明的表现。

作者写人物，还注意到揭示人物的精神面貌，表现人物性格。恩格斯1859 年说过："人物的性格不仅表现在他做的什么，而且表现在他怎么样做。"(《给拉萨尔的信》，着重点是原有的)有些叙事诗，或是单纯叙述事件过程，忽略人物心灵的剖析；或是把人物精神世界写得肤浅、浮泛；或是把人物写得阴郁、灰暗。我以为，作者写铁牛，没有将事件如实罗列，见流而不见源。作者在叙事的过程中，表现了人物的精神面貌，写出了人物怎样做，为什么这样做。如写铁牛斧劈海关锁，基于工人阶级经受帝国主义的深重压迫而进行的英勇反抗；写铁牛在法庭上的威武不屈，基于他对帝国主义反动本质的认识和对无产阶级事业必胜的信念；写铁牛走川江、上红岩的由衷喜悦，基于他对美好生活的追求和理想。这些地方的描写，都在一定程度上写出了人物的神采。我以为作者在这一方面的探讨，是值得肯定的。在叙事诗中塑造人物形象，并不是一件容易的事，要准确地表现人物的风貌，就要写其形又见其神，把蕴藏于内心的、指使人物行动的东西深入开掘，熔铸成艺术形象。

当然，这并不是说作者塑造人物已经完美无瑕了。从第一部来看，对铁牛的刻画深度还不够，有些人物写得单薄了一些。人物的骨力很足，多方面的挖掘和表现人物的性格还嫌不足。作者之所以在人物塑造上存在这些不足，一方面是艺术表现问题，这一方面作者尚需不断加强艺术修养，提高艺术表现力；另一方面，主要是对生活的深入认识问题，作者生活底子是很厚实的，但对生活的深入认识、开掘还不够，表现了人物勇于斗争的一面，而对人物性格的发展过程、人物性格的丰富性着墨嫌少。我以为，作者站的高度愈高，对生活的观察、认识会愈深，从生活中提炼的本质事物，也会显示深刻的思想意义。

三

从黄声孝的创作来看，已经逐渐形成一种属于工人诗人的艺术风格。长诗《站起来的长江主人》虽说还不很成熟，但在这一方面积累了经验，有着新的探求。

布封说：风格即人，黄声孝创作的风格打下了时代的、阶级的烙印，反映了码头工人的风格。这就是：具有强烈的革命浪漫主义精神，努力地反映社会生活中新生的、革命的、有生命力的事物，不断地同一切旧势力、旧思想和种种困难进行顽强斗争，诅咒、鞭笞旧时代、旧事物，歌颂、赞美新时代、新事物，从而为新生活开拓道路，推动时代的发展。因此，我们读黄声孝的诗作，在一些篇章中往往有一种激越的豪迈气势荡涤人心，有一种充沛的革命激情沁人心脾，从而受到鼓舞。

长诗继续发展了这种风格。作者从现实出发，又比现实站得更高，描绘了工人阶级的生活和斗争。作者对帝国主义的穷凶极恶没有渲染，而着笔于工人阶级斗争的描绘，对无产阶级事业的理想和坚定信心的歌颂，于苦难中看到未来的曙光，于桎梏中看到共产主义思想葆其美妙的青春。因此，长诗的整个调子是激越的，感情是奔放的，色彩是鲜明的。

在“走川江”一章里，写景抒情结合，说出了人物的崇高理想和对美好未来的追求。当铁牛、老王会见时，两人坐在小茶馆里，“对面是兵书宝剑峡，峡风吹来凉悠悠”。在当时的艰险斗争形势下，面对这样的自然佳景，作者对人物直抒胸臆：

祖国河山气势雄，
脚踏海洋头顶天。
群峰举起冲天剑，
要把这旧世界劈成两半边。

这段描写，有景有情，情景相融，工人阶级的豪情壮志充溢诗间。

在“山城告状”一章中，作者又将叙事和抒情结合，展其事，骋其情。开头写“铁牛来到山城上，卯时已过天不亮”。这里，既是叙事——叙述铁牛来到国统区重庆；又是抒情——抒发了人物对反对统治的悲愤之情。接着，有文采地写出了国统区黑暗现状，字里行间表现出对反动派的深刻揭露和有力控诉，最后以“提起黑色的罪状，告到红色的东方”为结，情在言中，寓意深刻。这章描写增强了诗的感人力量，具有浪漫主义色彩。

在长诗中，浪漫主义的表现往往与想象、夸张联系在一起。如果作者仅仅拘泥于事物的表面，不可能写出工人阶级的雄心壮志和宽阔胸襟。作者说过：光有生活素材是不够的，必须在它的基础上进行艺术构思，站在思想的峰顶上，细致琢磨，加工修理，把不能移动的自然景物，用巧妙的想象手法，给它插翅高飞，这样在我面前铺起了一幅万里长江的宏图。我们在“走川江”、“山城告状”等篇章中，看到作者在这方面的努力。

重迭、对比的连续运用，增强了诗的气势，增强了诗的力量。“山城告状”、“推倒三座山”两章的精彩，与作者运用语言的成功是分不开的。“山城告状”有七段用“告的是”起语，集中地控诉了反动派的罪行。最后两句结语，形象有力，主旨突出。“推倒三座山”一章，用对比的手法，揭露了三座大山与人民的根本对立，写得简洁、明确。像这些语言，都是得力之笔，使内容得以充分显现。不过，有些地方，语言还较平板，诗意不够，叙事的语言露而不含；有些地方，还可看出一些人工的痕迹，不够自然、有力。如“铁牛动手架桥梁，大家铺上木块块”，“以前的教训要接受，当时老王怎样讲”等，只是一般的叙事，提炼加工不够。

总的说来，《站起来的长江主人》是工人诗人用长诗讴歌工人阶级的战斗生活和历史的良好端倪，作者迈出的这一步是一个新的开始、新的起点，值得我们肯定和注意。

上面说到的，只是个人学习的一些粗浅体会。不当之处，尚请作家、读者斧正。

（原载《武汉晚报》1961 年 3 月 12 日）

漫谈家史写作

——评《我和武汉》

一

现在，一个以回忆对比、忆苦思甜为中心的写家史、社史、厂史的活动正在蓬勃开展，它已广泛地成为群众自我教育活动和写作活动。《我和武汉》就是这个群众活动中绽开的一朵鲜花，并已在广大群众中产生影响。

《我和武汉》收集了武汉地区劳动人民写的十九篇家史，其中许多篇章在不同程度上反映了两种时代、两种生活、两种社会制度的鲜明对比，凝聚着劳动人民的血泪和仇恨的印记，迸发着反抗和斗争的火花，交织着翻身和解放的欢乐。如果说，文艺是时代的一面镜子，那么，家史就是时代变化发展的一种历史反映。一篇家史，写的虽然只是一家一户的今昔变化，但却使你透过一家一户走过的生活道路，窥视到时代的风云变幻，触摸到时代的脉搏跳动。家史，实际上是劳动人民的血泪史、斗争史、翻身史、幸福史，也是今昔社会的一个缩影。

二

“千村薜苈人遗矢，万户萧疏鬼唱歌”，这是旧社会的真实写照。在旧的时代，反动统治者掌握着政权，三座大山沉重地压在人民头上，劳动人民处于水深火热之中。武汉和全国一样，阶级压迫、阶级剥削、阶级对立，极其鲜明地表现出来。《我和武汉》着力揭露的是旧的时代、旧的社会的罪恶，反映了劳动人民的深切痛苦和阶级仇恨。在乌云遮天的反动统治下，劳动人民食不中口，衣不着身，或被饿死、冻死，或被毒打撵走，或被欺压虐待以致家破人亡。像周金扬孤身来武汉，乞讨混饭，风餐露宿、找零活、打短工，以炕烧饼的炉边和江堤为家，倍受欺凌和折磨；像李春生的一个孩子没有一分钱买自来水，喝臭泥沟水被毒死；像李开炎的妻子分娩用菜刀割脐带，没破布摘几片荷叶将婴儿包起；像鲁巧英当了三年包身工，资本家未给分文，还挨打挨骂……这些难道只是个人遭受的悲惨境遇？只是个人的苦水？不，这不仅是个人仇，而是阶级仇、阶级恨。个人的遭遇是和整个武汉的历史命运紧紧相连的，是和阶级的压迫、剥削密切相关的。一位女工说得好：她的家谱是“一本记录旧社会罪恶的家谱，是血和泪的家谱，是仇和恨的家谱，是告诉后代永远不忘阶级仇恨的家谱”。

《我和武汉》不仅写了劳动人民在旧社会的穷苦酸辛，可贵的是在一部分家史中表现了劳动人民不甘屈服的斗争精神。尽管黑云翻滚、熊罴当道，但富于革命传统的武汉人民不畏强暴，不畏险阻，“为有牺牲多壮志，敢教日月换新天”。《我和武汉》的一些篇章写出了劳动人民的愤恨和反抗，写出了对帝国主义、官僚资本主义、封建主义的英勇斗争。这种反抗和斗争，或是有组织进行的，或是出自个人的报仇雪恨，或是针锋相对的斗争，或是怒目而视、等待时机，但都表现了劳动人民和反动统治的势不两立。吴举程的丈夫程尚志等同志在严酷的阶级斗争形势下坚持斗争，被捕后，敌人的踩杠、绞杠、老虎凳……折不断共产党人的硬骨头，压不弯革命者的钢铁意志，临刑高呼“共产党万岁！”“工农万岁！”“打倒帝国主义！”，表现了宁死不屈的英雄气概；周金扬怀着深仇怒杀汉奸方老九……像这些篇章都是激动人心的，表现了劳动人民敢于斗争、敢于革命的精神。当然，要斗争不是个人杀掉一两个反动统治者就能解决阶级的苦难，“拔掉一根毛，难除一只虎”，杀死一个方老九，还有支撑方老九的反动政权，只有组织起来，化仇恨为力量，进行革命斗争，才能推翻反动政权，获得劳动人民的彻底解放。

家史创作，不仅要写过去，而且应当写现在。写今天的绚丽现实，对比昨天的污浊社会，更能激励人们憎恨过去，热爱现在，展望将来。写现在，不能仅限于生活对比，或者是议论性的叙述，它应当饱含着炽烈的感情，抒写“春风杨柳万千条，六亿神州尽舜尧”，“喜看稻菽千重浪，遍地英雄下夕烟”的风光，从而展现劳动人民的精神面貌。《我和武汉》的不少篇章颂赞了解放后的喜悦，写出了人的精神面貌的变化，表现了崭新的人与人的关系，崭新的劳动态度。如《从乞丐到人民代表》、《我也有了自己的名字》、《从做牛马到做主人》，特别是歌颂了解放后出现的新风尚。劳动人民为了建设自己的国家，“一身是劲，拼命地干活”“一百斤重的担子好像灯草一样轻”，党委书记帮助三轮车工人推车上桥……这些在《我和武汉》中都是得力之笔。忆苦思甜，使人倍加珍惜今天的幸福，倍加努力地工作。

三

家史写作已在广泛开展，取得很大成绩。但如何在现有基础上提高一步，从《我和武汉》和其他家史编写的经验和不足中，还想提出一些想法：

第一，如何站在时代高度写过去的苦。长期以来劳动人民遭受沉重的苦难，受尽痛苦和折磨，如果不站在时代的高度来认识这些现象，势必会自然主义地记苦、叙苦，而这会给人以压抑沉闷的感觉，这样写，是不符合历史发展规律和时代要求的。苦，是客观存在，是需要反映的，但不是把苦停留在悲惨、痛苦、眼泪上面，而要反映生活的本质。写家史，是写阶级斗争的历史，一方面，要以唯物主义观点来分析苦，提炼那些本质的方面，摒弃非本质的东西；另一方面，更重要的是表现劳动人民的斗争，尽管劳动人民倍受欺凌压迫，走的是黄连铺成的路，然而，正是由于劳动人民受到的深重苦难，使劳动人民认识到，要摆脱阶级的压迫剥削，非斗争不可。因此，写家史(或整理家史)，应有明确的观点、鲜明的感情。写过去是为今天的生活更美好，既要写出劳动人民的血泪史，又需通过血泪史表现劳动人民的斗争史，对人民起到鼓舞作用，从而使人民愤恨、轩昂、向上。

第二，如何使历史性和艺术性相结合。家史，必须高度真实，不允许虚构，人、事、时都需要准确。但是，在历史真实基础上加以剪裁，选取那些典型事件、典型细节却是必要的。抓住那些激动人心的典型事件、典型细节，把它嵌入历史的长河中予以艺术表现，足以在思想感情上动人心弦。如果平铺直叙，主次不分，经渭不明，则会减低家史的艺术感染力。做到历史和艺术结合，需要站在时代的高度，严格取材、反复提炼。

第三，在内容、形式上可更广泛、多样一些。目前取材的内容是十分需要的，但还可更多地从各个方面反映武汉的革命斗争和翻天覆地的变化，如“二七”罢工、“六一”惨案，党的地下斗争、工业、交通的发展，教师生活等等。对于解放后的生活，也可给予更多注意。高尔基谈到工厂史说不仅有助于认识过去，还要帮助人们理解现在的、当代的现实生活。至于形式，也可不拘一格，精悍多样，既可全面抒写，也可抓住典型事件取其一端而全貌可现。

1964年3月写于昙华林

(原载《武汉晚报》1964年4月8日)

题材、人物和生活

——评电影《李双双》

面对广阔丰富的现实生活，作家写什么，是一个重要问题，也是近年来讨论题材问题的中心。在文学为人民服务方向下的百花齐放，要求题材、体裁、风格的多样化，这是大家所肯定和遵循的。但我们同时提倡描写重大题材，这是因为，我们生活在一个叱咤风云的伟大时代，提倡描写重大题材，就是提倡作家面向广大群众，面向火热的斗争，更有力地反映我们的时代。《李双双》所写的，虽然不是重大题材，看来只是我国广大农村中那些平凡的人，平凡的生活，平凡的事件，但是，它所反映揭示的问题，却是那么不平凡。作者通过这些现实生活中的日常事件，把思想的触角伸展到广阔的社会领域。虽说只是家庭的纠葛、日常的劳动、普通的生活，实际上，这一切都和当代生活紧紧相连，都和千百万人的生活命运线线相牵，都和我们同时代人的精神面貌息息相关。影片中的主要冲突——双双与喜旺的矛盾，即是社会上的两种思想冲突的深刻反映。正如作者作说，研究双双与喜旺的冲突本质，就会发现这个主题还蕴藏着重要的问题，那就是这一对普通农民夫妻中的关系变化，反映了我们这个社会的变化。作者这席颇有见地的话使我们了解到，作者为什么要写这一切，为什么以此作为选取题材的出发点。

当然，只是选取题材还是很不够的。鲁迅说过：选材要严，开掘要深。否则，即令是写的大题材，也往往会写得肤浅、表面，产生不了激动人心的力量。如同开发矿藏，设若不去很好地勘探、鉴别、挖掘，也不可能开掘出闪闪发光的宝石。《李双双》所写的是农村生活的新人新事，是当代农村发生的种种变化，但我们有些反映农村生活的作品，往往写得浅陋，言完意止，没有思索余地。相反《李双双》却很不同，由于作者反复揣摩，深入发掘，在纷繁的现实生活中，撷取了一个“小”的侧面，织成了一幅新农村的图画。所谓“一花一世界”，“一叶一如来”，看来是“小的”，实际上是以小见大，见微知著。作者正是以家庭生活中的纠葛为线索，揭示了火红的劳动、冲突的序幕，展示了新人的成长，新思想对旧思想的斗争以及新思想的胜利。作者写这一切不浅、不俗，刻画人物鲜明，格调清新。这原因恐怕在于，作者不仅能将题材囊括于怀，而且也善于深入挖掘，把主题思想提炼到本质的深度。

文艺是通过形象反映现实生活的，人物形象是作品的中心。我以为，作者对主要人物双双、喜旺的刻画基本上是成功的。

先说双双。作者对双双是着力刻画，用墨如泼，多方面地赋予人物以新的光彩。双双，是社会主义时代的新人。她摆脱了旧时代、旧传统、旧意识的羁绊，以崭新的性格、崭新的面貌，勇猛地闯入了新生活。她那种大胆、泼辣、心直口快，大公无私、敢于斗争、勇于负责的性格，跃然纸上。你看她，当孙婆拿了社里的木桶后，她坚决干预了这件“情理不顺”的事。喜旺问她凭什么管人家，双双凛然地回答，“我？公社社员”，正因为她明确地意识到一个公社社员的责任，因而能够从人民的利益出发，按照党的政策，维护集体利益，与一切旧思想、旧习惯做斗争；另一方面，双双对人又是充满热情的。她巧妙而妥善地解决了桂英的亲事，诚挚地安慰了大凤。特别是她对自己的丈夫，既有原则，又很体贴。她与喜旺的几次冲突，虽说很尖锐，但双双正是出于真心的爱才狠狠地批评了喜旺的错误行为。正如喜旺说的，双双批评他几句，“是对我有点意思”。

双双，这一崭新的人物，在社会主义土壤上成长。现实生活中的荆棘，感情上的波澜，没有阻止她对美好生活的追求，没有挫伤她那昂扬的革命热情。她依靠党的领导，在不平坦的道路上，坚实地前进着，随着故事的进展，双双的思想性格也进一步成熟。双双这一名字，已成为我们学习的榜样，也嵌入了我国电影形象的画廊。

再说喜旺。喜旺这一人物的塑造，也是有现实意义的。喜旺，有着地道的农民本色：憨厚、善良、守本分；但另一方面，旧社会私有制的思想给他打下了深深的烙印。他处世的原则是：以“我”为中心，只管自己，少管“闲事”；他像是一个“没星秤”，遇到原则问题，显得十分软弱。在这一人物身上所散发的个人主义的气味，还在阻碍着新生事物的成长，束缚着人们创造新生活的积极性。然而，在集体经济巩固发展的时候，一切个人主义的污浊，都将被剔除。喜旺终于在现实生活的教育下，逐渐认识到自己，承认了自己的错误。新的时代，新的生产关系，不仅改变了时代的面貌，促进了生产的发展；重要的是，改变了人与人的关系，改变了家庭的关系，人的精神面貌变得更高尚、纯洁了，爱情的意义更深远了。影片结尾描写的双双与喜旺，给人的印象是深刻的、难忘的。小河边的大树下，笛声悠扬的飞向原野，喜旺心中充满了喜悦，他感到自己是“先结婚后恋爱”，甚至觉得双双也越变越好看了，而双双也觉得喜旺在变了。这一富有诗意的结尾，使人想得更多、更远。在改造世界的伟大斗争中，我们同时代人的精神面貌不在急剧的变化么！

作者成功地创造了双双、喜旺，根本的关键在于生活。李凖从第一篇小说《不能走那条路》开始，就把生活作为创作的源泉，长期地、无条件地、全心全意地在生活中扎根。这样，他有可能观察、体验、研究、分析一切人、一切阶级、一切群众，从而积累素材，作者说："要从生活中发现新的人物，就要从平时注意积累生活。"坚实的生活基础，直接帮助了作者的创作。

当然，只有生活还不够，还必须有敏锐的观察力，善于从生活中发现闪光的东西，即令是细小的，作者能够看到星星之火的燎原之势，看到茁壮发展的新生事物的无限生命力，从而为我们同时代人的精神面貌画下肖像。假若没有作者对新事物的敏感，不可能从生活中发掘新生的、积极的、本质的因素，相反会被某些消极、表面、暂时的现象蒙住。我以为，作者认真深入生活的态度，也是值得我们学习的。

（原载《湖北日报》1962 年 12 月 26 日）

在革命的熔炉里成长

——《小兵张嘎》观后

目前上映的《小兵张嘎》是一部具有革命精神的好影片。它以浓郁的生活气息和富有时代色彩的艺术形象，赢得了广大观众特别是青少年一代的喜爱。

《小兵张嘎》写的是抗战时期冀中地区一位勇敢、机智、带有几分“嘎气”的少年英雄的故事。影片以张嘎为中心线索，表现了张嘎在革命烈火中锻炼成长，特别是突出了张嘎敢于斗争、敢于胜利、不畏艰险、不怕困难的英雄气概。影片虽然写的是二十一年前的事，但编导却能站在时代的高度，考虑到我们这个时代的具体要求，强调今天应当继承和发扬革命传统，突出了张嘎思想性格中闪闪发光的东西，形象地告诉我们：张嘎所喜爱、所追求的事物是革命，所走的路是革命的道路。因此，比较鲜明的时代精神和战斗的艺术风格就构成这部历史题材影片的基调。

小兵张嘎，就是在革命熔炉中冶炼出来的。然而，张嘎的成长并不是一帆风顺的，他经历了这样的历程：由报个人仇到自觉参加革命，由幼稚到逐渐成熟，最后终于成为坚定的革命战士。起先，奶奶的牺牲，老钟叔被捕，在他幼小心灵里播下仇恨的种子，他愤怒，他决心报仇，但他还不能自觉地认识和理解革命的真正意义，只是当他找到自己的亲人——八路军时，他那仇恨才化成革命的种子，渐渐在心中生根、发芽。在实际的革命斗争中，他领悟到，光是个人的仇恨还是很不够的，只有把仇恨化为力量，坚决革命，才能获得整个阶级(也包括着自己)的解放。在他身上所具有的那种“嘎劲”，就是不断变化发展的。一方面，反映了他的勇敢、顽强，敢于斗争，坚决革命；另一方面，也反映了他的幼稚、调皮、撒野任性，这“嘎劲”正包含着他的可贵的一面和弱点的一面。以后，随着革命斗争的锻炼，他的思想性格也在发展变化，那闪烁革命思想光辉的主导方面逐渐增强扩大，那撒野、任性的方面渐渐减少、消失，而这正反映了他的成长。如影片中几次对枪的描写，就表现了这一点。枪，作为主题思想的道具，把一系列事件牵引起来，反映了张嘎的迅速成长，也意味着革命前辈对下一代的信任和委托：要继承革命先辈的斗争传统，坚决革命到底，把革命精神传下去。

张嘎的成长是党的教育、革命部队抚育的结果。钟连长、侦察员罗金保、区队长都给他很深的影响，他们的思想、品质、行动成为张嘎学习的榜样，他们对他既有热情的鼓励、帮助，又有严格的批评和要求，从而使张嘎沿着正确的方面健康地成长。我们在影片中看到：当老满父子为掩护他而遭敌人毒打时，他学老钟叔一样挺身而出，拍着胸膛说“我就是你们要找的八路，跟他们没关系”。这时的张嘎，已在革命前辈光辉形象的照耀下，在革命的熔炉里成长起来了。他已由农民的儿子成为赤胆红心的战士，由农民的小天地走入了广阔的革命大家庭。

总的说来，《小兵张嘎》是一部优秀的影片，张嘎的革命精神对我们具有强烈的现实意义。

（原载《长江日报》1962 年 8 月 5 日）

一面凌空飘扬的红旗

——影片《冬梅》观后

在那白塔矗立的革命摇篮——江西瑞金，在那弥漫着朝雾的锦江河畔，一个光辉的英雄形象，屹立在我们面前。

她是谁？她是红五团直属队的指导员——李冬梅。影片《冬梅》所讲的，就是关于她的故事。

那是一个烽火的年代，尘土滚滚，硝烟扬扬，革命暂时转入低潮，敌我斗争十分激烈：一面是敌人的猖獗，疯狂的烧杀、进攻；一面是革命的火种由小到大，人民的斗争如火如荼。就在这阶级斗争的焦点上，影片《冬梅》为我们描写了：红军撤离中央苏区，北上抗日这一历史时期的一个激动人心的故事，塑造了一个光辉的女共产党员形象。

影片《冬梅》(林杉编剧、白杨主演)是《党的女儿》的续篇。作者在这部影片中所着力的，不是以惊险奇特的情节取胜，而是通过对正面人物形象的集中刻画紧攫人心。在广阔的生活画面上，作者将主人公——冬梅，放在斗争的漩涡中显现，透过几个具有典型意义的事件，表现出这一形象的光彩和精神世界的美。

当我们开始接触冬梅时，并不很引人注目。高个儿、宽肩膀，头戴八角帽，脚蹬草鞋，双腿裹着绑腿，军帽下压着一截短发显得十分平凡。然而，冬梅内心世界的光彩却在生活中四处闪耀。你看她：对同志多么热情关怀，对党的事业多么忠贞。在前进的路途中，自己怀孕了，却把马让给负伤的张班长骑，在敌人包围瑞金的烟雾里，她果断地命令陈排长和小妹子夺回了那面正在硝烟中傲然飘扬的红旗，表现了她对敌人的蔑视和对革命的必胜信心。特别令人激动的是，她的婴儿刚一诞生，还来不及享受到真挚的母爱的温暖时，她就把婴儿交给群众抚养，而又投入了火热的战斗。这里虽说着笔很少，但在短短的几个镜头中，已照射出人物思想感情的光华。冬梅，正是在艰苦的革命斗争中，毫不犹豫地服从党的利益，愉快地为党的事业献出了一颗赤诚的心。

随着故事的进展，人物性格不断发展深化。在风雨如晦、敌众我寡的情况下，冬梅没有畏缩、没有动摇，于困难中瞻望到革命红日必将东升，于危险中窥见到化险为夷的积极因素，因此，她始终乐观昂扬，勇往直前。国民党的封锁、饥饿的威胁，都折磨不了共产党员的钢铁意志，锁不住共产党员的赤胆忠心。她的战斗格言是，“没有什么了不起”，“冲出去就是胜利”。在群众情绪低落时，她及时深入群众，了解情况，抓住时机，组织斗争，大大地鼓舞了群众的情绪，斗争的烈火又猛烈的燃烧起来了。这些交织着血和火的斗争，有力地表现了一个共产党员的崇高品质：坚毅、机智、乐观、刚强，和群众保持血肉的联系，紧紧地依靠群众取得斗争的胜利。

冬梅，就在战斗的岁月里日益成长，然而，这种成长并不是扶摇直上、一帆风顺的。革命的道路是坎坷不平的，人物性格的发展也是曲折的。作者没有把人物理想化、神秘化，写得高不可攀，而是真实可信地写出了人物性格的发展，揭橥出人物的精神面貌。如在描写冬梅和党失掉联系后，急切地想找到党的组织，正在这个时候，一个陌生人带着“县委”的信来找冬梅，一种迫不及待的心情，使她没有反复考虑、仔细盘诘，轻信了这位“陌生人”，终于陷入了敌人的圈套而被逮捕。这次错误表现了冬梅的急躁情绪和政治上不够老练。不过，吃一堑，长一智，现实斗争的沉痛教训，促使了她的迅速成长。在以后的战斗磨炼中，她锻炼得更加成熟、更加坚定。作为党的优秀女儿的冬梅，思想性格的发展，也升华到新的高度。

最能表现冬梅这种思想光辉的，是冬梅担任游击队第三大队政委时，以我军代表的身份和国民党谈判那场戏。这场巧经作者结构安排的戏，既曲折而又带有传奇色彩，于谈判桌上看到了炽热斗争的烈火，就在这紧要关头，冬梅理直气壮，大义凛然，坚持原则，坚持斗争，终于使敌人的阴谋失逞。这里，一个共产党员的崇高气节和品质，得到最集中、动人的表现。

斯大林说过，共产党员是特殊材料制成的人，冬梅，就是这种材料制成的。所谓特殊材料，并非自视其高，自标特殊，而是用钢的材料铸成的性格，经得住磨炼，经得起考验。风里、雨里，能够忠心耿耿，坚持斗争；最困难的日子里，能够吃苦在前，享乐在后，服从党的利益，全心全意地为党的事业奋斗到底。冬梅，就以这种思想性格，为我们树立了行动的楷模。冬梅，像一面鲜艳的红旗凌空飘扬；像一棵苍劲的青松，屹立在人们的心上，鼓舞人们前行。

（原载《长江日报》1961 年 9 月 26 日）

古代英雄的画卷

——喜看影片《杨门女将》

《杨门女将》是根据我国流传很广、深受群众喜爱的“杨家将”的故事编导摄制的。它表现的是：英雄的杨家将在多次反抗侵略战争中受到惨重损失，而这次杨宗保也在边关“中贼埋伏，伤重身亡”，这时天波府的女将和髫龄幼子杨文广，在大敌当前、国家危亡之际，经受着家庭带来的不幸，毅然挺身而出，担负起国家的重担，重整旗鼓，意气焕发地走上战场，取得了反抗侵略的最后胜利。

不畏强暴，正义凛然，表现了中国人民的英雄主义气概和爱国主义精神，可说是影片《杨门女将》的基调。战鼓和胡笳声中，西夏王侵犯宋朝边境，“铁骑困边关，指日取中原”，面临这一危急局势，何去何从，是战是和，投降派和杨家将的态度截然相反。一是“要向番王递降表”，一是“要杀敌求边关”。自称一生饱经风险、凡事万无一失的王辉及其他将领，贪生怕死，苟且偷安，被强敌入侵吓破了胆，不敢坚决向敌斗争，屈辱于敌人膝下。可是，以佘太君为首的杨门女将不顾自家遭受的不幸，不畏强暴的威慑，坚决向投降派斗争，“愿死守沙场，断不容寸土有失”，“要帅有帅，要将有将，一门英勇，盖世无双，刀斧不惧，就是不能求和”。这是何等铿锵有力的语言。这里，对敌卑躬屈膝与坚决斗争形成强烈的对照，鲜明地表现了两种不同态度。

自古以来，勤劳勇敢的中华民族热爱和平，反对侵略战争，但从不乞求和平，惧怕强暴，如毛泽东同志指出的：“中华民族的各族人民都反对外来民族的压迫，都要用反抗的手段解除这种压迫。”影片所表现的西夏王尽管开始杀气腾腾，不可一世，猖狂向宋朝侵略，然而这不过是一种暂时的表面现象，“不义之师，焉得不败”。以佘太君为首的杨门女将请缨报国，“百岁人，那顾得征鞍万里，冷夜西风，白发凝霜”，闯绝谷，寻栈道，斩除荆棘，跃过断涧，表现出大无畏的英雄气概。这里，影片没有孤立的描绘杨家将的机智英勇，而将此与人民的拥护支持紧密地联系在一起。正当杨门女将迷失路途、难攀绝壁之际，采药老人帮助他们寻找了栈道，登悬岩下绝谷，指引了前进的道路。由于杨家将从事的战争的正义性，因而受到人民的爱戴和支持，最后取得了胜利。历史为人们揭示了这样的真理：正义的人民的反抗侵略的战争必胜，非正义的反人民的侵略战争必败。这是颠扑不破的真理，是历史发展的必然规律。

影片正是从这一主题出发，在雄伟广阔的画面上，为杨门女将谱写了一曲激昂的赞歌，深刻地表现了杨门女将的敌忾同仇，英勇不屈，对胜利的坚信，对敌人的蔑视，在人们面前展现了一幅叱咤风云、战无不胜的古代英雄的历史画卷。同时，也辛辣地嘲讽鞭挞了反动统治者，着笔不多，却活灵活现，批判得淋漓尽致。

影片正确地贯彻了“百花齐放”、“推陈出新”的政策，既有批判的继承，又在此基础上进行了革新创造。原来《十二寡妇征西》这出戏，伤感的成分很重，开头给人一种凄婉冷落的感觉，清明扫墓，噩耗传来，杨家将万分悲恸……经过加工的《杨门女将》却完全改变了这种面貌，剔除了糟粕，汲取了精华，取得了显著的成效。影片开头没有回避事件的悲剧因素，以及由此引起的矛盾冲突，但影片没有缠绵在悲剧事件之中，它成功地处理了人们对待悲剧的态度，不是沉溺在个人不幸之中，凄凄惨惨切切，而是坚强地站立起来，这就使影片中的人物形象更加明朗，深刻地表现了人物的英雄性格和乐观主义精神。其次，影片抓住了典型情节，着力加以渲染描绘，一个特写镜头，一个场景的变换，都给观众以强烈的艺术感染。同时，影片中运用的唱、念、做、打，都俱见功夫，既保持了戏曲艺术所长，又充分运用了电影特点。特别是武打场面的处理富有创造性，它突破了舞台的限制，把人们引向一个逼真的宽阔天地，不仅看得出双方激战壁垒分明，而且通过行动表现了人物的思想感情。

（原载《湖北日报》1961 年 2 月 5 日）

赞《革命的故事》

展现在我们面前的是这样一幅壮阔的革命画卷：处在美帝国主义后院的古巴，经过艰苦的革命斗争，取得了夺取巴蒂斯塔反动政权的伟大胜利，取得了反击美帝国主义的伟大胜利，在加勒比海的上空，升起了一面光辉的社会主义旗帜。这面旗帜凌空屹立，傲然飘扬，成为拉丁美洲第一个社会主义的灯塔。

古巴第一部故事影片《革命的故事》，正是这幅画卷的一个缩影，也是古巴革命斗争的一个真实写照。

《革命的故事》由《受伤的人》、《起义》、《圣克拉拉》三部短故事片组成。《受伤的人》描写了革命者在地下斗争时期，为了逃避敌人追击所进行的艰苦战斗；《起义》描写了马埃斯特腊山游击队的顽强斗争；《圣克拉拉》则表现了革命者怎样在战斗的暴风雨中用革命的力量夺取城市。这几部影片虽说都不长，但向我们显示了古巴革命的强大力量，显示了古巴人民的革命精神和大无畏的英雄气概，形象地阐述了一个重要的革命原理。我以为，这部影片所揭示的思想，对我们有着现实的意义。

《革命的故事》展现了这样的真理：受压迫的人民要取得独立解放，必须进行武装斗争。从影片一开始，我们见到的并不是美丽古巴的风景画，而是叱咤风云激动人心的战斗画幅。它表现了古巴人民坚持武装斗争的路线，向巴蒂斯塔反动政权展开斗争。即使在处境十分困难的时候，他们依然坚持武装斗争，充满了对革命事业必胜的信心和希望。《起义》中所表现的马埃斯特腊山区的战士，处在敌人的包围中，没有惧怕，没有妥协，始终团结一致，坚守战斗的岗位，而且乐观地谈论着古巴的过去、现在以至未来。在《圣克拉拉》中，更是以武装斗争击败了反革命力量，夺取了城市，赢得了胜利。历史事实证明：古巴革命由十二个人、七支步枪发展到一支强大的革命力量，推翻了巴蒂斯塔的反动统治，取得伟大革命的胜利，正是他们采取了坚持革命敢于斗争，以武装革命反对武装反革命的结果。卡斯特罗说得好，他们采取的路线，“是正确的路线，革命的路线，武装斗争的路线；不是政客路线，选举路线，而是对巴蒂斯塔暴政进行武装斗争的路线”。历史已经有力地证明了这条路线的无比正确。

影片还为我们揭示了在革命斗争中，各种人物的不同立场、不同态度和精神面貌。一种是坚持革命，顽强斗争，对同志充满了阶级感情，同患难，共甘苦，为一个伟大目的矢志不渝。《受伤的人》中的义利娜·亚儿贝道的妻子对受伤战士千方百计的掩护，《起义》中的马埃斯特腊山战士对受伤的同志百般照料，都使我们深受感动。相反，另一种态度却是：当革命考验自己的时候，表现了畏怯、逃避和恐惧。《受伤的人》中的亚儿贝道逃避了掩护受伤战士的革命职责，逃离了家，结果，自己不仅没有逃避过这场斗争，反而使革命蒙受损失，他的妻子也被敌人杀害，最后他被送奶工人救走。从这里不难看出：对革命采取怎样的立场、态度，是坚定还是动摇，是迎上去还是退下来，是考验一个革命者的试金石。作为一个革命者，在革命暴风雨中，应该是大海中的海燕，坚定勇敢，展翅翱翔，而不应该像蠢笨的企鹅那样躲在崖岸下，贪生怕死，逃避斗争。

《革命的故事》是一支革命的歌、战斗的歌。我赞美这支歌。我们深信：尽管帝国主义不惜一切手段地攻击诬蔑、扼杀古巴，但是，古巴人民的命运掌握在自己手里，古巴革命永远不会被阻止、被扼杀。

（原载《长江日报》1962年1月16日）

第三编　研究著述评点

重整历史美学方法的理论武库

——评崔志远著《中国当代小说主潮》

崔志远教授是我相识多年的老朋友。2005年11月，收到他刚刚出版的《现实主义的当代中国命运》，这部48万字著作，比较系统地论述了现实主义在当代中国的发展，用张炯先生的话来说，这是"一部很有学术价值的书，也是对我国文学创作会有良好影响的书"。事隔一年半，崔志远教授打电话给我，嘱我为他的新著《中国当代小说主潮》写序，当时我既感高兴，又有点惊讶：在不到两年的时间内，能够出版两部学术著作，是件多么不容易的事。后来待我读完《中国当代小说主潮》校样，才知这部新著实际上是《现实主义的当代中国命运》这一课题研究的延伸和深化，而由课题研究所派生的"中国当代小说主潮"这门选修课，已为本科生、研究生讲过七遍。这本书正是在此基础上产生的。可以说，这部史著既是崔志远教授多年教学与研究的心血结晶，也是继《现实主义的当代中国命运》之后的又一力作。

小说，是文学创作的一个重要组成部分。梁启超说："小说为文学之最上乘也。"一个时期小说创作成就之大小，是衡量这个时期文学创作水平高低的重要标志。就当代中国小说而言，尽管经历了曲折和坎坷，但总的发展趋势仍是欣欣向荣、蓬勃向上的。面对繁复多姿、异彩纷呈的小说世界，作为现当代文学的研究者，理应把关注的目光投向当今，加强当代小说的研究，据我所知，这一研究早在上个世纪80年代就引起了人们的重视。中国当代文学学会(现为中国新文学学会)1981年在庐山召开学术年会时，就提出了编写《中国当代分类文学史》的计划，经过几年的努力，汪名凡主编的《中国当代小说史》、卢启元主编的《中国当代散文史》、高文升主编的《中国当代戏剧文学史》、王晋民的《当代港台文学史》等史著于90年代初由广西人民出版社出版。著名作家姚雪垠在《中国当代分类文学史》总序中说："一切历史的编写，有一个总的目的，也是一个基本要求，即是为当前服务。古人所说的'温故而知新'，又说'鉴往知来'，都是说对历史经验的探索与总结，要为推动今天和将来的社会活动起指导作用。编写当代分类文学史的基本目的也是如此。"此后，关于当代小说史的研究，已有多部著作面世，如金汉的《中国当代小说史》(杭州大学出版社，1990年)、《中国当代小说艺术演变史》(浙江大学出版社，2000 年)，应锦襄、林铁民、朱水涌的《世界文学格局中的中国小说》(北京大学出版社，1997 年)，张学军的《中国当代小说流派史》(山东大学出版社，1999 年)、《中国当代小说中的现代主义》(山东大学出版社，2005 年)，刘克宽的《当代小说艺术形态散论》(齐鲁书社，2002 年)，吴培显的《当代小说叙事话语范式初探》(湖南师大出版社，2003 年)，程文超、郭冰如的《中国当代小说叙事演变史》(中国社会科学出版社，2006 年)，董之林的《追忆燃情岁月——五十年代小说艺术类型论》(河南人民出版社，2001 年)、《旧梦新知：十七年小说论稿》(广西师范大学出版社，2004 年)，许志英、丁帆主编的《中国新时期小说主潮》(上下卷)(人民文学出版社，2002 年)，张卫中的《新时期小说的演变与中国传统文化》(学林出版社，2000 年)，汤哲声主编的《中国当代通俗小说史论》(北京大学出版社，2007 年)等。这些论著研究的视角不同，重点不同，但都具有自己的特色。其间既有中国当代小说的整体研究，也有分阶段的研究；既有历史的美学的研究，也有文本艺术研究。从总体看，当代小说研究的领域不断扩大，研究的问题不断深化，研究的水平不断提高。然而，相对地看，近年来历史的美学的研究相对薄弱，研究的深度也有待加强。在新的历史条件下，文学理论、文学研究的发展趋势，是由文本关注到历史文化关注。西方由 20 世纪 20 年代兴起，兴盛了半个多世纪的形式主义批评已趋衰落，新历史主义、女性主义、后殖民主义等历史文化批评勃然兴起，中国当代文学自 80 年代末的先锋小说之后也开始向现实和社会回归。对当代小说史的历史美学研究，无疑应当受到重视。特别是在当前“祛历史”、“祛精神”成为一种时尚的情况下，十分需要站在新世纪的高度，以历史的美学的眼光对当代小说进行整体性把握。《中国当代小说主潮》则在这方面进行创新性的研究和探讨，同时，也兼有思潮流派和文本叙事的研究。

在我看来，崔志远教授的这部著作，大体具有这样几个特点：

一是运用整体性研究方法研究当代中国小说发展的主要脉络。所谓整体性研究方法，即将当代小说置于 20 世纪的时代生活进程、民族文学传统和世界文学格局的宏大背景中进行分析和思考。《引论》便运用这种方法，在时代生活进程、民族文学传统和世界文学格局三维坐标系中研究 20 世纪文学，勾勒其发展的主要脉胳：“五四时期出现启蒙现实主义，创作实绩是五四新文学，代表作家为鲁迅。30 年代出现革命现实主义，创作实绩是革命文学，代表作家为茅盾；同时，启蒙现实主义仍在发展，两者共创 30 年代的文学。40—70 年代，革命现实主义逐渐居于主导地位，其创作实绩是工农兵文学；启蒙现实主义则处于低迷和压抑状态，乃至进入‘潜在写作’。70 年代末到 80 年代前期，启蒙现实主义得以复兴，创作实绩是伤痕文学、反思文学、改革文学和知青文学等。80 年代中后期出现现代主义和后现代主义的潮起潮落，其创作实绩是现代派小说、寻根小说、先锋小说等。90 年代以来，文学出现多元发展的局面，多元中有着回归写实的倾向，如新写实小说的生存现实主义，新现实主义小说的社会分析现实主义，女性文学的私密写实，新历史小说的碎片写实，晚生代小说的欲望写实，新新人类小说的时尚写实等。了解到这一脉络之后，当代小说的发展轨迹及其在 20 世纪文学中的地位就清晰地揭示出来。此外，这本书的结语《建构现实主义主潮与西方文学新潮的互动关系》也运用这一方法，对新世纪文学的发展路向进行展望。总之，这部著作运用整体性方法揭示出当代小说发展轨迹和基本规律，并确定研究的基本思路。

为了更好地勾勒中国当代小说的发展轨迹，著者还运用整体性方法对当代小说进行了多方位的整合。即当代文学与现代文学的整合，十七年文学、"文革"文学和新时期文学的整合，新时期小说多种创作思潮的整合。通过整合一方面从纵向上阐明了当代小说发展的传承关系，说明当代小说出现今天这样繁荣的局面不是偶然的，而是对中国现代小说的承续和发展；另一方面又从横向上说明新时期小说尽管旗号林立，各具风采，但各阶段每一种小说现象都有自己的来龙去脉和前后联系。通过上述从宏观到微观的层层整合，比较明晰地显示了文学的发展流变和内在关联，说明当代小说不再是互不相关的甚至反差很大的几个板块，而是一个盘根错节、相互联结的有机整体。

二是运用多重视角考察研究当代中国小说的发展。新时期以来，随着思想解放浪潮的推动，外来文化和各种文学理论批评的影响，以文学研究新方法的探讨为前导的文学理论批评、研究方法的变革，突破了文学批评、文学研究的单一视角，改变着当代文学理论研究的面貌。当今的文论建构学派众多，研究方法多样。既有传统的社会历史的研究方法，也有过去早有而未能普遍应用的比较文学方法，更有人本主义、自然主义、文化主义、审美主义文论以及系统网络分析法、结构功能分析法、层次分析法、无序有序过程法、模糊分析法等等，这些方法虽然不同，却有异曲同工之处，即我国的各种文学批评视角在中西文化交流中逐步建立和完善。这不仅为我们提供了丰富的理论资源，而且为文学理论研究注入了新的活力。这本著作在充分吸取外来文化的基础上，主要采用历史主义和审美主义视角，但同时也涉猎文本主义、文化主义和人本主义等批评。这样，既能把握当代文学发展的主流趋势，又能描绘其多彩风貌。具体地说，本书对当代文学进行整体性考察后，确立现实主义是其主潮。作为美学和历史批评的现实主义理论便是一个重要视角。本书对现实主义进行梳理考察后，认为它是一个多层次的结构体系，在认识方法层面上，强调客观写实原则；在艺术思维方法上，强调典型化思维；在艺术手法层面上，强调细节真实的写实手法。以此评价当代小说作家作品及创作思潮，回答了一些重大问题，如对工农兵文学、新写实小说、新现实主义小说的分析等。同时，当代文学发展除现实主义主潮外，还有各种创作思潮，诸如浪漫主义、现代主义、后现代主义等，因而又用各种新潮理论进行研究分析。如用文化主义理论分析寻根小说，用后现代主义理论观照先锋小说，用存在主义观照新写实小说，用新历史主义观照新历史小说，用女权主义观照女性小说等。这些对位性分析可称为同向研究。这本书在运用同向研究的同时，还运用错位性分析，即在同向研究中融入反向研究，如以新潮理论观照现实主义创作，或以现实主义理论观照新潮创作，如此，可透析研究对象的缺陷和误区，以引起读者的重视。前者如以格雷马斯的"语义方阵"剖析工农兵文学中革命历史小说的人本关系结构，概括出其英雄引路人模式，发现其结构的单一性和雷同性；后者如分析新历史小说《红粉》，在运用新历史主义分析它，放大历史"碎片"、颠覆历史"整体"之后，又进行历史主义观照。认为"《红粉》放大的小历史却令人怀疑，不加批判地书写妓女心甘情愿地恢复昔日的生活……从而颠覆建国初期妓女改造的大历史。这种意识形态性实不值得恭维，这种'新'实在是一种'旧'，是一种倒退，甚至连《卖油郎独占花魁》都不如"。这些分析是有见地的。

三是把宏观把握与微观研究结合起来，探讨中国当代小说的历史进程和发展流变的内在成因。就当代小说研究来说，微观是宏观研究的基础和前提，宏观是微观研究的升华和提高。这部著作正是在微观研究的基础上进行宏观研究的。在宏观研究上，著者十分注意当代小说发展的整体特征把握，注意小说自身的横向和纵向比较。如研究革命现实主义、启蒙现实主义、现代主义与后现代主义、新写实主义等思潮在当代中国的流变，注意厘清这些创作流派的来龙去脉，探讨他们之间的内在联系和衍变规律；在微观研究上，著者十分注意文本的解读，在剖析代表性文本的基础上，从理论上进行阐释。如分析女性文学的"私秘写实"作品，一方面肯定女性文学颠覆男性话语与权威，显示了强烈的现代性精神和自审意识，实现了由写"我们"到写"我"的转变，标志着具有女性意识文学走向成熟的自觉；另一方面也指出了女性"私人化"写作随着自身逻辑的不断演化，逐渐走向私语化、欲望化、肉身化的误区之中，走向荒诞的困境。这些细读文本的评析，切中肯綮，一语中的。

以上简要地概括了这部著作的长处和特点。当然任何事物都是一分为二的，有长处也有不足。这本史著虽然论述的对象仅是当代小说的主要发展思潮和流派。但涉及的面很宽，需要应答的问题很多。著者虽对当代小说各个时期的创作思潮作了梳理评述，但在某些问题的论述上未能充分展开，有待进一步深化。还有些问题，著者勇于提出自己的见解是可贵的，但这些见解不一定为所有人认同，肯定会有一些不同的看法和意见，好在现在是百家争鸣的时代，可以各抒己见，不必求得一律。

总的说来，《中国当代小说主潮》是一部主旨鲜明、视野开阔的书，也是一部内容翔实、颇富创意的书。为了写好这本书，崔志远教授艰苦跋涉，锲而不舍，倾注了自己的心血。仅从书中引用的资料来看，理论著作就有一百多种，涉及的作家作品就更多。著者不仅要占有这些资料，还要在众多的资料中扒梳搜求，梳理辨析，去粗取精，去伪存真。这些都非一日之功，它是著者长期积累、缜密思考的结果，体现了潜心治学、严谨求实的学术精神。我认为，这种学术精神不仅值得我们学习，而且需要大力倡导，特别是在当今浮躁之风盛行，功利化、物欲化影响文坛的“文学娱乐化”时代，更需要呼唤和弘扬这种“板凳甘坐十年冷，文章不做半句空”的严谨治学精神。

2007 年 5 月 23 日匆写于桂子山

（原载商务印书馆 2007 年出版的《中国当代小说主潮》，2008 年 4 月 24 日《文艺报》摘要转载）

构建文学评论新学科体系

——序王先霈、范明华著《文学评论教程》

自文学伊始，便有了文学评论。作为文学的重要一翼，文学评论历来为人们所关注；但作为一门独立的、完整的学科，文学评论学似乎还没有引起足够的重视。过去，我们对作家作品的评论，对文学现象、文学思潮的研究较多，取得的成果也比较显著，但对文学评论的研究就很少了，至于说把文学评论当作高等学校中文专业的一门课程来建设，更是寥寥。粉碎“四人帮”以后，这一状况有了根本改变，全国一度出现了评论热、方法论热，此后，文学评论这门学科受到越来越多的人的重视与青睐。有些有识之士开始系统研究文学评论学科的体系构建，1988 年在武汉召开了全国批评学学术讨论会，有的学校开设了文学评论课，并把它列入了教学计划，有的写出了文学评论的专著。王先霈、范明华同志合著的《文学评论教程》就是较早出版的一本系统论述文学评论的著作。这本书的初版于 1986 年，问世后一些报刊相继发表了评介文章，广大读者给予了热情鼓励和充分肯定。1987 年 11 月，在国家教委召开的全国优秀教材评审委员会上，经中文专业组专家的评审推荐，已将这本书正式列为高等学校文科教材，供高校文科教学使用。我和文学评论教学有过一段因缘，较早地读过《文学评论教程》书稿，在阅读的过程中对文学评论有过一些想法，不妨写出来，算是抛砖引玉吧。

文学评论是以作家、作品、读者为研究对象的。它是沟通作家和读者的桥梁，是指导文学创作、推动文学思潮的主要方法之一。新中国成立以来，党和国家对文学评论是十分重视的。早在第一次文代会上，就提出了建立科学的文学评论问题，周扬明确要求文学评论“必须是毛泽东文艺思想之具体运用”，必须回答“在文艺上什么是我们所要提倡的，什么是我们所要反对的”①。在马克思主义文艺理论的指引下，我国的文学理论批评有了较大发展，特别是新时期以来，党的十一届三中全会的春风，引来了万紫千红的文艺春天。文学评论也和文学创作一样，由封闭走向开放，由单一走向多样，

① 《新的人民的文艺》，《周扬文集》第 1 卷，人民文学出版社 1984 年版，第 535 页。

由静态走向动态，呈现出一派生气勃勃的崭新景象。过去，曾有人引用歌德的“生活之树常青，而理论是灰色的”这句话来贬低理论批评的重要作用。事实上，只有那些凝固僵化的、格调平庸低下的理论批评才是灰色的，一旦把理论批评和沸腾的生活、发展的时代紧密联结在一起，理论批评自然会充盈着葱绿的、富有生命力的光泽。新时期文学理论批评的发展有力地说明了这一点。

新时期的文学评论虽然取得了引人注目的成就，但把它放在时代行进的方向上看，又显得很不相称。我们不仅还没有产生像别林斯基、车尔尼雪夫斯基、鲁迅那样的评论大家，而且就文学评论的水平来说，就文学评论发挥的作用和评论家的思想、业务素养来说，都远远适应不了文学发展的需要，适应不了广大群众的需要。

时代呼唤着文学创作，也呼唤着文学评论，需要我们切实地提高文学评论水平，提高评论工作者的素质，使文学评论有一个新的发展、新的突破。

为建设具有中国特色的社会主义文学呐喊，为繁荣文学创作、发展社会主义文学主潮助威，是文学评论的一项重要任务。从中外文学发展历史来看，文学批评必须关心与探讨文学的潮流和趋势，而不应当阻止它们。作为社会意识形态的文学评论不可能脱离时代的潮流孤立存在，它受潮流的制约，又反过来对潮流起着推动作用。以研究当代作家作品、当代文学现象和文学思潮为己任的文学评论，对当今发生的时代潮流、思想潮流、文学潮流、阅读潮流，不能不关心和探讨，不能不去适应。当然，这种关心、探讨和适应，绝不是赶时髦、赶浪头，而是用审视的眼光去分析、鉴别、判断。无论是对于那些顺应潮流而生、推动时代前进和文学发展的新人新作、新的文学现象，还是对那些逆潮流而动、背离潮流的倾向，如鲁迅所说，“一定得有明确的是非，有热烈的好恶”①。该赞扬的赞扬，该批评的批评，理直气壮，旗帜鲜明。19世纪40年代初，当法国作家欧仁·苏的小说《巴黎的秘密》发表后，施里加撰文吹捧这部迎合读者猎奇心理的作品，马克思、恩格斯运用历史的、美学的原则，对作家描写的社会环境和作品的艺术表现进行了具体分析，深刻指出：《巴黎的秘密》在法国风靡一时，主要是作者放纵读者的性虐待狂，迁就读者的传统道德观念，而这正适合当时读者的低级审美趣味。1887年，当哈克奈斯的《城市姑娘》出版后，恩格斯表现出极大的关注，一方面批评了作品描写的工人群众显得消极，另一方面又热情地肯定了作者有“真正艺术家的勇气”。巴黎公社失败后，列宁高度评价鲍狄埃创作的《国际歌》比过去任何时候都更有活力，鲍狄埃在自己身后留下了一个非人

① 《“文人相轻”》，《鲁迅全集》第6卷，人民文学出版社1981年版，第299页。

工的纪念碑。这种“明确的是非”和“热烈的好恶”，体现了一个革命家的庄严使命感和责任感。作为文学评论工作者，也应具有这样的精神和风格。既要敢于热情鼓励新人新作的出现，又要敢于批评文学领域中的不健康的思潮和低劣作品。对于读者的阅读倾向、审美趣味要加以正确引导，帮助读者提高分析、判断、鉴赏文学作品的能力，从而为发展社会主义文学主潮、弘扬民族精神、提高民族文化素养开拓广阔的道路。

提高文学评论水平，需要写出一批好的评论文章。究竟怎样的评论才算是好的评论？谁也难得说出一个完满的标准答案。不过在人们的记忆中，那些好的评论文章，给人的思想启迪和美的享受总是难以忘怀的、富有魅力的。现在有些评论文章，读起来感到很不满足。有些文章食洋不化，引用大量舶来的新名词、新概念，却说不到点子上；有些文章艰深晦涩，玄而又玄，说来说去，不知所云；还有些文章平淡乏味，八股调很重。高尔基说：“文学家的评论应该像火星一样放出光芒，燃起思想的熊熊巨火。”①我们需要的正是这种“放出光芒”的评论。

文学评论，首先要以对作品的深刻感受和理解为基础。海明威在谈到自己的创作时，曾提出一个著名的冰山原则。他说，作者“想写的东西心里很有数，那么他可以省略他所知道的东西，读者呢，只要作者写的真实，会强烈地感觉到他所省略的地方，好像作者已经写出来似的。冰山在海里移动很是庄严宏伟，这是因为它只有八分之一露在水面上”②。这就是说，还有“八分之七”没有露出水面，而要了解这“八分之七”，就需要我们去感受、去理解、去分析。普希金在谈到文艺批评时说，批评“是以充分彻底理解艺术家或作家在自己的作品中所遵循的规则、深刻研究典范作品和积极观察当代突出的现象为基础的”③。杜勃罗留波夫也提出过类似的见解，他强调：“只有从事实出发的现实的批评，对读者才有某种意义。假使作品中有什么东西，那么就指给我们看，其中有什么；这比一心想象其中所没有的东西，或者其中应当包含的东西，要好得多。”④一个作家在文学史上的地位，一个流派的风格形成，一个时代文学思潮的升降沉浮，都与作家创作的作品联系在一起。因此，文学评论的基点首先应当放在对作品的认真阅读和深刻研究上，从作品的实际着手，按照美的法则分析作品思想、艺术上的成败得失，考察作品描绘的人物、环境与社会、时代的关系，与读者的关系，研究作者创作

---

① 《第一次全苏作家大会闭幕词》，《文学论文选》，人民文学出版社 1958 年版，第 376 页。

② 《关于人物描写》，《海明威谈创作》，生活·读书·新知三联书店 1986 年版，第 4 页。

③ 普希金：《论批评》，《古典文艺理论译丛》第 2 册，人民文学出版社 1961 年版，第 153 页。

④ 杜勃罗留波夫：《黑暗王国的一线光明》，《杜勃罗留波夫选集》第 2 卷，上海文艺出版社 1959 年版，第 354 页。

的动因、过程以及文艺观、政治观、道德观，研究作品所产生的社会效应……只有这样从宏观和微观的结合上研究作品，才有可能以作品描绘的人物世界为窗口，窥视现实的世界和作家的心灵世界，才能确定文学作品的社会价值和审美价值，进而总结创作经验，探索文学规律，引导文学创作沿着正确轨道行进。

当然，正确评价作家作品也不是一件容易的事。好的文学评论，应当求实、求新、求活。所谓实，即实事求是，恰如其分。如鲁迅说的，不是“举之上天”，也不是“按之入地”，而是“坏处说坏，好处说好”①。所谓新，不是故作新奇，哗众取宠，而是有所思考，有所发现，有自己的独到见解。法国著名批评家阿尔贝·蒂博代认为：“批评也和其他文学体裁一样，只是因为它有创造因素，所以才得以成长和存在下去。”“创造不是模仿，创造就是创新。”②文学评论同其他科学一样，也具有独特的创造性，只有发现，才能涉足于大千艺术世界，探幽抉微，写出有真知灼见的文学评论。所谓活，即评论文章要有活力，有感染力。“问渠那得清如许，为有源头活水来。”一篇好的评论，不可能是单调刻板、千篇一律的，也不可能是人云亦云、四平八稳的，它在评论的观念和方法上，在评论的角度选择上，在评论的文风上，总是充溢着活力，以丰富多姿的文采和风格，点燃人们思维的火花，给人以强烈感染。如果我们在求实、求新、求活方面下点工夫，文学评论的水平会提高一步。

在评论作家作品的过程中，我们还会碰到一个棘手的问题，即怎样对待有争议的作家和作品。本来，一部作品问世之后，只要不违背四项基本原则，或褒或贬，或扬或抑，都是正常的事。只要在坚持文学的社会主义方向的前提下，各抒己见，百家争鸣，总是有利于评论的活跃，有利于创作的发展。过去，由于“左”的思潮的影响，对于有争议的作品，如萧也牧的《我们夫妇之间》、路翎的《洼地上的战役》、海默的《洞箫横吹》、康濯的《水滴石穿》等，却采取了另外一种办法，即一刀切（对作品不作具体分析，一说不好，就连一点好的也没有）、一言堂（某个领导说了话，一锤定音，最后裁决）、一边倒（裁决后舆论一律，所有文章发言一边倒）。历史的经验已经证明，这种简单粗暴、形而上学的方法是极为有害的。斯大林在给比里·别洛策尔柯夫斯基的信中说：“‘批评’和要求禁止非无产阶级的作品是很容易的。但是最容易的不能认为是最好的。问题不在于禁止，而在于通过竞赛，创作真正的、有意思的、富有艺术性的苏维埃性质的剧本，来代替旧的和新的非

---

① 《我怎么做起小说来》，《鲁迅全集》第4卷，人民文学出版社1981年版，第514页。

② 阿尔贝·蒂博代：《六说文学批评》，生活·读书·新知三联书店1989年版，第162、164页。

无产阶级的低级作品，逐步地把它们从舞台上排挤下去。而竞赛是一件重大的事情，因为只有在竞赛的情况下才能使我们无产阶级的文艺形成和定形。”①在这方面，斯大林对待有争议的作品《逃亡》、《土尔宾一家的日子》和米库林娜的一本有缺点错误的小册子，就没有采取一棍子打死的禁止办法。他认为决不能因此以禁止出售米库林娜的小册子来惩罚它的作者和读者，不能把这位“有才能的作家推下深渊，让她埋没”，“禁止出售的只能是非苏维埃倾向的作品，反党反无产阶级的作品”②。斯大林这里所说的对待有争议作品的态度和方法，值得我们借鉴。

事实上，有不少有争议的作品并不平庸，平庸的作品反倒是少有争议的。有些作品之所以有争议，情况也是不同的。有在思想和艺术上勇于探索、勇于创新的好作品，一时不为所有的人接受；有基本倾向较好，但有某些缺点错误的作品；也有思想倾向不好、格调不高或艺术低劣的作品。对有争议的作品随意禁止，是行不通的，最好的办法是自由讨论、热烈争鸣，如毛泽东所说的“容许各种各色艺术品的自由竞争”③。让读者去判断，让历史去检验。要相信历史的公正、人民的公正。在历史和人民群众的检验下，作品的高低优劣、成败得失，是可以辨别清楚的。

上面，拉杂地写了一些关于文学评论的感想，归根结柢，就是希望我们的文学评论能够提高到一个新的水平，有一个好的发展。而要做到这一点，有必要认真地研究文学评论的现状，系统地总结文学评论的经验，正视文学评论中存在的问题，展望它的发展前景，从而建立具有中国特色的文学评论学科。过去，我们在这方面研究甚少、成果不多。可以说，这是一块有待开垦的处女地，需要有志之士辛勤耕耘。感谢王先霈、范明华同志为我们做了一件很有意义的工作，在不长的时间内，把他们的研究成果写成了《文学评论教程》一书，及时地满足了文学评论工作者、爱好者和高等学校文科教学的需要。这是一本切合时宜的书，也是一本填补了文学评论领域空白的书，值得推荐。

文学评论是高校中文专业一门基础课，是应用性、实践性很强的一门课程。《文学评论教程》一书以马克思主义文艺理论为指导，系统地论述了文学评论的原则、方法和技巧，评述了古今文学评论方法，观点鲜明，立论公允，材料翔实，文字简洁。既重视对我国传统文学评论观念和方法的批判继

① 《答比里·别洛策尔柯夫斯基》，《斯大林全集》第11卷，人民出版社1955年版，第281页。
② 《致费里克斯·康同志》，《斯大林全集》第12卷，人民出版社1955年版，第103页、第102页。
③ 《毛泽东论文艺》，人民文学出版社1983年版，第69页。

承，又充分地吸取当今文学评论观念和方法的长处，有较高的学术价值和应用价值。当然这本书也有某些地方不够精当，有些问题还有待深入探讨，这有待于今后进一步完善，也需要和热心文学评论事业的人们一起，共同建设正在兴起的文学评论学科。

（原载华中师范大学出版社1990年出版的《文学评论教程》）

理论综述：文学评论的一种独特形式

——序白烨著《文学论争二十年》

我和白烨先生见过几次面，相互交谈不多，但这几年从报刊上读到他写的一些有关新时期文学论争的理论综述文章，使我对他产生一种敬佩之情。我觉得正当时下文学评论界有些人试图完全搬用舶来的思想体系、理论观点构建文学理论新巢之际，他却在默默地、认真地做着一件看似不显眼实际上却很有益的事——撰写文学理论综述文章。这在有些人看来不过是搜集、整理资料而已，而我却认为，这是文学理论建设的一项基础工程，是研究当代文学历史、发展文学理论科学的一个不可或缺的基本条件。现在他应读者的要求，将这些年来写的几十篇评述，1978 年以来有关文学问题论争和探索的文章汇集成《文学论争二十年》一书出版，恰好说明他从事的这项工作产生了良好的社会效应，得到了读者的认同和肯定。

从十一届三中全会的春风“吹皱一池春水”开始，新时期文学已经走过了十几个年头。十几年来，我们的文学发展(包括文学创作和文学理论批评)，尽管有时还遇到“乍暖还寒”的晦暗天气，遇到封建主义、资产阶级腐朽思想和“左”的思潮的侵袭和干扰，但就总体而言，文学的新时期毕竟是中国当代文学发展的最好时期。这一时期的文学在摆脱了教条主义的束缚之后，具有了自己的独立品格。它既不是盲目地为某项具体政策唱颂歌，也不是庸俗地把文学变成格调低下的赝品，而是在时代潮流的鼓涌下，在社会大变动的环境中寻找文学与时代相联结、与人民心灵相沟通的最佳途径、最佳效益。今天的文学时代，不再是江青一伙独霸文坛那种舆论一律、万马齐喑的时代了，代之而起的是在文艺为人民服务、为社会主义服务的方向指引下，诸家蜂起，多种观点纷呈，整个文坛五光十色，杂然纷陈，令人眼花缭乱，目不暇给。这种活跃的有生气的局面的出现，显然是时代变革的使然，是我们实行改革开放政策和“双百”方针的使然，是文学领域自由争鸣的使然。

就文学论争而言，从 1979 年开始讨论文艺的“工具论”、“伤痕文学”，到近期讨论文学的功能、价值、文学的主体性等等，争论由浅而深，由小到大，由个别到整体，逐步深化，逐步发展。其范围之广，涉及问题之多，参与人数之众，争鸣气氛之浓，为新中国成立以来所少有。论争的问题既涉及文学的外部问题，如文学与政治的关系、艺术生产与物质生产的不平衡关系、人性和人道主义等问题，更多的则是文学内部问题的争鸣和探讨，诸如文学观念、文学创作方法、文学研究方法、人物形象塑造、艺术形式等等。这些论争虽然没有(也不需要)取得完全一致的意见，但对开拓理论视野、更新文学观念、摒弃旧说、创建文学新格局是有深远意义的。从历史上说，学术思想的活跃，学术问题的争鸣，艺术问题的热烈探讨和创新，标志着一个时代思想文化的开放和进步。像我国的战国时期、"五四"新文化运动、欧洲的文艺复兴的出现，都对当时以及以后的文化发展，对推动社会的文明和进步起过不可估量的作用，司样，新时期的文学论争对当代文学的发展也起了很大作用。与过去不同的是，新时期文学论争是在新的历史条件下，在经历了曲折和浩劫之后开展起来的，它所论争的问题不仅仅限于某个具体文学问题本身，往往是从某个文学问题的争鸣入手，把理论论争与拨乱反正结合起来，深刻总结历史的经验，反思走过的道路，探讨社会主义文学的过去、现在和未来，从而在世界文学的格局中，寻求发展社会主义文学所应遵循的规律、原则和方法，建设具有中国特色的社会主义文学。新时期文学论争体现的这种反思性、探索性和突破性，既是 20 世纪 50 年代以来文学论争的继续和发展，也是这些年来文学变革的深化；既是对陈旧的文学观念的反拨，也是对铸建文学新格局的呼唤。白烨的《文学论争二十年》以马克思主义为指导，将新时期有关文学论争的各方观点及时记载整理出来，为我们提供了当代文学发展的真实状况和最新信息，提供了丰富而又翔实的材料，这是十分可贵的。

《文学论争二十年》是用理论综述的形式写成的书。过去，人们评论文学现象、文学作品，大多采用论文、随笔、评点、对话，诗话、词话、序跋等等形式，用理论综述这种形式来评论文学似不多见。在我看来，文学理论综述也是文学评论的一种形式，而且是一种独特的形式。因为它所评论的对象不限于某个具体作家、某部具体作品，而是当代文坛有争议的、具有重要意义的热门话题。它不需要整理者对所评对象作出自己的终极评价，而是要对论争的双方观点作出客观而又准确的判断。这种理论评述首先需要占有大量材料，对材料进行筛选、梳理，然而仅仅占有材料还是很不够的，还需要作者具有马克思主义的观察能力、判断能力、整体把握能力和客观描述能力。选取什么问题作为理论综述的课题，从什么角度进行综述，怎样才能准确地把握论争双方的观点，弄清论争的焦点、核心所在，都和作者对文坛现状的密切关注与思考、对文学问题的敏锐感应和把握密切相关，可见文学理论综述并不是一件容易的事，它需要作者长期地积累资料，更需要对资料去粗存精，去芜存菁，从而摭英撷萃，描述新见；需要了解掌握发展中的当代文学状况，更需要用马克思主义的观点去分析综合；需要有宽阔的视野、广博的知识，更需要有深厚的理论根底和较高的文学素养。文学理论综述正是上述种种因素的体现和显示。这些年来，白烨先生在繁忙的工作之余，不辞劳苦地写作了一批好的文学理论综述文章，为拓展文学评论领域探寻着新路，也为我们展示了一个丰富而又繁杂、喧闹而又变幻、热烈而又自由的文学评论世界。愿他朝着这条路继续走下去，也愿当代文学评论世界在“百花齐放，百家争鸣”方针的指引下，长久地喧闹下去。

1989年3月15日匆写于武昌桂子山

这篇序言写于1989年3月，距今已有8年多了。今年9月下旬，华中师范大学出版社告诉我：白烨的《文学论争二十年》一书要出版了，问我过去写的序言是否根据现在情况需要修改。听了这个消息，我十分高兴，这本书在经过波折之后，终于出版了，这是一件令人欣慰的事。至于序言，本着尊重历史的态度，我没作修改。

从1989年至今，中国发生了很大的变化，文艺界也发生了很大变化。社会主义经济体制的确立，不仅大大地加快了中国经济、政治的历史进程，而且对文学的发展也产生了很大的冲击。这种冲击首先是观念上的。以文学观念为先导的变革，引起了文学创作、文学理论的一系列变化。如果拿80年代与90年代的当代文学相比较，就会发现有很大的不同。90年代文学所呈现的多种形态、多元格局是过去所没有的，也不是一两句话所能完全概括的。最近我看到报纸上刊登的上海作家协会组织的一次专家座谈会的报道，这个座谈会主要讨论90年代文学潮流及其思想文化特征问题，会上一些专家将90年代与80年代文学进行了比较，认为80年代的文学重于反思，现实主义创作成为文学的主流；80年代后期由对形式的实验探索而兴起的先锋派创作又成为文坛令人关注的一道风景。到了90年代，文学较多地表现为一种多元杂陈的局面，多种流派、旗帜、口号此起彼伏，可以说多元化局面与大众化倾向是90年代文学的一个重要特征。另一方面，由于商品经济的冲击，文学的商品化、市俗化、浅薄化的倾向也比过去明显。我以为这些看法是符合当前文坛实际的。在为人民服务、为社会主义服务的方向指导下，文坛上出现的这种百花盛开、多元杂陈、多元共存共荣局面，正是我们多年来所期盼的，也是实行“百花齐放、百家争鸣”的结果。

再过两年就是21世纪了，我相信新世纪的文学将比今天更加辉煌。

趁《文学论争二十年》出版之际，补充以上几句话，聊表心意。

王庆生又及

1997年12月28日

（原载白烨著《文学论争二十年》，华中师范大学出版社1998年出版，又摘要刊载于1998年出版的《文艺争鸣》）

流溢真情　寄寓深意

——序张永健著《访台诗草》

前些时候，张永健教授打电话给我，瞩我为他的新诗集《访台诗草》写序，当时我很为难，因为我虽爱好诗歌，但对诗歌没有什么研究，可说是诗歌的门外汉，要门外汉为诗集写序，非我所能也。后来待我读完诗集，才感到这部诗集所叙之事、所颂之人并不陌生，大都是我所熟悉的人，所经历的事，读起来自然感到十分亲切，由此也引起我对往昔美好时光的回忆。

永健这部诗集主要由两部分组成：一部分是访台的所见所闻所感；一部分是作者与台湾诗人特别是与台湾大海洋诗社的交往。说起大海洋诗社，使我想起中国新文学学会与台湾大海洋诗社十多年来结成的深厚友谊。台湾大海洋诗社创办于 20 世纪 70 年代，创办人是诗人朱学恕先生。大海洋诗社从 1996 年首次访问武汉以来，每年都组团参加中国新文学学会举办的学术年会，无论是在一望无际的呼伦贝尔草原，还是在巍峨雄伟的泰山脚下，都留下了两岸文化交流的印记。《拥抱》这首诗真实地记下了朱学恕团长首次率团访问大陆的生动情景："我们在白云黄鹤的地方/紧紧地拥抱/紧紧地拥抱/紧紧地拥抱//拥抱成一座雕塑/拥抱成一种意境/拥抱成一片歌声——中华之魂/永远像大陆的高山一样/挺拔巍峨/中华之心/永远像大海的波涛一样/宽广深沉。"诗集中的其他篇什，如致诗人刘菲、张航、王霓、杜紫枫、黄贞珠、许其正、李玉、陈素英、李富弼、潘雷、蓝海萍、李越南等诗，虽属个人之间的交往赠与，但在每首致友人诗的背后，大都记载着一个动人的故事。如诗人张航，虽年逾古稀，仍锐气不减。他在一次外出参观中，不慎把脚扭伤，痛得不能动弹，我的几位学生将他背上汽车送回住处，我们本想让他休息两天，哪知他在学会当晚举行的联欢会上，自已拄着拐杖来了，还情不自禁地唱了几首歌。还有一次，他在一次学术年会发言后，唱了一首《中华，伟大的国家》的歌，唱得激情奔放，热泪盈眶，此情此景，至今历历在目，难以忘怀。可以说，永健的这部诗集真切地反映了两岸同胞同根同宗同一血脉的骨肉深情和渴望和平、期盼统一的共同心声，是海峡两岸民间文化交流的一个有力见证。

记得有谁说过，"真正的诗是心底的歌"。我以为永健的诗正是从心底喷发出来的心底诗、心底歌。现在写诗的人不少，但好诗不多，有人曾断言诗歌终将消亡。当然，说诗歌终将消亡未免危言耸听，言过其实，但诗歌创作确实存在着诸多令人忧虑的问题：比如有些诗远离现实，无病呻吟；有些诗空泛直露，缺乏真情；有些诗自我陶醉，不知所云；有些诗生搬洋调，艰涩难懂，这些都与诗歌创作的宗旨相悖。古人云："诗以情为主，景为实。"(吴桥：《围炉诗话》)"诗缘情而绮靡，赋体物而浏亮。"(陆机：《文赋》)"酌奇而不失其真，玩华而不堕其实。"(刘勰：《文心雕龙》)诗是容纳真实思想和真实情感的艺术形式，诗的生命在于真、在于情，没有真情的诗歌是难以打动人心的。

永健是一位在当代诗歌领域卓有建树的教授，他对人坦诚真挚，对事严谨认真，他写诗也如他做人，总是把自己的真情实感贯注于诗的字里行间，在娓娓的描述中流溢真情，在朴实的倾诉中寄寓深意，而这正是这本诗集所体现的独有价值。

匆匆写来，言不尽意，是为序。

2007 年 4 月 22 日于桂子山

(原载作家出版社 2007 年出版的《访台诗草》)

“终日乾乾，与时偕行”

——序《清泉文存》

今年暑假，黄清泉教授的女儿黄涛找我，说黄的学生要为黄老师出本文集，要我写序。我与清泉是同班同学，相识已逾半个世纪，可谓学贵得友，唯友为益。记得我们刚进入大学时，适值院系调整，华中大学与中华大学、中原大学教育学院合并，组成华中高师，我们是改制后的华师招收的第一批新生，中文系招收的学生有48人，来自湖南、湖北、广东、广西、河南、江西。由于学校刚刚合并组建，校舍分散，教学条件、生活条件很差。我们与音乐系住在花园山原文华中学的宿舍里，房间十分狭小，连放张桌子都很困难。虽然生活艰苦，办学条件简陋，但大家都生活得十分愉快，相互间关系十分融洽。每到周末，还会在食堂里举办舞会，那轻松明快的旋律，至今还清晰地印在我们的记忆里。正是在这样的校园环境中，哺育了新中国第一代大学生，为祖国培养了一批又一批的英才。黄清泉教授则是在这样的氛围中成长起来的，是新中国自己培养的教授。今年是黄清泉教授八十诞辰，他的学生为他编了本《清泉文存》，这本文存真实地记述了他的教学生涯和在学术上的建树。

清泉1956年毕业，毕业后在古典文学教研室任教，师从钱基博、方步瀛教授。长期以来，始终坚守在教书育人第一线，把培育英才作为自己毕生的执著追求。在学生的视角里，他“心如明月，志若清泉，金风玉露，树蕙情深”。几十年如一日，辛勤耕耘，锲而不舍，特别是“文革”结束后，不知疲倦地投入到繁重的教学科研之中，上课，写书，辅导年轻教师，带研究生，等等。无论寒暑，无论节假日，从早到晚都在忙。“他学识渊博，才华横溢，诗词楹联修养很深，书法潇洒俊美，板书豪爽大气，而在课堂上给我们感受最深的是他的激情与文采。他讲元明清文学，激动处神采飞扬，同学们听得如醉如痴”，他“不仅口若悬河，滔滔不绝，而且抑扬顿挫，有板有眼。每堂45分钟的课，我们不断被他的激情所感染，一直沉浸在艺术享受的氛围之中”。“在他激昂睿智深沉的话语里，分明感受着一个心直的知识分子对真善美的执著追求。”“先生是典型的中国传统知识分子，律己严，待人宽，笃诚敦厚，甚至颇有些近似于迂。在他眼里，读书写字比天还大，生活能力差，更谈不上注意保养身体。”学生们这些朴实无华的评述，清晰地勾画出黄老师的基本性格特点，彰显了他重教育才、奋发向上的精神和人格魅力。在我与他多年的接触中，深感清泉是这样一位“终日乾乾，与时偕行”的人，是位学问做得好、人品也很好的人。他淡泊名利，不张扬，不显山露水，不计较个人得失，不贵谈说，只贵躬行，一心一意地扑在工作上，勤勤恳恳、辛辛苦苦地教书育人。他热爱学生，以生为命，与学生的关系十分融洽，不像现在有的老师上课就来，上完课就走，与学生不相往来。在他的家里，经常有学生拜访、请教，有的学生跟他一起聊天，讨论问题，到了吃饭时间，就留下吃饭。有的学生说在他家里吃了多少顿饭，反正是记不清楚了。他爱学生，也乐于助人，只要有事情找他(比如，涂光雍教授为黄鹤楼楹联一事打官司，李寿和先生筹备召开全国公安派文学研讨会，还有的学生家里闹矛盾，等等)，他都竭尽全力帮助，不惜花费自己的时间。清泉就是这样默默地、尽力地为培育下一代付出自己的心血，而这也正是学生喜爱他的一个基本原因。

作为高等学校教师，既要全力搞好教学，也要积极开展科学研究。据我所知，清泉不仅重视教学，也十分重视科研。他搞科学研究，不浮躁，不因循守旧，不走捷径，走的是一条传统的严谨治学的路子：先是静下心来，甘于寂寞，潜心地开展学术研究；其次是从史科做起，在积累大量原始资料的基础上爬梳辨析，去伪存真，去粗取精，为我所用；再次是下功夫研讨作品以及与作品有关的材料，使作品中的人物、故事、语言稔熟于心。做好了这些准备，再进行论文写作。清泉多年来的科研成果就是这样产生的。可以说，他的每篇学术论文、每部编著都是来之不易的，凝结着他的心血和汗水。如有的学生所说：“黄老师的学术，长于鉴赏，敏于解读，美于文笔，底力深厚，风格朴实，是老学者的传统路子。以当下泡沫状的学术景观来比较，黄老师的学术成就诚不足与那些三两年便著作等身的大腕比肩，但黄老师的学术工作是实实在在的贡献。放在图书馆里，年轻学子读一本就会有一本的收获，后辈专业学人则可以踩在他的肩上继续攀登。”我认为这些说法都是切合实际的。因为“他的研究都是自己认真读出来的，都是发自内心的有得之言”。如果只看数量，不注重质量，就难以对学术成果作出正确评价。最近我看到《人民日报》刊登的一篇文章：《科学家为什么想当官》，文中说到现在缺乏真正的学术评价，不看实绩，更注重量化的东西，看数字、看数量。结果是，科研项目越来越多，有价值的成果越来越少；论文越来越多，创新越来越少；教授越来越多，大师越来越少。这个切中时弊的分析，是很有说服力的。当今学术界存在的不仅仅是追求数量问题，更严重的是学术风气日益低下，学术腐败事件日益增多。这些，确是需要引起我们高度注意和防范的。特别是在“天下熙熙，皆为利来；天下攘攘，皆为利往”的今天，继承和发扬老一代学人的优良学术传统，承传他们的学术精神，当是我们义不容辞的历史责任。

人生是丰富的、深邃的，也是有局限的。记得有谁说过，人生是一所学校，人生是患难与欢乐所组成。随着岁月的流逝，像清泉这一代由新中国培养的知识分子，都已年过古稀。回首老一代所走过的充满荆棘的人生之路，无论成败得失，无论是经验还是教训，都是老一代长期在艰难求索和拼搏中，用心血积淀下来的人生感悟，是一笔弥足珍贵的精神财富，这不仅值得我们珍惜，更重要的是在新的历史条件下发扬光大。俗话说：“青出于蓝而胜于蓝。”期望年轻一代学人接过老一代的接力棒，创造出更多超越老一代的实绩。

拉杂地写了这些，算是我读了《清泉文存》后的一点感想。

2010年9月写于桂子山

（原载湖北人民出版社2010年出版的《清泉文存》）

一代新人勇于探索创新的足迹

——读《探索——青年记者王楚通讯、特写、随笔选》

王楚是《人民日报》的青年记者，几年来奔波于领导、群众之间，跋涉于都市、山乡之途，含辛茹苦地写出了一批反映当代变革的通讯、特写，在新闻界产生了较大的反响。过去，我曾断断续续地读过他的某些作品，也听别人介绍他的情祝，但对他的作品研究甚少。这次读了华中师范大学出版社出版的《探索——青年记者王楚通讯、特写、随笔选》，使我对他有了更多了解。这个集子收集的作品虽不能反映王楚工作的全貌，但从中也可以清晰地窥视到一个青年作者奋力拼搏、勇于探索的足迹，看到一代新人像汩汩注入的活水，腾起了社会主义新闻长河的新浪。

当今的时代，是一个异彩纷呈、风云变幻的变革时代。时代呼唤着社会生活的全面变革，也对最敏感地反映时代信息的新闻提出了挑战。作为一个新闻工作者，以强烈的当代意识，感应时代的脉搏，报道社会生活中出现的新现象、新事物、新问题，是历史赋予的使命。在王楚的报道中，我们明显地感到，时代的巨变，改革的信息贯注在他的作品之中，成为王楚通讯、特写的主旋律。他写的一系列有关改革的报道，都鲜明地体现了这一点。如荣获 1985 年全国好新闻特等奖的《一个有胆略的决定》，及时报道了在全国改革的形势下，武汉三镇大门怎样向全国、向世界敞开；《走一步看一步》最早报道武汉市蔬菜市场开放前后的情况。《胆识来自智力"集团军"》、《杠杆又起动了》、《仍在实践中》、《改革的问题在改革中解决》等文，则从不同的角度、不同的侧面反映了武汉市改革中的阵痛和阵痛后带来的活力。这些通讯报道，不仅体现了新闻工作者应有的时代感、使命感，而且凝聚了他的当代意识。这可以说是王楚通讯报道的一个显著特点。

贯穿在王楚通讯报道中的另一特点是可贵的探索精神。探索意味着实验，意味着创新，意味着突破。一部人类发展的历史，也是一部不断探索的历史，从未知到已知，从失败到成功，都是在不断探索、不断创新中获得的，人类社会正是在探索中前进的。同样，新闻事业的发展，也离不开探索和创新。作为一个新闻工作者如果缺乏勇于探索、勇于创新的精神，那么，他的通讯报道，就会显得苍白无力和千篇一律。王楚不囿于传统新闻观念的羁绊，不拘泥于别人已走过的路，而是以一种创新的精神寻找最适合发挥自己特长的新闻手法，一种最能体现最佳新闻效益的格局。这种探求和创新，既体现在他的新闻写作实践上，也体现在他的新闻理论研究上。

在新闻实践上，王楚追求和探索的是宏观报道意识。一个记者的采访，总是从接触具体事物开始的，总是通过一厂、一县、一事、一人、一个方案的实施、一项工程的完成获取时代信息的，如果平面地报道这些活动，就事论事地反映变革中发生的一切，显然是枯燥、呆板的。几年来，王楚探求着从微观中发现并提出重大宏观主题，从俯视的角度鸟瞰微观中的人和事，把局部出现的人和事纳入全局、纳入全国的视野之中观照，这样就使他的报道有一种高屋建瓴的气势。比如他写的有关武汉蔬菜市场开放的报道，就不仅限于武汉这样一个大城市几百万人口吃菜的问题，而是用蔬菜问题做改革的大文章，从武汉市的实践中提出经济体制改革中的重大问题。再如报道武汉三镇大门是怎样敞开的问题，作者确定的主题是："开放与自守"，选取的角度是"站在北京(首都)看武汉，站在全国看武汉"，思考问题的重点是："总理此时在想什么?""省长此时在想什么?""书记此时在想什么?"这样来确定选材的制高点，也就便于窥一角而见全貌，便于从宏观上驾驭一市、一县、一厂变革中的人和事，更好地扩大报道的覆盖面和辐射力，增强报道的立体效果。这些探索，正如人们评论的那样，是"经济报道的一次突破"。

为了突出通讯报道中的宏观意识，王楚在写作手法上也进行了探索。他摒弃了新闻报道中常用的单一化模式，力求运用多样化的表现手法反映变革的时代生活。在他的写作中，随着观念的变化，手法常换，笔墨多变。他写事件，不堆砌材料，不就事论事，而是寓思想于事件之中，既写事，又写人，人事融为一体；写人物，既写领导，又写群众。写领导不神化，写群众不矮化。他总是根据人物的不同特点，写活人的思想和性格，使人物触手可感，跃然纸上。在通讯报道的格局上，作者也突破窠臼，多出新意。如开头，常是因文而异，新意迭出："武汉市市长吴官正终于对蔬菜不犯愁了"——《走一步看一步》；"商品经济的巨大洪流，猛烈地冲击着沉睡的土家山寨"——《土家山寨带头人》。他行文，讲究快节奏、跳跃性和场景变换。在语言上，又特别注意长短句结合和俗语，古语，谚语的穿插运用，如"一棵树一把伞"；"绕树三匝，无树可栖"；"风起于青萍之末，盛怒于土囊之口"；"吹糠见米"等等，这些都加大了新闻通讯报道的容量和可读性，给人耳目一新之感。

在新闻理论研究上，王楚极力提倡多写"立体"新闻。何谓"立体"新闻，即记者要从单一的思维转变成多层次思维，从平面思维转变成立体思维，对事物进行多层次、多侧面的"立体性"报道。用作者的话说，就是"新闻报道所叙述的事情、人物，要给读者留下‘立体’感觉”。“使读者读‘立体’新闻，在同一时间和空间里，迅速地如临其境，如近其物，如见其人，如近其身，知其然，并知其所以然。为了阐明这一主张，王楚从“立体”新闻的节奏、气势、行文、语言和记者的立体思维等方面进行了论证，提出记者要用“立体”思维的方式反映生活、报道生活，记者的可贵之处就在于发现。这些看法都是很有见地的。尽管有关“立体”新闻的理论和实践还在探索之中，但作者探求真理的眼光和寻觅新闻发展新路的精神，却是难能可贵的。

王楚是新闻战线的后起之秀。从事新闻工作之前曾参加人民解放军，后就读于华中师范大学中文系。毕业后分到《人民日报》工作，至今已整整十三个春秋。他虽不是新闻专业的科班出身，但他在部队生活中的锻炼，在中文系广泛涉猎的文史知识，为他从事新闻工作奠定了坚实的基础，给他的新闻写作带来了巨大的后劲。他在新闻界崭露头角，是和他献身新闻事业的激情，勤于学习、勇于探索的精神分不开的。他说他总有种危机感和紧迫感，催促着他奋力拼搏，孜孜以求。采访时，他沉下来，钻进去，努力从各方面获取第一手材料，写作时，他运用马克思主义观点分析、提炼材料，尽量选择最佳的报道角度；工作之余，他阅读中外古今各类书籍，开阔视野，汲取养料，便于厚积薄发，游刃自如。这些训练使他在广阔的新闻天地里去探索，去创造，在新闻界为人们所瞩目。

“路漫漫其修远兮，吾将上下而求索。”在求索的道路上，王楚迈出了可喜的第一步，取得了十分突出的成绩，但正因为是在探索之中，所以，他写的通讯报道还不够平衡，这些都有待他在实践中进一步改进。现在。坚冰已经打破，通向未来的路宽阔无垠。愿王楚在不懈的探求中达到新的水平，进入新的境界。

1988年1月17日深夜

匆写于武昌桂子山

（原载华中师范大学出版社1988年出版的《探索——青年记者王楚通讯、特写、随笔选》）

雏凤清于老凤声

——序《韦娅创作评论集》

1999年元旦前夕，在华中师范大学召开的“香港女作家韦娅、吴建芳作品研讨会”上，我第一次与本校毕业的学生韦娅见面。在我与她接触，特别是从她的作品中，我看到一位对文学情有独钟的女性不甘寂寞地走着自己的路，用自己的笔抒写着人生的悲苦与欢乐，谱写了一曲来自心底的生命之歌。

韦娅写作的时间并不长，在短短的几年里，她写得很苦、很勤奋，数量也不少，有小说，有散文，还有诗歌。一个涉足文坛不久的女性，能够在较短时期内在几个领域同时开弓，掌握这些体裁的特性、写法和技巧，确是一件很不容易的事。如果没有对文学的执著追求，没有披肝沥胆、辛勤耕耘的精神，没有“咬定青山不放松”的意志，没有对艺术的敏锐的感悟，是难以做到的。俗话说：“世上无难事，只怕有心人”，“有志者事竟成”。韦娅的成功说明了这一点。

韦娅写的大都是普通人、平凡事。这些人是你在生活中经常遇见的，这些事是你在生活中随时发生的，然而当你没有细心观察体验时，这些人和事会与你擦肩而过。而韦娅并不安于这样，她在生活中观察，在观察中体验，潜心思考，仔细揣摩，日就月将，贮存于心，终于抑制不住自己的感情，要把自己所见、所思、所感、所悟的东西写下来，这样写出来的东西，自然是朴素的、本真的。它是生活的真实写照，更是作者对生活的理性思考。

韦娅的作品有着鲜明的特色，它表现在三个方面：

一是小巧。她的作品不论是小说还是散文，都是短小的、精巧的，有的就是我们通常所说的“小小说”、“微型小说”一类。小说《一瞬的目光》只有16行，连标点在内共480个字，小说《偶然》也只有27行。这些小说的特色不仅在于短小，还在于短小的篇幅中负载的内容是比较厚重的。在当今惜时如金的知识经济时代，短小精悍的作品更适合快节奏的生活需要。

二是真实。真实是创作的必要条件。梁代刘勰说：“酌奇而不失其真，玩华而不坠其实。”读韦娅的作品，你会感到她所描写的生活，她所抒发的感情都是真实的、真切的、真诚的，是作者真情的流露。“缀文者情动而辞发，观文者披文以入情”，“感人心者，莫先乎情”。她谈人生，谈事业，谈生活中发生的悲喜剧，总是饱含着感情；她写亲情、友情、爱情，总是敞开自己的心扉，向你诉说汩汩心语，向你送上缕缕心香。这种发自肺腑的真实的心声，自然会打动你、感染你。

三是精美。韦娅的作品从内容到形式，都有自己独有的格调与布局。无论叙事状物，还是写景抒情，她都写得精美。有人说，她的小说有很强的诗化倾向，这话不错。岂止是小说，她的散文也是如此，有些篇章就是一篇优美的散文诗。她以诗人的眼光观察生活，用诗的语言抒写生活，她总是希冀这个时代、这个社会的人生活得更好。在她的作品中，即使揭露现实中的丑恶，写瞬间发生的悲剧，也是在鞭挞丑恶的同时呼唤美的到来，企盼美好人性的回归。如作家所说，“艺术家无论在什么地方，总是希望把‘美’带到生活中去”，礼赞美好的东西，使它更加美好；鞭挞坏的事物，使它引起厌恶，促使人们消灭龌龊。

韦娅是学历史的，她从历史转向文学，走过了一段艰辛的路程，现在她终于实现了“不曾‘放逐’的文学梦”，在文学的道路上走出来了，走得很坚实、很有力。她的作品获得了 1994 年香港市政局中文文学创作奖小说组优异奖、散文组亚军和 1996 年香港市政局中文文学创作奖小说组优异奖以及香港青年文学奖新诗奖、小说奖，还获得了中国第三届、第四届“冰心儿童图书新作奖”等，看到她获得这些奖励，我感到由衷的高兴。现在正值她创作的旺盛时期，我期望她在已有的基础上面向未来，扩大视野，挑战自己，突破自我，在创新上多下功夫，不断深化作品的深层意蕴，把创作提高到一个新的水准。我相信把自己融于文学事业之中的韦娅，会在广阔无垠的文学天空中书写新的辉煌。

韦娅是华中师范大学的校友，说起校友，我想起近期遇见的一件事：在我参加南方几所大学专家评估工作时，一位大学校长送我一套书，我原以为是他个人的学术专著，打开一看使我吃了一惊。这套装帧精美的从书一共有五本，原来是这个学校毕业的五位作家校友的作品选集，是他们送给母校的校庆礼物，以表达学生对母校的深情厚意。由此使我想到，校友是学校的宝贵财富，校友的成就是学校的荣耀，像我们这样历史悠久的老校，已经走过了 95 年的风雨历程，学校培养的各类人才遍布海内外，可谓桃李满天下。如果把他们在各方面创造的杰出成果分类编成专集出版，那不仅是对在校师生的最大鼓励，而且为母校增添了更为绚丽的光彩。

唐代诗人李商隐诗曰：“桐花万里丹山路，雏凤清于老凤声。”祝韦娅再接再厉，再创佳绩，百尺竿头，更进一步。

（原载香港 21 世纪人文出版社 2001 年出版的《韦娅创作评论集》）

传统文化对新时期小说的影响

——序张卫中著《新时期小说的流变与中国传统文化》

从本土文化的源头上探讨当下小说的流变是一个富有新意的话题，这不仅是一个极有潜力、有待深入发掘的研究领域，而且对于这几年来过于重视西方、忽视传统的倾向也是一个重要的补充、有力的反拨，从而为新的民族文化的构建总结新鲜经验。张卫中在新著《新时期小说的流变与中国传统文化》中的这种选择和努力，显示了开阔的学术视野，也确定了论著选题的特有意义和价值。

传统文化是一个民族各种思想文化、各种观念形态的总和，是现代中国的一笔宝贵历史遗产。20世纪以来，中国门户洞开，科学技术的飞速发展，带来了全球的巨大变革，传统文化受到西方文化的强大冲击。在这种冲击下，任何民族都面临着从传统到现代的变革。就近代中国历史的发展而言，从梁启超、黄遵宪、谭嗣同、康有为、严复的资产阶级改良主义启蒙运动，到陈独秀、鲁迅、胡适等倡导科学民主，“推倒旧文学，建设新文学”；从“左翼文学”到解放区文学、国统区文学；从新中国确立的文艺工农兵方向到“文革”时期的文化专制主义；从新时期的思想解放、拨乱反正到90年代的多元并存、百花齐放……也都经历着从现代到传统的深刻变革，经历着“中”与“西”、新与旧的碰撞和冲突，而在这场变革与冲突中，始终存在着一个如何接受、对待、承续和发展传统文化问题。著名学者罗素在《中国之问题》一书中说：“假如中国人对于西方文明能够自由地吸收其优点，而扬弃其缺点的话，他们一定能从他们自己的传统中获得成长，一定能产生一种糅合中西文明之长的辉煌之业绩。”著名社会学家金耀基在《从传统到现代》一书中也说，“现代化是中国唯一的出路”，但“中国的现代化运动决不是否定传统，而是批判传统，不是死受传统，而是再造传统”。应当说，经过一个世纪的社会文化变革，经过多次“弃去蹄毛，留其精粹”(鲁迅)的扬弃改造，中国传统文化中那些落后、衰微、堕失与现代化不相适应的东西已经或正在被历史所淘汰，而留下那些有生命、有价值的东西仍在生活中发挥着作用，并影响着文学的发展。20世纪90年代以来，全球化已经形成了一股不可阻遏的历史潮流，钳制着全球经济、政治、文化……的进程，但是全球化并不是一体化、一律化，更不是要求各国摒弃自己的民族传统、民族个性，相反，它要求各民族承续自己的历史传统、文化传统，在保留自己个性和特点的基础上，寻求与世界的对话和交流，寻求构建适应现代需要的文化格局。“现在是过去之幼儿，也是未来的父母。”因此，在当今探讨新时期小说的本土特点，探讨传统文化对新时期小说流变的影响，就有着不同寻常的意义。

新时期以来，一些有独立识见的研究者对这个课题给予了积极的关注，提出了许多中肯的看法，张卫中在研究中也较早地注意到了这个问题，博士在读期间，他在此前已经把握的个案的基础上开始了比较系统的研究，以一部专著的篇幅集中考察了中国传统文化——或者说是沉潜在当代社会之下中国文化活的流脉——对新时期创作的影响；以儒道哲学为线索，对问题进行了全面的梳理，提出了一些有创见性的看法。

当然作者对这个课题的研究并不是单纯考察“新时期创作和中国传统文化的关系”，也不是一种纯“关系”研究；其着眼点是从传统文化入手，深入地认识新时期小说，其理论构想是：既然传统文化对新时期小说的发展、演变产生了深刻的影响，那么反过来从传统文化入手必然能对新时期小说发展中产生的现象作出更深刻的阐释；以往从政治、社会学角度不能解释的东西可以在文化的剖析中得到认识。从这个角度出发，张卫中在对新时期小说的分析中也确有自己深邃的感受和发现。

例如对张炜，以往人们谈得比较多的是他作品中的人文主义精神和理想主义色彩，而一旦作者从传统文化这个角度观照这位作家时，其创作个性中潜隐的那种道家文化的内涵就越来越多地显露出来，正如张卫中在书中所说：“他的作品从表面上看显示的道家精神并不是十分清晰，但是如果抓住张炜审视生活的思路作一个反向的探索，可以发现，越是往深处追溯越能看到张炜与道家的相通之处。”在《古船》中，作者紧扣主人公隋抱朴最突出的性格表征“怯病”加以分析，最后找到了他患上这种怯病的根源，就是由于他早年特殊的经历，使他对财富和人间的争斗产生了一种本能的恐惧，于是“知足不争”成了他人生的主要信条，然后作者进一步指出，这实际上是反映了张炜心理中的某种道家观念。作者认为新写实作家池莉的小说中也有一种明显的文化保守主义，其特点就是拒绝理想，认同现实，认同生活的逻辑和秩序，这个特点和道家那种知足常乐、乐天知命是一脉相承的；作者在本书中的分析和举例证明了这一点。再如，本书第五章集中论述了中国传统思维对新时期创作的多方面影响，作者从文化与文学的比较角度，阐释了中西思维在现象一元论与现象、本质二元论上的差异对作家认知与表现方式的影响，以及中国传统意向思维在人物塑造方面的影响，这些论述言之成理，颇有见地。

在 20 世纪 90 年代，中国文学出现了一个从理想向世俗化的转型，此期不少作家放弃了80年代那种对理想的追求，表现了一种媚俗倾向；在文坛上刚刚崭露头角的一批新生代作家不加掩饰地讴歌物欲、性欲和金钱欲，被认为是一种欲望化叙事，那么中国90年代文坛为什么会出现这样一个转型，以往有人从市场经济转型和西方后现代主义的影响中寻求解释，而张卫中在对中西文化分析后认为，与西方的宗教文化不同，中国文化自身中就隐含了一个世俗性传统；儒家和道家的圣人先哲都认同和注重人的现世生活，不像西方人那样总是把精神寄托放在彼岸世界，因为没有宗教观念的束缚，中国的民众总是蕴藉着浓郁的世俗情怀。因此在历史上只要天下太平、五谷丰登，社会就会涌溢出强烈的世俗欢乐。文化传统对现实总是有强大的支配力和导向性，因此中国社会在90年代的转型与传统文化中的世俗性特点必然有着密切的联系。不是说作者的这个理解是对问题唯一的解释，但这至少可以作为一家之说。

国民性批判也是新文学史上一个重要话题，这个问题乍看起来似乎与本课题没有直接的关系，但是深入思考就会发现：文学是人学，中国作家所写的是中国的人物，而他们身上总是不同程度地浸润了传统文化的影响；这个问题要研究的是，传统文化如何影响了新时期小说中的人物，使他们具有了什么样的审美特点，而这种审美特点与整个作品的审美风格有什么样的联系；因此它自然也是研究传统文化对新时期创作影响的一个重要方面，在这个部分，作者探讨了国民性问题与时代环境的关系、国民性在新时期的新特点等等。例如中国人文化心理中的皇权意识、青天意识、自主意识的缺乏与“文革”中“左”倾思潮泛滥的关系，在农村，农民的心理痼疾如何导致他们在新中国成立后干群关系中居于弱势的地位等。其独到之处还在于：作者考虑到引进现代派可能给国民性思考带来的变化，专门探讨了具有现代派特点的作家其国民性批判的新特点。

总起来说，张卫中的这部专著比较集中系统地考察了中国传统文化对新时期小说的影响，立论新颖，视角独特，显示了较强的创新意识和学术勇气。作者视野开阔，持论公允，对新时期小说中一些重要潮流和有代表性作品所蕴涵的传统文化特点进行了比较深入的分析和具体的梳理，揭示了新时期小说的文化本源；这项研究无论对于小说创作还是学术探讨，都具有较大的理论意义和实践价值。当然这本书也有一些缺憾：有些章节的理论概括还嫌不足，对作品的个案分析多了一些；传统文化对新时期小说的影响非常广泛，但本书涉及的毕竟只是其中一小部分作家，有待研究的作家还很多，这些都有待作者今后进一步补充、深化。

（原载《徐州师范大学学报》2002年第2期）

比较研究的新成果

——序陈立华著《用戏剧感知生命》

当下，武汉正处于春暖花开之季：阳光灿烂，春意盎然。当我从海南回到武汉时，陈立华告诉我，她写的《用戏剧感知生命——曹禺前期创作与奥尼尔剧作的比较研究》将由中国戏剧出版社付梓，要我写一篇序。听到这个消息，我感到十分高兴。因为这本书不仅是她多年来研究奥尼尔和曹禺剧作的心血结晶，也是列入我主持的教育部"十五"人文社会科学研究项目"当代中国文学思潮的新视点"中的一个课题。

陈立华的这部论著用比较的方法，论述了奥尼尔与曹禺在戏剧观念、剧作主题、人物形象、表现手法上的异同，说明中西文化之间的互动作用和作家之间的接受与影响。作者研究的这两位戏剧大师，人们并不陌生。奥尼尔是美国现代戏剧奠基人，他一生中创作了 50 多部剧作，曾四次获得美国文学最高荣誉普利策奖，一次获得诺贝尔文学奖。有人这样评价他："有了惠特曼，美国才真正有了诗；有了奥尼尔，美国才真正有了戏剧。"作为一位蜚声世界的剧作家，他的《悲悼》三部曲《天边外》、《毛猿》、《榆树下的欲望》、《琼斯皇》等剧作，对中国现代话剧产生过深远的影响。曹禺是中国现代戏剧的杰出代表，他在新的历史条件下发展了中国悲剧艺术，为悲剧艺术提供了典范。从他创作的《雷雨》、《日出》、《北京人》、《原野》等剧作中，可以清晰地看到奥尼尔影响的印记。将这两位剧作家放在一起进行比较研究，不仅可以辨析他们之间的异同，而且有利于中西戏剧的互证互补。过去我们对奥尼尔和曹禺的比较研究，虽有一些论文发表，但总的来说是不多的，特别是系统研究更少，可说是一块有待深入开掘的沃土。作者突破了以往研究的局限，不仅对曹禺和奥尼尔比较研究的历史和现状进行了梳理，而且较为全面、系统地研究了曹禺的前期剧作和奥尼尔剧作，这是很有意义的。值得提出的是，作者的比较研究不是机械地将两位剧作家的一些相同、相异之处拼贴在一起，而是从主体接受的视角，分析中国作家在接受外来影响时，如何通过选择、过滤、消化、创新，化为自己的血肉，由此探求中国作家接受异质文化的特点和规律，探求文化在接受过程中所起的至关重要的作用。应当说，这些研究有助于拓展学术研究的空间，有助于中国现当代文学研究的深化。

在研究方法上，作者融合影响研究与平行研究的方法，对奥尼尔剧作与曹禺前期剧作进行比较审视，这种审视不仅是探求两位剧作家创作的同质性，更重要的是辨析他们的差异性和独特性。正如有的学者所指出的："比较研究必须以某种认同为基础，同时意在生成新的认同，但这绝不意味着追求一种毫无差异的认同；相反，保持差异是比较研究成为一种创造性活动的源泉。"如果我们只着眼于表面上的相同、相似，将文本中一些相似故事、相似情节、相似人物、相似表现手法罗列，牵强附会地寻求同质，就会流于肤浅，甚至得出错误的判断。世界是一个整体，文学也是一个整体，不同民族、不同国家文学在各自发展的过程中，既有它的共同性，更有它的差异性。只有异同并存，重在差异，才好对不同民族、不同国家的作家作品进行比较，否则，无同之异与无异之同，都会失去比较的意义。作者在阐述曹禺与奥尼尔具有可比性时，不仅指出这两位剧作家具有相同的时代背景、相似的成长经历，更重要的是指出了他们之间的不同。在此基础上，作者又具体分析了两位剧作家具有代表性的文本，说明中国作家接受外来影响的途径和特点，以及传统文化所打下的深刻烙印。比如曹禺《雷雨》中的女主人公蘩漪与奥尼尔《榆树下的欲望》女主人公爱碧极其相似，有人说蘩漪是中国的爱碧，但在曹禺的笔下，蘩漪这个人物虽然明显受到西方文学的影响，但归根结底仍是中国文化土壤里土生土长的，具有浓厚的中国文化色彩。再如曹禺在接受西方戏剧悲剧观念和表现手法时，也融入了中国民族戏曲的精华因素，使曹禺在异质文化的接受中显示出独特的光彩与魅力。作者的这些论述不仅是符合实际的，也是富有新意的。

陈立华是学英语语言文学的，曾在美国夏威夷杨伯翰大学工作一年，现任教于华中师范大学外国语学院。为了写好这本书，她搜集了大量资料，认真阅读和研究奥尼尔、曹禺的戏剧文本，比较充分地掌握了有关比较文学理论的现状和最新成果，在此基础上，对中西文化的接受、影响、融合、疏离等问题进行了研究。她在20世纪90年代初写的硕士研究生学位论文，即是以奥尼尔剧作研究为题的，此后又继续就比较文学的相关问题进行了深入研究。这本论著是她长期积累、辛勤耕耘的结果，显示了她坚实的学术功底和较强的科研能力。当然，这本论著也有某些不足。如有的地方陈述过多，深入阐释不足，这些都有待今后修正。

（原载中国戏剧出版社2006年出版的《用戏剧感知生命》）

勤于耕耘　善于思辨

——序刘为钦著《思与诗的搏击》

刘为钦出版著作《思与诗的搏击》，要我为之作序，因为这不是他的博士学位论文，我还真不知道从哪里说起。这里也就说一点我读了这本书的清样之后的感想吧！

记得刘为钦在考博士研究生之前，曾在《哲学研究》等刊物发表过几篇颇有影响的论文，尤其是《"另一个自然"》一文还在美国、德国和中国香港的学术界产生过一定的反响。应该说，一个刚刚毕业不久的文学硕士能在《哲学研究》上发表文章，而且还产生了影响，这不是一件容易的事情。后来不知是什么原因，一个哲学爱好者居然对中国现当代文学有了浓厚的兴趣，而且报考了中国现当代文学专业的博士研究生，经过考试，我也就成了他的指导教师。刘为钦在攻读博士学位期间有两点十分突出，一是学习勤奋，一丝不苟，扎扎实实地做学问，一步一个脚印；一是善于思考，不人云亦云，有自己的看法和见解，如古人所云："人所易言，我寡言之；人所难言，我易言之，自不俗。"这些都是十分可贵的。令我不很满意的地方是，他的形而上的思辨能力似乎没有充分地发挥出来。这大概与他边工作边学习的"在职"性质有关。据我了解，他当时是一边工作，一边学习，没有完全脱产。在工作上，他很卖力，还很有成效，而且和上上下下的关系协调得不错。精力和时间主要花在工作上，于学业自然就有些耽误。不过，他在做博士学位论文的研究时，主要精力都放在学习和研究上，但研究风格似乎有了一些改变，此时的他更注重于资料的收集和辨析。应该说，他的博士学位论文的文献是完整的。仔细想来，这两种风格也并不矛盾，这是一个读书认真的人所应具有的基本品格。现在阅读这摞打印的书稿：《思与诗的搏击》，也能体现刘为钦这种"思辨＋文献"的学术个性。"学而不思则罔，思而不学则怠。"孔子的这句名言是值得我们每一个从事学术研究的人深思的，我十分赞同这种治学方式。

基于"思辨＋文献"的治学方式，《思与诗的搏击》对文学与自然的关系、文学与人的关系、叙事作品的诗性品格和文学作品的批评标准等问题的研究已经比较深入了。我认为，这是一部具有较高学术水准的著作，这部著作对单个问题的研究比较深入，但从整体上考察，又显得有些繁杂，不够集中。我希望刘为钦在修改他的博士学位论文，也就是他近期申请到的国家社会科学研究基金项目“抗日战争题材长篇小说的流变(1931—1966)”，写得集中一些。

这便是我读《思与诗的搏击》后的一点感想，也算是为这本书所作的序言。

（原载中国社会科学出版社 2010 年出版的《思与诗的搏击》）

史铁生哲思文体的价值和意义

——序张路黎著《史铁生哲思文体论》

新时期以来，随着思想解放浪潮的推动，在中国当代文学语境中成长起来一批才华横溢的作家。他们从20世纪70年代末走来，经过了20世纪80年代、20世纪90年代和两个世纪之交的种种潮汐风雨，他们由初识笔墨的青年成长为视野开阔、学养厚实、艺术多元、风格独具的作家，他们开始由中国文坛走向世界，他们当中已经有人获得诺贝尔奖和其他有广泛影响的文学奖。史铁生就是这批作家中的一员。

史铁生出身于贫寒之家，中学毕业后去延安地区插队，1972年因双腿瘫痪返回北京，安排在街道工作。1979年开始发表作品。他过早地经受了人世间的苦难，但是他把人生最美好的年华，把他的全部生命献给了文学，在文学的港湾里探寻到自己的生存方式，宁静而又艰辛地前行了三十二年。就在他去世(2010年12月31日)前的几个小时，仍用电脑写作他的一部未完成的长篇作品《回忆与随想：我在史铁生》。在一生的写作历程中，他由个人身体的不幸思考全人类的命运，思考生与死、信仰与苦难、欲望与差别、爱情与残缺、歧视与忏悔等精神上的难题，他坚守理想，抵抗宿命，澄怀观道，彻悟人生。在当今全球化消费潮流泛滥的境况中，史铁生执著地扛起思想与信仰的旗帜，超越尘嚣缰锁的羁绊，神游于清贫孤寂的写作之夜，仅此就足以令人敬仰赞叹；更可贵的是，他用充满哲思的语言探索着人之为人的价值和意义，创造出独具一格的文学文体，表现出清朗明净、睿智深沉的艺术风格，书写了富有诗意的人生，他用生命书写生命。他的生命就是他的创作，他的创作就是他的生命。他让自己的生命迸发出不朽的光辉，展现出十分精彩的生命历程，给人们留下了一笔丰厚遗产。他的作品堪称中国当代文学精品。他的小说《我的遥远的清平湾》、《命若琴弦》、《老屋小记》、《务虚笔记》、《我的丁一之旅》，他的散文《我与地坛》、《病隙碎笔》、《记忆与印象》等等作品，至今拥有广泛的读者，将永远成为人们的良师益友。

在史铁生逝世一周年的日子里，各界人士开展了多项活动，在中国作协举办的“史铁生文学创作研讨会”上，作协主席铁凝说：史铁生的精神流淌在时代的血脉深处，在历史生生不息的创造中永生。他坐在轮椅上那么多年，却比许多能够站立的人更高；他那么多年不能走太远的路，却比很多游走四方的人有更辽阔的心。他和文学相互拯救和提升，他的诚实、深思，他对文学、对生命的敬畏和虔诚，彰显了文学的价值和意义。他将与我们同在，一起见证这个时代的浩渺与辉煌，见证文学的光荣与梦想。铁凝说的这些话，也代表了我们的心声。

史铁生的作品为我们开启了一个独特而又澄明的文学世界，而他所建构的哲思文体则是在中外文学的哲思性作品基础上的一种新的创造。研究史铁生的文学文体乃至当代中国文学文体的演变与特点，是一个有待深入研究的新课题。多年来，张路黎对史铁生的文学创作，对他所走过的人生道路和创作历程，对哲思文体的特点作过比较深入的研究和探讨。她的研究，以文本为基础，认真阅读文本，细心揣摩文本，从细读中品味、剖析、鉴别、发现，提出自己的见解。2012 年北方妇女儿童出版社出版的张路黎评析史铁生散文集《秋天的怀念》，就是她研究史铁生作品的一个成果。在这本集子中，张路黎对史铁生散文所作的眉批和每篇散文的解读，都写得简明扼要、提纲絜领、要言不烦、重点突出，从中可以看出她鉴赏、分析文学作品的眼光和功力。在此基础上，张路黎“广撷博取，剔误钩沉”，既充分吸取现有研究史铁生创作的成果，又不囿于当下学人的定见，而是勇于涉足新领域，探讨新问题，提出同时代学人尚未论及或论述不足的观点和看法。《史铁生哲思文体论》正是在这些方面作了有益的探讨，提出了一些新的看法和见解。比如，有的评论文章和文学史将史铁生定位为知青作家，从知青文学的角度来评论他的作品，张路黎在论及史铁生时，就没有局限于此，而是认为，史铁生既是一位优秀的作家，也是一位令人敬重的思想者。他的作品不是执著现实，为时而作，而是“扶轮问路，向死而生”，以一颗宁静的心与个人生命体验联想到整个人类的生存困境，走向哲学思考，追求命运，质疑宗教，探索神性，在他的文学创作中显示出浓郁的哲思特点。以此为切入点，进一步分析了史铁生文本的精神内核和文学观、文体探索，并在此基础上，用五章的篇幅，重点论述了史铁生文学文体的哲思叙事、哲思人物、哲思意象、哲思语境、哲思文本的结构艺术，最后在结语中概括总结了哲思文体的特点和哲思文体在文学史上的意义。这些论述有理有据，富有创意。尽管在某些论述上还有不够准确的地方，但能够突破已有的研究格局，比较系统地研究史铁生的哲思文体，却是难能可贵的。现在由最先出版三卷本作品集的中国社会科学出版社出版张路黎的《史铁生哲思文体论》，则是一件有益之举。

2012 年 10 月 30 日写于桂子山

（原载中国社会科学出版社 2012 年出版的《史铁生哲思文体论》）

知青小说研究的新收获

——序谢维强著《新时期知青小说研究》

在新时期文学发展历程中，知青文学是一个十分重要的文学现象，知青作家群则是新时期文学创作队伍中的一个优秀的创作群体，系统深入地研究知青作家作品，研究知青文学的成就和价值，是当代文学研究的一项重要课题。谢维强的《新时期知青小说研究》一书，以改革开放以来发表的知青小说为主要研究对象，比较全面地梳理了知青小说的发展和演变，研究了知青小说的思想价值和艺术价值，这是很有意义的。

知青小说是知青文学的重要组成部分，是知青文学的主体。说到知青文学，首先要说的是知青运动，因为知青文学是知识青年上山下乡运动的产物，是知青运动的真实反映。只有全面了解知青运动，熟悉知识青年上山下乡的经历，了解知青生活和成长的社会环境，才能真正把握知青文学的内涵，展现知识青年上山下乡运动的整体风貌。

所谓知识青年，是中国特定历史时期对特定人群的称谓。知青运动是20世纪中期在中国兴起的知识青年上山下乡运动。当时，为了动员农村中小学毕业生回乡务农，解决城镇青年的就业问题，中国政府从1953年起开始动员知识青年到农村参加生产劳动。毛泽东在《中国农村社会主义高潮》一文的按语中指出“全国合作化需要几百万人当会计，到哪里去找呢？其实人是有的，可以动员大批的高小毕业生和中学毕业生去做这一工作”，他号召“一切可以到农村的这样的知识分子，应当高兴地到那里去。农村是一个广阔的天地，到那里是可以大有作为的”。可见，在当时的历史条件下，知识青年上山下乡是和人口就业联系在一起的，是在计划经济体制下体现国家意志所制定的一项人口安置的重要举措，也是安排劳动力就业的权宜之计。后来，这一措施随着城镇初高中学生毕业人数的增加，城市就业门路相对狭窄得以进一步强化。具体表现为，知识青年上山下乡的对象逐步扩大，由农村知青扩大到城市知青，进而以城市青年为主体，上山下乡的范围也由内地部分农村扩展到全国农村直至边疆，安置知青的方式则由原来的插队落户发展为集体安置与插队落户并举。1968年，在毛泽东“知识青年到农村去，接受贫下中农的再教育，很有必要”的指示下，全国掀起了迅猛的知识青年上山下乡的高潮。据统计，从1968年到1980年的十三年间，全国陆续有3000万城镇初高中毕业生被下放到农村和边疆，形成了前所未有的知青上山下乡运动。这运动一直持续到“文革”结束后的1980年，随着知识青年的陆续返城才逐渐沉寂下来。

知青上山下乡运动虽然沉寂下来了，但如何评价这一运动，仍是一个值得研究的重要课题。20世纪70年代初，我曾作为带队干部带领120名知识青年到湖北钟祥县农村知青安置点，与知识青年一起生活了一年时间。当时带队干部与知青同吃同住同劳动，帮助知青与生产队、公社干部、知青家长取得联系，解决知青生活中的一些困难和问题。根据我在农村生活的体验，感到集体安置点的知青虽比农村插队落户的知青生活状况要好一些，但总的来说，知青上山下乡是和国家现代化的方向背道而驰的。它不仅延缓了现代化的进程，给国家经济建设带来了严重损失，而且贻误了青年一代的宝贵时光，给知识青年带来多方面的伤害，造成整个民族、科学、教育和人才的中断。这是历史的倒退，是给国家、民族，给青年带来不幸的悲剧，这是一个基本方面。

从另一方面来说，悲剧又是一所最好的大学。作为一把双刃剑，坏事也可以变成好事。知青上山下乡既是不幸，又是磨练。在艰辛的劳动、苦难的生活中，知识青年也得到了难得的磨练。雨果说：“生活、苦难、孤独、遗弃、贫困，这都是战场，都有他们的英雄；无名英雄有时比显赫英雄更伟大。”烈火见真金，磨难出英雄。农村生活虽然艰辛、清苦，但艰苦的生活也锻炼了人的意志，增长了见识。他们中的强者在烈火中奋力拼搏，经过勤学苦练，日积月累，终于在激烈的竞争中成长、成熟、成才，有许多知青已经成为社会精英，有的成为优秀的、杰出的作家、艺术家、企业家、学者，有的成为党和国家领导人。如在十八届党中央的205名中央委员中，有65人有过知青经历，占这个群体的31.7%，其中25名中央政治局委员中，7人有知青经历，占28%；在7名中央政治局常委中，则有4人有过知青经历，占51.7%；在今年人大新任命的国务院25名部长中，有11人有知青经历。习近平总书记说：“上山下乡的艰苦生活对我的锻炼很大，后来遇到什么困难，就想起那个时侯。”有分析认为，有知青经历的一代人进入决策层，将影响中国的政治生态和未来走向。可以说，知青一代既是不幸的一代，也是有作为的一代。他们在广阔的天地里锤炼自己，学到了许多书本上学不到的知识，收获了宝贵的精神财富。

生活是文学创作的源泉。在知识青年上山下乡的社会实践中，也涌现出一批有才华的作家。他们经历过上山下乡的生活磨练，既有过理想的失落，也有过艰苦生活的煎熬，更有过意想不到的考验。他们根据自己在上山下乡运动中的所思所感，用自己的笔书写生活中蒙受的苦难，反思“文革”的教训，怀念流逝的青春岁月，揭示农民的艰辛人生和被扭曲的灵魂，享受劳动丰收后的喜悦，从而谱写出动人心弦的篇章。这些被称为知青文学的作品，成为新时期文学一道靓丽的风景线，引起人们的热烈关注。谢维强的《新时期知青小说研究》，以新时期知青小说创作为线索，概述了知青小说发展和演变的历程，从纵向和横向两个层面评析了知青小说的思想价值和审美品格。

从纵向层面来说，作者根据新知青小说的创作实绩及其走向，研究分析了从 1978 年至 2002 年各个时期具有代表性的作品。这些分析不是孤立地就作品论作品，而是将这些作品置于改革开放以来中国社会发展和文学发展的大背景下，一方面对知青小说的创作脉络与走向作出了宏观的描述，另一方面又将不断发展变化的社会思潮与文艺思潮对知青文学的影响纳入对作品的具体分析中。这本书研究分析的作品涉及从 1978 年的短篇小说《伤痕》，直到 2002 年的长篇小说《抒情年华》，所研究的作品创作跨度长达 24 年，其间既有不同年龄、不同社会观念的知青作家，也有不同题材、不同创作风格的知青小说。对这些小说的纵向研究，能够比较清晰地梳理出新知青小说创作的脉络，把握新知青小说演化的轨迹。

从横向层面来看，作者站在宏观的高度，对具体作品进行个案或类别的分析研究，对主题不同的知青小说的形成因素和表述方式进行了探索与确证。如从社会发展与政治变革的角度分析知青小说是如何随着时代风云的涌动而产生和发展，从而做出适应时代的选择；从知青所处的生活环境切入，研究农村地域环境和人文环境对知青题材选择和创作观念的影响，从而表达具有文化地域的特色；从年龄构成的角度观察，辨析“老三届”与非“老三届”知青作家对知青生活的感悟和主题取向上的异同；从创作心态上分析，揭示出持有某种执著理念的知青作家，是如何对某一题材进行不懈的探索，从而使作品的主题更具有深刻性；从文体上分析，知青作家为了充分地表达主题，在小说形式上所做的探索和创造。

作者的研究分析比较清晰地梳理出了新时期知青小说的整体面貌，勾勒出了新时期知青小说发展的轨迹，使我们对新时期知青小说从宏观到微观有了较为全面的认识。总的说来，这本著作主旨鲜明，材料翔实，具有可读性。感到不足的是有些章节论述不够深邃、充分，有待进一步思考与探索。

2013 年 4 月于桂子山

（原载中国社会科学出版社 2014 年出版的《新时期知青小说研究》）

诗是心灵的瑰丽乐章

——诗集《月亮的红罂粟》序

1998年仲秋，我应邀到邕市参加广西大学校庆70周年庆典，我校校友黄磊见到我，要我为他的第一本诗集《月亮的红罂粟》写序。说实在的，我这些年来忙于杂务，对诗歌接触很少，要我写序委实太难，但出于他的真诚和热情，我也就勉为其难地应允了。

黄磊1990年毕业于华中师范大学英语系，毕业后分到广西大学任教，1991年赴巴基斯坦做翻译工作，回国后攻读涉外经济专业硕士学位。从他所从事的工作来看，似乎与诗歌无缘，然而五彩缤纷的生活、繁复变幻的社会却铸造着他的性格，镌刻着他的人生，使他如醉如痴地爱上了文学，爱上了诗歌。由于这种执著的爱的推动，他广泛阅读中外文学作品，从文学宝藏中吸吮奶汁；他热爱生活，体验生活，在生活的海洋中遨游，体验人生的酸甜苦辣，探寻如何做人的真谛。生活使他成长起来、成熟起来，生活也使他百感交集、心绪飞动。经过长时间的酝酿，他情不自禁的要将自己所思、所见、所感、所闻用诗的形式表现出来、倾吐出来，以表达他对生活、对爱情、对人生的祈求与追寻，记录他心灵脉动的轨迹，反映他在人生道路上的困惑与追求，痛苦与欢乐。可以说，这本《月亮的红罂粟》是他心底的诗篇。

记得托尔斯泰说过这样一句话："诗是心灵之火，这火能点燃、温暖、照亮人心。"这话说得不错。在我的记忆中，那些饱蘸感情、意蕴深邃的诗篇总是铭刻在人的心里，在人的心灵里打下深深的烙印。解放初期，我们读马雅可夫斯基的诗，读艾青、李季、郭小川、贺敬之等的诗，总会感到一种激情的冲动。新时期以来，我们不会忘记《一月的哀思》(李瑛)、《小草在歌唱》(雷抒雁)、《周总理，您在哪里》(柯岩)等诗作所产生的震撼人心的力量。诗歌，作为文学的皇冠，确实为中国文学的发展谱下了绚丽多彩的乐章。

然而这几年来，面对社会的转型，市场经济的冲击，诗歌陷入了困境，走向了冷落。诗歌不再像昔日那样红火，读者对诗歌冷淡，诗集出版困难，印数很少。是什么原因造成这种状况呢，不少人认为，除了诸多复杂因素外，诗歌不景气的症结主要在内容。有些诗咬文嚼字，晦涩难懂，故弄玄虚，不知所云。人们可以看懂李贺、李商隐、李煜的诗，看懂卞之琳的诗、九叶派的诗，却看不懂当今诗人创作的某些“现代派”的诗；有的诗疏离生活、疏离时代，躲避崇高，只在个人小天地呻吟；有些诗人的思想越来越狭窄化，情绪越来越琐屑化，语言越来越边缘化，这些都阻碍了诗歌的生长和发展，这种状况需要早日改变。

改变诗歌现状，使诗歌走出困境，可以说出许多办法，诸如到生活中去，从生活中寻觅诗情；与时代发展同步，谱写时代的诗篇；加强修养，提高诗歌作者的素质等等，这些都是很重要的，然而我认为还有一条不可忽视，那就是既要学习借鉴外国的诗艺、诗风，更要承续发展中国诗歌的优秀传统，走出自己的路。中国历来有“诗言志”的传统，“诗可以兴，可以观，可以群，可以怨，迩之事亲，远之事君，多识于鸟兽草木之名”。诗人写诗，不可无志，但诗人言志又不可不言情。“诗缘情而绮靡”(陆机)，过去我们常常对情采取排斥的态度，事实上情是志的依托，没有情，也就没有诗。吴乔在《围炉诗话》中说：“诗以情为主，景为宾，景物无自生，惟情所化，情哀则景哀，情乐则景乐。”作家何塞马蒂也说：“诗是我心灵的一部分，也是我的武器。我的诗没有一首是杜撰的，它就像眼睛里流出来的热泪，伤口中淌出来的鲜血。”只有对生活、对人生充满真情的人，才能写出动人的诗篇。屈原作《楚辞》乃因其情之真挚痛切，才能与天地并而不朽。杜甫写《茅屋为秋风所破歌》乃因暴风卷走了成都草堂上的茅草，杜甫由此想到战乱以来人民多难的状况。这样情真意切的诗，才能打动人的心扉。在诗歌的题材、风格、技法上，则要倡导多种样式、多种风格竞争，多样多元并存。一花独放，万马齐喑；百花齐放，春意盎然。

由黄磊的诗集出版，引发了我对当前诗歌的一些看法，不论这些看法是否恰当，权当是我对当代诗歌振兴的一种期盼。

黄磊是初次写诗的青年作者，他的诗难免会有稚嫩之处、不成熟之处，然而他有一种韧性精神，一种追求理想、追求美好生活、不为困难所折服的信念，这是十分可贵的。黄磊在一首诗中写道：“捧起一束鲜花，便可以做一个超凡的梦，即使满船的红颜凋尽，幸福也不会，在断流的河床搁浅。”我们相信，在黄磊不懈的努力下，幸福的航船定会驶向胜利的彼岸。

1999 年 1 月写于桂子山

(原载广西人民出版社 2000 年出版的《月亮的红罂粟》)

一曲震憾人心的颂歌

——读报告文学《荆江九歌》

长江，作为世界的第三大河，以她辽阔壮丽、气势磅礴著称于世。古往今来，多少游人为之倾倒，多少诗人为之吟诵。去年 11 月，当我漫步于美国的密西西比河边时，情不自禁地想起了长江，想起那些讴歌长江的诗篇："无边落木萧萧下，不尽长江滚滚来"，"你从雪山走来，春潮是你的丰采；你向东海奔去，惊涛是你的气概；你用甘甜的乳汁，哺育着各族儿女；你用健美的臂膀，提起高山大海"……曾经激动过多少人的情怀。当时，我虽在异国，却为我的祖国有这样的大江感到自豪，也为长江哺育一代又一代的儿女感到骄傲。

长江，造福于民，也危害于民。驯服时，国泰民安；肆虐时，家破人亡。从历史上看，每当洪水泛滥，咆哮的长江给人们带来了无尽的灾难：田园淹没，房屋坍塌，瘟疫流行，哀鸿遍野，人民处于水深火热之中。历代的统治者虽然也想过一些办法治水，但终归是头痛医头，脚痛医脚，无法从根本上解决问题。直到 1949 年，中国的历史翻开了新的一页，根治长江的系统工程才开始得以实施。40 多年来，我们不仅加固了堤防，而且对荆江迂曲河段逐步进行了整治，取得明显的效果。由《水利与大地》编委会组织编写的系列报告文学丛书之一的《荆江九歌》，从一个侧面反映了治理长江的历史进程，展示了千万人民与水患搏斗的精神风貌。

《荆江九歌》是《水利与大地》报告文学丛书的第一集。编撰者在深入实际认真调查的基础上，运用翔实的材料、朴实的文笔，为我们描绘了站起来了的长江主人治理荆江的壮丽图景，塑造了一系列光彩夺目的人物形象，谱写了一曲震撼人心的荆江颂歌。

《荆江九歌》由"大江奔流"、"荆堤逶迤"、"魂系荆江"三篇九章组成，作为"文学的轻骑兵"的报告文学，这本书有这样几个显著特点：一是它的真实性。真实是报告文学的生命，离开了真人、真事，真情，报告文学就失去了它的存在价值。编撰者严格遵循报告文学的创作原则，在历史与现实的交叉映照的画面上，真实地再现了荆江治水的全过程。过去的荆江大堤，千疮百孔，险象环生。解放后经过治理，成为江汉屏障、荆楚长城。作者无论是回溯历史还是描绘现实，很注意从历史档案、水文资料和亲自采访的材料中作出明确判断，具有强烈的历史感和现场感。二是在叙事中着重写人。这本书写了众多人物，从中央领导到地方官员，从水利泰斗到技术人员，从普通民工到解放军战士。作者写这些人物着墨不一，有的特写，用墨如泼(既写他的现在，也写他的过去；既写他的欢悦、幸福，也写他的痛苦、屈辱)，有的速写，几笔勾勒，但大都栩栩如生，形象鲜明，特别是写出了人物的心灵世界，显示出这些平凡人治水所作出的“惊天地，泣鬼神”的光辉业绩。在写这些人物时，作者夹杂着评论，饱含着感情，具有强烈的艺术感染力。三是文笔通畅、朴实、优美，有较强的可读性。

本书编撰者在短短的几个月中，完成30余万字的《荆江九歌》一书，充分表现出他们的文思敏锐与才华，我衷心祝贺《荆江九歌》的出版，并祝愿他们在人生的旅途中取得更丰硕的成果。

（原载湖北人民出版社1992年出版的《荆江九歌》）

百年历史的形象写照

——序黄弗同、涂光雍主编的《桂苑诗词楹联选》

风雨滋兰蕙，桂苑育英才。百年华师，迎来期颐华诞。值此百年校庆之际，由黄弗同、涂光雍教授主编的《桂苑诗词楹联选》由华中师范大学出版社出版了。当我捧着这部40多万字的诗词结集时，深深感到它的厚实和凝重。这不是一般的诗词楹联结集，从某种意义上说，它是具有深厚文化积淀的华师百年的一个艺术缩影，是20世纪历史风云的形象写照。

在中国教育史上，具有百年历史的高等学府并不很多，这几年，北京大学、清华大学、北京师范大学、南京大学、东南大学……走过了风雨百年的光辉历程，今天，华中师范大学以它独特的风貌步入了百年名校的行列。当我们说到百年华师时，首先想到的是它的悠久历史。华师是在1903年创办的文华大学(始于1871年创办的文华书院，1924年改为华中大学)、1912年创办的中华大学、1949年创办的中原大学教育学院的基础上，于1951年组建成为公立华中大学，后又有湖北省教育学院参入，1952年，改制为华中高等师范学校，1953年定名为华中师范学院，1985年更名为华中师范大学，并由中原大学创始人之一的邓小平亲笔题写了“华中师范大学”校名。在长期的办学过程中，华中师范大学继承了中国的传统文化，吸收了西方的优秀文化，发扬了中国的革命文化传统，以“海纳百川，有容乃大”的胸怀，形成了融严谨求实、开拓进取的科学精神，艰苦奋斗、立德树人的人文精神于一体的办学风格。

百年来，华师为社会培养了众多人才，其中不少已成为各条战线的栋梁，特别是新中国建立以后，从华师培育的数万名毕业生更是遍布海内外，可谓桃李芳菲，人才辈出。收入《桂苑诗词楹联选》的作者都是华师的校友，他们或在不同时期的母校工作过，为学校的创建发展立下了汗马功劳；或在不同时期的母校学习过，在昙华林、府后街、紫阳湖畔、桂子山头留下了青春的倩影。在这些作者中，既有老一辈革命家如邓小平，刘伯承、陈毅、恽代英、林育南的诗作，也有著名学者如冯友兰、范文澜、潘梓年，张光年、游国恩、李何林、包鹭宾、阴法鲁、黄焯的诗作；既有知名人士如万国权、张难先、喻育之、熊复的诗作，也有学校领导陈时、杨东莼、刘介愚、章开沉的诗作，然而更多的却是从华师毕业后始终在教育战线工作、奋斗、奉献的校友的诗作。值得提出的是，这本选集所收校友诗词之多、作者之广都是过去所未有的，特别是有些原来在华中大学、中华大学、中原大学工作或学习的校友的诗作，更是通过多种渠道千方百计地收集到的。得之不易，弥足珍贵。可以说，这本诗词楹联选具有相当高的文化价值和史料价值，是一笔宝贵的精神财富。

首先，《桂苑诗词楹联选》题材广泛，蕴含丰富。在这本诗集里，作者从不同的角度、不同的侧面真实地反映了20世纪的变迁，记录了百年栉风沐雨、艰苦创业的发展轨迹。生活、人生、世相，国事、家事、天下事，亲情、友情、母校情，大都囊括其中，如“浪迹江湖忆旧游，故人生死各千秋。已摈忧患寻常事，留得亲情作楚囚”(恽代英:《狱中诗》)、“断头今日意如何？创业艰难百战多。此去泉台招旧部，旌旗十万斩阎罗”(陈毅:《梅岭三章》)、“苦雨复凄风，乌云漫太空。赤心揽日月，鲜血洗苍穹”(张执一:《赤心》)、“四十八年回故里，寻门问旧两迷离！汉江流碧碧如许，能不开颜共举杯”(张光年:《故乡行》)、“毁家兴学，淡泊名利，作育英才，鞠躬尽瘁。一代斯人，爽也不昧；高风亮节，师道永继”(万国权:《怀念陈时老校长》)、“百年事业育人师，十万莘莘报党知。责任独多传教育，力争满院展红旗”(陶军:《看教育革命展览有感》)、“历尽坎坷无怨尤，乘风破浪好行舟。欲酬壮志心犹在，乐育英才意未休。报国无须分老少，献身岂止顺潮流？何期世俗分朝野，不识寒门有孔丘”(吴全权:《言志》)、“大地千里似日红，中华一帆漾东风。山河万里春光后，尽在花香鸟语中”(丁永淮:《祖国礼赞》)、“桂子山前花盛开，芳香扑鼻引宾来……母校今朝换新貌，指期可待上高台”(王兴国:《贺母校期颐华诞》)……这些诗作，或讴歌时代，礼赞生活；或缅怀英烈，感赋时事；或题赠师友，即兴咏物，大多展现了不同时期校友对祖国、对民族、对事业、对真理的执着追求，表达了校友对母校的往昔和今朝的怀念与挚爱，短短数语之中寄寓着校友的一片真心，更是校友的一片深情。

其次，《桂苑诗词楹联选》在艺术上也颇有特色。它收入的都是以诗词格律作为表现形式的古典诗词，讲究平仄、对仗、用韵，而楹联也是从律诗演化出来的。中国是个有着光辉历史的泱泱诗国，诗歌传统源远流长。从诗经、楚辞、乐府、古风，到唐诗、宋词、元曲，中国诗歌以其丰富的内容，完美的形式，以其凝炼的语言美、抑扬顿挫的音乐美、声情并茂的韵律美、深远的意境美，深深地陶冶着一代又一代人的情操，净化着一代又一代人的心灵。它是文化的瑰宝、艺术的明珠。这本诗词选的作者正是继承了中国诗歌的“诗言志”、“诗缘情”的传统，说真话，抒真情，表达了自己蕴藏于心的真情实感，谱写了一曲又一曲心灵之歌。如“板凳要坐十年冷，文章不写一句空”(范文澜：《自题》)，学者胸襟，情真意切。“何心于米，相期以茶；寄意三松，心怀四化”(冯友兰：《自寿》)，直抒胸臆，真切感人；“甘作绿叶一小片，牡丹尽管涂胭脂”(杨东莼：《步张毕来赠诗原韵》)，甘作绿叶，朴实无华；“庞眉相见话心期，蒲酒香醇祝祜宜：马援试鞍犹矍铄，放翁绝漠未衰迟”(万立丰，《诗人节感赋》)，点化典故，风格古拙；“寒窗彻夜灯，四季总耕耘。墨色虽平淡，清气满乾坤”(杨崇福：《寒窗》)，“雅言诗书执礼，益友直谅多闻”(张舜徽：对联)，“环堵萧然万卷书，饥餐经子作蟫鱼。尊师屈膝二王拜，蛰蠖犹能自卷舒”(杨潜斋：《书斋口号》)，“生无所求，有秃笔一枝，足矣；死何须虑，挟清风两袖，快哉”(陈东成：对联)，潜心治学，乐于奉献，一颗赤诚之心跃然纸上。读着这些饱蘸感情、饱含哲理的诗词，使我们看到华师人的可贵精神，看到不同时期的华师人用自强自信自立的坚韧意志，铸造了百年华师的辉煌。

最后，要说到的是，这次编选《桂苑诗词楹联选》是各方努力的结果。为了收集原华中大学、中华大学、中原大学教育学院，湖北省教育学院校友的诗词，校友会、档案馆和涂光雍、黄弗同教授，冒着严寒酷暑到北京国家图书馆、北京鲁迅纪念馆、北京大学图书馆、湖北省图书馆查阅有关资料，走访校友子女家属，多方收集已故校友的诗词，有些校友的子女家属也积极配合，提供相关资料，如张光年的次子主动惠赠五卷本《张光年文集》；喻育之的女儿从喻育之的笔记本中查找有关资料；李何林、游国恩、阴法鲁的子女也惠赐诗词，这些都为编选这本诗词选集提供了十分难得的资料。广大校友也热情地从四面八方寄来了稿件，负责这本诗词选集的主编黄弗同、涂光雍教授和编委们更是冒着高温辛勤劳作，精心编选，使《桂苑诗词楹联选》得以早日面世。可以说，这本选集既凝聚了广大校友和编者的心血，也是校友献给母校百年华诞的一份厚礼。

匆匆写来，难免有疏漏之处，敬请斧正。

写于 2003 年高温季节

（原载华中师范大学出版社 2003 年出版的《桂苑诗词楹联选》）

写作爱好者的良师益友

——序江少川主编的《实用写作教程》

前些时候，江少川教授告诉我，由他主编的《实用写作教程》经过重新修订即将出版了。听到这个消息，我感到十分高兴。江少川多年从事写作教学和研究，颇多建树，不仅成果丰硕，而且在写作学领域也有较大影响。单就这本《实用写作教程》而言，从初版至今已经六次重印，受到人们的广泛欢迎，在1997年举办的全国第六届教育书展上获得了优秀畅销书奖，现在这本书不仅在高等学校有关专业中使用，而且被一些机关、企业单位列为培训的书目。事实说明，这是一本适应社会需要的好书，也是广大文学爱好者学习写作的良师益友。

当前，我们正处于一个急速发展的知识经济时代。《实用写作教程》适应了时代发展的要求，在保留原书特色的前提下，在书的内容、章节、结构等方面作了较大调整，大部分完全重写，修订后的《实用写作教程》更突出了时代性、实用性和示范性。改革开放以来，中国社会发生了翻天覆地的变化，特别是这几年，由于社会主义市场经济的建立、经济结构的改变、社会生活的发展，写作文体也发生了很大变化。比如过去写作教学中没有的经济文书、涉外经济文书、股份制文书、科技文体等，都是新出现的文体，这些文体在本书中都有专章论述。为了增强实用性，书中各章选取了最新使用的文书实例，便于在实践中掌握。这本书还十分注意坚持理论联系实际的原则，在简明讲清各章的理论知识之后，着重讲述写作格式和写作方法。为了提高初学者的写作能力，还在各章精选了一些有代表性的范文，供大家学习借鉴。这些考虑都是切合实际的，有利于提高写作爱好者的阅读欣赏能力和实际写作能力。

写作是一门基础课。学好写作、提高写作能力不仅要学习有关写作的理论和方法，更重要的是要在长期的写作实践中培养提高。有人认为，学习写作要在无法之中求有法，有法之后求变化，这是很有道理的。巴金在谈到自己写作经验时说，“我不追求技巧”，“艺术的最高境界，是真实，是自然，是无技巧”，这就是人们常说的“无法而法，乃为至法”。要做到这一点是很不容易的，需要日积月累，长期磨练。清代袁枚在《随园诗话》(卷十三)中说："或问'诗既不用典，何以少陵有读破万卷之说?'不知'破'之一字，与'有神'之二字，全是教人读书作文之法。盖破其卷而取其神，非囫囵用其糟粕也。蚕食桑，而所吐者丝也，非桑也；蜂采花，而所酿者蜜也，非花也。读书如吃饭，善吃饭者长精神，不善吃者生痰瘤。"宋代陈师道也说，永叔(欧阳修)谓为文有三多："看多、做多、商量多也。"所谓看多，即要多读多诵中外古今的名文范文，涉猎要宽，知识面要广，如杜甫所说："读书破万卷，下笔如有神。"所谓做多，即要多写多实践。鲁迅说："文章应该怎样做，我说不出来，因为自己的作文，是由于多看和练习，此外并无心得或方法的。"俄国作家契诃夫说，"我们大家都应该写，写，写，写稿尽量多"；"对作家来说，写得少是这样有害，就跟医生诊病的机会少一样"，所谓商量多，即多思考，多向他人讨教。郭沫若说："多体验，多读书，多请教，多练习，集中注意，活用感官，尊重口语，常写日记，除此以外，别无善法。"这些富有启示性的经验之谈告诉我们，提高写作水平，没有什么捷径可走，只有勤学苦练，多读多写，长期不懈地坚持下去，才会有所收获。

最后还要说到的是，这本书是武汉、湖北地区十余所高校写作教师的集体成果，参加编写的有华中师范大学、武汉大学、华中农业大学、武汉水利电力大学(含宜昌校区)、武汉交通科技大学、同济医科大学、湖北医科大学、武汉音乐学院、武汉公安干部学院、湖北三峡学院师范学院、黄石高等专科学校的写作老师。担任本书主编的江少川，在高校执教多年，在写作园地笔耕不辍，造诣甚深，著有《现代写作精要》、《成人作文指要》，主编有《写作》等多种，这本《实用写作教程》就是在他的主持下共同劳动的结晶。当然，这本书也不是尽善尽美的，章节之间的水平也可能参差不齐。因此对于这本书存在的一些缺点与不足，还希望广大读者提出宝贵意见。

匆匆写上这些不成熟的意见，权以为序。

1998 年 7 月 11 日写于

武汉酷暑季节

(原载华中师范大学出版社 1998 年出版的《实用写作教程》)

语文园地绽开的一朵新花

——读《中学听说训练手册》

唐超群同志主编的《中学听说训练手册》，是一本根据新颁《全日制中学语文教学大纲》要求编写的训练学生听说能力的书，也是一本为学生打基础的书。

说到基础，不由使我想起“万丈高楼平地起”这句极为平常而又饱含哲理的话。建造一座大楼，要从基础做起，基础坚实了，才能在平地上耸起巍峨大厦；同样，一个人要有所作为，也要从小打好基础，基础不牢，难成大器。

怎样打好基础？主要靠基础教育。基础教育是衡量一个国家文明的标志，是一切工作的基础。而基础教育的水平，又关系到我们整个民族的文化素质和劳动力的素质。我国现有两亿左右的在校儿童和青少年。他们是祖国的未来、民族的希望。他们的思想、品德、知识、智能、身体的素质如何，决定着国家和民族的前途和命运。明代有位教育家就说过，“盖人生八岁，知识渐长，情窦渐开，养之以正则日就规矩，养之不正则日就放逸，所以至关重也”。作为教育工作者，就要从小抓起，加强对青少年的教育和训练，为培养德智体美全面发展的社会主义新人，打好终身受用的基础。

从这个意义上说，我们对于当今进行的各种有利于基础教育发展的中小学教育改革的试验，对于教学、研究工作者编写的有利于学生打基础的教材、教学参考书和课外读物，都是赞同和支持的。华中师范大学出版社出版的《中学听说训练手册》，正好切合了中学教学的需要，切合了基础教育的需要。因此，我愿意向广大中学师生和语文爱好者推荐这本为基础教育服务的书。

《中学听说训练手册》是训练学生语文能力的一本书。语文，按著名老作家、老教育家叶圣陶的说法，“口头为‘语’，书面为‘文’，文本于语，不可偏指，故合言之”。提高语文水平，对于我们每个人来说，都是十分重要的；特别是从小培养学生的语文能力，尤为重要。《全日制中学语文教学大纲》明确要求学生“热爱祖国语言，能够正确理解和运用祖国的语言文字，具有现代语文的阅读能力、写作能力和听说能力，具有阅读浅易文言文的能力”。

现在中学已经采取了许多措施，加强了语文基本训练，过去长期存在的语文水平低下的状况有了改变；但从总体上看，学生的语文水平仍然不是很高，听说能力、朗读能力、论辩能力、表达能力都还比较差，“言虽多而不要其中，文虽奇而不济其用”的情况也还存在。要解决这些问题，还需要进一步改革语文教学的内容和方法，寻求提高学生语文水平的有效途径，从而将教学的重点从单纯传授知识转到着重能力的培养上来。

加强听、说、读、写的训练，是提高学生语文能力的基础，而在这四个环节中，听、读又是说、写的基础。要使学生具有较强的表达能力，首先要从培养学生的听、读能力着手。听、读能力提高了，口头表达和书面表达能力也会不断提高。《中学听说训练手册》针对当前语文教学情况，以训练听、说能力为重点，兼及听、读结合，听、写结合和听、说、读、写的综合训练，这样安排既能有效地培养学生的听、说能力，又把听、说、读、写联结成一个有机整体。与同类的书相比，《中学听说训练手册》具有较强的针对性、知识性和实用性。它既可以作为中学语文教师使用的教学参考书，又可以作为中学生第二课堂和课外活动的辅导读物。尽管编写这样的手册还有一些问题需要探讨，但它毕竟是一次有意义的尝试，是语文园地绽开的一朵新花。

1987年12月20日于桂子山

（原载华中师范大学出版社1988年出版的《中学听说训练手册》）

从应试教育的桎梏中解放出来

——《全国高考作文状元卷精华》序

经南开大学陈洪教授介绍，吴宇峰先生来信，瞩我为他策划主编的《全国高考作文状元卷精华》写序，表示对当代中学莘莘学子的勉励。近来我因杂务繁重，无暇动笔，本想推辞不写，但考虑到自己从事的高等师范教育工作与基础教育有着十分密切的关系，因此也就匆匆地写下自己的一些想法。

从小学到高中，语文都是一门十分重要的基础课。在我的记忆中，好的语文老师上的语文课给我们留下的深刻印象是终身难忘的。记得我上中学时，语文老师给我们讲课时的神态和情绪至今历历在目。有一次，老师朗读一篇课文，音调铿锵，感情激动，竟情不自禁地流下了眼泪，声音也哽咽起来，我们听了也受到十分强烈的感染。老师不仅给我们传授了知识，提高了语文阅读和写作能力，而且陶冶了情操，净化了心灵。

近日顺手读到《中国儿童报》刊登的浙江炼化公司子弟小学三年级学生写的一篇短文《爸爸的画像》。作者以一个孩子的眼光为爸爸画像，画爸爸的眼睛、鼻子、嘴和手脚，说爸爸的眼睛十分有神，“他只要用眼睛狠狠瞪我，伸出手来打，我就会吓得闭上眼转过身去，可爸爸最后还是不忍心打我，眼珠一转，把手放下了”。这篇文章很短，却写得诙谐有趣，他用轻松幽默的语言写出了爸爸的特点，很有独到之处。这位小学生之所以写得这么好，在于他写的都是他自己多次深入观察所得，他所表达的思想内容，是他的感情的自然流露，而不是按照某种作文规则、文章作法之类写出来的。

这篇短文使我想起了当前中学语文教育的状况。最近《中国青年报》、《羊城晚报》、《北京文学》、中央电视台《实话实说》栏目都纷纷报道了当前语文教育中存在的问题。《羊城晚报》连续两天在头版头条发表了《语文课真让人受不了啦》、《误尽天下苍生是“语文”》的报道，《北京文学》发表了专栏文章。文中说，现在的语文教学只重视技术训练，忽视了个性与创造力的发展。学生写作文受到的限制很多，压力很大。如“不按模式作文——扣分，不作正面文章——扣分”；考试的题目也古怪荒唐，成隐成癖，现在的语文高考试卷，“连大学教授都做不了”，“鲁迅、巴金、郭沫若也肯定答不上来”，“因为它太荒谬了，荒谬得令人匪夷所思。提出问题—回答问题—解决问题这个‘三股文’比科举时代的‘八股文’更厉害”。文章尖锐地指出：应试教育带来的语文的扭曲是文学的悲哀，不能让语文“这门充满人性之美、人文底蕴极为深厚的学科沦为一种应试的技艺之学”。

上面说到的情况虽然不能概括语文教育的全部，但文中所提出的问题却是发人深思、令人深省的。

语文教育作为一门基础学科，对于提高人的阅读和写作能力，对于培养人的创造性思维，对于继承祖国的文化传统，提高民族素质都是至关重要的。培养提高语文能力要从小开始。这种培养应当是多样化、多渠道的，不能把语文教育变成机械化的标准化的模式，如果像工厂制造产品一样去训练学生的语文思维，必然会导致语文教育的失败。

作文教学是语文教学的重点和难点，是培养学生运用知识的能力和充分发挥创造性的重要方面。吴宇峰主编《全国高考作文状元卷精华》一书，汇集了1980—1997年历届高考优秀作文，确实是一件有意义的工作。这本书的出版无疑为中学生提供了可资借鉴的读本，成为中学生习作的范例。相信广大中学生能在总结不同体裁作文的一般性的写作规律的同时，体会作者优良的写作素质和充满灵气的才华，从中领悟到同龄人的智慧、学识、情操、人品等，能感受到中学生思想的闪光，从而加强自身的素质修养，强化自己的能力发挥，不断提高写作水平。

素质教育是对应试教育的传统方法提出的挑战，而中学语文较之于其他学科更能体现素质教育的特点。愿中学语文教学的天地更广阔、更加灵活生动，愿语文从应试教育的桎梏中解放出来，在教学内容、教学方法的改革中取得突破性的进展。

1998年4月写于武昌桂子山

（原载《文学青年报》1998年5月）

启迪心智　大力提高语文素养和写作能力

——读《文学名篇选读》、《实用写作教程》

为了适应高等学校教学的需要，由华中师范大学中文系发起，1987 年 12 月在武昌桂子山召开了中南十五院校共同编写大学语文教材的协作会议。我当时应邀到会讲了话，表示积极支持。会议决定合作编写《文学名篇选读》和《实用写作教程》作为参编院校的大学语文教材，配套使用；后来，华中师范大学的同志又考虑把课程名称改为“文学鉴赏与写作”，我都赞同。现在，经过十五所院校教师们一年多的努力，这两本教材终于付梓，这是令人高兴的。黄济华、江少川二位主编要我写序言，我权且写下以下一些话。

教育是面向未来的事业，就它的根本意义而言，在于培养人、塑造人，提高人的素质，包括科学文化素质、思想品德素质、身体素质和劳动技能素质等。学校担负着育人、树人的重要任务。高等学校培养的是面向“四化”面向未来建设的高级人才，它培养的人才素质应当是高层次的。今天培养的人才是本世纪末和 21 世纪的中坚力量，肩负着承前启后、继往开来的时代重任。特别是 21 世纪，我们将面临激烈的国际竞争和新技术革命的挑战，开发人的智力，提高人的素质，更具有决定的意义。因为国际竞争向争夺综合国力的优势方面发展，而综合国力的竞争，归根到底是人才的竞争、智力的竞争。现在，许多国家都在为力争 21 世纪进入强国行列而大力开发智力，提高人的素质，加快培养人才。可以说，谁掌握了 21 世纪的教育，谁培养了大批的新型人才，谁就掌握了 21 世纪战略发展的主动权，谁就有资格跻身于世界先进民族之林。因此，在今天的高等学校中，如何全面提高学生的素质，提高学生的智力水平，塑造一代新人，就成为人们密切关注的重大课题，也是教育工作者义不容辞的历史使命。

对于一所高等学校的学生来说，具有正确的政治观点和较高的文化素质，是十分必要的。而开设大学语文或文学鉴赏与写作课，就是提高大学生素质、提高大学生智力水平的途径之一。通过这门课的教学，可以启迪心智、陶冶情操，提高大学生的思想文化素质、文学鉴赏能力、语文表达能力(包括口头表达和书面表达能力)。这对于将要从事教育工作、为人师表的师范院校的学生来说，尤为必要。

我国解放前的大学有开设大学国文课的传统。当今欧美各国大学也都很重视本国语文的教学。新中国成立后的一个时期，对这方面有所忽视，停开了这门课。70年代末，由于有识之士的大力倡导，全国许多高等学校都相继开设了大学语文课，全国和各地区相应成立了大学语文教学研究会。近十年来，这门课的课程建设、教材编写、教学实践都取得了很大的成绩，积累了丰富的经验。随着教育事业的发展，教育质量的提高，中学语文教学的加强，大学新生的语文水平也逐渐提高。但就整体而言，大学生文化素质、语文素养不高，写作能力不能适应新的学习和日后工作的需要，仍是一个带有普遍性的突出问题。因此，继续加强和提高大学语文课的教学，编写更能适应教学需要的教材，仍然是十分必要和有意义的。中南十五院校合作编写的这两本配套使用的教材，就是一个很好尝试。

这两本教材既注意充分吸收现有同类教材的长处，又有自己的特点。我认为其突出特点有如下三个方面：

一、把文学鉴赏与写作作为一个整体，注重培养学生的实际能力。为了全面提高大学生的思想文化素质、语文水平，教材分为两本，一本是《文学名篇选读》，选取古今中外文学名篇，加以必要的注释和简明的分析，以利于学生阅读、分析、鉴赏。学生通过这些文学名篇的认真的而不是粗浅的阅读、学习，可以将自己的文化素养、语文素养、文学鉴赏能力提高一步。鉴赏能力提高了，就会有助于写作能力的提高。为了适应实际应用的需要，又有另一本《实用写作教程》与之配套。这本教材共十七章，从写作的素养与准备讲起，讲到公文、法规、调查总结、新闻、评论、社交，科技、经济、管理、司法、学术论文等各类实用文体的基本概念、特点和写法。两本教材配套使用，就能较好地达到这门课的教学目的。

二、在编写体例上力求有新意。如《文学名篇选读》，按文学体裁分编；各编之内又按中外古今的顺序编排，各编前有一个概说，概述该文学体裁的特点和发展脉络，便于学生从宏观上掌握；所选作品又有利于学生从微观上剖析、鉴赏。在古今中外作品的比例上，不像有些教材过分偏重于中国古典文学作品，而是加大了中国现当代和外国近现代文学名篇的比重，这将会更受当今大学生的欢迎。《实用写作教程》则避免了一般应用文教材的狭隘性，实事求是地拓展了实用写作的范畴，既将“四化”建设中实用性较强的法规、科技、经济、管理、司法等类文体囊括其中，又把适合大学生日常学习、生活和将来工作需要的新闻、评论、社交、公文、学术论文等类文体包含在内，这可以说是这本教材的一大特色。

三、坚持理论联系实际的原则。《文学名篇选读》既有各编概说中基本知识，基本理论的简明阐述，又有各篇作品的精要的注析，再配以适当的练习

(包括写作练习)，这就便于学生把理论和实际和写作实践结合起来。既开阔了文学视野，又提高了鉴赏文学作品的实际能力。《实用写作教程》各章各节既有简明的理论概括，又引用大量有典范性的实际例文，针对性和实用性较强。这本教材即使不在课堂上讲授，学生有一本在手，也可以根据实际应用的需要，随时阅读、参照，好像身边的老师。这是大有裨益的。

仅从以上几点来看，我认为这两本教材就有出版的必要。一方面，它们可以作为高等学校教材，供高等学校使用；另一方面，对社会各界有这方面需要的读者，也是切合时宜的。

当然，这两本教材还不是很完善的，也还有疏漏不当之处，有待出版后听取和吸收各方面的意见，加以修订，使之更能适应高等学校教学的需要和读者的需要。

1989 年 2 月于武昌桂子山

(原载华中师范大学出版社 1989 年出版的《文学名篇选读》、《实用写作教程》)

加强写作基本功训练

——序《金融写作大观》

这几年来，写作作为一门学科越来越受到人们的重视和青睐；全国成立了写作协会，出版了《写作》杂志，有关写作的教材、专著，诸如《大学写作》、《科技写作》、《现代写作学》、《写作教程》一类的书出版了不少，可谓林林总总，蔚为大观，但在这些写作论著中，金融写作这个领域却少有涉及。由中国农业银行湖北省孝感信用合作中专编写的《金融写作大观》却是一本专门论述金融写作的书，从有无这个角度来说，《金融写作大观》可说是弥补了金融写作方面的一个空白。

写作，对各行各业的人都是十分重要的。古人云，言之无文，行之不远。多读书，多写文章，培养提高写作能力，做到文出意明，辞切理当，就能更好地用文字记载自己的思想语言，表达自己对事物的看法和见解，这不仅有利于交际，更有利于工作，因此，无论做什么工作，都应加强写作基本功训练。

写好文章，除了要做到“有为而作”外，还有一个有法的问题，历来关于写作有法无法的问题长期争论不休，但我认为，初学写作者还应当有一个章法，从立意、审题、选材到谋篇、布局、运用语言，都应当有章可循。过去出的一些书，如《作文要诀》、《文章规范》、《作文法概要》、《文章作法》等，都是初学者必读的启蒙书。初学写作的人读读这些入门的书，是十分必要的、有益的。但要把文章写得很好，真正达到“下笔如有神”的地步，则无定法。“能为文，则无法如有法；不能为文，则有法如无法”。而“无法之法，以为至法”。巴金在谈到他的写作经验时说他追求的“艺术的最高境界，是真实，是自然，是无技巧”，这种无技巧的境界即是“无法之法，乃为至法”。要达到从有法到无法的境界，有一个长期积累知识的过程，有一个反复实践的过程，有一个不断提高文化素养和写作能力的过程。清代叶燮说：“大凡人无才，则心思不出；无胆，则笔墨畏缩；无识，则不能取舍；无力，则不能自成一家。”清代方东树也说：“叙在法，存乎学；写在才气，存乎才；议在胸襟识见，存乎识。”可见，只有才、胆、识、力、学交相为济，才能驾轻驭熟，顺理成章，才能由有法到无法。我们学习写作，固然需要掌握各种写作方法，但更重要是在才、识、学诸方面多下功夫。

《金融写作大观》是一本关于金融写作的书，由于时间关系，我未能仔细研读全书，就我读过的许多章节来看，我感到这本书的针对性、实用性比较强，它既简明扼要地介绍了一般写作文体的特点，又突出了各类金融写作的特点和写作方法。在写法上，既着重于各类金融文体理论上的阐述，又在各类文体后面安排有一定数量的范文，这对学习金融写作的同志来说，无疑是有帮助的。感到不足的是，这本书突出金融特色还不够，有些提法(如金融诗、金融小说、金融戏剧文学、金融电视、电影文学等)是否科学、准确，有待进一步研究探讨。尽管如此，这本书仍不失为金融工作者需要的工具书。

1992 年 9 月写于武昌桂子山

(原载武汉工业大学出版社 1992 年出版的《金融写作大观》)

深化改革，迎接挑战

——序《高等教育改革与治理整顿》

由湖北省高等学校教学管理研究会编著的《高等教育改革与治理整顿》即将付梓。这本反映了高校治理整顿、深化改革经验的书，凝聚了湖北高校从事教学管理工作的同志们的心血，我为它的出版感到由衷高兴，出版之前，研究会的同志要我为这本书写几句话，写什么呢？我想还是先从改革开放说起。

中国有句古诗，“登高壮观天地间，大江茫茫去不还”。回顾改革开放的十年，我国的确发生了举世瞩目的变化，取得了巨大的历史性的成就。教育战线也和其他战线一样，发展迅猛，成绩卓著。特别是近几年来，经过治理整顿，进一步端正了办学指导思想，加强了思想政治工作，整顿了教学秩序，初步理顺了教学内部和外部的各种关系，优化了育人环境，为进一步全面贯彻党的教育方针，提高教学质量，培养社会主义事业的建设者和接班人打下了坚实基础，也为高等学校建立具有中国特色的社会主义教育体系创造了有利条件。

90 年代是我国发展的一个非常关键的时期。当前，我们所处的时代是机遇与挑战并存、困难与希望并存。我们面临着两个方面的挑战，一方面是高科技的挑战。回顾以往的历史，新的科技革命给世界的影响是巨大的，18 世纪中叶的工业革命，引来了英国、荷兰的崛起，19 世纪、20 世纪之交的科技发展，也给各国带来很大冲击。当今的一个重要特点是综合国力的竞争，在基础实力、经济实力、防御实力、外交实力、科技实力的竞争中，科技是重要支柱。有的学者认为，过去是生产—技术—科学，现在则是科学技术化、技术科学化，各国之间的竞争，归根到底是吸取科技能力的竞争。而科技的发展，又依赖于人才；人才的培养，离不开教育，可以说在当今高科技的竞争中，教育是关键。另一方面是科学社会主义面临着资本主义的挑战。资本帝国主义在推行军事遏制、威慑战略的同时，第二次世界大战以来的几十年，一直没有放松对社会主义国家进行渗透、颠覆的另一手——和平演变战略。他们以强大的经济、军事实力为后盾，加紧实施和平演变战略。特别是近几年来，资本帝国主义以东欧一些社会主义国家为突破口，展开了和平演变的全面进攻，导致社会主义事业遭受严重挫折。在我国，从50年代开始，资本帝国主义就明确提出了和平演变战略，用他们的话来说，就是要主动出击，开辟非武器的“思想战场”，传播西方“自由的病菌”，利用资产阶级意识形态，“以接触促演变”，使之“不战而胜”。面对上述严重挑战，作为高等学校的教育工作者，肩负着重大而又艰巨的历史责任。我们既要把握住历史的机遇，又要保持清醒的头脑，采取切实有力的措施，迎接来自各方面的挑战。

迎接21世纪各个方面的挑战，实现我国的社会主义现代化宏伟事业，关键在于抓好教育，提高民族的思想文化素质和科学技术水平。对于高等学校来说，就是要提高教育教学质量，培养合格人才。而加强高校的教学管理研究，对于进一步提高质量和效益，培养合乎规格的人才具有重要意义。如何进一步开展研究，我以为以下几个方面值得重视。

一是进一步加强高校办学思想、办学方向的研究。教育是有阶级性的，历来的教育都把培养为本阶级服务的人才作为自己的根本任务。社会主义教育以培养适应社会主义事业需要，为社会主义建设服务的建设者和接班人为己任。为此，必须坚持社会主义的办学方向，全面贯彻教育为社会主义现代化服务，培养德、智、体全面发展的建设者和接班人的方针，把坚定正确的政治方向放在首位。在这个问题上，许多同志都是明确的，但在实践上并不一定都能按照要求去做。应当看到，正确的教育思想可以造就人才，错误的教育思想可以摧残人才。在办学思想、办学方向的研究上，我们要进一步开展对高校培养目标与社会主义建设目标的对应研究，社会的需求与高校人才培养规格的研究，正确处理理论与实践、教学与科研的关系的研究，调整、优化高等学校专业结构的研究，高校整体改革与办学效益的研究，优化育人环境、建立教书育人、管理育人、服务育人机制的研究，教师队伍、人才素质结构的研究，等等。

二是进一步加强高校教育质量研究。我们讲质量，既指专业知识质量，也指德智体全面发展的质量。衡量一所学校教育质量的高低，应看培养的学生是否热爱社会主义祖国，具有为“四化”奋斗的献身精神和良好的思想、道德素质，是否掌握为人民服务的知识和本领，是否具有健康的体魄等，根据培养目标的要求，我们对教育质量的研究，应围绕人才培养规格进行教、学、管的系统研究，研究正确处理德育与智育、体育的关系，加强思想政治教育问题，研究基础课教学质量和实践能力培养，研究教学内容、教学方法的深化改革问题，研究质量标准、质量检测、评估质量的方法和手段等问题。对于毕业的学生，应在跟踪调查的基础上进行综合研究。

三是进一步加强高校教学管理机制研究，这是一项既有理论价值又有实践意义的课题。教学管理机制是否科学，功能是否良好，方法是否得当，一定程度上反映出一所学校教学管理的质量和水平，而管理的好坏又直接影响到教学质量。对此，我们应进一步加强教学管理的政策研究，教学的宏观控制和管理的研究，教学管理行为的统筹研究，教学管理过程的系统研究、教学管理的机制和方法研究(如激励机制，制约机制……)等。

四是进一步加强教学管理干部队伍研究。搞好教学管理，有赖于建立一支德才兼备、热爱高校教学管理、熟悉高校教学管理并愿意为之奉献自己才华的队伍。近几年来，湖北高校的教学管理干部勤勤恳恳，坚守本职岗位，为教学管理工作作出了富有成效的贡献，使高校教学管理发生了很大变化，但是，教学管理干部队伍中，也存在着素质不够高、思想不够稳定、政策不够落实等问题。为了更好地做好教学管理工作，我们应对教学管理干部队伍结构、人员素质、干部培训和教学管理干部的政策等问题进行研究，并提出相应的对策措施。

在研究方法上，应坚持理论与实践相结合的原则，在调查的基础上，抓住教学管理中重大而又带共性的问题进行研究。这种研究，既要有宏观的把握，又要有微观的分析；既要材料翔实，也要有理论深度；既要有综合概括，又要有典型事例解剖。

以上，仅就高校管理研究的主要方面而言，疏漏之处在所难免。事实上，高校教学管理中值得研究的问题还有很多，这就需要根据各校的实际情况，提出新的课题进行研究，从而把高校教学管理水平提高一步。

本书编审组成员孙启标、刘花元、郑年春、乔超贤、李祖超、张启社同志为本书的修改、审定及最后成书做了大量工作，吴贻谷、李成章、陈家齐、傅湘甫、赵卿敏等同志也参加了审稿工作，武汉工业大学出版社为本书的出版给予了大力支持，在此一并表示感谢。

(原载武汉工业大学出版社 1991 年出版的《高等教育改革与治理整顿》)

异彩纷呈的海外世界

——读汪文汉、刘兴策主编的《旅欧归来话风情》

这些年来，随着国门的开放，我校教职工出行到国外的人日益增多。他们或因公出访，或参加学术交流和培训活动；或探亲访友，或观光旅游。他们在外停留的时间长短不一，但都感到收获丰硕，不虚此行。由汪文汉、刘兴策两位教授主编的《旅欧归来话风情》一书，就真实地记录了我校部分教职工旅欧的见闻和感受。这是一本自由抒发真情实感的书，也是一本诗意盎然、饶有兴味的书，值得我们仔细阅读，共同分享其中的愉悦和感受。

欧洲，是欧罗巴洲的简称。位于东半球的西北部，亚洲的西面，北临北冰洋，西濒大西洋，南隔地中海与非洲相望，东与亚洲大陆相连，是仅大于大洋洲的世界第六大洲。欧洲有悠久的文明历史，希腊人创造的神话、雕塑、哲学和自然科学彪炳千古，爱琴海地区古文明的勃兴，意大利的文艺复兴，巴黎凡尔赛的艺术瑰宝……都为人类留下了丰富而珍贵的文化遗产。欧洲现有45个国家和地区，在地理上分为东欧、西欧、中欧、南欧和北欧，人口约为7.31亿，只有中国人口的1/2多，但在经济上，欧洲经济发展水平居各大洲之首。《旅欧归来话风情》以多种形式(散文、诗歌、政论、游记、日记)，从多个角度、多个层次记述了我校教职工出访欧洲(主要是西欧、北欧)近20个国家的所见所闻所思所感，叙写了他们在海外旅行的收获和体会。

海外的世界，是一个繁复的陌生世界，也是一个多元的精彩世界。我校教职工在这个既陌生又精彩的世界的每一次旅行，都深深地感受到眼界开阔了，见识增长了，享受到一次精神上的盛宴。随着大西洋和风的吹拂，欧洲古代文明的光辉闪耀世界。田蕙兰、丁成泉写的八篇欧洲纪游，生动地描述了他们在世界文学艺术殿堂里的享受。无论是那些展示欧洲14世纪到19世纪的各种流派的艺术精品，还是闻名遐迩的达·芬奇的名画《蒙娜丽莎》、古希腊的雕塑《米洛的维纳斯》，都深深地撞击着人们的心灵，引起人们的深思。张永健在看了卢浮宫里的《蒙娜丽莎》名画后，写下了激情洋溢的诗篇："达·芬奇已逝世五百多年/蒙娜丽莎的微笑及青春不老/有人从中探求美的永恒价值/有人从中探求美的永恒诀窍。"聂珍钊的《莎翁故乡纪行》、《勃朗特姐妹故乡行》等篇，用优美的笔调描述了他在英国参观莎士比亚故居和《简·爱》作者夏洛蒂、《呼啸山庄》作者艾米莉的故乡的情景，深感他们的作品魅力永存。张玉能的《旅欧日记》则用日记的形式记述了他在奥地利做访问学者时的生动情景，富有生活情趣。刘兴策、黄赛琴写的几篇旅欧游记，反映了他们在西欧的所见所闻：如阿姆斯特丹的万紫千红的鲜花世界，奥地利乡村宽阔的草坪和牧草地，像铺在大地上的绿色地毯，还有那雄伟挺拔、常年积雪的阿尔卑斯山．都使他们流连忘返。正如李世林在《心灵之旅》中所说，他在西欧旅行中“尽情地享受人生这个难得的时光”。几篇有关北欧旅游的散文，写得具体生动、发人深思。陈玉枝的《北欧归来感想多》，记述的是他们在北欧的实际感受：“无论到哪里都见不到灰蒙蒙的天空，见到的都是蓝天白云；见不到垃圾、纸屑，见到的是绿茵茵的草坪和一排排绿色的树木；更听不到大声喧哗，见到的是人们享受美好生活的微笑。”这样的生态环境，不也正是我们所要追求和实现的吗？杨亲德、刘再娣的《卡尔斯鲁厄：莱茵河畔的明珠》，记述的是他们游览德国西南部城市卡鲁的一座王宫及周边景点的感受。这里的王宫植物园华美别致，林木青葱，生机勃勃，芳草芊芊，多姿多彩。置身其中，心旷神怡。李晓蒙、杨晓在《心中的康桥》一文中，写康桥给她带来的“无限延伸的内心的充实”，“在满目绿意中获得了宽广的、心灵的自由”，“康桥，你一直住在我心里”。简短的文字，寄寓着深切的情意。可以说，大家在欧洲之行中，领略了西方世界的文化和风情，享受到人生的愉悦，体验到精神文明的魅力，正如高士平在《西欧游杂记》中所说，“改革开放，解放思想，走出国门，让我们看到并理解到学生时代历史课上难以了解的东西”。

俗话说：“他山之石，可以攻玉。”我们出行欧洲，既是在异国文化和风情中感受生活，也是在感受中学习和反思，从而得到启示和教益。章开沅老校长在《泰晤士河源头的思考——从“牛津现象”谈起》一文中，赞扬牛津大学“数百年以来牛津人守旧光辉业绩。古建筑和古籍保护得极为妥帖，15、16世纪的校园风貌依然保存”，“泰晤士河及其周边的生态环境也保护得很好”，章校长写道：“牛津何以保护历久不衰的魅力？我逐渐领悟出，人们来此就是为了要领略她的老、她的旧、她的随处可见的原生态，特别是她的人与人、人与自然的和谐。”作者由此引发出对当今中国现代文化的忧虑，呼吁正视后现代面临的严重问题，并且把纠正现代化弊病的诉求引导到正确的、健康的建设性方向。这些看法语重心长，发人深省。吴永德 2011 年在欧洲探亲 21 天，和家人游历德国、法国、丹麦、荷兰、卢森堡等国的城市，体会最深的是四个字：“感受诚信。”他通过“住宿度假村”、“租车还车”、“付房费”三件事，深切感受到欧洲人和生活在欧洲的中国人的诚信。他认为：诚实守信是个人与社会、个人与个人之间相互关系的基本道德规范。德国有格言说："信用重于黄金。"让我们共同来营造一个诚信的世界，让诚信无处不在。由此也使我想到，面对当今物欲横流、弄虚作假成风、诚信缺失、道德沦丧的社会现实，不正需要大力倡导诚信、营造一个诚信的世界吗？苏中立、涂光久在《西欧四国游的感悟》一文中，通过比较说明，"中欧文化，各具特色，各有优长，又都追求真善美，双方应该互相理解、宽容、调适、融合。对于欧洲文化，我们应该取其所长，避其所短，以丰富自己的民族文化，并形成自己民族的新的现代文明"。这些话，也表达了我们共同的心声。李邦畿的《圣彼得堡二日游》，张佩常、陈匡时的《旅游欧洲杂感》，具体记下了他们畅游俄罗斯等国的踪迹，刘光明、李明秀的《"阿芙乐尔"巡洋舰的炮声》则切取圣彼堡之行的一个层面，描述了他们登上发出十月革命炮声信号的"阿芙乐尔"号巡洋舰的情况和参观十月革命所在地的斯莫尔尼宫的具体情景。正是"阿芙乐尔"送来的曙光，推翻了沙皇的专制统治，在俄罗斯建立了第一个苏维埃政权，也为中国送来了马克思列宁主义。作者说："现在，苏联虽已解体，但十月革命对俄国社会发展所起的历史作用，对世界各国人民革命产生的巨大影响，人们是无法忘记的。"是的，人们无法忘记，历史无法忘记。苏联解体至今已有20多年了，但人们对这一重大历史事件仍有种种不同的看法。俄罗斯一位7个孩子的母亲说："无论一个国家还是一个人，一旦开始剧烈变动，总是要付出昂贵的代价的，俄罗斯最大的敌人就是这种简单的剧变。"莫斯科大学动物博物馆馆长说："苏联解体后，整个国家陷入了低谷，经历了解体的动荡，看到了太多世态炎凉。"俄罗斯社科院一位中国问题专家说："对这个国家来说到底走哪条路才是正确的，我们至今还在寻找。"我们尊重俄罗斯人民的选择。对于俄罗斯人发出的不同声音，也会引起我们深层的理性思考。

对于许多人来说，到海外去的日子总是短暂的、有限的，但在有限的时间里，我们在海外亲眼见到的、亲身体验到的那一切，并不会瞬间消失，它将成为一种久远的记忆，深深铭刻在我们心里。

2013年9月写于武昌桂子山

艺海扬帆志未酬

——序彭才秋著《浪迹天涯》

今年5月，才秋从美国打电话给我，要我为他的散文集作序，不久，袁巍将他的散文集《浪迹天涯》寄给我，我很快就读完了。我的老伴万治伦问我写得怎样，我说“饶有兴味”。她也接着读了。

正当我要动笔写序时，一天中午，我边走边与人谈话，一不小心踩空了台阶，重重地摔了一跤，弄得我左膝受伤，右手拇指骨裂，十分疼痛，这使我无法拿筷吃饭，也无法握笔写字。无奈，只好安心治疗。在这种情况下，也只好听从医生的嘱咐治疗，现在恢复较好，可以自由行走了，我也能够写这篇序言了。

才秋20世纪60年代就读于华中师范大学中文系，毕业后在边远的鄂西山区任教，后当公务员。改革开放后，下海经商，成就斐然。前些年退休，现侨居美国。这本《浪迹天涯》就是他悠游各地山水的真实记录，也是他实现文学梦结出的丰硕成果。这些年来，才秋以游走神州大地为主轴，跑遍了世界的一些著名景点。其间，既有亚洲绮丽多采的风光，也有欧洲星月交辉的美景；既有美洲富有创意的奇迹，也有澳洲美轮美奂的情趣。可以说，他的足迹遍及五大洲，他的视野也因所见天地之宽广更显开阔。比较起来，他去过的许多地方我都去过，也有不少地方没有去过。不论去过还是没有去过的地方，由于时间不同、条件不同，效果自然也会不同。我们一般是随车、随团游览，不仅时间受到严格限制，活动范围也受到很大约束，虽不都是“下车拍照，上车睡觉”，但大多是走马观花，来去匆匆，无暇静心欣赏，细心揣摩，而才秋与我们出行的方式不同，他有条件邀约几位熟悉的朋友一起开车漫游，可以任由自己在喜爱的地方徜徉，思想也随自己所见所闻自由翱翔。这本《浪迹天涯》正是他随心遨游的结集。

在才秋的笔下，无论是写景状物，还是写人叙事，都注入了自己浓浓的情，融入了自己深深的爱，展现在人们面前的，是一个多元而有意味的世界。

面对一片梨花盛开的美景，作者不禁触景生情：“一树一树的白，一排一排地排过去，雪白清香。”“在艳阳的映照下，闪耀着耀眼的雪辉，给人以清纯、淡雅而内心热烈的感受，深吸一口清香，几乎醉在花海里了。”几笔勾勒，由景到人，人因景而沉醉，景因人而生辉。

面对严田屹立的古樟，作者感慨良多。具有1500年历史的古樟，“说不清他到底有多粗，也说不清他到底有多高，反正满眼都是树，枝桠横斜，冠盖如云”。当一批又一批游人见到它时，“古樟却会继续在这里默默无言地经历寒来暑往，笑看红尘中争来斗去的过客。无言或许正是他长寿的秘诀”。由此，作者想到1500年人间有多少杀戮征战、勾心斗角，可是古樟只把他的枝叶荫庇后人。“所谓大爱无言，大音希声，这其间有多少包容，多少接纳，才能做到呵。”由古及今，由树及人，画龙点睛，寓意深长。

面对寸草不生、荒无人烟的死亡之海，作者一行在沙漠中驱车迷路，而此时又是伸手不见五指的黑夜，朔风凛冽，雪花飘舞，不知走向何处。有书记载：这是一个“无食可觅、禽兽绝迹”，“恶鬼热风、遇则皆死”的地方。正当绝望之际，天降福音，绝处逢生。是解放军军车指引他们在黑暗中看到一星灯火，使他们在一家鸡毛小店平安度过一夜。翌日，又是武警司机帮助他们走出戈壁困境。在作者平实的叙述中，不仅使我们感受到死亡之海的险恶与恐惧，更使我们触摸到人间的温暖与情谊。

面对“天又高又蓝，云又轻又白，风又软又柔”的澳洲，作者写道：一家一家的雀儿在枝叶前相互召唤、啄食，高高的锦鸡优雅地在人家后院外徘徊，鸟不怕人，野鸭也不怕人。两只野鸭带着他们的七只小鸭，摇摇摆摆地过马路，马路两边的司机们安静地等待。在这里，人和动物和谐相处已根植在全民意识之中。在这样一个爱心环境里，不仅是动物的天堂，更是人间的天堂。作者笔下的这幅人与动物和谐相处的画面，不正是我们孜孜以求的吗？

当然，作者所描叙的还不止于对美的环境、美的自然的欣赏与讴歌，还在于在朴实的赞美中融入了自己的哲理思考和对人生的反思。在《郧西那座羊尾山》这篇长达万言的散文中，作者深情地回顾自己在羊尾深山工作五年的生活。43年前，他来到这个穷山恶水、十年九荒的深山当中学老师，体验到人性的复杂和现实生活的酸甜苦辣。穷困而闭塞的生活，让他看到最底层农民生活的艰难和困苦，同时也感受到他们的善良和温暖。在看到满山遍野美景的同时，也感受到荒山秃岭的时代变化。由此他领悟到：“苦难也是一种经历，而经历对于人生就是一种财富。从这个意义上说，羊尾山给了我太多的财富。”是的，苦难也是一笔财富，更是人生的老师。经历了苦难的人，更懂得幸福的来之不易。在《海滨杂记》中，作者对着无际无涯的大海，眼望蓝得透明的天，在涛声不息中思考少儿时的幻想和憧憬，青年时代的奋斗与拼搏，深感“五十不知天命，下商海搏杀。六十著书，不知老之将至。六十六岁移民海外，妄想重启精采，看来七十还得‘逾矩’，不知弄出什么花样来”。几笔勾勒，画出了一个既不安分又勇于拼搏的真实人生。在其他篇什中，作者也常常借景抒怀，评点世间人情冷暖、是非曲直。如从游罗三妹公园中，忆起一代伟人留下的无尽怀念；从台湾列车上的一则说明文字中，体会到人与人之间的关爱；从塔克拉玛干大沙漠中的胡杨林中，感受到顽强生命力的震撼，显示出王者的风范；从德国奔驰总厂井然有序的装配一个零件也不会装错的高效管理中，认识到名牌所有的一切都体现在细节上；从在意大利遭受吉卜赛人(茨岗)偷窃钱财的事件中，深感“我们无法理解茨岗，茨岗也无法理解我们。两种精神，两种世界”。从波音飞机的制造、星巴克咖啡店遍布全球的经营中，深感创造品牌就是创造一种文化，由此联想到我们在创造品牌上的差距。

作者说：“我心写我心，我心自由飞翔。”才秋浪迹天涯，书写的正是从自己心里迸发出来的真实感受，展现给读者的则是一份真切之情、一颗真诚的心，而这绝非是矫揉做作所能做到的。

散文是一切文学样式中最自由活泼、最没有拘束的。散文虽散，但决不可放肆笔墨。郁达夫在《中国新文学大系·散文二集》导言中说：散文最重要的，第一要寻这“散文之心”，有了这“散文之心”，然后方能求散文的体，就是如何能把这心尽情地表现出来的最适当的排列与方法。依我的理解，这“散文的心”就是支撑散文的骨架和灵魂，是从作者心中流淌出来的生命体验，是心之所至、笔之所到、自由挥洒出来的真实感受，是心灵的赤诚袒露。这也是著名作家巴金在《随想录》中一再叮咛作家的：要讲真话，抒真情，把心交给读者。

这些话说起来简单，做起来谈何容易。散文要写得恣意挥洒，真实自由，把心交给读者，绝不是一件容易的事。鲁迅、巴金、冰心、朱自清、杨朔、秦牧、碧野的散文之所以打动人心，具有长久的魅力，主要在于他们对社会、对人生、对生活有过深刻的体察和研究，他们能够透过现实看人生，看到或发现别人没有看到和发现的东西，他们写下的正是自己对社会、对人生的真切感受，这些从自己生命感受和血脉中流淌出来的文字，自然会与读者心心相印、息息相关，引起读者的共鸣。我们现在读到的一些散文，缺少的正是这种感情的共鸣。有些散文虽华美而缺真情，虽工整而显做作，这样的作品怎能打动人心呢？最近，我读到贾平凹谈散文的一段话，他在“穿越千年，对话东坡”的名家对话中说到散文：“苏东坡一生大量做其他的事情，他一方面才气特别大，一方面他从事不同的工作，为他积累了太多的社会经验，他才写出了这么多的好文章。他到了民间，壮大了抒发人生的感怀，领悟了人生的意义，而进一步获得了文学的大自在。”“苏东坡的一生，用一句话说，就是曾经在高高山上站，也曾经在深深谷底行。”他认为，“只有研究透了天地人，才能写出有意境的散文”。贾平凹说的这些话，既道出了散文写作的真谛，也是他的创作经验之谈。

思想来自心灵。在生活海洋中遨游的作家，只有研究透了天地人，才能随心所欲，随意挥洒，写出的散文才能不做作、不媚情，达到一个深邃厚重的境界。

才秋这些年来悠游山水，浪迹天涯，创作了一批有自己特色的散文，为他实现梦寐以求的文学梦打开了一个新的天地，这是可喜可贺的。需要注意的，他写的有些散文还不够平衡，有的提炼不够。散文固然是一个海阔天空的领域，可以任意驰骋，但也需要把握节奏，注意提炼和精确，注意内容与形式的内在对接。

才秋和我都是年过古稀的人，按年龄我比他长十岁。照理说，人到古稀本应养生健体，颐养天年，但才秋并非如此，人虽退休心不老，笔走龙蛇溢墨香。他在几年前出版了 40 多万字的长篇小说《商海梦》，写出了改革者与现实周旋的悲喜剧，写出了商海枭雄的沉浮史，现在又推出了散文集《浪迹天涯》，这种执著追求，锲而不舍的精神是十分可贵的，这正是：苦海扬帆志未酬，老益弥坚度晚秋。

写到这里，使我想起北京大学叶朗教授十二年前送给我的“500 字短文十篇”，其中有篇《妙在近黄昏》，说的是八十高龄的书法家杨辛教授把李商隐的“夕阳无限好，只是近黄昏”改了两个字：“夕阳无限好，妙在近黄昏。”叶朗教授认为这两个字改得妙极。夕阳之美，人人都可看到，夕阳之妙的“妙”字，至少有三层含义。第一，人在年轻时往往会浪费时间和精力，到了晚年才明白人生最宝贵的东西是什么，因而在最后生命阶段中，他的目标单纯而坚定，而且往往会迸发出惊人的生命力和创造力，这时每个瞬间的创造，都具有永恒的价值，这个瞬间是永恒的境界；第二，人在经历了一生的酸甜苦辣之后，不再有成败得失的焦虑和烦躁，而是任运自然，物我两忘。“行到水穷处，坐看云起时。”这是一种大自在的境界；第三，在经历了一生的大悲大喜之后，绚烂之极归入平淡，进入一个平静、平淡、平和的境界，这是炉火纯青的境界。这三重境界即是“妙”的境界。我认为这一阐释是十分精确的。当今，随着环境的改变、生活水平的提升，人的寿命不断提高。如何安度“夕阳”，各人都有不同的方式，但有一点是重要的，即要有一个积极面对生活的健康心态，有一种勇于进取的精神，才秋这种老当益壮的不服老精神，正是这种心态的表现。莫畏人生近夕阳，秋歌一曲共君唱。

匆匆写来，言不及意，是为序。

2015 年中秋节写于桂子山

（原载中国文联出版社 2016 年出版的《浪迹天涯》）

艺术不老，生命之树常青

——序《桂苑夕阳情》

为了纪念辛亥首义百年和中国共产党诞辰 90 周年，华中师范大学老年教工创作的书画艺术作品集《桂苑夕阳情》出版了，这是一件很有意义的事。这部作品集以回瞻辛亥首义百年、庆祝党的 90 华诞为主线，谱写了一曲激越的时代之歌，为盛大节日献上了一份厚礼。

《桂苑夕阳情》的作者，都是华中师范大学老年教职工，他们之中的绝大多数都是我所认识的朋友，其中有些同志还是与我一起工作过的同事。他们长期在高教战线上辛勤劳作，披肝沥胆，宵旰畛劳，为培养下一代奉献了自己的青春和智慧，为华师的建设和发展立下了汗马功劳。如今，他们虽已年过花甲，离开了自己挚爱的工作岗位，但他们对生活、对事业、对工作的热情并没有减退。在“夕阳红”的岁月里，他们继续扬帆起航，在自己钟爱的艺术领域里老有所为、老有所乐，以坚韧不拔的精神，实现自己的志向和追求。古人云：“志之所趋，无远弗屈；穷山距海，不能限也。志之所向，无坚不入；锐兵精甲，不能御也。”正是这种志向，使他们克服了种种困难和局限，在艺术的天地里驰骋。在这部书画艺术作品集中，每幅作品都是他们用心血和汗水凝成的。

展现在我们面前的这部作品集，一个突出特点是它的真情。古人云：“情者文之经，辞者理之纬。”“感人心者，莫先乎情，莫始于言。”在这部作品集中，作者以自己的真情，抒写了自己的所思、所感、所悟，唱出了自己心中的歌。他们礼赞“辛亥首义百年，开民族复兴新纪元；建党华诞九十，享小康社会家园”。忆过去：“鄂渚铃声起，赤县帝制终”，“打响江城第一枪，神州万里起狂浪”。“镰斧开天地”，“南湖航船启征程，引来多少豪英；筚路蓝缕倍艰辛，金戈铁马裹，赢得神州明”。看今朝：“日出东方”，“青山不老，绿水长流”，“九十年来邦国，神州几度沧桑”，英雄浴血战沙场，“建成新社会，改变旧家乡，吹散浓云密雾，江山一片骄阳，这边风景最辉煌，南湖船在望引我向前航”，“松经九秩，赢得江山一派英雄豪气；桃寿三千，蕴将华夏万年旖旎春光”。正是这种真情实感，谱写了时代的新篇。实践证明：“情动于中而形于言，情不深，则无以惊心而动魄。垂世而行远。”文艺创作不能没有真情，人的一生更不能缺少真情。真情不老，深情永恒，生命之树常青。

门类广泛，风格各异，是这部作品集的又一特点。在这部作品集中，既有诗、联、书法，又有绘画、摄影；既有剪纸，又有印章。可谓门类多样，百花竞放。在艺术手法和艺术风格上，尽管水平不一，但各显其长，各具特色。综观诸多作品，无论是书法还是绘画，不仅关注形的塑造，更着重意的表达，追求写意性和神韵。这些作品以形写意，形神兼备；意在笔先，气在笔下；用笔稳健，严谨厚重，画面清新，洒脱自然，整体效果浑厚。著名美术大师齐白石说，他追求的是“有我家画法”，即“用我家笔墨，写我家山水”，“我行我道，我有我法”。这种以“我”为中心的画法追求的是神韵。有些初学书画的同志难免要临摹、模仿，但在学习实践的过程中，要始终抓住神韵这一根本。摄影是瞬间的艺术，作品集中的几幅摄影作品，既有多年摄影经验的专家作品，也有摄影新秀创作的新作，这些作品无论是拍摄的视角还是构图，都融入了自已的情感，别具一格。几幅别致的剪纸、印章，也饱含作者的深切寓意。

我虽喜欢书画艺术，但对书画创作没有研究，汪文汉、佘斯大教授要我作序，只能是班门弄斧，勉为其难。说得不当之处，尚请方家教正。

是为序。

从平凡景物中捕捉美感

——序《空·寂——万秋英摄影作品展》

万秋英是华中农业大学植物生物学院的职工，十分热爱摄影艺术，多次利用寒暑假，行走在广袤无垠的中国西部和北部，足迹遍及西藏、新疆、内蒙古、黑龙江等地，曾冒着高原反应五次进藏，行程贯穿于整个西藏。2014年2月，中国铁道出版社出版了万秋英的西藏行摄记《寻觅宁静》，这本书汇集了她在西藏拍摄的二百幅作品，出版后受到摄影界人士的好评。这次由华农工会、党委宣传部举办的《空·寂——万秋英摄影作品展》，既是她这些年学习摄影取得的丰硕成果的一次展示，也是她献给2015年新年的一份颇有创意的礼物。

摄影是一门综合艺术。一幅好的摄影作品，既是作者对人生、对世界的深切认识和感悟，也是摄影者用审美的视角认识自然、认识生活的形象体现。摄影记录着自然，也创造着人生，折射着摄影人的心境，映照着摄影人的品格。可以说，摄影也是一门蕴含哲理、富于诗意的艺术。万秋英的摄影展以“空·寂”为主题，是有深邃寓意的。美国摄影家安塞尔·亚当说：“我的世界是个安逸、美丽的世界，我信奉美，信奉磐石、流水、空气、泥土、人，以及人的未来，人的命运。”正因为潜心信奉、静心观察、诚心创作，没有功利心，所以在她的作品中呈现给我们的是富有浓厚生活气息的、宁静安谧的自然美、人性美。有人问外国一位摄影家马克·吕布：“什么能激发你的灵感?”他回答说：“寂静。”在万秋英这次展出的摄影作品中，既没有高大的楼群，也没有绚丽的光影，更没有为世俗人生奔波的茫茫人流，呈现在我们面前的是没有物欲和功利干扰的静谧的草原，直插云霄的“神山”，风吹草低见牛羊的呼伦贝尔，奔跑在阿里的藏野驴，新疆禾木的白桦林的村落，西藏然乌湖的雪山倒影，鄯善的库木塔格沙漠，内蒙古的科尔沁大草原……作者从这些平凡的景物中寻找美和灵感，用单纯、质朴的手法表现和讴歌大自然，从实实在在到近似虚无缥缈，从诗意化到纪实性表现自然的景象，从而使我们在纷杂喧嚣的现实中寻觅到一份宁静，产生心灵的共鸣，这或许是摄影展主办者的初衷。

北京理工大学张乃仁教授评价万秋英的摄影作品，是“用镜头精采精彩。

源于执著中的感悟”。解放军艺术学院刘天呈教授说：“在同样的地方拍出不同样的风景，是作者心的宁静，阅读此书，让心宁静。”这既是对作者万秋英创作的肯定，也寄寓着更多的期望。

2014 年 12 月

第四编　大学教育漫议

坚持高师办学方向　自觉服务基础教育

为基础教育服务是我国高师教育的神圣职责和根本任务。长期以来，我校始终把为基础教育服务作为立校之本，多层次、全方位地服务基础教育，呈现出鲜明的办学特色。新中国成立以来，学校为国家培养了一大批中学师资和各类人才，形成了本科教育、研究生教育和成人教育协调发展的格局。

一、坚持方向，不断提高高师人才培养质量

师范大学服务基础教育的首要任务就是培养高质量的中学师资。多年来，我校坚持师范为本、本科为本、师德为本(“三个为本”)的办学思想，不断深化教育教学改革，全面提高高师人才的培养质量。

1. 调整、优化高师本科专业。从80年代开始，我校根据中等教育发展的需要，抓师范专业的完备，先后恢复和新设了教育学、教育管理、幼儿教育、美术教育，音乐教育、心理学、教育技术学等一批师范本科专业，使师范本科专业达到21个。同时还适应中等职业技术教育发展的需要，设置了计算机科学、应用化学、应用生物、法学等一批应用型本科专业，扩大了学校专业覆盖面，增强了学校服务基础教育的活力与实力。

2. 改革高师人才培养模式。80年代以来，我校坚持对毕业生进行跟踪调查，多次召开中等教育改革与高师教育对策专题研讨会，邀请各地教育行政部门负责人和中学校长座谈，广泛听取用人单位和社会各方面对我校毕业生的意见，及时修订本科专业教学计划，调整课程设置，做到“注重基础、拓宽专业、增强应用、全面发展”，逐步把选修课的比例增加到30%以上，同时，增设了100余门加强人文素质教育的公选课，并实行主辅修制，以培养宽口径、厚基础的复合型人才。

3. 加强教学基本建设。多年来，我校坚持以学科建设为龙头，坚持教学研究立项，认真抓好课程建设、教材建设和教师队伍建设，大力推进课程体系和教学内容、方法的改革。自1988年实行教学立项建设以来，我校建设了100余门主干课程，有5门成为湖北省优质课程；有30余种教材获省市奖励，10种获国家奖励；有28项教学成果获得省级奖励，5项获国家级

奖励，居全国高师院校之首。1993 年，学校被评为湖北省普通高校本科教学先进单位，我校教务处被评为全国高校先进教务处。

4. 加强对学生的师德教育和人文素质教育。学校坚持抓以学风、教风和工作作风为基本内容的“三风”建设，开展“三育人”(教书育人、管理育人、服务育人)活动。强调教师管教管导、为人师表，逐步形成了一个主渠道(课堂教学)、三个重要环节(实践环节、教学管理环节、课余生活环节)、一个形象(师德形象)的教书育人模式，在“师德”教育中，重视学生热爱教育、献身教育、做合格人民教师的教育，并结合高师特色，开展丰富多彩的校园文化活动，努力把学生培养成具有较高思想政治素质、专业思想牢固、能敬业乐教的未来人民教师，我校的“三育人”工作受到中共湖北省高校工委的充分肯定，在我校召开了武汉地区高校教书育人现场报告会，国家教委曾转发了我校“三育人”的经验材料。1993 年以来，我校连续两次被评为湖北省精神文明建设先进单位。

二、坚持服务，不断拓展面向基础教育的工作层面

长期以来，我校注重面向基础教育，拓展服务层面。通过人才培养、教育科研、师资培训等多种途径，推出了一系列服务基础教育的举措，取得了良好的社会效益。

1. 主动服务地方和老、少、边、穷地区，多种形式培养基础教育师资。多年来，我校一是采取委培、定向等形式，为地方和企业培养师资，至今学校为武汉市委托培养师资 1500 余人，为武汉钢铁公司、东风汽车集团、平顶山煤矿、南阳油田等企业委托培养师资近 1000 人，并为一些师资紧缺的山区和边远地区定向招生 3000 余人；二是坚持招收少数民族预科班和教师本科班，为老、少、边、穷地区培养师资。我校早在 1979 年就开始招收西藏班，自 1981 年秋季起又举办了少数民族预科班，至今已从云南、贵州、广西、湖南、湖北、四川、海南等省区连续招收 15 届预科班，共计 856 人，来自 20 多个少数民族。自 1984 年起还举办了安徽、贵州两省的两年制中学英语教师本科班，至今已招收 13 届。

2. 发挥师范大学研究生教育优势，主动为基础教育培养高层次人才。80 年代以来，我校坚持面向师范教育、基础教育发展研究生教育，主动适应 21 世纪中等教育事业发展要求，培养学术权威和学术带头人：一是拓宽研究生招生渠道，采取委培和定向等形式为师专、中师、中学以及教育行政部门培养高层次人才，并对上述考研人员在政策上予以倾斜；二是把好毕业分配关，鼓励研究生到教育部门工作，近几年我校分配到教育战线的毕业研究生均在 65%以上，其中，相当一部分分到中师和中学工作；三是设置直

接面向中学教育的研究生专业——学科教学论，覆盖中文、数学、物理、化学等12个方向，并采取专兼职形式，聘请校外中学特级教师担任导师；四是学校主动同武汉市教委、深圳市教委、东风汽车集团、武汉铁路局合作，联合培养在职研究生，并积极为在职中学教师提高学历层次创造条件，支持在职中学教师申请教育硕士学位。

3. 不断健全成人教育网络，多渠道地为基础教育培养培训师资。一是坚持以函授、夜大为主体的多种形式办学，建构大覆盖的中学师资培训网络。经过多年的发展，我校已在中南6省区建立起近40个地、市级函授站，函授在校生5200余人，并形成了教育、教学、管理、科研一体化格局。40年来，我校为中南6省区培养培训了26万名中学教师，还与湖北省自考办合作，先后在湖北省开考了政治教育、教育管理、小学教育等10余个师范类专业，全省有8000多人参加了上述专业的自学考试。二是实行“三结合”成人教育新模式，大力提高中、小学教师的学历层次。我校与湖北省教委师训部门合作，推动函授、自考、卫电(电化教育)三结合的新型成人教育模式，为基础教育开展师资培训工作。目前已开办6个专业，在籍学习的学员4222人。三是开展继续教育，提高中小学教师的教育教学水平。1992年，我校接受湖北省、武汉市、珠海市等教育部门委托，开办了小学校长短期培训班和语文、数学、思想品德，自然等科小学教师继续教育培训班，我校坚持高师成人教育余年不断线，以其形式多、渠道广、数量大、范围宽、质量高、效益好而赢得了较高的社会声誉。1989年，我校被评为湖北省“高师函授先进单位”，1992年被评为“全国普通高校成人教育先进单位”。

4. 坚持开展基础教育的研究和实验，指导中小学改革实践。80年代以来，我校十分注重基础教育研究，特别是农村“普九”研究和实验，推出了小学整体改革，初中课程结构改革、教材改革、考试学、教育评价等一批研究成果(其中有项成果获得首届全国高校社科成果二等奖)，形成以农村九年义务教育研究为重点，全方位研究基础教育的格局，这一研究具有时间长、范围广、成果多、影响大的优势和特色。历时13年的农村九年制义务教育学校整体改革实验研究，实验学校跨鄂、湘两省，形成33所重点实验学校，100所省级挂牌实验学校，1000所县市级实验学校的规模。通过探索全面发展模式的素质教育新体系，涌现了一批全国知名的重点中、小学和师范学校；小学数学教育研究实验持续16年，参加该实验并接受培训的小学教师达1000余人次，实验教材出版后畅销全国，发行1000万册，是国家教委小学教材审订委员会审订的教材；被国家教委采纳并在全国推广的中小学课程结构优化研究实验、考试学研究、办学质量评估、心理咨询等，已在国内教育界产生较大影响。近年来，我校还坚持开展主体性教育思想的实验研究，其研究成果获全国高校优秀教学成果奖。

三、坚持改革，不断完善高师教育体系

独立设置师范教育体系，是符合我国国情的师范教育的一个突出特色，健全、稳定师范教育体系，提高师范教育质量，是我国实施“科教兴国”战略的有力保障。作为部属师范大学，我们始终不渝地坚持正确的办学方向，自觉为基础教育服务，深化高等教育改革，探索适应21世纪基础教育发展需要的人才培养模式和办学模式，从而开创为基础教育服务的新局面。

1. 继续积极推进高师人才培养模式改革。我们在学校事业发展的“九五”计划和2010年远景目标规划中，明确提出了培养厚基础、宽口径、高素质人才的目标，力图抓好三个方面的改革。一是注重人才的全面素质的培养，尤其是要加强学生人文素质教育和师德教育；二是正确处理专业教育与职业技能训练的关系，改革教学内容、教学方法和教学手段，在坚持培养学生宽厚的文化知识基础、扎实的专业理论素养的同时，还要重视训练学生的教育教学能力，积极开展新型培养模式的实验，如试行“3＋1”和“3＋1＋2”培养模式实验，探索专业教育和职业技能训练有效结合及本科——硕士连续培养的经验；同时要面向未来为示范高中培养骨干教师，不断提高中学师资的水平，扩大教育硕士、博士层次。

2. 积极推进高师办学体制改革。深化师范大学办学体制改革，是新形势下高师教育更好地服务基础教育的有效途径，为此，我们要在体制改革已经取得初步成效的基础上，进一步开展多种形式的共建和联合办学：一是积极推进国家教委同武汉市共建我校；二是发展与地方、企业及兄弟院校的联合办学，如与仙桃市等进行教育科技全面合作，发展“一校一市”的联合办学模式，共建“华中师范大学仙桃学院”；三是积极支持校内各院系同企事业单位的联合办学，如我校体育系与湖北省体育俱乐部合作创办“湖北华奥实验学校”，教育科学学院与坤志实业公司共同建立“坤志外语学校”(私立)等，多种层次的共建和联合办学，既增强了学校培养人才的适应性，也调动了地方投资教育的积极性，增强了学校办学的实力。

3. 积极推进基础教育改革实验研究，委属师范大学具有基础性，区域性和示范性特点，应在本地区和全国充分发挥“母机”作用和示范带头作用。我校在开展基础教育改革实验研究的同时，坚持办好附中、附小，率先在学校一附中进行“国有民办”的体制改革，并在仙桃市、珠海市、武汉市开办了实验学校，作为基础教育改革实验基地。为了适应21世纪培养师资的需要，学校制订了《华中师范大学为基础教育服务实施纲要》，进一步明确了委属师范大学面向新世纪，继续发挥教育科研的先导作用，开展基础教育实验研究

的思路，其中心内容为：面向农村、城市与特区三个领域办好基础教育改革实验区。具体地说，就是以国家教委与武汉市共建我校，以及我校与仙桃市共建华中师大仙桃学院为依托，并在巩固特区实验学校的基础上，集中力量建设三峡、仙桃、武汉、珠海四个基础教育实验区，使之成为我校学生实习、教师实践和基础教育改革的实验基地。

（原载《中国高等教育》1996 年第 10 期）

转变教育思想，迎接新世纪对教育提出的挑战

——1998年在教育思想大讨论会上的讲话

这次在全校范围内开展教育思想大讨论活动，是学校党委和行政讨论决定的。之所以要进行教育思想大讨论，是因为我们深深地感到，世纪之交，高等教育的一些传统教育思想和观念面临着诸多挑战，特别是面临着社会经济发展和科学技术发展的严峻挑战。最近几年，我国的高等教育逐步形成了这样的思路：观念改革是先导，体制改革是关键，教学科研改革是核心。这就明确地提出了转变教育思想、更新教育观念是不断深化教育改革的前提和基础。全国一些高校已经或正在组织开展这项工作。就我校而言，针对教育思想和观念的转变，物理系去年就组织了多次讨论，并外出进行调研，教科院更是把它作为一项经常性的工作，政法学院也有所动作，许多教职工在探讨学校改革与发展的过程中，向我们提出了转变办学思想的强烈要求和愿望，提出了许多合理化建议。因此，学校把教育思想大讨论列为1998年的第一项重点工作，希望在全校范围内广泛开展讨论，努力使这项工作取得明显的成效。下面，我就这次教育思想大讨论讲三个问题。

一、为什么要开展教育思想大讨论

我在这里主要讲开展教育思想大讨论的必要性。我们知道，我们现在正处于世纪之交的关键时期，再过两年就要进入21世纪了。我们开展教育思想大讨论，从根本上讲，就是要转变教育思想，更新教育观念，更好地迎接新世纪对教育提出的挑战。

教育思想、教育观念是人们对教育现象、本质、规律以及为何实施教育的理解。我们今天提出转变教育思想、更新教育观念，首先是因为我们面临着社会经济发展的严峻挑战。国际社会进入90年代以后，随着冷战局面的结束，和平和发展成了两大主题。无论发达国家还是发展中国家，都把发展经济、提高综合国力看作当务之急，国际竞争日趋加剧。国际经济竞争、科技竞争乃至综合国力的竞争，实质上是智力和人才的竞争，归根结底是教育的竞争。有一本美国约翰·奈斯比特等人写的《2000年大趋势》，说到21世纪“已经飞跃的中国内地经济将受到香港和台湾地区双重火箭的助推而更快

地腾飞”。美国政府委员会1988年报告就预言中国现在的经济发展水平相当日本的一半、苏联的1/3，到了2020年，可能会超过以上两国。在这场激烈的竞争中，教育，特别是高等教育扮演着特殊的角色。今天的高等学校已经走出昔日的“象牙之塔”，走向社会的中心舞台，正在成为社会经济腾飞的“发动机”。社会经济发展对高等教育的影响，高等教育对社会经济发展的参与和作用，比以往任何时候都更为强烈和直接。高等教育在社会经济发展中的特殊地位和作用，使高等教育面临新的机遇和挑战，这也是世界各国政府普遍关注高等教育及其改革的根本原因所在。

有人指出，以知识为资本的知识经济时代已经来临。知识经济是以知识作为资本发展的经济，是知识作为生产要素中的一个重要组成部分。知识经济是一种全新的基于最新科技和人类知识精华的经济形态。知识经济的提出对高等教育提出了更加严峻的挑战。我国现代化建设以及经济体制和经济增长方式两个根本性转变的要求对高等学校教育思想和观念的转变具有深刻的影响。这种影响具有双重性质，既给高校改革和发展带来活力和动力，也带来问题和困难。比如，培养人才的长效性、滞后性与市场经济的多变性、瞬时性矛盾，给人才培养提出了新问题，如招生时某些专业是热门，到毕业时有可能供大于求，分不出去。再如，市场经济的功利性带来金钱至上的利己主义，市场的盲目性、突发性给人才培养带来困难。从改革开放以来的情况来看，我们的经济工作正在实现经济体制和经济增长方式的两个根本性转变。在这种新的形势下，我们的教育工作必须进一步解决好两个重要问题，一是教育要全面适应现代化建设对各类人才培养的需要，二是要全面提高办学的质量和效益。我们过去的高等教育，从体制、结构到人才培养主要是与传统计划经济体制和粗放型经济增长方式相适应的。现在经济体制正在向社会主义市场经济体制转变，经济增长方式正在从粗放型向集约型转变，高等教育要适应这两个根本性转变，必须转变教育思想和教育观念。例如，在计划经济体制下，经济建设中有一个行业、产业或部门，就往往要办行业性或专业性很强的高校，设置专门的专业，而不是先考虑现有的高校教育资源如何充分利用，这就涉及效益观念和高教管理体制上的一些旧观念。又如，在计划经济体制的条件下，我们在人才观上过分地强调“专业对口”，致使专业越办越窄，毕业生的知识、能力、素质结构不合理。这与社会主义市场经济体制下要求毕业生有较强的适应性的观念大相径庭。因此，适应这两个根本性转变，必须有教育思想和观念上的转变。

第二，科学技术的飞速发展，是教育思想和观念面临的又一严峻挑战。众所周知，现代科学技术的发展有两个显著特点，一是加速度发展和急剧变革；二是学科领域在继续分化的同时，呈现出高度综合的趋势。科学技术的更新周期在18世纪为80—90年，19世纪则为30—40年，20世纪初为5—10年，现在更加缩短了。科技也呈现急剧变革之势，1945年—1955年是核聚变，1955年—1965年则发展到宇宙飞行，1965年—1975年，可控的生命过程研究成功，1975年—1985年，微处理机大量生产，广泛运用，软件大规模产业化带来了信息革命，成为半个世纪以来科技发展的五次伟大革命。科研成果转化为生产力的速度也加快了。如电话从研制到生产用了56年，无线电则是35年，雷达15年，核反应堆4年，集成电路2年，激光器1年，微机的换代更快。科学技术的急剧发展，给高等教育带来了深远的影响。著名科学家、中科院院士卢嘉锡在清华大学所作的一个报告中指出，21世纪将是不同领域的科技创造性融合的时代。科学和技术更加接近，基础科学在科学和技术的发展中起着十分重要的作用，各种不同科技领域之间将发生共鸣作用和共振现象，随之产生综合效果。科学技术发展的这种趋势，要求树立高等教育教学不仅要传播知识，更应培养与提高智能的教育思想。培养的人才必须具备比较宽厚的基础科学知识和创造、创业、创新的才能、文理兼通，有善于抓住机遇、占领科技发展前沿的能力。

现代科学技术，特别是信息电子技术日新月异的发展，已经使人类社会进入了信息时代。信息时代的到来，将从根本上改变人类社会的生产方式、工作方式、学习方式、生活方式乃至思维方式，这无疑对高等教育提出了新的任务和要求。有本比尔·盖茨传就介绍了比尔·盖茨从900美元到39亿美元的神奇发迹史，人们称他是计算机神童，电脑业霸主，最年轻的全球首富，他16岁用几百美元创办的微软公司，在短短20年发展成为全世界最大的软件帝国，他曾就读哈佛大学法律专业，后来他退学了，他有句话："我要赢。"他真的赢了，1995年8月4日拿出5亿美元在全世界做广告。1994年他来中国访问时说，"微软将在中国的现代化进程中扮演关键性角色"。我们培养21世纪需要的人才，就要强化迅速适应变化的思维方式，要有创新意识，要有预见重大发展趋势及其影响的能力，并能根据自身的环境和条件，做出正确的决策，以求得自身的发展。创新是一个民族的灵魂。在激烈竞争的现代信息社会里，不创新，就死亡。我们培养的人才要有创新意识，勇于创造，敢于创新，是我们培养人才的基本要求。有人说，缺乏创新是当前我国科技界的关键弱点。其原因恐怕首先是我国的教育，特别是高等教育缺乏创新精神。要创新，必须有宽厚的基础知识和较好的综合素质，仅仅掌握某一专业的知识是很难做到的。

科学技术的发展对人才素质的要求，必然使得传统意义上的高等学校的人才培养模式、教学内容、教学方法和手段都面临挑战。1994年4月，联合国教科文组织成立的"国际21世纪教育委员会"在巴黎开会，并向联合国教科文组织提交了《教育——财富蕴藏其中》的报告。这个报告，在广阔的国际经济、政治、文化背景上论述了教育的作用及有关何题，深刻地分析了未来教育面临的挑战，提出了相应的对策，被国际教育界看作是一个里程碑性的教育文献。这个报告认为，下一个世纪将为信息的流通、储存及传播提供前所未有的手段。因此，它将对教育提出乍看起来近乎矛盾的双重要求：一方面，教育应大量和有效地传授越来越多、不断发展并与认识发展水平相适应的知识和技能，因为这是造就未来人才的基础；另一方面，教育还应找到并标示出判断事物的标准，使人们不会被瞬息万变的大量信息搞得晕头转向，脱离个人和集体发展的方向。为此，教育应围绕四种基本学习能力来培养人才，它们被称为教育的四个支柱：一是学会认知，即学会学习，掌握认识世界的手段；二是学会做事，即学会在一定的环境中工作的能力，以便能够对自己所处的环境产生影响；三是学会共同生活，即能够与他人一道参与他人的所有活动并在这些活动中相互协作；四是学会做人，这是做事的基础，也是发展自己人格的前提。

第三，学校事业的发展，需要我们转变教育思想，更新教育观念。在长期办学过程中，各个学校都形成了自己的办学传统和办学精神。有篇文章说到什么是清华精神时指出，清华精神追溯到半个世纪以前，追寻到一种将传统资源和现代精神融为一体的创造性。许多老清华人担心清华大学的不是行政上的具体变化，而是这种精神的失落，在清华不是没有出过大官，可是他们认为，做大学问比做大官更受尊重，这就是清华精神。我校有着 90 多年办学传统，受中国古代文化、西方近现代文化和中国革命文化的影响和熏陶，积淀了教育思想和观念的精华。我们学校可以说是传统教育思想、西方现代教育和革命教育思想的融合，传统与现代的融合。中华大学“成德、达材、独立、进取”，强调德才兼备、自立自强的教育思想，华中大学“立足本位文化、放眼人类文明”，主张中西文化交融的开放式教育思想，中原大学不拘一格，提倡“学以致用”的教育思想，虽然都受到当时的政治、经济、文化的影响，但无不闪现时代的理性光芒。十一届三中全会以后，学校面对改革开放、经济建设的需要，根据我国高等教育、高等师范教育发展的趋势，在不断探索中总结，逐步形成了一些能代表学校未来发展方向的教育和观念，如在办学层次上提出多层次办学协调发展的思想，坚持本科教育为本，积极发展研究生教育，努力提高办学层次的思想；在办学形式上提出面向社会、面向海外开放办学的思想，后勤服务社会化的思想，产学研相结合的思想；在学科发展上，提出以学科建设为龙头，大力抓好重点学科和基础学科的思想；在人才培养上，提出教书育人、提高学生全面素质的思想和深化教学、科研改革提高培养质量的思想；在学校管理上，提出合理配置，合理利用资源的思想，等等。这些思想观念，有的已成为大家的共识，有的还在争论之中。成为共识的，实施得还不够理想；正在争论的，还有待于我们进一步明确，取得共识。但是，我们这些思想和观念上的转变，和社会主义市场经济对高等教育的发展的要求还有差距，主要体现在：

①改革开放的观念还不够强，办学的视野还不够开阔，依法自主办学的观念还要进一步转变。办学过程中存在着依赖思想，存在着“等靠要”的心理，这些都需要我们进一步解放思想，真正面向社会、面向市场经济，在改革中寻求自身发展的道路。我们要清醒地认识到，改革是学校发展的原动力，质量是办学的生命线。改革要深化到教学、科研、管理的全过程之中，深化到育人的全过程之中。我们在任何时候都要把质量放在首位，立德树人，求实创新是我校的校训，追求一流，追求卓越，是我们坚持不懈的目标。我们办学的质量，培养人才的质量，要经得起时间的检验、实践的检验、历史的检验，绝不能为了眼前的功利而忽视质量，更不能随波逐流。

②对学生培养质量、培养模式还有待深入研究。我们注重知识的传授，但对学生能力的培养、对职业技能的训练还抓得不够，对学生的师德教育、人格教育还未引起足够的重视。

③对教育理论学习和研究不够，对教学的探索总结不够。老师一般对自己的专业和科研非常重视，而对教学方法、教学内容的改革相对淡漠，在一定程度上影响了教学效果和教学水平。

④对学校办学过程中的不同认识有待进一步统一，如学校定位问题，学术性与师范性问题、资源共享问题以其它各种关系的正确处理问题等等，都需要我们取得共识。

⑤后勤服务社会化和校办产业问题。怎样进一步研究和落实后勤承包责任制，积极稳妥地推进后勤服务社会化。怎样提高校办产业的经济效益，加大校办产业的科技含量等。

⑥学校管理体制改革问题。办好学校要严格管理，依法治校。要有明确的法规意识、自觉的服务意识、强烈的务实意识。即按法办学，依法治校，为教职工服务、为教学科研服务，在办学的过程中要求实、务实、落实，以开拓进取的精神为师生服务，依法依规管好学校。为了做好管理工作，我们要认真总结过去的经验，科学地进行校内管理体制改革和人事制度改革，真正实行全员聘任制。在机构设置上合理进行院系调整和专业设置，根据需要调整机关的机构设置，减少人员，提高效率。还有合理配置和利用资源的问题。近几年，各院系所和教师对这一工作的呼声越来越高，各单位小而全的建设，确实对学校资源是个极大的浪费。希望大家在讨论中出主意、提措施，以便学校拿出切实可行的方案来解决这一问题。

二、教育思想大讨论的目的和要解决的问题

1. 教育思想大讨论的目的

这次教育思想大讨论，主要达到以下目的：

一是认真总结近百年特别是改革开放二十年来我校的教育思想和观念，明确哪些是我们应该继承和发扬光大的，哪些思想和观念是应该转变和更新的。我们知道，教育思想和教育观念渗透于教学科研活动的各个方面，贯穿于教学科研工作的全过程，只有认真挖掘、继承和发展我校教学工作长期发展中形成的正确的教育思想和观念，解放思想、勇于创新，用科学的教育思想和观念来指导教学改革实践，才能深化教学改革，提高教学质量和科研水平，也就是说，我们要通过教育思想的大讨论，达到转变教育思想、更新教育观念、促进教学科研改革、提高人才培养质量的目的。

二是明确华中师范大学面向21世纪的发展战略和人才培养的目标、模式。学校制定的“九五”至2010年发展规划和去年底召开的学校第八次党代会提出奋斗的目标，提出要把一个充满生机和活力的华中师范大学带入21世纪的任务。具体来说，我们华中师范大学应当为21世纪培养什么样的人，即培养什么样的师资和人才才能适应社会的需要。根据这一目标，面对即将到来的21世纪，我们华中师范大学到底应该如何发展？应该确定什么样的发展战略，这是需要全校教师、干部，特别是我们各级干部、骨干教师深入研究、讨论的问题。要提出几句明确、易记的话，概括学校的发展战略。有的学校通过教育思想大讨论，将实行“四个转变”作为他们学校的战略思想，这就是：在学校建设上要向综合性转变；由以教学为主，向教学、科研两个中心，同时高度重视高科技校办产业转变；从以本科教育为主，向本科教育和研究生教育并重，同时重视成人教育和继续教育转变；从重视利技教育向科技教育与人文教育并重转变。我们学校应如何确定自己的发展战略，需要大家深入讨论，形成共识。

面对21世纪社会和教育发展的需要，我们到底应该确定什么样的人才培养目标和模式，当前我们学校在学科建设和专业建设，人才培养模式，课程体系与教学内容、教学方法等方面，存在哪些突出问题，应该如何来解决这些问题，也需要我们通过深入讨论来形成共识。有一篇文章，题目是《转变教育思想，加快教育改革》，文章谈了应该转变的四个方面的思想，就是转变继承性的教育思想，树立创造性教育观念，重视发展学生的特长和个性，着重培养学生的创新精神和创新能力。转变以学科为中心的教育思想，树立整体化知识教育观念；即从以学科为中心进行分割知识教育转到整体化知识教育，着重培养学生的分析能力和解决问题的能力，进一步深化学科专

业结构综合化改革；拓宽专业口径改革、课程综合化改革。理工结合，文理交叉，则是世界教育发展的一个重要趋势。转变以做事为中心的教育思想，树立做人做事相结合的教育观念；转变追求扩大规模的思想，树立讲求质量效益的观念。我认为这篇文章很好，建议大家读一读。同时也建议大家认真学习宣传部为这次教育思想大讨论专门编印的学习资料。

三是调动全校师生参与教育教学改革的积极性，推动学校的改革和发展。我们开展教育思想大讨论，一个重要的目的，就是要通过这次讨论活动，使广大师生特别是全校教师关心教育教学改革，积极参与教育教学改革，为学校的改革发展出主意、想办法，群策群力办好华师。这次大讨论的过程，也就是发动广大教师参与教育教学改革的过程。毛主席说过，教改的问题，主要是教员问题。邓小平同志 1977 年也说：“就今天的现状来说，要特别注重调动教育工作者的积极性。”我们的教师，处在教育教学改革的第一线。他们对怎样搞好教学改革最有发言权。广大的同学是我们培养的对象，他们对学校应如何构建新的人才培养模式，做到知识、能力、素质协调地发展，也有自己的见解。我们要引导全校师生以主人翁的姿态，联系学校和院、系、所的实际，展开讨论，发动大家出谋献策。我们相信，只要全校师生广泛发动起来了，我们的教育思想大讨论就一定能够达到预期的目的。

2. 我们这次教育思想大讨论应该解决什么问题

①要转变教育思想，更新教育观念。我们开展教育思想大讨论，首先要解决的是教育思想和教育观念方面的问题，有哪些教育思想需要转变，哪些教育观念需要更新，是我们在大讨论中需要解决的问题。

国家教委副主任周远清在全国高校教学工作研讨班开幕式上作了一个报告，其中一大段谈到教育思想和教育观念的改革问题。他说，我们过去的一些文件提到教育思想和教育观念要进行改革，但是哪些思想要改？哪些观念要更新？好像答案不多。这两年经过多方面酝酿探索，特别是我们提出教育思想和教育观念的改革是先导以后。教育界和学校都在进行着探索，出了很多很好的思想，周主任提出了这样几个问题供大家讨论，第一，学校要适应我国社会主义经济的发展，要进入社会经济发展的大循环中去。特别是要为区域经济服务，这是我们的落脚点。学校要研究区域经济的发展，要参与进去，淡化单一的隶属关系，为地方经济服务，这也是观念的改革。第二，培养学生要从对口的观念改为适应的观念。过去专业对口的观念是高度计划经济的产物，不适应社会主义市场经济发展的需要。第三，知识、能力、素质的培养模式。不少的教育专家认为，过去我们重视知识的培养，后来重视能力的培养，现在提出加强素质教育，这是教育思想的一个突破。第四，改革教学方法，培养学生创新能力。现在有些教学方法抑制了学生的创造能力，不利于学生的发展，说得严重些是扼杀了人才。教学方法充分体现出教育思想上存在的问题，在教育思想的大讨论中必须引起充分的重视，请大家高度重视改革教学方法，特别是在教学第一线的教师要改革教学方法。第五，学校要办出特色，就要注重学生个性的发展。特色就是水平，特色就是生命，学校要用自己创造出来的特色去竞争，去求生存和发展，我认为，这五个方面的问题，都是我们在教育思想大讨论中需要转变的思想，需要更新的观念，当然，也不只限于这些方面，请同志们在讨论中认真梳理一下，并在实践中树立新的教育思想和教育观念。

②要解决人才培养目标模式问题。教育的根本问题是培养什么人的问题，作为师范大学，我们立足培养师资，追求教学科研的高水平，把学校办成培养师资的基地，办成教学、科研、管理一流的师范大学。概括地说，求实创新，为人师表是我们的校训，立德树人是我们办学的宗旨，培养 21 世纪需要的高水平人才，是我们的基本任务。

在教育系列中，高等教育是龙头，高等教育的好坏，不仅关系到社会主义现代化建设的全局，而且关系到国家的未来。由于种种原因，我国高等教育存在的弊病不少，在人才培养方面，以下五个问题是较为普遍存在的，叫作“五重五轻”；一是重专业，轻基础；二是重理工，轻人文；三是重书本，轻实践；四是重共性，轻个性；五是重功利，轻素质。这五个问题，在其他学校也程度不同地存在着，我们这个以师范为主体的学校，到底应该如何确定人才培养的目标与模式？我们应该如何适应 21 世纪社会和教育发展的需要，不断提高各类人才的培养质量？这些问题都需要我们认真讨论，并在讨论中明确。我认为，有些最基本的问题是必须明确和解决的。比如，高校的职能随着社会的发展而发展，逐步由最初的单纯培养人才的职能，发展为培养人才、科学研究和直接为社会服务等三项职能。但人才培养始终是高等学校的第一职能。我们在任何时候都必须坚持以教学科研为中心，以人才培养为根本任务。又比如，人才培养模式问题，要转变只重视知识传授的教育思想以及过分专业化、单一模式化的观念，在注重素质教育和终身教育等符合现代社会发展的教育思想的指导下，按照基础扎实、知识面宽、能力强、素质高的总体要求，构建起能充分激发学生学习主动性的创新精神，能使学生在全面发展的同时个性得到充分发展的，知识、能力、素质协调发展的，开放式、多样比的人才培养模式。我们不仅要使学生掌握丰富的知识，更要使学生学会做人，做一个有高尚道德情操、有益于社会的人。

③在学科与专业结构的改造和建设上形成共识。据联合国教科文组织的

统计，1993年全世界就有98个国家进行了或正在进行着高等教育改革，这次改革所涉及的问题也是全方位的，出现了几个重要的转变，一是从重数量的发展转向以质量为核心的发展；二是从把高等教育作为终结性教育转向作为终身教育的一环；三是从狭窄的专业教育转向综合素质教育；四是从封闭的教学过程转向开放的教学过程。给大家介绍这些情况，是想让同志们联系学校的实际，看看我们在学科与专业建设方面到底存在什么问题，应该怎样做，这些需要大家深入讨论。为便于大家思考问题，我考虑至少有以下十个方面的关系问题(不单纯是学科与专业建设方面的)：①教学与科研的关系；②理论与实践的关系；③重点学科与一般学科的关系；④基础学科与应用学科的关系；⑤数量与质量的关系；⑥全面发展与因材施教的关系；⑦本科教育与研究生教育、成人教育的关系；⑧国家投入与多渠道筹资的关系；⑨规范管理与自主办学的关系；⑩结构与效益的关系。通过讨论，进一步树立规模、结构，质量、效益协调发展的思想，进一步明确我们构建的人才培养模式，进一步加强学科建设和专业改造，促进教育教学改革的深入发展。

以上只谈到教育思想大讨论中需要重点解决的三个问题。各单位可以从本单位实际出发，围绕有关问题组织好教育思想大讨论。

三、开展教育思想大讨论的几点要求

①领导带头，先学一步。全校副处以上的干部，特别是各单位的主要负责人，首先要学习好，要学好文件，研究问题，提出解决问题的办法。

②突出重点，因地制宜。各单位的教育思想大讨论要根据学校的总体的安排，结合本单位的实际情况，作出具体安排，要突出重点，因系制宜。讨论什么问题，各单位可以从实际出发，有的放矢，有针对性，不必强求一律。

③虚实结合，注重实效。这次教育思想大讨论，要从全局性、战略性的高度提高对转变教育思想，更新教育观念的认识，但又不能空对空，坐而论道，更不能发牢骚，说怪话，而要正确引导，虚实结合。提出工作思路和具体措施。还可就某些问题展开争论，通过争论求得共识。

④多提建议，形成成果。各单位领导要组织好这次教育思想大讨论，发动大家多提建议。为了调动大家的积极性，我们建议有条件的单位可以开展专题研究，并进行立项，通过立项推动大讨论。学校决定，教育思想大讨论结束后，全校教研室主任，党支部书记及机关科级以上干部，每人撰写一篇论文或学习心得，学校有关报刊将择优登载。我们相信，这些论文中，一定会有不少高水平的，这些论文将是教育思想大讨论成果的又一种表现形式。

⑤加强领导，抓好宣传。学校成立了教育思想大讨论办公室，由李以章同志任主任，路钢、李宇明同志任副主任。各单位主要领导要亲自抓好这一工作，抓出成效来。宣传部要加强宣传工作，通过多种形式做好引导工作。

同志们，教育思想大讨论就要在全校展开。我们要切实抓好教育思想大讨论，为把一个充满生机和活力的华师带入21世纪做出贡献。

中国师范教育的现在与未来

——在香港教育学院的演讲

去年(1995年)，香港教育学院梁志强院长率团访问我校，双方就两校合作交流达成了协议。今天，我们一行三人应梁志强院长的邀请有机会来到贵校访问，感到十分高兴。华中师范大学和香港教育学院都是以培养师资为己任的，正如贵院校董事会叶锡安主席所说，我们承担的是一项"提升师资教育质素的使命"。而师范院校、教育学院正是把培养一支献身教育事业、具有良好素质的师资队伍作为基本任务的。基于此，我想就中国的师范教育的现状作个简要介绍，并就中国师范教育发展中的若干问题与诸位交换意见。

一、中国师范教育现状

在中国的教育体系中，师范教育作为"工作母机"，主要承担着为基础教育培养合格师资的任务，直接影响国民整体素质的提高。事实说明，劳动力的科学文化质素及受教育程度与经济发展、社会进步的速度是成正比的，因此，师资培养的培训体系作为现代化大厦的奠基工程，其重要的地位和作用是不言而喻的。目前在中国承担师资培养培训的高等师范院校有241所，其中高师本科院校77所，师范专科164所，教育学院245所，这些院校主要培养培训中学师资。培养小学师资的任务主要由中等师范学校、教师进修学校承担。目前中国有中等师范学校894所，幼儿师范67所，教师进修学校2065所。现在，中国已形成以独立设置的各级各类师范院校为主体多层次、多规格、多形式的中小学师资培养培训体系。

这一培养培训体系的显著特点是它的多层次性和多层次间的连贯性。中国的师范教育主要由三种层次的师范学校组成，一是中专层次的中等师范学校(包括幼儿师范学校)，招收初、高中毕业生，开设三年制师范课程、培养幼儿园和小学教师；二是专科层次的高等师范专科学校，招收高中毕业生、开设二、三年制师范课程，主要为初级中学培养教师；居于最高层次的是本科层次的师范大学、师范学院，招收高中毕业生，开设四年制师范课程。其主要任务除培养高级中学教师外，还为一、二层次的师范学校和其他教师培训机构如教育学院，甚至普通大学培养教师。随着教育的发展，还有一个提高教师学历层次的任务也需要由少数师范大学承担。去年我参加大陆十所大学校长访问台湾时，了解到他们普遍提高了教师的学历层次，即师范专科培养小学、幼稚园教师，师范学院培养初中教师，师范大学培养高中教师。目前，在大陆的大城市和沿海地区的许多中小学，也按这一要求提高教师学历水平。

在中国的师范大学里，有六所重点师范大学直属国家教委。它们是：北京师范大学(在北京)、华东师范大学(在上海)、华中师范大学(在湖北武汉)、东北师范大学(在吉林长春)、西南师范大学(在重庆)、陕西师范大学(在陕西西安)。这几所师范大学都负责为若干省、市培养部分高中教师，例如：华中师范大学就要为中南六省(区)即湖北、湖南、河南、广东、广西、海南培养部分高中教师，我们每年都要从这些省(区)的高中毕业生中招收新生，这些学生毕业后将被分配回去担任教师。实际上，这些学校(以及有些地区的师大)担负着双重任务。除培养高中教师外，还要为高等师范教育机构，如师范专科学校、教育学院(培训机构)和其他的普通高校输送毕业生担任教师，尽管近年国家已规定高校教师须有研究生学历。上述学校培养的研究生中，除了有的在高校任教外，还有一些人在中央或地方的教育行政机关或政府其他部门任职。

教师在职培训的任务主要由省、地级政府主管的教育学院负责，但近些年来，师范大学和高等师范专科学校也承担了其中的一部分任务，且有增加的趋势。除了正式的培训以外，中国近年来还采取了开办教育电视台、开设函授课程，组织全国讲师团，进行校内在职培训等多种形式。总的说来，随着多种培训渠道的开辟，中国的教师在职培训发展前景良好，尽管目前农村地区进展比较缓慢。

自 1978 年改革开放以来，中国的师范教育有了较大的发展，这主要表现在：

1. 各级各类师范教育规模的扩大和发展

联合国教科文组织的数据表明：从 1978 年起，中等师范学校和高等师范院校的学生人数有所增加。例如：中等师范学校(包括师范学校、幼儿师范学校)的学生人数从 1978 年的 32.71 万人增长到了 1991 年的 58.1 万人，增加了 92%，这种增长状况与整个中等学校的学生人数逐渐下降的状况是相反的，例如，从 1978 年到 1991 年，中等学校的学生由 6600 万人下降到了 5200 万人，下降 21%。

高等师范院校的学生数由 1978 年的 24 万人增加到 1991 年的 52 万人，增长了 108%。但是，在这一时期内，整个高等院校学生数增长更加迅速。

举例来说，高等院校的学生从1978年的86万人增加到1991年的210万人，增长率为146%。另外，师范院校占整个高等院校的比例，已由1978年的29%下降为1991年的26%。我们可以看到，师范学校的人数比整个中等学校人数增长速度更快；而在整个高中后教育中，整个高等院校人数比高等师范院校人数增长速度要快。

2. 教师数量的增长和学历合格率的提高

截止1995年底，中国的中小学教师人数由1990年的861.44万人增长至899.8万人，增长了28.36万人。过去，中小学教师的学历合格率比较低，高中毕业生教初中、初中毕业生教小学的情况在一些地区特别是农村并不少见。这些年来，由于加强了师范教育，采取多种措施培训师资，有效地提高了中小学教师的学历合格率。1996年至1994年期间，我国普通中小学学历合格教师总量由552.8万人增加到686.6万人，增长了24.2%，其中小学教师学历合格率由79.9%提高到86.6%，初中教师学历合格率由45.6%提高到63.8%，高中教师学历合格率由45.5%提高至53.2%。这一比例是就全国中小学教师学历合格的平均数而言，在有些地区(如教育发达的省区)要高于这个比例，有些地区(如西北、西南地区和有些省的山区)则要低于这个比例。

3. 师范教育改革取得的成效

这些年来，师范学校坚持为基础教育服务，扩大定向招生，采取多种办法鼓励毕业生到中小学任教。现在一般地方所属师专和中师毕业生分到中小学教书的达到90%，高师院校要低于这个比例，就我们委属六所师范大学来说，师范专业毕业生分到中学任教的一般超过80%。在教学改革领域，实施了必修课、选修课、教育实习、课外实践活动四个板块结合的课程计划。各类师范学校还普遍加强了为人师表的师德教育和教师职业基本技能训练，(如我校每年都要举办书法比赛、讲演比赛、普通话比赛、教师基本技能训练综合测试等活动)。为了适应教育的发展和市场经济的需要，不少师范本科院校在课程设置、课程内容、教学方法等方面进行了较大改革(如实行主辅修制，培养学生一专多能等)。可以说，中国的师范教育已经从封闭走向开放。现在，师范学校的办学效益比以前有所提高。1994年与1990年比较，高等师范学校本专科在校生平均规模由1865人扩大为2432人(委属师大的生均规模大大高于这个比例，一般都在6000人以上，有的过万人)。本专科在校生与专任教师比例由6.27提高到8.24。中等师范学校的生均规模由650人扩大为878人，学生与教师比例由11.6提高到13.1。

上述几个方面，简要地介绍了当今中国师范教师的一些情况。中国教育发展的进程，很大程度上取决于教师的素质，对于基础教育尤其如此。中国是一个有12亿多人口的大国，在校学生2.5亿(约占全世界在校学生数的1/5)。据1993年统计，在校大学生254万人，研究生11万人，中学生5600万人，小学生1.3亿人，入幼儿园儿童2600万人。我们是在用十分有限的教育经费(限于国力和财力，中国教育经费现在仅占世界教育经费总额的1.5%—2%)支撑着世界上最庞大且具有相当质量的教育体系，其重要因素是1300万教师投入教育事业的敬业献身精神。从1949年至1994年，师范院校为基础教育培养输送了近600万师资，还为经济建设提供了大批专门人才。从这些方面来说，中国师范教育，各类学校的教师为民族的发展、国家的振兴所作出的贡献是巨大的、不可磨灭的。

二、中国师范教育面临的主要挑战

尽管中国的师范教育这些年来有了较大发展，但把它放在21世纪经济发展的格局中看，放在世界教育的格局中看，它所面临的挑战是十分严峻的。

①师范教育经费短缺，是制约师范教育事业发展的一个重要因素。据1994年全国教育经费统计，高等师范院校经费支出中政府拨款的比例仅占69.37%，比全国普通高等学校平均75.28%的比例低5.91个百分点。《中国教育改革和发展纲要》提出的“各级政府要采取特殊措施大力办好师范教育”的要求在部分地区并没有落到实处，这些地区政府领导人对发展师范教育缺乏战略眼光，在教育经费短缺的情况下，资源配置没有真正做到向师范教育倾斜。由于教育经费投入不足，影响到办学水平的提高。

②师资水平不高，难以适应新世纪的要求。教师数量相对于学生数量有所增加，这种事实同时表明，它向教师工作质量的改进提出了巨大挑战。教师质量的提高是师范教育中至关重要的问题。在中国，现行师范教育的结构反映出了政府对某一水平学校的学生的最基本的素质要求。然而，不管怎样，一批对实行九年制义务教育认真负责的教师并没有接受过正规的师范训练。据估计，在1993年的555.2万小学教师中，至少有13%缺少中等师范学校的必要培训；在800万中学教师中，有40%因为未接受高等师范院校的培训而不符合要求。

另一方面，一些拥有师范院校毕业证的教师却被安排到与他们资格不相符合的学校去了。事实上，在不少地方，特别是在农村，中等师范学校的毕业生(虽然这些学生是国家为充实小学低年级教师队伍而培养的)，被分配到了中学而不是小学，一些高中教师则是从三年制师范专科学校毕业而不是从四年制师范院校本科毕业的。因为近些年，许多师范大学的毕业生容易被安排到一些高等院校或非师范岗位，而不是安排到中学去。例如：1992年，在576万名高中教师中，49%毕业于四年制师范院校(或其他大学)，每一级学校教师的短缺特别是中学教师的短缺，使得学校宁愿或者不得不接受仅仅比它们自身高一个层次的学校提供的毕业生作为教师。这种受教育水平与教师要求水平的不匹配潜在地影响了各级学校的教学质量。

③缺乏适应环境变化的结构调整。现行师范教育的结构，十分强调小学教师的培养，而不大重视中等学校教师培训。这反映在中等师范学校人数远远超过高等师范院校人数。确实，为培养小学教师而设立的中等师范学校，在1993年占整个师范院校的80%，尽管接受小学教育的人数已在减少，而小学水平的教师已明显有所多余。另一方面，尽管对新的和合格的中学教师的数量要求大大增加，现行的体制并没有真正对这种教师供需变化的形势作出反应，相反，它助长了教师力量的不平衡。

从80年代开始对中等教育结构进行调整，大力发展中等职业技术教育，目前中等职业学校总数和在校生已占中等教育57%以上。由于中等教育结构改革的调整，已使学习基础课程转为接受职业培训的学生比例大大增加了，这就引起了对于职业培训教师的大量需要。然而，师范教育课程主要集中在基础课程上，就此而言，现代师范教育系统并没有考虑这些需要和改进办法，而是继续让这种增加中等职业教师的要求遭到忽视。可以预言，如果让现行的师范教育系统——供应培养系统继续下去，而不是按需要——培养系统加以改善的话，那么在将来，职业教育师资的供应将继续严重短缺。

④稳定教师队伍面临的挑战。伴随着学生生源挑战的是稳定现有教师队伍的挑战。基于市场经济的要求，人们拥有了选择多种职业的机会，特别是这种开放性政策允许绝大多数沿海地区比内地先富起来，为了比得上沿海地区的劳动者，在内地的教师也调换到了更高收入的岗位，有些教师甚至搬迁到了南方去从事教师职业或教师以外的职业(如深圳、珠海、中山等市的不少教师是从全国各地调去的)。教师职业的工作与现有的生活条件，难于吸引优秀人才。

⑤师范教育内容面临的挑战。在师范教育的合作受到挑战的同时，师范教育的内容也面临挑战。这些年人们一直在争论师范教育内容应取向教育类课程还是专业课程，目前，大多数师范学院的课程体系中只包括三门教育类课程即教育学、心理学和教育概况，其余则都是各专业的课程。师范生的教育实习时间一般只有六周。虽然人们普遍承认教育课程没有得到充分的重视，但大多数人又都批评教育课程本身脱离实际。教育实习也有个改革的问题。

争论的另一焦点是专业化问题。长期以来，中国高等教育深受苏联模式影响，课程设置高度专业化，课程受“教材中心”教学论的支配，注意专业知识的传授，师范院校的教师和学校都是这样培养出来的。虽然国家推行课程改革，以拓宽学生的适应面，但在现实中，"综合化"课程仍未得到足够支持。

三、中国师范教育的改革和未来的发展

当今，中国的师范教育正处于世纪之交的重要时期，再过四年，就要步入21世纪。面对新世纪的挑战，中国师范教育向何处去，如何改革，如何发展，确是人们关注的一个重要问题。

首先我们要说到的是，中国的师范教育会不会取消。如不能取消，师范教育面向计划经济向市场经济的转变和冲击，如何进一步改革，如何以改革推动发展。长期以来，有关这一问题的争论，主要有以下看法：一是认为在中国基础教育严重缺乏的状况下，发展师范教育是必要的，但从欧美等国办学情况来看，师范教育不是一个独立的系统。目前在计划经济体制下形成的单一、封闭、独立的体系，难以完成培训师资的任务，摆脱师范教育困境的出路是突破原有的模式，采取综合大学加教育学院的办法，提高培训师资的素质。二是认为师范教育在中国有悠久的传统，中国最早的高等师范学校是1897年建立的南洋公学师范部，1902年又有了京师大学堂师范馆，以后师范教育在中国有了长足的发展。就中国目前基础教育的需要来看，师范教育不仅不能取消，而且还要进一步加强，特别是在中国现有几千万文盲、国民整体素质还不高的情况下，更不能取消师范教育。三是认为中国是一个大国，各地区发展很不平衡，可以从地区实际出发，因地制宜，不必强求一律。如在发达地区，可以非定向的办法培训师资，不发达的地区可以定向为主，由专门的师范院校培训师资，随着经济和社会的发展，逐步从定向型向非定向型过渡。对上述问题，我个人认为，从中国现在的国情出发，师范教育在现阶段不能取消。本世纪末乃至21世纪较长一个时期内，基础教育特别是中等教育所需师资，主要仍由独立设置的高师院校来培养，也就要坚持以独立设置的高等师范学校为主体的高等师范教育体系。但不同类型的高师院校要有所分工，在各自层次上办出自己的特色和水平。比如师专主要任务是培养初中教师，而我们委属六所师范大学，除了以培养高中师资为主要任务外，还要根据需要办些非师范专业，为社会培养急需人才。除此，还应承担培训管理干部的任务，如中南地区高校的处长、系主任、湖北省的县市长的培训，我校现在就设有中南高校师资培训中心和中南高校干部培训中心，培训高校的干部、教师。

其次，我要说到师范教育的改革问题。师范院校的改革与基础教育的改革是紧密相连的。目前基础教育存在的一些问题，就需要认真解决。比如，重知识传授、轻能力培养；重教材灌输，轻教法改进和学法的指导；重理论

知识，轻实践环节，教学难度越来越大，学生作业越来越多(小学生的书包有2公斤重)，加重了老师和学生的负担，挫伤了学生的学习积极性(现在中小学生苦得很，少有休息娱乐时间)。解决这些问题就需要切实抓好教育教学改革。改革要从转变教育观念入手，明确基础教育的性质和任务，变应试教育为素质教育。我们培养的学生如果只有死记硬背一些书本知识，而不懂得怎样把知识转化为能力，不懂得怎样做人，那将是教育的最大失误。因此，从小学开始，就要明确我们培养的是什么样的人，怎样去培养有益于社会的人，只有转变了教育观念，才有可能进一步改革教学，从而提高基础教育的质量。

作为为基础教育服务的师范院校的改革，不可能脱离基础教育的实际需要。就高等师范院校的改革来说，将会在以下几个方面深化。

1. 办学体制和管理体制改革

通过立法，划分、规范举办者、管理者、办学者的权利和义务，使高师院校逐步成为面向社会依法自主办学的法人实体。

在管理体制上，一部分中央部门所属高师由中央与地方共建共管，地方本科院校由省级政府承办和统一管理，省属师专与地市共办、共建、共管。

学校布局、专业布点、专业结构要进一步调整。

提倡高师院校多种形式联合办学，优化教育的资源配置。

2. 招生和毕业生就业制度改革

实行招生并轨(我校今年实行，有些学校以后实行)，并轨后缴费由学校主管部门、学生所在县市政府和学生三方分担；

对困难的学生建立贷学金、奖学金制度；

实行推荐入学制，但必须严格控制被保送生的学业成绩，并且保证他们投身到教育事业中去；

推荐进入师范学校的毕业生如果愿意从教，可进入师范大学和学院深造。有工作经验者可以优先入学；

试行定向培养的制度，地方教育主管部门被授权挑选中学毕业生为当地培养教师；

学生毕业后，双向选择，但享受专业奖的学生毕业后，必须在教育系统服务五年，师范毕业生转向非教育单位，要缴纳培养费；

国家提供优惠条件鼓励毕业生到农村、山区、边远地区从教。

3. 教学思想、教学内容和教学手段的改革

按照新世纪对人才的要求，坚持学生全面发展与个人发展相统一的教育思想，形成以提高学生全面素质为宗旨，以职业教育为主导，以加强基础、提高从教能力，特别是创造能力为重点的教育模式；根据学制年限和学科特点，制定培养规格和教学方法；

教学内容改革，则根据21世纪社会发展的要求，增加反映现代化科技发展新成果和学科发展前沿内容，增加与基础教育课相关和提高学生能力的内容，使教学内容与教材具有先进性、时代性、科学性和地方性。

教学方法改革，吸收借鉴当今世界先进的教学方法，推进教学手段的现代化。

师范教育改革涉及的方面很多，我上面说的只是一部分，下面我想再介绍一下中国师范教育特别是高师教育未来发展的一些设想。

今年4月12日，国务院副总理李岚清在《中国教育报》发表了一篇长文：《基础教育是提高国民素质和培养跨世纪人才的奠基工程》，文章分为七个部分，全面阐明了中国基础教育在21世纪的重要意义和基础教育发展面临的一些重要问题，他提出基础教育在跨入21世纪的时候，至少应当做好三个方面的工作，这些工作用一句话来概括，就是实现“两基”(即在全国基本实现普及九年制义务教育，基本扫除青壮年文盲)，“两全”(即认真实施由应试教育向素质教育的转轨，全面贯彻教育方针，全面提高教育质量)，“两保”(即保证基础教育的投入，保障基础教育的发展)，使基础教育得到进一步加强，以新的面貌迎接新世纪。

今年下半年，国家教育委员会将召开全国师范教育工作会议，这次会议将提出办好普通高师教育的若干意见。根据调查的有关情况表明，从现在到2010年，师范教育将基本建成具有中国特色的、相对独立、结构合理、体现终身教育思想的现代师范教育体系。建设这一体系，核心是要建设一支结构合理、素质优良的师资队伍。关于师资需求情况，仅以小学、初中为例，根据预测，至2000年，我国小学在校生为1.35亿左右，2010年则为1.25亿左右，比2000年减少7.4%。初中在校生为5500万人，2010年为6310万人(比2010年增长14.6%)。新师资的需求量，小学专任教师2000年拥有量为569万人，2010年为535.1万人(比2000年减少7.9%)，初中教师2000年为319.9万人，2010年为363.9万人(比2000年增长13.7%)，按照预测的情况，年平均需要补充小学教师19万人左右；补充初中教师12.53万人。这是就基础教育需要的新师资而言，另一方面还有一个中小学学历不合格教师的补偿教育问题。《中国教育改革与发展纲要》对2000年中小学教师学历达标有个规定(即95%以上小学教师，80%以上初中教师达标)，而现在至2000年，还有相当一部分没有达到合格学历标准，需要通过各种形式使他们学历达到合格标准。至于培养培训教师的师范院校，也有一个达到和提升学历层次的问题。国家要求到2000年或稍长一段时间，委属六所师范大学1950年后出生的教师基本具有博士或硕士学位，省属本科师范院校50%以上具有博士或硕士学位，实现上述目标虽不容易，但它表明中国师范教育的未来发展，是和提高教师质素密切相关的。中国现在常常说到两句话，“振兴民族的希望在教育，振兴教育的希望在教师”，实现这一点，需要全社会作出努力。要在全社会形成一个尊师重教的优良环境，使教师安于教，乐于教，全力投入培育下一代的教育事业之中。

中国师范教育发展的另一重要问题是经费问题。解决这个问题：

一要强化各级政府对发展师范教育的投资责任，确保各级财政的主渠道作用，做到“三个增长”，保证财政预算公共经费部分不低于拨款的30%。

二要把师范教育政府拨款纳入基础教育预算中，作为实现普及九年制义务教育重点投入的一个组成部分统筹安排，城市教育费附加应用于师范教育。

三要加大师范教育专项补助基金的投入强度，省地(市)建立师范教育专项基金。政府实施师范专业奖学金办法，鼓励学生报考师范。

四要加大师范院校特别是高师的基建投入。

五要鼓励企业、个人捐资资助师范教育，并利用世界银行贷款、拨款发展师范教育。

上面我简要地概述了中国师范教育的现状。再过四年半，我们就要进入21世纪了。梁志强院长在香港教育学院校长报告中说，随着普及教育的实施，教育工作者面临着重大挑战。我想社会的发展就是这样，我们总是在接受挑战、在迎接挑战中创造事业的辉煌，我们华中师范大学愿和香港教育学院携手合作，为培养新的一代师资，共创教育的明天。

我的话讲完了，耽误了大家的时间，谢谢大家。

论社会变革条件下的中国高师教育[①]

一、中国高等师范教育在社会变革中诞生和发展

教育是社会的产儿，社会变革对教育的兴衰有着直接的深刻影响。人们知道，中国近代史是一部民族屈辱史，也是一部民族抗争史。1840年以来，在外患内忧、国势日衰的形势下，一批中国人在“落后”“挨打”的事实面前，举起了改革的旗帜。当时的“洋务”和“维新”两派，分别通过洋务运动和维新变法企图使中国实现“自强”和“求富”。两派为了实现自己的政治主张，都非常重视发展教育，培养自己所需要的人才。发展教育，首先要有师资。师资的严重匮乏，使他们萌发起兴办师范教育的主张。维新派领袖梁启超1896年在上海《时务报》发表的《变法通议》中，专门撰写了题为《论师范》的文章，称师范教育为“群学之基”，认为创立师范教育是“第一义”的事情。兴办师范教育的主张，很快得到有识之士的响应。1897年2月，政府官员、民族资本家盛宣怀第一个采取行动，在上海南洋公学(现上海交通大学前身)中首先创立“师范院”。“师范院”于1897年4月7日正式开学。第一批录取师范生40名，都是20—35岁的青年。“师范院”为师范生免费提供食宿和学习费用，每月还发给津贴。南洋公学师范院办了7年，于1903年停办，共培养师范生71人。继南洋公学师范院之后，相继出现了京师大学堂师范馆(北京师范大学前身)等高等师范学校。南洋公学师范院，是在中国转入半封建半殖民地社会、中国社会发生重大变革、资产阶级革命前夜出现的。它的出现，标志着中国高等师范教育(以下简称高师教育)的诞生。与此同时，中国的高师教育在社会变革中开始了艰难发展的历程。

在本世纪内，中国曾先后发生了两次根本性的社会变革：一次是孙中山先生领导的资产阶级革命；另一次是中国共产党领导的新民主主义革命，成立了中华人民共和国，并开始了社会主义现代化建设。以中华人民共和国成立为标志，我们可以把20世纪划分为前后两个历史时期。

---

① 本文系作者与中南高师培训中心副主任黄荣洲合写。

第一个历史时期(1912—1949年)。中国社会激烈动荡，其间既有封建势力的复辟，又有资产阶级对革命的背叛；既有日本帝国主义的入侵，又有中国人民进行的反侵略战争。这个历史时期，中国面临着民族存亡、中国向何处去的问题。这个历史时期，中国的高师教育发展非常缓慢，办学水平也十分低下。民国初期，以孙中山先生为首的革命党大力倡导办学，并明确提出："欲四万万人皆得受教育，必倚重师范"①，并认为"此时注重师范……真是当务之急者"②。因此，在1922年，中国一下就办起了7所高等师范学校，在校学生近万人。孙中山先生逝世之后，政局不稳，经济萧条，征战频繁，教育事业日渐衰败，高等师范学校一度仅剩1所(1928年)。在有识之士和学校的强烈抨击下，从1932年起，国民党政府又重新恢复发展师范教育。高等师范学校最高发展到22所(1947年)，在校学生2万人。这是中国高师教育在20世纪中期的最好纪录。

第二个历史时期(1950—1994年)。中华人民共和国成立以后，中国的高师教育在曲折中取得了长足的发展。新中国成立初期，百废待兴，为了新中国未来的发展，国家对高师教育给予了高度重视。从1949年10月到1956年，先后召开了全国教育工作会议(1949年10月)、全国师范教育会议(1951年8—9月)、全国高等师范教育会议(1953年9月)、第二次全国高等师范教育会议(1956年3—4月)，对高师教育的地位、作用及发展方针作了研究和规定，并在1953年对全国高等院校进行院系调整时，将高师院校独立出来。这些重大举措为以后的中国高师教育发展打下了良好的基础，高师教育也在新的社会历史条件下得到初步发展。到1965年，高师院校数已从1949年的12所发展到59所；在校生人数也由1949年的1.2万发展到9.4万。此后，"文化大革命"十年动乱，中国的教育事业遭到严重破坏，全国高师院校被迫撤、迁、并，仅存44所，整个师范教育处于瘫痪状态，在新中国教育史上留下了最沉痛的教训。

1976年10月粉碎"四人帮"以后，特别是1978年以来，我国拨乱反正，确定了以经济建设为中心的治国方针，改革开放的春风，使中国高师教育进入了稳步发展期。1985年，国家召开了第三次全国高等师范教育工作会议，再一次对中国高师教育提出明确的发展方针，使高师教育得到空前的发展。到1993年底，全国共有高等学校1065所，其中高师院校251所，占全国高

---

① 孙中山：《在广东女子师范第二校的演说》，《孙中山全集》第2卷，中华书局1982年版，第358页。

② 孙中山：《令教育部通告各省优初级师范开学文》，《孙中山全集》第2卷，中华书局1982版，第254页。

校总数的 23.57%，在 251 所高师院校中，有本科院校 78 所，专科学校 173 所，在校生 56.6 万，拥有专任教师 7.5 万人[①]。高师院校数和在校学生人数，分别是 1949 年的 14.4 倍和 22 倍。这一时期，是百年来中国高师教育发展最快最好的历史时期。

根据有关统计资料，我们绘制了一张“中国高师教育发展示意图”：

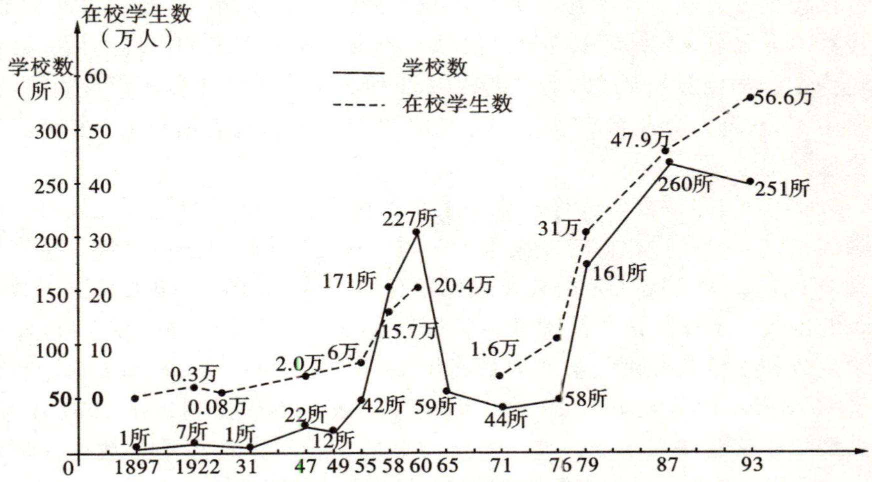

中国高等示范教育发展示意图

从图中，我们可以清楚地看到社会变革对高师教育的直接影响。具体说来，近百年高师发展的历史至少给予我们以下几点重要启示：

1. 社会变革为高师教育提供了发展契机。中国高师教育只有在社会变革条件下才能诞生和发展。诞生已无须再说，就发展而言，每发生一次变革，都会对教育产生深刻的影响，就人才的需求来说，无论在数量方面，还是在质量方面，都会对人才的培养提出新的要求，这一要求，推动了教育的发展；而教育的发展必须依赖一定数量和质量的教师，因而又推动了高师教育的发展。对照示意图，从 20 世纪中国高师教育出现的每一次发展高潮看，都能说明这一点。以学校数为例，第一次是 7 所(1922 年)，第二次是 22 所(1947 年)，第三次是 227 所(1960 年)、第四次是 260 所(1987 年)。第一次是在辛亥革命取得成功之后，第二次是在取得抗日战争胜利之后，第三次是在中华人民共和国成立之后，第四次是在结束“文化大革命”，实行改革开放以后。

2. 社会发生变革后，社会稳定与否对高师教育至关重要。社会发生变

---

① 国家教育委员会教育计划建设司编：1994 年《中国教育事业统计年鉴》。

革之后，若社会处于相对稳定状态，高师教育就能获得新的发展；若社会出现剧烈动荡，将导致高师教育的萎缩和萧条，如图所示，高师教育发展的前三次高潮出现后，接着学校数和在校生数均出现下降，并进入低谷：第一次因资产阶级背叛革命，社会动乱、高师学校数由 7 所降为 1 所，在校生数由 3000 人降至不足千人；第二次因内战，社会动乱，学校数由 22 所降为 12 所，在校生人数从 2 万降到 1.2 万；第三次是十年“文革”，社会再次动乱，学校数一度降到 44 所，在校学生仅 1.6 万人。第四次高潮出现之后，社会比较稳定，学校数虽从 260 所调整到 251 所，但在校学生数不仅没有下降，反而由 47.9 万人上升到 56.6 万人，创下中国高师教育发展史上在校生人数历史最高记录。

3. 中国的高师教育只有在社会主义条件下，才能获得更好的发展。新中国成立以来，高师教育的发展远远超过 1949 年以前的任何年代。特别是 1918 年以后，为适应社会主义现代化建设对人才的需求，国家加快了教育改革的步伐，不仅加快了高师教育发展的速度，扩大了规模，使 1993 年在校学生数和学校数分别是解放前最高年 1947 年的 28.3 倍和 11.4 倍，也分别是 1978 年的 1.6 倍和 2.27 倍；而且办学效益不断提高，从 1981 年起，在高师院校总数基本不变，甚至有所下调的情况下，在校学生数还逐年增加，1993 年平均每所学校在校生达 2250 人。从示意图看出，高师教育 1949 年以后虽有“文化大革命”的严重挫折，但仍然呈明显的上升趋势。

新中国高师教育取得的主要成就还表现在以下几个方面：1. 培养了近 600 万高师毕业生，其中大多数已成为基础教育和高师教育的骨干，在发展社会主义教育事业中起着十分重要的作用。2. 确立并始终保持高师院校独立建制，使高师院校与综合性大学及其它类大学保持平行的办学地位，有利于高师教育的发展。3. 建成了较为完整的高师教育体系。这一体系主要由两部分组成：一是职前培养教育系统，包括学制 2—3 年的师范专科学校和学制 4 年的高等师范院校；一是职后培训教育系统，包括教育学院和教师进修学院。高师教育体系的建成，使未来教师的培养与在职教师的培训前后衔接起来，保证了中学教师水平的不断提高。4. 坚持了社会主义高师教育的培养目标，并在国家的教育方针指引下，制定了高师教育的专业目标和课程计划，使新中国的高师教育与 1949 年以前的高师教育有了本质上的区别，保证培养的人才适应社会主义教育事业的需要。5. 建立了学位制度。与其他普通高校一样，有些高师院校(主要在本科院校)现在不仅可以授予学士、硕士、博士学位，还设有博士后流动站。这对于中国高师教育开展国际学术交流与合作，不断提高高师院校的办学水平和教师的学历水平具有十分重要的意义。

二、中国高等师范教育在社会变革中走向未来

在21世纪即将到来的时候，中国社会又处于一个新的变革时期。这一时期高等教育的发展面临着两个方面的挑战：世界性的高科技革命和中国由计划经济体制向社会主义市场经济体制的转变。面对挑战，高师教育如何变革，如何与之相适应，并使高师教育在改革中发展，正是需要我们探讨的。

如前所述，历史已经证明，每一次社会变革都会对教育产生推动作用，教育的发展又对高师教育提出新要求，从这个意义上说，社会变革给高师教育的发展提供了契机。那么当前的社会变革能够给中国高师教育提供了什么样的机遇呢？我们认为以下三点是可以肯定的：1. 随着计划经济向市场经济体制的转型，科技和经济将进一步发展，社会对人才素质的要求将越来越高，对教育的依赖将日趋增强。由于教育的水平和质量取决于教师，因此，高师教育在中国社会主义现代化进程中的地位和作用将越来越显得重要。2. 社会主义市场经济体制的建立，有力地促进了中国社会主义法制建设。随着《中华人民共和国教师法》、《中华人民共和国教育法》及其他教育法规的颁布，将使我国的教育和教师受到法律的保护，使高师教育的发展有规可循，有法可依。3. 社会主义市场经济将促进我国经济持续增长，使国家物质基础得到增强。随着分配与投资结构的多元化，社会为高师教育及其他类教育提供比较充裕的办学经费将成为可能，从而使高师的办学条件、教师的待遇得到较大改善。

社会变革为高师教育提供了发展的机遇，同时也对高师教育提出了新要求，提出了新挑战，这种要求和挑战主要表现在两个方面：

一是要求高师教育要适应我国中等教育发展和改革的迫切需要。中等教育是提高民族素质的奠基工程，不仅要为高一级学校输送合格的新生，更担负着为中国现代化建设培养大批优良劳动后备力量的重任，其师资状况直接影响着中等教育的质量，直接影响着未来劳动者的素质。我们且不说地区间中等教育师资状况的不平衡，也不说中等教育各学科之间师资水平的差别，仅就全国中等教育师资的学历达标情况以及数量需求来看，办好高师教育的紧迫性就展现在我们的面前：从学历达标情况看，1994年我国初中、高中(含职业高中)现有专任教师351.03万人，按照《中华人民共和国教师法》所规定的学历资格，其中不合格率，初中占35.16%，高中占46.62%，职业高中则占到72.51%，虽比上年有所下降，但学历不合格教师的比例依然很大，大约有140多万现任中学教师需要培训和提高。从数量需求上看，1994年，我国普通初中和职业初中在校生4379.8万人，普通高中和职业高中在

校生1007.36万人，中专和技校在校生506.88万人。没有相应数量和质量的师资来满足近6000万人接受中等教育的需要，提高民族素质便是一句空话。另外，若按人口的增长、义务教育和初中以上教育以及中等职业技术教育的发展，每年中等教育还需要补充师资数万人。自1976年以来，我国高师院校虽然连年扩大招生规模，但仍不能满足目前中等教育对师资的需求。随着我国中等职业技术教育的大发展，师资数量和质量的供需矛盾将更加突出。

二是要求高师教育要适应我国成人教育发展和改革的需要。据1990年全国人口普查统计，全国15岁以上的文盲、半文盲占人口总数的15.88%，小学毕业程度者占37%，初中文化程度者占23.3%，而大学及大专以上文化程度者仅占1.42%。全国12岁以上人口中，平均文化程度还达不到小学毕业水平，加上1962年—1975年期间是我国第二次生育高峰，累计出生数有3.6亿人，这一时期出生的人口约占目前全国劳动力资源总数的50%①。如果使这一年龄段的人口文化素质获得普遍的提高，就会为未来的中国经济发展建立一支宏大的、素质较高的产业大军。

有人预测，在21世纪，人的综合素质水平将比20世纪更为突出地影响社会经济的发展。由于高科技的发展，21世纪将是一个充满竞争并且竞争更趋激烈的世纪。面对21世纪的严峻挑战，中华民族要在未来的竞争中立于不败之地，具有决定性的战略对策就是优先发展教育，提高全民族的思想道德和科学文化水平，这是实现我国现代化宏伟目标的根本大计。要使这一根本大计得以实现，认真办好高师教育，培养大批优秀教育人才是关键。

自十一届三中全会以来，随着我国政治、经济体制的改革，高师教育在转变教育思想、更新教学内容和教学方法、改革招生和毕业生就业制度等多方面进行了有益的探索，取得了一些重大进展，但从整体上看，高师教育在体制改革方面的进程仍然滞后于经济体制改革和社会发展，滞后于中等教育结构的改革，与社会主义市场经济体制的要求不相适应，这主要表现在以下几个方面：1. 管理体制方面，高师院校同其它高等学校一样，举办者、管理者、办学者之间的责、权、利划分得不够明确和规范，学校实际上仍然是主管部门的附属机构，主管部门对学校“包得过多，统得过死”，使学校缺乏面向社会自主办学的权力和活力。2. 办学体制方面，封闭性严重。片面理解对口普通中学，忽略中等职业技术教育和成人教育的师资培养。高师院校一方面专业设置重复性大，部分专业已呈饱和状态；另一方面，又缺乏培养中等职业技术教育师资的专业。3. 投资体制方面，受管理体制和办学体制

① 引自胡鞍钢：《投资于人民：世纪之交的人力资源开发战略》，《光明日报》1994年12月9日。

制约，筹资渠道狭窄，融资办法不多，办学经费严重不足，办学条件较差。由于师范生不能收费，师范院校的经费来源单一，加之师范院校的科技产业受学科性质局限，对外横向联系较少，也使师范院校预算外经费大大少于其他类型院校。4. 师范院校本身的机制缺乏生气与活力。从高师院校整体来看，实力不够强，学术水平较低，教师队伍较弱，有的院校特别是专科学校教师学历层次不高(有的甚至专科毕业后留校经过培训教学生)，而研究生愿去师专任教者不多。在科研上，由于种种条件限制，难以与其他类型院校竞争，这些都给高师教育的发展带来困难。

21 世纪的到来和当前的中国社会变革，要求高师教育必须加大改革力度，培养众多的优秀教育人才，以适应我国建立社会主义市场经济体制，实现社会主义现代化建设的宏伟目标的需要。但体制改革的滞后，拖住了高师教育改革的后腿，因此，在当前社会变革条件下，能否加大体制改革的力度，成为中国高师教育发展的关键。

首先要改革高师教育的管理体制，使高师院校在中央宏观政策、法规管理下，能够面向中等教育和成人教育的实际需要，自主办学。从 50 年代开始，在高度集中的计划经济体制下，高师院校从专业设置、教学计划、经费使用到招生名额、毕业生就业，都由国家有关部门采取计划的方式、行政的手段进行管理。因为国家包揽办学，经费由政府给，所以，什么都由政府直接管理，主管部门不批准，学校就不能办。在这种管理体制下，高师院校缺少自主办学的活力。按照 1985 年公布的《中共中央关于教育体制改革的决定》和 1993 年公布的《中国教育改革与发展纲要》的精神，今后高师教育的办学经费虽然主要仍由国家划拨，但为了增强学校活力，在管理体制方面，高师教育需要改变政府包揽办学的状况，逐步建立起政府宏观管理，鼓励社会参加，学校面向中等教育和成人教育实际需要，依法自主办学的体制。在这种管理体制下，高师院校在执行国家统一的教育方针和有关的政策、法令、计划的前提下，有权接受委托培养学生和招收自费生；有权调整专业，制订教学计划和教学大纲，编写和选用教材；有权接受委托或与外单位合作，进行科学研究和技术开发，建立教学、科研、生产联合体。

其次，要改革高师教育的办学体制，使高师院校既能扩展外延又能增强内涵。所谓扩展外延，指的是以原有的单一定向型师范教育模式不断地向外扩展，在保证高师教育办学方向不发生变化的情况下，扩大服务对象和服务范围。从高师教育诞生之日起，一个天经地义的观念，就是高师教育只为普通中学培养文化基础课教师。在我国中等教育结构没有发生变化的时候，高师教育适应当时的中等教育需要，对发展中等教育作出了重大贡献。但随着社会的发展，中等教育的结构发生了很大变化，中等教育的结构已从单一走向多样，目前中等职业学校总数和在校学生已占中等教育的50%以上。如果高师教育仍然局限于原来那种单一的培养目标和服务对象，显然不能适应社会的需要和时代的需要了。因此，高师教育要从社会主义市场经济的大环境、经济建设的大格局着眼，扩大高师教育的外延，打破以往相对封闭的办学模式，主动适应，主动服务，把服务对象从单一的为普通中学培养师资，扩展到为整个中等教育和成人教育培养师资。所谓增强内涵，指的是在高师教育现有的规模上，通过改革、调整，增强其整体功能。一方面发掘高师教育内在的服务潜能，增强对社会经济发展需要的适应性。受培养目标的制约，高师教育过去完全对口普通中学，几十年来高师院校设置的多是些沿袭不变的专业，缺乏与改革开放要求相适应的新专业。毕业生虽然掌握了一定的教育专业知识，但知识面相对狭窄，适应性不强，难以满足现代教育对师资一专多能的要求，特别是不能满足中等职业技术教育对应用技术专业师资的需要。因此，高师教育需要及时地调整、改造现有专业，优化专业结构，增加与社会经济发展相适应的基础性专业和应用性专业。另一方面，面对21世纪的挑战，中等教育师资的学历层次需要不断提高。目前台湾师范院校为了适应社会经济发展的需要，师专培养幼稚园教师，师范学院培养小学教师，师范大学培养中学(主要是初中)教师，高中大部分是取得研究生学历的担任教师。现在，大陆不少省市中学已提出提高中等教育教师学历的要求，并采取措施来实现这一目标，从未来发展趋势来看，部分师范大学需要扩大高师教育的内涵，适应培养21世纪中等教育教师的需要。

第三，改革投资体制，走以政府拨款为主，多渠道筹措办学经费之路。中国是个大国，又是个穷国，人口多，起点低，加上长期受“左”的思潮影响，一直未能把教育放在优先发展的战略位置上，教育总支出占国民生产总值的比重低于发展中国家4.0%的平均水平。即使按照《中国教育改革与发展纲要》的要求，国家财政性教育经费支出到本世纪末达到4%，也是较低的投入标准。事实证明，单靠国家财政拨款这一条渠道，不可能满足高师教育发展的需要。经费投入不足直接影响到未来教师的质量和现任教师的稳定。高师教育需要改变单纯依赖国家办学和政府拨款的状况，建立面向社会办学、面向社会筹资的机制。一是国家要继续对高师教育采取扶植和倾斜政策，加大对高师教育经费的投入，支持师范院校的建设和发展。财政预算内的教育经费，应补足师范院校因政策性规定(如免收师范生学费等)而造成的与其他类型高校在经费来源上的缺口；对高师院校的特殊需求，如教育实习、社会实践等方面的经费应全额拨足。对师范院校的特困生给予专项经费补助。二是拓宽高师教育经费来源的其他渠道。如从教育附加费和其他税费中，提出一定比例用于教师培训，利用世界银行贷款和社会捐助，解决高师教育的基础和设备条件等问题。三是高师院校要积极进行科技开发，创办产业，主动联合办学，开拓一条多渠道筹措办学经费的新路。在高师教育拓宽筹措办学经费方面，国家应在政策上给以鼓励和扶持。

社会不断变革，教育不断进步。培养高质量的师资，以适应 21 世纪的社会需要，是时代赋予中国高师教育的历史使命。随着 21 世纪的脚步声临近，中国高师教育将在新的社会变革条件下，加快改革步伐，走向未来。

（原载《华中师范大学学报》1995 年第 6 期，又摘要刊载南京大学出版社 1996 年出版的《面向新纪元的思考与展望——第二次教育与社会中外学者研讨会论文集》）

深化改革，探索委属师大服务地方的新路径

——在全国师范教育工作会议上的发言

在国家教委1996年召开的全国师范教育工作会议上。我将我校(华中师范大学)近几年来深化改革，探索委属师范大学服务地方的新路径的情况，向大家作个汇报。

一、深化管理体制改革，采取多种形式联合办学

华中师范大学是委属的一所师范大学，地处中部地区，至今已有九十三年办学历史。改革开放以来，学校有了较大的发展，办学实力有了进一步增强。近几年来，我校深化管理体制改革，探索多种形式与地方联合办学。在国家教委、省市政府和社会各界的大力支持下，本着双向管理、双向受益，增强办学活力和实力的原则，我校在推进与省会城市“共建”，发展与地方的联合办学，校内各院系与企事业单位协作办学三个层次上形成了多种形式办学并举的新格局。

1. 积极推进与武汉市的“共建”

1996年3月，国家教委和武汉市人民政府共建我校的新闻发布会在我校举行，使华中师范大学成为首家部委与省会城市共建的学校。武汉市政府明确承诺：武汉市从政策上和经济上对我校全力支持；给予我校与市属单位相同的政策性补贴，每年根据学校为武汉市承担的培养、培训、科研任务提供相应的费用；划拨一定的经费共同建立“武汉市基础教育研究中心”、“现代化教育技术实验中心”、“生物防治中心”和“武汉市多媒体技术开发中心”；在适当地带给学校控制预留土地500亩；等等。

委属高校与当地政府共建，对于打破高校办学和管理上的条块分割格局，实现教育为区域经济建设服务有着深远的意义。“共建”协议签订后，我校今年(1996年)已为武汉市定向招生100人，招收师训生200余人，干训生400余人；武汉市也在有关政策，水电增容、科研项目、建立研究和实验中心、学校周边土地开发、周边环境整治等方面给予学校大力支持。

2. 大力发展与仙桃市等地方的联合办学

80年代以来，我校一直保持与湖北省仙桃市的教育、科技全面合作关

系，为仙桃市成为湖北省综合实力首强、“全国百强县(市)”贡献了力量。前几年当仙桃农药厂濒临倒闭时，我校试制的三种新农药救活了这个厂，使之获得新的活力。今年 4 月，我校与仙桃市签订了《华中师范大学与仙桃市人民政府教育科技全面合作协议书》和《华中师范大学与仙桃市人民政府共建仙桃学院协议书》。在校内共建“华中师范大学仙桃学院”，这种联合办学形式，无疑是我校与仙桃市“一校一市”模式的发展。协议签订后，我校已为仙桃市招收定向培养本科生 40 人(以后每年 80 人)，并着手将仙桃市一中建成我校第三附中。仙桃市今年资助我校办学和基建投资 500 万元，仙桃学院学生公寓楼已开始兴建。

“仙桃学院”的成立，启发了同仙桃市毗邻的天门市与我校联合办学的思路，学校与天门市现已达成联合办学协议。学校在人才培养、科技开发上给予天门市大力支持和帮助，天门市政府承诺：天门市对学校的投入不低于仙桃市。

3. 鼓励院系与企事业单位协作办学

我们认为，开展联合办学、深化体制改革的目的，就是促进学校与社会的密切联系，促进学科建设和教学改革，促进系科专业办学和人才培养的适应性，因此联合办学不能局限于学校这一层次，对地方来说也不能局限于地方政府，而应鼓励和支持院系与企事业单位开展协作办学。我校在与地方政府联合办学的同时，积极推动院系与企事业单位合作办学。目前，院系一级协作办学势头良好。比如：

——我校经济系与省经济体制改革委员会共建“体制改革与经济发展研究院”。由湖北省体改委分期投入经费，进行学科建设，双方共同培养、培训经济人才。

——我校体育系与湖北省体育俱乐部合作创办“湖北华奥实验体育学校”。今年六月双方签订了协议，湖北省体育俱乐部出资修建教学楼和学生公寓；体育系与华奥实验学校实行资源共享，俱乐部还一次性投资改善体育系的基础设施，同时，每年向学校缴纳联合办学效益金 50 至 80 万元。校领导在认真进行可行性研究的基础上，支持这种形式的协作办学。

——我校教育科学学院与坤志实业公司共建“坤志实验学校”。坤志实验学校依靠我校教科院的师资和管理，坤志实业公司负责筹措办学经费，并每年给教科院一定的资助。今年 6 月，坤志实验学校正式招生，收到了明显的社会效益。

由于思路明确，讲求实效，多种形式的联合办学已在我校呈现良好的发展势头。我校与武汉市最大的民营企业红桃 K 集团为了培训人才，拟投资在校内共建“华中师范大学儒商学院”。为海南省洋浦经济开发区承担培训师资和其他各类人才的任务。与湖北双环化工集团共建附属实验学校，与湖北省保险总公司共建社会学系，与武汉市房地产管理局共建房地产专业等也正在进展之中，有的已达成协议。我们欣喜地看到，联合办学给学校增添了生机，带来了新的局面，增强了办学的活力和实力。截至目前为止，我校今年通过联合办学和面向社会筹措办学经费，已超过2000万元。

二、深化教育教学改革，认真做好“两个服务”工作

师范大学在服务基础教育、服务地方经济(即“两个服务”)方面有着广阔的空间。我校所在的中南地区有3亿多人口，根据调查，湖北武汉和华南地区在基础教育方面需要培训师资的缺口较大，仅武汉地区在“九五”期间就需要补充师资6000人。中南地区还有近15万小学教师、20万初中教师、6万高中教师未达到学历标准，一批中学学术骨干需要分批提高学历层次；许多来自经济建设主战场的课题需要研究。为主动适应社会需要，我校充分利用联合办学带来的发展机遇，努力练好内功，积极推进教育教学改革，促进人才培养质量和办学效益的提高。具体做法是：

1. 坚持教育改革，不断提高人才培养质量

师范大学服务基础教育的首要任务就是培养中学师资。我校坚持师范为本、本科为本、师德为本(“三个为本”)的办学思想，不断深化教育教学改革，全面提高人才培养质量。

坚持更新教育观念。我校在与地方联合办学的实践中，坚持以教育观念更新为先导，更新思维方式，积极探讨高师教育如何适应两个根本转变的问题，从而变封闭的办学观为面向社会和地方的开放的办学观；变单一的为普通中小学教育服务为主动为职业教育、继续教育、终身教育服务的大师范教育观；在人才培养上，变单纯的“专业对口”教育为专业教育与素质教育并举的质量观，以满足社会主义现代化建设对各类人才培养的需要。

——调整、优化高师本科专业。为了适应基础教育改革发展的需要，我校先后恢复和设置了教育学、教育管理、幼儿教育、特殊教育等师范本科专业，使师范本科专业达到21个。同时，适应对职业教育人才的需要，设置了计算机科学、应用化学、应用生物等11个应用型本科专业，扩大了学校专业的覆盖面和社会适应面。

——改革高师人才培养模式。我校根据社会需求和用人单位的反馈意见，及时修订本科教学计划，调整课程设置，按照现代社会注重对学生的素质教育、创造能力和个性培养的要求，加强了政治理论、外语、计算机、体育等思想文化教育课程，把选修课比例增强到40%以上，还增设了100余门加强人文素质教育的公选课。与此同时，学校还在部分师范专业试行“3+

1”(三年专业教育＋一年教育理论学习和教育实践)和“3＋1＋2”(本科教育＋研究生教育)培养模式实验，探索专业教育和职业技能训练有效结合及本科—研究生连续培养的模式。

——加强对学生的“师德”教育。学为人师，行为世范。根据教师职业道德的要求，我校坚持“立德树人，求实创新”的校训，把师德教育贯穿于教育的全过程，并辅之开展丰富多彩的校园文化活动，以提高学生的思想道德素质和科学文化素质。学校还制订了学生德育量化考核测评指标体系，对学生的道德品质、思想素质、文明行为等方面进行量化测评，并将测评结果与各项评优活动结合起来，因而促进了广大学生的思想素质、道德品质的提高和文明行为的养成，为培养高素质教师打下了良好基础。

2. 坚持教育研究和实验，建立适应地方需要的基础教育改革实验区

作为师范大学，我校十分注重基础教育研究，特别是农村“普九”研究和实验，推出了小学整体改革、初中课程结构改革、教材改革、考试学、教育评价等一批研究成果。其中，小学数学教育研究实验参与实验并接受培训的小学教师达 1000 人次，发行实验教材 1000 万册；农村九年制义务教育学校整体改革实验研究已具相当规模，现有 33 所重点实验学校，100 所省级挂牌实验学校，1000 所县市级实验学校推广试验，这两项实验研究成果于 1995 年获得首届全国高校社会科学成果二等奖。近年来，学校为了进一步适应基础教育改革的需要，坚持开展基础教育研究实验，初步建立起四个基础教育研究实验区：

——城市基础教育实验区。以我校附中为实验点，在总结、推广我校一附中教学改革经验上，与武汉市一起创办一批实验学校、示范中小学，重点研究探索大城市基础教育的多样化模式。如我校与武昌粮道街中学一起进行素质教育试验，收到明显效益。国家教委领导柳斌同志、省市教委均给予充分肯定。

——农村基础教育实验区。以我校与仙桃市共建仙桃学院为依托，办好我校三附中(仙桃市一中)等实验学校，根据我国农村城镇化过程中基础教育的发展与社会变迁情况，探索城乡一体化教育体系。

——三峡基础教育实验区。针对经济落后的山区和三峡库区的教育特点，在我校对三峡移民区兴山县教育扶贫工作的基础上，重点开展山区基础教育、移民生态教育和职业教育的实验研究，探讨移民教育中的新问题。

——特区基础教育实验区。总结我校在珠海市与香州区联合创办的香华实验学校的办学经验，继续在沿海、海南等地区办好一批实验学校，重点开展经济特区基础教育的特点和体制改革实验研究，探索经济与教育协调发展的路子。

3. 坚持服务，拓宽面向地方和基础教育的工作层面

近年来，我校在深化改革中，不断提高为地方、为基础教育服务的积极性和主动性。根据联合办学提出的社会需求，认真做好“两个服务”工作，进一步拓宽为基础教育和地方经济建设服务的工作层面，增强“两个服务”的适应性和创造性。

拓宽为基础教育服务的工作层面，主要体现在三个方面：

一是主动服务地方，为地方和老少边穷地区培养师资。这些年来，我校为武汉市培养师资1500余人，为武汉钢铁公司、东风汽车集团、平顶山煤矿等企业委托培养师资近1000人；为少数民族地区(主要是云南、贵州、广西、四川等省区)和贫困地区培养师资800余人。

二是发挥师范大学研究生教育优势，主动为基础教育培养高层次人才。我们拓宽研究生招生渠道，为师专、中师、中学以及教育行政部门培养高层次人才，从1994年起与地方和企业联合委培研究生，首批为武汉市教委、深圳市教委、武汉市铁路局培养跨世纪中学学科带头人80多人；利用全国首批教育硕士专业学位试点，在教育管理、中文、数学、生物4个专业招收在职中学骨干教师80人。

三是不断健全高师成人教育网络，多渠道为基础教育培养培训师资。如坚持以函授、夜大为主体的多种形式办学，建构大覆盖的中学师资培训网络。经过多年的发展，我校已在中南6省、区建立起近40个地市级函授站，函授在校生5200人，并形成了教育、科研、管理一体化格局；实行“三结合”成人教育新模式，大力提高中小学的学历层次。目前已开办6个专业，在籍学员4222人。我校推出的这些服务基础教育的举措，取得了良好的效益。

拓宽为地方经济建设服务的工作层面主要表现为三个方面：

首先，主动为共建的武汉市、仙桃市等承担经济建设和教育发展规划的制订，经济发展宏观研究、投资环境的研究，为地方和企业提供信息咨询。

其次，与地方合作开展研究，如与武汉市教委一起研究制定武汉市“九五”教育发展规划，与武汉市委宣传部开展武汉市精神文明建设和创一流城市的理论和实践问题的研究，与武汉市科委、市蔬菜公司合作开展生物农药、无公害农药等农药新品种研究等。

第三，用高科技的产品直接为经济建设服务，我校研制的获得国家专利产品的无机富锌漆已在三峡工程和油田、钢厂及一些重大水利工程上使用，并在上海浦东高科技开发区建立了年产量上千吨的生产厂，产生了良好的社会效益和经济效益。

三、做好“两个服务”的几点体会

在努力做好“两个服务”的工作中，我们有以下几点体会：

1. 找准自身位置，发挥高师优势，是做好“两个服务”的关键

总结多年来的工作，我们深切感受到，只有找准自身位置，明确目标，才能更好地为基础教育和地方经济建设服务。我们的位置，一是“教育母机”的师范位置，就是要培养德才兼备的中学师资；二是我校处于国家优先发展的中西部地区的地理位置，需要委属师范大学立足地方，为地方多培养人才、多做贡献。实验证明，委属师范大学也有自身的优势。这个优势首先是“师范”二字，是国家为我们确立的大区基础教育、高师体系中的培养、培训任务和示范带头作用，而这则是其他院校所不具备的。无论是武汉市与国家教委共建华中师范大学、仙桃市与我校共建华中师范大学仙桃学院，还是其他地方、单位与我校联合办学，都是因为他们看上了这一点。其次，我们委属师范大学的优势，还在于有既能为基础教育服务，又能为地方经济建设服务的综合实力。应当说，在国家教委的领导下，我校这几年来的教学科研实力有了进一步增强。比如，1989 年至 1994 年，我校在国际检索系统(SCI)收录刊物上发表论文数一直平均位居全国高校第 40 位。在全国首届高校社会科学优秀成果评奖中居全国高校第 13 位。事实证明，师范大学只有发掘自身蕴含的教育资源，发挥在基础教育方面不可替代的优势，才可以大有所为、大有作为。

2. 提高办学质量，树立良好形象，是做好“两个服务”的基础

新中国成立以来，学校全面贯彻党的教育方针，已培养 8 万余名毕业生，众多校友已成为我国教育战线和其他战线的骨干。如五一劳动奖章获得者、全国三八红旗手、通山县一中教师陈振翠；留美博士、1995 年度美国总统教授专家奖获得者李静等校友，都为我校赢得了良好的社会声誉；湖北省评选的中学特级教师中，一半以上是我校毕业生。我们还注重培育严谨求实创新的作风，优化育人环境，努力在社会上塑造师范大学良好的整体形象。由于我们是委属师范大学，要求与我们联合办学的地区、单位较多，从而拓宽了我们为基础教育和地方经济建设服务的层面，奠定了做好“两个服务”工作的基础。

3. 依靠地方，主动服务，是“两个服务”取得成效的保证

要使联合办学取得成效，学校和地方首先要有共同的发展需要和共同认识。武汉市要建成国际性大都市，仙桃市要保持全省首强县(市)的地位，都必须有高素质的建设人才、高质量的基础教育。因此，都有一个大力投资教育、发展教育的问题。对于我校来说，既有面向社会办学增强办学实力的需要，又有提高办学质量和效益的需要，所以双方在共识的基础上，共建一拍即合。我校与武汉市、仙桃市过去都有着长期的合作和联系，双方在长期合作中增进了了解和信任。在这个基础上，建立“一校一市”联合办学模式和共建“仙桃学院”可谓水到渠成。

要把共建联合办学工作长期有效地坚持下去，对于高校来说，有一个正确处理依靠与服务的关系的问题。要做好“两个服务”，必须依靠地方，但是不能一谈共建、联合办学就要对方拿钱，而要积极主动承担起学校应尽的义务，如，我校与仙桃市共建协议书签订后，在原有服务工作的基础上，主动承担起三附中(仙桃一中)的教学改革工作和帮助仙桃市毛毯厂进行股份制改造等，当得知仙桃市今年遭受特大灾害时，学校领导主动送钱送物到受害最严重的村镇去慰问。正是我们切实做好了服务工作，地方政府和企业从联合办学中收到了实效，他们对学校自然愿意投入、舍得投入。今年仙桃市虽遭严重水灾，直接经济损失 2 个亿，但没有拖欠应该投入的经费。共建以来，国家教委副主任周远清、柳斌，省委书记贾志杰，省长蒋祝平，副省长韩南鹏，市长赵宝江，副市长韩忠学、李昌禄等领导多次来我校指导工作，关心和支持学校的发展。如湖北省常务副省长在我们与仙桃签订协议后，专门请仙桃市委书记兼市长许克振来我校向他专题汇报共建事宜，并对我校联合办学给予有力支持。

总的说来，我校的改革虽然还只是起步，但改革促进了学校的发展，给我们带来了无限的生机，调动了广大教职工参与改革的积极性。目前，我校广大干部教工在六中全会精神鼓舞下，围绕学校提出的抓改革、促发展、上水平、增效益、创一流的发展战略，卧薪尝胆，奋发图强，开拓进取，艰苦创业，为把学校建成具有鲜明高师特色、明显区域优势的国内一流、在海外有一定影响的师范大学而努力。

1996 年 10 月于北京

心系华夏　情钟教育

2007年4月5日至6日，中央电视台分两次播放了记录香港著名实业家、慈善家田家炳事迹的专题片：《田家炳——一个人的传奇一生》，这部电视片以生动感人的材料，真实地反映了田家炳先生走过的艰辛人生道路，形象地展现了他为社会谋福祉的心路历程。在这部专题片的开头，有这样一段导语："讲述一位实业巨子的传奇人生，探寻一位亿万富翁的成功奥秘，感受一位平凡长者的人格魅力，还原一位八旬老人的教育情怀。"这四句话准确地概括了田家炳先生平凡而又光辉的人生，揭示了田先生履仁崇义、泽荫神州的精神世界。

我是1996年认识田家炳先生的，至今已有12年。在我与田先生的多次接触中，深感田先生不仅事业有成，功绩赫赫，而且光被桑梓、德泽四方。作为实业巨子，田先生少年丧父，远涉重洋，筚路蓝缕，创业维艰。他以坚韧不拔的毅力在越南、印度尼西亚兴办实业，在香港滩涂移山填海建工厂，创下了一个又一个奇迹，谱写了传奇的人生篇章；作为亿万富翁，他几十年来顶住了银行挤兑、原油价格暴涨、世界经济大衰退等一次又一次的狂风巨浪的冲击，取得了辉煌的成功。他的成功奥秘，在于他把诚信看得比什么都重要，坚持"老老实实做事，规规矩矩做人"，终于排除万难，取得成功；作为平凡长者，田先生以德立身，人格高尚。他的一言一行感动着、温暖着人们的心，为我们树立了典范；作为一位八旬老人，田先生心怀华夏，情钟教育。几十年来，他慷慨解囊，默默行善，取之于社会，用之于社会。特别是成立了"田家炳基金会"以后，他更以教育为重点，把自己的全部心血投身提高国民素质的公益活动之中。

教育是国家强盛的奠基工程。为了中国教育的振兴，田先生奔波不止，奋斗不息。十几年来，田先生与我谈得最多的就是教育，在我多次参加的座谈会上，同学们问得最多的也是教育。有同学问："在你的捐助中，固然有医院、公路、桥梁、体育馆、广播电视台等项目，但资助最多、资助最大的项目还是教育，您为什么捐资教育呢?"田先生说："教育是关系国家强弱、文化盛衰的百年树人大业，更是充实个人、求取生存的重要条件。环顾世界各国，不管它们的自然条件怎样，地理环境好坏，教育发达的地区，人民生活水平必然好；教育不发达的地区，纵有丰富的资源、肥沃的土地、良好的气候，人民的生活水平也不会好到哪里。我国拥有 13 亿人口，据统计文盲、半文盲还以亿计。他们因为缺乏谋生技能，长期处于贫困状态，成为国家的沉重包袱。但如果能提高他们的教育水平，使他们都能自食其力，各有专长，人口的包袱自然可以变为可创造财富的人力资源。这是我 20 多年来致力资助大学、中学教育的主要原因，更每以'中国的希望在教育'的口号，呼吁大家共同重视教育。"这段言简意赅的话，阐明了田先生捐资教育的缘由。

在资助教育的过程中，田先生对师范教育十分重视。从 1995 年开始，他制定了一个资助内地师范大学的计划，从教育部主管的北京师范大学、华东师范大学、华中师范大学、东北师范大学和省属的四川师范大学、南京师范大学等校开始，先后资助了各地的师范大学。现在，各省的师范大学都矗立起一座雄伟壮观的田家炳教育书院大楼。田先生之所以这样重视师范教育，在于对师范教育的深邃见解，他说："良师兴国、'经师易得，人师难求'。师范大学是培育教师的摇篮，教师又是提高教学质量的重要一环。要提高中国的教育质量，首先要搞好基础教育。搞好基础教育，就需改善中小学的办学条件，培养高素质的优质老师，而优质的老师来自各师范大学，因此优先资助师范教育应该是最有效和最实际的工作，再说全国各大学的教学设施无论怎样好，更重要的先要有好的高中毕业生进大学培养，才能达到事半功倍的效果，这也是显而易见的道理，因此我常说，我虽直接资助师范教育，实在的间接利益是为大学提供大量优秀学生。"2007 年 3 月，田家炳先生重访海南师范大学，热情的海师学生围着田先生提问，田先生殷切期望学生毕业后做位好教师，会见的场面十分感人。看到这样的情景，使我对田先生优先资助师范教育有了进一步理解。

田先生不仅高度关注师范教育，而且十分重视德育，并在实践中大力倡导。田先生多次谈道："中国是个拥有五千年历史的文明古国，文化源远流长，自两千多年前先贤提倡以仁义立国以来，尽管经过不少朝代更替，但重视传统道德的精神始终不变。学校推行德、智、体、美、劳五育，勉励学生敦品励学、品学兼优，都是以品德放在第一位。可惜在近代的现实社会中，大家为着将来生活上有更丰富的享受，谋求职高薪优，所以都只追求课本上的好成绩而漠视了做人的道理，学校和老师们为着满足家长及学生的要求，也只利用现代的科技设备，尽量发掘学生的智力，令学生以取得优良的成绩入读名校为前提，这是一个不够完美的教育趋势，因而造成不少严重的社会问题，重视学校德育，培养学生建立良好的品德已是刻不容缓的事。"他还以自己的亲身经验说明"品德比学问更重要"。他说："在几十年的人生过程中，不论是经商或处世，我能得到大家的尊重，这完全是我平素守本分，讲道德，言必信，行必果，事事以‘利人利己’的立场，以‘以德服人’为最高原则，结果是无往不利，逢凶化吉。”“40多年来，面对一次又一次无法控制的经济风暴，如果没有我的人格品德配合，纵有再好的学问才干，也是无法这样稳如泰山地度过的。这是我千真万确的经验之谈，也是不少友人视为奇迹和我颇足自慰的收获。”我曾问他，怎样才能培养好的品德？他说：“德育最重要的是教人如何做人，如何修身立品，培养好的品德。培养好的道德品质确实不是一件简单的工作。由孟母三迁的故事及先贤古训‘近朱者赤，近墨者黑’，‘入芝兰之室，久而不闻其香’，‘入鲍鱼之肆，久而不闻其臭’给我们启示，是环境对人的影响很重要。人的行为善恶，不能单靠法规或条例去约束，更重要的是明确自己该怎样做。‘暗室不做亏心事’的真谛，是要求纵使没有人看到也不做违背良心的坏事，我的指导思想是，凡是怕人知道的就不要做，要达到这种修行和自律，除了需要较好的环境和社会风气去熏陶、去潜移默化，更重要的是个人的追求和警惕，随对记住‘勿以善小而不为，勿以恶小而为之’的格言，尽其在我，事事以心比心，此外似乎没有更有效的其他方式。”这些话掷地有声，意味深长。正因为田先生十分看重德育，所以他在1998年、2001年、2005年分别在南京师范大学、华中师范大学、北京师范大学等校召开了德育研讨会，2001年我参加了第二次德育研讨会，会议的主题就是21世纪德育教育的路向，担任大会主席的中国人民大学原校长李文海教授作了主题报告。通过这件事使我深切感到，香港一位耄耋老人这样重视德育教育，我们怎能在这一方面懈怠呢。

田先生对教育的捐助，可谓殚精竭虑、呕心沥血。他与其他社会名流捐赠教育的方式不同，田家炳先生总是亲历每所受赠学校，给予热情关心，具体指导。无论是田家炳教学楼、实验楼还是艺术馆、体育馆的规划设计，还是襄资助建的具体事宜，他都给予关心、帮助，如有学校的教学楼设计不够合理，有的阳光不够充足，厕所不够隐蔽、方便……他都一一指出，甚至画出设计草图供学校参考。十几年来，田先生几乎去了所有受赠的学校，从东北的黑龙江到天涯海角的海南，从西部边陲的新疆到风和日丽的云南，都洒下了先生的心血和汗水。他每到一地，都受到师生发自内心的热忱欢迎，而他每次都要与学生座谈，开头是他做报告，然后是学生提问，先生的心与学生的心相融在一起，气氛十分活跃、热烈。我曾多次见到这样动人的场面，深感田先生德泽四方，精神感人，令人受益匪浅。

有位教授写了一首诗：《为田家炳先生资助教育而作》，诗中有这样几句：“吾仰田夫子，盛德遐迩闻。恋乡复爱国，济穷且扶贫。雪中亟送炭，百年好树人。捐资助教育，四海遣春温，建校知多少，黉宇耸入云。善举频频出，纷纷难细陈。慷慨乐奉献，沾溉及后昆。歆钦田夫子，名已标星辰，功业在当代，鸿泽永流芬。”这首诗表达了一位教授对田先生的敬意，也说出了我们的心声。

（原载长江文艺出版社 2008 年出版的《德被华夏的田家炳访谈录》）

耄耋老人的赤子情怀

——记香港著名企业家、慈善家田家炳先生

1998 年 10 月 2 日，是我校校庆 95 周年华诞。这一天，桂子山沉浸在欢乐气氛之中，香港著名企业家、慈善家田家炳一行和各方嘉宾莅临我校，庆祝田家炳教育书院大楼落成。附小的少先队员手持鲜花，在桂花大道上夹道欢迎来自香江之滨的客人。象征喜庆的大红灯笼悬挂在大楼顶上，两旁悬挂着“丹心昭星座看桃李频沾化雨，盛德惠士林欣杏坛永沐春风”的对联，一座融民族古风和现代气息于一体的田家炳教育书院以其熠熠光辉，屹立在桂花飘香的桂子山上，彰显着田家炳先生心系华夏、情钟教育的赤子情怀。

说起田家炳教育书院，不禁使我想起与田家炳先生多次相见的情景：那是 1996 年 5 月，我们一行在香港会见香港中文大学院长卢乃桂教授，他对我说：香港有位实业家拟资助一些师范院校修建教育学院大楼，你校是否赞同。当时我虽不知这位先生是谁，但对先生慷慨资助教育的义举，不仅表示赞同，而且深为钦佩。回校后，我们着手筹划田家炳教育书院大楼建设有关事宜。8 月，武汉天气十分炎热，田家炳先生委派卢乃桂博士等来校选址。地址选定后，我们抓紧设计。为了审定田家炳教育学院大楼图纸，我们于 10 月 4 日在深圳与田家炳先生一行相见，会见由我校黄高建校友安排在深圳中航集团 30 层楼的一间会议室，田先生认真听取了大楼设计的初步方案，仔细询问了有关设计的一些问题，他对大楼的实用性十分强调，他说：“设计一定要考虑大楼赐予的条件，要让老师、同学课余休息时能在大楼眺望大自然的风光，充分呼吸清新空气。设计要为老师、学生着想，既要庄重美观，又要实用大方。”这些见解充分反映了田先生的人文情怀。10 月 30 日—11 月 1 日，田家炳先生夫妇、卢乃桂院长、房德昭、萧开廷先生一行应邀参加田家炳教育书院奠基典礼和授予田家炳先生荣誉教授、教育书院荣誉院长仪式，湖北省常务副省长和武汉市副市长都在会上发表了热情洋溢的讲话，他们一致认为，田先生捐资助学利在当代，功在千秋。田家炳教育书院的兴建，将为华中师范大学的教学科研注入新的活力，作为一座盛世的丰碑，载入华中师范大学史册。

由于田家炳教育书院的设立，我同田家炳先生的联系增多。2001 年 3

月，田家炳教育基金会在我校召开了“21世纪学校德育发展路向”研讨会，来自香港和内地的150多位专家聚集在一起，专题研讨了育人为本、社会共建、加强和改进德育工作问题。此后，我又协助田家炳基金会做了一些工作。在我的推荐下，田先生先后资助了华中科技大学、湖北大学、中南财大、三峡大学、海南大学和宜昌、荆州、襄阳、鄂州、仙桃、长春、哈尔滨等地学校的项目，每当这些学校项目完成时，田先生总要我参加这些学校项目的相关活动，这样就使我与田先生有了多次相处的机会。通过接触，使我感受最深的是田先生爱国兴教的赤子情怀和履仁崇义的人格魅力。

被台湾称为“当今一代奇人”的田家炳先生有句名言：“中国的希望在教育。”为了教育的振兴，田先生奔波不止，奋斗不息。田先生认为，教育是关系国家强弱、文化盛衰的百年树人大业，更是充实个人、求取生存的重要条件。这也是田先生多年来资助教育的主要原因。据统计，截至2007年12月，田先生在台湾、香港和内地资助大学86所、中学148所、小学40所、特殊专业学校10所，捐资项目多达1000多个。为了培养优秀人才，他还在田家炳教育书院和田家炳中学设立奖学金，资助本科生、硕士、博士研究生进一步深造。田先生资助的这些项目不仅使受资助学校受惠，更重要的是这些学校的师生在接受项目的过程中，从田先生的言传身教中获取教益。有几位田家炳中学的校长对我说：“田家炳给予我们的不仅仅是一栋大楼或几百万元，而是一笔宝贵的精神财富，是凝聚于心的人格魅力。”这些话反映了受资助学校的切身感受，我们在一些学校所见也说明了这一点。

2003年11月和2005年7月，我陪同田家炳先生一行考察湖北几所田家炳中学，每到一地，他都要亲自与学生接触，给学生做报告，回答学生提出的问题，现场气氛十分热烈，而学生也从交流互动中感受到田先生品德的高尚、人格的魅力。在一次座谈会上，有学生问他对师生有什么期望时，他说，教师是学生的良师益友，只有德才兼备的教师，才能培养品学兼优的学生，教师首先要教育学生学会做人。在回答学生提出的如何看待财富这个问题时，田先生说：“财富只占我们的一环，更重要的是心灵上不负于人，不愧于己。保持纯洁高尚的人格，才是最可贵的财富和幸福。”他多次谈到，“品德比学问更为重要，学校要把德育放在首位，教师要通过自己的言传身教帮助学生建立良好的品德，将来成为社会上的好公民”。他谆谆告诫学生要“规规矩矩做事，老老实实做人”，“宁可实而不华，切忌华而不实”，“己立立人，只有己立，才能立人”。

田先生不仅是这样说的，而且以他的言行为我们做出了表率。他笃守诚信，薄己待人。有一次我问田先生：“听说有不少企业希望同你合资开工厂，你为什么没有接受呢?”他说：“改革开放后，政府对中外合资企业给予许多优惠政策，不少企业邀请田氏合作，田氏只要提供技术就可获得很大利益，但我没有这样做，因为田氏公司在香港是很有信誉的公司，我担心内地有些合作企业利用田氏这块金字招牌和优惠条件，做些投机取巧、走私漏税等不合法的事，所以宁愿放弃这些好机会。相反，我把价值几百万的成套人造革生产设备送给广东省政府，由省政府安排给佛山塑胶二厂，田氏还免费为佛山厂安装设备，培训技师。现在这家工厂生产很好，获利甚丰，已成为一家实力雄厚的上市公司。”田先生为什么要这样做呢？他说：“我在几十年的奋斗中，一直注意自己的人格，以诚信为立身之本，事事将心比心，处处多考虑整个社会的效益，在商场上更是要考虑对方的利益。”正是这种人格力量，使田先生赢得良好信誉。

尤其令人感动的是，2001 年，田先生为了坚守按期付款的承诺，不惜在亚洲金融风暴袭击香港房地产低潮时，以壮士断腕精神，毅然把自己住了三十七年的心爱的九龙塘豪宅别墅卖掉，将所得的 5600 万港元全数捐资教育，而他自己却以每月 3 万港元的租金租住在 130 平方米的一套公寓楼，年逾耄耋之年的富翁成了“无壳蜗牛”。田家炳先生的这一举动感动了香港，感动了神州。当时田先生写信给我谈到这件事，还附上卖掉的别墅的照片，我读到这封信时深受感动。2005 年，田先生为了增加资金以扩大教育捐资，又将 13 万平方米、高 24 层的田氏广场售出，得款 3 亿元，用于捐助几十所大学和中学。田先生这样慷慨捐资、溥施隆教，更彰显了他的人格力量。台湾理工大学虞兆中教授说：“田先生确实是了不起的人，能由创业而富有，更能大把大把地花钱，为遍及全国的同胞造福。最难得的，在亚洲风暴以后，竟为助学而卖产，变有产为无产，怎不叫人称颂。”湖北省教育厅张继年副厅长曾用“感谢、感动、感悟”六个字表达自己的心情，说“这位老人的道德形象令我感触至深，至今不能平静”。2004 年 5 月，在哈尔滨师大的座谈会上，有位女生听了这件事后十分感动，她走到主席台前想对田先生说几句心里话，但她感动得哭了，一句话也说不出来，最后她提出要与田先生握一下手，田老满足了她的要求，此时学术报告厅内响起了雷鸣般的掌声。类似这样的场面我见过不止一次。我想：田先生爱国兴教的事迹为什么能打动这么多学生的心，最根本的还是田家炳先生的人格魅力使年轻一代受到教益，受到震撼。正如宜昌一位学生所说：“从田先生的言谈身教中，我懂得了更多做人的道理。‘勤俭诚信，重实轻华，己立立人，以德服人。’简单的 16 个字，折射着老先生的高尚品格。在当今这个步步充满玄机、处处张扬物欲的社会里，能做到这 16 个字，不能不让人钦佩。生命诚可贵，道德价更高。从田先生的教诲中，我理解了幸福的含义。万贯家财比不上贡献社会，功成名就比不上造福后代。田老先生给我最深的一句话就是：‘在心灵上不负于人，无愧于己。'保持着纯洁的高尚人格去追求得到的，才是最可贵的幸福。”这位学生的话概括了田家炳精神的实质。

田先生的人格魅力，来自家庭的教养、传统的教育和社会的磨练。田先生15岁时，父亲去世，为继承父业，读完初二只好辍学，毅然挑起了家庭的担子。18岁就漂洋过海到越南创办瓷土公司，后又到印尼创办了“南洋树胶有限公司”。1958年举家回到香港，劈山填海造地，兴建起田氏化工工业城。在漫长的人生道路上，田先生坚韧不拔，执著追求，尽管遇到无数艰难险阻，他都能迎难而上，化险为夷，取得事业上的成功，被人称为“人造革大王”。他的成功，与他从小受到良好家庭教育和传统文化影响是分不开的。有学生问他：“你有一个受人爱戴的父亲，他在您的心目中是一位怎样的父亲?”面对学生的提问，田先生总是满怀深情地讲到父亲对自己的教诲，讲到激动时，情不自禁地流下热泪。他说：“我在几十年的人生过程中能够小有成就，实赖早年得到先父的教导和影响。先父48岁时我才出生，他老年得子，虽然爱如掌珠，但决不溺爱，教育我长大以后做个有益于国家、造福社会的人。”田先生小时候不喜欢吃苦瓜，他的父亲耐心地给他讲苦瓜是怎样种的，有哪些营养，讲多了，田先生也爱吃苦瓜了。在父亲的教育下，田先生克己俭朴，身体力行。田先生的长子庆先说：“父亲事事务实，亲力亲为，不求虚荣。从印尼到香港，从少年到老年，在私人生活上如此，在商场上也是这样。家父多次创业，搬迁办事处，兴建大厦等，从不举行开张、新迁、平顶等仪式，儿女婚嫁也一律从简，他常把'君子之交淡如水，小人之交甜如蜜'的古训告诫自己。”

尽管家庭富裕，身缠万贯，但在个人生活上，田先生几乎到了苛刻的地步。我第一次见到田先生是在深圳罗湖海关出站口，只见田先生穿着朴素，神采奕奕，从出站口走出来，当时我问陪同田先生一起来的香港中文大学钟教授：“田先生家里房屋汽车一应俱全，为什么不开小车来呢?”钟教授说：“田先生一贯勤俭朴素，从来都是坐火车来深圳。”后来我了解到：田先生出门坐公交、地铁，坐飞机不坐头等舱，住酒店随手关灯，自备肥皂和洗刷用品，喝不完的矿泉水带走再用。这些小事在一些人的眼中，可能认为田先生过于节俭，不会用钱，但田先生认为：“我是很会用钱的人，因为，我的钱都用在最有用的地方，我在家乡，祖国内地、香港，不论是捐校舍、盖医院、造桥，都是用在最需要的地方。”“与其说我节俭，不如说我不敢浪费。我深知每一样东西，哪怕是小小的一张纸、一根针和一棵青菜都来之不易。俭足以养廉，俭能净化社会风气、修养廉洁的品行。每当我多用钱物，就会觉得内心十分不安。我生活素来俭朴，对个人享受从来没有什么要求。”从田先生对待这些小事的态度中，我们不难看到中国传统美德的影响，看到一位耄耋老人的人格力量。

说到传统文化的影响，田先生多次与我谈到，他从小就受到传统文化的熏陶："我七岁时，父亲就教我熟读朱柏庐的《治家格言》，希望我能从中学习做人处事的道理。父亲很认真教我，每天教两句，念完后，明天再教两句的时候，就会叫我背昨天的两句。他教我不是说今天能背诵就算了，一定要我身体力行。几十年来，我一直没有遗忘父亲的教诲。"2005 年 5 月，田先生再访我校，在与田家炳教育书院学生座谈时，田先生说到《治家格言》对自己的影响，当时有学生手里拿着《治家格言》"考"田先生，学生念"关锁门户，必亲自检点"，田先生接着念："一粥一饭，当思来之不易；半丝半缕，恒念物力维艰，宜未雨而绸缪，毋临渴而掘井。"学生又念到"施惠无念，受恩莫忘"时，田先生马上念："凡事当留余地，得意不宜再往。人有喜庆，不可生妒嫉心；人有祸患，不可生喜幸心。善欲人见，不是真善；恶恐人知，便是大恶。"……当田先生这样倒背如流时，全场报以经久不息的掌声。这样的情景在别的学校也出现过。2007 年 6 月，中央电视台访问他时，还实录了田先生倒背如流的情景，而此时的田先生，已过 88 岁高龄，这也足见这篇格言对田先生一生的影响。除《治家格言》外，田先生还阅读古典诗文，学习传统文化。他在大会上的每次讲话，从不要讲稿，都是即兴发言，引经据典，出口成章。田先生不仅熟悉文学，还十分喜爱古典音乐，他在参观我校音乐学院时，不仅用钢琴弹奏了一首中国古典名曲《过江龙》，还会拉椰胡，在家乡大埔还参加了汉乐演奏。正是传统文化的这种影响，激励着田先生奋勇前行。

总的来说，田家炳先生施仁布德、泽荫神州的事迹传遍华夏大地，特别是他作为"儒者、智者、仁者、长者"的赤子情怀和高尚人格更是感动了无数人。为了表彰他的杰出贡献，他多次被授予荣誉博士、教授、院士和荣誉市民。2010 年，香港政府向他颁授最高荣誉的大紫荆勋章，还被香港电视台评为"第一届感动香港十大人物"。更为引人注目的是，紫金山天文台于 1994 年 3 月 6 日，将 1965 年发现的 2886 号小行星命名为"田家炳星"。这颗与日月偕行、共山河比寿的"田家炳星"，将承载着田家炳的感人事迹，永远在太空中运行不息。田先生家乡的一位中学老师赖丽萍说："桃李不言，下自成蹊。田先生的人格魅力，已经深深感动了每个人的心灵。您的善举，带领更多的人为公益事业添砖加瓦；您的精神，扬起了一面旗帜，指引更多的人为社会奉献。敬爱的田先生，您就是从万川大地冉冉升起的明星，照亮了那片天空，温暖了这个世界，激励我们永远向前。"是的，田家炳这颗闪亮的星将永远发出无限光芒，照耀世人。

中国的希望在教育

——德被华夏的田家炳先生访谈录

前　言

经过三年的努力，《德被华夏的田家炳访谈录》付梓了，看到这部彰显田家炳先生传奇人生的书即将出版，感到十分高兴。

我是1996年认识田家炳先生的。当年5月，我在香港几所大学访问，经香港中文大学卢乃桂教授鼎力推荐，田家炳先生确定在我校捐助田家炳教育书院，为此我和田先生有过多次接触。后来，在田家炳基金会资助湖北、吉林、黑龙江、海南等省多所田家炳教育项目中，我又陪同田家炳先生参加了有关活动。田先生每到一所学校，都要召开座谈会，与学生座谈，听取学生的意见，座谈会上，学生们提问之踊跃，气氛之热烈，使我们深受感动，而学生提出的许多问题涉及田先生的人生道路，涉及有关人生观、价值观、幸福观、教育观，涉及有关田先生家庭和教育子女等方面的问题。听到这些，我感到学生提出的问题不仅切中肯綮，而且很有价值。由此我萌发了一个设想，把学生们提出的这些问题集中起来请田先生回答，编写一本田家炳先生访谈录。2005年，我在三峡大学向田先生提出了这个设想，得到他的认可后，我便将学生提出的问题，加上我思考到的一些问题(开始有70多个问题，后来扩充到110个)，分类整理出来。2006年，我在参加海南大学捐赠仪式时，便将这些问题交给田先生。出乎意料的是，田先生对这些问题不仅十分重视，而且根据自己的亲身经历和人生感悟亲自作答。可以说，这本凝聚着田先生心血的访谈录，不仅是田家炳先生光辉人生的真实记录，而且是教育年青一代的生动教材。为了丰富全书内容，田先生建议我向一些受捐学校征邀鸿文。这本书的第二部分“受捐学校领导、老师感言”和第三部分“受捐学校学子心语”，就是根据这个建议征邀的文稿。这些文章内容翔实，生动感人，为访谈录增添了光彩。

这本书的出版，得到了多方面的帮助。田家炳基金会的房德昭先生、萧开廷先生，一些受捐学校都给予了大力的支持，湖北省教育厅张继年副厅长在百忙中仔细阅读初稿，为本书作序，长江文艺出版社王卉副社长、办公室主任康志刚、责任编辑何海和武汉浩典图书设计室为本书的出版精心设计，付出了艰辛劳动。对此，一并表示衷心感谢。以下是田家炳先生的访谈录。

一、艰苦创业，锐意进取

王庆生：田先生，在我看到的材料中，深深感到你的人生既是平凡的人生，更是光辉的人生。1935 年 7 月，你的父亲玉瑚公因病逝世，当时你只有 16 岁。由于家业的需要，你放弃了学业，毅然挑起了家庭的重担。在短短的两三年间(1937—1939)，把父亲留下的事业经营得蒸蒸日上。我想问问，你当时是怎么挑下这副重担的？

田家炳：我是广东大埔人，生于 1919 年 11 月 20 日，1935 年 7 月 21 日先父(时年 64 岁)就离开了我。当年我未足 16 岁，刚在大麻中学读完初二就遭此巨变，真是痛不欲生。为了继承先父在银江河口的“广泰兴”的生意及砖瓦窑业，只好放弃读书的理想，毅然挑起了家庭的担子。大埔是山区，那时全县没有公路，一切只靠韩江河解决较远程的货运和小部分客运，绝大部分都靠肩挑和徒步，赴墟做买卖，探亲访友，单程走两小时以上的羊肠山道是等闲事。我到各乡去推销砖瓦也靠走路，生活相当艰苦。我的体型属矮小，但因从小得到先父的教育，谈吐文雅，老成持重，每次与人谈生意，都得到对方的赏识。他们看到我是一个很有爱心且知书识礼、有教养的好孩子。因没有了父亲，小小年纪就要放弃学业而出来当家干活，无不同情惋惜而爱护有加，因此，砖瓦窑业务做得非常顺利。

王庆生：1937 年，你漂洋过海到了越南，这时你只有 18 岁，你利用家乡丰富的瓷土资源，创办瓷土公司，从事陶瓷贸易业务。有人说你是“牛刀小试，成绩斐然”。我想问：你当时为什么离开家乡去越南经商，遇到过哪些困难，你是怎样解决的？

田家炳：大埔的家用瓷业已有几百年的历史，不少乡民去越南开瓷器厂，当地也有三家商号在我家乡收购小量已经加工、去粗淘细的瓷土，运到越南。我祖上遗下一座质优量大的瓷土山，先祖父也曾办过家用瓷器厂，但因技术配合不上而结束。我深信将原瓷土加工提炼后，运到越南应该是有利可图的。为求到异国作更大的发展，又能利用家乡的资源，遂致力原瓷土加工提炼的投资。经过一年多的筹备到投产，于 1937 年秋，在西贡近郊旱翁市创办泰安隆瓷土公司。当时虽有不少同乡经营瓷厂，但因自己的产品上乘，成本比其他原有三家同业低，我的务实、守信及抱着利人必能利己的宗旨，事事考虑如何方便顾客，很快就打开了销路。开业不到半年，就争取到60%的市场，瓷土市价由每 100 公斤 9 元降到三家同业的成本价 7 元，他们已临亏本边缘，但我的利润仍然非常可观，销量有增无减。1938年夏，我看到三家同业困境及他们在大埔的瓷土供应小加工厂的危机，内心甚感不安。经过深思熟虑后，我出面邀请他们合组茶阳瓷土公司(简称茶阳公司，茶阳是大埔的别称)，合作条件是公司利益4家平分，内设经理、副经理、会计、财务共同负责，而我任副经理统管购销业务，货源原则上我的公司占60%，他们三家共占40%，但最后决定在销售量方面，由客户自己选择。四家提供的货源同价7元卖给茶阳公司，茶阳公司售价恢复至9元。我这种大公无私的善意：公司利润4家平分，不计较有无货源供应，这样的优惠条件他们认为是意想不到的。因我公司的成本价在5元以下，以7元卖给茶阳公司已感心满意足，而他们都是成本价。合作不到两个月，客户都乐意买我的瓷土，他们也不在乎争取供应接近成本的货源，结果是100%由我公司供应，售价更提高至10元，真是皆大欢喜。由于我在自己的瓷山上挖出瓷土，就地加工，又近韩江，成品直接运至越南，除了在家乡设厂加工时碰到些小困难外，可谓一切顺利。

茶阳公司组成后，瓷土统购统销，没有其他同业竞争，利润稳定，销售情况非常理想。我除了要做好家乡瓷土加工，督促正常供应及由汕头交洋货轮运到西贡海口的事务外，其他都不需要伤神。可惜在离1937年7月7日日本发动侵华战争将近两年的1939年6月21日，日本突然出兵占领汕头，令瓷土供应中断，茶阳公司业务被迫结束，国家受日本帝国主义侵略的战祸竟直接降临到自己身上，体会到有国才有家的真谛，也更激起爱国的情怀。汕头沦陷使越南的生意结束后，检讨当时由泰安隆在短短期间内就争取到60%的市场，本来可以趁自己的优势将另三家同业打倒后作出独占市场的战略，但因体念同乡同业及他们在家乡的小加工厂的困境，而提出自己愿意少赚一点的办法，组成茶阳公司，提前取得自己更高的利益，是一项适时的聪明决定，也应验了“好心有好报”的古语。

王庆生：你到越南经商两年多，又于1939年到了印度尼西亚，直到1958年离开。在近二十年的时间里，你在印度尼西亚创办了“超伦树胶厂”、“南洋树胶有限公司”，1956年又在印度尼西亚创办了首家塑料薄膜制造厂，你的实业已雄居印度尼西亚工商之首。请问：你是怎样在印度尼西亚创业的，取得成功的原因是什么？有哪些经验教训值得我们借鉴？

田家炳：1939年夏，抗日战争扩大，烽烟日亟。当时，我兄长家烈(先父义子)久居印度尼西亚，亟须他回乡照顾母亲，由我前往印度尼西亚接替他的生意。可惜我到印度尼西亚仅数月，兄长不幸逝世，我与侄儿继承他遗下的生意。印度尼西亚土著教育程度低，生性纯朴，华人在买卖上常会采用一些在货物及价格上欺骗对方的手法，生意上虽说是获利甚丰，但我每想到先父教导朱柏庐《治家格言》内的“与肩挑贸易，毋占便宜”、“刻薄成家，理无久享”的格言，就感到内疚。1942年春，日本南进占领印度尼西亚，我的住地临海，被划为军事区域，规定外侨必须在一个月内离开该地，生意受到严重损失，将一些能带走的现金交给侄儿后，自己单身前往首都雅加达族人田国章的五金工厂打工，出任部门主管，决心重回工业发展，这是我第一次过着“受薪阶级”的生活，时年虽足22岁仍是孤家寡人的我，怀着多做事、多学习的精神，与同事打成一片，公司生意转亏为盈，深获族人的信赖，还兼管了多项事业，学到了很多以前没经历过的难得经验，也增强了自己创业的信心。

1945年8月，日本无条件投降，祖国迎来了胜利，印度尼西亚也宣告独立，解除了战时的一切束缚，也是自己创业机会的来临。经过日本搜刮和统治三年半的印度尼西亚，一切物资奇缺，树胶是当地的土产，设厂加工制造日用品是较易争取市场的工业。在我慎重的策划下，获得族人在经济上的支持，“超伦树胶厂”顺利成立，并于同年底投入生产。由于日本占领三年多，社会经济亟待发展，各项物资紧缺，各类日用品需求甚大，“超伦”的产品非常畅销。工厂实行3班工人24小时生产，利润丰厚，至1951年秋再创“南洋树胶厂”，扩大生产，营业额倍增。期间曾多次往香港、新加坡、马来西亚等地考察，与英商卜内门建立了良好关系。1954年秋前往日本考察塑料薄膜(战后市场统称原子皮)在印度尼西亚生产的可能性，并得到一些基本的技术。1955年夏购入主机，将部分树胶生产改产塑料薄膜，因属第一家，投产后售价比进口货低40%，质量虽略差，但非常适合市场，获利更丰，被当时誉为荣誉产品及难得的青年工业家，还带动了下游的加工业，这也是我后来抱着坚定目标在香港发展人造革业的原因。

总结我自1939至1958年在印度尼西亚白手兴家取得发展的主要原因是：1942年生意受到战争影响结束后，我并没有追求做老板而愿转为受薪阶级，以期到印度尼西亚首都多点看世界的机会。以后，我转投工业界。凭自己勤奋负责，不计较薪酬高低、工作劳逸，将别人的事业当作自己的事业，尽心尽力，获得雇主的特别信赖与爱护；在1945年二战结束，趁机创业即获得族人的经济支持，起点虽小，但时来运到，发展迅速，这又是“好心好报”和“吉人天相”的另一例证。深盼年青人多些考虑我上面几点为我带来好运的因素，眼光望远一点，不要过分计较自己的有形得失，常怀利人必能利己的愿望，自能奠定自己的事业基础。

王庆生：据我所知，1958年是你人生中具有转折意义的一年。当时你在印度尼西亚做塑料薄膜业务，投资很多，厂房也建了不少，可你为什么在有很好发展前景的情况下毅然决定举家迁到香港，不继续在印度尼西亚做下去呢？这是出于一种怎样的考虑呢？做出这样的决定是不是要冒很大的风险？

田家炳：印度尼西亚原属荷兰殖民地，二战后随着世界大好形势，各地战前列强属地纷纷独立，印度尼西亚也不例外。当地中下阶层经济一向由华人操纵，政府扶植民族工业，对华侨订立很多苛例。祖国抗日战争胜利后，国共分裂，内战频频，1949 年新中国成立后，护侨工作还来不及做到海外，各地华侨的利益自然很难受到政府保护。我鉴于印、华民族文化差距太大，贫富悬殊，思想文化鸿沟愈来愈大，而且当地几无华文教育，为全家安全及儿女能够接受中华传统文化，遂于 1958 年夏离开印度尼西亚，全家移居香港。当时在雅加达华侨社会中引起很大的反响，较保守的想法是整个印度尼西亚的经济活动都操在华人手中，印度尼西亚人需要华人留下远比华人想留下更为迫切，印度尼西亚没有华人参与发展，全国等同废墟。他们决不敢采取过激行动，自取灭亡之道，纵有排华情况，也是逐步增加的，认为我是杞人忧天。明智者则赞赏我的远见卓识，高瞻远瞩，也认同排华风暴五年内不来，十年后也必来，但对辛苦经营了几十年的事业总舍不得抛弃，遭受经济上的巨大损失，还有很多相关的家庭问题需要解决，更重要的是究竟移居到什么地方才是安全的？始终没法鼓起勇气放弃印度尼西亚，这是绝大部分华侨考虑再三后，最终只好听天由命，留居原地的结果。

当时的实际情况是：新中国成立不久，各地进行的如火如荼的清算斗争，令人谈虎色变，稍有华侨关系的国人都不光彩，根本无“华侨投资”这个概念。台湾到处高呼反攻大陆，金门日日隔海炮声隆隆，政治前景不明朗，出入境严格控制，外汇贸易也不自由；菲律宾、马来西亚、泰国等地区无移民政策，当地华人也备受本土人排斥；香港是弹丸之地，一向被华侨说成是“人吃人”的城市，更是不敢考虑。这是印度尼西亚华侨“有脚无路走”的真正感受。

依我个人的较简单而又自觉理智的想法是：香港确是唯一的选择。香港是一个发展得较好的城市，比经济较差的城市，社会情况复杂，商场竞争较激烈，这是必然的道理。但香港政府的管治较好，金融稳定，贸易自由，法律平等，安全保障等都比印度尼西亚好得多。自己离开印度尼西亚移居香港的基本原则可说是“弃暗投明”，是绝对正确的选择。何况她是中国的南大门，主权回归只是迟早的问题。在香港，我的九个儿女可接受好的华文教育，这是我选择香港的另一个主因。所以我不顾一切，以破釜沉舟的精神作此决定。如果纯以金钱的角度看，当时我放弃在印度尼西亚如日中天的事业，走向人地生疏的香港，事事从头做起，不怕整家十几口的负担和年近 80 的老母(1965 年于香港逝世，享年 83 岁)，这个勇气确不简单，也是印度尼西亚侨界、我的同乡、同宗津津乐道，被誉为集惊人的毅力、超人的智慧、聪明的决定、坚强的有胆识的壮举。这里面当然难免要冒很大的风险。现在回想起来，确像“盲人骑瞎马”的疯子，又好像是“祖宗有灵”般保佑着。

王庆生：正如你所说的，1958 年举家迁到香港是完全正确的，你及时果断地避免了印度尼西亚当局反华给华人带来的厄运。迁到香港后，你在缜密考察的基础上，以超人的胆识和气魄，又做出了一项别人难以做出的决定：拿出巨资在荒芜的屯门买下 30 多万平方英尺(约 3 万平方米)的海边滩涂，劈山填海造地，兴建起一座田氏化工工业城，这是一项很了不起的工程，你当时是怎样决策的呢？

田家炳：1958 年夏我初到香港，在人地生疏的情况下创业确不容易，特别是我心理上受到许多约束，创业备感困难，最后重点考虑是做些对香港社会最具效益的事业，视利益多少为次要问题。

香港位于中国东南端，是发展日渐迅速的东亚地区的枢纽，地理条件优越。香港政府一直坚持维持低税率的政策，以鼓励贸易和生产，政府在经济方面干预很少、极低通胀、资金流动及对外投资障碍全无、金融与银行业限制极少，出入境自由，法律制度健全稳定，交通、信息发达，人力充沛。回想在印度尼西亚时因产制塑料薄膜而带动下游加工业的收获，于是再操旧业，在港人不敢做或不愿做的行业——塑料薄膜人造革上再干一番。要做塑料薄膜人造革行业，首先要解决的是办厂的土地。香港(陆地)总面积达 1104 平方公里，由香港岛、九龙半岛和新界(包括 262 个离岛)组成，山多平地少，土地资源不足而人口密度超常，真是寸土寸金。人造皮革厂用地起码要 1.5 万平方米以上，香港土地全靠政府供应，每块面积都是几千平方米，故找合适合用的土地建厂确非金钱可以解决的难题。

香港的英商卜内门洋行(I. C. I.)是化工界权威，在工业界及政府方面都很有影响力。我靠印度尼西亚的老关系去请教该行，彼此短暂的接触即获得青睐，他们提出很多在香港必有前途的塑料加工工业，愿意提供设备、人才、技术、市场、原料等全面协助，反而不赞成我的人造革计划，因为人造革没有下游加工业，没有市场，不应冒险投资。我则认为正因香港没有人造革制造厂而没有下游加工业，如我生产人造革后，必可带动下游加工业，且一定可以争取到国际市场，成为香港一项强而有利的工业。经过多次接触后，卜内门洋行认同我的看法，且欣赏我的抱负和远见，不像一般的投资者只斤斤计较自己的利益，什么行业最易最快赚钱，故答允愿尽一切可能协助我。首先最基本的问题是 2 万平方米以上的工业用地。解决这难题的唯一办法是买入新界的农地转为工业用地。我接受卜内门洋行的建议，觅了三块觉得较合适的农地，并通过该行请政府有关当局派专员到现场作实地考察和审核，结果都认为不理想，事情虽没有得到解决，但在塑料界和官方引起了很大的关注，各方认为这是一项绝不平凡的事例。最后经朋友的介绍认识了香港贵人陈日新先生，向他买进3万余平方米的海滩，并得到他的全力支持，劈山填海造地，盖厂房，提供山水供应，和各项设厂应办的官方手续，最后田氏塑料厂(以下简称田氏)很顺利地于1960年冬投入生产。种种神奇的经历，说起来真是难以置信。香港以前有五家企业决定投资这项工业，因无法获得适合的工业用地及其他原因，建厂计划最终胎死腹中，而我竟奇迹般地解决了厂房用地困难。回首当年获得贵人陈先生拔刀相助的唯一主因，还在于我事事以诚信待人，推心置腹，爱人以德换取来的善果。

王庆生：香港这个地方地皮很贵，竞争十分激烈，当时你在香港办人造革工厂，可谓困难重重，既有技术水准问题，又有原料进口和销售市场问题，在这个举步维艰的地方，你是怎样艰苦创业、打开局面，最终成为“人造革大王”的？

田家炳：上面说过筹备办厂的神奇经过，顺利投产，从而初步解决了问题，接下来的是如何解决技术、训练工人、设法推动下游加工业、促进争取国际市场等更复杂更艰巨的问题。成就事业的“天时、地利、人和”三要素中“人和”最重要。我一向认同事在人为的真理。为达到这个目的，在厂房的规划上，利用前临海湾，后倚青山的天然条件，拨地近5000平方米兴建职工宿舍、场地和绿化区，营造一个鸟语花香的环境，建成一个花园式工厂，使职工乐住其中，感到安逸和舒服，减少职工流动。我更以推己及人之心尊重他人，无论做什么事情，几乎不管难易，都身先士卒，身体力行，全厂充满众志成城的良好气氛。另外，高薪礼聘日本技师到港培训工人，提高工作效率。在推销工作上，首先是鼓励客户投入发展下游加工业，并为他们提供加工场地，在国际市场上购回各类新产品样本，指导加工技术，并在办事处设置客户产品陈列室，详列客户的厂名、地址、联络人姓名、电话及有关产品规格、价格等数据，让海外买家可以直接与加工客户联系。如果他们双方认为需要田氏为中介人(即买卖双方未建立好关系须由田氏作买卖双方的代办人，田氏仅收合理的费用，如银行开信用证、报关等费用)，这对他们起到很大的作用，促进很多原来不易成交的贸易，都收到皆大欢喜的结果。

为配合客户需要，田氏尽量增加最新流行花纹(如皮面凹凸纹)和适应各地政府的严格要求，例如防毒、耐酸、防火等等，还在交易上给予很多优惠，账期也特别通融，以便客户周转运作。香港政府驻外各地贸易发展处也给予很好的配合，将世界各地客户采购各类货品资料提供给香港厂商。在多方面扶持和开发后，香港人造革加工业有如雨后春笋，迅速发展，也引起了塑料界人士的极大关注。他们看到田氏开业几年即获如此佳绩，以为这是容易赚钱的事业，在短短的5年内先后出现了5家较小规模的同业，但只维持几年即宣告结束，尝试到这项技术性高、投资大、取利微，尤其是客户要求高的苦况，他们都说这行业根本无法生存，下游加工业客户全给田氏纵容得刁难挑剔到令人无法接受。他们的投诉我是亲身体会到的。我常常为着客户甚至是客户在国外的客户的利益，千方百计地去满足一些客户的过分要求，包括有些取消订单(可能他自己受到意外的突变)，无理退货，拖延付账款、扣价等情况。我为息事宁人，保持双方良好关系，在经济上受到损失我也乐意。这些难得的胸怀，表面上看确是受到损失，但也为我带来了无形的间接收获，客户稳定，大家都说与田氏来往永不吃亏。这也正是我生平“宁可天下人负我，不让我负天下人”的宗旨。

王庆生：上世纪90年代以来，随着国家的进一步改革开放，你又移资内地，在广东东莞和广州建立了东莞田氏化工厂有限公司和广州田氏塑料厂有限公司。1996年，我曾经到东莞田氏公司参观过，那个厂是一家按照自动化、计算机程序化生产管理的现代企业。我想问，你当时是怎么考虑要把香港田氏的生产线移到内地的？迁到内地后遇到哪些新的问题，现在两厂的生产和销售的情况如何？

田家炳：祖国改革开放后，香港很多厂家移到内地建厂，我的客户也是一样。在内地建厂的营运成本远比香港低，因内地的厂房更加宽敞，又有大量廉价劳工，生产线可扩大数倍，且获内地政府支持，享受“外资”优惠，可作为进口原料加工出口。我在东莞和广州建厂，就是想“靠近”客户，把生产线建在内地，就能就地交货，减少运输麻烦，方便快捷，降低营运成本，田氏与客户均有得益。这种贸易在政府的立场运作上由海关监督，算是田氏产品出口，我的客户作为进口原料加工，使政府获得大量税收和外汇收入。这种政策二十余年来颇为成功，唯一不足的地方是因有部分厂商不循正常运作或无心所犯的小错误，影响海关的工作，有些是海关人员素质参差不齐及海关条例不够完善，带来不应有的麻烦，深盼这些问题能及时加以改善。香港田氏公司是母公司，主要负责业务策划、营销和后勤支持，内地厂是负责生产和送货。现时田氏产品的销售是真正内销占15%，当作外销的“加工出口”占85%。

王庆生：有人说你的经商策略是“别树有花我不采，此树无花等花开”，“你无我有，你有我无”，你是这样做的吗？局面又是怎样打开的？

田家炳：谢谢大家以这样的美好词章形容我的创业。这种投资确实算是一项冒险。我当时最大的考虑是如何能做一项有利香港发展的事业，而并非单纯考虑自己能赚多少钱。40多年来，看到我的客户的规模日益壮大，开拓国际市场，增加就业范围，带动了很多相关的其他行业，整个市场的收益是难以形容的，自己少赚一点是很值得的。特别是改革开放后，珠江三角洲推行甚多优惠条例，利用土地廉宜、劳工足的优越条件，吸引港商到深圳等地办来料加工厂，我的生产线也搬到东莞及广州配合他们的需要，令我的客户如虎添翼，锦上添花。看到同业争取到很好的效益，纵令自己少赚一点，也感到心满意足。

王庆生：你常说，由于艰苦创业、开拓创新才有了田氏化工公司的今天，在几十年的经商生涯中，你是怎么做到这点的？

田家炳：田氏化工投资的人造革生产事业，正如前面谈过产品品种多，花样繁杂，必须不断追随时代改进产品质量，才能适应世界市场的需要，而且这是一项投资大、技术性高、取利低微的工业，幸好我们全体员工通力合作，同时将赚钱目标调低，勉强维持下去。1950 年代香港曾有几家公司原决定投资此行业而最后放弃。田氏于 1960 年投入生产后，香港先后曾有几家公司投资设厂，最后也因竞争激烈，不合经济效益而结束。说实在话，如果纯为商业角度考虑，我应早结束田氏化工并转行，但考虑到有数十年往来关系的客户，工友千家万户，依靠田氏提供方便，为此只好将社会效益看做自己的效益，继续维持下去。

二、正派经营，诚信为本

王庆生：在香港的几十年间，经历了一次又一次的风暴冲击，比如 1965 年的银行挤兑、1967 年的社会动乱风暴、1973 年的股票暴跌、1974 年的原油价格猛涨、1975 年的世界经济大衰退、1982 年政治转变直至 1997 年亚洲金融风暴等，不少大大小小的公司倒闭了，垮台了，而你所经营的田氏化工有限公司却依然屹立不倒，这样的奇迹是怎么创造的，有没有什么秘诀？

田家炳：回溯 1960 年公司开业后确是碰上多次风暴，我的小事业能避过一切风险，主要有以下几个因素：

(1)我敬业乐业，不做投机取巧、贪图厚利而风险高的投资，例如炒卖股票、外币、房地产等，而是专心做自己的本行——塑料薄膜、人造革。

(2)按自己的实力发展事业，稳扎稳打，不过分依赖银行贷款，不过分盲目扩充，平时作风正派，务实而不夸张，这是一项最珍贵的财富。

(3)面对困难，从不回避，坚守诺言，事事以诚信为本，平时建立良好人际关系和银行信用，结果是安然度过了一切危机，公司信誉愈来愈好。这些都是事实，谈不上有什么秘诀。

王庆生：你常说："提高自己的完美人生，才是最具意义和永恒的。"在我看来，你在人生的路程中谱写了最有意义的美好篇章。我想问，你以什么作为立身之本呢？

田家炳：我在几十年的事业奋斗中，一直注意自己的人格，以诚信为立身之本，事事将心比心，处处多考虑整个社会的效益，在商场上更是要考虑对方的利益，因此在事业上真可称得上“一帆风顺”。在事业稍有成就后，就想到如何回馈社会。1978 年起内地给我开始参与捐资公益事业的机会后，就确定了自己的人生价值应转到为公益而奉献的工作上。1982 年，成立专办公益事业的田家炳基金会，把个人资产不到 20%的田氏化工留作家庭生意外，其他 80%以上的四幢大厦收益，全部作基金会的收入。1984 年将田氏化工业务交儿女管理后，我自己全力推动基金会的捐资工作，并视为自己的第二事业。二十多年来，蒙各方的配合及珍惜，收获非常丰富，对自己的评价可说是好心终获好报，收到比预期更高的荣誉和人生价值。

王庆生：办好一所工厂，最重要的是工厂生产的产品要有销路。销路愈广，产值愈高，利润也愈高。你经营田氏化工产业，是怎样打开销售渠道的？

田家炳：我的产品的品种相当复杂，须随市场变化而变化。例如客户甲的顾客是欧美买家(如美国、加拿大)，用料要求会高级一点；客户乙的顾客是来自南非，用料相对要平民化一点。而且各地民族的社会风尚不同，民族的喜爱各异，单是颜色上的变化就已经很复杂，何况还有气温高低的影响，以及当地法律上对产品质量的安全要求等相关规定。因此田氏公司要尽量做到符合客户和最终真正用家的要求，这样才能维持长期的良好贸易关系。其他因素如交货期的准确，在账期通融上给予更多的体谅等等，都是田氏争取打开销售渠道和维持人际关系长期不可或缺的条件。

王庆生：有人说田氏化工是“正派经营”，正是依靠正派经营才赢得了“诚信”的美誉，但在当今市场经济的激烈竞争下，仅靠正派经营能够生存下去吗？现在做生意，不拿回扣，不台底交易，似乎就办不成事，有人说按规矩办事是“不懂事，不入行”。对这个问题，你是怎么看的？碰到台底交易，拿回扣的事又是怎么处理的呢？

田家炳：在现实的市场上做买卖，不给幕后折扣，不作台底交易，常常办不成事，且被讥为“不懂事，不入行”确是事实，但这只是对买方的经手人“买手”而言，但对公司的最高负责人而言，反而是非常欢迎田氏的“正派经营”，使其公司的利益不会流入下层的经手人手上，放心与田氏来往。拿回扣和台底交易的事例基本不会在田氏公司发生。

王庆生：你早年经营商业，后又转向工业，创办了田氏化工企业，我想问问，你为什么离开商界去从事工业呢？

田家炳：中国有句很难听的话——无商不奸。在商场上大家为着争取利润，各出奇谋，采取种种办法，甚至不择手段，以次货当好货，假货当真货，或在质量上做手脚，或在斤两上减少等欺骗行为以促成交易。我每念到先父教导朱柏庐《治家格言》内的“刻薄成家，理无久享”等格言，就感到浑身不舒服。如果不依市场惯例做，又很难与人竞争。但在工业上因为要维持自己的产品水平，才能取得用家的长期信任和购用，特别是高技术、固定投资大的工业，必须建立好品牌，不容取巧，万一商誉做坏后，工厂很难维持下去。这是我由经营商业转为工业的主因。

王庆生：听说内地有不少单位曾希望与你合作，而且有许多优惠的条件，但你没有接受，这是出于什么考虑呢？

田家炳：中国1978年改革开放后，政府为吸引外资，对中外合资企业给予进口物资减免税，公司赚钱免税，配给大幅土地等种种优惠政策。那时人造革业在国内是一项新兴吃香工业，不少公司邀田氏合作，田氏提供技术就可获得很大利益。田氏在香港是颇有信誉的公司，生怕国内合作企业逞这块金招牌和利用优惠的条件，做些投机取巧、走私漏税等不合法事件，致伤我的清誉，或因此而与合作方引起不愉快事件，故宁愿放弃这些大好的报国机会，不敢参与任何中外合资单位。

王庆生：你说过管理工厂“最重要的是如何争取工人的合作”，这是十分重要的，你在几十年的办厂经验中是怎样做的呢？

田家炳：在工厂的生产过程中，如何好好保护所有设备，令它取得最高运作和生产效果，减少原料损耗，产品符合客户要求，每一环节都靠每一位职工尽心尽力、通力合作才能收到好的效果。人造革的生产过程繁杂，市场竞争激烈，最终端用家要求严格，为着保证最终的制成品不会因我的人造革质量而引起问题，田氏公司不得不特别在产品质量上下功夫。要达到这个目的，除以自己的人格思想感化员工外，更需要充分爱护员工，尊重员工，使员工觉得田氏是他自己的家和自己的事业，以争取员工的信任和合作。

王庆生：有人说田氏公司就像一所学校，你是怎么培养、教育工人，重视工人培训，把工厂办成一所学校的？在培训工人的过程中，你不仅注重工人的技术培训，更注重工人的道德养成。你能具体说说是怎么做的吗？

田家炳：田氏公司一向以诚实守信的原则对待公司的客户，无论是买方及卖方(原料供货商)。同时勉励员工在爱护田氏的原则下，也要照顾到对方的利益。如果只顾自己不顾他人，结果会造成反效果，以致“得不偿失”。在处事和经商上，我一向以利人必能利己，己立才能立人为宗旨，可以说一向以公平交易、童叟无欺的原则处理一切买卖，这些都使田氏员工减少了压力。40多年来，不论是原料供货商还是买我产品的下游加工客户，都相互提携与爱护。我名下几幢工业大厦的几百个租户，也因我多方体谅他们的困境，楼宇租务出现供不应求时，我也不会随意加租，数十年来租户相对稳定，空置率很低，令田氏得到很好的口碑。全体职工不但在工作上得到田氏给予适当的技术培训，还重视他们精神上的需要，使公司上下打成一片，大家都感到成为公司一员是莫大的光荣。几十年来，我亲身体会到，不论大小机构，一位高层领导的道德观念，可以影响整个机构的成败毁誉。虽然有时在金钱方面可能会损失一点，但在商誉上的有利收获是无法估评的。总之，长期以自己的行动去培养工人的道德观念，提高人的素质，从而使田氏公司的职工在社会上有很好的评价。

王庆生：在激烈的市场竞争中，听说你不仅不惧怕自己的对手，反而自己出资去培训对手。1978 年你出经费为北京、佛山等地培训人造革人才，同时还把价值几百万元的成套人造革生产设备无偿送给广东省政府，并提供技术、安装、投产等工作，你这样做是怎样考虑的呢？

田家炳：中国改革开放后，为使广大劳工增加就业机会，改善人民的生活水平，发展轻工业是应优先考虑的项目。人造革下游加工工业是一项非常适合当时社会需要的产业，它的产品既可供应国人生活上的必需而且可以争取国际市场，增加外汇收入。我看到了这点，极力鼓励当局设厂生产人造革，以利带动发展下游的加工工业。为加快实现这个目的，我接待不少单位到我的工厂参观，尽可能提供设厂的各种有关技术和其他资料，还请北京、佛山塑料厂派出技师到我厂免费培训，由我负责食宿全费。正如上面说过，那时各方都有共识，认为人造革业是一项深具经济效益的工业，纷纷给我种种优惠条件，用我的技术作为投资股本。我因感到国内法律仍有很多欠周全的地方，生怕对方借我的关系及中外合资优势，招致我犯错违法而身败名裂，故不敢接受任何优惠的合资条件。为使原计划早日实现，将正在使用中的成套人造革生产线无偿赠给广东省政府，省政府特安排到佛山塑料二厂。在这个过程中，田氏负责生产线机器的拆卸、包装、运输等全部费用，并邀请佛山厂高级技师来香港田氏公司学习技术，以便回佛山后装配，与此同时我们还派技师协助，确保生产线顺利投产，产品达到市场要求。佛山塑料厂获助后发展迅速，获利甚丰，现已成为佛山一家极具规模、经济实力雄厚、业务多元化的上市公司。我当初宁愿牺牲小我，并以工业报国为夙愿，完全是“两利取其重，两弊取其轻”的基本原则作考虑，自己的损失早已置诸脑后了。

王庆生：你这样无私地帮助佛山建立塑胶厂，有人却说你是“傻瓜子”，你是怎样看这个问题的？

田家炳：我这样帮助佛山建立塑料厂，以商业立场言，确是“傻瓜子”。但如果能深入考虑那套生产线所产生的经济效益，在国内可比田氏公司大几十倍，自己心理上觉得自己做了一项非常聪明的决定，何必斤斤计较自己的小小损失！再说自己20余年来把真金白银无条件捐赠到全国34个省市区，单以金额计，就已超逾赠机的百倍以上，以数字看这不是更大的损失么？如果再将我为着捐资，而将自己心爱的住了37年的别墅在地产最低潮时卖出，得款5600万元全部捐出，自己宁愿租住130平方米的公寓楼相比，那不是更大的"傻瓜子"？简单地说，我是完全以利弊轻重作考虑，纵是利人损己亦在所不惜。

王庆生：你说："人生的价值是你自己能够常常想到人家的利益，能为他人做出一些贡献，你自己能够做到什么，你自己尽力去做，特别是在不惜损己利人的情况下，能长期坚持这个原则，我觉得这就是人生的最高价值。"这些话是对的，但在当前的社会下，人们想到的是能多赚钱，让自己的生活过好点，你说的这些话在当今社会能够实现吗？

田家炳：平心而论，希望多赚点钱，追求更好的享受，这是古今中外人士的正常情况。要不惜损己利人而且长期坚持这个原则，确是不易做到，好像是痴人说梦。但如果我们能想深一层，历史上不少先贤，为国家民族、为追求更高的人生价值，连个人的生命都愿意为工作而牺牲，我们把视为身外之物的金钱付出去，又算得什么！我想历史上被称为"伟人"的伟大之处，也就是这点。想到"杀身成仁，舍生取义"的先贤，为我们创造幸福而做出的贡献，与我微不足道的损己利人相比，就觉得给我很多鞭策与激励，愿竭尽一切去做更多的奉献工作。深盼我这点微诚，能引起更多社会贤达深入考虑予以实践。

王庆生：你在回顾自己走过的道路时说，"我的人生，能鼓足勇气去奋斗，跟我脑筋里的'勤、俭、诚、朴'四个字很有关系"，你能否对"勤、俭、诚、朴"的内涵作进一步的阐释？

田家炳：我年幼时先父教我背诵了不少先贤艰苦创业的诗词和故事，其中包括祖先客家人南迁的悲壮史绩，到处开基创业时披星戴月，栉风沐雨，在物资奇缺、交通不便、人地生疏的环境中坚定信念、勇于奋斗等百折不挠精神。有时又会引述一些先贤成功人士的个人经历教育我们。没有任何人士不经长期的勤俭诚朴而能获得成功的，如创办烟台张裕酿酒公司的大埔前贤张公弼士(张振勋)的事迹更是令人向往。

1919年我出生前，先父在离祖居银滩约半小时路程的河口小镇上开了一间广泰兴商号，经营村民日常生活必需品，兼开了两间制造砖瓦厂，提供村民就业机会，增加经济收入。当时我家虽属颇有经济基础的小康之家，但先父母仍是勤俭诚朴持家，特别是家母长期管理工厂，自己付出的劳力总比工人多，但真正所获的并不多。这些真实的例子，我从幼年就牢记在心，这也是我今天能小有成就的重要原因。

什么是勤、俭、诚、朴的内涵，相信大家不难理解，但如何在实践中做到倒是一个问题，我在这旦只能简单说点自已的体验。勤是不虚度光阴，凡事不拘大小、劳逸，随时随地都能主动地尽自己力所能及去做，有些事本来是不易做好的，或非自己的智力所能及的，但日久有功，所谓“将勤补拙”，“只要有耐心，铁杵磨成针”。俭是指珍惜物资，不随便浪费，不过分追求享受，事事都按自己力所能及地去做，量入为出。俭能养廉，即此之谓。诚是指一言一行，交友处世都是出自真心，不是敷衍，不是虚伪，古人所谓“无心为善，虽善不赏；无心为恶，虽恶不罚”。是否真善真恶，完全看你的原意是什么。朴的深层意义是务实与节俭兼具。凡事都只求实际的效益，不求表面化的名成利就。例如我对教育的捐资，在香港捐助 9 所大学、2 所田家炳中学、4 所田家炳小学和其他幼儿园、老人及青少年福利中心等都是有影响的名牌效益。我长居香港，带给我的荣誉是无法形容的，无需这么辛苦到内地不少经济较差、地处偏远的地区去捐资。我的考虑是，正因为内地经济较差，更需要我去关心，以同样的金额，用在内地更具实效，这才是我考虑的重点。我生平宁可实而不华，不求华而不实。我在生活上知足常乐，不追求名牌，不跟人攀比，布衣粗食，自得其乐。上面的阐释，只是以最通俗的心，举些我生平因勤俭诚朴而带给我快乐的例子。

王庆生：“勤、俭、诚、朴”四个字中，你最重视的是“诚”字，认为无论做任何事，都要出乎真诚才有价值，才有意义。你在工商界活动中是怎样做到“诚信为本”的呢？

田家炳：在商场上能守诚信的人，事业上一定愈做愈大，愈做愈好。没有诚信很难取得他人的信赖。一个人无论做什么事都守诚信，社会也会给你公平的评价与报答。坦白说，田氏公司的生意并不大，今天能够获得社会人士的赞许，就在于长期坚守“诚信为本”的宗旨。田氏公司的产品一向维持一定的标准，从不投机取巧，偷工减料，令客户放心使用。有时因原材料涨了价，田氏也不计较亏损，维持原价交货，相反因市场变化而减价时，田氏公司也体谅客户困境，将原合约高价订的货源减至合理水平，使客户的利益得到保障。对原材料供货商，更是坚守诚信，依照合约办事，纵是市场上有更低价格的供应，田氏也不计较得失，守约完成交易。特别是在付款上，田氏公司更是十年如一日，十足依期寄出支票清付账款，不须劳烦对方登门收账，或是借口延付或少付。有时偶有来货有什么争议，田氏也乐意付足货款，解除对方心理上的不安，使对方的让步完全是出自理亏与自愿，田氏也觉心安理得。因此，不论是卖原材料给田氏的供货商或是买田氏公司产品的客户无不皆大欢喜，保持着非常良好的关系。

三、重实轻华，实而不华

王庆生：作为老一辈的著名实业家，你有丰富的人生经验，根据你的人生体验，你的座右铭是什么？

田家炳：我 1935 年不足 16 岁因先父去世，即开始步入商场。几十年的人生经历，一直遵循不少先贤的格言处事处世，可以说没有什么特别的座右铭。我一向很重视社会效益，根据社会的需要确定自己的志向，凡事都深思熟虑，远瞩未来，不大计较短暂的损益，更常以利人必能利己的宗旨与人交往，故常常得到很多方面的帮助而取得令人惊叹的收获。我非常重视诚信两字，几十年坚持不做怕人知道、有伤人格、违背良心、损人利己的事，朋友之间及商场上纵有不合理的吃亏，也乐意退让接受，做到心安理得，尽量减少争执。几十年在经济上虽没有很大的成就，但在其他方面可说心满意足。总结一句，先父“宁可实而不华，切忌华而不实”的遗训，可说是我长期自勉自励的座右铭。

王庆生：有学生问你，你讲的“宁可实而不华，切忌华而不实”这句古训是对的，但在现实生活中常常是难以做到的，有的人“实而不华”不受重用，而“华而不实”的人常常飞黄腾达。你对社会上这种现象是怎样看的，你是怎样做到“重实轻华、实而不华”并取得成功的？

田家炳：在现实生活中，确有不少实而不华的人不受重用，华而不实者反能飞黄腾达的事例。但我为求心安理得，问心无愧，宁愿循规蹈矩，按部就班追求自己的事业稳步前进，不求任何侥幸及不应取得的利益，我的小事业谈不上是卓越成就，但大家都觉得我这种为人处世的态度，在这个充满竞争、布满陷阱的社会上，秉持事事务实、绝不取巧的作风，艰辛经营人造革业，且能百战不败，确是难能可贵。因为我一向实而不华，故在商场上建立了良好商誉及获得客户和业界的信赖而取得种种便利与收获。

王庆生：古语说：“人有悲欢离合，月有阴晴圆缺。”我想问，你一生最高兴的事是什么，最烦恼的事又是什么？

田家炳：我平生不迷信，也不信风水、八字和命运，但我几十年的人生，又好像冥冥之中如有神助，多次创业都能顺利展开，稳步发展，在人生旅途中一直觉得非常愉快，当然这些与我知足常乐、遇到困难也不觉是困难的精神状态很有关系。说起最令我高兴的事是 2886 号田家炳星获得命名一事。我和南京紫金山天文台原无任何关系，也没有过任何捐资，全凭社会上一些好的奖誉引起该台的关注，直接具函向梅州市和大埔县两级政府了解我的情况而获得这样难得的光荣。至于最烦恼的事，是感到目前的世俗，很多不合我的做人标准，甚至有时人家给我的荣誉，我也婉谢不受而成为不识时务的怪人，因此精神上增加很重的负担。这些情况，在一般人看来不算什么，更不算烦恼，而是我个人自责的心理状态“作梗”而已。

上世纪80年代初，承某政要过爱，拟推荐我出任全国政协委员，我自惭才疏德薄，不敢接受如此重职，恳辞婉谢，不少报章说我“拒绝”接受；新中国成立50周年国庆，中央曾通过广东省及梅州市两级侨务办领导通知拟柬邀我赴京参加盛大庆典，并说明全省除政府领导层外，受邀的社会人士仅20人，是非常难得的荣誉，我获知实情后自量对国家只尽绵薄，应让其他更大贡献人士参与而婉辞这项宠邀。事后有人误会我不识抬举。对此两事，成为“好心做坏事”，令我深感遗憾，辜负了他人的厚爱。

王庆生：你说你始终“坚持规规矩矩做事，老老实实做人”，这在激烈的市场竞争中能够做到吗？

田家炳：在市场经济激烈竞争中，要“规规矩矩做事，老老实实做人”确实不容易做到，但也不是绝对做不到，只是较难而已。最简单地说，商场上做买卖，有人敢用次货或赝品，以较低的价格吸引顾客，对坚持卖正货要正价的商人当然较难经营，但经过长时间的考验后，好坏自有人知，香港不少信誉好的国货公司，推销的内地产品是由原厂买进的，在香港以正价出售，自然比内地次货的价钱贵得多，但销量反比内地同级的公司还要好，厂方有点不相信，深入了解之下，才知道香港的国货公司很多顾客是来自大陆的游客，因为他们相信香港买的一定是正货，虽贵一点也乐意，特别是有关人的健康的食品和药材，更是出奇的好销。由此也可以看出，货真价实最能建立顾客信心，长远来看，老老实实还是有好处的。

王庆生：每个人的人生过程中，都难免经历困难、风险和挫折。我想问，你曾经历的最大的困难和风险什么，最大的挫折是什么，你是怎样克服的？

田家炳：在我几十年的人生过程中，大致上可说颇为顺利。主要是我重实轻华，实而不华，作风稳健，从不作冒险投资，也不贪图暴利，因而减少了困难和挫折。创业过程中最大的困难是田氏创业时难觅适用和够大的土地建厂问题，此点前段已详细提及过。我初到香港，人地生疏，创业大计曾一筹莫展。虽曾得卜内门洋行的热心帮助，但买地建厂问题始终没有解决。后因友人介绍向陈日新先生买下海滩地，得以填海建厂，最大的困难竟在贵人的襄助下顺利解决。至于其他风险与挫折，比其他很多人大起大落要好些，我的人生总的说来算是比较平静的。1935年继承父业；1937年远赴越南推销瓷土，因汕头沦陷而结束业务转印度尼西亚；在印度尼西亚山区经商又因日军进占划为军事区而撤离，这些都是因客观的特殊情况变化，而非因自己经营不善而造成的挫折。山区生意结束转往族人工厂打工，更是自己为谋求更好前途而乐意转入工业，绝无经济困境或失败感。1945 年后创办超伦、南洋两厂，及 1958 年移居香港创办田氏更是一帆风顺。在香港的几次金融风暴中，因客户账款不能如期收回，而自己的银行负债分文不能少，虽说是造成很大的风险，但都可说是完全靠我的诚信和务实换取到别人的信赖和全力协助，而顺利度过了一切风险和挫折。

王庆生：你说得很对。一个人的一生不可能一帆风顺，有顺境，也有逆境；有成功，也有失败。你是怎样变逆境为顺境，变失败为成功的？

田家炳：一个人在几十年的人生旅程中，确是难免碰到有逆境和失败。但对我来说，我应该是个幸运的人，在逆境中遇到的困难在短期内就度过了，失败更未遇过。因为我在多次创业过程中，都是根据自己的实际情况，有多少本事做多大的生意，脚踏实地，从不犯小鸡吃大米引致消化不良、尾大不掉的情况。我在生意上最常见的困难是资金周转不灵，在这方面我虽碰过多次，但因为我一向坚守“宁可实而不华，切忌华而不实”的原则，以“诚信”两字面对一切困难，从不回避，深得对方(债主)的信赖，结果一切困难都迎刃而解，在事业上可说是没有“失败”过，一切小的逆境也就自然消弭于无形，这是我足以自慰的。我在这里衷心奉劝大家，有坚固的事业基础，加上自己的坚定信念，面对困难，自能逆境变顺境，失败变成功。

王庆生：在田家炳基金会的展览厅里，选用了你讲的几句话：“家庭里如能父慈子孝，兄友弟恭；夫妇间同心同德，相敬如宾，纵使物质享受差一点，其乐也融融。反之纵有家财万贯，官高权重，丈夫每餐山珍海味，妻子满身珠光宝气，都是没有幸福的。”这说得很对，我想问问，你的幸福观是什么？

田家炳：这个问题较粗浅的分析是物质的享受和精神的享受，或说是有形的享受和无形的享受。也可说是虚假而短期和真实而长久的幸福。我的幸福观是：精神的享受和无形的享受才是真实的、永恒的幸福。古人不是说“富贵如浮云”吗！财富、权位、珍味、珠宝的拥有，往往令人产生庸俗的感觉，容易使儿女贪图安逸而失去斗志，甚至是造成罪恶和家庭不幸的主因，有些还招来杀身之祸，历史上有不少真实的事例，可惜世人不察觉，常作掩耳盗铃、自我陶醉之举。深愿大家好好深入考虑一下。

四、淡泊名利，积德后人

王庆生：经过几十年的艰苦创业，你在香港拓荒海滩，创建了田氏化工王国，成了香港“人造革大王”，也成了腰缠万贯的富翁。在你成了著名实业家之后，你是怎样看待金钱的，你的价值观是什么？

田家炳：“留财予子孙，不如积德予后人”的格言，有些人觉得是迷信和封建思想，以为再相信鬼神的善恶报应是落伍。其实我也不信阴阳两个世界，神鬼可以赐福作祟作为善恶的奖罚。但多做好事的人精神愉快，心里满足，做起事来容易得到各方面的充分合作而顺利完成；做坏事的人，良心上不安，常感内疚而自卑，做起事来自然不会顺畅。这是很科学的自然反应，绝不能视为迷信和封建。因此我想将“不如积德予后人”改为“不如投资予公益”。另外，我对钱财的处理，重点在于钱财所引来的效益。例如：同是100万元，放在自己口袋里，虽然可以为自己多赚一些钱，但投在公益事业上，广大民众的受益确会比自己私益大得多；同样的款项，用在经济比较发达的地区和比较落后地区，相信用在后者的效益和影响会比前者好得多。这是我在内地改革开放后，把捐资目标转到内地的主因。特别是：一个社会是由无数小我组成的，我们日常生活所需的衣食住行，都是有赖社会各阶层人士分工合作共同提供的。我享受了别人辛勤酿造出的成果，就应出一份力回报社会。至于我投资的人造革事业，仅属香港独有的行业，规模比其他地区的大型工厂小得多，有如俗语说的“山中无老虎，猴子称大王”。香港人造革大王的雅号实在受之有愧。至于我的财富身家，更是贻笑大方，如要排名，在香港应在500位以后，惭愧之至。

王庆生：价值观中的一个核心问题是名和利的问题，我想问问，你是怎么看待这个问题的？

田家炳：名和利是古今中外人士共同追求的无上光荣，每个人都希望能扬名于世，光宗耀祖，这是值得鼓励的。如果大家都没有名利的追求，就没有积极的人生，这将拖慢社会的进步。但求“名”应循正当的途径求取实名，不应利用手段、伪诈等不法之道求取虚名。求“利”也应在不损人利己、合情合理的原则下去求取自己应得的利益。所谓君子爱财，取之有道。可惜在现实社会中，有些人不惜滥用权职，贪污舞弊，利用种种非法手段追求不应得的名利，做出种种贻害社会、伤风败俗的行为，以致身败名裂，后悔莫及，多么令人痛心！年青人入世未深，常因贪图一些不应得的名利，弄虚作假，自以为可以瞒过世人耳目，自以为可以逃避法律制裁。须知若要人不知，除非己莫为，不少经不起时间考验的事例，在真理面前自然难逃法网，结果自毁一生前途，这是非常不值得的，希望大家时刻提高警惕，引以为鉴。人的生存不应只是追求“名”和“利”，更高贵处是能尽其所能，为他人作出一些贡献，特别是在不惜损己利人的情况下，仍能长期坚持这个原则，积极地实践自己的理想，这样求得的名利才是最有价值和永恒的。钱放在荷包里虽然可以以钱赚钱，积累更多的财富，但有时也会因种种原因而蒙受损失。还有不少人因为财富太多，儿女也不奋斗创业了。今天在社会发展不均衡、贫富悬殊的情况下，慷慨捐献金钱，做些公益事业，不但广大民众受益，自己精神上也会获得无法形容的安慰和享受。我们不妨将自己捐资兴办的公益事业，看作是自己的辉煌事业，是永恒性的，也是受人尊重的，这样做既立德又立名，可以说是最好的投资。

王庆生：你说："钱财是身外之物，除了保障自己及子女的正常生活外，多余的就没有多大价值，良田万顷，日食一升，大厦千间，夜眠八尺。"你说的这些话都是正确的，问题是没有钱就办不成事。有人说，"金钱不是万能的，但没有钱也是万万不能的"，你觉得应当怎样正确看待这个问题？

田家炳："金钱不是万能的，但没有金钱也是万万不能的。"这是大家熟悉的口头禅。说起来金钱确是万能的，有了钱什么都可以做，不是有句"有钱能使鬼推磨"吗？有钱人不善用钱，逞钱势做坏事，会变成金钱是万恶的。我对金钱的看法是：追求财富，应循正当途径谋取自己分内应得的利益，不应在豪夺巧取、虚伪诈骗、损人利己、违犯法纪的情况下追求。刻薄成家，理无久享，是至理名言，不是迷信报应。不正当取得的财富，不但受社会非议，往往自己也会因为来得太易而不加珍惜，连自己的良心、人格也受到影响而带来坏的效果。我说金钱除了保障自己的生活外，多余的没有多大价值，主要是激励大家善用自己的财富，多为社会做好事，这会比自己拥有更好，也更有价值，不是说金钱没有用或不需要去追求。

王庆生：你说："我的钱要用在最有用的地方。"你所说的"最有用的地方"是什么含义呢？

田家炳：金钱的用途很广，中国这么大，需要大家做的事是数不清的。比如说帮助他人成家立室，接济私人解决困难，或支持推动一些短暂的临时善举都是好事，而且可以马上得到受惠者感激不尽、终生难忘的效果。但我总觉得如果能为大众共同享用而且又是基本而较恒久的事业不是更具意义么！例如我资助学校兴建教学楼，可为万千学子提供更好的教学环境，大楼可以使用几十年，不是更有意义而且恒久吗？再说我 1995 年最先资助师范院校建楼，培育出优秀的教师，从而带动办好中小学的教育，为全国各类大学提供大量品学兼优的学生，这对整个国家和民族不是更为重要、更有作用吗？这些捐资，没有直接的私人受惠者，而且效果也是比较不显著的，当然也不会有人特别感谢你，但我还是觉得我资助的金钱用到了最有用的地方，有没有人感激反而不是我的考虑。我记得在捐办教育的初期，很多人告诉我，捐资教育、医疗等项目没有经济效益，再多的无偿捐资表面上当地的领导表示欢迎，骨子里反不如更小数目的私人谋利投资，到处受人尊重和欢迎，还可获得更高的荣誉，收到"公私两利，代代平安"的效果。我的无偿捐资，既无分毫私利，还要政府拿出部分配套资金，对他们来说是"公私两害"，怎会受人欢迎啊？幸好我不计较别人的议论，一直本着自己的愚诚做下去，十余年来看到受资助的各类学校都收到很高的效益，自己也感到收获丰硕，满怀安慰。

王庆生：你说：“成功不是指那些有钱、有名车、住豪宅、有权力、职位高、做大生意，但不关心社会、不追求精神文明者。”在你看来，成功的标志是什么?

田家炳：社会上往往把有钱、有名车、住豪宅、有权力、职位高、做大生意的人视为成功人士，这是一般的道理，因为要达到这些目的，必须经过相当的挫折和努力，受人尊敬是很自然的事。但如果只有这些表面的风光，而不关心社会、不追求精神文明的话，那就一切都成为假象而不是真正的成功者。我觉得一位真正的成功人士，应该是一个多关心社会和别人，肯多做奉献，长期重视自己人格，修身立品，起到净化社会不良气氛，推动社会文明的人，是一位真正受到人家发自内心的尊敬，且能经得起时间考验而不因任何利益的改变而改变自己大公无私的情操的人。最近香港某报章拖欠工人薪金多月的事件，发展到要劳工处、积金局介入，还可能会进入法律程序。据报道，该报章是一位内地富豪控制的某某传媒集团所拥有的。该传媒集团的后台老板是一位内地富豪，有钱有势，住大屋，坐名车，拥有该报已两年，不可能不知该报的经营情况，也不可能不知香港法律，按照法律规定，欠薪超过7天已违法。据2006年5月初的报道，资方承诺5月底前补发3月下半月及4月的薪金，5月份则未有定案，以致发生40余名前线采访员辞职事件，这是多么令人惋惜的，也是在长达两年的时间内，没有充分关心别人的不幸后果。

王庆生：你能对富贵与贫贱的真谛做些分析吗?

田家炳：在社会上一般都把富贵与贫贱当作是必然的。以为有财富就是贵，贫穷就是贱，这是一种极为错误的观点。其实富与贵虽有相连的关系，但不是绝对的。有钱人能运用他的财富做出些对国家、对民族极具意义的好事后，本应成为受人崇敬的人物，但有些人的钱是不是来得光明正大，他的人格是不是受人尊敬，也是一个很重要的条件，否则做了好事，仍然得不到人的尊敬更称不上贵。反之具有高尚人格的人，事事以德服人，高风亮节，纵使他没有很多财富支持他多为社会做更多的好事，但仍然受人尊敬，这比有财有势而不讲道德与人格的人要“贵”得多。至于贫与贱也是两件事。虽然有的人因为经济环境不好而做出种种伤天害理的事，自贱其身，成为贫而贱的人。但也有很多贫穷人士，奉公守法，自强不息，艰苦创业，虽未能在经济上有什么成就，但深知“钱财如粪土，仁义值千金”的真谛，洁身自爱，安贫乐道，一样受到人家的尊重，而绝不以贫而伤其人格。总的来说，富与贵和贫与贱应绝对分开的。是贵是贱，完全系于人的道德而不是财富。

王庆生：古人常道“富不过三代”，你是怎样看待这个问题呢？

田家炳：“富不过三代”听起来很刺耳，但事实上常常是这样，也近似客家人常说“富贵轮流转”，这好像是迷信又好像是嫉妒有钱人的咒语，或是上代原是富有到自己变成穷人，看作是天理循环的消极自我安慰词。在以往的家族生意上，由于缺乏有效的管理制度，又没有好好教育儿女自力更生，继承创新，因此很多创业人去世后，家族生意逐渐走下坡，有些更引起兄弟争产等不幸事件，这样的事业怎能不败。至于“富贵轮流转”，一般来说，人在贫苦的时候，通常都肯吃苦，努力自爱，人穷力出，勤俭兼备，经努力终于事业有成，累积了一些财富，全家的生活也有很大改善，正因为钱多了，生活过好了，有些儿女们也渐渐养成了骄傲、任性、只图享受的习惯，成了不事生产的“败家子”，结果是走回贫穷困境。这也似乎是一般通病。但现代的商业结构已有了基本的变化，人的思想也进步了很多，对上述不幸例子应可减至最低，但我还愿趁这机会提高大家的警觉，让儿女多受点好教育，使他们懂得人生的真正价值是为社会创造财富，为人类谋求幸福，而不是追求一己的物质享受。这样必能避开“富不过三代”的厄运，也不至于由贫穷而努力，由努力而富有，因富有而骄奢，因骄奢走回贫穷。

王庆生：在你的人生经历中，你认为最难忘、最有意义的事是什么？

田家炳：在我几十年的人生经历中，确有很多难忘且有意义的事，但令我最觉得难忘的应是1958年由印度尼西亚移居人地生疏的香港，在创业时获得“新界皇帝”陈日新先生的协助顺利地解决当时最难解决的工业用地问题。我和陈先生素昧平生，没想到竟得到他的鼎力相助，使工厂顺利建成和投产。因为我创办的人造革工厂需要的用地起码要1.5万平方米，在寸土寸金的香港，这简直是惊人数字。不但难找这么大块的土地，纵使有也难以买得起。据化工界权威英商卜内门洋行(I. C. I)告知，当时有五家想投资这项事业的公司因没法解决建厂土地问题，加上评估投资风险后都先后放弃，而我则如有神助地完成建厂和投产工作，这是一项令人惊奇的成就，对我的事业起到关键性的作用，也是我终生感到最难忘、最有意义的事。

王庆生：你说：“人生的价值就是你自己常常想到人家的利益，能为他人做出一些贡献，能长期坚持这个原则，就是人生的最高价值。”这句话说起来容易，做起来很难，你是怎样长期坚持这个原则，做到这一点的呢？

田家炳：自私是每个人有生以来的正常心理与追求。我认为在合情合理合法的情况下追求自私更是无可厚非。要常常想到人家的利益和为他人做贡献，必然需要具有很大的爱心和毅力，并愿意接受和承担自己的损失。这确是难以做到的，正因为难以做到，而自己总是争取做到，这样也自然会得到别人的尊敬，体现自己的人生价值。从为社会多做贡献出发，我对每一项捐献都只考虑该事应不应该做，能收多少社会效益，这是促使我长期坚持的主要原则。

五、捐资社会，造福桑梓

王庆生：田先生，你的这些见解十分深刻，正是在这样的人生观、价值观的指导下，你慷慨捐资，为社会造福，捐出时值十几亿港元的物业的全部收益，举办慈善事业，能否请你介绍一下捐资的基本情况呢。

田家炳：造福社会换取到无上的光荣和安慰，是我长期以来的人生追求。我早年在家乡时已经抱着这个信念，在越南、印度尼西亚时也是如此，不过那时是创业初期，虽然做的只算小事，但目标是一样的。1958 年夏定居香港后，因须解决工厂用地事宜，获得香港贵人陈日新先生鼎力相助，彼此经过多月交往后，他觉得我坦诚、务实，且有爱心，1959 年 4 月他推荐我出任新界区最大慈善机构博爱医院总理，至 1962 年连任三届后恳辞让贤。1965 年我再出任香港华人最大慈善机构东华三院总理，期间曾在教育、青少年及老人福利事业上尽了不少绵力，捐资兴办了 20 余所以田家炳命名的机构。为了更好地扩大善业范围及有效地管理财务运作，于 1992 年成立田家炳基金会，并将 4 幢大厦全部租金收益注入基金会，聘请专人管理，除大规模及有计划地在本港捐资外，进而为内地教育事业捐资。田家炳基金会是在香港注册的不谋利且享受免税的慈善机构，根据条例的规定基金会的捐款应用在香港方可免税，用在其他地区则不能获得免税优惠。但我考虑到香港是经济发展较发达的国际城市，慈善捐献文化较普遍，且同是 100 万元的捐款，如用在经济较不发达的内地，其发挥的成效可能比用在香港大十几倍。因此，本基金会除 1984 年在台湾捐款 5000 万元新台币成立台湾田家炳文教基金会外，以后捐款均以大陆为主，我并不计较税务上的损失。

1978 年祖国改革开放初期，因为我们对内地的情况不熟识，只好先从我的家乡大埔县开始，在全县捐建桥梁和兴办中小学、医院、电视台、广播事业等。1980 年代后期才扩展到梅州市辖属各县，1990 年初进一步扩到广东省内各地级市，1995 年后再面向全国各省的地级市作无私捐献，主要项目是对教育有直接关系的优先考虑。20 余年来，教育捐献受惠单位计有大学 80 余所、中学 130 余所、小学 40 所、专业学校、幼儿园约 20 所、全国乡村学校图书室 1250 间。另有医院 29 所，桥梁 126 座，其他独资和襄资捐建有关民生公益项目 200 余宗，受捐单位逾百。这是捐资的基本情况。

王庆生：捐助中，你情系家乡，不忘桑梓，对生于斯、长于斯的家乡大埔给予更多的关注和帮助。你在家乡的捐助范围很广，有学校、医院、电台、体育场，还捐建了 126 座桥梁，我想问问，你为什么要为家乡捐建这么多座桥呢？

田家炳：大埔位于广东东北隅，与福建的龙岩市永定县相连。境内崇山峻岭，平地甚少，民众全靠出外谋生，亲人寄钱回去才能过较好生活，不少村落仍无公路接通至主要干线，村内女子多与村外人结婚，男子很难娶到村外女子，不少超龄单身男丁，被称为“光棍村”。我于1989年回大埔，成立了“大埔县田家炳工程筹建处”，专人专责全面筹建医疗、教育、交通工程，并呼吁各村兴建接通主干线的公路，由我负责村人最难解决的建桥费用。十年时间共建了126座桥梁和多条公路，取得了很大的经济效益。由于多座桥梁的兴建，交通方便了，人与人之间的交往增多了，光棍村的称号也随之消失，农村人口追求“农转非”(农民身份转为非农民身份)的风气也煞住了。建桥是一项对经济发展最为突出的计划，充分响应了“欲要富，先开路”的要求，影响之大，真非笔墨所能形容。

王庆生：你在家乡做了那么多好事，为大埔山区的老百姓带来了福音，记得1996年我在大埔参加韩江高陂田家炳大桥通车典礼时，桥上有这样一副对联：“韩水卧长虹，天堑雷池，唤渡汪洋成往事；江流飞彩练，通途捷径，驱车坦道看今朝。”这副对联真实地反映了家乡人民的欢庆之情和对田先生的感激之情。我想问，在你的帮助下，你的家乡大埔现在建设得怎样？

田家炳：上面说过大埔因受天然条件山多田少的限制，乡人都外出谋生，尤其是到泰国、马来西亚、新加坡、印度尼西亚等东南亚国家特别多。远在19世纪中期，客家人已开始在异地创业，事业上也颇有建树。山东烟台张裕葡萄酿酒公司的创办人张弼士(1841—1916)是大埔人，是名震中外的爱国侨领实业家，曾投资国内多项铁路、银行、工商业，1903年慈禧太后召见，垂询商务事宜，受免跪拜礼的礼待。除此之外，在历史上还有不少成功的杰出人士。如新加坡的李光耀和李显龙父子总理，更是当代的世界著名政治家。

现在大埔境内人口约53万人，在境外的大埔人也有50多万。抗战(1937年)前，华侨子女不到10岁就带回家乡接受中国教育，对桑梓感情特别浓厚。改革开放后华侨都为家乡做过贡献。特别是1990年以来，大埔县政府为我成立“大埔县田家炳工程筹建办公室”，在全县做了几百项关键性的公益项目后，带动了海外乡亲的爱国爱乡情怀。由于大家的努力，全县的交通、医疗、教育等都有了很大改变，大家都说是受了我的影响。在工商业发展方面，毕竟受到地理环境所限，进展仍然跟不上大城市，大部分青年人仍向外跑。所幸的是外出青年都有不同程度的成就，而且都不忘自己的胞衣迹(大埔县)和留在家乡的亲人，使留在县内的人民生活得很舒服。现在90%以上家用燃料都改用了石油气，市场物价稳定，社会治安良好，乡民保持着纯朴和深具古风的乡村气息。大埔县是梅州市辖内8市、县、区中最多境外人士捐资的地方。

王庆生：古人云："施比受更有福"、"助人为快乐之本"，我想请你通过自己的身体力行说说这两句话的内涵。

田家炳：施与受的立场是完全相对立的。社会上的确有些人，他既不舍得施反而要不择手段争取得到更多的受，在他争取到不应得的受后，还沾沾自喜以为自己聪明，妙计得逞，因而长期造成心理上的不平衡，造成永无满足的贪婪，甚至成为物质金钱的奴隶。另外，一般人的施予，只考虑与受者的关系，比较少考虑施的项目，而我则刚刚相反，完全不考虑与受者的关系，只考虑施的项目的实惠性。实用性愈好，我就愈有兴趣去施。我多年来在各地捐建的教育项目基本上没有直接的受惠者，受惠的是当地广泛的同胞，更是可延续发挥几十年效益的实惠。因为我施的原则很明确，受捐单位也确能珍惜我的捐资，令受惠者能长期收到实效，随时设身处地可感受到快乐，好像自己的金钱比原来的价值增了几十倍，也为我精神上带来无法形容的收获和享受。反过来我稍为受了人家给我一点小惠甚至只是稍多花一点钱的礼物，我都长期感到不安，因此我感到施比受更有福，也为我带来无限的快乐。助人为快乐之本，确是至理名言。我今年已是米寿(八十八岁)的老人，仍有今天的健康，与我几十年的人生都处于快乐的环境中，主要是想帮助人的心态起到很大的影响，希望大家多多追求和体会这两句话的真谛。

王庆生：那你在全国捐资后有哪些感受呢？

田家炳：其实我是徒有虚名的"大企业家"，除了荷包(财富)见笑外，经营的事业更是"食之无味，弃之可惜"的鸡肋生意。更令人见笑的是，除了留给儿女经营的田氏化工人造革业以外，没有其他任何业务。我的一点捐资，只是靠1962年买了块官地建楼和另三栋总面积10万余平方米的工厂大楼的租金收入而已，但颇感安慰的是，在全国共有37所师范大学接受我的捐资，兴建田家炳教育书院/学院，为培育中小学师资及各级教育工作干部，效益非常好，兴建的大楼也多是各校的标志性建筑，捐资师范院校更显示我对师范教育的重视。可惜的是很多有名的综合性大学有很多非常好的项目，或是在中华文化方面很具意义的项目，都因自己的荷包小，而感心有余而力不足，要花很大气力去婉辞推却，还有些人可能认为我不识"抬举"，不近人情，为我精神上带来沉重负担。因为有些项目是由各地政要或社会贤达发动而且知名度很高的，我参与其中确可提高我的社会地位，而且花钱不多，但正为这点反而令我不敢参与，这与一般人的思想和要求恰恰相反。用钱不多换取到高知名度的项目都不做，这不是很难理解吗？而我不参与的主因，是那类项目非本会捐资的重点——教育。正因为现在成为"华超过实"的"空心老倌”，很多机构或略有交谊人士都慕名来函申请资助，为免厚此薄彼，得罪他人，故非大学或中学的项目，都一律婉谢，而不考虑钱多少或项目知名度高低。还有一点与别人不同之处是，相交多年的知己朋友相求，我会自恃大家都了解，可以不必要做的会好言告诉他我不做的苦衷，交情较浅一点而又是我觉得值得尊敬的人，有事相求，我反而不敢过分推却而接受他的要求。这点看似亲不如疏，不近人情，有时也会带来难以形容的不安。总结说一句，我的捐资目标，仍以内地的大学和中学为主，香港及其他地区或其他类型的项目将视为次要选项。

王庆生：你只把自己亲手创立的田氏化工有限公司留给子女继续经营，其他的物业收益和个人财产全部拨予基金会作慈善捐资用途，可说是没有把财富留予儿女，其中的真正意义与原因是什么？

田家炳：先贤说：“创业难，守业也不易。”这与上面说的“富不过三代”的因果背景差不多。财富可以换取物质享受，世人常因财富多了而养成穷奢极侈、纸醉金迷、不思进取的坏习惯，间接害了子孙自立的意志，故前贤提倡不如多做点好事，多积点阴德更有意义。我的看法：留财予子孙虽然未必是坏事，但多做好事以积德予后代，肯定是好事。这种观点并不是迷信多积阴德会冥冥中得到神的庇佑，而是从实际的情况考虑。例如我自1982年成立田家炳基金会，把自己的小小财富的80%以上捐出举办公益事业，每个项目的有形及无形收益，尽管不属我私人所有，但所发生的效益确比私人拥有大几十倍。我一向将这些自己参与的每一项善业所产生的善果都当作自己的人生价值，因此换取到很多无法形容的快乐。如果自己保留拥有那些财富，要长期费心费力，艰苦经营，想尽种种办法，以求增值保值，那不是更伤神和烦恼吗？再说纵能幸运地再多赚一点钱，但真正的人生价值或金钱价值又在哪里？拥有一亿和十亿财富的富豪的生活享受是差不多的。另有一点，因我生平做了点好事，大家对我的公司及儿女们都特别爱护，做起事来也顺利得多。我有不少朋友，因为他的祖辈是社会上颇有名气的人物，大家对他也另眼相看，备受尊敬。从这些事例看，“上代积德，福荫后人”是很合逻辑的，不应视为迷信。

王庆生：你说的很有道理，我还想问问，这是你将80%财产捐出的主因吧？

田家炳：我将自己的资产80%以上捐出成立基金会的主因，确是看到基金会所做的项目，都是功在当代、利在千秋的项目，特别是教育，更是强国富民、提高人民素质的百年树人大业。多年来因我竭尽全力、不分畛域、不图回报的捐资行动，引起大家的关注和回响，而收到抛砖引玉的好效果，令我愈做愈感到有意义。不过最主要的原因，还是因为我从小就受到先父的好影响，他生平勤俭节省，怜贫恤孤，为民众做了很多好事，贤声远播，他虽已逝世70余年，至今乡人仍怀念不已，使我感受很深。我年幼时，先父常以战国时代田家人才如何鼎盛、事业如何辉煌教育我们。由公元前404年田和执齐国政事开始称田齐，至公元前201年秦灭六国统一止，可说是全盛时期。据各方记载，孙、陆、车、法、黄均属田完后裔，因政治战祸等关系而改姓，田姓反而成为姓小丁薄的“少数民族”了，希望我长大后，能为社会做好事，光宗耀祖，这使我觉得自己几十年做的好事，不但是体现了人生的价值，也可说是以行动补做孝亲的最好途径，还可能带动全国田家儿女自强不息，发扬祖德。这些构思，希望读者们不会觉得我的家族观念太浓厚、落伍、过时。

王庆生：田先生，你的义举备受各方赞誉。你不仅被内地多个省、市、县授予荣誉公民(市民)，而且被多所大学聘为荣誉教授，我想问问，你是怎样看待荣誉的?

田家炳：至2006年底为止，全国各省市给我的荣誉公民/市民共70多个，另外还有广东、福建、湖北、青海、江苏、海南、黑龙江等多个省政府颁赠的荣誉奖章。这些荣誉背后都充满彼此间的情感和获得他们的尊重。此外，内地共50余大学给我的荣誉教授、客座教授、顾问教授和荣誉院长等，也是令人感到来之不易和无限欣慰。我将更加珍惜这些荣誉，激励自己为社会多做贡献。

王庆生：在你获得的荣誉中，特别使我感动的是你在1993年获得国际小行星命名委员会将南京紫金山天文台发现的2886号小行星命名为“田家炳星”，这不仅是你个人的光荣，也是中华民族的光荣，我想请你介绍一下“田家炳星”命名的具体情况。

田家炳：据南京紫金山天文台(下称该台)的报道，该台的几位教授在条件非常差、寒风刺骨的环境下，经过不断的努力和艰苦的工作后才发现那个2886号小行星，再经世界天文学界专家多年研究，证明该星是由紫金山天文台发现，拥有命名权及获国际编号“2886”。该台经各方面推荐知道我创设基金会，对内地教育、医疗、交通等善业备极关注，特于1993年5月26日致函梅州市政府及大埔县政府了解我的一些情况，大埔县政府于同年7月10日郑重据实复函该台，在该台向国际小行星组织推荐下，于是年11月通过将2886号小行星命名为“田家炳星”。该台自1990年开始，为表彰杰出人士，曾用陈嘉庚、吴健雄、邵逸夫、张果喜等为小行星命名。这是一项非常难得的光荣。该台联合梅州市政府于1994年3月26日在梅州市百花剧院举行命名大会，盛况空前。我在大会上的致辞，除感谢该台、梅州市政府、大埔县政府及社会人士外，更借此机会勉励大家弘扬客家人勤俭诚朴美德，致力国家建设大业。由于我对该台事前并未作过任何捐献，此后我了解到该台经常举办一些天文研究活动，世界各地专家学者云集，对食宿及场地颇难负荷，只好把活动范围缩小或减少，甚感可惜。另近几年来很多社会人士到该台考察或欣赏紫金山美景，顿成旅游景点。我知道这些情况后，特捐了300多万元在该台半山入口处兴建了一栋大楼，被命名为“田家炳天文科学交流中心”，另还资助了该台教授们参与国际天文活动，大家关系非常亲切，以后我的家乡梅州市和大埔县还得到该台将另两颗小行星命名为“梅州星”及“大埔星”。

王庆生：田家炳星命名后，全国政协副主席叶选平曾为你题辞称赞：“名标星座，泽荫神州”，请问会否因有了这项光荣而淡泊了其他一切？

田家炳：个人能得到以小行星命名确是一项崇高的荣誉。这不仅是我个人的光荣，也是家乡人士的光荣，且对表彰和鼓励海外爱国爱乡的侨胞和港澳人士为家乡建设多做贡献，将起到积极的推动作用。至于因有“田家炳星”的殊荣而淡薄了其他的一切，那又完全不是。所谓千里送鹅毛，礼轻人意重。物无厚薄，荣誉也无须太分等级，最重要的是颁发机构的诚意和自己是否应得的。我至今所获的其他种种荣誉，例如英女皇颁赠大英帝国勋章(MBE)，中华慈善总会颁发的中华慈善奖，十余所大学颁授的荣誉博士、院士荣衔，数十城市的荣誉市民，被数十所大学聘为荣誉教授和多个省政府颁授的荣誉奖项等，每一项我都十分珍惜，每一次授荣都更加激励自己要多为国家做贡献，同时又每每感到是华超过了实，谢谢大家的厚爱。

王庆生：你婉辞全国政协委员的原因，大家比较容易理解，但还有很多难得的荣誉：如香港中文大学郑子瑜教授推荐你列入《世界名人传》，香港扶贫状元方润华博士拟提名你为内地“扶贫状元”，江苏侨联主席郁美兰女士推荐你获取“杰出华人奖”，还有北京举办多项表扬对国家有卓越贡献人士的多种形式邀请等，这些荣誉都是大家追求的，你为什么一一婉谢不受呢？

田家炳：诚如上面我曾多处谈过的“宁可实而不华”的理念，令我在人生过程中带来很多方便一样。如果有了某种特殊的荣誉，大家对我的看法和期望就自然很不一样，特别是我生平生活简朴、平民化，完全不像其他有那些荣誉，住高尚洋房，坐名贵轿车，出入于高级消费场所，衣履时髦，事事讲派头的上流社会人士，这与我节约第一的个性确是格格不入。为免损他人的身份与尊严，故我宁愿没有那些非与我有直接关系的虚荣，更不想因此欠了人家的人情债。至于近些年北京各界举办种种活动拟给我的荣誉，总觉得有点滥，有些是为了筹一笔钱，令我更加有戒心，生怕他人误会我也去追求有偿的荣誉，所以我都敬谢不敏，更何况我所付出的每一笔捐献，我都觉得是自己应做的，同时也得到了精神上无形的满足和快乐，不想再得到其他的荣誉了。

王庆生：在众多的荣誉中，你在1996年还获得英女皇颁授的大英帝国勋章(MBE)和香港多所大学授予的荣誉博士、院士学位，我想问问当时的一些具体情况。

田家炳：近十几年来，除上述的2886田家炳星命名是一项特别的光荣外，英国女皇1996年元旦授勋，我被授予大英帝国勋章(MBE)，并于同年7月在伦敦白金汉宫隆重地获英女皇亲自颁授，我和内子及儿女获邀观礼也算是一项非常难得的盛事。那时中英政府因香港主权移交问题弄得腾腾沸沸，类此勋衔是专为赏赐支持香港政府的高官们的礼物，我以香港平民身份，生平生活低调亦蒙惠及，确属特别事例。其他如全国七十余省、市、县政府授予荣誉公民/市民，在香港9所大学中，有8所授予荣誉博士、院士等荣衔，均属难得之至。我深感受之有愧，特别是在获得不同的荣誉的背景里，各方面对我的深情厚意，更非一般应酬式的礼物而已，而是饱含着一股难以形容的尊敬、诚挚、神交等因素，令我感受很深。此后惟有竭尽绵薄，为国家民族多做贡献，以报各方雅爱。

王庆生：2006年4月北京公布“2006中国慈善企业榜”(捐款以2003年至发表时止现金捐款为准，单位为人民币)排名1—5分别为：李嘉诚基金会6.7亿、邵逸夫基金会6亿、金光集团2.8亿、田家炳基金会2.4亿、霍英东基金会2.2亿；第6—10名是中石油1.3亿、中远集团1.2亿、中石化、曾宪梓基金会、富士康各1.1亿。李嘉诚是世界级富豪，邵逸夫、霍英东都是香港一级富豪，你常自称是做小生意的人，我们也知道你的财富比他们三人少得多。但从排名及捐款数字看，似乎距离不大，你能否做些分析？

田家炳：依常理推测，上述数字应是可靠的。李嘉诚先生确拥有世界著名的企业及财团，他的事业更是覆盖多个行业和多个国家，是一位享誉国际的成功人士。邵逸夫先生在上世纪50年代已是香港娱乐界的知名人士，对中国的教育非常热心。霍英东先生也是香港著名的富豪，对大陆的体育事业特别重视。他们三位仍各自全神发展自己的事业，当然不会像我这样全心全意投入捐资的工作上，但这并不代表他们不关心慈善工作，何况他们可能有更大的捐资项目，不过未在这个年度捐出，所以在数字上还显示不出来。至于排名第3位的金光集团(印度尼西亚)和第10位的富士康(台湾)的背景我不清楚。第6、7、8位中石油、中远集团、中石化同是大陆鼎鼎大名的大企业，年纯利以百亿计，确实应该多捐一点，第9位的曾宪梓基金会(香港)的曾宪梓先生是金利来集团主席，爱国人士，他对科研及全国名教师做了不少善事。我2003年至2005年的捐款数字其实也不是我正常的经济能力，只是2005年我刚好卖出了一栋13余万平方米的大楼，得款除清还银行负债外，全部付清已完成工程的捐款，所以勉强达到这数字。这样的排名，实在受之有愧，不过我为国家、民族过着最平淡的生活，尽了全力支持，这点确是每位旧雨新知和受捐单位都非常清楚的。说实在话，做慈善事业最重要是看不见的内心诚意和精神，不必在捐款数字上去衡量。前贤说："无心为善，虽善不赏；无心为恶，虽恶不罚。"多年来我在与各地青年学子交流时，常举例说父母给你的零用钱，很久才累积了几百块钱，如同学有困难，你竟乐意全部拿出帮了他，那你比亿万富翁捐几百万还要慷慨。故我劝大家不必斤斤计较捐款数字多少。

近年我国的经济突飞猛进，不少人士争取到超理想的财富，确实是可以多关心点公益事业，多推动一下捐资的文化。钱财乃身外物，多做些好事，社会人缘关系好，自己精神舒畅，福至心灵，事业也会愈做愈发达，这是俗语光中去暗中来的必然善果。我在此衷心希望大家共同努力，慈善为怀，福有攸归。

王庆生：依你的捐资数据显示，在大埔县境外的捐款虽然都主要集中在教育方面，但范围竟遍及全国 34 个省市区，而在英国和美国也有一些有关中华文化的项目。请问何以会有这种情怀，你又是如何去推动的？

田家炳：我在大埔捐助后，大家希望我能在全国不分畛域地多捐办一些教育项目。我的这种情怀，可说是来自多方面的。少年时期，我常听先父与当时多位时贤广谈全国政局形势及风俗胜景等，虽然所知不多，但受长期点滴影响，深感各地都很可爱，也很希望他年能去看看。中小学受教育时也就是 1925—1935 年之间，更是国难方殷时期，到处看到"日仇不共戴天"的标语，听各地同胞受苦受难的事例，都是感同身受，民族意识很浓，加之几十年所接触的人士很广泛，而且关系也搞得非常好，在种种情况影响下，对地方观念自然会淡泊些，更感到自己捐资公益最重要的是实际的效果和是否受到获捐单位珍惜，这点确与一般人只念"桑梓之情"，或只是在自己有投资营利事业，为求换取一些便利而作出捐资的不一样。至于何以顺利推广到全国 34 省市区的问题，在师范教育方面初期是依赖香港中文大学卢乃桂教授介绍，重点捐助几所龙头师范大学，其中包括东北师大、华中师大、南京师大、山东师大、陕西师大、四川师大、云南师大、江西师大等院校；后期更蒙教育部师范司马立司长的鼎力推荐，全国其他地区的师范大学均受捐助。在中学方面，大半是由各师范大学的爱屋及乌，而带动各地市政府重视，特别是你和四川师大王均能教授、唐志成教授、贵州师大吕传汉教授、云南师大李存俊教授、广西师大黄介山教授等各位教授，及本会顾问汪鹤鸣先生都为此事建立了很好的关系，另有部分是由各省教育厅具函推荐的。在此让我再次感谢大家的厚爱。至于在英国、美国的一些项目，主要是有关弘扬中华文化为目标，在当地算是比较少人关心的冷门或不受人注意的事例，而我反觉得是真正深具意义的好项目。

王庆生：2002年你曾新购入一栋工业大厦，拟改建成青少年文化教育大楼，以进一步推动基金会的慈善工作，当时你是如何构想推行这个计划？后来又为何放弃这个计划呢？

田家炳：众所周知，香港寸土寸金，土地珍贵，再加上薪资高，造成楼价高企，想举办一些项目所需楼宇、场地是最难解决的问题。1997年亚洲金融风暴后，香港经济滑落，房地产在2002年最低潮时楼价跌去50%以上，租金也大幅下降，工业大楼首当其冲，空置率偏高。那时香港经济情况非常差，大批青年失学失业(称为双失青年)，人心惶惶，政府积极推出改善和"救市"措施，并倡导创意工业，让工业大楼改变用途，增加使用率，同时可作为双失青年再培训和鼓励他们的创业基地。2002年初，适有一栋已落成多年但仍空置的工业大楼拍卖，我得到银行贷款支持，用基金会名义以非常相宜价格买入。那大楼总面积13万余平方米，楼高25层，雄伟壮观，方整实用，位于屯门市区，距西部铁路终站约200米，直通九龙市内地铁，全程约30分钟，还有轻铁、公共汽车配合，交通十分便利。买入该大楼后，拟向政府申请改变用途，发展成为文化教育大楼，以利自办及以廉租租予本港非牟利机构和各省市驻港文教、联络机构设置大小办事处，为举办幼儿、青少年、老年文娱、艺术、教育、慈善公益等活动，及为各类职业培训、活动、文化展览、商业和旅游展销提供优良场地，以期全面推动香港各项慈善事业领域举办多元化的服务。相关租金收入全拨作基金会捐办公益事业。这是当时的构想和计划。

我构想好将大楼改建成文化教育用途，发展成为香港一个相对集中的文化教育中心区。如果能依我的计划，加上管理妥善，各使用单位可减轻租金负担，又可节省很多行政费用，不论男女老幼，来到大楼后可参与各种小区文娱活动。我将这计划向各方人士介绍后，大家都非常支持这个构想，认为是划时代的世纪工程，愿意积极配合。经过多次的商讨，认为将大楼由工业用途改变作非工业用途，虽然可行且具意义，但需要昂贵的改建费用和时间颇长的改建工程。据统计，如果要改变成符合安全标准的非工业楼，则起码要花5年的时间，而且改建工程浩大，费用过高，此外业主(基金会)每月仍要为大楼支付保险、管理等费用。那时大家都体谅我的经济负担，且因该大楼改建项目规模太大，经周详考虑后便搁置大计。

放弃大楼改建计划后，大楼维持工业用途，我将大楼更名为田氏广场，重新精细装修后全面出租，聘请优质物业管理公司进行管理，每月140余万元纯收入全数拨作慈善用途。"沙士"事件后，中央政府为协助振兴香港经济，落实推行CEPA政策，香港的工厦市场租金及成交量均剧增。田氏广场虽有发展潜力，面积很大，但位置始终在较偏的新界西部，市场估值约3.5亿元。由于基金会近年接受各地大学、中学资助的项目众多，金额至巨，蒙各地受捐单位体谅及接受捐款至少3年分期到位，总数达数千万元的捐款成为没有押抵品的“负债”，我对此深感不安。为解除精神负担，尽快还清“负债”及增加资金继续扩大教育捐资，乃于2004年1月将“田氏广场”以2.83亿元较低价卖出。虽然在经济收入在账面上计算可能是少了点，但想到能为祖国教育事业尽点绵力，令万千莘莘学子改善教学环境的丰硕收获，我还是满怀快慰。大楼售出后，我决定为数十所大学、中学提前付清捐款，另在2005年春至2006年3月，基金会又增加资助逾50所大学和中学。

王庆生：这项宏大的善业计划虽然没有实现，但看得出你的一切出发点是为公益着想，这种气魄令人敬佩。总观你的不平凡事迹，可以显出你的非凡才华和勇气，与你凡事都小心谨慎、实而不华、温文尔雅的风度，完全判若两人。可否解释一下何以会有如此的差距？

田家炳：我生平确是凡事小心谨慎，力求实而不华、言必信、行必果，讲诚信、重诺言，稍有一点违背良心、有损商德的事都不敢做。这种性格，在现实社会中确是很难立足，我也自知不是做生意的材料，故立足香港近50年，除了田氏化工公司，没有涉及其他生意，那不是因为自己没有资本、没有人才，反而样样都不敢做，使很多人难以理解。不过我每做一件事都经过很周详的考虑，凡是认为值得做的，都会很专心去克服一切困难，不会轻易放弃。

1958年在印度尼西亚的事业可说是步入巅峰的时期，但看到不利的前景，不顾一切定居香港，确非一般人做得到的。在香港一心追求做些对香港有利的事业，将追求财富的目的放在次要，结果令下游加工产品争取到国际市场，带动就业工人以万计。1978年大陆改革开放，我看到国内很多方面要做的项目很多，也是我实现回馈社会的良好机会，我开始在家乡大埔县捐资多项教育、医疗、道路桥梁等项目，为群众解决了急需解决的难题，也带动了旅外同胞关心桑梓的好风尚。1985年更进一步将善业推广到梅州市、广东省到全国34个省市区，这些都是因为自己有好的志向，把国家民族的利益，看作是自己的利益，一心一意做下去，也因此获得很多令人惊叹的收获。至于购买大楼改建用途的宏伟计划，也是因感到自己的付出能取得好的社会效益而激励着我。现在回顾这几件重大的决定确不容易。我淡泊名利，不考虑短期的金钱利益，远瞩未来，这些都是使我这表面看来是文弱书生、老实笨伯，而内心抱着不怕风险、奋斗意志坚强的重要因素。

王庆生：据大埔县政府编撰的《履仁崇义的田家炳》所述，你为了家乡政府顺利开通沿韩江东岸的公路工程而自动把你祖父的坟墓搬开，感动了全县乡民。可否略述一下当时的情况？

田家炳：先祖父蔚如公坟墓坐落在我祖居拱辰楼前韩江的东岸。据堪舆师（风水先生）的评语是一穴风水宝地，原呼为“雄马过河”。1940 年代我家各兄弟事业颇有成就，大家赞称“神马过河”。改革开放后，我在大埔境内捐资兴建了公益项目，深得乡民赞赏，都说全靠先祖父那穴宝地保佑，“神马过河”也就改称为“仙马过河”。1995 年县政府计划沿韩江东岸兴建大麻镇至高陂镇的公路，先祖父的坟正是“路心”。政府及民众为保留我家祖坟，原拟在江面另筑约 8 米余高的河堤。我知道这事后深感不应因私废公，河堤工程大且不方便，决意自己将祖坟搬开。因先祖传下五房，第三代散居各地，我特请当局用公函叙述开路工程及迁坟迫切性。但因碍着我的情面，县政府、大麻、高陂两镇政府和交通局都不便执笔发函，最后由我自己通知各堂兄弟说明迁坟是美事，且可为广大群众树立好榜样。众兄弟认为我的事业成就最大，我都赞成他们怎敢反对。大家深明大义，结果政府不费唇舌，不耗公帑分文而顺利解决了原认为最头痛的一件大事。其实我对祖德非常怀念，长期以姓小丁薄，希望能为广大同胞做些好事，藉酬光宗耀祖宿愿。但对风水一事似较看得开，更想到为着希望祖坟保佑，长期要车辆绕弯还可能造成危险，实在问心有愧，故决定自动迁开祖坟。

王庆生：十几年来香港的经济情况确有很多变化，但你对各大学、中学的捐款，都能准时到位，有时还会提前给受捐单位，有个别特殊情况，你还会增加一些金额。在商场上也是很难找到这样重视诚信的事，何况是无偿的捐资。这样做，是否会给你造成很大压力？

田家炳：我一向重视诚信两字，尤其是在金钱上，我更是尽一切可能坚守诺言。我对教育的捐资，在 2000 年后因香港经济一直低迷不振，所有捐款都先预约好平均大概延缓一年至 18 个月以后才付。尽管受捐单位都体谅，而我反因大家的过分体谅而感到不安。在 2001 年春将住了 37 年的住家卖出得 5600 万元后，才解除了心理上的负担。说到压力确实有，但这不是大家给我的压力，而是我自己心理上因种种原因而加重了自己的压力。例如：感到教育的重要性，大家对我的过分爱护、热情，每天总是想如何能将捐资项目做得更好。幸好我平素对任何一事都觉问心无愧，这些压力并不伤害到我的健康，请大家放心。

王庆生：目前基金会的捐资已推广到全国各地，请问你对基金会的发展和延续的问题，儿女的支持情况有什么计划？

田家炳：首先我想说明一个最基本的问题，就是田家炳基金会的主要资金来源确是由我个人捐出来的，少部分是家族公司田氏化工每年捐出的盈利。基金会是经过注册独立成立的永久性慈善机构，与我的家族生意完全分开，换句话说，基金会的资产是属公众的，与田氏家族完全无关，有一天我走了，基金会的工作一样会继续下去。不过我几年来一直另有一种想法，是捐给基金会的物业(四幢大厦)租金收入(回报率)太低，每年回报约5%即值100万元的物业要20年才能收到100万元。如果我将这100万元物业卖出，拿到100万元现金，又全部捐出去，那实际的社会性的收获相信会比每年约5万元的收获好得多。究竟是保留长期收租办公益好，还是一次性捐出去办公益好？这一直是我考虑再三还没有定案的。说不定若干年后，香港房地产市场好转而有极好的公益项目值得考虑，那就很可能会放弃物业，这么一来基金会的业务自然就没有延续的必要，而只能欣赏因基金会的捐资而得到的社会效益而已。

如果基金会保留物业长期收租，公益项目自然延续下去。目前捐资对象90%以上是内地的教育项目，若干年后大陆经济形势大好后，基金会的捐资方向可能会面向世界各地推动中华文化的社团，让海外众多华裔儿女进一步了解自己原是炎黄子孙，学习历史悠久、有优良传统的中华文化。总结说一句，基金会是大家公有的，不拘任何形式，她都将考虑如何更好地造福社会，敬请大家多多支持。

六、良师兴国，教育为本

王庆生：田先生，你于1982年成立了非谋利慈善机构田家炳基金会，以“安老扶幼，兴学育才，推广文教，造福人群，回馈社会，贡献国家”为宗旨，实践“取诸社会，用于社会”的理念，致力在中国捐资，推动教育、卫生等社会公益事业。二十多年来，你以教育为重点在全国34个省市均有捐资。在香港、台湾、澳门地区，也有多项捐助。我想问，你为什么拿出巨资以教育为捐助重点呢？

田家炳：我常想：中国号称五千年文明古国，炎黄儿女是世界上的伟大民族。但中国近百多年来一直处于世界列强欺凌、瓜分、动乱不安的局势下，人民生活极度痛苦，特别是甲午战争后，日本人更是得寸进尺，侵犯中国事例令人发指，国势日弱。1912年中华民国成立后，算是打开了门户，推翻了几千年的帝制，建立起新的共和体制，但各省军阀各自为政，分裂割据，社会仍旧动荡不安。更令人痛心的是国共多次内战和分裂，造成严重内耗，更引起外国人垂涎。1937年7月7日日本发动侵华战争，后期更导致第二次世界大战，全国受到空前破坏。直至1945年8月，日本战败正式投降，中国与英、美、法、俄并列世界五强，取消外国对中国的一切不平等条约，这是我国由弱转强的大好时机。可惜喘息稍定，国共再次分裂，1949

年全国解放和新中国成立后，政局始逐渐安定。可惜新中国成立初期因政策失误及十年“文化大革命”的摧残，国家建设停滞不前，直至1978年改革开放，我才开始参与内地公益事业。

前面我讲过，教育发达则国家兴盛，国民素质提高。咱们国家是发展中国家，国民教育水平偏低，经济发展不及西方强国。要使国家富强，最重要的还是提高人民的综合素质，提高人民的知识水平，使国民都能自强自立，把国家的人口包袱变成宝贵的人力资源，这样才能全民共负建国大业。要达到这个目的，就须在教育方面着手，所以我捐资90%以上是用在教育上。更重要的是因我的捐资教育，还收到抛砖引玉效果，获得当局拨出更多配套资金，各地项目顺利完成，各受捐助学校因此带来新的精神，激励全校师生致力提高教学质量，给我有力鞭策和无限动力，令我愈做愈有兴趣，这是我乐意在教育上捐出巨资的主要原因。我坚信“中国的希望在教育”，深盼大家为下一代着想，为贫苦百姓着想，为祖国、为民族的前途着想，共同重视和捐助教育。

王庆生：在你的捐助中，最多的还是教育。2003年6月，你为江苏省盐城市田家炳中学题词：“中国的希望在教育。”这句话讲得非常好。我想请你对这句话作些阐释。

田家炳：为什么说中国的希望在教育呢？我曾在不同场合说过，教育是关系国家强弱、文化盛衰的百年树人大业，更是充实个人智慧、求取生存的重要条件。环顾世界各国，不拘它们的天然条件，地理环境怎样优越，且具有丰富的资源、肥沃的土地、良好的气候，但如果教育不发达，人民的生活水平也不会好到哪里。反之，不少欧洲小国家，如英国、瑞士、荷兰等国都因教育发达，令国家安定，人民生活水平很高。我国拥有近13亿人口，据统计，文盲、半文盲人口还以亿计，他们因教育程度低，缺乏谋生技能，长期处于贫困状态，成为国家的沉重包袱。但如果能提高他们的教育水平，人口的包袱自然可变成创造财富的人力资源，这是我说中国的希望在教育的主要原因。

王庆生：师范大学是培养中小学师资的摇篮，也是培训师资的重要基地。你曾经说过，“良师兴国”，你是怎样看待教师的作用呢？

田家炳：上面也提到学校的教学成绩好坏在于教师的素质。我所谈的教师素质不光是指教师对课本上的知识，更重要的是他的人品问题。我说“良师兴国”的“良”，很大程度上也是指人品方面。“经师易得，人师难求”，很清楚地指出，求有好人品的老师难，求有好知识的老师易。课本上的诠释是比较规范化，教师讲解以后学生很容易接受，但要如何修身立品，这是需要长期熏陶，令学生长期实践，自发自觉地警惕，才能建立良好的品格，所以大家都认为育智易，育德难。故我坚持育德比育智更为重要。

教师在学生心目中有如在家里的父母一样，一言一行都足以影响学生，学生也深信，教师可以做的学生也可以做。一位教师的好坏可以影响几百几千学生的好坏，再扩大一点也可以说会影响几百或几千个家庭的好坏，而这也正说明"良师兴国"的重要意义。我谨衷心祝愿全国的现职教师或准教师能深入体会到良师兴国的重要性，做一位品学兼优、足为学生楷模的好教师。

王庆生：在教育资助中，你特别重视高等师范教育。你不仅资助了教育部直属的六所师范大学(北京师范大学、华东师范大学、华中师范大学、东北师范大学、西南师范大学、陕西师范大学)，还资助 31 所省属师范大学(如南京师范大学、华南师范大学、广西师范大学、四川师范大学、新疆师范大学等)，我想问问，你为什么把师范大学作为重点中的重点呢？

田家炳："事在人为"是中国人常说的简单口头禅，在历史上也确有不少事例证明这是真理。上面说过有 13 亿人口的大国，因教育不发达，国民教育水平低，这是引致全国人均收入低、国家负担重的一个重要原因。要解决这个问题，最基本的办法，是提高国民的综合素质和知识水平，也即是要国民多受教育。我国近几百年因闭关自守和政局动乱等因素，经济滞后，百废待举。一时无法大量投资改善教学设施，我们只能先在培养人上想办法。教学成绩的好坏很重要的一环是教师的素质。师范大学是培育教师及服务教育人才的重点大学，要师范大学办好，首先须要有优秀的师资，要改善她的教学环境，才能让师生在优化的育人环境中更好成长，这是我把师范大学作为重点中的重点的理由。

王庆生：我在香港中文大学访问，看到你资助的田家炳楼十分宏伟，除了香港中文大学外，你在香港还有哪些教育捐资项目？

田家炳：在香港有 9 所大学，其中 8 所是由政府主办，另有一所是自负盈亏的公开大学，我都有捐资。我对中文大学的捐资最早(1990 年)，资助金额最大，那年我捐 2000 万元作大学发展及学术研究基金，另捐 500 万元成立香港教育研究所，现任所长卢乃桂教授是著名教育家，研究所的科研和管理非常卓越，为本港和国内外教育做了很多工作，每年承担不少政府资助的教育项目；岭南大学在屯门建新校期间，我捐了 250 万元，该校以国际标准级游泳池命名；香港大学在 1996 年创办大学教研发展基金会，我应邀捐助 500 万元，被授予该会永远荣誉会长；其他院校如香港浸会大学、香港科技大学、香港理工大学、香港城市大学、香港教育学院、香港公开大学各捐 300 万元。此外本基金会对各大学其他不同的项目也有不同形式的捐资，例如奖学金、访问学人计划、大学基金等等，以田家炳命名的学校计有中学 2 所、小学 4 所、幼儿园 5 所。各校校长、教授们对我非常客气，学校的重大活动邀我参加。香港浸会大学、香港中文大学、香港教育学院、香港公开大学、岭南大学先后授予我荣誉博士学位，香港大学、香港理工大学、香港科技大学分别授予大学院士荣衔，这在香港算是罕见的。

王庆生：1984年，你还在台湾成立了田家炳文教基金会，我想请你谈谈台湾田家炳文教基金会开展了哪些公益活动。

田家炳：要谈台湾田家炳文教基金会的捐资，首先让我谈谈我对台湾的情怀。自1949年国民党退守台湾后，两岸因政治体系不同而令同胞们造成对立状态，音讯断绝，这是近代中华民族最大的不幸。新中国成立后，解放台湾之声不绝于耳，对岸反攻大陆口号也高叫入云，金门炮声隆隆，彼此形同敌地。亲大陆的被戴上"左派分子"，亲台湾的被咒为"死硬派"，互相攻击谩骂，不少多年挚友因此割席，导致正在合作中的生意破产，父子兄弟成为路人。甚至不惜采取卑鄙手段告洋状，互相攻击，令外国人坐收渔利。我对上述情况深感痛心，认为两岸都同属中华民族，同文同种，同祖同根，同一血脉，同一文化传统，大家应尽一切力量促进两岸统一。故我的立场一向较为中立，对两岸都尽一切可能竭尽国民天职。

1976年我应台湾华侨投资发展货柜运输业及获居台朋友协助，投资高雄港成立亚太仓储股份有限公司，至1983年将亚太转让，得款新台币5000余万元，我将这些钱全部捐出成立田家炳文教基金会(下称台文基金)。回忆当年台文基金的成立最主要的目标是希望促进两岸文化交流，以期舒缓两岸紧张关系。那时台湾经济仍算滞后，不少青年俊秀因经济困难无法上大学，遂对全台湾各大专院校品学兼优或家境清贫的学子颁发奖学金，藉以培养他们更爱中华文化，将来致力两岸和平统一工作。另外，亦在台湾举办各种中华文化教育活动，如讲座、展览、研讨会等。台文基金的董事会成员，主要是台湾多所名大学校长和教育界名流及社会俊彦组成，各成员以至诚态度，并以公正、廉洁、务实办事的良好作风投入工作，加上基金会财政收支、业务操作完全公开，深具成效，被誉为在台湾数百间基金会中最纯正、最能弘扬中华文化的基金会，更受最高当局赞赏，颁赠"热心公益"牌匾和不少荣誉奖项。惜因近年利息收入大减，最后于2005年将基金会结余5000万元捐给台湾交通大学，另资助孔孟学会、台北大埔同乡会以及部分在美国的文教团体，希望他们好好使用这笔善款，发挥最高效益。台湾田家炳文教基金会也正式光荣结束。

王庆生：除了在国内的捐助外，你在英国、新加坡等国还资助了哪些项目？

田家炳：我为社会做点贡献的地区除在内地为主，香港、台湾为辅外，在英国剑桥大学区内由著名英国科学家李约瑟博士倡建的专藏中国古代科技文献的中文藏书馆，我捐助200万元，该馆获命名田家炳堂。1997年夏，我到新加坡考察当地的教育及社会福利情况，获吴作栋总理夫人、南洋理工大学多位教授及董事、公益金主席余经文、总干事李家弼、前香港大学校长王赓武教授、黄朝翰教授等提供该国教育及社会福利、房屋政策后，曾分别为吴作栋夫人领导的全国肾脏基金会、南洋理工大学及善友辅导中心作了捐款，以表支持微诚。2003年后，我还支持过美国洛杉矶的"美华道德教育协会"，都是微不足道的数字，不便奢谈资助。

王庆生：据我所知，在教育捐资中，你捐助的学校之多，资助的地域之广，受益的数目之大，在中国当代教育史上是少有的，为了资助教育，你在2001年，卖掉了你居住了37年的别墅，而自己却去租住一套130平方米的公寓房。我想问问，你为什么这样忍痛割爱卖掉自己住的别墅去资助教育呢？

田家炳：自从1995年我开始在广东省以外捐资师范大学和中学后，各省市反应非常好，由最初资助大学800万元、中学500万元，逐渐减到大学500万元、中学300万元。我因人情难却而且又是自己致力的事业，差不多是有求必应。但1997年亚洲爆发金融风暴，1998年波及香港，我的大楼租金收入顿受影响，田家炳基金会的运作也被波及。

我1964年买入的住家位于九龙塘高尚住宅区，1983年改建后总面积700余平方米，全家十余口聚居30余年，1995年后儿媳们另觅新居。1997年地产最高潮时市值逾亿元，原考虑卖出，因考虑周末、假期全家20余口团聚需要而不果。1999年秋以后，各大学、中学申请资助接踵而来，我也尽量接受，资金来源不能不另作打算。至2001年春卒在地产最低潮时以5600万港元卖出，得款全部用作资助教育，自己租住130平方米的公寓楼。我这样做的理由，主要是觉得这么宽敞名贵的别墅，只有我和内子住实在太浪费了。依那时屋价的利息计，睡一晚觉就花了1万元以上(以每月利息约40万元计)，我租住的公寓房月租3万元，减除原别墅的税金杂费约1.4万元外，每月只多付1.6万元。我把5600万元捐出去，可资助20余所中学，看到一幢幢雄伟壮观的教学楼和听到万千学子琅琅悦耳的读书声，深感精神上的享受比物资上的享受好得多，所以完全没有"忍痛"两个字的感觉。

王庆生：你在资助教育中，还有一件事令人感动，那就是2003年3月，香港教育统筹局实行一项等额补助计划，即大学若取得社会、私人捐款，便可获得政府一对一的配款。此时，尚未得到你的资助的香港理工大学和香港城市大学向你提出资助的申请，而你一时又给不出钱，当时采取了慈善史上闻所未闻的一项措施，由你先向银行贷款筹集600万元捐给两所大学，使这两所大学在2003年底得到政府更多配对资金，我想问问，你当时为什么这样去做？

田家炳：香港政府主办的8所大学当中，那时只剩香港理工大学和香港城市大学我没资助过，原打算自己力所能及各捐300万元，但须分3年(每年100万元)付清，他们都很乐意接受。那时适逢香港政府鼓励各大学筹款，采取一对一的配款(但要求每校最少要筹到4500万元才能进行配款)，若我的捐款分3年拨付，该两校在筹款期间内只能得100万元捐款，亦只能向政府多配款100万元，即合共200万元。所以我特别请银行支持，卒使该两校各获得300万元的捐款，而收600万元的实惠。香港理工大学和城市大学都很清楚这些经过，并说因这事激励了很多校友，筹款工作非常顺利，形容我这及时雨带来这么好的收获，报章也大字标题宣扬。我当时有一个最简单的想法，自己捐出300万元，大学可获得另一个300万元，是一本一利的“生意”，怎可放弃？更大的收获是对两校甚至全港的捐款人心理上起了很大的催化作用，是我在捐款里感到最开心的一项事例。说老实话，十几年来，我因捐资而累积下来的银行贷款长期都在亿元以上。生意人十有九都有向银行贷款，其中部分贷款自然也包括部分捐款。将我的事例形容为“慈善史上闻所未闻”实在太过奖了。

王庆生：你常说，“好竹出好笋”、“虎父无犬子”，小学教育是教育中的基础教育，小学生未入学校前，是一位天真无邪、善良纯洁的孩子，在小学时期所学到的，将对他们整个人生起着很大的影响。在你看来，怎样才能做好基础教育呢？

田家炳：大家所熟知的《三字经》开宗明义是：“人之初，性本善，性相近，习相远……”小孩子在未进入幼儿园或小学开始接受老师的教育前，家庭的环境与父母的言行是很重要的影响。有些“优生学”家甚至追索到胎教的重要性。现代的孩子与几十年前我所看到的孩子，在不同的年龄阶段比较，确有很大的差距，甚至刚出世3至5个月的现代孩子比前几十年周岁以上的孩子的表现还聪明活泼得多。从这点来看，胎教有一定程度的影响。历史上记载不少成功人士是因年幼时受父母及环境的影响而改造了自己，孟母三迁其宅教育孟子，岳母在岳飞背上刺上“精忠报国”的故事更是人所共知的。学生在小学里受到的教育虽然重要，但如果没有好的家庭教育的配合和父母的好言行去熏陶，还是很难收效的，因为孩子很大部分时间都跟着父母，而且也是孩子心目中最好的偶像。因此我常说小学时期所学到的将对整个人生起到很大的影响。这个“时期”是包括家庭、学校与社会风气等因素的综合。坦白说我的童年因为时局不安定，真正的正规小学教育接受得不好，今天在做人做事方面能够得到社会人士认可与事业上小有成就，确实完全归功于父母对我的教育，他们的言行对我的一生起着至关重要的影响。现代的科学家强调的DNA遗传基因，不正是反映同样的道理吗?

王庆生：你说“浇树要浇根，好钢用在刀口上”。请你对这句话作进一步的阐释。

田家炳：“浇树要浇根”听起来是很通俗的俚语，实际上是非常好的提示。我国土地广阔，人口众多，需要做的项目万万千千，由于资源不足，只好分急缓先后处理。例如要提高中国的教育质量，首先要搞好基础教育，要搞好基础教育，首先须改善中小学的办学条件，优质的老师是教学条件中最重要的环节。优质的老师应来自各师范大学，因此我优先资助师范教育应该是最有效和最实际的工作。再说全国名大学的教学设施无论是怎样好，更重要的先要有好的高中毕业生进大学培养，才能达到事半功倍的效果，这也是显而易见的道理，因此我常说，我不但直接资助师范教育，还有间接的利益是为大学提供大量优秀中学生。还有一点，全国各方面的发展，如果没有优秀的人才也很难收到好的效果。因此我强调“中国的希望在教育”，是浇根的主要工作。

七、修身立品，德育为首

王庆生：在你的教育观念中，十分重视德育教育。这几年你在南京师范大学、华中师范大学、北京师范大学分别召开了三次德育教育研讨会，专门研究新形势下的德育教育问题，我想问，你为什么这样重视德育呢?

田家炳：先父在家乡是位德高望重、深受民众爱戴的长者。邻近不少有识之士常来我家，谈古说今，纵论天下。上至天文，下至地理、社会动态、国家要闻，无所不谈。他们都属较高级知识分子，谈吐文雅、品德高尚的贤达。我常随侍在侧，所以从小就受到很好的环境熏陶，充分醉心中国的固有道德。历史上多少位高权重的大官，有的流芳千古，有的遗臭万年，归根究底还在于道德上的差异。以我个人交友的重点，也是侧重他的人品高低。他的事业、职权都非我考虑的重点。我总觉得人生辛苦争取到的一切成就包括名和利，需要有好的道德作为支撑，这样才能把自己的成就提到更高的层次，否则本来值得珍惜的名和利也变成一文不值。更重要的一点，因自己人品好，不但在事业上会获得很多无形的帮助，也为自己的人生带来无限快乐，无愧无怨，无惊无惧，受人欢迎，受人尊敬。古人修身而后家齐，家齐而后国治。家庭父慈子孝，兄友弟恭，社会充满爱心，人人安居乐业，这不就是家齐国治吗?祖国改革开放后，全国的经济、政治、交通、教育、民生、科技等等都有长足进展，中华民族正步上国治民安的大道上，唯一的缺憾就是社会道德水平下降，造成很多不应有的负面影响，这是我一直引为痛心疾首的大事，故从1998年、2001年、2005年分别在南京师大、华中师大和北京师大召开了三次德育研讨会，并已确定在2008年由陕西师大继续承办这项深具社会重要影响的活动，希望得到社会人士的鼎力支持。

王庆生：你说，教书首先要教学生做人。不会做人，就不会做事。你认为，做人与做事有矛盾吗？怎样把两者统一在一起？

田家炳：做人和做事绝大多数应该是二者合一，一般如会做人自然也会做事。有时对某一件事情处理得好与坏，究竟是他在做事方面还是做人方面的对与错而引来好与坏的结果，有时很难分得清楚，这需要深入了解当时他对这件事的立场和精神，然后去批评他是否不会做事或不会做人，又或者是两者都不会。坦白说，我自己有时也会有与别人不同的看法而采取似乎不近常理的做法，而怀疑是不是自己不会做事或不会做人呢。譬如说：有些经济稍差的朋友或亲戚，以为我发了财，动辄百万地捐钱，一定很有钱，而我对他也算尊重，于是找我要钱，以为要我给他十万八万一定可以做到。这点与我的做人立场很不同，结果绝大部分我不能做到，令对方觉得我很不会做人。我从小就培养了坚强的性格，不随便求人施舍，也长期以此勉励亲友，每人都要自强不息，自我奋斗，我的亲友提出要求时，我首先会考虑如果他不是有突发性的困难，而只是想过好一点的生活而已，我更会将心比心，评估自己在他的处境上应不应向人提出这个要求。如果是否定的，我就不干，我这种做法，很多时候令亲友失望，以为我不会做人。总的来说，怎样把做人与做事统一起来，减少矛盾，唯一的办法是全凭自己的善心去处理。某些特殊的事例，似乎很难用几句话说得清楚。

王庆生：你说，“德育最重要的是教人如何做人，如何修身立品，特别是要培养他们的良好道德品质，以熏陶和潜移默化地培养人的好品格”。你认为通过什么方式才能更好地培养人的道德质量？

田家炳：要培养好人的道德品质，确是一项不简单的工作。由孟母三迁的故事及先贤古训“近朱者赤，近墨者黑”、“入芝兰之室，久而不闻其香；入鲍鱼之肆，久而不闻其臭”给我们的启示，是环境对人的影响很重要。人的行为善恶，不能单靠法规或条例去约束他，更重要的是他自觉地体会到他应该怎么样做。“暗室不作亏心事”的真谛，是要求纵使没有人看到也不会做违背良心的坏事。我自己的指导思想是，凡是怕人知道的就不要做。要达到这种修行和自律，除了需要较好的环境和社会风尚去熏陶、云潜移默化外，更重要的是个人的追求和修养，随时记住“勿以善小而不为，勿以恶小而为之”的格言，尽其在我，事事将心比心，此外似乎没有更有效的其他方式。

王庆生：你说，“德、智、体、群、美五方面得到发展，但五育应以品德为首。只重学术，轻视德育是失策的”，但有人认为，德育虽然重要，但看不见，摸不着，是软的，只有过硬的本领才是真的，“有了数、理、化，走遍天下都不怕”，你认为这个看法对吗？为什么不少人会有这样一种想法？

田家炳：中国人原是非常珍惜传统的道德观念，故五育里面以德育为首。外国人只谈法律，本来能守法已经是很难得。但可惜不少人利用法律的灰色地带，做出贻害社会的事。甚至有些事本来是坏事，因为社会都普遍存在或接受，结果是政府也修例，将不合法的变成合法，多么令人惋惜。现在中西文化交流已成为最热门的话题，不少外国不良习气也被国人接受，中国的传统道德自然逐渐淡薄，追求名利权力，物质享受成为时尚，也是“现代青年”最时髦最吸引的目标。在大气候的影响下，在国家致力发展经济的情况下，自然觉得看不见、摸不着的德育不如学好过硬的本领。“有了数、理、化，走遍天下都不怕”的思想，也就成为现代青年最现实的目标，无可否认，这对就业与生活都会有较好的保障，但有才华的青年，不应只求自己的生活舒适而已，应积极追求更高的人生价值，和对社会、国家做出更具意义的贡献才对。

王庆生：在学校教育中，怎样培养学生既具有传统的美德又具有现代教育思想呢？

田家炳：为使学生既有传统美德又具有现代教育思想，可综合简化为育德与育才两方面。为着经济的发展，提高人们的生活水平，我们确实需要培育各方面的专才去创造和发展。但我们除了要注意育才还要注意育德，特别是在现代社会中，大部分人都忽略品德的重要性。事实告诉我们，目前不少高官贵人或是商业奇才，位高权重，事业有成，叱咤风云，但最终因为犯了某些自以为可以瞒天过海的错误，而弄到身败名裂，这是有才无德的恶果，希望大家千万不要自恃才高而忘记了做人的基本，结果把好的智慧用在危害社会的坏事上，真令人替他们感到可惜。

王庆生：你在香港大学教育学院毕业典礼上说，“现在社会存在种种不良的风气，大家越来越侧重物质的享受，追求不应得的虚假名利，不计较人品高低，只知道随俗浮沉或寻求一些短暂的刺激而自甘堕落、冒犯法纪，这是目前有识之士最担忧的重大课题”。我认为，你提出的这个问题不仅在香港存在，在内地也一样存在。产生这个问题是不是市场经济发展的必然结果？采取什么样的办法才能解决呢？

田家炳：大陆在改革开放前，经济发展相对落后，物资缺乏，而近20多年来发展迅速，有些地区某些行业的经济增长每创高峰，人民的整体生活水平提高得很快，这与市场经济发展确有必然的关系，但这又不是绝对的。特别是近几年来，有些人看重物质享受，追求虚假名利，冒犯法纪等坏风气，越演越可怕，可说是危害了国家社会的根本。要改变这种状况，除了要订立更完善的法律去规范外，各阶层干部、各地高层领导应以身作则，廉洁奉公，戒除一切浮夸现象，实事求是，事事以民为本，给民众做个好榜样；另一方面，报章杂志、电视、电台等公众传媒多做一些好的宣传，教育国民具有更正确的做人观念，希望逐步扭转这些不良风气。

王庆生：你在长春市田家炳中学的题词上说，“利人必能利己，己立才能立人”，怎样才能做到这一点呢？

田家炳：“己立立人”是先贤的格言。“上梁不正下梁歪”是对广大民众很具教育意义的俗语。所以我几十年来一直以“己立才能立人”告诫自己，这也是我出席各校为我举行的报告会时，与师生们常谈的话题。举个简单的例子，我看到绝大部分的朋友，他的爸爸是抽烟的，他自己也有抽烟的习惯；做爸爸的不抽烟，孩子从小就有厌恶抽烟污染了空气，危害了健康的心理基础，自然也就不抽烟。还有不少好或坏的事例，都有这种情况。“物以类聚”是很合逻辑的。如果自己能提高警觉，随时随地检讨自己的一言一行，免得为他人带来负面的影响，自能体会到“己立才能立人”的重要。我在香港捐办的第一所中学“仁爱堂田家炳中学”，创校时就以“己立立人”为校训，通过校长的以身作则树立正确作风，带动全校教职员工以身作则，再去影响全校学生，这校训已深深地融入全校师生的日常生活中，变成一种校园精神。该校在2003年全港杰出中学评选中，是6所获奖学校之一，在校风培育、校园文化范畴获评为杰出学校。

王庆生：你说：“品德比学问更为重要。”我想问，品德与学问之间的关系是什么？为什么说品德比学问更为重要？

田家炳：学问通常是指一个人的聪明才智，做事的能力，对事物的分析能力和解决问题的能力。一般有学问的人有勇有谋，常常能干出一番令人钦慕的事业。品德是指个人的人格、修养、思想。有品德的人不会做任何有损良心的事，长期保持高尚的人格，去追求完美的人生价值，能以整体社会利益为先，不因求私利而损害公利，为追求金钱利益而损害自己名声，一切都出自至诚，用自己的特殊智慧取得社会效益，这才是最可贵的。有学问的人所创的事业，如果对社会没有裨益，甚至为财富而损害社会，只是追求个人的经济利益而已，纵使成为亿万富翁，那也只是一个金钱奴隶而已。有些人因为发了财，受到种种不良引诱而弄到身败名裂，不但自身受害，还会拖累家人朋友，甚至子孙后代，受人唾骂。相反，一位品德好的人，不拘他的经济环境好坏，都能长期受到别人尊敬，为世人楷模。所以我觉得品德比学问更重要。

八、教子有方，家庭和谐

王庆生：你是广东大埔人，我两次访问你的家乡时，感到你的家乡很美，景色宜人。据说大埔还是个出总统的地方，南美圭亚那的总统张西瑟、新加坡原总理李光耀都是大埔人，还出了不少院士和省主席。大埔虽是山区，但山清水秀，人杰地灵。我在你的家乡见到你的祖居叫“拱辰楼”，为什么要起这样一个名字呢？

田家炳：起这个名字语出《论语》：“譬如北辰，居其所，而众星拱之。”我们家建在“圳下”之处，坐南向北，前屋后楼，名曰“拱辰楼”，这座楼建筑古朴，装饰典雅。进了大门是一个宽敞的长方形天井，天井后面是一个大厅，厅里挂着多块黑底金字的漆木牌匾，书法端正，整个楼房充满浓郁的书香气息。拱辰楼是我的高祖父建的，我父亲玉瑚公世居银滩村已经是第十三代，如就定居大埔来说，已是第十七代了。如果更追早一点，从十二郎公定居梅州算起，应再加三代。田氏一族定居大埔至今，在韩江流域已是二十四代，延续近 800 载了。

我出生时父亲已经 48 岁，是晚年得子，父亲给我起名家炳，按当地习惯叫“亚炳(阿炳)”，意思是希望我能继承先贤志向，再创伟绩，造福百姓，彪炳百代。长大以后，我正是在先贤们的影响和父亲的教诲下成长起来的。在我几十年的人生历程中，我曾经遇到过不少难以抗拒的困难，但想到先贤们的创业精神，想到父亲的教导，也就鼓起勇气应付，终于化险为夷，安然度过。今日我能有小成就，端赖年幼时父亲给我的激励，要我坚守着客家先贤遗留给我们的传家之宝——“勤、俭、诚、朴”四个字。

王庆生：除了受先贤的儒家文化熏陶外，在你的多次讲话中，都谈到你的父母对你的一生有很大影响，有时谈到激动处还潸然泪下，你能否具体谈谈你的父母呢？

田家炳：我父亲玉瑚公刚毅仁爱，他的懿德高风，笔难尽述。1920 年代，内战频繁，军纪不肃，他不顾自己安危，亲谒有关长官，晓以军人保国卫民天职，不应骚扰乡民，语重金石，气壮山河，还为军队解决粮食，做些慰劳工作，民赖为安。他早年在银溪河口开设“广泰兴”商号，经营油米、杂货，还办了几座砖瓦厂，有工人几百人。他虽是邑中有名绅士，但待人热诚，每逢“墟日”(乡人赶往墟场做买卖的日子)，无论是村里的乡亲还是顾客，只要来“广泰兴”的，他都欢迎他们进里面喝茶、休息。他急公好义，常以金钱周济穷人。遇到家族乡里之间的纠纷，他出面主持公道，抑强扶弱，协调各方，化干戈为玉帛，甚至自己出钱买“金花红绸”，为双方和解。他一生做事注重诚信，光明磊落。在 20 世纪 20 年代，河口有大小商店 50 多家，当时由于市面上流通的银币不多，工资报酬、买卖支付都不方便，为了讲求信誉，及时支付砖瓦厂和“广泰兴”商号工人的工资，我父亲就自制了一些竹筹片，作为两毫银币的代用有价证券，每天发给工人作为货币流通使用，这样在银江河口墟、大麻镇等地流通了十多年，直到当地正式货币供应比较充足为止，由此可见我父亲为人的诚信。我的母亲房氏是一位典型的客家妇女，一生为丈夫、为儿女、为家庭而不辞任何艰苦，克己精神十分难得。她挑起管理砖瓦厂以及一切家务的重担，把工厂管得井井有条，她还与工人一起干活。她同父亲是志同道合，协力同心。每有善事，带头捐资。至于操持家务，农田耕作，更是我母亲承担了。先父母很多美德，是我立身处世的楷模。每忆往事，不禁潸然泪下。

王庆生：对一个事业有成的人来说，家庭的教育、父母的影响是非常重要的。连贯(原国务院侨务办公室副主任)在《田公玉瑚传略》中说道：你父亲对你“虽爱如掌珠，但督教甚严，每以圣贤忠孝节义事迹，立身处世格言为课题，身教言传，日夕灌输，家炳先生生平敦品励学，慈善为怀，不能谓非鲤庭训迪之功”。连贯说的这些方面还不够具体，你可否说些具体事例呢？

田家炳：我父亲对我是关怀备至，爱护有加，但也是严格要求、严格教育。我年幼时广大民众生活艰苦，吃番薯都不剥皮，父亲对我说：“番薯是妈妈辛辛苦苦种出来的，让我们都不要剥皮吧！”还有我年幼时也不爱吃苦瓜，父亲见了就说：“妈妈种菜辛苦吗？”我说：“辛苦，太辛苦了。”父亲接着说：“妈妈那么辛苦种出来的菜，怎能不吃呢？”我听了很受感动，从此不再偏食了，我之所以能够这样快的纠正自己的一些弱点，是与父母的教导分不开的。记得小时候父亲总是带我看母亲种菜、择菜、洗菜，在砖瓦厂见到母亲同工人一起挑砖，来回奔走，汗如雨下。回到家里还要挑起家务的重担。我每次吃饭，都把好菜留下给父母吃，父亲看见了，对我说：“做子女的不仅要孝敬父母亲的身体，更要孝敬父母亲的心。把好菜留给父母吃，是孝敬父母的身体；但做父母的总希望子女有好的身体，长大后能做一个堂堂正正的人，做点好的事业。”我说的这些，看起来本都是一些很平常的事，讲的也是一些平常的话，但它却影响了我的一生。

王庆生：我还想问一个不该问的问题。你父亲对你这么严格，在小时候是否打过你呢？

田家炳：没有，从来没有。照理小孩子哪有不顽皮，总是听话的呢？不过，父亲每次都是严慈并兼、耐心温婉地教育我，有时他会故意痛苦地自责，说自己是个不称职的父亲，不如早日死去。对于幼年时的我来说，这比任何打骂都更能震撼我的心，更能起教育的作用，为了不让父母亲伤心，我还有什么错误不能改正呢？

王庆生：你曾经说过：“一个人家庭幸福，就会安心搞事业。你见过很多亲朋好友，凡是家庭不和的、破碎的，他对事业就肯定没有朝气，对什么事都会灰心丧气。”你还说，“一个家庭里面夫妻之间互敬互爱，长幼之间父慈子孝，小辈之间兄友弟恭，整个家庭都友善快乐，这就是理想幸福的家庭。”我想具体了解一下你家是一个怎样和谐的家庭？

田家炳：这里所说的夫妻之间互敬互爱，父慈子孝，兄友弟恭，实际上就是一个理想幸福的家庭。具体来说，我家人口多，家庭负担重，内子常告诫孩子，爸爸在公司要处理很多繁复不愉快的事情，日间太辛苦了，回到家里绝不能再让他不开心。孩子们也很懂事听话，充分了解全家十几口全靠我一人在外工作，赚钱养家，这全靠内子体谅，家务处理得井井有条，孩子们之间也长期自爱，各自好好做自己的功课，使我无内顾之忧，全家充满友善幸福气氛。有很多了解我的家庭情况的亲友，都说我的幸福家庭才是真正无价之宝。正因为家里长幼和睦相处，连家里女佣、园丁、司机都相处得非常融洽，一干就十年八年，彼此互相尊重，即使女佣园丁离职后也还保留互访联系，称得上圆满无憾。

王庆生：你有一个多子女的家庭，我想问问，你和太太是怎样教育他们成才的？

田家炳：我有五子四女，都是在印度尼西亚出生的，定居香港后我安排他们入读中文中小学，让他们先接受中国的传统教育，中学毕业后全到美国、加拿大升读大学，以便打好英语基础，接触外国的科技及文化。我因工作忙，儿女也实在太多，根本无时间去教育他们，尤其是现代的青年，他们与社会各方面接触多，凡事有他们自己的思维和看法，所以我不过分去干预他们的行动，一向只以身作则去带动他们。我深信身教比言教重要，太多过问、责怪，反而会引起他们的反感。例如我自己视佣人、园丁如家人，事事和颜悦色吩咐他们，不颐指气使，我自己可以做的事尽量自己做，孩子们自然也就不会在他们面前作威作福。亲友来我家，我也不分贵贱，予以适当招待。常以在家不会迎宾客，出门方知少主人提醒儿女。早餐水泡的鸡蛋，烂壳的总是我先吃，自然也带动互相礼让，吃东西争着吃较差的。家中不拘任何事，全家都礼理兼顾，宽容处理，一切不想孩子做的，做父母的也不自恃乱做。与儿女平起平坐，对儿女也从不偏爱。总之全家十几口充满欢乐，数十年如一日。我对家庭中的事务从来没有烦恼，全心全意投入在事业及社交上，确实感到非常幸福。

内子是一位非常典型的客家妇女。她几十年的人生忘我地全情投入家庭，为扶持我的事业、儿女的养育、全家的日常生活、亲友的接待等工作，样样都做得妥妥当当，自己节衣缩食，牺牲自己，一块好肉也要让儿女吃，一盘好菜也让丈夫尝。儿女多，早起亲自为他们准备早餐，照顾他们穿好校服、背书包上学，中午送饭菜给儿女，或匆匆忙忙接他们回家吃午餐，餐后再送他们回校。儿女为应付学校要求要做些课外事务，还有很多社交应酬，参加同学生日会、学校庆典、周末旅行等活动。这些琐琐屑屑的杂务，她都长期照顾得非常周到。内子不拘寒暑晴雨，十年如一日，从无不悦面色。现代的父母负担一两个孩子的工作已经觉得不胜其烦，何况我们有 9 个儿女。幸好儿女们深深体会到妈妈的关心与辛苦，很听话，从不抗拒或有不满意表现，我因在外工作，下班回家吃晚餐后，儿女又要各自温习功课，我与他们谈话的机会较少。孩子对父亲的情感远不及对母亲，这是一种自然的现象。

王庆生：在我与你的几位子女接触中，感到他们身上既有中国传统的气质，又有西方人士的风度。你的九位子女都在海外留学，品学皆优，各有专长，而你又是长期接受传统思想熏陶的，我想问问，你在子女教育上是怎样做到“仁义传家，中西合璧”的？

田家炳：我的子女在香港都念中文中学，中华文化自然不薄，再加上我的家庭教育，在家里要讲客家话，与亲友来往也充满客家文化，香港学生的功课负担相当重，被评为“填鸭式”教育。他们都很自爱，自动自觉做功课，深恐功课不够好，令父母担心和失望。而我又特别重视他们的德育，所以对他们的功课都没严格要求，尽量减少他们的功课压力。为使他们打好英语基础，都让他们去美国、加拿大上大学。男孩除了老大及老三毕业后即回港加入公司工作外，其他继续修完硕士和在美、加工作多年后才回港。女儿们大学毕业后留在外国工作，并与留学的华人结婚，随丈夫居住在加拿大、美国、澳洲。香港是国际性都市，英国人到 1997 年后才交回管理权，社会上自然充满西方文化，故我的子女可以说是“中西合璧”里饱含着“仁义传家”，深具中华文化儒家情怀，连媳妇、女婿都是如此，颇慰老怀。

王庆生：有人说你对子女的教育既有言教，又有身教，身教重于言教。你是怎样将身教和言教有机结合在一起的？

田家炳：上面我说过，我因工作关系与儿女们细谈的时间不多，加上我有一个好太太协助我教育他们，而他们又很自爱，我又体谅他们的多，故基本上可以说甚少言教。但在身教方面却一点都不敢放松，为着长期在不知不觉中起到潜移默化的作用，我随时随地都留意自己的思想、言行，绝对不能有丝毫坏的影响。如果确因某些特殊情况做错了，也会很坦诚地说出前因后果，让儿女知道是我无心之失或后悔莫及，绝不掩饰或强辩。直到目前为止，九儿女间都相亲相爱，从不争执。每当周末假期，全家老幼共聚一堂，连媳妇孙辈都异常亲切，畅叙天伦。这些都是比金钱更值得珍惜的难得收获。

王庆生：除了家庭之外，你还结交了很多朋友，有的是同窗情谊，有的是难朋难友，有的是世交之情，有的是忘年之交，这些朋友都在你的创业历程中打上了深深的印记。我想问问，你是怎样与朋友交往的？交友中应当注意哪些问题？

田家炳：古人关于交友的理论很多，现代也有不少事例可以借鉴。总括来说，维持纯洁的友谊，不外是诚恕两字。在现代人的思想中，事事都把利益放在第一位，谈不上什么道义、真诚、交谊等。但我的交友之道，仍是以诚待人。不拘对方是君子还是小人，我都以诚相待，自己抱着只有施予，不求受益的立场，就完全不怕他是不是小人。我曾交过几位朋友，大家都认为无法久交或视为可怕的人物，但在我们的交往中，我以推心置腹、爱人以德的立场与他相处，结果不但没有吃过他们的亏，反而得到他们赴汤蹈火亦在所不辞的协助，事后很多人都说我改变了那几位朋友。在一般的情况下以诚待友，对方纵使不是善类，亦受我的诚意感化，不便打我的坏主意，自动知难而退。至于“恕”主要是多点体谅与包容，朋友做了些对不起我的事，不要斤斤计较，凡事留些余地，让对方亲自反省。总之，我一向抱着“宁可天下人负我，我决不负天下人”的宗旨，做事心安理得，永远快乐无忧。

王庆生：中国有句古话：“家和万事兴。”社会要和谐首先要家庭和谐。你的家是一个有几十人口的大家，你是怎样做到家庭和谐的？

田家炳：在香港这个国际城市、中西文化融合、很多似是而非、或积非成是的复杂社会里生活，要做到父慈子孝、兄友弟恭确不容易。我认为做父母的最重要的是要先正其身，树立好榜样。

我自小就成长在和谐的家庭中，父母常常怜贫恤孤，乐善好施，常教我要修身立品，做一个好人，做一个为社会谋福祉的善人。一个和谐的家庭对孩子成长的影响是终生的，因此我自己也非常重视家庭及儿女教育。对于子女，我从小教他们要敦品励行，孝亲睦邻，在待人处世方面，要处处勤俭立身，诚信为本，深明大义。子女们的良好品格和我的家风得到友人和外界的肯定和称赞，令我十分欣慰，因此我认为我有好的子女才是我最大的财富。

俗话说：“上梁不正下梁歪。”自己的一言一行都会长期影响着孩子的成长。我不抽烟，孩子们也不抽烟，我那些不抽烟的朋友的孩子大都不抽烟，这是一个很真实的例子。其次是对孩子绝对不能偏爱，要是其是，非其非，千万不要以为他年纪小不懂事，或不敢抗拒，要做到公正无私，长期培养好孩子之间的互相尊重与关怀，营造一个充满爱心的家庭，没有吵骂，没有争宠，尽量减少摩擦，自然达到“家和万事兴”的境界。

王庆生：现在倡导构建和谐社会，你认为怎样才能做到社会和谐？

田家炳：俗语说：“一样饭养千样人。”要构建一个和谐的社会确实不易。但如果大家都能充分清楚地考虑，我们每个人都是社会的一分子，自己都不爱护自己的社会，怎能争取到他人的爱护？特别是那些为得到个人的私己利益，而为社会带来巨大的损失；或是因个人的思想行为不当，而造成社会严重的矛盾与不安的事例，多么令人遗憾。为此，我希望有关当局要多实施一些德政及有意义的康乐活动，使人民感到自己是在幸福的社会里生活及对构建和谐社会所应承担的责任。对那些有贡献的人士，更应多予表彰，以激励大家多做好事，此外提高国人教育水平，提高人民的生活水平，也是很重要的。所谓衣食足而礼义兴，当然还有很多其他的配合问题，家庭是社会的细胞，如果每个家庭都充满天伦之乐，自然会营造一个欢乐和谐的社会。

九、勤俭自励，自学成才

王庆生：你在经济上是很富有的，但在生活上却是很简朴的，你为公益事业慷慨捐资，但在个人生活上却是勤俭自励，处处节省。记得我在湖北、黑龙江、吉林等省陪同你出席各校庆典时，看到你穿的西装是很普通的，皮鞋虽然擦得很干净，但也是相当旧的。住宾馆你自己带肥皂和食水，没有喝完的瓶装矿泉水也带走，为的是不要浪费。1995 年，我在深圳罗湖火车站接你时，你同香港中文大学的教授没有单独从香港开小车过来，而是从九龙乘火车到深圳罗湖，据说还一路上站立没有座位坐呢。你的这种精神深受我们尊敬，有的学生听了你的这些事迹也很受感动，但有的又认为，你对自己的要求是不是太苛刻了，有条件的时候为什么不享受生活呢，你对这个问题是怎样看的？

田家炳：我小时受到先父母的影响，深深体会“一粥一饭，当思来之不易”，从幼年到青年到壮年而老年，都切戒浪费。现在算是事业有成，到处捐资动辄百万计，仍维持这个标准，确是太苛刻了。但我凡事都求心安理得，我毫不觉得亏待了自己，稍多用了钱反而感到不安，因为想到全国可能还有半数以上的同胞比我过着更贫困的生活，因此就没有刻意去改，也觉得不需要改，佛家说的“惜衣惜食为惜福”，我虽无宗教的约束，也不迷信求福，但我却很欣赏这种精神境界，深信我会一直快乐地维持这个原则度过我的晚年，请大家不必为我介怀。

王庆生：你父亲从小就很重视对你的传统教育。2005 年 5 月，你在我校田家炳教育书院与大学生座谈时，你说到清代朱用纯(柏庐)的《治家格言》对你的深刻影响，当时有学生手里拿着朱柏庐《治家格言》考你，学生念“关锁门户，必亲自检点”，你接着背出“一粥一饭，当思来之不易；半丝半缕，恒念物力维艰。宜未雨而绸缪，毋临渴而掘井”。学生又念到“施惠无念，受恩莫忘”时，你马上念“凡事当留余地，得意不宜再往。人有喜庆，不可生妒嫉心；人有祸患，不可生喜幸心。善欲人见，不是真善；恶恐人知，便是大恶”……当你这样倒背如流时，全场报以经久不息的掌声，这样的情景在别的学校也出现过，前天(2007 年 6 月 29 日)在中央电视台一套、二套节目里，还见到你给 CCTV－1 台记者背诵这篇格言的情景，现在你已过 88 岁高龄，还能这样熟练背诵，足见这篇格言对你一生的影响，这一点请你再进一步谈谈。

田家炳：我七岁时，父亲就教我熟读朱柏庐的《治家格言》，希望我能从中学习做人处事的道理。父亲很认真教我，每天教两句，念完后，明天再教两句的时候，就会叫我背昨天的两句，他教我不是说今天能背诵就算了，一定要我身体力行。几十年来，我一直没有遗忘父亲的教诲，平时对人处世，经常会想着这个格言，例如“因事相争，焉知非我之不是”，一个人如果有事与人相争时，你怎知道不是自己的错误呢？“须平心暗想”，你要平心静气，暗暗地想，这些是日常生活中经常碰到的。在我看来，朱柏庐的《治家格言》是尚方宝剑，是坏人转变成好人的法宝。这篇文章，如果你读得懂，本身觉得好，而且能长期身体力行，一生几十年都会快乐，

王庆生：在你刚念完初中二年级时，便因父亲逝世而辍学，你虽然只念完初二，但在你每次的公众场合讲话中，从不要讲稿，总是即兴发言，出口成章，引经据典，知识广博。我想问问，你是怎么自学成才的，有哪些成功的经验？

田家炳：我幼年常在父亲身边，听到他与当地乡绅们很文雅的对话，再加上他的细心教导，幼年的我就成为一个口齿伶俐而且很懂事的孩子。父亲是个德高望重的长者，每有来宾探访，都不敢接受父亲对他们的招待，从我 5 岁开始，一切对客人端茶奉烟的工作全由我负责，访客无不赞赏我少年老成、循规蹈矩的举动，这一切都有赖我父亲日积月累教导出来的。再加上他常将先贤忠孝节义的良好故事教导我，配合一些美妙生动的辞句和具教育性的格言，令我的谈话听起来自然顺耳，偶有不足之处，他总是耐心纠正，直至满意为止。父亲逝世后，我未足 16 岁便继承父业，推销砖瓦，客户都是事业有成的小康之家，在当地算是高人一等的人士，与他们交往时谈吐自然也较文雅。我初涉商场，配合我诚信不欺的态度和谈话风度，收到很好的效果，再加上 1937 年远赴越南创办瓷土公司，更进一步学到了不少宝贵的社交及商业应对技巧。一切已往的学习经验，似只能意会而很难用文字表达出来。不过有一项是绝对需要的是真诚。所谓“巧言不如直说”，这是任何场合都适用的。

王庆生：2005 年，你在我校音乐学院参观时，你在琴室弹奏了一首中国名曲《过江龙》。听说你不仅会弹钢琴，还会拉椰胡？我想问问，你没有上过艺术学校，怎样有这方面的特长呢？

田家炳：先父的古典音乐造诣很深，琴棋书画是当时文人追求的。我幼年时，家乡的外江班(现改称汉剧)演出百里奚认妻等清唱的剧本时，还会邀

请先父登台演奏。我幼年也受到一些熏陶，爱好音乐，惜先父辞世后一直忙于生意，没有好好练习，现在回大埔加入汉乐演奏，只是厚颜扮演一下现代南郭。太见笑了，谈不上有什么特长。

王庆生：田先生，我多次见到你，感到你的身体非常好，思维敏捷，精神矍铄，鹤发童颜，身体硬朗。你在身体保健上有哪些秘诀呢？

田家炳：我前面已讲过，先父 48 岁我才出世，而且是唯一的亲生子。我幼时身体不好，那时家乡的卫生条件或医疗设备都很差。先父常怕没法带我成长，也特别要求我要注意自己的健康，这是我从小就特别注意的重点问题。要身体好的方法很多，简单来说是保持适当运动，不要暴饮暴食，少到对健康有害的场所，注意四季气候的转变，多吃粗纤维的青菜，不要贪图口福而进食太多有损健康的食品等，但我认为最重要的是“心理健康”。自己多做好事，长期保持心情快乐，不做亏心事，把一切得失看平淡一点，多体谅他人，自然心情舒畅，到处都是朋友。这些都是世人皆知的道理，谈不上“秘诀”，问题在于自己能不能长期控制自己，真正做到身心健康。古语说：“仁者必寿”是很有哲理的。俗语“助人为快乐之本”，人要快乐，最好的办法就是多施少受，心情坦荡，吃的东西也觉滋味特别好，食物里面的营养会发挥到更大的作用。

王庆生：你说：“身体最重要的是要心情舒畅。”在现代社会里，引人烦恼的事很多，怎样才能做到心理健康呢？

田家炳：常言道：“人生不如意事十常八九。”我们在日常生活中既然有这么多不如意的事，那么怎样才能将不如意事而引起的不愉快转变为愉快呢？这就要靠自己的修养了。我常在碰到困难时，将他人更困难的事去评比一下，很自然会觉得自己的困难根本不是什么大的困难，只能说没有那么顺利而已。我外出坐公交车、地铁似是不够风光，但想到大陆还有不少同胞，还要徒步挑着担子，走高低不平的村道去干活，自己不是比他们幸福得多吗！所谓比上不足，比下有余，不怨天，不尤人，自然心理健康，心情舒畅。

王庆生：你十分强调每天要适当运动，你是怎样做的呢？

田家炳：十多年来，我在各地捐资教育项目，与受捐单位不拘是大学还是中学，绝大部分大家事前都互不认识，我接受各校的申请后，他们都希望我早点到校举行捐资或命名仪式，有些是在工程奠基或落成时才去。无论如何我也希望最少要去相关学校一次，以增加彼此的了解和感情。每年我最少要到各省市参与 20 余项的捐资项目庆典，对老人家来讲，健康是一个非常重要的条件，也因此令我更加注意自己的身体健康。几十年来，我养成了一个健身运动，自创了一套类似“八段锦”的运动操，每天早晨约花 30 分钟，不用道具，不用场地，不用同伴，独自十年如一日地锻炼身体，风雨不变，效果很好。平时早午晚三餐后抽一小时散步，日日如是。每次外出最负担不来的是慢性咽喉炎问题，其他方面算是“叨福”。今年(2007年)是猪年，我深盼托大家的祝福，上天保佑，令我健康度到下一个猪年，多为国家、民族竭尽绵薄之力。

王庆生：你多年来每次到各地出席捐资项目庆典，常在出发前去函要求受捐单位接待从简，不必住高级宾馆，不要送纪念品。受捐单位虽然也想节约些，但为表示谢意，还是想尽可能做好一点，这是出自他们的心意，希望你不要介意，尽量将要求放宽些，免得受捐单位不安。

田家炳：多年来参加数百个项目的捐资庆典，可能是受捐单位考虑到不常见面应重点接待，数百次招待都是比较高档，这令我感到不安。我虽提倡节约，但在应酬礼节上也会常常站在对方的立场考虑，不是盲目谈节约。最使我感到不安的是宴飨过于丰富，样样是精选的上等材料，特别是青菜方面，可能被丢掉的比上菜的还要多，每道菜分量也太大，肉类太多，往往大半因吃不下要废弃，而我不敢浪费，凡是端到面前的东西都会吃完，而吃下去的分量都比平时需要的超出很多，实在不合养生之道。住宿方面，他们为让我有好的休息环境，多是安排住在五星级豪华宾馆，而且是最宽敞的总统房或套房，既不敢享受，反引来不安，与我出门自带香皂、拖鞋，不敢浪费宾馆内提供给客人使用的一切用品的个性差距太远。

在我的记忆中，有很多师范大学在我第二次到访时，在接待方面都“顺应”我的要求，接待从简，在校内安排膳宿，我大感快慰。在华中师大、广西师大、四川师大、贵州师大、华南师大、天津师大、首都师大、北京师大等数十所师范大学校内的专家楼、学术交流中心，我都住得非常舒适安乐。校内的宴席饭菜绝不比外面的星级高档宾馆差，但价钱方面就可以节省很多。

另外，当我想到内地各领导到香港来看望我的时候，总是只以一杯清茶招待，目的是珍惜领导难得来港的机会和留港的时间，希望他们多欣赏香港的风光，更相信他们内心也希望我能让他们自由一点，反躬自问也是如此，每想到这点，就更令我内心不安，说实在话，我生平不但不善应酬，而且怕应酬。我因患严重喉炎，故遵医嘱避免多说话，近年听觉渐差，在宴席上多有不便之处，更主要的还是心理上的不合时俗，事事讲求实效，不拘形式，素以君子之交淡如水与大家共勉。在此顺便请大家多多体谅。

王庆生：你崇尚节约的个性，在旧社会里确是难得的美德，但在现代社会里，大家都谈人生享受，商场上也想尽种种办法促进消费，增加销量。如果这是社会进步的表现，那么你应否自我改变一下？

田家炳：根据现代的潮流，我的思想确是落后很多。我也常自我检讨，如果人人都像我这样布衣粗食，确实有碍经济发展，照说应当改变一下。但令我足以自慰的是我节约下来的金钱，并非想为自己或儿女多留一些财富，而且全部捐出去做些极具意义的公益事业，一样是增加了消费，而我的消费是用在更长期、更有效的事业上，还引起受捐单位更多的配合，令我的金钱发挥了更大的作用。我不是吝啬的守财奴，为了捐资愿意长期承担相当大的“负债”，这种处理金钱的方法，相信其他人不大容易做到，即使偶尔做到也难长期维持。正因如此，我感到颇足自慰。

大家在生活上追求应得的正常享受，我并不反对，不过有些人似乎是过分追求。有的为着面子而过分消费，也有少数人也因此而走上犯罪的道路，结果身败名裂，这是很负面的社会风气。外国人的消费比较务实，特别是在应酬方面，简朴经济，宴请饭菜分量也恰到好处，不逞奢华，这些都值得大家借鉴，改变一下过分好客的国情。1992 年 9 月 28 日，我因北京自然博物馆田家炳楼落成机会在人民大会堂出席一次国宴，享用一盘肉菜饭俱备的晚餐，没有像我多次参加内地宴会那样，满桌大鱼大肉，我吃得干干净净，一点没有浪费。2006 年 10 月我首次访问上海同济大学，校领导的招待晚宴也是采用这方式，肉菜饭果一次送上，每客一盘，各人自理，不须请箸让箸，轻松愉快，宾主尽欢，是我另一次难忘的享受，十分值得提倡。据多年前报道，朱镕基总理当年上任时曾大力倡导大家节约，并规定请客限定四菜一汤，更有一次赴宴，因主方大排筵席，远远超出规定，结果他立即离开会场。他这么好的倡导，没有好好推行下去，非常可惜。

王庆生：你被列为 2006 年度“感动中国”200 候选人之一，确是难能可贵。请问是通过怎样的关系推荐入选和它的运作经过如何？

田家炳：请恕我孤陋寡闻，以前从不知道有这种活动，更不清楚“感动中国”是如何运作的，例如谁提名，由谁审核后才能成为 200 候选人，网上的投票由谁作最后评审而终被列为本年度十大“感动中国”人物等，都一无所知，当然此前也没有人通知为我提名，活动主办单位方面也没有人接触过我。是田家炳基金会萧开廷干事在网上无意浏览到央视“感动中国”新闻，看到大家热烈加入央视论坛，才知竟是一项如此隆重的活动。2007 年 1 月 18 日，浙江大学发展委员会主席张浚生先生及校长杨卫院士一行 9 人到我办事处提及这是一项十分值得推动的活动，浙江省每年也举办类似活动，从省内 100 候选人中选出 10 名，张浚生先生曾获入选受奖，以我这不见经传的小人物，除了对同胞的教育问题竭尽绵薄，醉心中华文化，平生重视人品外，实在没有值得称道之处。今竟蒙大家雅爱，忝选为全国 200 候选人之一，纵不能入选最后十大之一，也感激不已。如再进一步谈到论坛主题，更是感愧交集。如：“让客家人骄傲、感动中国的人物——田家炳”、“田家炳——继承了中国文化的真谛”、“田家炳你是我们中国的骄傲”、“客家人的自豪”、“中国人的脊梁”、“民族的骄傲”，还有多所田家炳中学及客家人的主题，感人肺腑，恕难尽录。看来好人好事，日久有功；桃李不言，下自成蹊。谨此一一致谢。

王庆生：听说 2007 年 1 月中央电视台《直通香港》栏目曾派员专访你，请问这项专访与该台的“感动中国”有没有关系及其访问内容如何？

田家炳：中央电视台《直通香港》栏目确是派员跟我作过专访，该栏目由中央电视台中文国际频道 CCTV—4 推出的“香江人物”专题访谈，作为庆祝香港回归祖国十周年的特别节目。这个人物专题与“感动中国”应属不同活动，因为前者是向全国及世界作出有现场采访、有活动拍摄镜头的访谈特辑，该节目长约 30 分钟，播出影响非常广泛和深入民心；后者是由中央电视台和新浪网合作，接受网络提名，并公开吸纳网民意见，搭起有效的沟通平台，为众多候选人开通博客，与候选人有更多的沟通，它的重要性及高规格，因是全国 200 名的候选人中只选出 10 名，当然并不比前者差，只是宣扬的方式不同而已。

至于访问内容，离不开我创业、捐资公益的情况和我的为人处世之道，不过其中有几处访谈是比较特别的：(1)记者问：有人觉得你是“孤寒鬼”，不知你有何解释。我的回答是：“孤寒鬼”是广州俗语，意即“吝啬鬼”，这是世人没有深切体会吝啬的真正意义。将自已生活节俭、不肯随意花钱的人都归纳为“孤寒鬼”，这是很大的错误。我自奉俭约，将节衣缩食所得，大量捐办公益，怎称吝啬？反之住豪华别墅，坐名贵小车，而对公益一毛不拔的才是真正吝啬。(2)记者问：你是大家共仰的大慈善家，你如何看待慈善家这个称号呢？我解释：我只关心公益，虽然有慈善的含义，但不敢接受“慈善家”这个高雅称号。一般多指关心贫苦大众生活，或周济关怀某位亲友及个别人士是谓慈善。我虽有捐助慈善机构举办老、青、少、幼年福利工作，但对个人的周济(除有特殊情况、突发性意外需特急协助外)甚少且是微不足道，因为我是鼓励每个人都要自力更生、自强不息，不要有依赖性。我更要求我的亲友脑海中不要有田家炳这亲友，这也是我生平自我奋斗的信念，绝不是借辞推卸。这虽与一般人的做法不同，但我却问心无愧。故我十几年来一直钟情捐资教育——没有个人直接受益的公益事业，似与一般人心目中的慈善有点分别。

王庆生：你每年要出席几十所学校的捐资活动，不辞舟车劳顿，事前还要费神审核项目图纸，工作相当繁重。你的健康是大家共同关心的，可否放松些你的行程呢？

田家炳：我每年参加几十项捐资庆典，与各地的政府领导与受捐单位负责人见面谈话，都有很好的收获，主要是他们绝大部分人事前和我都没有见过面，大家见到的田家炳与原先想象中的有着很大距离。尤其是在各地学校的报告会中，与同学们的对话交流，内容非常广泛，感情丰富，收获特别好。不少教授还说，同学们听我一次演讲，好过他们听几十堂课，同学们也觉得课本上所学到的多是理论，缺乏真实事例和实践经验，成为老生常谈，我所讲的都是自己实践的事实，诚恳的态度和真实的内容，令听者感到我讲的都是肺腑之言，感受特别深，使他们终生难忘。其实这是我希望借此弘扬中华传统美德。可惜我患了严重的慢性咽喉炎，不能随心所欲地多讲，把自己想说的话全部表达出来，这也是我不便在各地多停留的原因，深感遗憾。

至于各项目图纸的问题，我一向尊重受捐单位的基本设计，只是在重要关节上提些适当而且是较容易变通的修改，供学校参考。现在兴建的大楼，使用期起码有 40 年，我常要求大家把眼光看远一点，不要只考虑目前，更要考虑新时代的不同要求。现代的教育除了教授课本上的知识外，还有很多辅助的教育，因此国外的中学每班人数约 25 人，实行小班教学，让老师有较多的时间关心学生的全面发展，香港的学校每班仅 40 学生仍嫌多，内地的中学不少仍是每班 60 人以上，故一般的教室都比标准的大一些，这点是我觉得最需改善的重点。另一点是学生厕所设置不够重视且面积不符合人均要求，体现不出以人为本的精神，另外可能是受重男轻女的观念影响，女生厕所的蹲位通常都较少，这是现时普遍的一个问题。我深信再过若干年，男女比例一定会逐步拉近。除上列两项重点外，我是比较侧重实际，对大楼造型也追求庄重、大方实用，重点在中央，左右对称，各楼用连廊接通，长期方便师生，这是我特别重视的几点。

十、寄语青年，任重道远

王庆生：青年是祖国的未来，你认为现在的年轻一代有哪些不同于五六十年代青年的特点，应当怎样正确看待年轻一代。

田家炳：据闻上世纪五六十年代中国的青年，勤苦耐劳，思想单纯，满腔热血，同时因受环境的束缚，对国际形势的发展所知不多，很多事情只知服从，甚至变成盲从，走了很多冤枉路，有的还为社会带来负面的影响，十年“文化大革命”为中华民族带来的灾难就是一个很明显的例子。

现在时代巨轮转得特别快速，由于科技的进步和通讯的发达，全世界发生的事，很快会传到每个角落，国际交流愈来愈频繁，物资的互补有无也促进国与国之间的贸易开放，带来的竞争也愈来愈激烈。现在的青年成长在和平盛世，面对的是瞬息万变的大千世界，虽然他们的思维更为敏锐，有更多更好的发展机会，但好像比五六十年代青年少点吃苦精神，少了点团结和奉献精神。当今中国面对时代的大转变，现代的青年所负的使命自然更重。要适应新的时代提出的新的要求，自然需要顺应时代的发展，广泛吸收国外的新知识，加倍努力充实自己。

王庆生：青年是一个人的黄金时期。在年轻一代的成长过程中，你认为最需要把握的问题是什么?

田家炳：人生的过程可分幼年、少年、青年、中年及老年等阶段。青年是黄金时期。在各个不同时代里有各种不同的客观环境，在历史上有很多令人景仰的成功人士，在二十岁以前已开始建功立业，成为有影响的人物。在上世纪30年代，我的家乡也有不少二十岁出头的青年男女，已肩负起家庭重担，女子十五六岁就出嫁，再过几年就身为人母，她所负担的工作，可以说是事无巨细全部落在自己肩上。近代二十岁的都市男女，因父母太宠爱，绝大部分是风来眼闭、饭来口开，吃爷饭、穿爷衣的“好命子”，似乎不知天高地厚，不识父母艰苦维持家庭、望子成龙的苦心，不少更是不知自爱，令做父母的失去信心，因此引起不少青年迟婚或不结婚，有些结了婚也不想生育，这些都是很不健康的社会风气，所以我寄望现代的青年，在黄金时期除了要充实自己的智识外，更需要培养艰苦奋斗、勤俭务实的好品德，培养自主自强自尊自律的能力，这样才能建立好坚实的事业基础。要有好的品德，必须从小就开始自我培养。青年时期是人生的最重要时期，也是步入社会建功立业的开始，必须考虑自己的长短处，正确选择应该从事哪个行业，免得走弯路。俗语说：男怕入错行，女怕嫁错郎。确立明确的志向，保持好的人品，这是建立事业的重要因素，

王庆生：大学生是青年中最具活力最有潜力的一个部分，中国现有几千万大学生，在新的历史时期，你认为大学生肩负着怎样的历史使命?

田家炳：回顾近200年的中国历史，中国备受列强欺凌，内受不必要的争夺割据，弄致民不聊生，大量国民外移，成为海外孤儿，华侨不乏悲惨生活，远非国内人士所能想象和体会。自上世纪70年代后期，祖国改革开放后才逐步改善民生，提高国际地位。近几年的种种成就，更是步上历史高峰。但与其他先进国家相比，毕竟还有颇大距离。深盼身受高等教育的大学生，胸怀祖国，学好本领，带领全民各尽所能，善用全国资源，配合国际有利形势迎头赶上，建立一个真正的强国大国。

王庆生：完成历史的使命，需要大学生具备很好的素质，你认为大学生最重要的素质是什么?

田家炳：要完成这样伟大的历史使命，当然有很多关键性因素。就大学生的素质而言，最重要的是要有报效家国之心，不要只求个人生活享乐、工

作安逸。大学生是国家的栋梁之材，只要立志远大，心存国家，就可随时随地发挥作用，为社会的发展、国家的强盛尽一己之力。近代中国历史多有不幸遭遇，过往长期被人口不及自己十分之一的邻国侵略，是一种国耻，那是因为国民不够团结，缺乏凝聚力，各人都为自己打算，有如一盘散沙。古话有说众志成城，面对艰困百年苦难，中华民族展示不屈不挠的强大生命力，在劣势中结束动荡的时局，建立新中国和逐渐走向富强，未来的强国之路还很漫长，希望全国大学生团结同心，奋发有为，成为建设国家、管理国家的生力军。

王庆生：在你十七八岁的时候，你背井离乡，到越南去经营陶瓷贸易业务，具有很强的独立生活能力，可是现在有些大学生依附父母、依附家庭，缺乏自立的能力，比如大学新生上大学要父母送，有的家长甚至在学校附近租下房子，为子女安排生活，对于这些问题你是怎样看的，这是社会发展的需要呢，还是社会的退步？

田家炳：这是内地比较普遍的现象，可能是跟计划生育“一孩政策”造成父母过分溺爱独生子女有关。由于传统望子成龙的观念，父母对唯一一个子女过度紧张和爱护是人之常情，但如只担心子女享受比人差，一味在物质方面尽量满足子女需要，而没有做出正面的教导，结果将“爱”子女的心反而变成了“害”子女的志，让子女养成弃旧贪新、与朋辈攀比的歪风，同时造成子女过分依赖父母、缺乏自立自理能力的不健康现象。然而，这种现象似乎是经济环境比较好的家庭才比较普遍，家庭经济较差的孩子还是相对独立自爱。我认为这绝非社会需要，也不算是社会进步，只是父母误用了爱的真正意义而已。在这里我想重提我常称先父在教子方面是另具高见的人。先父48岁时我才出世，我上面都是姐姐，父亲老年得此独子，爱如心肝宝贝自不待言，但他对我的教育非常严格，对我一言一行稍有不满意处，都必作出细心慈祥的教导，使我很乐意接受，并能举一反三地学好，令我从小就成了一个少年老成、知书识礼的孩子。很多邻居都赞我是个好孩子，完全不须老父如此操心。他的回答是：“你们有三个五个儿子可以不在乎，我只有一个，万一不肖，以后要我靠谁？我一贯的宗旨是爱要爱在心，要爱得合理，常说子不教父之过。”回想起我能有今天的一点成就，确与先父当日谆谆教诲，随时随地给我的身教言传有关，这个“成功个案”可供大家参考。

王庆生：说到内地使我想到香港今年发生的一件事：香港最近因拆卸40多年历史的天星码头钟楼，部分青年借“集体回忆”“保存古物”，邀集数百青年在钟楼拆卸工程正欲开始时提出反对意见，还采用过激行动。听说有些平素以反对政府为能事的人士，也大声呐喊，引起社会极度不安。请问田先生对这些现象有什么看法？

田家炳：保存古物古迹本是好事，中外皆然。不过有些建筑虽属古物，但并没有多大的纪念价值，反而因古而变成残，甚或影响邻近环境和阻碍更具意义的工程，这样反对是得不偿失的做法。特别是香港人口稠密，土地资源缺乏，上世纪80年代以前的建筑密度偏低，造成很大浪费，50年代以前的更甚。以前因建筑技术、建筑材料、生活水平、经济价值等种种关系，当时所建的大楼现在看来早已落后于时代要求，太不合理了。拆除改建是最根本的解决办法，我们不应因噎废食，舍本逐末。借着“集体回忆”“保存古物”的说法，陈述善意的反对意见是应该的，但若采用过激行动，造成社会不安，令有关该做的工程受阻，损害了市民真正的利益，这是非常不值的。须知凡事都很难十全十美，在利弊的取舍上，应该两利取其重，两弊取其轻，49%反对者应接受51%赞成者的意见，这才是真正的“民主”，不应靠声大夹恶，令当局为难，更不应因某一项反对意见不获接纳，而故意吹毛求疵，引出更多其他不应反对的反对，拖着政府改善民生的后腿，那就是本末倒置了。

王庆生：你所提的“两利取其重，两弊取其轻”与少数服从多数应是最民主、最合理和最简单的道理，何以会令当局进退失据，向不合理的建议让步呢？

田家炳：目前香港有些人士因自己的某些利益和目的，以“民主”误导民众，不少无知青年，没有深入考虑反对后果，以为只是凑凑热闹而已。有些人在经济转型的洪流中，因生意不如意或就业上不理想，遂随波逐流，盲从附和，造成巨大的反对声势，绝大部分赞成者都是较具修养、较明事理的人，均认为这是不成争议的问题，“君子不与牛斗力”，明哲保身，这是赞成之声听不到的主因。有关当局为着保持和谐气氛，稳定第一，尽量委曲求全，反造成某类人士得寸进尺，这是香港目前最不幸的现象。

王庆生：香港大学教育学院举行毕业典礼，邀请你出任主礼嘉宾，为毕业生颁奖和致辞。你的致辞内容务实动人，很值得现代青年深入思考和激励。请问你对内地的大学生有什么要求和寄望？

田家炳：我常觉自己只有读完初中二年级的学历，在香港经营的田氏化工厂虽是一项较特别的行业，但金钱上的收获毕竟平凡，只是在信用及商德上为人称道及我待人处世得到大家的颂扬。特别是香港9所大学里面有8所大学授予我荣誉博士、院士荣衔。更是万分难得的是同期受荣者都是闻名国际的人士，包括美国第一位华人大学校长田长霖(加州柏克莱大学)、新加坡资政李光耀(大埔同乡，我两家的祖居只离步行20分钟路程)和多位诺贝尔奖得奖人和教育家。2002年香港正值经济最低迷时，青年失业失学情况是历史上少见的，绝大部分毕业生对创业就业缺乏信心，我的讲辞主要是勉励大家不要怕困难。“吃得苦中苦，方为人上人”，这十个字其实是古今中外都适用的，不算有特别惊人智慧，只是全部内容都是我几十年身体力行，不是徒托空言，而且是满头白发 80 多岁的老人，讲话出自我内心的至诚，所以各同学感受特别深。至于对内地大学毕业生的希望，确实比香港学生更为殷切。国外教育较发达，大学毕业是平常事，但内地的大学生能够直到毕业确实来之不易。我期望内地大学生珍惜已经取得的一切，为国家、为民族多做贡献。还有一点似乎令人难以接受而又是很有意义的，是很多县区所在地生活条件较差，很难请到学识水平较高的老师。如大学毕业生能体会到教育好坏对影响国家发展的关键是在教师，如能到偏远或欠发达地区任教，提高当地的教育质量，这不但是莘莘学子之福，更是自己的无上光荣，真是公私两利，为民造福。上述浅见可能有人会说我发白日梦，但我反躬自问，确是我乐意做的。

王庆生：今年是香港回归十周年，据我所知，你在香港主权回归的 1997 年 6 月 30 日至 7 月 1 日，曾应邀出席五次重要仪式，计：(1)香港政府结束英国管治晚宴；(2)中国接受英国移交主权；(3)中华人民共和国宣布香港特区政府成立及行政长官宣誓就职；(4)香港特区政府成立及各司局首长宣誓就职；(5)香港特区政府成立酒会。你给特区政府贺联：“薄海同欢，一岛复归唐社稷；普天同庆，万家重振汉威仪。”此联道出了全国同胞的心声。你还希望大家应以实事求是精神，把香港一切好的东西完整地接受过来，并加以发扬光大。现值香港回归 10 周年之际，请问你的感受如何？

田家炳：正如题中所说的一样，香港主权回归是值得每一个中华儿女高兴的事，可惜 1997 年秋由泰国开始发生金融风暴，1998 年秋波及香港，经济备受打击，房地产市值暴跌，失业人士大增，带来社会不安。更有部分人士，误用自己当家做主、一国两制意义，过分追求民主，造成很多不必要的争议，不但使不少正确政策无法顺利实施，政府备受攻击，更使不少有识之士的好建议都不敢提出来，这是非常令人遗憾的，香港《明报月刊》是颇受广大读者和名作家爱护的刊物，每期请社会名流或教育文化界知名人士在卷首写一篇简短的“人生小语”，发表一些言简意深的高见，很具社会效益。2006 年是该刊 40 周年大庆，蒙主编不弃，邀我写一些感言，被辑录入二月刊内。我的小语是：“香港人苦心经营的东方之珠，主权回归后照理应更辉煌灿烂，但实际上是褪了色。我不介意经济上的损失，工作上的不如意，生活上的差异，但我介意的是中华民族的尊严，不要给外国人看成华人管华人就是不成。香港的繁荣稳定，有赖港人精诚团结。回归后，社会上政见不同、意见不合在所难免。要对方接受自己的意见，不但要大公无私，以德服人，更需要具备爱心和包容。常提不同意见的爱国爱港诸公，如能在措辞或态度上改变一下，自己的意见或将被认为是好的建议。‘有事请进’的含意是‘闲人免进’，但前者比后者更容易被人接受而收到更高的效果。”记得 2000 年 11 月全国政协李瑞环主席来港时，曾引述汉朝时田氏兄弟分产，引致花繁叶茂的紫荆花突然枯萎，又一夜之间恢复盛开如故的故事，他的潜台词就是希望香港人忠诚合作，团结才有力量，深盼大家抛除私见，共建香港美好的未来。

王庆生：你今年已 88 岁，仍充满活力，关心国家大事，走遍大江南北。有人说：你在健康方面比 68 岁还强健，建立公益事业方面比 48 岁为私人事业者更努力，智力、思维方面比 28 岁青年更广博。这些不同的分析都是不少人的感受和共同钦慕，也是难得的人生财富。请问以后的岁月将有什么更好计划？

田家炳：谢谢大家的关心和奖誉。我有中小学同学近 100 人，至 2004 年冬在世仅存一人，他的健康也比我差。我曾祖父(俗称大公)传下多位堂弟中也仅存一位堂弟，其他早年去世的都不足 80 岁。由此看来我确算是幸运者，这实有赖内子数十年如一日的细心照顾，使我生活得非常健康愉快。我这有形的健康虽然可贵，但我感到更可贵的是无形的心理健康。正如我前面多处提过的，生平务实坦诚，在处事上相交以诚，不论旧雨新知，不拘形式，都是保持纯洁的友谊，感到知己满天下。我在 1984 年后全心全意投入基金会工作，关心国家和民族，更是感到事事如意。内地给我的荣誉很多，常觉是华超过了实。因此，我脑子里确是十年如一日地思考应如何更好地维持净化自己的人生和奉献精神，希望用自己勤俭自励、关心社会、不求享受、只求奉献等去感染其他人。我常念一粥一饭，半丝半缕，都是来之不易。尽管是布衣粗食，别人看来是刻薄自己，但我觉得非常满足。因此我自信和希望，只要长期保持心情健康，定能平安愉快地活到另一轮的猪年，更希望香港经济更大发展，让我四栋大厦的租金收入提高，为国家民族多做十几年的好事。

(原载长江文艺出版社 2008 年出版的《德被华夏的田家炳访谈录》)

解放语文教学思想

语文是一门重要的基础课。搞好语文教学，对于培养学生的思维能力、写作阅读能力、提高学生的素质有着十分重要的意义。近几年来，深化语文教学改革已成为人们议论的热门话题。最近我看了两篇有关这一方面的文章，进一步引起了我的思考。一篇是北京大学钱理群教授写的，刊登在《羊城晚报》上。他受国家考试中心的委托，仔细研究了 1998 年高考语文试卷，并就此发表了自己的意见。他看完约 1.2 万字的标准化试卷后，“感到生命窒息，陷入了无名的恐惧与痛苦之中”。他认为今天高考的弊端并不在于对知识能力的训练本身，而是知识能力的训练陷入了繁琐哲学，陷入了某种固定的刚性模式之中，“忽略了、排除了对人的心灵、智慧的开发，对人的性情的陶冶、人格与个性的教育，独立、自由精神的养成”。至于能够充分发挥考生想象力与创造力的作文，也被纳入到一个早已预设好的、符合社会公共意志与规范的，几乎没有个人意志、想象、创造空间的模式之中。另一篇是华中师范大学《语文教学与研究》杂志刊登的刘黎丽的一篇调查：《大学生回首中学语文》，这篇文章以一种独特的视角和感受谈到中学语文教学对中学生成长所产生的影响，这些大学生不会忘记那些富有创造性的中学语文老师给他们留下的终生难忘的印象，同时也感到语文教学所面临的危机：为了对付应试教育，使以题为本的语文教学长期陷入僵化的模式之中难于自拔，这不仅偏离了语文教学的基本目的，也使语文失去了它的震撼力。这两篇文章都呼吁要转变观念，改革语文教学，使语文教育从应试教育的樊篱中解放出来，给学生一个广阔的创造空间。我认为，这些意见都是切合实际的，发人深省的。

作文是语文教育重要组成部分，是一个人的思想修养、生活积累、文化知识、写作技能等多方面素质的综合反映。改革语文教育，不可忽视作文。如何作文，如何提高写作能力，中外已有很多作家为我们提供了许多可资借鉴的经验，这些经验不一定都适合中学作文的要求，但我认为，要提高写作能力有几点是需要注意的：

一是为文与为人要统一。古人云：为文“先要为人”、“诗品出于人品”、“著作以人品为见，文章次之”，因此，“作文须先打扫心地洁净”。清代徐增在《而庵诗话》中也说，“诗乃人之行略，人高则诗亦高，人俗则诗亦俗。一字不可掩饰，见其诗如见其人”，可见，为文要“从做人起”，“以人品为第一”。

二是要多读多思多作。过去常说“读书破万卷，下笔如有神”，可见多读之重要。清代姚鼐说：“学文之法无他，多读多作，以待其一日之成就，非可以人力之速也。”因为“多看自知，多作自好”、“操千曲而后晓声，观千剑而后识器”。光读不思不行，光读不作更不行。须知，“读十篇不如做一篇”，“不熟由于不多做”，做多了，自然会熟能生巧，写出有内容、有文采的好文章。

三是学习掌握作文的章法、技巧。古人为文，十分重视选材立意，谋篇布局，讲究作文技巧。文以意为主，“意在笔先”，“杜诗意在前，诗在后，故能感人；今人诗在前意在后，不能感人”。为文贵先立意，立意贵新，但也不可忽略布局。古人云：“谋篇布势，是一段最大功夫”、“古文之道，布局须有千岩万壑重峦复嶂之观，不可一览而尽，又不可杂乱无章”、“格局要整齐而有变化”，要首尾相援，即“起要美丽，中要浩荡，结要响亮”，段落之间则需承上接下，前后照应，“上下符契，先后弥缝”。说到技法，古人历来强调，文有法而无定法，而无法而有定法，“法寓于无法之中”。宋代吕本中在《夏均文集序》中说：“学诗当识活法，所谓活法者，规矩备具，而能出规矩之外，变化不测，而亦不背于规矩也。”这里所说的活法，就是要求我们根据描写对象的千姿万态，灵活地运用多种不同的技巧和做法，千篇一律的、一个模式的文章做法是不存在的，即使学习范文、学习文章作法，也是掌握为文的要旨章法和技巧，然后在写作实践中自如地加以运用。

为了提高学生的语文水平和写作能力，许多语文教师在教学中积累了丰富的经验，创造了多种行之有效的方法。据我所知，王炳田同志根据中学生的写作实际和语文教学的需要，主编了一本《学生作文章法辞典》。这是一本由二十多位有经验的语文老师编写而成的辞典，既汲取了已有的研究成果，又总结了中学作文教学的新鲜经验，辞典将章法释义与例文评析结合，作文评讲与作文章法融为一体，所选例文多以学生作文为主，具有较强的针对性和应用性。这本书的出版将会受到中学师生和写作爱好者的欢迎。

（原载《语文教学与研究》1999年第9期）

语文：一门重要而特殊的学科

——王庆生教授访谈录

严辉： 常常听到学生说，我喜欢文学，但不喜欢上语文课，没意思。可见中学语文教育中确实存在一些不容忽视的问题，不知您对现在中学语文教学总的看法如何？

王庆生： 我对当今的中学语文教学了解不多，所知也不深，只能谈谈自己的一些感受。我认为语文是一门重要而特殊的学科。它涉及的面很广，综合性强。一堂好的语文课往往是情趣横生的，能够化抽象为形象、化平淡为神奇、化枯燥为活泼，使人入迷，不知不觉中给人以强烈的心灵震撼和艺术感染，让人终身难忘。现在有的学生不喜欢上语文课，主要是我们的语文教学思想、教学方式有问题。语文课往往按照固定的模式讲授，先分段，再讲解，最后归纳中心思想，这样一篇完整的文章被机械化地肢解了，哪有美感可言。学生的思维能力和创造能力受到严重的限制，也就难怪学生不喜欢了。要改变这种现状，应该转变教育观念，把语文教学从应试教育中解放出来，充分发挥学生的主体作用，在语文教学中讲出"美"，讲出"活"来。

严辉： 中学语文教材中，课文的选择非常重要。您作为研究中国文学的学者，对此有何建议？

王庆生： 中学语文教材选择哪些作品作为课文，确实是一个很受争议的话题。教材是教学之本。从某种意义上说，选择什么样的作品，也就是培养什么样的人的问题。前两年汕头大学出版社出了一本书——《审视中学语文教育》，书中对解放以后的中学语文教学作了彻底否定，认为"今天的语文课成了艺术的屠宰场，成了情感的死囚牢"，尤其对语文教材选择的现当代文学作品进行了猛烈抨击，认为选择鲁迅、郭沫若、茅盾、叶圣陶、巴金、夏衍、丁玲、臧克家、艾青、赵树理、柳青、周立波、刘白羽、魏巍、秦牧、郭小川、贺敬之、杨朔等作家的作品是不合适的，认为鲁迅的《"友邦惊诧"论》"不但过时了"，而且会"让学生学会仇恨"，认为魏巍的《谁是最可爱的人》"鼓吹民族间的仇恨"，"语言十分平庸"，认为叶圣陶的《景泰蓝的制作》非常枯燥、非常繁琐，"只会打击学生的学习兴趣"，而对于教材中选入的政论文章更是反感，讽刺“谁的官大就进语文课本”。这些看法显然是偏激的、错误的，但也确实说明社会上对中学语文教材中选择的课文(主要是现当代文学作品)意见很大。对于课文的选择，我的一个基本主张是加大古典文学作品的量，减少现当代文学作品(特别是和现实联系过于紧密的作品)的量。如果我们看一看台湾、香港的中学语文教材，就会发现它们选入的古典文学作品比我们多。而我在台湾、香港访问时，也发现港台中学生的古文基础比大陆中学生要强，我认为这种现象并不正常。中华文化源远流长，古典文学作品流传至今，经过了时间的检验，大都是些经典作品，具有永恒的艺术魅力。以我个人的经验，多读多背古文是可以终身受益的。学生如果能从小接受这方面的训练和熏陶，对他们的文字能力、文学素养和文化根底的形成都大有裨益。语文教材中，古典作品要有较大比例，最好能占到50%—60%。

另外，语文教材中除文学作品外，还可以选一些文字思想俱佳的自然科学和社会科学的小文章，培养学生在多个领域准确有效地使用语言文字的能力，进一步扩大学生的阅读视野。日本的语文教材就比较注意这方面的内容，所占比重可以在10%—15%。

严辉：加大古文的篇目，是否会使学生的语文学习和现实社会，和当下的文学脱节呢？

王庆生：引导学生关注现实，关注当下，这是对的。但我并不认为语文教材一定要紧跟时代，也不主张频繁的更换课文篇目。作为教材，它应该具有相对的稳定性和权威性。教材的修订，是随着教学观念和教学要求的变化而进行的，不应该受到其他因素的干扰。那么，如何把当下的文学状况介绍给中学生，以使他们的学习具有现实感呢？我认为可以通过两个途径：一是通过课堂，由老师在讲课时见缝插针，把学习内容和当下联系起来，适当加以介绍，这一点对老师素质的要求很高；二是可以通过课外的自主学习，如组织文学讲座或鼓励学生成立自己的文学社团来介绍当下的文学，这一方面许多中学都做得很不错。我想，随着素质教育的逐渐深入，后者会逐渐成为学生了解当下文学的主导方式。

严辉：在中学语文教育中，教师是一个很重要的因素。您认为一名语文教师应该具有哪些方面的素质？

王庆生：一名语文教师对年青学生的影响是巨大的，他往往是在用自己的学识、自己的思想、自己的人格力量塑造下一代人的灵魂。所以有人说，优秀的语文教师应当是最有思想的人，最有学识的人，最有爱心的人，最有人文关怀的人。就学识来说，语文教师既要有古今中外的语言文学知识，还要有相应的历史、文化、哲学知识，最好还要懂一些自然科学知识，特别是在知识经济时代，不仅知识面要广，知识更新也要快。上好一堂语文课，并不是一件容易的事。在课堂上，教师要“善于撷趣”、“深于传情”、“工于达意”、“巧于启智”，这样才不至于枯燥，也不会流于平庸。一堂好的语文课，本身就是一件艺术。这都需要教师不断磨练自己的基本技能，提高自身素质，以适应时代不断发展变化的需要。

严辉：在您青少年时期，有给您留下深刻印象的老师吗？他(她)们对您一生产生了怎样的影响？

王庆生：有，有很多。记得上初中时，我是语文课代表，语文老师是周老师。我到现在还记得他的课讲得很好，要求我们多读多写，当时我按照他的要求去做，有很好的作用。放学后，我会先到一家书店看一两个小时的书。每周写两篇作文，周老师批改得十分仔细，有眉批，有总批，圈圈点点很多，让我受益不少。高中时的语文老师张老师，上课的感染力特别强，读课文有时会声泪俱下，一下子就把我们引入到了课文的情境中。我对文学的兴趣，以及后来走上研究文学的路，就是从那个时候开始打下基础的。

严辉：最后，我想问的是，您认为中学语文教育的目的应该是什么？

王庆生：其实，这是我们讨论以上所有中学语文教育问题的根本所在。我认为语文教育的目的至少可以分为两个层面：一是工具层面。语言文字是我们重要的表情达意的工具，我们应培养学生听说读写的能力。一般我们强调的是读写，而不大注重听说，这是不全面的。我国著名的语文教育家黎锦熙先生认为：“话法本来比读法重要些，而且要用在读法教学之先”，“读、写、作种种的教学，乃至其他各种的教学，都是从‘说话’方面打进来的。所以话法教学实在是一切教学入手的基础”，这个观点很有借鉴作用。使学生具有一定的听说读写能力，是语文教学的基本目的，也可以说是语文教学之本。我发现，在提倡素质教育时，有一种要把这种工具层面的目的次要化的倾向，这是很不应该的，也是很不负责任的做法。试想，一个无法准确表达自己所思所想的人，如何能够实现他的创造力呢？据我所知，日本对语文能力的看法是比较务实的，它把运用语言于实际生活的能力看作衡量语文能力的一个非常重要的依据，这种态度值得我们借鉴。第二个层面是人文的层面。这是语文教育和其他学科教育的最大不同。语言文字不是孤立的、无意义的，它们本身负载有丰富的思想文化内涵。我们在教给学生语言文字的同时，也在对他们进行文学熏陶、思想教育和文化积累。汉语言文学是具有悠久历史和优秀传统的语言文学，在讲授时，老师要注意向学生展示它光辉灿烂的思想文化底蕴，以培养学生的人文精神。总体说来，语文教育目的的两个层面不是相悖离的，而是一个整体，没有截然的区分，它们往往是同时发生、相互交融的。

严辉：谢谢您百忙之中接受我的采访，相信您的这些见解一定能给中学语文教育工作者不少有益的启示。谢谢！

（原载《语文教学与研究》2001年第10期）

校园文学，如何迈向新世纪

——王庆生教授访谈录

不久前，校长王庆生教授受聘兼任中国校园文学创作中心主任。王校长是我国著名的当代文学史家、教育家，博士生导师，同时担任中国新文学学会会长等职。作为科班出身的学者，他如何看待面向新世纪的校园文学呢？为此，陈海燕记者在王校长繁忙的公务之余作了一次采访。

校园文学创作方兴未艾，但也存在一些问题；文学青年要全面提高自身素质。

陈海燕：每个时代的大学生或多或少都曾有过文学创作的冲动，因为文学毕竟对每个人都产生过影响。在大学校园，都会有一批文学的创作者。现在外界有一种说法，称那些在校期间就已写出相当数量与质量作品的文学青年为“校园作家”，而且这样一群人在全国高校已初步呈现出“青年作家群”的雏形。您怎么看待这种现象？

王庆生：这是一种可喜的现象。他们接受高等教育，接受校园文化的熏陶，必然为他们将来的成功提供良好的条件。从中国文坛来看，从校园里走出的作家也是很多的。就拿我们华师来说，像董宏猷、刘益善、张执浩、唐浩明、李德复、李传峰、左娅、晓苏等，就是从校园里走出去的作家。全国其他高校，如北师大、武大、华东师大等也走出了一批作家。他们当中不仅是依靠学校生活的积累，有的在进大学之前就有过生活积累。生活是创作的源泉，创作最重要的一点就是要熟悉生活。你对生活越熟悉，对生活的积累、体验越深，那你就可能在你的作品中写出全新的感受。我们的校园作家一定要注意这一点。

陈海燕：校园文学创作者们一般可以说是才气超过生活积累，所以有时作品不免显得单薄了一点。随着思想的成长、生活的积累，他们必然会逐渐成熟起来。不过我觉得现在有的校园文学创作者表现得非常浮躁，有的甚至还有沽名钓誉的嫌疑。

王庆生：浮躁、肤浅，甚至还有某些大学生写的作品内容不够健康。听说有些学生写的小说境界不高、格调很低，写的多是一些庸俗的低级趣味，这是不好的。写这种格调低下的作品无论对读者还是对作者的成长都是有害的。文学首先要保证有健康的格调、健康的内容。鲁迅先生曾经说过，文艺是国民精神所发的火光，也是引导国民精神的前进的灯火。巴金也说，作家是人类灵魂的工程师，好作品能够帮助人，鼓舞人前进，好作品就是榜样，就是力量。列夫·托尔斯泰说："艺术不是享乐、安慰或娱乐；艺术是一桩伟大的事业。"我们不能把文学看成是纯粹消遣的东西，它总会在其审美功能方面对人生有所影响。

陈海燕：有的学生写小说表现的是很肤浅、很庸俗的大学生的生活经历。作者对其所持的态度是认同的，而不是批判或者反省。这对文学是一种亵渎，玷污了文学的名声。这些人写作是为了捞取资本、名气，功利心很强。

王庆生：这都是一些不良的倾向。作为一个文学青年，首要的是思想素养，要有健康的身心。我们常常讲"做文必先做人"，要学会做人。清代李调元说："诗以人品为第一"，"人品"是很重要的。

陈海燕：我觉得这里所说的做人并不是指那种世故、圆滑、八面玲珑，而是指为人要正直、真诚、拒绝庸俗。

王庆生：对。古人说："志高者意必远。""诗乃人之行略，人高诗亦高，人俗则诗亦俗，见其诗如见其人。"你看我们的许多文学大家，人品、文品都非常好，像鲁迅、巴金、茅盾等。再一个就是文化素养，要广览群书，有目的、有计划地阅读，政治、历史、文化、哲学等方面的书都要读。没有广博的文化知识是不行的，再就是文学素养。这几个方面不是孤立的，要把它们糅合在一起。只有综合这几方面素养，才有可能成功。另外。我们校园作家的思想一定要和时代的步伐相一致，这个很重要。要热爱生活、热爱时代，通过细心体验生活，写出自己的感悟。文学青年一定要珍惜时代为自己的发展提供的宝贵机遇，认清生活的航标；要多学、多思、多写、多积累，不怕挫折与失败，在实践中不断提高自己的素养，培养自己的能力；要勤于耕耘、甘于寂寞、乐于奉献、勇于创造。这样才可能在文学上有所作为。今天面对时代的挑战，校园文学需要多方面地反映多姿多彩的校园生活，呼唤美好人性的回归，要有更多的学生参与校园文学活动。

陈海燕：文学在现代社会的地位有所下降，而且趋于边缘化，您怎么看待这种变化？

王庆生：过去，文学曾经产生过轰动效应。但是现在的情况有了变化，文学的轰动效应已经淡化了。原因有很多。一个是市场经济的发展，人们的注意力也不完全在这个上面，你写出很长很厚的作品，他也不是很关心。他关心的可能是眼前的利益。物质丰富了以后，人们对精神的追求不一定随着提高。现实的情况是：物质富有了，精神却贫困了。我们要求的则是，既要物质富有，更要精神富有。再一个就是文学自身的问题。这些年来，作家创作的作品很多，但在众多的作品之中，并没有产生出一些有轰动效应的、思想艺术水平高的、震撼人心的作品。

陈海燕：就是说，文学创作者并没有创作出那种高水平的作品？

王庆生：是的，至少这几年我就没有发现那种很优秀的史诗性的作品。作品的数量很多，但能够在一个时代引起震动的作品很少。当然，在市场经济的冲击下，人们的消费习惯、欣赏观念也有所改变。

陈海燕：由于市场经济的影响，作家现在并不是很令人羡慕的职业。当今人们羡慕的倒是那些大款、歌星之类。真正的作家往往难于为大家所理解。而一些"伪文人"又损害了作家的声誉。您怎么看待这个问题？

王庆生：有这种情况。这种环境对文学创作是不利的。我觉得，首先作家要甘于寂寞，要深入生活，写出真正优秀的作品来，其次社会舆论也应该积极引导，要全社会都重视文学，重视精神产品。在物质化气氛浓厚的时候倡导重视精神是必要的。像最近放映的电影《泰坦尼克号》那么受欢迎，我看其中也体现了一种精神。

陈海燕：这种题材中国作家早已有人写过。像梁晓声的《浮城》，写的是一座城市漂离大陆即将深入海底时三教九流的种种表现。人性的卑劣与高尚表现得都很好，并不比《泰坦尼克号》片差，可惜没引起轰动。

王庆生：不仅仅是这一部作品，还有许多作家写过类似题材。不过话说回来，我们没有大力宣传，翻译到国外的更少。《泰坦尼克号》片的成功说明，文学艺术是可以很深地影响大众的。所以这也给文学创作者提出了一个要求，就是呼唤美好人性的回归。作为跨世纪的校园作家应该明了这一点。

陈海燕：北大的谢冕教授曾经说过，大学中将会产生未来的文学大师和诺贝尔文学奖获得者。这可能因为大学校园作家在知识涵养方面比未接受高等教育的作家具有优势。您怎么看？

王庆生：这只是一种预测。这是谢教授对青年一代寄予的殷切希望。但诺贝尔文学奖的产生取决于许多条件，能否入选也有许多因素，但有一点是很重要的，那就是你写的作品要真正达到一流水平，要有很高的思想性和艺术性，这样的作品才有可能入选；其次有个评奖的标准问题，比如我们中国认为是最好的作家、最好的作品，但国外评委并不见得认同。当然我相信，如果我们写出了一流的好作品，以后总会被人们认同并授予诺贝尔文学奖的。

陈海燕：我看中国高校里还是很有一批写作好手的，相信经过时间的考验与淘汰，一批七十年代后出生的作家将会以更新的状态步入文坛。

王庆生：我坚信这一点。我们的大学生要积极参与校园文学活动，用作品去反映多姿多彩的校园生活。我记得法国作家雨果说：“在我的一生中，艺术是为了进步，艺术多一种用处就多一种美。”巴尔扎克也说：“教育他的时代，是每一个作家应该向自己提出的任务。”文学是人学，校园作家应以这些文学大师为榜样，从自己熟悉的生活中选材，创作出有思想高度、艺术力度的作品，鼓励人们为实现自己的美丽梦想，建设具有中国特色的社会主义社会而努力前行。

（记者：陈海燕，本文根据录音整理。）

（原载1998年6月10日《华中师大报》，《湖北教育报》于1998年7月20日转载）

寄语大学文学青年

——祝《青年作家报》面世

前几天，收到《内蒙古作家报》总编孙书林先生的来信，告知《内蒙古作家报》为了进一步培养青年作家，发展校园文学，已经成立了中国校园文学创作中心，并将报纸更名为《青年作家报》，以此作为发表校园文学的一个重要园地。听到这个消息，我感到十分高兴。因为中国有 1034 所大专院校，在校学生有 300 多万(如把成人高校的学生加在一起就有 500 多万)，现在几百万大学生终于有了发表自己作品的报纸，怎不令人高兴呢。这说明《内蒙古作家报》的同志们视野开阔，思维敏捷，能够从 21 世纪的高度关注青年一代作家的培养，关注校园文学的发展，这是一件具有战略眼光的措施。我衷心祝贺刊物的更名，祝贺更名后的报纸能够办成一份内容厚重、形式多样、具有独特风格、深受广大青年学生喜爱的报纸，成为大学生的良师益友、培养文学青年的摇篮。

校园文学是中国文学的一个重要组成部分。三中全会以前，校园文学并不发达，大学生写的作品甚少；三中全会以后，校园文学有了长足的发展，不论是理工科院校，还是文科院校，校园文学都呈现出蓬勃发展的态势：文学社团林立，文学活动异彩纷呈，文学新人辈出。校园文学不仅提高了大学生的素质，而且为青年作家的脱颖而出创造了有利条件。据我所知，我们华中师范大学近几年开展的校园文学活动，不仅在校内发挥了积极作用，而且在校外也产生了影响。比如我校团委每年组织武汉地区高等学校举办的“湖北高校 12・9 诗歌大赛”，就举办了 13 届，著名诗人曾卓、沙蕻、骆文等经常指导，地方电视台也播放大赛获奖节目。这些活动对于塑造大学生的心灵，培养一代新人所起的作用将是深远的，不可估量的。

今天的大学生，就是明天的建设者和接班人。展望 21 世纪，年轻一代任重而道远；创造崭新的 21 世纪文学，需要青年作家谱写新的篇章。可以说，未来中国文学的希望寄托在青年一代身上，当代中国文学的大家、大手笔，将从青年作家中产生。

培养文学青年，繁荣校园文学，是我们共同的责任。我希望大学生珍惜时代为自己的发展所提供的宝贵机遇，热爱生活，热爱时代，认清生活的航标，在文学的道路上不懈地追求，把自己有限的生命溶于振兴中华的大业之中。要多学、多思、多写、多积累，不怕挫折与失败，在实践中不断提高自己的素养，培养自己的能力。只有勤于耕耘，勇于创造的人，才会攀上文学的峰顶。

高尔基说："文学的目的要使人变得美好。""人人都是艺术家。他无论在什么地方，总是希望把美带到他的生活中去。"巴金说："作家总是用自己从人民中间汲取来的热和光去温暖、照亮、鼓舞别人的心。""好作品就是榜样，就是力量。"文学大师讲的这些话多好呵！文学是人学。我们大学生应当以文学前辈为榜样，从自己熟悉的生活中选材、创作出温暖、照亮、鼓舞人心的作品，激励人们为创造美好生活奋斗不息。

（原载《青年作家报》1998年3月9日）

多读书，读好书

——读《大学生怎样利用图书馆》

大学生是以学习作为自己的基本任务的。大学生在校学习，固然离不开老师的教诲，离不开社会实践，但最基本的活动乃是读书。

读书，是大学生获取知识的重要手段。古往今来，许多著名的政治家、哲学家、科学家都十分重视书籍在社会生活中的重要作用。著名文艺批评家别林斯基说：“书是我们时代的生命，是人民的思想，是人民精神生活的鲜花和硕果。”著名哲学家培根说：“书籍是在时代的波涛中航行的思想之船，它小心翼翼地把珍贵的货物运送给一代又一代。”著名戏剧家莎士比亚也说：“书籍是全世界的营养品，生活没有书籍，就好像没有阳光，智慧里没有书籍，就好像鸟儿没有翅膀。”对于处于风华正茂时期的大学生来说，书籍尤为重要。大学生正是在广泛阅读各种书籍中吸取营养、增长才干的。

要读好书。必须掌握科学的读书方法，现在有些大学生进了大学后，并不知道怎样有效读书，也不知道怎样充分利用图书馆，面对浩瀚的书的海洋，茫然无措，不知从何着手，往往是耗费甚多，收效甚少。这就需要有一本书对大学生利用图书进行指导。由华中师范大学图书馆馆长钟晨发主编的《大学生怎样利用图书馆》，正好满足了大学生这方面的需求。

《大学生怎样利用图书馆》分为读书方法篇、文献检索篇和图书馆利用篇，三篇各有侧重，又相互联系，构成一个有机整体。它不仅告诉大学生怎样在浩如烟海的图书馆中查检自己最需要的书，而且告诉大学生怎样充分运用图书，把书读好，而这一点又是非常重要的。因为会识字看书的人并非都能把书读好。在我看来，要读好书，似有三点值得注意，

一是目的要明，读书是有目的的。著名教育家马卡连柯说：“读书尤其忌讳无目的地狼吞虎咽和追求低级趣味。”如果无目的、无计划地读书，抓到什么书就读什么，显然不会有好的效果，因此读书一定要有明确的目的，有了明确的目的，还要善于选择，善选者，所费不多，受益匪浅；不善选者，所费很多，受益甚微。古人曰：“读书如吃饭，善吃者，长精神，不善吃者生疾病。”读书确与吃饭类似。只有善读，才能更好地消化吸收，才能怡情、增智、博采、长才。

二是方法要当，由于学科、专业不同，各人的爱好、需求有异，读书的方法也不尽相同，但有一点是有共同之处的，即将泛观博取与深钻精读相结合。在当今科学知识飞速发展、知识不断更新的时代，大学生仅仅固守一块阵地，局限于攻读几本专业书籍，显然是很不够的，还须广泛阅读，从多方面吸取营养，如蜜蜂广采百花方能酿制好蜜那样，涉猎的范围愈宽、知识面愈广，视野就愈开阔。如学理工科的，读些文学、艺术、哲学、历史方面的书；学社会科学的，读些自然科学方面的书，这对拓宽自己的思维空间是大有益处的。当然博览只需要了解就可以了，不必花费过多的时间和精力。在泛观博取的基础上，还需精读。苏轼说："精读一两本书，其余如破竹数节，后皆迎刃而解。"为了牢固地掌握知识，大学生对那些基础学科的代表作，有很高学术水平的名著，要熟读、精读，一本一本地读，一段一段地读，把书读懂，把书读活。这不仅有助于我们更好地继承前人创造的知识财富，而且有助于我们开发智力，在学科领域有所发现、有所创造。

三是要把读书和思考、写作结合起来。著名科学家富兰克林说过这样一句话："读书易，思索难。"读书不在于数量，而在于将所获得的知识运用于实践，转化为能力。有的人虽读万卷书，不会应用，也不能产生很好效益。因此，在读书的过程中要学会思考，善于思考，把自己的思考所得或写成卡片，或写成文章，或运用到实际生活中发挥作用，这样不是把书读死了，而是把书读活了。大凡有成就的人，都是善于思考、善于发现、善于创造的。思想懒汉是不会有什么作为的。《大学生怎样利用图书馆》在指导大学生读书方面，不仅具体介绍了读书的原则、程序和方法，而且为大学生读书写作指出了正确的、行之有效的途径。从这个意义上说，这本书既是大学生的读书指南，又是大学生的良师益友。我愿向大家推荐这本适应大学生学习需要的好书。

1992年2月写于武昌桂子山

（原载华中师范大学出版社1992年出版的《大学生怎样利用图书馆》）

关于政治论文教学

一

政治论文是战斗的犀利武器，是迅速反映现实、指导现实生活、向广大人民进行教育的有力工具。

近来各地中学都在讨论、研究政治论文教学问题，总结了实践中的初步经验，提出和解决了一些问题。我们也曾在教育实习及函授集中授课时，组织过关于这个问题的专题讲授和讨论。通过讨论，解决了一些认识问题，初步明确了政治论文的意义和作用。

政论，它所包括的范围是广泛的，形式是多样的。凡是研究、论证现实生活中政治上各种问题的文章都是政治论文。一般说来，包括以下几种：1. 报纸社论、短评：如《人民日报》社论：《乘风破浪》，《湖北日报》社论：《谁是农民利益的代表者》。2. 报告、演说、祝词：如毛泽东《湖南农民运动考察报告》、《什么是知识》，邓小平的“在青年团全国第三次代表大会上的祝词”。3. 专论或某些序言：如高尔基的《论新人》，瞿秋白的《鲁迅的精神》等等。这些都是以马列主义的思想、观点、方法，研究、论证现实中的问题，批判一些错误论调，肯定新的事物、新的思想，为实现美好的理想而努力。因而，它与现实斗争、国际国内政治生活保持着紧密的联系。

政治论文和文学一样，都是上层建筑现象，是由基础决定，反过来又为基础服务，为社会主义建设服务的。从历史上看，革命领袖都很重视政治论文，他们经常撰写政论，宣传马列主义，向敌人进行坚决的斗争，引导人民前进。马克思、恩格斯在致共产主义同盟的第一封信中，谈到同盟盟员参加1848—1849年革命的事，曾经指出：应该用“……在出版物上、在巷战防御物后面、在战场上”等形式参加革命。这里，马克思、恩格斯把革命理论宣传的巨大作用及其深刻意义与革命斗争并提。而政论正是宣传马列主义的有效方式。列宁也是十分重视政论作用的，他在《革命的日子》里这样说道：“我们应当从事经常的政论家的工作，这就是写当代的历史，并且这么尽力，以便使我们的记述生活的文章能对运动的直接参加者和对于从事实际斗争的无产阶级英雄给以最大的帮助，以便使运动能够扩大，并且使人们自觉地选择斗争的手段、方式和方法。”这段话深刻的阐述了政论的作用和力量。作为人类灵魂工程师的教师，在用政论培养学生的理想、信念上，负有重要的责任。但是，有些人却不喜欢政论，甚至有所轻视。如认为政论不是文学作品，枯燥无味，缺乏“水分”，容易教成政治课……。

我们认为：这种看法是不正确的。应该说，许多优秀的政治论文都是属于文学范畴的。如先秦诸子百家的作品、唐宋八大家的作品，都是很好的政论文章，这些作品作为中国文学的优秀文学遗产写在中国文学史上已有几千年了，今天，我们也有一些政治论文也是写得很好的，如毛主席的著作和许多社论、专论，就是优秀的文学作品。毛主席的《介绍一个合作社》(高中语文第六册)，仅仅只有几百字，却阐述了深刻的道理，是一篇好的文学作品。

我们这样说，并不是认为政治论文与文学作品就没有区别了。政治论文在反映现实、教育学生这一点上与文学作品是一致的。然而，也有所不同。政治论文是运用科学的判断、推理的方法，阐述论证社会中的重要问题，它直接地提出问题，论证问题，解决问题；而文学作品则是通过典型和鲜明的生动形象来揭示现实，反映时代和人民的面貌的。

当然，这种区别也不是绝对的。在政治论文里也有不少文学成分的。比如毛泽东在《愚公移山》一文里就有这样一段生动描绘：

……中国古代有个寓言，叫做“愚公移山”。说的是古代有一位老人，住在华北，名叫北山愚公。他的家的南面有两座大山挡住他家的出路，一座叫做太行山，一座叫做王屋山。愚公下决心率领他的儿子们要用锄头挖去这两座大山。有个老头子名叫智叟的看了发笑，说是你们这样干未免太愚蠢了，你们父子数人要挖掉这样两座大山是完全不可能的。愚公回答说：我死了以后有我的儿子，儿子死了，又有孙子，子子孙孙是没有穷尽的。这两座山虽然很高，却是不会再增高了，挖一点就会少一点，为什么挖不平呢？愚公批驳了智叟的错误思想，毫不动摇，每天挖山不止。这件事感动了上帝，他就派了两个神仙下凡，把两座山背走了。现在也有两座压在中国人民头上的大山，一座叫做帝国主义，一座叫做封建主义。中国共产党早就下了决心，要挖掉这两座山。我们一定要坚持下去，一定要不断地工作，我们也会感动上帝的。这个上帝不是别人，就是全中国的人民大众。全国人民起来和我们一道挖这两座山，有什么挖不平呢？①

---

① 《毛泽东选集》第三卷，人民出版社1960年版，第1026页。

这篇文章是毛泽东在党的七大的闭幕词，谈的是中国革命极为重大的问题。可是，毛主席却形象地阐述了这些道理，语言是精炼的，文学成分很重，用愚公移山来比喻中国革命，要求全国人民排除万难，艰苦奋斗，共同打击敌人，这种比喻使政论文具有更大的说服力。因此，那和认为政论文就是枯燥的几条筋的看法是不正确的。借助于形象和文学语言来阐述、论证事理，也往往是政论文在表现手法上的重要特色。列宁曾经在接到卡斯帕洛夫致《教育》杂志论文时，没有采用，他写信给作者说：论文的“主题选择得很好，发挥亦颇正确，但文艺上的修饰还欠工夫。有过多的不适宜于讨论题文章的‘鼓动’闲话……”他还在《真理报》写道：“在《真理报》上引用和解释谢德林以及其他‘老’的人民民主主义作家的作品，一般说，这是好事情，是适宜的、有趣的，而且可以使目前的工人民主主义问题从别一方、借别人的唇舌得到阐明。”

同样，在文学作品中也不排斥政论的因素，有时它更能帮助读者去了解人物的思想和感情，具有更大的教育人的力量。比如高尔基的小说《母亲》，有一段描写英雄人物巴威尔在法庭上的演说，就是一篇很好的政论。

由此，我们简要论述了政论与文学之间的关系，以及政论文的重要意义。那么，讲授政治论文是否能够达到教育的目的呢？是否会使政论文的教学成为政治课呢？

我们认为：我们要培养有社会主义觉悟有文化的建设者，一方面要对学生进行思想教育，另一方面也要提高学生的写作阅读水平和语言修养。而政治论文教学有助于达到这一目的。

二

怎样讲授政治论文呢，一般应掌握这样几点：

第一，掌握论文的基本思想，深入阐述问题。课文的基本思想必须抓准，抓住最本质的东西。比如《什么是知识》一文，提出了反对教条主义和反对经验主义两个问题。但在本文中，克服教条主义，参加实际斗争，是教学的主要目的。假若对文章体会不深，抓到后者多讲，那就不对了。再如毛泽东的《介绍一个合作社》，文章很短，内容很多。文中谈到封丘县委的一份报告问题，谈到我国在工农业生产方面赶上资本主义大国，可能不需要那样长的时间问题，谈到中国人多力量大的问题。还谈到一切腐朽的意识形态土崩瓦解问题等。这么多的问题，若是主次不分，每点都可大大发挥。这样去教，显然是不行的。我们说：这篇文章的中心在于通过推荐一个合作社，说明除了党的领导外，六亿人民是一个决定的因素，群众的力量是巨大的，它可以在中国一穷二白的土地上写最新最美的文字，画最新最美的图画。讲授时抓住这点，就可说明许多问题。

第二，抓住文章的基本论点论据。一般文章有论题、论点、论据、结语几个部分。论点是文章的基本看法，论据是说明论点的理论和事实根据。以《什么是知识》为例来看；

论题：什么是知识。

论点：(1)什么是比较完全的知识，只有书本知识的人必须参加实际斗争，克服教条主义；(2)什么是真正的理论，有实际经验的人必须学习理论，克服经验主义。

围绕这两个主要论点，提出了一系列有力的论据。如第一个论点，就提出下面几个论据：(1)自有阶级社会以来，世界上的知识只有生产斗争知识和阶级斗争知识两种。(2)一切比较完全的知识都是由感性知识和理性知识构成的。(3)学生学习书本知识是必要的，但是自己没有在实践中证明，是片面性的。(4)要使有书本知识的人，变成名符其实的知识分子，必须参加到实际工作中去，研究实际问题。(5)马克思是既参加革命运动，又进行了革命理论创造的代表人类最高智慧的最完全的知识分子。这几方面就可以有力的从理论上、实践上清楚地阐述第一个论点。这样，文章的论据是坚实的，说服力是强的，使人无懈可击。我们在讲授政治论文时，就要深入体会教材，准确把握文章的基本论点，论据。

这里需要注意几个问题：

1. 要了解文章的时代背景，历史条件。每篇论文的写作都是为了解决当时的现实问题，指导现实斗争的。如讲《我们的文艺是为什么人》(高一语文)时，就要讲述当时国内形势以及文艺界的状况，当时革命处于极度困难的关头，大批爱国人士奔向延安，其中有不少人是文艺工作者，这些人有着热爱祖国的思想感情，但他们还没有从根本上解决文艺为什么人的问题。另一方面，有些人宣扬什么“暴露黑暗”、“还是杂文时代”……，并在创作实践上有所体现。毛泽东的这篇文章，就是针对这些情况，正确阐述了党的文艺方针。对于当代的政治论文，也需要对当时的具体历史情况予以说明，不能因为学生了解一点而有所忽略。当然，讲述应当简洁扼要，不要罗列太多，主次不分。

2. 在阐述论点时，需要结合具体材料进行阐述。理论是从实践中来的，是建立在事实基础上的。我们讲授时，不能只在理论上兜圈子，讲得很空洞。教师要用具体生动的材料说明道理，说明那些与学生关系最密切的东西。

3. 阐述论点必须紧密结合课文，不能离题太远，要使自己所阐述的理论，紧紧扣住课文。选用的材料必须是典型的，说明事物本质的。如讲刘少奇的《在北京纪念十月革命四十周年大会上的讲话》时，可以根据文章的论点，结合课文的生动事例进行阐述。材料太多旁征博引，有时反而不能把问题阐述清楚。另一方面，有些课文也需要补充一些有关的材料，这样阐述道理会更生动、深刻。

第三，采用多种教学方法。教学方法是为教学内容服务的，根据不同的课文，采用不同的教学方法。政治论文一般可考虑下面几种教法：

1. 讲读法：把论文分段讲读，教师(或由同学)可以先把全文朗读一遍，或者分小组朗读。然后按照文章的结构，分段讲解，逐步层层深入分析，像剥笋一样，一层层地往里剥，到最后得出本文中心思想。讲解前后要连贯，围绕论题说明问题。

讲解时，可以边讲边编段落提纲。编的办法是(1)教师编，这是一种示范的性质，段落提纲要提纲挈领地概括问题要点。(2)教师和学生共同来编，教师先编个头，然后启发学生与教师共同来编，这可启发学生积极思维。(3)在教师的指导下，由学生编，这既可培养学生的独立工作能力，也可巩固学生所掌握的知识。

2. 谈话法：教师就一课的基本内容拟出几个中心问题，采用谈话法进行教学，教师先介绍时代背景，历史条件，朗读课文，提出一个引子后，再提出问题由学生思考后回答，教师根据回答作出小结。以刘少奇的《个人与集体》为例，教师可以提出这样几个问题：(1)个人主义自私自利有哪些表现？(2)个人英雄主义有哪些表现？(3)个人主义思想实质是什么？(4)为什么取得成绩后不能骄傲自满？(5)个人在集体中应占什么地位？

学生回答后，在教师启发下，引导学生得出本文中心思想。采用这种教学方法教师和学生必须充分准备，教师提什么问题，怎样提出，都应周密考虑。提的问题应当是有分析，带有启发性，切合学生实际。每个问题都要有连系，一个扣住一个，集中地阐明论点，这样，学生的思维是紧张的，课堂的气氛也会活跃。

除此，讲读法与谈话法也可联合使用。这在政论教学中往往是常用的。

3. 结合课堂讨论进行教学：有些课文可以通过讨论加深学生对课文的理解、掌握。讨论题应有重点，如解决学生某一实际存在的问题。

课堂讨论一是在课前进行，通过讨论，了解学生对这一问题的各种看法和反映，然后针对问题讲解；一是教师先讲一个引子，再引导学生展开辩论，最后教师作出总结。这些教学方法是根据不同情况运用的。教师在讲授时，要有创造性的精神，不应拘泥于陈规旧套，要勇于大胆革新，不断地改进教学方法，创造性地进行教学。在总的原则下，教学方法应当是多样灵活的、生动活泼的。

第四，根据课文内容联系实际。我们的教育原则是理论联系实际。联系实际是广泛的、生动的，它可以联系当前现实实际，也可联系学生思想实际、写作实际。选用的实际材料也是多方面的，它可以是报刊上的，也可以是本地、本校所见到所发生的事情。主要是正面的，也可以是反面的。联系实际必须有的放矢，从课文本身出发，从论文的基本论点出发，自然地结合学生思想实际情况给以深刻的分析，这种结合应当是确切的，符合客观实际情况的。

联系实际可以结合某一段的基本论点来讲，也可以放在一课结束时的小结来讲，或者讲后布置思考题由学生写出读书心得。一般说来，自然地结合课文的基本论点来讲比较合适。

要做到有的放矢，教师必须深入学生，充分了解学生情况。情况全面了解后，教师需要把大量材料和情况加以分析、选择、概括，从中抽出本质的典型的事例，联系课文实际，向学生进行教育。除此，教师还可以参加学生的辩论会、班会，了解学生情况。那种把教课当作单纯知识传授，抱着教书不教人的态度是需要纠正的。教师在分析学生思想时，还须进行正面教育，告诉学生怎样做才是好的，为什么这样做，使学生有一个明确的方向和学习的榜样。

第五，注意语言因素。马克思说："语言是思想的直接现实。"政论文是通过一定语言形式表现的。

在政论文教学中，注意语言因素的教育，也是完成教学目的的重要一环，那种认为政论文只要思想性强，艺术价值没有什么的看法，是不符合实际的。目前中学生在写作上(尤其是论说文)存在的问题是：有些文章思维紊乱，主次不分，有些连基本道理也说不清楚。比如我们评阅全国1958年高考语文试卷时就发现这个问题。有的文章事情罗列很多，却看不出头绪，抓不住中心。这是由于学生的逻辑思维不强，语言的概括力不强，自己没有想清楚，也就组织不好。所以，在我们进行政论教学时，必须注意加强对学生的语言因素教育。

应当从哪些方面加强语言教育呢？

其一，学习政论文的层次分明，组织严密，分析深透，逻辑性强。政论以强有力的逻辑力量，从道理上说服人、教育人。而这种充分的说理正是根据大量的事实和材料，经过选择、分析、推理、判断，去粗取精，去伪存真，由表及里的过程，得出正确结论的。我们在分析政论的逻辑性及组织严密等特点时，就需深入细致地阐述，这可帮助学生训练逻辑思维，提高分析事物的能力和写作水平。

政论文在阐述道理的时候，往往结合具体事例分析，或者是用对比、反问、正面论述等方式进行阐述。比如谈到什么是知识，什么是比较完全知识以及书本知识等问题时，都是从正面阐述的。

反问，也是政论经常采用的，如上面举的“此外还有什么呢？没有了”，“学生们的知识是什么知识呢”等等皆是。再如“在延安文艺座谈会上的讲话”中有这样一段话：“普及工作若是永远停止在一个水平上，一月两月三月、一年两年三年，总是一样的货色，一样的‘小放牛’，一样的‘人、手、口、刀、牛、羊’，那么，教育者和被教育者岂不都是半斤八两？这种普及工作还有什么意义呢？人民要求普及，跟着也就要求提高，要求逐年逐月的提高。”这里，连用了两次反问“岂不都是半斤八两？”“这种普及工作还有什么意义呢？”，反问得十分有力，接着就正面地阐明了道理。教师应该很好地说明“反问法”，这既能启发学生思考问题，又能在理论上进一步提高。

其二，学习政论语言的准确、鲜明和生动：当然任何文章都要求文字上的提炼和加工，做到准确、鲜明和生动。而这对于政论却有着特别重要的意义。政论语言要求重点突出、生动活泼、深刻感人。干瘪的语言、没有说服力的讲道理是不受人欢迎的。我们应当教育学生学习政论的语言，改进自己的文风。

使用谚语、成语、俗语，在政论文中也是屡见不鲜的。如毛主席引用愚公移山的典故，以及“老鼠过街，人人喊打”，“懒婆娘的裹脚布又臭又长”等句皆是。

总之，政论文在语言上是有许多特点的，值得我们结合每篇政论文章，仔细咀嚼、体会。我们应当大力加强语言教育，在作文教学中指导学生适当作些政论文也是必要的。

1958 年 10 月写于南湖，1959 年春节改于昙华林

（原载《华中师范学院学报》1960 年第 2 期，《湖北日报》1960 年 8 月摘要转载）

附录一：铭记于心的珍贵记忆

我从1952年进入华师学习，至今已有60年了。60年，一个甲子，在时间的长河里只不过是一瞬间，但在一个人的生命征途中，却经历了从青年到中年到老年的漫长岁月。回想自己从昙华林到桂子山的60个春秋(也就是21900天)，固然有许多值得回忆的往事，但在昙华林生活的那段时光，却是永远难以抹去的、铭记于心的珍贵记忆，

昙华林，这个具有深邃历史文化意味的地方，是我青年时代成长的起点，也是我尔后学习、工作的家园。那是1952年7月，我与刘兴策、贺兴安等刚从坐落在汉川马口镇的湖北实验师范学校毕业，等待分配工作。正在这个时候，突然接到一个意想不到的通知，说我与刘兴策、贺兴安等八位从实验师范学校毕业的同学保送到华中高师继续学习(我们3人被分到中文系，其余5人分别被分到物理系、生物系和历史系)，这个意外的消息不仅给我们带来了很大的惊喜，而且改变了我们一生行进的轨迹。8月下旬，我们来到昙华林报到。此时的华大，已与中华大学、中原大学和湖北教育学院等校合并，组建成华中高等师范学校，校址设在华中大学。刚入校的时候，我们住在昙华林的文华楼(又称钟楼)，这是一座三层的欧式建筑，进门的两个圆形大方柱显得十分庄重。我们住在12人一间的宿舍里，当时因为刚建校，床铺不够用，我们就睡地铺。尽管条件简陋，不能与当今大学生4人一间，有盥洗间、厕所、储藏柜的学生宿舍相比，但与来自四面八方的广东、四川、福建、广西、湖南等地的同学在一起说说笑笑，也过得十分舒坦。进校不久，学校就分给我们一个任务：为了校园安全，每晚轮流值班巡逻，从晚10点到第二天早晨，分两班，每班5个小时在校园巡逻，发现问题及时向保卫科汇报。轮到值班时，我们都很认真，每人拿着一根木棍，警惕地巡视着校园的每个角落，由此我们也对静谧而又美丽的校园有了进一步的了解和热爱。1952年11月5日，是开学典礼的日子，有近3000人参加，我们齐集在昙华林的大操场上。开学典礼的主席台是临时搭建的，我们按系列队参加，聆听校领导的讲话，当时由建校委员会副主任委员王自申宣读了中南教育部关于建立华中高等师范学校的指令(1953年学校定名为华中师范学院；1985年更名为华中师范大学，邓小平题写校名)，建校委员会主任委员、著

名学者潘梓年等在会上讲了些勉励学生的话，他们具体讲了些什么记不清了，但会场上的热烈气氛还是给我留下了深刻印象。

开学典礼后，我们的生活也从此展开了新的一页。作为师范生，所有费用都是全免的，不仅不交学费，连吃饭也是免费的(每月发8.5元的伙食费，后增至11.5元)。此外每月还发零用钱；看病是公费医疗，不用交钱。开学不久，每人发一套灰色的制服，穿着统一的校服，戴着用布做的“华中高等师范学校”的校徽走在校园马路上，显得特别神气。在昙华林住了一段时间后，我们搬到花园山下的原文学中学的校舍内，与音乐系的同学住在一起，这个地方离昙华林很近，只要走十几分钟就到了。当时我们在花园山上专业课，在昙华林上公共必修课，每当第二节上完专业课后，就连走带跑地赶到昙华林上课，上课的地点主要是在刚刚搭起的几间简易教室，课桌椅是连在一起的拐手椅，给我们上课的是有名的高原、陶军、陈铁等教授，条件虽然简陋，但我们获得的却是一生难忘的教益。

大学的生活是新鲜而有吸引力的。我们入学的第一课就是热爱师范，忠诚党的教育事业，当一名合格的人民教师。有一次看苏联电影《乡村女教师》，大家深为女主角华尔华娜在遥远荒芜的西伯利亚当一名乡村教师的无私奉献精神所感动，表示要像华尔华娜那样，毕业后到湖北的西伯利亚去培养新的一代。在平时的教育中，老师和领导也经常教育我们要严以律己，立志成材。记得有一次在去昙华林上课的路上，有位同学突然被一位老师叫住，帮他把中山服领上的风纪扣扣好，然后微笑地说，你们以后要当老师，要注意自己的仪表。后来我们才知道这位老师就是我们的院长杨东莼教授。这件事情虽小，但对我的触动很大，它使我认识到“学高为师，身正为范”、“教书育人，为人师表”的深刻内涵，也促使自己在德智体诸方面更好地成长，此后，我们的学习生活是紧张而有序的。按照系里提出的中文系学生要说好一口话(普通话)、练好一笔字(钢笔字、毛笔字、粉笔字)、背诵三百篇(诗文)的要求，每天清晨都有同学在昙华林读外语、背古文，琅琅书声充盈校园。给我们上专业课的都是学识渊博的教授，如杨潜斋、方步瀛、邵子风、高庆赐、胡雪、石声淮等老师。他们讲课的姿势、神态、讲课的语言至今还难以忘怀。课余之后，同学们根据自己的需要忙碌着，有的整理上课笔记(当时没有教科书)，有的参加合唱团唱歌，有的在操场跑步、打球……每到周末和节假日，就显得更忙：或去昙华林看电影，或到花园山饭厅跳舞，或参加文艺社团组织的各种活动，真是丰富多样，异彩纷呈。由于校园活动的蓬勃开展，学校还演出过几台大的剧目，如话剧《西望长安》、《家》和大型音乐舞蹈史诗《东方红》，陶军教务长、杨宜春总务长还在《西望长安》中扮演过角色，这些在学校和武汉市都产生过很大影响。正是在这样良好的环境之中，我们健康地成长。

成长也并非一帆风顺。正当我紧张、愉快学习的时候，突然病倒了，有天晚上十一点多钟，同学们都已进入梦乡，我突感胸闷、咳嗽不止，接着吐出的全是鲜血，这使我感到很紧张，同学们得知后赶忙把我送到昙华林旁边的湖北医院，经检查为肺结核浸润(发展)期，当即住进了传染病房。在医院治疗了一段时间后转到学校疗养院继续治疗。疗养院设在学校对面的一幢房子内，住着20几位病人，有厨师做饭，医生每周来看病，还专门请了老工人王相林照料疗养院。经过几个月的治疗，我的病情有了很大好转，没有党和政府给予的优越条件，我的健康不可能这么快地恢复。正在这个时候，我突然接到学校通知，说青年团市委要我去北京刚建的“亚洲学生疗养院”疗养，接到通知后，我同武汉大学、华中工学院的两位同学一起坐火车赴京。亚洲学生疗养院是新中国成立初期的一个援建项目。这是一座具有中国民族风格的疗养院，屹立在风景优美的北京西山，专收亚洲各国患有结核病的学生，在这里有良好的医疗条件。为了便于来自亚洲各国朋友的治疗和交往，还配有翻译。我们与来自越南、朝鲜、印度等国的学生住在一起，相互交流学习生活情况，相处得十分融洽。经过几个月的治疗，我的病已痊愈，就回到华师继续学习，直到1958年5月大学毕业留校当助教。

毕业至今，我在华师工作了54年，其间有7年时间是在昙华林(1958年—1965年)，其余时间是在桂子山度过的。在昙华林工作的这段时光，我主要搞教学(先在文艺理论教研室，后调至现代文学教研室)，也兼职做教学秘书、副系主任工作。为了接受锻炼，还让我参加了1963年的社会主义教育运动(在荆门苏台大队与农民同吃同住同劳动)时间是三个月，1964年带队去孝感朋兴区参加农村“四清”(中文系61级的学生也参加了，与我在一起的有教师汪文汉、徐善堂，学生王一民等，“四清”结束后，王一民作为优秀代表在全校大会上作了典型发言)。通过这些活动，使我受到了锻炼，学到了许多在书本上学不到的东西，懂得了做一名教师所应具备的素质和能力。

记得刚毕业不久，系领导交给我一个任务，要我暑期为中文系函授生上一部分现代文学课，当我得到这个消息时，既紧张又惶恐。时间只有几个月，从未在大学讲台讲过课的我能胜任吗？后来在领导的鼓励下接受了任务，于是忙着找资料，写讲稿。这时天气炎热，酷暑难当，在既无电扇更无空调的条件下，只好关起房门打起赤膊备课，脚下放上一盆冷水，把脚放在盆里降温，蚊子叮咬，就用毛巾驱赶。讲稿写好后，一个人关起门来试讲，这样准备了几个月，终于在昙华林大礼堂给上千函授学生讲了课，课后受到好评。通过这件事，我更懂得了鲁迅所说：“即使艰难，也还要做；愈艰难，就愈要做”的深刻含义。努力是成功之母。无论有多大困难，也无论是顺境还是逆境，都要努力进击，咬定青山不放松。

在昙华林还有一件令人难忘的事，那就是编写教材。1957 年，学校召开了第一次科学讨论会，检阅了科研的成果。1958 年“教育大革命”，发动师生“大编教材”。中文系师生经过日夜奋战，编出了《马克思主义文艺理论》、《中国当代文学》、《现代汉语》等大纲和教材。正是在这个时候，党中央在武昌召开八届六中全会，当我得知负责宣传文艺工作的中央宣传部副部长周扬同志参加了这次会议的消息后，我想把我们编的《马克思主义文艺理论》大纲寄给他征求意见，得到总支书记张洪同志同意后，我向省委宣传部寄去了大纲和给周扬同志的一封信。原来我只是抱着试试看的态度，不知有无可能。哪知过了几天，接到省委宣传部的电话，说周扬召集华师、武大、湖大中文系的负责人开个座谈会，会上周扬就我们编的《马克思主义文艺理论》大纲发表了意见，既肯定了好的地方，也指出了不足和问题，除此还就建设马克思主义文艺理论问题发表了指导意见。此后我们根据周扬的意见作了修改，编出《马克思文艺理论》教材，后由学校印刷厂出版。与此同时，还组织力量认真修改了《中国当代文学》、《现代汉语》初稿。由邢福义、郑远志等编著的《汉语初稿》(中册)1960 年由湖北人民出版社出版，由我和陈安湖、周景堂等主持的《中国当代文学史稿》1962 年由科学出版社出版。这本书稿尽管不可避免还带有“左”的印记，但它是中国当代文学的第一部文学史。有学者指出：“从丁易开始以论代史，以‘学统’融入‘正统’的方式使用‘中国现代文学’这一概念，到华中师范学院中文系编著的我国第一部中国当代文学史即《中国当代文学史稿》正式于 1962 年出版，‘中国当代文学’学科概念终于为大家所接受……这标志着整个 20 世纪中国文学以‘新文学’为基点，从而完成了学科内部的分化和整合”(陈占彪：《反思与重构——中国现代文学研究的学术转型》第 134 页，南京大学出版社 2009 年版)，北京大学陈晓明教授也认为：“直到 1962 年，华中师范学院编著的《中国当代文学史稿》一书由科学出版社出版，当代文学最早的正式命名才由此产生。”(陈晓明：《中国当代文学主潮》第 3—4 页，北京大学出版社 2009 年版)这部教材出版后所产生的影响是我始料未及的。通过这件事，我看到集体的智慧和力量，看到年青人的锐气与活力。正如一位作家所说“智慧是勤劳的结晶，成就是劳动的化身”。只有辛勤的劳动，才会结出丰硕的果实。粉碎“四人帮”之后，我又用近十年时间主编了三卷本、110 万字的《中国当代文学》，由著名作家、评论家冯牧任顾问，上海文艺出版社出版。

光阴荏苒，岁月如梭。从昙华林到桂子山，不知不觉地走过了 60 个春秋。60 年间，我们经历过多次的风风雨雨，品尝过人生的酸甜苦辣；我们有过成功的喜悦，也有过挫折和失败的痛楚，但铭记在我们心田的仍是那些温馨美好的回忆，是那些真挚的友情、亲情、师生情，是那些镌刻在脑海中的昙华林水塔、八角亭和林荫大道……一切的一切，都使人难以忘怀，难以割舍。今年五月的一天，我同我的老伴万治伦再回昙华林，寻找我们曾经生活的地方。我们发现这个地方变化太大了，中文系那栋办公兼教工住宿的颜母室没有了，文华楼没有了，水塔也拆掉了，幸好我后来住的房子还在。那时我们住在二楼靠楼梯左边的一间房里，住在二楼的还有谢善继教授一家和外语系的刘采藻夫妇、孙克绳老师等。这里现在是湖北中医药大学有关部门的办公室，因为是中午，房门紧锁着，楼梯、墙壁都陈旧了，走在地板上咣咣当当直响，显得十分沧桑。尽管是这等模样，仍能唤起我们生活在这幢楼房中的许多既有趣又美好的回忆，记得古代诗人曾说过“年年岁岁花相似，岁岁年年花不同”(刘希夷)，“盛年不再来，一日难再晨”(陶渊明)。流逝的光阴不再回转，如花似锦的青葱年华不再重现，但在青春岁月中铸成的思想与品格、活力与朝气，老师教给我们的那些人生格言，却是我们一生难以忘却的宝贵精神财富，也是激励我们在“夕阳红”岁月继续前行的动力。

祝昙华林弥久常新，祝曾在昙华林学习、生活、工作的老师、同学身心健康，生活幸福。

2012年9月10日匆写于桂子山

（原载长江文艺出版社2013年出版的《回望昙华林》）

附录二：心花一束献给默默奉献的编辑

我是从事中国当代文学研究的。因为出书的关系，从50年代末开始，我就同科学出版社的编辑有过交往，1962年由科学出版社出版了我们编著的《中国当代文学史初稿》。新时期以来，我又同上海文艺出版社、长江文艺出版社、华中师范大学出版社、高等教育出版社、武汉出版社、广西人民出版社的编辑合作，出版了几部书。在出书过程中，这些出版社编辑默默无闻的奉献精神、甘为他人作嫁衣裳的敬业精神、严肃认真孜孜以求的工作精神，都给我留下了十分深刻的印象，其中有些事使我铭记在心，久久难忘。

1979年，国家教育委员会委托我主编高等学校文科教材《中国当代文学》，这套110万字的三卷本教材历时十年才全部完成出齐，担任此书的责任编辑是上海文艺出版社的张有煌同志。他在编辑全书的过程中，始终坚持一个严字，对书稿每一章、每一节的内容、观点、文字、标点都反复琢磨，要求特别严格，稍有差错，就坦率地指出，毫不留情。为了提高书稿的质量，他特别邀请著名文学评论家冯牧同志担任顾问，还同我们一起去拜访陈荒煤等老专家，请教当代文学教材编写中的一些疑难问题。合作中，我们之间也难免为一些问题认识不一争得面红耳赤，但争论之后又相处得很好。由于作者和编辑的共同努力，这套书出版后受到海内外好评，已印刷九十万册，还获得国家级优秀教材奖、湖北省社会科学优秀成果奖等。

此后，我又同几家出版社的编辑打过交道。1985年初夏，《文艺创作知识辞典》(长江文艺出版社出版)一书进入最后定稿阶段。这本书的责任编辑刘森辉同志为我们在湖滨饭店包了一间房。他与作者一起用了近两个月的时间审读修改书稿，反复推敲每一辞条。由于这部辞书系集体写作，我们唯恐有的辞条有抄袭的痕迹，于是找来各种辞书版本，逐条核对，尽管工作量很大，刘森辉仍然不厌其烦地与我们一道工作，力求使这部辞书能够经受起读者的检验。可惜的是，在这部辞书出版后的几年，刘森辉同志因身患癌症英年早逝，但他对待工作、对待同志、对待事业的热情和赤诚，却使我永远难以忘怀。

近几年来，我又负责主编一本比《文艺创作知识辞典》规模更大的辞书《中国当代文学辞典》，这部反映新中国文学发展概貌的辞书，有200多万字，并作为重点图书列入了武汉出版社的出版计划，负责这本书的副总编洪源，责任编辑潘长胜、王远彦同志为了争取书稿达到高水平，投入了很大的精力。他们不仅在政治上严格把关，而且在文字的表达、校对上提出了严格的要求。如要求校对的差错不得超过万分之一，对书稿中容易出现的近义词、形近字和标点错误要特别注意。至于书稿中的作品名、作者出生年月、籍贯、地名、组织名称等等，则要求尽量找第一手材料核对。按照这个要求，这部200多万字的辞书经过六次校对，基本上消除了差误。令人感动的是，1995年夏天，他们冒着39℃的高温酷暑来到我校，又就书稿终校中的个别问题与我们一起交换意见。相比之下，当前某些出版社出版的一些书校对上的错误就相当多。最近我读了一本风靡美国的畅销小说《廊桥遗梦》，这本译著印了15万册。就这么一本只有8万字的书，其校对错误达到惊人地步。仅在书的《开篇》7页中，就有十几处校对错误。如“有时”排成“百时”，“硬茧”排成“硬痴”，“没有，找到”中间多了一个“，”号……这种情况与武汉出版社严肃认真、一丝不苟的态度形成了强烈反差。

上面说到的一些事都是我亲身感受的。古人云：“文章千古事，得失寸心知。”当今在出书难的情况下，出一本好书、出一本有学术价值的书更难。一本好书，不仅是作者心血的结晶，也是编辑心血的结晶。当一本好书受到奖励时，也有编辑的一份功劳。因此，我总是怀着真挚的感情感谢编辑的辛勤劳动。我愿把一束心花献给无私奉献的编辑，向这些无名英雄致以崇高的敬意。

（原载《出版科学》1995年第3期）

附录三：师范为本　彰显特色

——访华中师范大学校长王庆生

香港《大公报》记者　吴建芳　范　晶

拥有优秀学科队伍

位于武汉市的华中师范大学是国家教育部直属的师范大学，新中国成立四十多年来，为国家培养中学师资和各类人才八万余人，形成了本科专科教育、研究生教育和成人教育协调发展的格局。近年来，该校在科研、教学、服务地方基础教育和地方经济建设服务方面取得了突出的成绩。不久前本报记者专访了华中师范大学校长王庆生。

王庆生校长是文学院教授、博士生导师，享受政府特殊津贴，长期致力于中国当代文学教学和研究。自任校长后，他积极致力于高等师范教育的改革、发展和学校的进步、提高。

1997 年 11 月，华中师范大学五个重点学科通过专家审定，这五个学科的带头人都是在国内外有一定学术影响的知名学者。现有校级重点学科十八个，国家重点学科一个，省级重点学科六个，省级重点实验室一个；本科专业三十二个，其中有六个专业获得国家教委师范专业建设基金，历史学和物理学是国家基础科学研究和教学人才培养基地。通过审定的中国近现代史、理论物理、科学社会主义、汉语言文字学、教育学原理五个重点学科，都是湖北省重点学科或国家级重点学科，这五个学科的带头人章开沅、刘连寿、邢福义、李会滨、郭文安都是在国内外有一定学术影响的知名学者。

王庆生说，正因为学校有一支高水平的学科队伍和一批重点学科，学校的发展就有了良好的基础，同时也为建设一流的师范大学提供了重要保证。现在全校师生精神振奋，追求卓越、追求一流已成为大家的共识。

突出师范教育特色

独立设置师范教育体系，是符合我国国情的师范教育的一个突出特色。健全、稳定师范教育体系，提高师范教育质量，是我国实施“科教兴国”战略的有力保障。作为部属重点师范大学，华中师范大学坚持师范为本、本科为本、师德为本的办学思想，不断深化教育教学改革，全面提高高师人才的培养质量。

王庆生介绍说，从80年代开始，华中师范大学就根据中等教育发展的需要，调整、优化高师、本科专业，抓师范专业的完备，先后恢复和新设了教育学、教育管理、幼儿教育、美术教育、音乐教育、心理学、教育技术学等一批师范本科专业，使师范本科专业达到二十一个。同时，为了适应中等职业技术教育发展的需要，还设置了计算机科学、应用化学、应用生物、法学等一批应用型本科专业，扩大了学校专业覆盖面，增强了学校服务基础教育的活力与实力。学校还改革了高师人才培养模式，坚持对毕业生进行跟踪调查，坚持“注重基础、拓宽专业、增强应用、全面发展”，实行主辅修制，以培养宽口径、厚基础的复合型人才。1993年，学校被评为湖北省普通高校本科教学先进单位，教务处被评为全国高校先进教务处。学校注重教学基本建设，加强对学生的师德教育和人文素质教育，开展教书育人、管理育人、服务育人“三育人”活动。1993年以来，华中师范大学连续两次被评为湖北省精神文明建设先进单位。

注重面向基础教育

长期以来，华中师范大学注重面向基础教育，拓展服务层面，通过人才培养、教学科研、师资培训等多种途径，推出了一系列服务基础教育的举措，为地方经济建设做出了自己的贡献，取得了良好的社会效益。

多年来，华中师范大学采取委培、定向等形式，为地方和企业培养师资，坚持招收少数民族预科班和教师本科班，为老、少、边、穷地区培养师资，以多种形式培养基础教育师资。学校积极推进高师办学体制改革，开展多种形式共建和联合办学，例如，发展与地方、企业及兄弟院校联合办学，与仙桃市等进行教育科技全面合作，支持校内院系同企事业联合办学。该校还积极推进基础教育改革实验研究。部属师范大学具有基础性、区域性和示范性的特点，可在本地区乃至全国发挥“母机”作用和示范带头作用。该校在此方面作了一系列改革，并在三峡、仙桃、武汉、珠海四个地方建设了基础教育实验区，使之成为华师学生实习、教师实践和基础教育改革的实验基地。

王庆生说起学校的发展，说可以用八个字概况：特色、活力、实力、效益。华师人希望通过努力，体现这八个字，把华中师范大学建成国内一流有国际影响的师范大学。

（《大公报》武汉十九日专电）

（原载香港《大公报》1999 年 2 月 20 日）

附录四：追求卓越　追求一流

——访华中师范大学校长王庆生

《光明日报》记者　郭扶庚

新学期伊始，美丽的桂子山青翠碧绿，梅花绽开，呈现出一片生机盎然的景象。虽然工作繁重，依然精神饱满的王庆生校长掩饰不住满腔的激情："去年 11 月，华中师范大学 5 个重点学科通过专家审定，为我们学校的发展创造了新的机遇，现在全校师生同心协力，精神振奋。追求卓越、追求一流，建设高水平社会主义师范大学的决心更大了，步子更加坚定了！"

谈起通过审定的 5 个重点学科，王庆生校长如数家珍。他说，这次审定的重点学科一定程度上反映了我们学校的综合实力。长期以来，我校十分重视学科建设，现在建设有校级重点学科 18 个，国家级重点学科 1 个，省级重点学科 6 个，省级重点实验室 1 个；本科专业 32 个，其中有 6 个专业获得国家教委师范专业建设基金，历史学和物理学是国家基础和学研究和教学人才培养基地。刚刚通过审定的中国近现代史理论物理、科学社会主义、汉语言文字学、教育学原理 5 个重点学科，都是湖北省重点学科或国家级重点学科。这 5 个学科的带头人章开沅、刘连寿、邢福义、李会滨、郭文安都是在国内外有一定学术影响的知名学者。在他们的带领下，各学科都形成了较为合理的学术梯队，培养了一批中青年学术带头人和学术骨干。正因为学校有一支高水平的学科队伍和一批重点学科，学校的发展就有了良好的基础，也为建设一流的师范大学提供了重要保证。

说完重点学科，王庆生校长话锋一转，谈起了学校坚持为基础教育服务、为地方经济建设服务的举措。王校长说，多年来，我们始终把为基础教育服务作为立校之本，在培养和培训高质量师资的同时，坚持开展基础教育改革的理论研究与实践。学校采取整体规划、分层实施、长期坚持、相互配合的方法，从三个层次开展基础教育改革实验与研究：一是对基础教育改革与发展的目标、体制保障与理论基础等进行比较广泛深入的研究；二是从不同侧面探索基础教育的框架结构及其典型范例；三是具体探讨有关中小学课程教学内容和方法改革的理论与实践问题，从而为基础教育探索全面贯彻教育方针、全面提高教育质量的科学途径。这些实验研究起步早、时间长、规模大、成效显著。自 1979 年至今近 20 年的时间里，我校的基础教育实验发展到全国 20 多个省市，近 2000 所中小学校，取得了一批有较高水平的成果。

谈起学校这些年取得的新发展，身为著名当代文学研究专家的王庆生教授十分高兴，这些年来虽然行政事务、社会活动繁重，还有重要的科研项目要他操持，还要带博士研究生，但他还是克服困难，本着务实、求实、落实的态度全身心地投入，创造性地做好每一件事。王校长深有感触地说，总结多年来的工作，我们深切感受到，在社会竞争日趋激烈的今天，只有明确目标，找准自身位置，才能更好地为基础教育和地方经济建设服务。我们的位置，一是“教育母机”的师范位置，就是培养德才兼备的中等学校师资；二是我校处于国家优先发展的中西部地区的重要地理位置，需要委属师范大学立足地方，为地方多培养人才，多做贡献。这些年来，我校在湖北省招收的学生为 70%，毕业生分配到湖北工作也占 70%。作为国家教委直属的重点师范大学，我们最大的优势在于，既能为基础教育服务，又能为经济建设服务。只有发掘自身蕴含的教育资源，发挥在基础教育方面不可替代的优势，才能大有所为、大有作为。学校近些年来的迅速发展，也有力地证明了这一点。多年来我们全面贯彻党的教育方针，全面提高教育质量，已培养了 8 万余名毕业生，众多校友已成为我国教育战线和其他战线的骨干，湖北省评选的中学特级教师中，一半以上是我校毕业生。由于学校注重培养人才的质量和信誉，因而要求与我们联合办学的地区单位接踵而至，从而拓宽了为基础教育和地方经济建设服务的层面，学校的发展也因此获得勃勃生机与活力。1997 年 11 月，中共中央政治局常委、国务院副总理李岚清同志视察我校后充分肯定我校与仙桃市联合办学点实行共建的做法。

王庆生校长最后说，为基础教育服务是我们师范院校的神圣职责和根本任务，追求卓越、追求一流是我校始终为之奋斗的目标。作为师范大学，我们将立足高师，追求教学科研的高水平，把华中师范大学办成培养基础教育师资的基地，办成教学、科研型的一流的师范大学。

（原载《光明日报》1998 年 3 月 18 日）

后　记

几年前，文学院院长胡亚敏与我谈及文学院要出版一套教授丛书，要我也编本自选集。一晃几年时间过去了，我当时因手头正在忙于高等教育出版社交予的《中国现当代文学作品选读》和《中国当代文学史》第二版的修改任务，耽误了时间，直到今年才完成这本选集的编选。

这本集子收入的文章，大部分是新时期以来写的，也有少数文章写于20世纪60年代，这些文章大都发表过，反映了我对当代中国文学发展和作家作品的评价和看法。

这本集子分为四编："文学思潮综论"、"作家作品赏析"、"研究著述评点"、"大学教育漫议"，书名为"与时代偕行的当代中国文学"。这本集子的第四编，原为"文学教育漫议"，主要论述当今的语文教育。有同志看后，认为我做过多年的大学中文系系主任和校长，谈教育不必局限于文学教育，建议我改一个字，将"文学教育"改为"大学教育"。我接受了这一建议，加了几篇有关大学教育的文章和我访问香港著名企业家、慈善家田家炳先生谈教育的访谈录，这样在一个较大的宏观范畴中谈论文学教育，也许视野更宽一些，针对性更强一些。

这本集子还收入了几篇我在中国新文学学会学术年会上的讲话。说起1979年成立至今的全国性学术团体——中国新文学学会，我要感谢学会的首任会长、著名作家姚雪垠对学会工作的有力指导和对我的鼓励。他在1987年7月赠给我的条幅："长江万里游鳞小，奋力飞腾逐大波"，一直挂在我家客厅。我还要感谢新文学学会成立36年来一直孜孜不倦地为学会工作无私奉献的张永健，感谢至今仍为学会辛勤耕耘做出贡献的黄永林、李遇春、樊星、古远清、熊德彪、刘为钦、杨彬、赵小琪、周新民等。

这本集子得以付梓，我要感谢策划、组织这套丛书出版的胡亚敏、苏晖，感谢出版社领导的支持和负责编辑工作的冯会平、廖国春的帮助。

王庆生

2016年2月